本书得到了西北民族大学中国语言文学学科建设经费、西北民族大学引进人才科研项目（编号：xbmuyjrc202242）、西北民族大学2024年中央高校项目（编号：31920240014）经费资助。

清代驻藏大臣藏事诗研究

王晓云 著

A STUDY OF THE POETRY ON TIBETAN AFFAIRS WRITTEN BY AMBAN IN THE QING DYNASTY

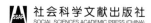

社会科学文献出版社
SOCIAL SCIENCES ACADEMIC PRESS (CHINA)

目　录

绪 论

关于西藏在历史上汉语里的称谓，“考藏族与我汉族本出一系，皆为轩辕黄帝之子孙……（西藏）即太古之三危，汉之西羌，魏之秃发”①。唐宋称为“吐蕃”，最早见于新旧《唐书》。元明称其为“乌斯藏”或“乌思藏”，实则是“卫藏”的藏语读音，因为元代曾置乌斯藏等三路宣慰使司都元帅，明代设乌斯藏行都指挥使司。满人把西藏称为“图伯特”或“唐古特”，是从蒙古语中借来的，见《元史》。直到《清圣祖实录》里才首次使用“西藏”一词，其实明代称之为乌斯藏，而“乌斯”之合音则为“西”，故有清一代即以西藏名之。后来在驻藏大臣松筠的作品《西招图略》中将西藏称为“西招”，将前藏称为“前招”，将后藏称为“后招”，赵宗福先生对此的解释是，“西招即西藏，也写作西诏、西昭，同音异书。西藏语称寺为昭，其地在祖国之西南角，又为佛教盛行之地，到处皆有寺。故清人又称之为西昭”②。也有清人作品中称“唐古忒”的（蒙古语中的称谓）。在牙含章《关于“吐蕃”、“朵甘”、“乌斯藏”和“西藏”的语源考证》③、蔡志纯《释西藏名称》④ 等文中均有较详细的论证。

清朝中央政府治理西藏的一个重要创举，便是在西藏设置驻藏大臣。驻藏大臣是清政府总理西藏一切事务的最高行政长官。特指清中央政府派驻西藏并参与西藏管理的驻扎大臣，由非定制式留守大臣演变而来。早期

---

① 邵钦权撰《卫藏揽要》，民国六年抄本。

② 赵宗福选注《历代咏藏诗选》，西藏人民出版社，1987，第 86 页。

③ 牙含章：《关于“吐蕃”、“朵甘”、“乌斯藏”和“西藏”的语源考证》，《民族研究》1980 年第 4 期。

④ 蔡志纯：《释西藏名称》，《青海民族学院学报》1984 年第 2 期。

称“钦差驻藏办事大臣”，简称西藏办事大臣，后提高职权而全称为“钦命总理西藏事务大臣”。清政府设置的驻藏大臣为正副各一员，正职为办事大臣，副职称帮办大臣。驻藏大臣从雍正五年（1727）开始设置，直至宣统三年（1911），历经 185 年。驻藏大臣的驻扎期限，设置之初任期较灵活，自乾隆十年（1745）起规定以三年为一任。

目前所见，今人有关汉语西藏题材的诗，有“咏藏诗”与“藏事诗”两种命名。赵宗福的《历代咏藏诗选》与高平的《清人咏藏诗词选注》，二者皆以“咏藏诗”命名，其侧重点主要是选录歌咏青藏高原山川景色、风土人情的诗篇。这些诗歌只是藏事诗的一部分，或者说是一个方面。而顾浙秦的论著《清代藏事诗研究》，以“藏事诗”命名，该论著绪论部分解释说：“这类诗歌主体部分的清代藏事诗大多记载有历史上发生的一些重大的政治、军事事件和社会风俗文化事实。所以，我们认为用‘藏事诗’这一概念能更好地概括其历史的真实内容和丰富的文化内涵。”[①] 从该论著的五章内容看，有四章是“纪事”诗研究，唯有最末一章，是写景、咏物、述怀诗研究。以上两种“咏藏”与“藏事”诗，各有其选录和研究的侧重点。

鉴于上述，本书沿用“藏事诗”这一概念，理由有三。（1）《汉书·艺文志》中言，汉乐府民歌“皆感于哀乐缘事而发”，说明中国古典诗歌中叙事也是传统之一。虽然明代以前叙事诗占比较少，但入清以后，以诗歌叙事反映现实成为清诗坛的风气。十朝大事往往在诗歌中得到表现，长篇大作动辄百韵以上，作品之多、题材之广、篇制之巨，都达到了前所未有的水平。就驻藏大臣藏事诗而言，松筠的《西招纪行诗》[②] 是一首五言体纪事诗，整首诗达到 81 韵，810 字的体量，无疑是清代汉语藏事诗中的代表性作品。（2）董乃斌先生也曾说过：“抒情固然是诗歌的主要职责，但诗歌的抒情从来不可能脱离叙事。虽然纯抒情（包括纯议论）的诗歌作品不是没有，但与巨大的诗歌总量比较，纯粹抒情议论之作毕竟是少数。”[③]

① 顾浙秦：《清代藏事诗研究》，中山大学出版社，2017，第 2 页。

② （清）松筠撰《西招纪行诗》，吴丰培辑《川藏游踪汇编》，四川民族出版社，1985，第 113 页。

③ 董乃斌：《“唯一”传统还是两大传统贯穿？——从“抒情”与“叙事”论中国文学史》，《南国学术》2016 年第 2 期。

（3）从驻藏大臣这一诗人群体而言，都是奉君命赴藏，身负要事，本身不是漫游者，他们所创作的这部分表现青藏高原的诗，无论是叙事的、咏物的，还是写景的、抒情的，都是以事系之，叙事作为主流。所以，本书以驻藏大臣作为一个诗人群体，将全面研究他们所创作的所有青藏高原诗，命名为“藏事诗”。藏事诗的内容不但包括歌咏藏地山川、风物、民情的咏物诗，也包括抒发对故土、亲人思念，礼赞海内一统、渴望建功立业的咏怀诗，以及治藏理政的藏事诗。

本书“清代驻藏大臣藏事诗研究”是将驻藏大臣作为一个诗人群体，研究他们所创作的藏事诗。选择本题目的缘由有如下几点。其一，受杨义先生观点的引导，他说：“对边疆文明，搞文学的一些人不太注意。搞史学的，从晚清的沈曾植到王国维，以及民国时期的陈寅恪、顾颉刚、陈垣、傅斯年，这些最重要的历史学家随着近代民族国家意识的自觉，都是把边疆史地作为一门非常重要的学问来对待的。我们文学也应该从这里面吸取一些启示和视野，讲文学要把边疆文学讲进来。”①

其二，中华民族多元一体的文化格局，决定了中华文学为多民族文学并存与互动的实质。近年来，学界所倡导的中华文学研究，正是强调既要关注主体民族的文学发展，又应重视边疆的、少数民族文学的整理与研究，乃至达到各民族文学间的互通研究。许多学者也为中华文学研究繁荣期的真正到来，而不懈努力，有不少单篇论文在做这方面的尝试，代表性的有傅朗云的《中华文学的文化多元性——东北亚文化与中国文学》、吴重阳的《中华文学的多民族性散论》以及朝戈金的《“中华多民族文学史观”三题》等。由张炯、邓绍基、樊骏三位学者主编的《中华文学通史》，是一部首次以“中华文学”命名的十卷本文学通史，该文学史首次在各时期文学史书写中专设代表性的少数民族文学史章节。

其三，学术界的进一步推波助澜。2015 年 3 月 16 日，由《文学评论》编辑部、《文学遗产》编辑部、《民族文学研究》编辑部联合主办的“中华文学的发展、融合及其相关学科建设”学术研讨会在中国社会科学院文

① 杨义：《重绘中国文学的地图与中国文学的民族学、地理学问题》，《文学评论》2005 年第 3 期。

学研究所召开。与会的20余位专家、学者从自身研究的角度，探讨了中华文学的发展与融合问题。[①]《文学遗产》2015年的第4期，还集中刊发了朱万曙、马自力、刘跃进、左东岭等几位学者关于如何推进中华文学研究的思考性文章。2015年11月28日至29日，由《文学遗产》编辑部与中国人民大学文学院主办的“空间维度的中华文学史研究”研讨会在中国人民大学举行，与会专家、学者达50多人，对中华文学中的视觉问题、文学的空间问题、雅俗文学的转换问题做了全面探讨。[②] 这两次高规格的学术研讨会，相信会使中华文学的研究进入新的历史时期。

受以上专家、学者学术观点的启发与引导，可知，清代以表现青藏高原自然、人文的汉语诗研究也是中华文学研究的一极，而且还对清代多民族文学的融通研究有积极意义。这一部分诗，今多散见于文人的别集和地方志中，据目前初步的搜集、整理有2000余首，而且相应的研究才刚刚起步；继续搜集、整理及研究它还有很大的空间。

中国古代汉语诗歌中出现西藏诗不晚于唐代，其产生的时间应与唐王朝跟吐蕃政权的交往同步。据王尧先生编著的《吐蕃金石录》载，公元629年，松赞干布即位为赞普，迁都逻些（今西藏拉萨），平定内乱，降服苏毗、羊同等部，统一青藏高原，建立了吐蕃王国。唐贞观八年（634），松赞干布遣使赴唐沟通关系。公元641年，松赞干布迎娶唐宗室女文成公主，结成和亲关系。[③] 随后，松赞干布又遣贵族子弟至长安入国学，学习诗书，请中原文士掌管其表疏。后又请蚕种及造酒、碾硙、纸墨工匠。如上活动，促进了汉藏文化的交流。有关内地文人创作的西藏诗也就随之出现。

唐武宗会昌六年（846），朗达玛被佛教徒暗杀。他的两个儿子为争夺王位，长期混战，导致吐蕃国内大乱。公元869年，吐蕃地方贵族和平民发动内乱。公元877年，吐蕃各反叛势力攻占山南雅隆河谷，在琼结掘毁赞普王陵，赞普王室后裔四处逃亡，吐蕃王朝灭亡。自此吐蕃分裂为多股

---

① 马昕：《“中华文学的发展、融合及其相关学科建设”学术研讨会综述》，《文学遗产》2015年第3期。

② 王正、袁睿：《“空间维度的中华文学史研究”学术研讨会综述》，《文学遗产》2016年第5期。

③ 王尧编著《吐蕃金石录》，文物出版社，1982，第43~46页。

势力。元朝设立宣政院管理西藏事务。明朝中央政府在元朝管理西藏的基础上，为了更有效地管控西藏，采用“多封众建制”、“贡赐制”与“分而治之”的政策，使有明一代来内地的西藏佛教僧人、使团络绎不绝，而内地的使团、求法僧人入藏者也不在少数。因此，元明两代也为西藏诗的进一步发展提供了广阔的空间。

清王朝统治西藏的200余年间，是根据西藏形势的发展而逐渐对其加强统治的。先是扶植藏传佛教格鲁派，派兵驱逐准噶尔、廓尔喀（尼泊尔大族）的入侵，消弭内乱；然后派驻藏大臣、制定藏内章程等逐渐加强对西藏地方的治理。故而整个清代，无论是入藏大臣、随员，还是军队、将军、文员，其人员数量远远超过前代，这也促进了汉语藏事诗的创作与发展。

自唐王朝与吐蕃交往开始，便有内地文人创作与吐蕃相关的诗作。据统计，唐代有关吐蕃的诗歌作品总量超过1300首。其中彭定求等编《全唐诗》载录西藏诗约900首，陈尚君辑校《全唐诗补编》、徐俊辑校《敦煌诗集残卷辑考》、项楚校注《王梵志诗校注》（增订本）、任半塘编著《敦煌歌辞总编》等书，共录有《全唐诗》未录的吐蕃诗歌400首左右。

唐代藏事诗的选本，仅见今人赵宗福的《历代咏藏诗选》，其中选取唐代阎朝隐、苏颋、郎士元、耿沣、吕温、周繇等人的咏藏诗6首，诗作内容多为送别和番公主及出使吐蕃使臣的奉和应制诗，如苏颋等大臣奉命送金城公主入藏而作的应制诗和送行出使吐蕃的使者而作的送别诗。诗中多叙述汉藏友好关系，常伴有想象的藏地荒凉景象的描写，抒发伤感思乡之情，艺术境界高者相对少。

从今人研究成果看，唐代咏藏诗人中关注度较高的是中唐诗人吕温，他在出使吐蕃时创作了不少反映青藏高原、河湟地区人民生活状况的诗歌，见《吕和叔文集》。吴逢箴的《吕温出使吐蕃期间诗论》[①]，归纳了吕温出使吐蕃期间诗内容的三方面：描写被吐蕃占领区的山川景色，反映吐蕃奴隶主压迫下的汉人、吐谷浑等民族人民的痛苦生活，以及揭示他被吐

① 吴逢箴：《吕温出使吐蕃期间诗论》，《西藏民族学院学报》1989年第1期。

蕃无端扣留的愤慨。其后，赵荣蔚的《吕温生平及被贬真象考辨》[①] 考索了吕温生平被吐蕃拘留期间所写诗篇，并揭示了吕诗中抒发思念亲友的真挚情怀以及久困异乡、孤独无告的凄苦愁闷之情。而多洛肯的《吕温事迹考述——吕温研究之一》，对有关吕温的生平事迹材料做了严密的考辨，工作更为细致，"其中考证了吕温奉命充吊祭副使出使吐蕃的具体事迹，对吕温从吐蕃回长安的时间也进行了分析考辨"[②]。以上研究成果，对吕温的生平事迹、吐蕃诗都做了不同程度的分析与研究。

安徽省社会科学院的王树森先后发表了有关吐蕃诗歌研究的四篇文章，分别为《唐蕃关系视野下的杜甫诗歌》、《唐蕃角力与盛唐西北边塞诗》、《论唐诗对唐与吐蕃通使活动的书写》与《唐代吐蕃题材诗歌的文学史意义》。其中《唐代吐蕃题材诗歌的文学史意义》从三方面提出了吐蕃诗歌在唐诗史，乃至中国文学史发展中的意义："一则开拓了唐代诗歌的表现天地，将发生在广阔时空的民族碰撞、交往与融合写入诗歌；二则维系了唐诗的贞刚之气，证明唐诗长期沿着健康轨道发展，离不开复杂民族关系的激荡；三则唐诗的浪漫色彩与批判精神，也得益于边事起落变迁的砥砺。"[③]

在中国文学的边疆民族书写传统中，唐代吐蕃题材诗歌较早地对边疆民族形象进行了真实描画，使各民族平等的理念得到传递，也展示了唐代文化的包容与自信。李枋笑的《唐与吐蕃的友好往来与诗歌创作》，从反映唐与吐蕃友好交往的诗中，"探讨民族融合、对外交流给唐代文化、唐代诗歌带来的影响。同时，探讨开放的民族政策在唐代文化品格、唐诗魅力构成中的重要意义"[④]。有关唐代敦煌一地的吐蕃诗研究，顾浙秦在《敦煌诗集残卷涉蕃唐诗综论》中认为敦煌诗集残卷涉蕃唐诗"关涉 8 世纪中期河陇陷蕃后的社会状况、民族关系以及吐蕃社会生活的各个方面"[⑤]，有补史、证史的意义。以上这些研究成果，虽然对吐蕃诗歌的研究来说，才

---

① 赵荣蔚：《吕温生平及被贬真象考辨》，《盐城师专学报》1995 年第 3 期。

② 多洛肯：《吕温事迹考述——吕温研究之一》，《新疆师范大学学报》2000 年第 3 期。

③ 王树森：《唐代吐蕃题材诗歌的文学史意义》，《民族文学研究》2017 年第 2 期。

④ 李枋笑：《唐与吐蕃的友好往来与诗歌创作》，《语文学刊》2010 年第 16 期。

⑤ 顾浙秦：《敦煌诗集残卷涉蕃唐诗综论》，《西藏研究》2014 年第 3 期。

是开始，成果较少，不够全面，参与的学人也不多，但它对本课题的研究有一定的启示和借鉴意义。

元明两代内地与西藏的交往更为频繁。可惜的是，这两代的西藏诗研究还未真正起步。赵宗福的《历代咏藏诗选》，只选了明初诗僧宗泐的一首《和苏平仲见寄》。现在留存下来的元明涉及藏地的诗应该不少，相信元明时期的藏事诗整理与研究随后会展开。

清代用汉语创作的藏事诗，据顾浙秦《清代藏事诗研究》所辑，41 位藏事诗人共有 1383 首藏事诗。实际上，就目前所见文献，清人创作的藏事诗数量在 2000 首以上，随着以后清代大型诗文集的整理出版，相信藏事诗还会再被发现。就目前清代藏事诗的研究现状来看，主要集中在几个重点作家及其诗集上。有关清代驻藏大臣藏事诗，目前还未见有将其作为一个专题进行研究的，还处在零散的、个体的研究阶段，研究成果散见于其他的论著和论文中。

目前所见，出版于 20 世纪 80 年代吴丰培辑的《川藏游踪汇编》，应是最早的清代藏事诗文选本。该书辑录有允礼纪行诗、驻藏大臣松筠的《西招纪行诗》和《丁巳秋阅吟》、驻藏大臣文干的《壬午赴藏纪程诗》、杨揆的《桐华吟馆卫藏诗稿》、孙士毅的《百一山房赴藏诗集》。紧随其后出版的藏事诗选本是赵宗福选注的《历代咏藏诗选》，该书选咏藏诗 107 首。其中清代咏藏诗 100 首，这当中选录驻藏大臣和琳的有 6 首，和宁（和瑛）的有 4 首，松筠的有 4 首，文干的有 3 首，斌良的有 5 首，共计 22 首。21 世纪初高平编注的《清人咏藏诗词选注》[①]，选录了 23 位清人藏事诗共 216 首。其中选录和琳的有 1 首，松筠的有 56 首，文干的有 11 首，联豫的有 6 首，共计 74 首。由赵、高二位先生的选本可知，清人藏事诗中驻藏大臣的诗是其中很重要的一部分。高平在该选著“后记”中对选诗标准做了说明：“清人的咏藏诗词，我有两不选：对了解、认识西藏无多大价值的不选，诗味太差的不选。”可见，高先生认为，松筠的咏藏诗和文干的咏藏诗是最符合他选诗标准的，也是最有价值的。但不知何因，驻藏大臣中诗歌创作成就高、诗作数量丰厚的和瑛的诗未进入高选中。从以上

① 高平编注《清人咏藏诗词选注》，中国藏学出版社，2004。

三种选本看，驻藏大臣松筠和文干的藏事诗关注度最高，这也可能是选诗者优先考虑此类诗社会价值的缘故。

从现有研究看，综论性质的文章有高平的《清人咏藏诗词》，文章以10位作者的91首西藏诗为考察对象，从其形式、内容上做了分类："诗体形式有古风，有律、绝，有词，还有歌谣体；内容主要分为，惊叹高寒险阻的雪域自然风貌，赞叹壮丽奇特的西藏风光，载叙历史风物之事，申咏卫国安民之志。"[①] 其后赵宗福的《清代咏藏诗概述》[②] 是将清人咏藏诗内容分为壮丽的卫藏江山、富饶的藏区物产、奇特的风俗民情、深厚的民族友谊，以及牧民的贫困生活五个方面。顾浙秦的《清代前期咏藏诗初探》[③]内容方面的划分与前两位学者近似，除此，还对藏事诗的诗体做了进一步的探讨，他认为古风体的诗作十分丰富，同时还有杂言体、乐府体；近体诗有五绝、七绝、五律、七律、排律等。王宝红的《浅析清人咏藏诗释义中的问题》，则从咏藏诗的校勘方面入手，认为："清代咏藏诗人多，诗作数量大，搜掘选注这些诗歌，具有多方面的研究价值。今人关于清代咏藏诗的整理注释，存在着释义歧出、字形讹误等问题。"[④] 其研究似有更进一层的迹象。

王金凤的硕士学位论文《清代前期咏藏诗歌文献研究》[⑤]，对清代前期咏藏诗歌的文学价值、民俗价值、历史价值做了说明，并重点分析了杨揆的《桐华吟馆卫藏诗稿》与松筠的《西招图略》《丁巳秋阅吟》，首次将清代前期的藏事诗作为一个整体观照，有一定的开创性意义。2017年底出版的顾浙秦专著《清代藏事诗研究》，则是将清代藏事诗的研究重点系于康熙帝治边、大小金川战役、反击廓尔喀入侵等事件始末，研究的诗人以孙士毅、杨揆、松筠、文干为主，而对藏内民众的生活习俗、宗教民俗，以及写景、咏物诗只做了简单介绍。以上对开展清人藏事诗的总论，具有一定的开拓性，但主要不足还是对藏事诗的搜集、整理不够全面，讨论也

---

① 高平：《清人咏藏诗词》，《西北民族大学学报》1983年第3期。

② 赵宗福：《清代咏藏诗概述》，《青海师专学报》1985年第3期。

③ 顾浙秦：《清代前期咏藏诗初探》，《西藏民族学院学报》1993年第6期。

④ 王宝红：《浅析清人咏藏诗释义中的问题》，《西藏研究》2012年第5期。

⑤ 王金凤：《清代前期咏藏诗歌文献研究》，青海师范大学2010年硕士学位论文。

多停留在藏事诗的内容与形式方面，并未对其更深的文学史意义、文化史意义，以及舆地价值进行挖掘，故而还有很多可研究空间。

清代自雍正五年（1727）驻藏大臣的派遣已成定制以后直至清末，以驻藏大臣作为诗人群体，他们成为清代藏事诗创作的重要一翼。就目前所见，驻藏大臣藏事诗有1200余首。其诗中对藏区重大事件，对青藏高原山川形胜、风土人情、民族宗教等进行了多角度的描绘，成为中国古典诗歌领域中地域诗的有机组成部分。

驻藏大臣的藏事诗研究，目前所见主要还是松筠与和瑛两位，其他有关和琳、文干、瑞元、斌良、崇恩、有泰、联豫等的藏事诗研究成果甚少。学术界对驻藏大臣松筠的藏事诗研究，主要是围绕其《西招纪行诗》与诗集《丁巳秋阅吟》展开的，其研究的关注点集中在松筠的治藏方略与功绩上。松筠在其书中称西藏为“西招”，又称前藏为“前招”、后藏为“后招”。较早关注松筠及其创作的文章有云峰的《松筠及其〈西招纪行诗〉、〈丁巳秋阅吟〉诗述评》[①]，该文分析了松筠藏事诗的文学价值及史学价值。而顾浙秦的《松筠和他的〈西招纪行诗〉》[②]，在充分肯定了《西招纪行诗》的文学与史学价值的同时，还分析了松筠的治边策略。康建国、赵学东的《驻藏大臣松筠的治藏功绩及其治边思想》[③] 认为，只有将松筠在新疆与西藏任职时期的诗作置于一体，联系地考察，才能全面了解其治边思想。该文研究的视角较前二者要更科学，所得结论也更客观。王若明、郝青云的《论清代蒙古族作家松筠的咏藏诗》[④] 将松筠的咏藏诗作为考察对象，认为松筠治藏取得极大成功的缘由是，以儒家文化为基础的文化治边思想起到了很大作用，分析角度独特，研究上有逐渐走向深入的趋势。

有关驻藏大臣和瑛的研究成果相对较多。其词章艺文之作，著名的除了《西藏赋》外，《易简斋诗钞》便是其诗才的集中体现。《易简斋诗钞》四卷，道光三年刻本，收乾隆五十一年（1786）至道光元年（1821）诗

---

① 云峰：《松筠及其〈西招纪行诗〉、〈丁巳秋阅吟〉诗述评》，《西藏研究》1986年第3期。

② 顾浙秦：《松筠和他的〈西招纪行诗〉》，《西藏民族学院学报》2006年第1期。

③ 康建国、赵学东：《驻藏大臣松筠的治藏功绩及其治边思想》，《西北民族大学学报》2007年第1期。

④ 王若明、郝青云：《论清代蒙古族作家松筠的咏藏诗》，《内蒙古民族大学学报》2009年第6期。

576首。此集收藏事诗242首，内容丰富，诗艺颇为精到，“浙西七子”之一的吴慈鹤赞其诗云：“至于范水模山，感时体物，颛缉雅颂，撷掖风骚，乃欧梅之替人，夺苏黄之右席，既能思精体大，亦复趣远旨超，自成一家。”① 对和瑛西藏诗的研究主要分为以下几方面。

其一，对和瑛雪域山水诗的研究。时志明的《雪域佛国的赞歌——清代藏游山水诗综论》认为，“清代藏游山水诗是对传统山水诗题材的扩大，是清代山水诗走向繁荣和兴盛的重要标识，其内容主要包括转战雪域、感怀言情和巡边戍疆三大板块。清代藏游山水诗不仅具有重大的历史认识价值，而且还具有深远的现实性与启迪性”②。云峰在《述诸边风土 补舆图之阙——论和瑛及其诗歌创作》③ 中，列举和瑛藏事诗《飞越岭》《过巴则岭》《东俄洛至卧龙石》三首，说明和瑛写景诗主要抓住藏地雪山寒、峭的特点，“处处如盖银瓯”、峭壁连冈。

其二，对和瑛为官生涯与诗文的综合性概述。和瑛为历仕乾隆、嘉庆、道光的三朝老臣。长期以来，他的文名为其边疆重臣的身份所掩盖。然而写于乾隆五十一年后的诗集《易简斋诗钞》，却展示了他独特的诗风。诗人在他的诗歌创作中真正做到了“随物赋形”，即按照大自然和社会生活事物的发展变化规律，把它们的形态、色彩、声音、气韵真实、准确、生动地再现出来，所以他的作品就产生出姿态各异、毫不雷同的风格。以下的研究成果，注意并重视研究其文学成就，以研究成果的时间先后依次为：赵相璧的《历代蒙古族著作家述略》④ 一书对和瑛的生平及诗歌作了简单的介绍，由于其篇幅较短，故所述也略；此后的三篇，云峰的《述诸边风土 补舆图之阙——论和瑛及其诗歌创作》、乌日罕的《清代蒙籍汉文诗人——和瑛》⑤、米彦青的《清代蒙古族诗人和瑛与他的〈易简斋诗

---

① （清）吴慈鹤：《易简斋诗钞·序》，和瑛《易简斋诗钞》卷四，道光三年（1823）序刻本。

② 时志明：《雪域佛国的赞歌——清代藏游山水诗综论》，《西北师大学报》2007年第5期。

③ 云峰：《述诸边风土 补舆图之阙——论和瑛及其诗歌创作》，《乌鲁木齐职业大学学报》1993年第2期。

④ 赵相璧：《历代蒙古族著作家述略》，内蒙古人民出版社，1990。

⑤ 乌日罕：《清代蒙籍汉文诗人——和瑛》，《赤峰学院学报》1999年第2期。

钞〉》[①]，概述性地分析了和瑛的《易简斋诗钞》所涉及的相关内容，并选数首诗例略做说明，大都提及和瑛笔下所描写的边塞自然风物、历史事件、文物古迹，少数民族宗教信仰、生活习俗等。

相较于以上对和瑛的诗的综合性研究，以下两篇的探讨则相对较深入。孙文杰的《和瑛诗歌与西藏》[②]，通过考查和瑛出入西藏的活动，以及其对西藏历史风云的追述、对西藏具体风物的描绘，进一步探究这些历史与社会的因素对诗人诗歌作品内容、情感和诗人心态的影响。角度更宏观，有一定的启示性。多洛肯、贺礼江的《清中叶蒙古诗人和瑛诗歌创作研究述评》[③]，在孙文杰分析研究的基础上，将其家族文化、文学纳入分析的范围内，对和瑛家族的诗文创作情况也进行了较为系统的梳理。

其三，侧重于对和瑛思想的研究。大一统思想是中国传统文化的重要组成部分，和瑛学习传承了这一传统文化并在自己的诗歌中时常加以展现。严寅春的《论驻藏大臣和瑛的大一统思想——以西藏诗为中心》[④]，通过考索和瑛藏事诗所反映的内容，认为其大一统思想是“通过称美驱逐廓尔喀、咏歌文成公主、礼赞金瓶掣签、平等相接达赖喇嘛等方面的描写”得以展现。另有孙文杰的《描摹风物，反映统一——和瑛新疆诗简论》[⑤]，该文是从和瑛的新疆诗反映其大一统思想的。

其四，对和瑛家族文学的形成研究。从家族文学共性风貌的形成角度，对其诗歌风格的形成进行观照。米彦青的《清代边疆重臣和瑛家族的唐诗接受》认为，“家族精神遗产和心理情结作为一种文化基因，会对一个人影响终生。和瑛家族所作都以揣摩唐诗、融入个人特性为根本，并在创作中呈现出雍容闲雅的特色，表现出相似的艺术风格”[⑥]。

对和琳与斌良的藏事诗也有为数不多的文章作了简要分析。就目之所

① 米彦青：《清代蒙古族诗人和瑛与他的〈易简斋诗钞〉》，《内蒙古社会科学》2006年第4期。

② 孙文杰：《和瑛诗歌与西藏》，《西藏大学学报》（社会科学版）2012年第4期。

③ 多洛肯、贺礼江：《清中叶蒙古诗人和瑛诗歌创作研究述评》，《兰州文理学院学报》2014年第3期。

④ 严寅春：《论驻藏大臣和瑛的大一统思想——以西藏诗为中心》，《关东学刊》2016年第9期。

⑤ 孙文杰：《描摹风物，反映统一——和瑛新疆诗简论》，《滨州学院学报》2012年第2期。

⑥ 米彦青：《清代边疆重臣和瑛家族的唐诗接受》，《民族文学研究》2010年第2期。

及，对和琳及其《芸香堂诗集》的研究成果仅见如下三篇：唐文基的《浅论和琳》对和琳的历史功绩作了较为公允的评价，该文认为："纵观和琳一生，实非和珅可比。他以自己的才干受乾隆赏识，特别是在抗击廓尔喀的斗争中作出了贡献，又为强化中央对西藏的治理而尽力尽责。他是一个有功于国家统一事业的历史人物。"[①] 柏舟的《和琳与〈芸香堂诗集〉》[②]，除了对和琳的职官履历做了简介外，还对《芸香堂诗集》的成书、体例，特别是刊行时间、集中无序跋的原因做了推测，有一定的价值。其他文章诸如高玲的《和琳驻藏时期西藏驻防制度研究》[③]，主要是对和琳驻藏功绩做了说明与肯定，研究侧重于历史角度的评价。另有严寅春的《满蒙汉藏情谊深 驻边唱和别样新——〈卫藏和声集〉简论》[④]，就清抄本《卫藏和声集》中和琳与和瑛在西藏任职期间的唱和之作进行分析，认为大一统的清王朝，各族官员之间呈现难有的团结与和谐的世容风貌。

斌良是目前驻藏大臣中存诗最多的诗人，其《抱冲斋诗集》三十六卷，共有诗5000余首。吕斌的《从斌良边塞诗透视清中叶西部历史》[⑤]，揭示斌良边塞诗对边地壮丽山川、旖旎风光的赞美，其中尤为可贵的是根据其弟法良著《先仲兄少司寇公年谱》，对斌良的生平做了较详细的补说。斌良也是一位长期在刑部任郎中、侍郎的诗人，他的诗中包含不少对刑部工作经历和同僚交游唱酬的描写，可以作为研究刑官职业生涯、追求志趣和日常生活的样本。陈灵海的《〈抱冲斋诗集〉所见清代刑官生涯志业》[⑥]，对《抱冲斋诗集》中"清代刑事审判机制的运作形态"进行了立体还原。

如上对驻藏大臣及其藏事诗的个案研究，其意义主要是对几位重点诗人藏事诗的探讨已逐渐引向全面深入，成果也相对较多，这必将成为学界全面研究藏事诗的"发酵粉"。而且上述的研究给本书接下来研究的启示是：其一，若能将藏事诗置于诗人一生创作的诗中考察，既可准确把握其

① 唐文基：《浅论和琳》，《福建师范大学学报》2003年第1期。

② 柏舟：《和琳与〈芸香堂诗集〉》，《满族研究》1987年第2期。

③ 高玲：《和琳驻藏时期西藏驻防制度研究》，《鄂州大学学报》2016年第3期。

④ 严寅春：《满蒙汉藏情谊深 驻边唱和别样新——〈卫藏和声集〉简论》，《西藏民族学院学报》2014年第6期。

⑤ 吕斌：《从斌良边塞诗透视清中叶西部历史》，《安徽文学》2014年第3期。

⑥ 陈灵海：《〈抱冲斋诗集〉所见清代刑官生涯志业》，《学术月刊》2018年第11期。

藏事诗的独特价值，又可对其诗歌共有的艺术特性、诗风变化等作更公允的评价；其二，从驻藏大臣成长的大环境中把握其文学思想与艺术气质形成的原因；其三，驻藏大臣藏事诗中反映的自然、社会信息还可弥补历史、地理文献记载之不足。

当然，对驻藏大臣藏事诗个案研究的不足也很明显。首先，学术界有影响力的大家参与很少，成果水平大多不够高，分析囿于文本本身，主要还是集中在作品本身的思想与艺术价值方面的重复探讨；其次，研究集中在个别诗人及其藏事诗上，并未见对相关资料相对难找的文干、崇恩、联豫等驻藏大臣及其藏事诗的深入研究；再次，仍未将驻藏大臣藏事诗作为一个整体进行考量，更不见将这部分藏事诗放在清代诗歌发展史，乃至中国文学的发展史中去考量。

以上为中国大陆出版的学术成果综述，有关港澳台以及国外的文献库，登录“台湾学术文献书局库”“博硕士论文联邦查询系统”均未找到驻藏大臣诗文的研究。唯有张利平的《“海峡两岸清代驻藏大臣与边疆治理学术研讨会”综述》[①]，从其综述的内容看，这次研讨会共有两岸学者50余人参与，主要围绕“清代驻藏大臣与西藏治理”以及“西藏历史文化及清代边疆治理”两个主题展开。从此篇综述看，也未有驻藏大臣诗文集方面的研究成果。

另外，还需说明的是，本书研究对象为清代驻藏大臣创作并涉及青藏高原的所有诗篇，包括：驻藏大臣描摹、吟咏藏地山川、风土人情、宗教活动的咏藏诗；在藏活动、治藏理政的政事诗；抒发报国豪情，表达对亲人、故土思念的述怀诗；等等。驻藏大臣中除张荫棠与温宗尧为汉人外，其余都为满人与蒙古人。学者张菊玲曾言：“满文创制颁行以来，主要用于书写公文，记载政事、编写历史，翻译汉文典籍，极少用满文创作文学作品。”[②] 而蒙古族驻藏大臣所创作的藏事诗也是典型的汉语古典诗，因而文中的清代驻藏大臣藏事诗，为驻藏大臣的汉语藏事诗。

研究范围：从时间上划分，包括诗人被中央政府任命为驻藏大臣起，

---

① 张利平：《“海峡两岸清代驻藏大臣与边疆治理学术研讨会”综述》，《西南民族大学学报》2008年第10期。

② 张菊玲：《清代满族作家文学概论》，中央民族学院出版社，1990，第10页。

直至任满离藏时创作的所有诗篇；从空间上划分，包括赴藏、离藏途中的纪行诗，也包括任职期间创作的所有诗篇。如何划定具体的空间范围？清人黄沛翘在《西藏图考》中言："川、陕、滇入藏之路有三，惟云南中甸之路峻险重阻，故军行皆由四川、青海二路，而青海路亦出河源之西，未入藏前，先经过蒙古草地千五百里，又不如打箭炉内皆腹地，外环土司，故驻藏大臣往返皆以四川为正驿，而互市与贡道亦皆在打箭炉云。"① 也就是说青海、云南入藏之道不是驻藏大臣入藏的路线，故而这两地不属驻藏大臣藏事诗的表现范围。

清人姚莹在其诗《泸定桥》中云："泧水真如激矢行，砰訇终古不平鸣。九龙铁绠腾空势，万马洪流动地声。历历天星仍北拱，劳劳汉相忆南征。殊方日渐通蛮语，又听番僧闹鼓钲。"② 可见到今泸定县的泸定桥，已完全是清代藏区的特征。而且，空间意义上的藏区一般以飞越岭为界，"山势陡峻，怪石巉岩，逼人面起，终年积霜雪……下山（飞越岭）十五里至化林坪（沈边土司属）"③。可见飞越岭已是青藏高原的气候特征，而且其本身也是青藏高原的余脉，飞越岭附近的社会制度已是中央政府所实行的土司制。和琳在《渡飞越岭》中亦云："峻岭忽梗跌，势欲摩青天。华夷古为界，飞越已多年。"诗后注："唐宋皆以此为界。"④ 如上可知，飞越岭以西山水、地貌、气候、民俗已有别于内地。故而在驻藏大臣藏事诗中，内容方面，从表现飞越岭山川形胜开始，然后自此西至西藏全境的自然与人文，均属本书研究的对象。

基于上述学术界的研究，本书以藏族主要生活地青藏高原作为研究的空间维度，以驻藏大臣的设置伊始直至终止的185年间历史变迁作为研究的时间维度，并将驻藏大臣创作的藏事诗置于这种时空交织的背景中去研究。本书的研究中主导"以事系诗、以事解诗"的基本思路，以驻藏大臣奉谕入藏办事，以及其入藏前后藏内发生的诸事为线索，深入挖掘驻藏大臣藏事诗的文化意蕴，并以解读文本为基础，纵向梳理驻藏大臣藏事诗的

① 《西藏研究》编辑部编辑《西招图略　西藏图考》，西藏人民出版社，1982，第78页。
② （清）姚莹著，欧阳跃峰整理《康辅纪行》，中华书局，2014，第14页。
③ （清）马揭修，盛绳祖撰《卫藏图识》，乾隆五十七年（1792）刻本，第33页。
④ （清）和琳撰《芸香堂诗集》，嘉庆十六年（1811）刻本。

发展演变，横向考察驻藏大臣诗歌创作与事件、环境、时代的关系，点、线、面相结合，力争从时间、空间和精神体验三个维度还原驻藏大臣藏事诗的立体场景。研究以总—分—总的结构模式展开，共分为七章：先总说驻藏大臣藏事诗产生的背景与题材类型及审美特征；然后以时间为序，逐次分述和琳、和瑛、松筠等至今留存有藏事诗的九位驻藏大臣的经历、交游、著述，以及其藏事诗的内容、思想与艺术特色等；最后总结驻藏大臣藏事诗的意义、价值及影响，这一部分，主要是考量其诗中蕴含的文学史意义、文化史意义、舆图价值，以及诗人驻藏经历对其诗歌选材、诗风变化的影响等。

清代藏事诗的作者除了驻藏大臣外，还有其他旅藏人员、赴藏将军、随军文员、使臣，如岳钟琪、王我师、毛振翧、杜昌丁、查礼、阿桂、庄学和、孙士毅、杨揆、徐长发、李苞、周霱联、李若虚、项应莲、姚莹等。当然，清代藏事诗的创作者中还有一些并未入藏的人员，如吴省钦、钱杜、夏尚志、胡延等。本书的分论部分还将同期具有一定代表性的岳钟琪、王我师、毛振翧等留有较多藏事诗的诗人做了专题探讨，并与驻藏大臣藏事诗进行比较，既突出了驻藏大臣藏事诗的独特价值，又更大限度地展现了清代藏事诗的全貌。

当然，在研究中也存在不少需要解决的难点。首先，就目前所见，驻藏大臣的诗集大都未进行整理，加之诗中用典较为频繁，异域特有的风物、节俗也经常出现在诗中，对理解诗意难度增加不少，所以全面、正确地解读文本是研究的首要难点。其次，清代创作藏事诗的作者较多，但驻藏大臣驻藏时间长，一般任期为3年，甚至还有连任的，任期自然会更长，所以他们在藏的体验更深刻，经历也更为丰富，而且，驻藏大臣作为中央政府派驻西藏职级最高的官员，其肩负的使命，及其在藏内所应参与的事务类型，是其他入藏诗人无法相比的，因此，其创作的藏事诗有其他藏事诗人难以企及的广度与深度，通过对比发掘并找出其诗中独特的价值也是本书研究的难点之一。最后，驻藏大臣藏事诗，是以文学的形式多角度展示了西藏的自然、人文特征，研究中能尽最大可能地释放出其中蕴含的文化价值、文学意义，也是本书研究的又一关键难点。因此，本书的研究中，将努力解决这些难点，以求在清代汉语西藏题材文学的研究中尽自己的一点力。

第一章　清代驻藏大臣藏事诗产生背景与创作情况

清代进一步继承元明两代优渥藏传佛教的政策措施，并根据形势发展，进行了全面、深入的改革。相较于元、明两朝治理西藏的政策措施，驻藏大臣的选派并使其制度化，是清王朝进一步加强对西藏地方治理的一大创举。从雍正五年（1727）驻藏大臣开始选派直至宣统三年（1911）驻藏大臣选派制终止，其间实际到任的有117位驻藏大臣。驻藏大臣一般由侍郎、副都统充任，官二品。随着一批批驻藏大臣及其随员的入藏任职，客观上促进了一定数量藏事诗的产生。当然，这类藏事诗的产生，也与清代满、蒙官员文学修养的提高及附庸风雅的文化氛围等紧密相关。

第一节　清代驻藏大臣选派机制的建立与制度化

驻藏大臣的选派，是由主客观因素决定的。客观上是因清代大一统、多民族国家的政权建设需要；主观上是由清中央政府对边疆地区，特别是西北边疆地区的深入治理，以及当时藏内复杂的政治形势决定的。纵观有清一代，驻藏大臣的选派，对保持藏内安定，促进西藏经济与社会发展，以及维护国家统一意义深远。

一　驻藏大臣设置之因

清初，盘踞在伊犁河谷的厄鲁特蒙古四部之一的准噶尔部逐渐走向强盛，其首领噶尔丹极具野心，不断举兵征讨周边部族，逐渐战胜了其他蒙古部族，并派兵进入了南疆的维吾尔族地区，接着便兵进青海、甘肃，将势力伸向西藏。

康熙二十七年（1688），噶尔丹乘喀尔喀蒙古内部变乱之机，竟率兵三万，由杭爱山东入侵喀尔喀蒙古，喀尔喀战败后便向清政府求援。康熙二十九年（1690），乌兰布通之战清军打败准噶尔部，噶尔丹败逃。第二年，康熙帝与内外蒙古的首领在多伦会盟，改编原有的喀尔喀部落组织，实行蒙旗制度，结束了喀尔喀蒙古长期的动乱局面。并于康熙三十五年（1696）由康熙帝亲征，平定了噶尔丹之乱。到了康熙朝后期，策妄阿拉布坦重整准噶尔部，“自伊犁遣其贼将策凌敦多布领兵攻杀拉藏汗（固始汗之孙），掳其子苏尔礼，毁灭黄教，荼毒生灵，肆行猖獗，蹂躏藏地”[①]。清军前后两次讨伐乱藏的策妄阿拉布坦，第一次兵败，第二次终于在康熙五十九年（1720）兵进拉萨，将准噶尔军驱逐出藏境。

雍正二年（1724），清军又平定了青海和硕特部罗卜藏丹津之乱，罗卜藏丹津逃往准噶尔。随后的数年清军与准噶尔间有多次攻伐，双方互有胜负。到了乾隆二十年（1755），乾隆帝鉴于准噶尔部内讧，乘机派兵进攻准部。于乾隆二十二年（1757）平定了准噶尔部，统一了天山北路。乾隆二十四年（1759），平定了回部大小和卓之乱，统一了南疆。并于北疆设立伊犁将军，派兵戍守。南疆地区，沿用原有的伯克制，但非世袭，由参赞大臣请旨简放。

清政府在统一天山南北路的同时，也加强了对西藏的直接管辖。康熙五十九年（1720），清军驱逐准噶尔军出西藏之后，决定由清中央直接拣选西藏各级官员，并于康熙六十年（1721）废除了第巴制。并设四名噶伦，分别由康济鼐、阿尔布巴为贝子，隆布鼐为辅国公，颇罗鼐为台吉，他们四人被授以噶伦职，共同管理西藏地方事务。并设置驻藏大臣以便监督。雍正朝，颇罗鼐主持藏政，服从清廷政令。但颇罗鼐死后，其子珠尔墨特不服清中央管辖，与达赖喇嘛关系恶化，并图谋叛逆。在形势危急之际，驻藏大臣傅清与拉布敦用计诱杀了珠尔墨特，最后两位驻藏大臣也被珠尔墨特余党杀害。七世达赖喇嘛很快平息了此次事件，随后清政府废除

① 《西藏研究》编辑部编辑《西藏志　卫藏通志》，西藏人民出版社，1982，第347页。

了西藏郡王掌政制度，并于乾隆十六年（1751）正式建立三俗一僧的噶厦政府，秉承驻藏大臣与达赖的指示处理藏政。[①]

清代设置驻藏大臣，就宏观而言，主要还是康熙、雍正朝对西北边疆经营中，依局势发展的实际而定的。正如藏学家顾效荣所说："我认为清王朝派驻藏大臣，是对西藏地方充分行使主权、进行更加有效治理、巩固西南边防、冀望长治久安的一项非常重要的措施，并不仅仅是应付临时事件的权宜之计。"[②] 但就具体缘由而言有以下几个方面。

首先是因为康熙二十一年（1682）五世达赖喇嘛在布达拉宫圆寂。康熙三十六年（1697）出生于西藏藏南门隅地方的仓央嘉措被第巴桑吉嘉措（五世达赖任命第巴，总理政务，并限制了和硕特汗王的权力）认定为第六世达赖喇嘛。但自五世达赖喇嘛圆寂后秘不发丧达 15 年，第巴桑吉嘉措为了达到驱逐坐镇拉萨的和硕特首领拉藏汗的目的，暗中求助盘踞新疆的准噶尔部入藏，致使清廷大怒，谕令解送仓央嘉措入京。康熙四十五年（1706），仓央嘉措"行至西宁口外病故"[③]，六世达赖喇嘛仓央嘉措的悲剧在于，其被第巴桑吉嘉措认定为五世达赖的转世灵童，并成为权力博弈中的牺牲品。这次争权的结果是拉藏汗杀死了第巴桑吉嘉措。

康熙四十六年（1707），拉藏汗又立伊喜嘉措为第六世达赖喇嘛。拉藏汗所选定的六世达赖阿旺伊喜嘉措既没有得到黄教上层僧侣的认可，又遭到青海蒙古首领察罕丹津等人的反对。清廷虽然也给予其封印，但鉴于各方反对也只好将此事搁置。[④] 康熙五十九年（1720），生于理塘的噶桑嘉措（八岁出家、九岁在塔尔寺供养）被清廷正式册封为第六世达赖喇嘛。[⑤]并派抚远大将军允禵与青海王、众台吉护送噶桑嘉措于布达拉宫坐床。因此，也就出现了三个六世达赖喇嘛的混乱局面。直至乾隆四十八年（1783），清廷册封达赖喇嘛强白嘉措时，称其为"八转世身"[⑥]，事实上才将仓央嘉措认定为六世、噶桑加措认定为七世，拉藏汗指定的伊喜嘉措自然便被排

① 牙含章：《达赖喇嘛传》，人民出版社，1984，第 50 页。
② 顾效荣：《清代设置驻藏大臣简述》，《西藏研究》1983 年第 4 期。
③ 《清圣祖实录》卷二二七，中华书局（影印），1986，第 281 页。
④ （清）祁韵士：《皇朝藩部要略》卷一七，《西藏要略》一，道光十七年（1837）刊本。
⑤ 章嘉·若贝多吉著，蒲文成译《七世达赖喇嘛传》，西藏人民出版社，1989，第 31 页。
⑥ 《清高宗实录》卷一一八六，中华书局（影印），1986，第 876 页。

除在达赖喇嘛转世系统之外。

但当时拉藏汗又与青海蒙古贵族为选定六世达赖喇嘛一事争持不下，清廷担心又会引起新的争端，亟须直接选派大臣入藏行使权力。康熙四十八年（1709），康熙帝鉴于“青海众台吉等与拉藏不睦，西藏事务不便令拉藏独理，应遣官一员前往西藏协同拉藏办理事务”①。于是，派侍郎赫寿前往西藏办理事务，这是清廷派驻大臣前往西藏办事的一次很好的尝试。直到阿旺伊喜嘉措被封为第六世达赖喇嘛后，才将赫寿调回。

其次，康熙五十六年（1717），蒙古准噶尔部策零敦多布派兵进入西藏，并杀死拉藏汗，清廷随后派噶尔弼、岳钟琪率兵入藏，在藏内僧俗大众的支持下于康熙五十九年（1720）八月将准噶尔军驱逐出藏。当清军兵分三路入藏清剿准噶尔军时，原系拉藏汗的军官颇罗鼐联系阿里首领康济鼐配合清军夹攻准噶尔军，为打败准噶尔立下战功。雍正初年，青海又有罗布藏丹津起乱，其又与准噶尔部密切联系，而藏内由于七世达赖喇嘛年幼，以及当时藏内的政治形势又无法掌控，自此以后，清廷便相继派大臣入藏行使权力。

再次，是因为清廷看到首席噶伦康济鼐为人虽好，但恃倚勋绩，使其他噶伦怀恨在心，预感就要发生乱事。清廷鉴于当时藏内形势，命内阁学士僧格、副都统玛拉、洮岷协副将颜清如先赴藏以安抚各方势力。但到雍正五年（1727）正月担心之事还是发生了，噶伦阿尔布巴联合隆布鼐、扎尔鼐反对首席噶伦康济鼐，并杀死康济鼐。这种无道之事，立刻引起藏内哗然，一场新的变乱又在酝酿中。清军还未到拉萨之际，后藏颇罗鼐已擒获阿尔布巴等。所以说噶伦阿尔布巴等变乱是清廷派遣驻藏大臣的开始。

以上三个方面，只能认为是清廷派驻驻藏大臣的具体因素，最主要因素还是清政府在建立大一统、多民族的国家过程中，切实希望消弭各类地方势力带来的不稳定因素，对新疆、西藏、青海、蒙古、东北等边疆地区实行有效管控，并希望边疆地区长治久安。清廷先后在盛京、吉林、黑龙江、新疆设立将军，在青海、蒙古实行札萨克制，设盟长、旗长，统属于理藩院，这些边疆行政机构的设置，便是此说有力的佐证。

① 《清圣祖实录》卷二三六，第 362 页。

二　驻藏大臣的设置及职权

驻藏大臣为清代中央政府派驻西藏地方的最高行政长官。全称为“钦差驻藏办事大臣”，另称为“钦命总理西藏办事大臣”。乾隆十四年（1749）谕：“从前藏地常派大臣两员驻扎办事，后乃裁去一员。朕思藏地关系甚要，彼处应办事件有二人相商，较为有益。”[①] 可见，自此以后驻藏大臣为两员的设置，便成定制。驻藏大臣设正副各一员，正职为“驻藏办事大臣”，副职称“驻藏帮办大臣”。

从雍正五年（1727）始设，止于宣统三年（1911），共185年派驻藏大臣138人（除却因病等其他因素未到任的，实到117人）。驻藏大臣设置之初其任期与职权并无具体规定。但到了乾隆十二年（1747），颇罗鼐之子珠尔墨特之乱发生后，清廷先后派副都统班第、四川总督策楞率兵入藏处理相关善后事宜。策楞等人经过精心研究，于乾隆十六年（1751）制定了《酌定西藏善后章程十三条》[②] 并经乾隆帝审定后，“著照所定行，下部知之”[③]。这是清政府针对西藏内情所颁布的第一部基本法规。该章程在处理藏内重要事务，官员的拣选、革除，调遣兵马、关卡防守，差徭加派诸方面，都规定了由达赖喇嘛会同驻藏大臣商议、定夺、参奏，这也说明，该章程从制度层面上将驻藏大臣的职权提升至与达赖喇嘛相对等的程度。当然，该章程还较为粗浅，对藏内的一些具体事宜，比如清军在西藏的驻扎事宜、货币制造、贸易，以及驻藏大臣与达赖、班禅之间的关系问题等还未做规定。

乾隆五十八年（1793），清军在驱逐廓尔喀（尼泊尔大族）侵藏的战事中获胜后，大将军福康安、四川总督孙士毅、驻藏大臣和琳等协同达赖、班禅等遵照乾隆帝的旨意，商议并制定了《钦定藏内善后章程二十九条》（以下简称《钦定章程》）[④]，自此以后，该章程便作为驻藏大臣、达赖喇嘛、班禅以及西藏噶厦政府办事的一部基本法律、法规。《钦定章程》

---

① 《清高宗实录》卷三五一，第842页。

② 转引自牙含章《达赖喇嘛传》，第50~54页。

③ 《清高宗实录》卷三八五，第62页。

④ 转引自牙含章《达赖喇嘛传》，第62~72页。

从对活佛转世灵童的认定、贸易、出入境人员、货币“章卡”的铸造、军队的征调、官员的任免、税收、乌拉的管理，以及各类案件处理等方面，都对驻藏大臣的职权与使命做了具体规定。

活佛及各大呼图克图认定的金瓶掣签仪式中，驻藏大臣起监临除弊的作用。《钦定章程》第一条便规定，为避免在西藏各大呼图克图及活佛认定中发生弊端，乾隆帝特赐一金瓶。“今后遇到寻认灵童时，邀请四大护法，将灵童的名字及出生年月，用满、汉、藏三种文字写于签牌上，放进瓶内，先派真正有学问的活佛，祈祷七日，然后由各呼图克图和驻藏大臣在大昭寺释迦佛像前正式认定。”[①] 这样便避免了在灵童认定中护法作弊的可能。

入藏的外国人以及西藏地方出境人员，须由驻藏大臣监管并发放路证。《钦定章程》第二条规定，“所有来往商人，必须进行登记，造具名册呈报驻藏大臣衙门备案”；“各该商人（尼泊尔、克什米尔）无论前往何地，须由该管主脑呈报驻藏大臣衙门，按照该商人所经过的路线签发路证”；“如有外人要求到拉萨者，须向各边境宗本进行呈报，并由驻江孜和定日的汉官进行调查，将人数呈报驻藏大臣衙门批准”；“达赖喇嘛派往尼泊尔修建佛像或去朝塔人员，由驻藏大臣签发路证”。[②] 依该章程第二条规定，涉及主权的对外事宜，由驻藏大臣直接掌管。

“章卡”（西藏地方流通的一种硬币），向来在铸造中掺假多，而且还有尼泊尔的假章卡，现铸“章卡”纯粹用汉银铸造，正面为“乾隆宝藏”字样，边缘铸年号，背面铸藏文。《钦定章程》第三条规定，“驻藏大臣派汉官会同噶伦对所铸造之章卡进行检查，以求质量纯真”；“并依旧制，每一章卡重一钱五分，以纯银的六枚章卡换一两汉银”。[③]

前后藏建立正规军队，驻藏大臣须春、秋巡阅各一次。驻藏大臣傅清、拉布敦死于珠尔墨特余党之乱，主要原因是清政府在拉萨已撤走原有驻扎的正规军队。“这次呈请大皇帝批准，成立三千名正规军队：前后藏各驻一千名，江孜驻五百名，定日驻五百名”；并给每位军官、士兵发放

---

① 转引自牙含章《达赖喇嘛传》，第 62 页。

② 转引自牙含章《达赖喇嘛传》，第 63 页。

③ 转引自牙含章《达赖喇嘛传》，第 63 页。

一定的粮饷；为保证军队的战斗力，《钦定章程》第十三条还规定，“驻藏大臣每年分春秋两季出巡前后藏各地和检阅军队。各地汉官和宗本等，如有欺压和剥削人民情事，即可报告驻藏大臣，予以查究”。①

达赖喇嘛、班禅额尔德尼的收入及开支须经驻藏大臣审核。以前二人的收支完全由他们的亲属及随员负责管理，难免发生舞弊之事。《钦定章程》第八条规定，“大皇帝特命驻藏大臣进行审核，每年在春秋两季各汇报一次。一有隐瞒舞弊等情事发生，应即加以惩罚”②。

驻藏大臣督办藏内事务应与达赖、班禅共同协商。《钦定章程》第十条规定，“所有噶伦以下的首脑及办事人员以至活佛，皆是隶属关系，无论大小都得服从驻藏大臣”。官员的拣选，驻藏大臣与达赖喇嘛应处平等地位。该章程第十一条规定，“噶伦发生缺额需要补任时，从代本、仔本、强佐中考察各人的技能及工作成绩，由驻藏大臣和达赖喇嘛共同提出两个名单，呈报大皇帝选择任命”；“过去各宗之僧官宗本，都由达赖喇嘛的随从中委任，他们多不能亲自到宗任职，而派代理人前往，这些代理人难免发生贪污敲诈情事，因此今后所有代理人均由驻藏大臣选派”。③

西藏税收、乌拉等各类差役，须经达赖和驻藏大臣审核，一律平等承担。《钦定章程》第二十一条规定，“西藏之税收、乌拉等各种差役，一般贫苦人民负担苛重，富有人家向达赖和班禅领得免役执照，达赖喇嘛之亲属及各大呼图克图亦领有免役执照”，“今后所有免役执照一律收回，使所有差役平均负担。其因实有劳绩，需要优待者，由达赖喇嘛和驻藏大臣协商发给免役执照”。④

对犯人的处罚，须经驻藏大臣审批。《钦定章程》第二十五条规定，“今后规定对犯人所罚款项，必须登记，呈缴驻藏大臣衙门。对犯罪者的处罚，都须经过驻藏大臣审批。没收财产者，亦应呈报驻藏大臣，经过批准始能处理”；“今后不论公私人员，如有诉讼事务，均须依法公平处理”。⑤

① 转引自牙含章《达赖喇嘛传》，第 67 页。
② 转引自牙含章《达赖喇嘛传》，第 65 页。
③ 转引自牙含章《达赖喇嘛传》，第 66 页。
④ 转引自牙含章《达赖喇嘛传》，第 69 页。
⑤ 转引自牙含章《达赖喇嘛传》，第 70 页。

《钦定藏内善后章程二十九条》全面规定了藏内诸多事务的处理依据，该章程同时也规定了达赖喇嘛、班禅额尔德尼的权限。就此章程与乾隆十六年（1751）制定的《酌定西藏善后章程十三条》相比照，《酌定西藏善后章程十三条》中规定了在西藏事务办理中驻藏大臣应与达赖喇嘛有平等的地位，遇事则应共同相商；而《钦定章程》则规定在对外贸易、人员出入境、军队建设、案狱诉讼诸多方面，驻藏大臣拥有绝对权威，可见后者进一步细化了各项事务的具体操作，并进一步提高了驻藏大臣的权力。《卫藏通志卷九》“镇抚”条云：“卫藏事务，向由商上自行经理，自乾隆五十七年（1792）钦定章程，一切大小事件，统归驻藏大臣办理，责任綦重。”① 可以说自《钦定藏内善后章程二十九条》颁布起，驻藏大臣成了西藏地方的最高行政长官。另外，需要说明的是，纵观有清一代，驻藏大臣在藏内就中央政府的政策执行畅通与否，还取决于驻藏大臣自身的才干与大清的国势。

三　驻藏大臣的历史意义

纵观有清一代，虽然个别驻藏大臣纪山、巴忠亦有颟顸误国之举，但大多数驻藏大臣在其任上能鞠躬尽瘁，更有一部分大臣为了完成驻藏使命而死于驻藏大臣任上。这其中有因高原环境不适，或病死于赴藏途中的，如驻藏大臣李柱、奎林、额勒亨额、海枚、毓检、绍诚、庆善等；或死于驻藏任所的，如驻藏大臣阿尔珣、玛拉、阿敏尔图、索林、舒濂、斌良、穆腾额、升泰等。还有三人在驻藏任上，为化解藏内变乱，与变乱分子斗争而不幸以身殉职的，如乾隆十五年（1750）死于珠尔墨特那木扎勒余党之手的傅清与拉布敦；光绪三十年（1904），驻藏大臣凤全为弹压巴塘土司与喇嘛而牺牲。据陈德鹏在《论清代驻藏大臣的高死亡率及其原因》文中统计，驻藏大臣“病故、殉难和回京后因藏事赐死、自杀者（仅纪山 1 人因罪被赐死、巴忠 1 人畏罪自杀）达 32 人，死亡率超过 26%”②，足见严酷的高原环境、复杂的藏内形势，驻藏大臣虽贵为二品大员，也无法避

① 《西藏研究》编辑部编辑《西藏志　卫藏通志》，第 315 页。

② 陈德鹏：《论清代驻藏大臣的高死亡率及其原因》，《民族历史研究》2015 年第 3 期。

免有大量的牺牲。

清代驻藏大臣的设置与派驻，有其深远的历史意义。主要体现在：1. 充分执行中央政府的治边政策，操演军队，积极防御边患；2. 整饬吏治，公正拣选官员，维护政教合一的藏内政治体制；3. 抚恤灾民、减轻徭役，改善藏内民众的生活；4. 调节内乱、公正断案，保障藏内僧俗大众的安宁。总之，驻藏大臣为大一统、多民族王朝的边疆稳定与国家安全发挥了积极的作用。可以说，驻藏大臣的设置，于民族、于边疆、于国家都是有益的，其积极影响极为深远，亦如丁实存先生在《清代驻藏大臣考》中评价道："今欲批评驻藏大臣之得失，当先探讨驻藏大臣之任务职守是否完成？以为标准。驻藏大臣设置之原因，不外安辑藏政与防御外辱二端，前已言之，而防御外辱，又分为防准、防廓、防英三者……设无大臣之镇守，则有阋墙之争，内乱之起，必不可思议……今有驻藏大臣经常镇守，于宗教有掣签坐床之监临，财政则有稽查，官员则由其进退，一切均有条不紊，防患未然，即猝有事变，亦不难救平抚定。"[①]

综上所述，驻藏大臣代表清中央政府，其所作所为，关乎藏内稳定与繁荣，关乎边疆地区的和平与安宁。清政府在选派驻藏大臣方面尤为重视，驻藏大臣大多有丰富的边疆任职经历与处理复杂事务的历练，如松筠在任驻藏大臣前，曾任镶黄旗蒙古副都统，正红旗满洲副都统，还曾奉谕往库伦查办过俄罗斯事务。[②] 瑞元由哈密办事大臣奉命往西藏办事；更有斌良，因其有丰富的边疆办事经历，道光皇帝才不惜以斌良63岁的年纪派其往西藏办事，斌良也曾在《腊月十九日蒙恩授驻藏大臣恭纪》诗中自注："上（道光帝）谕驻藏边务紧要，汝精神甚好，朕于侍郎中特简汝前往妥办一二年""上询良年纪，覆奏六十三岁"。[③] 为维护驻藏大臣在藏内行使权力中的权威性，清廷从制度上加以保障，而且还派驻军队、拨付款项等，可以说每一个步骤都考虑得极为周详。

---

① 丁实存：《清代驻藏大臣考》，蒙藏委员会印行中华民国三十二年版，第151~152页。

② 王钟翰点校《清史列传》卷三十二，中华书局，1987，第2469页。

③ （清）斌良撰《抱冲斋诗集》卷三十六，《续修四库全书·集部·别集类》1508册，第452页。

第二节　清代驻藏大臣藏事诗的创作背景

清初，随着清王朝对西北边疆统一战略的有效推进，在一个空前大一统王朝逐渐形成的背景下，蒙古准噶尔军多次扰藏，以及西藏地方各派势力相争不下的藏内政治环境，需要清中央政府派驻官员、派遣军队、制定章程来进一步有效治理。驻藏大臣的设置与制度化，便是在这样的内外局势变化的背景下完成的。清王朝文治天下的大文化背景下，满、蒙官员的文学修养也得到很大提升，以及青藏高原独特的自然与人文景观，激发了入藏官员创作的冲动。驻藏大臣藏事诗便是在这样诸多条件的影响下创作的。

一　清代文治天下背景下八旗官员艺术修养的提升

在中国古代文学艺术发展中，诗歌始终是文人士大夫垂青的艺术样式。章培恒先生说过："就总体来说，诗歌在我国古代备受推崇，而且越到后来，写诗越成为士大夫应该具备的能力之一。其风流所及，不但才子佳人小说里的男女主角往往以诗歌相唱和，并进而私订终身，连《水浒传》里的宋江也因题了反诗而锒铛入狱。"[①] 因而，各个朝代都涌现出一大批著名诗人，他们的诗作带有鲜明的时代、地域特色。清代是一个多民族的大一统王朝，诗歌创作的人数、数量都远远超过前代，而且具有鲜明特色的地域性的诗人群体层出不穷、异彩纷呈。

因此，清代诗坛不同于前代的是，以满族为主体，同时包括蒙古、汉军在内的"八旗"诗人群体，成为清代诗坛的重要一翼。这也是清代大一统局面下多民族、多元文化并存的一个实质。张菊玲曾说："最早出现于满洲贵族王公大臣中的作家，是用汉文创作的，此种特殊现象的形成，与清代初年满族掀起勤奋学习汉文化的热潮紧密相关。"[②] "清朝政权实行以

---

① 章培恒：《中国近代诗歌史·序二》，马亚中《中国近代诗歌史》，复旦大学出版社，2011。

② 张菊玲：《清代满族作家文学概论》，第10页。

满族贵族为主体的满、蒙、汉封建阶级的联合专政，是专制主义中央集权制度的高度发展形态。"[①] 清代驻藏大臣中除了清末的张荫棠与温宗尧为汉族外，其余全部为满、蒙八旗出身。驻藏大臣能够创作一定数量的藏事诗，首先与清代八旗文人的文学创作氛围的形成有密切关系。

清朝统治者希望满人贵族精熟汉人文化，以增强"文治"之资。满族入关后年幼的福临成为第一个皇帝，其积极倡导尊孔读经，提倡儒家哲学思想。并且，他把皇帝研读儒家经典当作一项制度固定了下来，并制定了日讲官制，让内阁学士、翰林院侍讲，邀请汉族耆儒讲授儒家经典。但"世祖（福临）享年不永，虽雅意右文，未能大昌文化。圣祖亲政以后，勤学好问，早岁已然。三藩作难，天下汹汹，而经筵日讲，不懈益勤"[②]。圣祖更是邀请宋学大儒当指导老师，实行经筵日讲制。刚开始隔日一讲，以后便要求每日一讲。

由于最高君王的带头，皇室王公贵胄也纷纷效仿皇帝延请汉族名儒教习自己的子弟。礼亲王昭梿在《啸亭杂录》"红兰主人"条中有一段记载："崇德癸未时，饶余王曾率兵伐明，南略地至海州而返，其邸中多文学之士，盖即当时所延致者。安王因以命教其诸子弟，故康熙间宗室文风以安邸为最盛。"[③] 这段记载说明，安和亲王岳乐在府邸已延请文士教学。故而，安和亲王之子岳端、岳端堂弟博尔都、岳端侄孙文昭等已成为康熙朝著名的宗室诗人。"在当时满洲王公府邸，常有一个满、汉作家诗歌唱和的文化圈子。如岳端极喜结识汉族文人，纳交东南名士殆遍，吴江诗人顾卓、无锡诗人朱襄被岳端请至府邸，长期延为上宾。"[④] 而博尔都更是与著名诗人施闰章、毛奇龄、姜宸英、顾贞观等交往甚密。

到了乾隆朝，诗坛流派众多，诗歌创作和诗歌理论已是极为丰富。这一时期，满族已通用汉语、汉文，满人吟诗联句之风日炽。袁枚在《随园诗话补遗》卷七中云："近日满洲风雅，远胜汉人，虽司军旅，无不能

① 戴逸：《清史》，中国盲文出版社，2015，第 42 页。

② 孟森：《明史讲义》下册，商务印书馆，2011，第 567 页。

③ （清）昭梿：《啸亭杂录》卷六，《清代笔记小说大观》，上海古籍出版社，2007，第 4524 页。

④ 张菊玲：《清代满族作家文学概论》，第 11 页。

诗。”[①] 大才子袁枚的这句话，大抵可知满人文学创作的风气之盛。严迪昌先生也从《宸萼集》与《熙朝雅颂集》中八旗诗人及其诗歌作品的数量对比中，大致说明自乾嘉以后八旗诗歌更为繁荣的事实：

> 文昭编于康熙四十九年（1710）的《宸萼集》，录得二十八家三百七十六首；到嘉庆九年（1804）由铁保主其事，法式善具体董理编成的《熙朝雅颂集》，共辑入满、蒙、汉军八旗的诗人五百八十五家，诗七千七百四十三首，合为一百三十四卷。诚然，文昭所收的乃宗室诗人，范围未广，但这又恰好印证着清初帝君既欲天潢胄裔熟精汉族文化以增强“文治”才干，又严防“汉人习气”扩散沾染其从龙子弟的事实。[②]

清代满族作家人才辈出，先后出现了一大批有影响力的诗人。顺、康、雍三朝，擅长描摹朔方景物、京师风物的有岳端、赛尔登、长海、文昭等人；有擅长描写边塞征战的佛伦、讷尔朴、文明等人，其文风质朴，较粗犷。乾嘉以后，满族作家无论是人数还是所创作作品的质量，都远超前代。代表性的如永字辈宗室诗人永瑊、永瑢、永忠、永忠，以及铁保兄弟、法式善、英和、和琳，还有旗下布衣李锴、马长海等。

至今留存有藏事诗的驻藏大臣中，和琳与和瑛均与大才子袁枚有交往。和琳的《题袁简斋小苍山房诗集二首即以奉寄》[③] 便是寄送给袁枚的诗，袁枚也不时地回信，高度评价和琳的功业与诗歌成就：“少小闻诗礼，通侯即冠军。弯弓朱落雁，健笔李摩云。罢猎随拈韵，安边更策勋。”[④]（《答和希斋大司空》）和瑛也有诗《题袁子才诗集》[⑤] 盛赞过袁枚的诗歌成就，这也充分说明满汉官员、文人间的文学交往俨然成为时风。而存有

---

① （清）袁枚著，顾学颉点校《随园诗话补遗》卷七，人民文学出版社，1960，第 742 页。

② 严迪昌：《清诗史》，人民文学出版社，2011，第 761 页。

③ （清）和琳撰《芸香堂诗集》，嘉庆十六年（1811）刻本。

④ （清）袁枚：《小仓山房诗文集》，上海古籍出版社，1988，第 980 页。

⑤ （清）和琳、和瑛撰《卫藏和声集》，广东省立中山图书馆编《中国古籍珍本丛刊·广东省立中山图书馆卷》第 60 册，国家图书馆出版社，2015。

藏事诗的驻藏大臣中，和瑛、文干是进士及第者，瑞元是被誉为清代“北方三才子”之一的铁保之子，斌良是两江总督玉德之子，清叶绍本在《抱冲斋诗集》序中便说：“达斋（斌良父玉德）尚书家学，自髫年即工为诗。”① 这些也充分说明，一个时代的文学风尚与科举取士及八旗宗室家族良好的文学氛围，对八旗官员的文学素养的修炼起着很重要的作用。蒙满官员文学素养的提升，是驻藏大臣藏事诗创作的前提条件。

二　绝域奇景异俗使诗人内心“不平”发而为声

钱锺书先生在《诗可以怨》一文中就韩愈的“大凡物不得其平则鸣”的进一步解释是，“韩愈的‘不平’和‘牢骚不平’并不相等，它不但指愤郁，也包括欢乐在内。先秦以来的心理学一贯主张：人‘性’的原始状态是平静，‘情’是平静遭到了骚扰，性不得其平而为情”②。青藏高原雪压千年的大山、高山峡谷间奔涌而出的大河、寒冷多变的气候、庄严神秘的佛教世界，以及藏地的各类奇风异俗都会让一个来自内地的文人内心激荡不已，“发而为声”，创作出许多带有青藏高原地域色彩的文学作品。

从驻藏大臣的藏事诗中便可看出这种因藏地自然、人文环境的奇异性带给诗人的冲击而创作的痕迹。斌良被任命为驻藏大臣后，从京城出发前就听人说藏路之难，特别是入藏途中的瓦合山，攀越更是极为危险，故而诗人便早早地默祝自己路上平安！其《默祝》诗云：

> 闻道西夷瓦合山，雪封叠磴迥难攀。瓣香稽首无他愿，万里平安得早还。③

诗中的瓦合山，在今西藏类乌齐县（属今西藏昌都市）南。《卫藏图识》载道：“瓦合山，高峻且百折，山上有海子，烟雾迷离，有望竿，合周天度数，矗立土台之上，大雪封山时，必借以为向导。过此戒勿出声，违则

---

① （清）叶绍本：《抱冲斋诗集·序》，《续修四库全书·集部·别集类》1508册，第4页。

② 钱锺书：《七缀集》，生活·读书·新知三联书店，2002，第122页。

③ （清）斌良撰《抱冲斋诗集》卷三十六，《续修四库全书·集部·别集类》1508册，第453页。

冰雹骤至。山之中鸟兽不栖，四时俱冷，上下逾百里无炊烟。”① 而《卫藏通志》卷三又载道：瓦合大山“在类乌齐西南，山大而峻，路险难行，四山相接，绵亘一百六十里，四时积雪，有数十丈之窖，行其上，愁云瘴雾，日色惨淡”②。可见瓦合山是出入藏途，攀越难度高且极其危险的大山，难怪声名早在万里之外。半年内诗人一直怀着这种万分忐忑的心，等到终于平安地翻越了瓦合山时，诗人又写了一首《过瓦合山》，以表达有惊无险的心情，其诗云：

耳食崇山瓦合名，半年惴惴惧长征。瓣香默祷蒙敷佑，无雪无风度石坪。③

诗中说，他一路烧香叩头祈祷，希望这万里的绝域之行能够平安归来，更希望能安全翻越瓦合山，最后能在无雪无风中平安地攀越此山，当时诗人内心是多么的宽慰，悬着半年的心终于暂时放一放了。在斌良的《抱冲斋诗集·藏卫奉使集》中类似因环境的奇崛震撼，使诗人内心“不平”发而为诗的还有很多，如因高原山洪暴发发出巨大声响写的《初二日抵瓦斯沟山溪骤涨，漫浸溪路难于前进，因就瓦斯沟茅店宿焉，终夜惊涛灌耳，若雷鸣喧聒，不能成寐，挑镫书此纪之》；因“每逢佳节倍思亲”而写的《端阳节前打箭炉行馆感兴》；诗人作为二品大员，入藏途中因无房屋过夜，而宿于帐篷，看到漫天星光，感慨而作的诗《瓦切道中无蛮寨可栖，止遂支布帐于荒原间，幕天席地畅豁尘襟，囱囱饭于帐中，感成》；诗人忽然看到大朔塘山中彩虹，甚感祥瑞，因喜而作的诗《大朔塘行馆门前山谷中虹霓忽见，五色迷离光彩烛天，蛮人以为祥瑞，称贺喜纪》。

类似因自然环境的巨大变化，引起诗人内心冲动，发而为声的诗作还有很多。驻藏大臣瑞元的古体诗《居藏半年一切起居诸不相宜，回忆玉门关外直不啻天壤之别感而有作》便是其中典型的一首，诗云：

---

① （清）马揭、盛绳祖修撰《卫藏图识》，乾隆五十七年（1792）刻本，第 97 页。

② 《西藏研究》编辑部编辑《西藏志　卫藏通志》，第 215 页。

③ （清）斌良撰《抱冲斋诗集》卷三十六，《续修四库全书·集部·别集类》1508 册，第 482 页。

昔为玉门客，感时频思家。羌笛怨杨柳，天山嗟无花。而我两来往，同是蒙风沙。既驰健蹄马，且驾高轮车。平平万里路，风景犹中华。自入秃发境，山程如盘蛇。临溪竟容足，断缺用木遮。雪城高危险，树窝深槎枒。绳桥乃溜竹，皮船同浮楂。艰苦遍已历，乃到天之涯。……①

瑞元是在哈密办事大臣任上被任命为驻藏帮办大臣的。前因两行河西走廊，一次于道光二十一年（1841），以副都统衔任乌什办事大臣，一次于道光二十四年（1844）又任哈密办事大臣，因而感慨河西走廊戈壁滩的荒芜，且风沙弥漫，甚觉此路之难行，但当诗人行走在藏途上的时候，藏路的艰险远胜于玉门关之外的戈壁风沙路，因而感慨新疆之行简直是“既驰健蹄马，且驾高轮车。平平万里路，风景犹中华”。诗人还写了四首律诗进一步描绘藏路的艰险，题为《古人屡咏蜀道难，殊不知出打箭炉后山势险恶，更有十倍难于蜀道者，盖当时西藏尚未列入版图，故乏吟咏耳。余特补咏四律题曰“藏路难”》，诗中说古人咏蜀道难是因为他们没有行走过藏途，走过藏路的人才知道天下最难行的道路在于川藏一线，才会感受到藏路之难远胜于蜀道。

因为入藏之途极为艰险，清代以前除了朝廷派往西藏的使者，很少有人去过西藏，故而，元明文人作品中的西藏，大多是文人对异域的想象，缺少真实的体验与描绘。清代驻藏大臣奉谕入藏，亲眼所见、亲身体会了完全不同于内地的自然风貌、民族风情，内心产生巨大的震撼，因此，便用诗歌的形式表达了诗人的这种感受与体验。

三　用诗的形式纪写驻藏经历以益于后来者

蒋寅先生对清人在创作方面的拓新指出，“其中最引人注目的是大力开拓旅行和怀古题材，通过旅行接触新异景观，通过怀古想象历史情境，作家由此摆脱日常经验的包围，磨去日常感觉的厚茧，获得全新的感觉和

① （清）瑞元撰《少梅诗钞》卷五，《清代诗文集汇编》，上海古籍出版社，2010，585册，第66页。

体验”[①]。从今天所能见到的驻藏大臣的藏事诗来看，有着鲜明的纪事体性质，而且松筠的《丁巳秋阅吟》、文干的《壬午赴藏纪程诗》、斌良的《抱冲斋诗集·藏卫奉使集》都属于纪程诗，诗中对自己入藏，以及巡阅后藏途中的时间、地点，程站周围的人文、气候和自然环境都描绘得很清晰、准确。

古代文人士大夫“达则兼济天下”的社会责任意识，促使他们奉谕做事力求有益于后来者。亦如驻藏大臣松筠在《西招纪行诗》自序中言：“余因抚巡志实，次第为诗，共八十有一韵。虽拙于文藻，或亦敷陈其事之义，名曰《西招纪行诗》，后之君子，奉命驻藏者，庶易于观览，且于边防政务，不无小补云。”[②] 故而松筠把自己驻藏五年治藏理政的经验与实践过程都写成诗，从《西招纪行诗》和他的藏事诗集《丁巳秋阅吟》中便可窥其概要。驻藏大臣斌良虽到西藏不久，因水土不服而死于任所，但他在赴藏途中所写的藏事诗，亦如道光年间诗人廷桂在《抱冲斋诗集·序》中说的：“且雅州以外，不惟古诗人所未到，实古诗人所未闻。公按辔骁征，遇山水陡绝，雨雪雰霏，以及川涌祥虹，海骧异兽，绥黄教，驭蕃夷，悉以诗纪之。公于是集有‘天或昌我诗，故使劳我躬’二语。”[③] 有着鲜明的纪事性质，间接地为他人介绍了赴藏途中的所历、所感。

同样病死于驻藏大臣任所的文干，其奉谕驻藏的诗，集为《纪程诗钞》三卷，共299首。吴丰培先生在第三卷《壬午赴藏纪程诗·跋》中所言，“今读其诗虽平淡，而记旅途见闻，景物宛在，不失为有用之作也”[④]。今人袁行云也说：“《诗钞》记乌斯藏山川之险阻、边塞之荒寒，三载驰驱，不遗见闻。……卷三曰《壬午纪程》，为驻卫西藏所作，诗五十首。……记西藏古迹形势，比附俪语，俱可参考史事。”[⑤] 瑞元的《少梅诗钞》六卷，就该诗集的文献价值，袁行云先生亦云：“瑞元生平踪迹遍寰

① 蒋寅：《清代文学论稿》，凤凰出版社，2009，第17页。
② （清）松筠撰《西招纪行诗·序》，《松筠丛著五种》，清嘉庆、道光年间刻本。
③ （清）廷桂撰《抱冲斋诗集·序》，《续修四库全书·集部·别集类》，第8页。
④ 吴丰培：《壬午赴藏纪程诗·跋》，吴丰培辑《川藏游踪汇编》，第260页。
⑤ 袁行云：《清人诗集叙录》，人民文学出版社，2016，第1826页。

中，诗多道未经人语。”① 其中卷五《客藏吟》更多叙述西藏的政治宗教、山川风土，对后人了解西藏不无裨益。

而且从驻藏大臣纪程诗的诗体结构中，便可了解他们驻藏任上各个程站间的行程时长，以及当地的风土人情、气候变化、山川形胜等，为入藏者起到舆图指示作用。松筠诗集《丁巳秋阅吟》是诗人于清乾隆六十年（1795）及嘉庆二年（1797）两次巡阅后藏时所撰。是集最突出的特点是，每首诗之间按照诗人巡阅行走路线前后为顺序编排，且每首诗的诗题即为诗人经过的地点名称，诗题后都注明各地间的距离，如第一首《业党》（题后注：前藏至此七十里），第二首《曲水》（题后注：业党至此九十里，铁索桥换乌拉），第三首《巴则》（题后注：曲水至此五十五里），如此一直延续到最后一首《还抵前招》，题后注：由达木东南行八十里，宿错罗鼎草地，又四十五里宿拉康洞，换乌拉，此迤南有田禾，由此西南行七十里，宿达隆，又七十里宿伦珠宗。又八十里宿嘉里察木。又七十里宿萨木多岭。又八十里乃至拉萨。② 而且，诗中还对当地地形特征、物产等做了叙述。若该诗集第一首到最后一首诗题相连，便可绘制出一幅完整的驻藏大臣后藏巡阅图，对后来驻藏者考察后藏地形大有帮助。驻藏大臣文干的诗集《壬午赴藏纪程诗》，也是其于嘉庆二年（1797）八月，巡阅后藏时创作的纪程诗，可以作为松筠诗集《丁巳秋阅吟》中有关后藏地形地貌记载的有益补充。

驻藏大臣斌良的《抱冲斋诗集》卷三十六《藏卫奉使集》便是用诗的形式完整记载了诗人奉谕从京城出发途经河北、山西、陕西、四川，再经川藏路最后到达拉萨的沿途所见、所感，绘制成了一幅完整的清代中央政府驻藏官员赴藏路线图。其意义价值要比地图更加深入、全面，更加立体。而且《藏卫奉使集》中每首诗题中除了出现行程中的地点名称外，还有三个新特点：一是诗题很长，甚至一首诗题就是一篇小散文，如《二十八日行抵雅州清溪县之界牌驿，夜雨沉沉，衾寒泼水，馆前涧水奔腾灌耳不能成寐，黎风雅雨到此信然，挑镫题壁》《头塘向无行馆，使节往来皆

---

① 袁行云：《清人诗集叙录》，第 2333 页。

② （清）松筠撰《丁巳秋阅吟》，《松筠丛著五种》，清嘉庆、道光年间刻本。

支搭蛮帐止宿，黄别驾代筑板屋三椽为憩息之所，二十四日冒雨抵此，感赋》；二是诗题多采用描述性语言，如《山行入老林灌木，阴森遮蔽日月，深峡晦冥，令人心悸，晚抵马盖中》《古树塘有大树二株，本大十人围，乃千年物也，令塘兵护惜，不许蛮人樵采，赏之以为诗》；三是将“晓发”“至”“晨起”等时间加动态词连用，形成随行便记的游记体特征，如《晓发大窝塘，鸟道萦回，险窄异常，骑行迟缓至阿南多山麓天已曛黑，不可前进，因就蛮房止宿焉，次日晨起见山水甚佳，俨然图画，喜题》。总之，斌良的藏事诗，将沿途所见、所感、所听均融于诗题，信息量大，纪事的意图明显。

再者，古之文人立言，还有以求不朽之诉求。《左传·襄公二十四年》：“太上有立德，其次有立功，其次有立言，虽久不废，此之谓三不朽。”① 也就是说，驻藏大臣藏事诗的创作，除了有益于后来驻藏者之外，立言以求不朽之意图也是其创作的动机之一。如瑞元的诗《醉酒歌》云：

> 我本无宦橐，惟存一囊诗。我且壮行色，新增数茎髭。髭圣吾岂敢，诗狂吾不辞。足迹遍中外，处处留歌词。十余万里路，见闻殊新奇。富贵何足羡，浮云轻视之。兴来酌樽酒，醉在天一陲。忽然发长啸，相邀明月时。②

诗中表达了瑞元重诗的创作而轻富贵的淡薄心态。诗人在《自订十六砚斋诗稿》中写道：“敢将风雅比前贤，勉步骚坛数十年。莫怪烦言删不尽，一生宦迹累残编。”③ 可知，诗人对自己所创作的诗是多么的珍爱啊！更有甚者，和瑛也是一生著作宏富，为搞创作而耽误政事，数次被罢官，据《清史稿》“和瑛本传”记载，和瑛任山东巡抚时，金乡冒考案，因和瑛误听济南知府德生言而诬断一事，嘉庆皇帝以“和瑛日事文墨，废弛政务，即解职”④。以上可知，立言对古代文人士大夫的意义。

---

① （春秋）左丘明著，（晋）杜预注《左传》，上海古籍出版社，2016，第541页。
② （清）瑞元撰《少梅诗钞》卷五，《清代诗文集汇编》585册，第67页。
③ （清）瑞元撰《少梅诗钞》卷五，《清代诗文集汇编》585册，第67页。
④ 赵尔巽等撰《清史稿》卷三百五十三，中华书局，1977，第11282页。

四　驻藏大臣衙门文学活动的开展

驻藏大臣衙门并不仅仅是一个政府性质的办公机构，而是一个以驻藏大臣为中心，一大批办事人员为团队的办公、生活场所。衙门里面，甚至周围环境布置相当雅致，这一点，从瑞元的藏事诗、有泰驻藏日记及联豫的《柳园记》中可以得到印证。因此，驻藏大臣衙门也适合清政府在藏办事人员在公务之余的其他活动，也包括文学活动。

驻藏大臣贵为封疆大吏、二品大员，其中一部分又是进士出身，诗文创作成就很高。大才子袁枚也将福康安、孙士毅、和琳、惠龄与其来往的信札、诗文制成一册，“题曰《四贤合璧》，以为光耀”[①]。其中袁枚曾选和琳的诗作《西招春咏》《中秋德庆道中》《春夜》入自己的诗话，并评价其诗为：“思超笔健，音节清苍。”[②] 除此，像驻藏大臣松筠、和瑛、斌良等的文学成就也得到时人的肯定。“浙西七子”之一的吴慈鹤赞和瑛的诗“自成一家”[③]。杨钟羲的《雪桥诗话》也评驻藏大臣文干，“熟精《选》理，诗文具有法度”[④]。

驻藏大臣衙门的文学活动，显然是以驻藏大臣为代表或主持之人，幕僚和游幕之人为成员，以其衙门为活动中心开展的一系列文学活动。由于目前对清代汉语西藏文学的研究尚处于起步阶段，一些研究的基础文献尚处于搜集、整理阶段，书中有关驻藏大臣衙门的文学活动，是以驻藏大臣有泰的驻藏日记为考察中心的。

驻藏官员由中央政府派遣或西藏地方政府任命，前文提及的仅中央派遣的除正副大臣外还有10多名官员。除此，驻藏大臣还可带随员，驻藏大臣的随员定例是副大臣可带4人，大臣可带6人，当然也不是没有例外。从《有泰日记》中可以查知，经常提到的随员有恩惠臣、余鹤孙、吴小瑾、江少韩、范湘梅、马竹君、刘化臣七人。有关有泰随员的阅历介绍见

---

① （清）袁枚著，顾学颉点校《随园诗话补遗》卷七，第741页。

② （清）袁枚著，顾学颉点校《随园诗话补遗》卷六，第730页。

③ （清）吴慈鹤：《易简斋诗钞·序》，《续修四库全书·集部·别集类》1460册，第454页。

④ （清）杨钟羲撰，雷恩海、姜朝晖校点《雪桥诗话全编一》卷一〇，人民文学出版社，2011，第533页。

康欣平的著作《〈有泰驻藏日记〉研究》[①]，从中便知，随员中大多属有一定文学修养之人。当然还有与有泰共事的副大臣联豫及随员四人。这部分驻藏官员，以及少量的游历之人，或官员的友人共同构成了较为庞大的文学活动群体。在有泰驻藏期间衙门的文学活动，主要有诗文的唱和、评鉴、编订、刊刻、阅读、评议等。

（一）诗作唱和与评鉴

从有泰在其日记中的记载看，驻藏大臣与僚属的诗歌唱和，互动很频繁。光绪三十年（1904）二月二十一日，有泰有感于藏地大雪飘飞却伴有雷声的奇异天气，而作了一首五律《登楼》："登楼望原野，雷雪绕诸峰。绿柳垂千缕，白云生万重。人虽辨清浊，天竟浑春冬。借问庞然客，何追莲社踪。"创作完成后听到西院笑语喧哗，便命书童拿着此诗让他们应和，第二天午后，"诸和诗者纷纷投赠，有极可笑，不但无可解处，甚有平仄尚未调者，适鹤孙在楼，大笑而已，今日来者，自以鹤孙为第一。晚至其屋内闲谈，杨桐冈、吴小瑾、马竹君均在座，因谈及诗中笑话，有非意料所及者，因大为取笑"。[②] 这是一种有泰先作诗，让臣僚应答的活动，气氛活跃。还有一种和诗活动是，有泰先品阅僚属的诗作，然后自己再作诗应和。光绪三十三年（1907）四月十七日，有泰道："今午饭时鹤孙过谈，默写《东归》七律一首，甚佳，余遂和之。"[③] 光绪三十二年（1906）三月二十六日，有泰又道："晚饭后过洋务局，均到，鹤孙拿《瘗鹤》五古两纸，作甚佳。"第二日，"午后鹤孙来，因有《瘗鹤》五古一章，令其看之，因其亦有《鹤冢》五古诗也"。[④] 鹤孙为余钊的号，五品衔，浙江人。在驻藏随员中，有泰看似很赏识鹤孙的诗才。

有泰与驻藏副大臣联豫也有诗作往来。光绪三十二年十月二十六日，有泰云："鹤孙来略谈，联建侯送来五律二首。"[⑤] 建侯，即驻藏副大臣联

---

① 康欣平：《〈有泰驻藏日记〉研究——驻藏大臣有泰的思想、行为与心态》，民族出版社，2015，第 211~212 页。

② （清）有泰著，康欣平整理《有泰日记》，凤凰出版社，2018，第 434~435 页。

③ （清）有泰著，康欣平整理《有泰日记》，第 716 页。

④ （清）有泰著，康欣平整理《有泰日记》，第 636 页。

⑤ （清）有泰著，康欣平整理《有泰日记》，第 682 页。

豫的字。光绪三十二年十一月初二，有泰又云：“午后在小签房会范湘梅，谈其欲辞后藏粮务，惟应联大人处递禀再说。建侯送到题《竹枝词》诗四首。”[①] 而有泰也在其日记中多次记录自己给联豫答诗的情况。光绪三十二年十月初八，有泰道：“早将《乌斯竹枝词》送给联大人阅看，并写对子，以作消遣。”[②] 光绪三十三年（1907）十二月二十七日，有泰道：“早鹤孙来，将浙生《西藏说》加一条子，交其寄望，并作《狂风谣》七古，交其一看，倩呈联大人。”[③] 这里的浙生便是齐浙生，是有泰的随员，与有泰有文笔往来。吴丰培主编的《联豫驻藏奏稿》文后附有五首古体《炉边谣》[④]，亦可知有泰与联豫在藏时期诗歌的互动。“午后海山复来，联大臣令其拿造藏钱各样子并呈来阅看，联大臣有诗一首令印房笔政录之，因记之，特默诵而成。题为《不寐》，诗曰：‘灯影半明灭，雨窗滴未休。茫茫今古事，潮涌上心头。’即此一斑，可窥全豹。闻有诗集，岂不坑死人哉！”[⑤] 从此处记载看，有泰对联豫的诗才颇有微词。

除了上述的诗作互动外，还有将诗作送对方评鉴。光绪三十二年八月十一日，有泰记：“无事看书，将卅首《乌斯藏竹枝词》作完，交戴笔政代誊出，再酌。闻联建侯至后院，甚赞雅趣。晚饭痛饮黄酒，在廊下约鹤孙赏月，有云极净，清高无比，纵谈甚乐也。”[⑥] 有泰入藏后的诗作，从其日记中所记载的目录看，似有数十首，但记在日记中的唯有两首，其余下落不明。光绪三十年（1904）四月十一日，有泰道：“早到鹤孙屋内谈，湘梅来，作《青海女王》七古一章，颇有趣。”[⑦] 此两条的记载，也足见文人士大夫的雅趣所在。

以上记载便知，驻藏大臣衙门的诗歌活动，既有驻藏大臣与僚属的唱和，又有正副大臣间的往来。从中既可以看出衙门中文人士大夫的旨趣，又可看出诗作的往来也属于文人间的一种交往礼仪。从其他驻藏大臣，如

---

① （清）有泰著，康欣平整理《有泰日记》，第683页。

② （清）有泰著，康欣平整理《有泰日记》，第680页。

③ （清）有泰著，康欣平整理《有泰日记》，第693页。

④ 吴丰培主编《联豫驻藏奏稿》，西藏人民出版社，1979，第199~200页。

⑤ （清）有泰著，康欣平整理《有泰日记》，第671页。

⑥ （清）有泰著，康欣平整理《有泰日记》，第670页。

⑦ （清）有泰著，康欣平整理《有泰日记》，第447页。

瑞元的诗《藏居读杜少陵寓居同谷县七歌有感于中，因仿其体》①，还有和瑛的诗《前藏书事答和希斋五首》《和希斋赠橄榄并放生青羊致谢二首》《送别和希斋制军之蜀十首》②，和琳的诗《答瑶圃惠制军泛舟见怀元韵》《答补山孙相国泛舟见怀元韵》《和太庵济咙禅师祈雨辄应志喜元韵》③，均可间接得知这种驻藏大臣衙门中诗歌的创作与互动是一种常态，并非个案。

（二）诗文编订与刊刻

光绪三十一年（1905）七月初十，有泰记：“至洋务局，均到，惠臣亦来，回时小雨，令将《悦心集》第一卷钞讫。”④ 光绪三十一年八月二十九日，有泰又记：“将《悦心集》钞讫，即交鹤孙，倩印房笔政诸君，凡有错落，挖补好，再重书，然统计四卷已四万数千字矣。”⑤《悦心集》是雍正帝将自己做皇帝前在藩邸读书时抄录的各种人物所写的短文、诗赋、格言或社会上流传的趣事、谐语、歌诀等汇编而成的集子，可谓是慰藉心灵，明了人生的良方。可见有泰对《悦心集》喜爱的原因。光绪三十一年六月二十日，有泰道：“早鹤孙过谈，将昨日记令看之，因大乐。所著《瓦合山记》，已刻成，令其拓之，可与《丹达山记》并传，详则过之，措辞亦较其得体。余所作《蒋念亭事略》付之刻板。”⑥ 此一则记载，可知有泰与臣僚的文学创作除诗歌外，还有游记。驻藏大臣瑞元的在藏诗《自订十六砚斋诗稿》：“敢将风雅比前贤，勉步骚坛数十年。莫怪烦言删不尽，一生宦迹累残编。”⑦ 也得知其在藏的诗歌创作与诗文编订工作。

（三）诗文阅读与评议

有关诗论，有泰提到了同朝三位前辈。光绪三十二年二月三十日，有泰道：“现以《唐诗别裁》消遣，要以沈归愚先生惟正宗，不过稍有沾滞处，王渔洋先生以禅论诗已差，袁才子论诗主性情，开不读书之法门，亦

① （清）瑞元撰《少梅诗钞》卷五，《清代诗文集汇编》585册，第63页。
② （清）和瑛撰《易简斋诗钞》卷二，《续修四库全书·集部·别集类》第1460册，第494页。
③ （清）和琳撰《芸香堂诗集》，嘉庆十六年（1811）刻本。
④ （清）有泰著，康欣平整理《有泰日记》，第568页。
⑤ （清）有泰著，康欣平整理《有泰日记》，第581页。
⑥ （清）有泰著，康欣平整理《有泰日记》，第658页。
⑦ （清）瑞元撰《少梅诗钞》卷五，《清代诗文集汇编》585册，第67页。

非是也。”[①] 有泰对沈德潜、王士祯、袁枚三位大家诗论都有不满意之处，足见其在诗论方面有一定的造诣。光绪三十三年（1907）二月初一，有泰道：“无事将《随园诗话》看两遍。”[②] 同年二月十九日，有泰又道：“《随园诗话补遗》卷四，香亭（袁枚的弟弟）以余年衰，劝勿远出游山，余书六言绝句与之云：看书多撷一部，游山多走几步，倘非广见博闻，总觉光阴虚度。老辈勤学劳力，于此可见一斑。”[③] 有泰通过对袁枚诗话的反复阅读，认识上似乎发生了转变：终可见袁枚的“主性情”并非是不强调读书。

从以下记载看，有泰不光对诗及诗论感兴趣，而且对小说也阅读甚细，并有评论。光绪三十一年三月初七，有泰道：“鹤孙借来洋石印《儿女英雄传》，此书为世伯文铁仙先生著，另作一种笔墨，不落各小说窠臼，乃本评话无处不求新奇，有董韫卿夫所批，作者、批者皆为头二品大员，阅历之深，学问之博，非后之学者可望尘而及，粗读一通还之。”[④] 光绪三十一年五月二十八日，有泰道：“鹤孙借来《封神榜》一部，内短一本，看讫，不知其寓意在何处，或谓道书，然与《西游记》不同，似有寓意，可耐看也。”[⑤] 光绪三十一年九月十三，有泰道：“无事看书，借来《镜花缘》一部看讫，笔墨不大坏，甚博雅，似与《儒林外史》相左，此笔墨惟恐人不知，彼则惟恐人知耳。”[⑥] 以上看来，有泰对《儿女英雄传》评价很高，对其他作品都有褒贬不同的评议。

对其他书籍的阅读、评议，其中有两条记载和评价甚细，值得玩味：其一，有泰在阅读毛祥麟（号对山）的笔记《墨余录》时，对戊午科场案中一件事大为感慨，记载甚为翔实。光绪三十一年九月二十九日，有泰道：“阅《对山书屋墨余录》所载戊午科场案。……闻此案因肃顺与柏相偶尔聚会，相必以诗词行酒令，欺肃顺不懂以取乐，顺遂恨入骨髓。迨案

① （清）有泰著，康欣平整理《有泰日记》，第630页。
② （清）有泰著，康欣平整理《有泰日记》，第699页。
③ （清）有泰著，康欣平整理《有泰日记》，第701~702页。
④ （清）有泰著，康欣平整理《有泰日记》，第534页。
⑤ （清）有泰著，康欣平整理《有泰日记》，第556页。
⑥ （清）有泰著，康欣平整理《有泰日记》，第586页。

出，端华即其胞兄，每以其言是听，竟周内成之，因祸由自取，诸人不敢谓大怨，然大事每起于小节，可不慎哉。”① 可见身处官场的有泰深谙其中的危险与处事之道。

其二，对联豫随员张其勤（字慎庵）的《炉藏道里最新考》大加赞赏。光绪三十三年（1907）二月二十二日，有泰道：“张慎安所著《炉藏道里最新考》一卷，内有建侯附记，识数语还之。藏地成书无多，即有著作，于关外道里，仅记远近，且各说不同，甚有未经其境揣摩为之，更不足取信后人。今慎安别驾著《炉藏道里最新考》，皆亲身所历，随时笔记，其缋图开方计里尤为前人所无。又加以建侯都护附记，出以见示。拜读之余，若理旧书，欣乐奚似。至天时人事，于斯亦可概见矣。其有裨后学，又岂能以道里记哉！”② 有泰对这篇地名交通考所载图文的明晰、准确性大为赏识，认为是“有裨后学”的。

有泰驻藏大臣衙门的文学活动，除了以上三方面，当然还有问学，特别是询问文献出处等。光绪三十年（1904）正月二十一日，有泰载：“有友人问余，此‘簿领为乐’图章出于何典，因告以孔帖曰，王播天性勤吏职，每视簿领纷积于前，人所不堪，播反用为乐。见《渊鉴类函·政术部·簿书二》。”③ 除此，还有购书活动，在有泰驻藏日记中时有此类记录，这也可以认为是一项驻藏大臣衙门文学活动的辅助。

道光二十四年被任命为驻藏副大臣的瑞元，他驻藏时写的一首诗为《与友人论书》：“我幼未学书，然亦承家教。两刻惟清斋，手泽示则效。落笔生面开，如运沧海棹。”④ 驻藏大臣公务之余的文学活动，并非只在有泰驻藏时的衙门中进行，此首诗便是一证。

从以上的文献梳理，便知有泰任驻藏大臣时衙门的文学活动主要有诗歌唱和与赠答以及诗文编订与刊刻等。其他驻藏大臣在任时期衙门的文学活动，由于缺乏直接文献，我们虽然无法还原其原貌，但可以从《有泰日记》，以及其他驻藏大臣在藏创作的赠答、唱和诗窥其一斑。本节前文已

① （清）有泰著，康欣平整理《有泰日记》，第592~593页。
② （清）有泰著，康欣平整理《有泰日记》，第702页。
③ （清）有泰著，康欣平整理《有泰日记》，第428页。
④ （清）瑞元撰《少梅诗钞》卷五，《清代诗文集汇编》585册，第67页。

有例举，不再赘述。另据邓锐龄先生考证，乾隆年间出刊的《西藏志》，“推定为此书乃驻藏大臣衙门内某一名（或数名）官员所编”[①]。也进一步说明驻藏大臣衙门僚属的文学活动与文史著作的撰述成就。

在此，需要说明的是，驻藏大臣衙门的文学活动，实质上具有清代幕府文学活动的性质，幕府文学的创作主体是幕主、属官、谒客；驻藏大臣衙门的文学活动主体是驻藏正副大臣和属官，藏地与内地交通不便，很少有谒客。由于地域条件的局限，驻藏大臣衙门的文学活动规模与诗文创作艺术成就无法与其他幕府文学相比。驻藏大臣衙门的文学活动，虽无法影响一个时期诗风的走向，更未形成系统的诗论；但也促进了清代藏事诗的繁荣与多元化拓展。

五　出入藏路途遥远提供了创作时间

驻藏大臣任上行程，若从京城出发，必须经过河北、山西、陕西、四川，再经川藏路，全程 10000 多里，时间至少需要半年之久。在文干的《纪程诗钞》和斌良的《抱冲斋诗集·藏卫奉使集》中都以纪程诗的形式，详细记载了沿途经过的艰难险阻及全程所需时间。据《西藏图考》载，自成都至打箭炉（康定），计 1020 里，打箭炉到察木多（昌都），计 1885 里，再从察木多到拉萨计 1880 里，川藏路从成都到拉萨共计在 2400 公里左右。[②] 若按照斌良行程中川藏路全程约需 3 个月算，日平均行 52 里多。道路险峻，天黑以后便无法行走。可见其入藏行程中，有充足的时间观察山水、风物，以及进行诗文创作。

若无特殊情事，驻藏大臣任期为三年，雍正十年（1732）十一月，谕令“嗣后驻藏大臣、章京、笔帖式等皆酌量于绿营换班之期，三年一换”[③]。从此之后，驻藏大臣为三年一换基本成定制，当然个别也有延长的，如松筠在藏五年，和瑛在藏八年。身为二品大员，有着良好文学修养的驻藏大臣，必然在这相对宽裕的驻藏期间，创作一定数量的藏事诗，现存的驻藏大臣藏事诗便是很好的证明。

---

① 邓锐龄：《读〈西藏志〉札记》，《中国藏学》2005 年第 2 期。

② 《西藏研究》编辑部编辑《西招图略　西藏图考》，第 83~100 页。

③ 《清高宗实录》卷二五二，第 265 页。

从驻藏大臣留下的诗作看，他们大多不是快马加鞭去复命，而是一路探访古迹、拜会故人，边走边玩。从斌良的《抱冲斋诗集·藏卫奉使集》中便可看出端倪。仅陕西到成都段，就有《由华山门登华》《喜晤林少穆（林则徐）中丞即赠》《过马嵬坡唐杨贵妃墓》《游华麓杨氏清白别墅》《四月初八日石桥铺瞻礼水月观音石像》等，从诗题中可以看出，诗人行走途中凡遇名胜、好友都会有逗留。从驻藏大臣的诗中，以及《有泰日记》中还可以了解到，文人在驿馆的墙壁上有题诗的习惯，如斌良的《抱冲斋诗集·藏卫奉使集》中《罗江题驿舍》《夜宿界牌驿馆题壁》《十三日打箭炉驿舍题壁》《东俄洛蛮舍题壁》《卧龙石塘舍夜闻泉声题壁》《空子顶蛮房题壁》《乍丫行馆题壁》① 等诗题便是很好的例证。

至于驻藏大臣为什么要在驻藏途中耽搁时间，原因是藏途艰险、藏内贫瘠，且气候寒冷，饮食又缺少蔬菜等。乾隆皇帝曾谕："向来驻藏大臣往往以在藏驻扎视为苦差，诸事因循，惟思年期届满，幸免无事，既可更换进京。"② 乾隆帝又谕："向来大臣内才堪办事之人，多留京供职。其从前派往驻藏办事，多系中材谨饬之员。该大臣等前往居住，不过迁延岁月，冀图班满回京。"③ 这些都是驻藏大臣在赴藏途中逗留的原因，当然，从诗歌创作的角度理解，驻藏大臣在出、入藏途中迁延岁月，也为创作诗歌提供了较为充足的时间。

总结上述，由于清初帝君的倡导，八旗贵族积极学习汉文化，并延请汉族文人教育他们的子孙，至清乾隆年间八旗文人中古典诗词创作名家已层出不穷，成蔚然大观之势。雪域高原的奇闻异景必然会引起这些满蒙驻藏大臣震惊与欣喜，发而为声，诉诸笔端。驻藏大臣衙门除了日常的公务活动外，还举行一些诗文唱和、文艺作品的校对、出刊等活动。而且文人士大夫的使命感与"立德、立功、立言"的价值观亦促使驻藏大臣以诗文的形式，将驻藏的经历写出来，以求有益于后来驻藏者。以上多层面原因的交织，促进了驻藏大臣藏事诗的产生与发展。

---

① （清）斌良撰《抱冲斋诗集》卷三十六，《续修四库全书·集部·别集类》1508册，第474~484页。

② （清）方略馆纂，季垣垣点校《钦定廓尔喀纪略》，中国藏学出版社，2006，第266页。

③ 《清高宗实录》卷三五一，第842页。

第三节　清代驻藏大臣的著述与藏事诗存量

前文已统计，说明驻藏大臣虽然实际到任的人数不少，但由于种种原因，他们中有诗文作品留下来的并不多。藏事诗方面目前搜罗到的，仅有和琳、和瑛、松筠、文干、斌良、瑞元、崇恩、有泰、联豫九人的诗作或诗集。

一　驻藏大臣著述概况

清末蒙古旗人恩华纂辑的《八旗艺文编目》，共辑录有清一代八旗文人1034位的1775部作品（或作品集）的目录。因此，正如关纪新所言："可以这样说，无论是《熙朝雅颂集》《白山诗介》《雪桥诗话》《晚晴簃诗汇》它们所涉及的八旗作者作品，都远不如《八旗艺文编目》多。"① 故而，依据《八旗艺文编目》可大致知道驻藏大臣的著述情况。

1. 奎林著述，据恩华纂辑的《八旗艺文编目》记载，别集类有《幽栖堂吟稿》，可惜至恩华著此书时已不知下落，今只存留有他的数首诗，里面并无藏事诗。奎林，字瑶圃，一字云麓。袭封公。累官兵部尚书、定边将军。壬子征廓尔喀，乾隆五十七年（1792）三月卒于打箭炉（今康定市）。谥"武毅"。②

2. 和琳著述，据恩华纂辑的《八旗艺文编目》记载，史类著作有《卫藏通志》十六卷（关于其作者为和琳或是松筠目前有争议），诗集有《芸香堂诗集》上下卷，嘉庆十六年（1811）刻本。"此集裕瑞辑入《英额和氏诗集》，嘉庆十六年刻，中国国家图书馆藏。"③ 今有《芸香堂诗集》单行本。

3. 和瑛著述，据恩华纂辑的《八旗艺文编目》记载，经类有《读易汇参》十五卷，《易贯近思录》四卷，《读易拟言内外篇》；史类有《回疆

① （清）恩华纂辑，关纪新整理、点校《八旗艺文编目》，辽宁民族出版社，2006，第2页。

② （清）恩华纂辑，关纪新整理、点校《八旗艺文编目》，第107页。

③ 柯愈春：《清人诗文集总目提要》，北京古籍出版社，2001，第906页。

通志》十二卷，《三州辑略》九卷，《藩疆览要》十二卷，《西藏赋》一篇，《续水经》，《孔子年谱》（附刻《经史汇参》）；子类著述《铁围笔录》；集部总集类《风雅正音课》；别集类《易简斋诗钞》四卷。另有《太庵诗稿》九卷，嘉庆十七年（1812）刻本，其写本两种《太庵诗集》与《太庵诗草》，广东省立中山图书馆有藏。

4. 松筠著述，史类有《西招图略》四卷，《西陲总统事略》十二卷，《绥服纪略图诗》一卷；子类著述《百二老人语》不分卷；现有国家图书馆藏本《松筠丛著五种》六卷，凡四册，系嘉庆、道光年间刻本，分别为《西招纪行诗》一卷，《丁巳秋阅吟》一卷，《西招图略》一卷，《绥服纪略》一卷，《西藏图说》一卷，附《路程》一卷。

5. 文干著述，据恩华纂辑的《八旗艺文编目》记载，别集类有《精勤堂吟稿》不分卷；《壬午赴藏纪程诗》国家图书馆藏。另有《纪程诗钞》三卷，中国科学院文献情报中心藏。

6. 钟方著述，据恩华纂辑的《八旗艺文编目》记载，史部类有《哈密志》五十一卷，《入藏须知》与《驻藏程栈》，《藏务类函》四种（稿本）。汉军钟方，字午亭，隶正黄旗。累官至正红旗副都统、驻藏帮办大臣。道光二十六年（1846）任哈密办事大臣。①

7. 瑞元著述，据恩华纂辑的《八旗艺文编目》记载，史类有瑞元、瑞恩同撰的《梅庵自订年谱续编》一卷，别集类有《十六砚斋诗钞》（又名《少梅诗钞》）六卷。

8. 斌良著述，据恩华纂辑的《八旗艺文编目》记载，史类有《乌桓纪行录》二卷（稿本）；别集类有《枣香书屋诗钞》《抱冲斋诗集》七十一卷，《眠琴仙馆词》。

9. 崇恩著述，据恩华纂辑的《八旗艺文编目》记载，别集类有《香南居士集》二十三卷；另外还有《香南精舍金石契》与《金石玉铭》等。

10. 崇实著述，据恩华纂辑的《八旗艺文编目》记载，史部类有《适斋奏议》《麟见亭河督庆行述》《惕庵自定年谱》；别集类有《适斋文稿》《适斋诗集》《小琅玕馆诗存》。满洲崇实，字子华，号朴山，道

---

① （清）恩华纂辑，关纪新整理、点校《八旗艺文编目》，第23页。

光癸卯举人，庚戌进士，散官授编修，累官至刑部尚书，署盛京将军。卒，谥“文勤”。[①]

11. 恩麟著述，据恩华纂辑的《八旗艺文编目》记载，别集类有《听雪窗诗草》五卷，《笔花轩诗稿》四卷，《塞游诗草》，以上三种均为抄本。蒙古恩麟，字君锡，一字诗樵，又号天放散人，氏诺敏，隶正黄旗。道光壬辰举人，戊戌进士。官分部主事。[②]

12. 升泰著述，据恩华纂辑的《八旗艺文编目》记载，史类有《藏印边务录》二卷，《法诀启明》《宝鉴编补注》不分卷。升泰字竹珊。以云南布政使抗疏，改为伊犁参赞，旋为驻藏大臣。卒，谥“恭勤”。富俊孙。[③]

13. 有泰著有《驻藏日记》。

14. 联豫有《驻藏奏稿》（附联豫诗文）。

另有吴丰培辑《清季筹藏奏牍》[④]，其中驻藏大臣奏牍有《文硕奏牍》八卷、《升泰奏牍》五卷、《安成奏牍》一卷、《裕钢奏牍》一卷、《有泰奏牍》两卷、《张荫棠奏牍》五卷；吴丰培等主编的《清代藏事奏牍》[⑤]，共有英善、福宁、瑚图礼、祥保、珂实克、文干、灵海等41位驻藏大臣的驻藏奏稿。

二　驻藏大臣藏事诗的存量

就目前所发现的文献记载，留下藏事诗的驻藏大臣有九位。他们的藏事诗今存情况是，和琳的《芸香堂诗集》上下卷，嘉庆十六年（1811）刻本。“此集裕瑞辑入《英额和氏诗集》，嘉庆十六年刻，中国国家图书馆藏。”[⑥] 有《芸香堂诗集》刻本传世。和瑛诗集今存《太庵诗草》与《太庵诗集》写本两种，广东省立中山图书馆藏，今已收入《四编清代稿钞

① （清）恩华纂辑，关纪新整理、点校《八旗艺文编目》，第27页。
② （清）恩华纂辑，关纪新整理、点校《八旗艺文编目》，第128页。
③ （清）恩华纂辑，关纪新整理、点校《八旗艺文编目》，第31页。
④ 吴丰培辑《清季筹藏奏牍》三册，商务印书馆中华民国二十七年版。
⑤ 吴丰培编辑，赵慎应校对《清代藏事奏牍》上、下册，中国藏学出版社，1994。
⑥ 柯愈春：《清人诗文集总目提要》，第906页。

本》[①]，另有《易简斋诗钞》四卷，道光初年刻本，国家图书馆藏，已收入《清代诗文集汇编》，《续修四库全书》亦有编录。和琳与和瑛合著的《卫藏和声集》，广东省立中山图书馆藏，今见《中国古籍珍本丛刊·广东省立中山图书馆卷》第60册。松筠的《松筠丛著五种》六卷，凡四册，系嘉庆、道光年间刻本。分别为《西招纪行诗》一卷，《丁巳秋阅吟》一卷，《西招图略》一卷，《绥服纪略》一卷，《西藏图说》一卷，附《路程》一卷。《松筠丛著五种》，中国国家图书馆藏，其中《西招纪行诗》《丁巳秋阅吟》已被吴丰培《川藏游踪汇编》辑录。

文干诗集《纪程诗钞》共三卷（分为《庚辰纪程诗钞》《辛巳纪程诗钞》《壬午纪程诗钞》），今藏于中国科学院文献情报中心。另《壬午赴藏纪程诗》藏于国家图书馆。今吴丰培的《川藏游踪汇编》收录《壬午赴藏纪程诗》。瑞元的《少梅诗钞》又称《十六砚斋诗钞》，咸丰四年（1854）刻本，现藏于中国科学院文献情报中心，《清代诗文集汇编》已收录。崇恩的诗集《香南居士集》二十一卷，同治年间刻本，山东省图书馆、国家图书馆均有收藏，该集已被《清代诗文集汇编》收录。斌良的《抱冲斋诗集》共三十六卷，道光二十九年（1849）重刻本，上海图书馆、南京图书馆、辽宁省图书馆、南开大学图书馆均有藏本，今被《续修四库全书》收录。有泰诗目前没有发现单行本，在其《驻藏日记》中有10余首，仅辑得藏事诗2首。《有泰日记》稿本，国家图书馆藏，今有中国藏学出版社出版的《有泰驻藏日记》线装八册，以及康欣平整理本《有泰日记》上下册（凤凰出版社出版）；联豫存有藏事诗6首，今见吴丰培整理的《联豫驻藏奏稿·附录》（西藏人民出版社）。从以上驻藏大臣的诗集、文集中共辑得藏事诗1274首。数量统计详见表1。

表1　驻藏大臣现存诗及藏事诗数量统计

驻藏大臣	诗集、日记、奏稿	诗歌总量（首）	藏事诗总量（首）
和琳	《芸香堂诗集》《卫藏和声集》	441	217
松筠	《西招纪行诗》《丁巳秋阅吟》	55	55

① 桑兵主编《四编清代稿钞本》第165册，广东人民出版社，2012。

续表

驻藏大臣	诗集、日记、奏稿	诗歌总量（首）	藏事诗总量（首）
和瑛	《太庵诗草》《太庵诗集》	441	503
	《易简斋诗集》《卫藏和声集》	656	
文干	《纪程诗钞》三卷	299	69
瑞元	《少梅诗钞》六卷	1057	234
斌良	《抱冲斋诗集》三十六卷	5591	143
崇恩	《香南居士集》二十一卷	1358	57
有泰	摘自《有泰日记》	13	2
联豫	《联豫驻藏奏稿·附录》	6	6
总计		9917	1286

说明：1. 表中统计的驻藏大臣诗集，仅为其中含有藏事诗的诗集；2. 和琳的《芸香堂诗集》与《卫藏和声集》中互有重复的藏事诗22首，表中已减去；3. 和瑛的《太庵诗草》《太庵诗集》与《易简斋诗集》《卫藏和声集》相互重复的94首，表中已减去；4.《卫藏和声集》中和琳与和瑛联句两首，已统计在和瑛的藏事诗数目中。

三　驻藏大臣藏事诗在历代选本中的选录

历代诗歌选本中所选驻藏大臣的藏事诗，其应该具有一定的典型性，可以帮助研究者深入了解诗人的思想与诗歌风格，以及相关诗人作品的传播情况。就目前所见，清诗选本中未收录驻藏大臣藏事诗，较早收录其藏事诗的是《晚晴簃诗汇》。为能进一步说明驻藏大臣藏事诗在历代选本中的选录情况，本书选取了有代表性且其中有藏事诗的选本，即徐世昌编的《晚晴簃诗汇》、钱仲联的《清诗纪事》、袁行云的《清人诗集叙录》、赵宗福选注的《历代咏藏诗选》，以及高平编著的《清人咏藏诗词选注》五部诗集选本作为说明。

表2　历代诗选本中驻藏大臣藏事诗选录

诗选本	驻藏大臣	诗题目录
《晚晴簃诗汇》	和琳	《西招四时吟》（四首）
	和瑛	《嘉平月护送参赞海公统军赴藏》《东俄洛至卧龙石》《中渡至西俄洛》《宿头塘》《木鹿寺经院》《班禅额尔德尼燕毕款留精舍茶话》

续表

诗选本	驻藏大臣	诗题目录
《清诗纪事》	和琳	《西招四时吟》（其一、其二）
	和瑛	《班禅额尔德尼燕毕款留精舍茶话》《嘉平月护送参赞海公统军赴藏》
	文干	《春堆道中》
	斌良	《抵藏喜成》
《清人诗集叙录》	和琳	《藏中杂感四首》《西招四时吟》
	和瑛	《渡象行》《晤班禅额尔德尼》《再游罗卜岭冈》
	文干	《二十七日过丹达山》《皮船》《班禅处借用穹庐，周围上下及床几铺陈皆饰五色锦，北地所未睹也，余名之曰："云锦窝"，志一绝于孜陇行次》《十一日那尔汤寺咏物四首》（《水晶拄杖》《罗汉革鞋》《古铜磬》《古玉搔》）
《历代咏藏诗选》	和琳	《西招四时吟》（四首）、《江孜寓中对月》《札什伦布公寓远望》
	和瑛	《大昭寺》《过巴则岭》《再游罗卜岭冈》《班禅额尔德尼燕毕款留精舍茶话》
	松筠	《浪噶孜》《白朗》《甲错山》《巴则》
	文干	《嘉玉桥晓发经得贡喇山》《经三叉路至长松》《题热水泉》
	斌良	《巴贡山写望》《昂地即目》《硕板多道中，奇石巉岩，溪流澄澈，风景甚佳，蛮人不知玩赏，骚客亦鲜经行，赋此惜之》《阿南多山中晓发》《江达道中》
《清人咏藏诗词选注》	和琳	《扎什伦布公寓远望》
	松筠	《业党》《曲水塘》《巴则》《白地塘》《浪噶孜》《春堆》《江孜》《白朗》《后藏》《中秋日阅兵用前韵》《班禅仍叠前韵》《岗坚喇嘛寺》《花寨子》《彭措岭》《嘉汤》《拉孜》《甲错山》《罗罗塘》《协噶尔》《密玛塘》《定日阅操》《定汛山城》《莽噶布簏》《莽噶布堆》《过洋阿拉山》《叠古芦》《拉错海子》《宗喀》《衮达》《邦馨》《济咙》《阳布站程》《即事》《还宿邦馨》《还宿衮达》《还宿宗喀，次日供奉帝君圣像于琼噶尔寺》《霍尔岭》《恰木果》《列克隆》《达克孜》《汤谷》《又》《桑萨》《札布桑堆》《阿木岭》《僧格隆》《察布汤泉》《萨迦庙》《察咙》《那尔汤》《还至后招》《阳八井》《达木观兵》《还抵前招》《西招纪行诗》
	文干	《十七日曲水至巴资》《十八日白地》《十九日早发朗噶资宿》《二十日宜郊》《二十四日扎什伦布》《十二八日花寨子》《大风》《九月初一日经三叉路至长松》《初三日密茆至定日》《初七日协噶尔道中》《题热水泉》
	联豫	《炉边诗》《炉边月》《炉边水》《炉边风》《炉边雪》《炉边路》

从表 2 选本选录驻藏大臣藏事诗的情况看，《晚晴簃诗汇》虽然收录

了和琳、和瑛、文干、瑞元、斌良、觉罗崇恩等人的诗，但其中只收录了和琳与和瑛的藏事诗10首。今人专门收录清代藏事诗的选本也只有赵宗福和高平的两种，其余藏事诗的个别篇目散见于满族、蒙古族文学作品选中，数量很少。观以上选本的选诗标准，优先选录诗中能突出表现藏内气候、物产及民俗特征的，其次才考虑选录诗中描写藏内山水胜景的。可见，在以上选诗家的眼中，边疆诗主要价值是诗中反映的文化内容，而非文学艺术方面的。

第二章　清代驻藏大臣藏事诗创作概论

驻藏大臣藏事诗，从体量和艺术价值方面虽无法跟同时代内地的地域诗相比肩，但这部分诗歌主要表现了雪域山川景观、气候特征、宗教民俗、民众生活等，同时还可从中了解到驻藏大臣治藏理政的经验总结，驻边大臣的民族、国家观，自有其独特的文化价值、思想价值、艺术价值。还因为这部分藏事诗的创作主体是清政府的驻藏重臣，他们的藏事诗，也是清廷加强西藏治理的有力见证。

杨义先生在“重绘中国文学的地图”命题时强调：“这个地图还是一个中国这样文化千古一贯、又与时俱进的大国的国家地图，它应该展示我们领土的完整性和民族的多样性，以及在多样互动和整体发展中显示出来的全部的、显著的特征。”① 也就是说，将驻藏大臣作为诗人群体，对其藏事诗的搜集、整理及研究，拓展了清代文学地理的疆域，使其与大一统清王朝的地理版图相吻合。同时也填补了大一统、多民族国家多元文化建设的需求。

第一节　清代驻藏大臣藏事诗的特征分析

本节将留下藏事诗的驻藏大臣，作为诗人群体研究，发现其藏事诗所表现内容有着共同性与多样性并存的特征。所同之处在于每位驻藏大臣作

---

① 杨义：《重绘中国文学的地图与中国文学的民族学、地理学问题》，《文学评论》2005 年第 3 期。

为清廷派往西藏的封疆大吏，他们肩负的使命是相同的，驻藏任上所处的自然环境是不变的；多样性则表现在，因为驻藏大臣人数众多，前后入藏者时间跨度大，每位驻藏大臣入藏任职时，国势与藏内形势有别，自身的政治抱负、文学修养也有差异。

一　驻藏大臣藏事诗的共同性

钱锺书先生在《中国诗与中国画》一文中说："一个艺术家总在某些社会条件下创作，也总在某种文艺风气里创作。这个风气影响到他对题材、体裁、风格的去取，给予他以机会，同时也限制了他的范围。"[①] 这也说明，驻藏大臣藏事诗，由于诗人群体均属驻藏官员、封疆大吏，他们在诗歌选材、主题取向及诗风追求上必然会有更多相似性。

（一）驻藏大臣藏事诗内容思想的相似性

驻藏大臣，他们肩负着共同的使命，那就是"安辑西藏之政治、宗教及维系中央与西藏之关系"，具体表现于藏事诗中，便是关于治藏理政经验的总结，对西藏百姓的关心，特别是对藏内农牧业生产的关怀，以及诗中多颂圣、歌德，粉饰太平，对大一统王朝的赞美等。入藏途中奇寒险峻的高山、大川以及变幻莫测的藏地气候，也作为驻藏大臣藏事诗中共同表现的内容。

1. 礼赞国家一统，德威遍荒陬

驻藏大臣藏事诗中对清王朝盛世的礼赞，首先是通过对唐代文成公主与金城公主进藏的和亲政策重新评估，借以礼赞大清的盛世与功业。如和琳的《藏中杂感四首》其二：

> 黄金殿瓦焕朝阳，门向东西意可伤。幽恨似应怀故土，归心无那事空王。美人计好朝廷小，中科名留蛮貘长。甥舅联盟碑耸峙，由今视昔吊衰唐。[②]

① 钱锺书：《七缀集》，第1页。

② （清）和琳撰《芸香堂诗集》，嘉庆十六年（1811）刻本。

这是一首借古颂今之作，诗人由小昭寺、文成公主像、唐蕃会盟碑，进而想起所谓的盛唐竟然用和亲的办法，让一个弱女子远嫁异乡，用一生的哀怨换来两国边境的安宁。诗的结尾点明主旨，由今视昔，曾经的盛唐怎能和今天海内一统、德威遍四荒的大清相比呢？和瑛在《小招寺》中亦用同样的视角来赞颂大清的盛世，其诗云："左计悲前古，和亲安在哉！乌孙魂已断，青冢骨成灰。独有金城座，长留玉殿隈。千年香火地，应作望乡台。"[①] 此诗着笔依然不在于赞颂小昭寺建筑物的恢宏，而是由小昭寺（清人文献中多为"招"，今写成"昭"）的历史由来进而写那段悲催的和亲史。弦外之音在于当时的清王朝国力强盛，不可能再重演历史上的那段悲剧。

那么，当时的大清处于一种怎样的盛世？和瑛在《嘉平月护送参赞海公统军赴藏四首》中描述道："叩额诸蕃控，雕题百貊朝""圣朝同覆帱，黑子已输忱""由来古佛国，持护仗天兵"[②] 前两句是说南北方边疆的少数民族都已归顺了清王朝；中间两句是说圣朝的君德已经传输到四方边境了，而边疆的少数民族也是真心归顺了清王朝；末两句云西藏佛国世界的安宁也向来是由中央政府派来的军队来拱卫。赵相璧也说："这首诗通过对西藏地区的宗教历史的描写，表达了诗人对国家一统的喜悦。"[③] 和瑛还在其诗《出打箭炉》中道："我朝声教敷，无远弗内向。"[④] 赞扬清王朝盛世和德化的威力。

瑞元的古体长诗《过泸定桥》也同样赞美国家统一，德威遍四荒的盛世，其诗中道：

> 昔我游金陵，铁索系孤舟。今我来泸水，铁索渡群驺。架木仅容足，百尺深临流。澎湃如奔瀑，玉斧遗迹留。画河限中外，舟楫罔敢投。我朝大一统，德威遍遐陬。大渡通西域，系铁如桥浮。[⑤]

---

① （清）和瑛撰《易简斋诗钞》卷一，《续修四库全书·集部·别集类》1460 册，第 472 页。
② （清）和瑛撰《易简斋诗钞》卷一，《续修四库全书·集部·别集类》1460 册，第 465 页。
③ 赵相璧：《历代蒙古族著作家述略》，第 128 页。
④ （清）和瑛撰《易简斋诗钞》卷一，《续修四库全书·集部·别集类》1460 册，第 470 页。
⑤ （清）瑞元撰《少梅诗钞》卷五，载《清代诗文集汇编》585 册，第 57 页。

诗中借玉斧画河的传说，说明泸河是传统上中外的界限，过了泸河便到了与内地完全不一样的异域世界。但是我朝已经统一了四方边境，泸河上也用铁链架起了通往藏境的桥。诗中借写泸定桥横贯两岸的气势，进一步歌颂清朝大一统的盛世。而且松筠的诗《白朗》中也道：

> 白朗山村阔，耕田田野饶。壶浆长路献，鞮乐土音调。恭顺因王化，薰陶赖圣朝。于时保赤子，无虑山水遥。①

白朗，今在西藏日喀则市白朗县白朗乡。诗中描述道，白朗山村的庄稼长势很旺，并且藏族百姓对驻藏大臣一行也非常欢迎。诗中还说，这一切都是君王的圣德感化了边民，边民也真心归顺了清王朝的缘故。因此，从驻藏大臣藏事诗的内容来看，歌颂国家一统，赞美君王的圣德与大清的功业，是驻藏大臣共有的视觉。

2. 倡导与民休息，关心黎庶

驻藏大臣藏事诗的另一个主题便是，对自己驻藏期间的施政过程进行详细的记录，最为典型的便是松筠的长律《西招纪行诗》，此诗是诗人在乾隆六十年（1795）春第一次巡阅后藏时作，开篇云：“治道无奇特，本知庶黎苦。卫藏番民累，实因频耗蠹。达赖免粟征，班禅蠲田赋。皇仁被遐荒，穷黎湛雨露。”② 而且诗人在此首诗的序中言“后之君子，奉命驻藏者，庶易于观览，且于边防政务，无不小补云”③。可见，诗人认为治藏的根本在于施行休养生息政策，而且诗人也希望总结自己治藏的要略以有裨益于后来治藏者。

松筠诗集《丁巳秋阅吟》，是其在嘉庆二年（1797）巡视后藏时作。其中有多首诗描述他施政的举措和成效。叙述施政过程的如《岗坚喇嘛寺》，诗中云：“问俗知丰歉，免输数户粮。”其后自注道：“沿途秋收丰稔，细询得悉岗坚附近有被雨雹伤稼者数十家。因谕以达赖喇嘛慈悲，免

① （清）松筠撰《丁巳秋阅吟》，《松筠丛著五种》，嘉庆、道光年间刻本。
② （清）松筠撰《西招纪行诗》，《松筠丛著五种》，嘉庆、道光年间刻本。
③ （清）松筠撰《西招纪行诗》，《松筠丛著五种》，嘉庆、道光年间刻本。

其本年赋纳，复饬噶布伦遍谕各处营官查察，倘有似此者，一体酌蠲。”[①]还有叙述捐银建桥的诗《花寨子》，描写免除百姓乌拉之苦的诗《罗罗塘》。体现施政成效的诗《朗噶孜》，诗云：“层巅朗噶孜，高耸佛头青。官寨惟僧主，番民好听经。时和人乐业，岁稔稻连町，暂宿安行帐，晨征尚带星。”[②] 朗噶孜，今在西藏山南市朗噶孜县。诗人描绘了朗噶孜山村一幅秋收在望，藏民安居乐业的生活图画。类似的还有《春堆》《白朗》《协噶尔》等。

和瑛也有多首写其关心黎庶的诗。如《喜雨》：“祈霖上籁感天和，甘澍霖霖入夜多。四面晓云酣未了，万家宿麦醒如何。鬼能为厉痴应解，雨独称师化不讹。试问山川灵也未，泽加枯骨胜刑鹅。”[③] 诗中写他驻藏大臣任上的一次祈雨，雨及时而至，表达了诗人的喜悦之情。又如《夜雨》：“一夜漫山雨，蟾帷动客豪。却望云卧冷，且喜麦流膏。”[④] 此诗亦表达了不期而遇的一场夜雨浸润庄稼后的喜悦之情。另外还有《济咙禅师祈雨辄应志喜二首》与和琳的应和诗《和太庵济咙禅师祈雨辄应志喜元韵》，同样也是表达了祈雨后时逢甘霖的喜悦。

3. 赞美卫藏山河，抒发功业豪情

清人黄沛翘言：“川、陕、滇入藏之路有三，惟云南中甸之路峻险重阻，故军行皆由四川、青海二路，而青海路亦出河源之西，未入藏前，先经过蒙古草地千五百里，又不如打箭炉内皆腹地，外环土司，故驻藏大臣往返皆以四川为正驿，而互市与贡道亦皆在打箭炉云。”[⑤] 也就是说驻藏大臣皆由川入藏，川藏途中的名山、大川也成为驻藏大臣藏事诗共同描摹的对象。飞越岭、金沙江、折多山、瓦合山、丹达山等在驻藏大臣以及其他藏事诗人诗作中屡有表现。如和琳的《度飞越岭》：

峻岭忽梗踞，势欲摩青天。华夷古为界，飞越已多年。（自注：

① （清）松筠撰《丁巳秋阅吟》，《松筠丛著五种》，嘉庆、道光年间刻本。
② （清）松筠撰《丁巳秋阅吟》，《松筠丛著五种》，嘉庆、道光年间刻本。
③ （清）和瑛撰《太庵诗草》，《四编清代稿钞本》第 165 册，第 486~487 页。
④ （清）和瑛撰《太庵诗草》，《四编清代稿钞本》第 165 册，第 572 页。
⑤ 《西藏研究》编辑部编辑《西招图略　西藏图考》，第 78 页。

唐宋皆以此为界）四时积霜雪，一线通行蹯。舆马挂岩壁，乌雀盘云烟。翻有生人到，而无夜猿悬。俯视万峰低，皆若子孙然。王侯称设险，王道尝坦夷。沧海久澄波，昆仑何巍嶷。渺兹廓尔喀，凭陵复奚为。[1]

这首诗是诗人奉命入藏为驱廓大军督运粮饷时行至飞越岭而作。飞越岭为入藏途中的第一险，据《卫藏图识》载："山势陡峻，怪石巉岩，逼人面起，终年积霜雪，懒云下垂，山足行旅如在层霄。"[2] 诗中极言飞越岭的险峻与不可攀越。登上飞越岭后俯视众山，皆若其子孙。由此表达七万大军定会以摧枯拉朽之势荡平廓尔喀侵藏者。此诗借飞越岭一览众山小的高峻，抒发了诗人建功立业的豪情。

又如和瑛诗《中渡至西俄洛》：

朝渡雅隆江，浮梁乃舟造。山谷为我庐，又入西南奥。深林蔽天日，人迹真罕到。凛冽刺毛骨，猬缩马牛踔。小憩麻盖中，有如出冰窖。谁知镜海上，雪比琉璃曜。日华眩素彩，护眼青丝罩。卅里波浪工，白霓愁远峤。所欣阴曀合，绝顶快览眺。四维山卧平，万叠云垂倒。仆从忙戒严，此间多劫盗。潜居黑账房，长年无井灶。弓箭各在腰，刀剑时悬鞘。斯言咄可怪，我乃粲一笑。饥户守荒山，荒山多虎豹。呼取来埙来，为我作向道。[3]

西俄洛在四川西部雅砻江和里塘之间，麻盖中位于西俄洛以东。此诗写西俄洛山中林木遮天蔽日，麻盖中到处白雪皑皑，雪曜双目。诗中还写了西俄洛山中强盗出没，随从都显得很紧张，但是诗人并不畏惧这些，只是粲然一笑，他认为所谓的盗贼，其实就是一些饥饿的山民。诗的结尾还说，不要让这些饥户再守虎豹出没的荒山了，喊他们下来，为我做向导。此诗通过写攀越西俄洛山的艰难，表达诗人不畏艰险的豪情。

---

① （清）和琳撰《芸香堂诗集》，嘉庆十六年（1811）刻本。

② （清）马揭修，盛绳祖撰《卫藏图识》，乾隆五十七年（1792）刻本，第 33 页。

③ （清）和瑛撰《易简斋诗钞》卷一，《续修四库全书·集部·别集类》1460 册，第 471 页。

斌良也在其诗《巴贡山写望》中写道："六月风光腊月同，晴空猎猎响长风。峰尖立马神先王，暖翠浮峦万壑通。"① 巴贡山在昌都市察雅县巴贡乡。斌良此时已六十四岁了，但他登临巴贡山，看到万壑都在脚下，顿觉精神倍增。赵宗福先生也评价此诗道："斌良这首诗描写了他登上巴贡山顶后的所见所感，有声有色，亦庄亦丽，情调悦愉怡然。与一些诗人叹山高险阻、神情沮丧的描写形成鲜明对比。"② 此诗显然是表达他"肯使几微见颜色，丈夫投笔觅封侯"（《固节驿舍感赋》）的豪情。

另外，乾隆五十八年（1793）颁布的《钦定藏内善后章程二十九条》之十三条规定"驻藏大臣每年分春秋两季出巡前后藏各地和检阅军队"③。为此，驻藏大臣藏事诗中记述春秋两季巡阅前后藏和检阅军队的诗比较普遍。松筠的藏事诗《中秋日阅兵用前韵》《定日阅操》，文干的藏事诗《二十二日江孜阅兵》《二十五日阅兵示后藏戴琫如琫》《初四日定日阅操》，和瑛的藏事诗《柳泉浴塘，邀班禅额尔德尼傅餐阅武二首》《定日阅兵，得廓王信，有怀松湘浦赴伊江二首》等，都是在春秋两季驻藏大臣检阅前后藏军队时的所见。因此，驻藏大臣巡阅军队便成为其藏事诗共同表现的又一内容。

（二）驻藏大臣诗论的一致性

有清一代，驻藏大臣"均限用满人，蒙人占最少数，汉人仅末年才用张荫棠、温宗尧二人"④。这种驻藏大臣的选人、用人特点决定了现留有藏事诗的驻藏大臣唯有蒙、满族成员。他们在诗歌的创作倾向方面突出"抒写性情"，究其缘由，严迪昌先生曾言：

> 当八旗才人的心灵被自家的皇权压抑得无所栖遁时，为酷烈的现实惊悖或激愤得无以喘息时，这扇窗子终究会被顶开，作为栖遁和自慰的精神小园。于是诗的本质（抒情）被这批原本较汉人要纯真质朴

① （清）斌良撰《抱冲斋诗集》卷三十六，《续修四库全书·集部·别集类》1508册，第481页。

② 赵宗福选注《历代咏藏诗选》，第198页。

③ 牙含章：《达赖喇嘛传》，第67页。

④ 黄维忠主编《清代驻藏大臣考》，第218页。

> 的八旗才子重新召唤回归，成了他们与朝阙貌合神离，甚至清浊分流的自我载体。……（铁保）在《雅颂集》编成之前，他曾先编过一部《白山诗介》，《诗介》虽也是为“以勉副我国家右文之盛”，但其突出的是“抒写性情”之旨，《凡例》第五条说到选诗标准，其实是“性灵说”的翻版。[①]

驻藏大臣中的和琳，以及乾隆五十六年（1791）入藏抗击廓尔喀侵略者的福康安、惠龄他们都有与袁枚的唱和。和琳《题袁简斋小苍山房诗集二首即以奉寄》云：“书卷仓山集，先生道性灵。锦心罗万象，妙手运无形。”表达了和琳对袁枚的敬仰之情。袁枚也不时地回信，高度评价了和琳的功业与诗歌成就：“少小闻诗礼，通侯即冠军。弯弓朱落雁，健笔李摩云。罢猎随拈韵，安边更策勋。”[②]（袁枚《答和希斋大司空》）可见，和琳对袁枚的仰慕之意，这其中虽不乏文人与士大夫间的附庸风雅，但也定有和琳、惠龄等对“性灵说”诗论的认可因素。

晚清的驻藏大臣有泰也在其《驻藏日记》中反复提及阅读袁枚诗作的言论：“无事将《随园诗话》看两遍。”[③]“《随园诗话补遗》卷四，香亭（袁枚的弟弟）以余年衰，劝勿远出游山，余书六言绝句与之云：看书多撷一部，游山多走几步，倘非广见博闻，总觉光阴虚度。老辈勤学劳力，于此可见一斑。”[④] 有泰认为袁枚的“主性情”并非是不强调读书。

另外，“性灵说”也符合驻藏大臣自身的特点，驻藏大臣中进士及第者不多，大多由蒙荫入职，然后才得以升迁的，故而如驻藏大臣瑞元、斌良、崇恩等，每位的诗作虽多达上千首，甚至如斌良的《抱冲斋诗集》，共5591首[⑤]，但他们在清代诗坛上的艺术地位并不高。而且驻藏大臣大多长期任职边疆，严酷的自然环境、繁忙的公务，使他们并没有多少条件、精力研读诗法、诗格。因而无论是王渔阳论诗“含情绵渺而出之纡徐曲

---

① 严迪昌：《清诗史》，第763页。
② （清）袁枚：《小仓山房诗文集》，第980页。
③ （清）有泰著，康欣平整理《有泰日记》，第699页。
④ （清）有泰著，康欣平整理《有泰日记》，第701～702页。
⑤ 袁行云：《清人诗集叙录》，第2151页。

折，惨淡经营却不露斧凿痕迹，词句明隽圆润，音节流利跌宕”的“神韵说”，还是翁方纲论诗即“才力、学问和诗法的综合表现”的“肌理说”、沈德潜论诗“悉依儒家诗教，尚温柔敦厚，中正和平，声雄韵畅”的“格调说”[①]，这些诗论都不是他们合适的选择，主抒情，贵乎“性灵”才是驻藏大臣作诗的共有特征。

二　驻藏大臣藏事诗的多样性

藏学家黄维忠说过，“总而论之，驻藏大臣之制度、原则，至为优良。驻藏大臣中其庸碌无能者固多，但其贤明者亦不少。近二百年来，驻藏大臣不无功绩。至其失败，则因清末所用非人，与夫藏人昧于中外大势，深闭固拒，不与驻藏大臣合作及团结所致也”[②]。驻藏大臣之贤庸表现，大致与所处的时代暗合。雍正、乾隆朝的驻藏大臣贤能者较多，如松筠、和琳、和瑛能很彻底地贯彻清廷治藏的宗旨，能化解藏内的各种矛盾，并能赢得西藏各派势力的认可。嘉庆、道光时期的驻藏大臣文干、瑞元、斌良、崇恩等治藏方面虽无大的建树，亦无明显过错，好在他们任驻藏大臣期间藏内安定。但到清末光绪、宣统朝，由于国势艰危，再加上英、俄等国觊觎西藏，驻藏大臣有泰、联豫等不但治藏无方，反而激起了不必要的社会矛盾。故而，驻藏大臣藏事诗因个体的差异性而存在同一时期藏事诗表现上的不同性；而且，不同时代驻藏大臣所面临的藏内问题都不尽相同，他们的藏事诗又表现出不同时期的差异化特征。

（一）同时期不同驻藏大臣藏事诗的差异性

就乾隆朝三位驻藏大臣的藏事诗来看，松筠诗中更多总结治藏经验，甚至是对自己施政过程的叙述，如：“问俗知丰歉，免输数户粮。年丰何可忽？民天何可忘？精勤以自勉，惕励以省方。”（《岗坚喇嘛寺》）“边民共乐利，逃亡尽还家。壹是皇恩溥，衔感更无涯。”（《拉孜》）即使是写景诗，最后主题还是落到了对藏内民生的关怀上，“秋暖山犹翠，时和花向鲜。我行经两度，逊此乐丰年。”（《春堆》）“昔苦今何若？咸称已脱

① 袁行霈主编《中国文学史》第四卷，高等教育出版社，1999，第200页。

② 黄维忠主编《清代驻藏大臣考》，第218页。

苛。田禾微有歉，量减感慈多。”（《罗罗塘》）而同时期的驻藏大臣和琳与和瑛的藏事诗，其中表现治藏、施政主题的却极少，而唱和诗、咏物诗较多。现藏于广东省立中山图书馆的《卫藏和声集》，共收驻藏大臣和琳、驻藏帮办大臣和瑛的唱和、酬答诗 167 首。[①] 从和琳的《芸香堂诗集》与和瑛的《易简斋诗钞》《太庵诗草》《太庵诗集》来看，唱和、赠答以及咏物诗占很大比例。

再者，将嘉庆、道光年间的斌良与瑞元两位驻藏大臣的藏事诗相比较，他们二人虽然都写了大量入藏途中的山水诗，但各自表现的情感却相差很大。且看斌良的这三首诗，《巴贡山写望》、《阿南多山中晓发》与《江达道中》。其中如《巴贡山写望》：

> 六月风光腊月同，晴空猎猎响长风。峰尖立马神先王，暖翠浮峦万壑通。[②]

巴贡山在西藏昌都市察雅县境内。诗中写诗人登上峰顶，策马远眺，精神抖擞，情绪高涨。又如《阿南多山中晓发》：

> 白露泫如雨，侵晨草木薰。峰尖青玉矗，水带碧罗纹。秋气迎人爽，滩声触石闻。天开好图画，一幅李将军。[③]

阿南多，在今昌都市边坝县境内。李将军，为唐代画家李思训，他善画山水，曾官至左武卫大将军。诗中借李将军的山水画来形容阿南多山中的美景。还如《江达道中》：

> 插天峭壁耸孱颜，林木丛生石缝间。不负蛮荒行万里，中华无此

① 广东省立中山图书馆编《中国古籍珍本丛刊·广东省立中山图书馆卷》第 60 册，第 445～469 页。
② （清）斌良撰《抱冲斋诗集》卷三十六，《四库全书·集部·别集》1508 册，第 481 页。
③ （清）斌良撰《抱冲斋诗集》卷三十六，《四库全书·集部·别集》1508 册，第 483 页。

好江山。[1]

江达，今属西藏林芝市工布江达县境。诗人由衷夸赞了江达道中的美景。从以上三首可知斌良写藏地之景，视角独特，诗风豪迈，笔力健达。但驻藏大臣瑞元的藏事诗，字里行间描绘出藏途的荒冷、衰败与入藏的不适，甚至将这些物象进行放大描述。如《抵藏后回忆道路荒凉得诗一首》云：

一出鱼通驿，凄清惊客心。雪埋荒径窄，风撼老林深。经阁碉楼列，蛮烟瘴雾侵。居然中外别，兴发有高吟。[2]

又如《长夏忆江浙风景》云：

清河无日不风沙，忆到南天分外嘉。六月已先炊早稻，四山不尽采新茶。当街露浥兰心静，隔牖凉筛竹影斜。那似重棉度长夏，荒寒合以醉为家。[3]

还有如："如此好岁月，消磨鞍马间。阴岩横药瘴，乱石郁苔斑。"（《乍丫书所见》）"只身入境外，举目觉荒凉。风拥边关黑，月团沙漠黄。"（《客藏吟》）"自律难流玷，无官可脱靰。半生迂拙性，每觉世情违。"（《旅居孤寂率成长律》）真是"言为心声，语为人镜"，瑞元诗中的这些景，便变成了无法克服的艰难险阻，由此他便认为自己的为官是对人性的束缚。

（二）不同时期驻藏大臣藏事诗的差异性

有清一代，清廷对西藏的统治，大致可以理解为康雍朝是对西藏的治理期，经过康熙朝的两次驱逐准噶尔之战，以及雍正朝的平定西藏噶伦阿尔布巴、隆布鼐等人发起的内乱。乾隆朝的巩固期，乾隆五十六年（1791）大将军福康安率军彻底击退了廓尔喀的入侵，并于乾隆五十八年（1793）

① （清）斌良撰《抱冲斋诗集》卷三十六，《四库全书·集部·别集》1508 册，第 483 页。
② （清）瑞元撰《少梅诗钞》卷五，《清代诗文集汇编》585 册，第 61 页。
③ （清）瑞元撰《少梅诗钞》卷五，《清代诗文集汇编》585 册，第 66 页。

颁布《钦定藏内善后章程二十九条》，自嘉庆朝起藏内近百年太平，百姓安乐，即嘉庆、道光、咸丰、同治朝为稳定发展期。但是到了光绪、宣统朝由于英人觊觎西藏，强行要求与西藏地方协商通商事宜，以十三世达赖为首的西藏地方宁可闭关自守，也不愿意与英人通商，结果引发了英印军队与西藏地方的冲突。加之，清末内忧外患的国势下，驻藏大臣深感话语权的缺失。

因此，乾隆朝驻藏大臣，整体表现为果敢、英明，能励精图治，嘉庆以后至同治朝，驻藏大臣在任职期间并无大事要处理，在藏内的行事大都为春秋两季在前后藏的巡阅以及操演军队，除此便是日常的琐碎公务，并无大事要处理。但到了晚清，驻藏大臣深感藏事棘手，在与英人交涉中，驻藏大臣文硕因办事不力被清廷撤职，光绪十八年（1892）九月，接任者升泰又累死在西藏亚东仁进岗。[①] 这一时期个别驻藏大臣在任职初雄心勃勃，但到藏内后，深感形势的复杂，远非自己所能掌控，最后也是碌碌无为、听之任之，驻藏大臣有泰、联豫便是典型。

从驻藏大臣藏事诗的差异性来看，以光绪十二年（1886）英国欲在印藏边境开办通商一事为界，分为前后两期。前期的藏事诗，以描述治藏理政的经验以及驻藏大臣在藏内的受欢迎程度，来歌颂清朝海内一统的盛世。“岩峰秋气老，江水汛流迟。行见诸蛮富，因知赖圣慈。”（松筠《业党》）乾隆六十年（1795）春，松筠“奏准豁免前后藏民本年应交粮石，及旧欠钱粮，并捐银四万两”[②]。“时和人乐业，岁稔稻连町。暂宿安行帐，晨征尚带星。”（松筠《朗尕孜》）藏内太平，人民安居，农业丰收在望。驻藏大臣文干在其藏事诗中表达了巡边时藏民族对驻藏大臣的欢迎之情，其中《十九日早发浪噶资宿》道：

今日平沙路，肩舆趁晓行。秋分寒气薄，日上暖烟轻。毡帐蠲供给，蛮乡解送迎。愿将和乐意，遍洽尔边民。[③]

① 丁实存：《清代驻藏大臣考》，第110页。

② 丁实存：《清代驻藏大臣考》，第54页。

③ （清）文干撰《纪程诗钞》卷三《壬午纪程诗》，道光九年（1829）刻本。

朗噶资，在今西藏山南市浪卡子县。诗中描写了边民对驻藏大臣一行的热情，同时诗中也表达了不愿扰民，与边民和乐共处的思想情感。另有文干诗句“欣欣番户仓箱裕，落落荒陬斥堠稀”（《九月初一日经三叉路至长松》），也表现了诗人秋季巡阅后藏时，看到藏民族富足安乐的生活，而咏歌之。

前期藏事诗的另一个主题是表达不畏艰难，报答圣恩，渴望建功立业的豪情。斌良的《二十八日出都众亲朋沿途送别，情甚依依，晚抵良乡固节驿舍感赋》：

> 亲朋祖饯接庚邮，万里乌斯快壮游。心迹共知如日朗，鬓丝莫怅点霜稠。岁华冉冉催征辔，风柳条条绾别驺。肯使几微见颜色，丈夫投笔觅封侯。[①]

诗人在《藏卫奉使集》中的第一首诗《腊月十九日蒙恩授驻藏大臣恭纪》中自注：“上谕驻藏边务紧要，汝精神甚好，朕于侍郎中特简汝前往妥办，一二年中如已得人，即将汝召还。重蒙体恤，实深钦感。上寻良年纪，覆奏六十三岁，上笑云，汝精神甚壮，似五十多岁，正堪宣力等谕。”[②] 通过了解这段诗中注，可知腊月二十日养心殿，道光帝亲自召见斌良，面谕其任驻藏大臣一事，并嘘寒问暖，使斌良大为感动，因而在此首诗中，重新点燃了诗人建功立业的豪情。

前期驻藏大臣藏事诗中的又一个主题是享受盛世的荣华，表现闲适的生活。瑞元的诗《藏署西侧有废圃修葺如旧颇为适宜》道：

> 修复旧基址，官闲学圃忙。借尝蔬菜味，更赏菊花香。春雨秋风思，荒烟蔓草伤。此园亦兴废，小小一沧桑。[③]

修葺菜园、学种菜、赏菊，充分享受着公务之余的闲适生活。《寒冬木叶

---

① （清）斌良撰《抱冲斋诗集》卷三十六，《续修四库全书·集部》第 1508 册，第 452 页。
② （清）斌良撰《抱冲斋诗集》卷三十六，《续修四库全书·集部》第 1508 册，第 452 页。
③ （清）瑞元撰《少梅诗钞》卷五，《清代诗文集汇编》585 册，第 68 页。

脱尽，独住屋外，双桃树叶绿如故，毫无凋意，特咏一律以壮之》又道：

错认冬青树，岁寒生意增。百年灵气足，一院翠华凝。花若来王母，人疑入武陵。小桃源命额，佳话有明征。①

瑞元还有大量的咏物诗，《寒晖》《寒云》《寒山》《寒寺》《寒鹤》《寒雁》《寒鸦》《咏藏地奶桃》等，表达了诗人在公务之余的闲适生活。

在晚清国势艰危，英人觊觎西藏的这种大背景下，驻藏大臣后期藏事诗，则表现出人生坎坷、功业难就的凄婉忧伤。主要从《有泰日记》以及《联豫藏事奏牍》② 中留下不多的数首诗中可窥其一斑。有泰在光绪二十七年（1901）四月十九日的日记中记载了两首诗，一首是好友牧山送来的，题为《辛丑春感怀》：

难息年来万事乖，悄然屏踪隐蒿莱。豺狼在邑飞尘满，城阙逢春画角哀。忧国杜陵余老泪，和戎魏绛是天才。秦云西望伤心极，何日銮舆出狩回。③

有泰为此和一首：

天人漫说两相乖，谁忍金城付草莱。轻战平原终莫解，残年江左那胜哀。秦闻雨雪悲宸驾，燕垒风云走将才。多少离奇多少恨，不堪流涕首重回。④

庚子事变，八国联军入侵北京，以及清政府的统治者慈禧和光绪逃到西安。在这种国势下，一部分仁人志士奋起反抗洋人的入侵，并希望能够变法图强，但亦如有泰及其同僚一般的晚清官员，对国家残破，国民受洋人

① （清）瑞元撰《少梅诗钞》卷五，《清代诗文集汇编》585 册，第 69 页。
② 吴丰培主编《联豫驻藏奏稿》，西藏人民出版社，1979。
③ （清）有泰著，康欣平整理《有泰日记》，第 249 页。
④ （清）有泰著，康欣平整理《有泰日记》，第 249 页。

欺凌，却表现出无可奈何，更多流露出伤时悼世，感叹不遇的颓废情调，以上两首正是这种情绪的流露。

最能表现这种心理的，是有泰在驻藏任上，途经临潼县时在临潼公馆看见的陕西路按察使移剌霖（金代契丹人，其诗作今存《骊山有感二首》收于《临潼县志》）的一首诗："苍苔径滑明珠殿，落叶林荒羯鼓楼。渭水都来细如线，若为流得许多愁。"[①] 有泰对这首诗的评价是"写甚佳，格调亦老"。有泰把其中的第一首摘录于日记中，正好映衬了一个王朝末入藏官员的复杂心情。有泰入藏以后所作诗大都遗失，在其日记中只记载了两首。光绪三十年（1904）二月二十一日，有泰有感于藏地大雪飘飞却伴有雷声的奇异天气，作了一首五律《登楼》，其诗云：

登楼望原野，雷雪绕诸峰。绿柳垂千缕，白云生万重。人虽辨清浊，天竟浑春冬。借问庞然客，何追莲社踪。[②]

此诗的创作背景是，以十三世达赖为首的西藏地方坚决不支持驻藏大臣与英人协商通商一事，并组织西藏地方军队抗击英印军的入侵，终因力量悬殊，在抵抗英印军入侵中损失惨重，眼见荣赫鹏为首的英印军队快到拉萨[③]，有泰有感而发，便写了这首诗，诗中表现了自己对目前藏内局势的无可奈何，甚至打算置身事外。

与有泰的不作为与试图置身事外的做法相比，晚清最后一位驻藏大臣联豫，在治理西藏问题上，则表现得更为积极。自被正式任命为驻藏大臣起，他提出了一系列举措，包括训练新兵，筹建一支强大的军队，兴办学校、医馆，振兴实业。颇有建立功业的雄心，无奈清朝很快瓦解，所有的功业、理想都化为泡影。联豫的一首歌谣体诗《炉边月》云：

炉边月光明，都被烟尘没，怕向人间照离别，不在水面与天心，

① （清）有泰著，康欣平整理《有泰日记》，第 328 页。

② （清）有泰著，康欣平整理《有泰日记》，第 434 页。

③ 参见〔英〕荣赫鹏著，孙煦初译《英国侵略西藏史》，西藏社会科学院资料情报研究所，1983 年编印。

偶然一露山之缺，我来炉边廿日余，未见明月临前涂，天阴云黑大风起，嫦娥欲出难再呼，几回把酒空踟蹰。[①]

这首诗是联豫被正式任命为驻藏帮办大臣，由成都至打箭炉（今康定市），由于乌拉催办困难，其被搁浅在打箭炉二十一日，最后改由海路入藏。这首诗是诗人在打箭炉时写的，诗中以月为背景，把对家人的思念、未卜的前程双重忧患都表现了出来，足可见王朝末士大夫的复杂心理。

第二节　清代驻藏大臣藏事诗的题材类型

前文提及，驻藏大臣入藏必走川藏之路，任满后回京，依然从原路返回，因而其藏事诗所表现的主要内容之一，便是川藏沿途的山川、风物；其次，驻藏大臣根据雍正十年（1732）十一月谕令，“嗣后驻藏大臣、章京、笔帖式等皆酌量于绿营换班之期，三年一换”。自此以后，驻藏大臣一般任期为三年，他们在藏时间较为长久，这也决定了其对藏内诸事非常熟悉，因此，藏事诗所表现的另一内容是，治藏、施政的过程及经验总结，对藏内物产的描摹，对藏民族生活习俗的叙述，等等，还有，驻藏大臣作为客居异乡之人，对故土、亲人的思念也在他们的藏事诗中频繁出现。

一　叙述治藏理政的经验与过程

诗人作为驻藏大臣，其首要任务是代表清廷管理西藏事务，因此，其藏事诗的主要表现内容便是对自己治藏理政经验的总结、对施政过程的叙述、施政结果的校验。而施政过程的叙述又具体表现为：减免赋税、加强重要关隘的守护、及时训练军队等。待到一系列施政后，便对这部分施政结果再检验。驻藏大臣松筠的长诗《西招纪行诗》，以及诗集《丁巳秋阅吟》主要反映了这方面的内容。

① 吴丰培主编《联豫驻藏奏稿》，西藏人民出版社，1979。

如《西招纪行诗》云：

> 治道无奇特，本知黎庶苦。卫藏番民累，实因频耗蠹。达赖免粟征，班禅蠲田赋（后注：乙卯春，达赖班禅闻我皇上普免天下积欠粮、漕粮，始有蠲免番民粮赋之请）。皇仁被遐荒，穷黎湛雨露（后注：时奏入，我皇上深为嘉悦，赏银四万两，抚恤唐古忒百姓）。奉敕曰钦哉，尽心饲待哺。敬副恩纶宣，咸使膏泽布（后注：卫藏所属穷民，查明概行恤赏）。度地招流亡，游手拾农具（后注：前后藏召集流亡番民给予籽种口粮，各归本斋安插力作者，共千有一百余户，俱令三年后再与达赖、班禅当差纳粮）。譬犹医大病，既愈宜调护（后注：既赈之后，尤宜休养生息）。……①

松筠任驻藏大臣后到藏时间是乾隆五十九年（1794）十二月，藏内经过廓尔喀入侵，以及反入侵之战后，大量前后藏民众离开土地、家园，百废待兴，松筠合理评估了藏内目前形势后，开始采用休养生息的政策，让流民回到自己的土地上耕种，并减免受灾藏民的赋税。此诗开头数句主要讲述休养生息的施政过程，然后从检查各地关隘、训练军队依次展开，说明自己施政的措施与过程。诗人在《西招纪行诗序》中言："余因抚巡志实，次第为诗，共八十有一韵。虽拙于文藻，或亦敷陈其事之义，名曰《西招纪行诗》，后之君子，奉命驻藏者，庶易于观览，且于边防政务，不无小补云。"② 可见，这首诗创作的主要目的是总结治藏经验。

松筠在诗集《丁巳秋阅吟》中也有多首诗反映了他实行劝返流民耕田、赈济灾民，以及减免灾民赋税的休养生息政策的成效。如《业党》《巴则》《春堆》《白朗》《岗坚喇嘛寺》《拉孜》《罗罗塘》《宗喀》。其中《巴则》云：

> 巴谷羊肠路，灵山左右泉。深陂沿麓作，引溉阡陌田。转上岖湾

① （清）松筠撰《西招纪行诗》，《松筠丛著五种》，清嘉庆、道光年间刻本。
② （清）松筠撰《西招纪行诗》，《松筠丛著五种》，清嘉庆、道光年间刻本。

径，旁临不测渊。水平程自稳，秋暖马争先。麦熟蛮乡庆，欣看大有年。①

巴则，又名巴孜，距拉萨百余公里，山上有湖名羊卓雍错，此诗描写的是诗人在秋季巡阅后藏途中所见巴孜农业一派丰收在望的情景。又如诗人在行到春堆时所见到农作物长势很旺时写道："秋暖山犹翠，时和花尚鲜。我行经两度，逊此乐丰年。"诗人在其后道："乙卯夏过此时始行耕作，未若今秋目稞麦丰稔。"（《春堆》）说明经过诗人的治理，已初见成效。

驻藏大臣文干的《壬午赴藏纪程诗》中亦有多首诗描写这种政通人和的秋收画面，及百姓对驻藏大臣的欢迎场景，如：《道光二年八月十六日由前藏赴后藏巡阅，留别同事及呼图克图大众，随宿冈里三首》（其一）、《十七日曲水至巴资二首》（其二）、《十九日早发朗噶资宿》，其中《十七日曲水至巴资二首》其二云：

父老携童稚，欢迎马首前。佛慈皆帝力，鼓腹话丰年。②

其诗中自注云："唐古忒百姓，谓达赖喇嘛出世，乃获丰年，皆大皇帝之赐也。"驻藏大臣的藏事诗中也有多首反映他们与西藏宗教界上层达赖、班禅的和睦关系，这也充分说明西藏地方与清廷之间的良好关系，也证明了清政府治理西藏政策措施的得当与驻藏大臣施政的成效。和瑛的诗集《易简斋诗钞》中有一首《班禅额尔德尼燕毕款留精舍茶话》云：

法筵肃肃开雁堂，饤坐目食盘成行。葡萄庵罗兼糖霜，饽饦陈黠馀头僵。藤根骕骕刲乾羊，鸠盘茶杵牛酥浆。龙脑钵盛云子粮，麦炒豆踖盂釜量。金花榻并狮子床，有如嵫景对若光。须臾乐奏鼓鎌镗，火不思配箫管扬。伥童十人锦彩裳，手持月斧走跳踉。�应节和锵

① （清）松筠撰《西招纪行诗》，《松筠丛著五种》，清嘉庆、道光年间刻本。
② （清）文干撰《纪程诗钞》卷三《壬午纪程诗》，道光九年（1829）刻本。

> 锵，和南捧佛币未将。哈达江噶如缥缃，花球霞氎兜罗黄。馨蒲伊兰螺甲香，主人顾客乐未央。愿闻四果阿罗方，客曰养心妨虎狂。孔戒操存舍则亡，出入无时慎其乡。佛传心灯明煌煌，瓶穿罗縠雀飞扬。儒墨相齑理相当，定静止观归康庄，即心是佛真觉王。主人笑指河汪洋，我钻故纸君吸江。①

诗中的班禅额尔德尼，指的是七世班禅丹白尼玛。此诗作于嘉庆元年（1796），诗人出巡后藏受到班禅的热情接待。全诗用铺叙手法，极力铺写宴会上精彩绝伦的歌舞以及丰盛的食品。“长诗通韵到底，音韵圆转流畅，词句典雅华丽，情调热情奔放，表现出了一派友好的动人气氛。”② 和瑛的《太庵诗草》中《达赖喇嘛邀游罗卜岭浴塘》亦云：

> 达赖天西自在人，喜园此日速嘉宾。茶寮饭钵闲中趣，意树心花物外春。且向空门看活水，漫劳彼岸导迷津。问君离垢年年洗，要洗清凉几度身。③

这是一次诗人被七世达赖喇嘛邀请去其夏日行宫罗布林卡做客的情景，诗中赞美了达赖不同凡人的圣洁之处，同时也表达了对诗人的热情。

二　描摹雪域山川形胜与奇寒的气候

前文提及，驻藏大臣入藏皆行川藏一路，因而其山水诗主要以川藏途程中的高山大川为主要表现对象。驻藏大臣联豫在《炉藏道里最新考序》中道：“蜀之山嵚崎突兀，苍幽深秀，为天下称，然杂沓奔放，曲折艰险，亦为天下最。……去年春又奉驻藏之命，冬月自成都启行，十余日抵打箭炉（康定），中间如大相、飞越二岭，高逾数千丈，积雪深数尺，砭人肌骨，且下临不测之溪，懔然欲坠，较昔日所经，险实倍之。”④ 虽然这是对

① （清）和瑛撰《易简斋诗钞》卷二，《续修四库全书·集部·别集类》1460 册，第 487 页。
② 赵宗福选注《历代咏藏诗选》，第 156 页。
③ （清）和瑛撰《太庵诗草》，《四编清代稿钞本》第 165 册，第 553 页。
④ （清）张其勤撰，联豫补记《炉藏道里最新考》，吴丰培辑《川藏游踪汇编》，第 387 页。

成都到打箭炉一段路的概括，但也可见川藏一途山川之高、险、幽、奇、寒的特点。

总写藏路山川形胜，最为典型的便是驻藏大臣瑞元在组诗《古人屡咏蜀道难，殊不知出打箭炉后山势险恶，更有十倍难于蜀道者，盖当时西藏尚未列入版图，故乏吟咏耳。余特补咏四律题曰“藏路难”》中的描述。

其一：

难莫难于蜀道西，巉岩日日苦登跻。阳光雪色夺双目，石齿苔华缠四蹄。人共访求朝佛路，我先寻觅上天梯。灵峰底是在何处，更使文公笑执迷。

其二：

危坡沙活难留步，狭路压额更费猜。牛背稳骑盘道上，马头高向入云来。山登绝顶风常聚，日到中天瘴不开。投得一间蛮屋宿，窗残壁破对荒莱。

其三：

一万三千里数长，再从西去达西洋。摩空立壁杂冰雪，蔽日阴林屯虎狼。春气已深生意渺，秋风才见冷威扬。不同天地阴阳理，从古何人辟大荒。

其四：

瘴染岚薰气不胜，白云如絮一层层。遍山是石行须杖，隔水无桥渡用绳（自注：绳桥谓之溜筒）。著意黄泥藏鼠穴（自注：满地深窟俱系地鼠盗开，颇碍马足），相传碧海见龙腾（自注：拉里山下有海子，围圆五十余里，有人见触角龙跃出）。可怜多少人来往，只为西天自在僧（自注：达赖喇嘛封为西天大善自在佛）。①

诗人用同题的四首组诗全面概括了藏途“阳光雪色夺双目”“日到中天瘴不开”“春气已深生意渺”“遍山是石行须杖”的特点，全方位说明了藏路之难，远胜蜀道之难。而他的另一首古体诗《居藏半年一切起居诸不相宜，回忆玉门关外直不啻天壤之别感而有作》与上一首有异曲同工的感觉，亦用玉门关外路与藏路比照，进一步突出藏路的艰辛：

昔为玉门客，感时频思家。羌笛怨杨柳，天山嗟无花。而我两来往，同是蒙风沙。既驰健蹄马，且驾高轮车。平平万里路，风景犹中华。自入秃发境，山程如盘蛇。临溪仅容足，断缺用木遮。雪城高危险，树窝深槎枒。绳桥乃溜竹，皮船同浮楂。艰苦遍已历，乃到天之涯。……②

道光二十四年（1844）五月，瑞元由哈密办事大臣奉命往藏办事，接钟方为驻藏帮办大臣。③ 诗人在入藏途前先经历了新疆天山路、甘肃河西走廊、蜀道，然后才进入川藏路，感受极为深刻，诗中高度总结了藏路之艰险异常。而且从其他驻藏大臣的藏事诗中也能体味到入藏路上山、水、路的险峻与奇幻并存的山水胜景。

据驻藏大臣诗中描述，从康定到拉萨有七十二座大山。和琳的诗“六旬祖帐三言别，目断天涯七二峰”。诗人自注云：“自打箭炉（康定）至藏凡有名大山七十二座。”（《赠别瑶圃制军》）瑞元也有类似的描述：“一山行过一山横，七十余山不易行。”诗后注曰：“自打箭炉至藏有七十二山。”故而在清人藏事诗中对入藏途中的名山描述、歌咏的频率较高。如和琳的《芸香堂诗集》中的《渡飞越岭》一首，诗云：

峻岭忽梗踞，势欲摩青天。华夷古为界，飞越已多年（自注：唐

① （清）瑞元撰《少梅诗钞》卷五，《清代诗文集汇编》585 册，第 79 页。
② （清）瑞元撰《少梅诗钞》卷五，《清代诗文集汇编》585 册，第 66 页。
③ 《清宣宗实录》卷四〇五，中华书局（影印）1986 年版，第 69 页。

宋皆以此为界）。四时积霜雪，一线通行蹦。舆马挂岩壁，鸟雀盘云烟。翻有生人到，而无夜猿悬。俯视万峰低，皆若子孙然。王侯称设险，王道尝坦夷。沧海久澄波，昆仑何巍嶷。渺兹廓尔喀，凭陵复奚为。①

飞越岭便是入藏途中的第一险，据《卫藏图识》载："山势陡峻，怪石巉岩逼人面起，终年积霜雪，懒云下垂，山足行旅如在层霄。"② 和瑛的《太庵诗草》中亦有多首写藏途中山之险峻的，如："朝发东俄洛，山坳布群髻。迢迢大雪山，万顷覆银瓯。"（《东俄洛至卧龙石》）"曳罢牦牛牵，声声舁老竿。石林穿有路，江涘俯无澜。野阔群羊叱，天空一鹗寒。世途经险巇，行路不知难。"（《过巴则山》）

驻藏大臣藏事诗中除了大量写藏途山之高峻外，亦有许多首诗重在写藏途之水，而写水的诗有写海子（高原湖泊）的，有写悬崖飞瀑的，有写大江大河的。写高原湖泊的诗，如和瑛的诗《海子》云：

> 万顷澄无底，西南海一杯。蛟鼍潜伏矣，鹅鸭乐悠哉。震泽渔樯入，昆明战舰开。倘兴舟楫利，从古涉川来。③

碧波万顷，深不见底，写了西藏湖泊的宽广、宁静、神秘。松筠的诗《巴则》中亦有描写湖泊的句子，"转上岖湾径，旁临不测渊"。诗后注："巴则山阳有大海子，番名羊卓云角，又名云错，梵语'错'为海也，环山四百余里。"④ 瑞元亦有诗写"海子"的，其诗《看巴孜山上海子》云："有水镜面平，群指为海子。不可测浅深，无从窥崖涘。"⑤（题后注：据前藏二百余里）以上诗人笔下的高原湖泊有共同点，大多在山顶，而且湖的面积一般比较大，水深、水静，但这也不是藏地高山湖泊的共有特征，文干

① （清）和琳撰《芸香堂诗集》，嘉庆十六年（1811）刻本。
② （清）马揭修，盛绳祖著《卫藏图识》，乾隆五十七年（1792）刻本。
③ （清）和瑛撰《太庵诗草》，《四编清代稿钞本》第 165 册，第 537 页。
④ （清）松筠撰《丁巳秋阅吟》，《松筠丛著五种》，清嘉庆、道光年间刻本。
⑤ （清）瑞元撰《少梅诗钞》卷五，《清代诗文集汇编》585 册，第 75 页。

的诗《十八日白地》写后藏一处高山湖泊，则一日内潮起潮落如大海一般，其诗云："峰兼云万叠，海亦日三潮。"诗后自注云："前后藏俗称海子者，皆小小川流耳，此海子水面不过数里，而日夜三潮，亦如江海上潮之应乎时刻，可谓奇矣！"①

除此之外，在驻藏大臣笔下的高原之水，还有高山峡谷间奔泻而下的瀑布，其又形成另一种壮观的画风。如斌良诗《头道水行馆观瀑》云：

翠壁高千仞，凌虚吼瀑泉。光明摇匹练，喷薄卷凉烟。胜拟庐山景，幽通雪窦禅。大书擘窠字，题向壁崖镌。②

诗人自注：拟题"千尺雪"三大字，镌崖上。从泸定桥到头道水瀑布纪程七十里。《卫藏图识》云："头道水高崖夹峙一水中流，居民皆住山麓，水声砰訇如雷霆，岩后有瀑布，天矫喷薄，亦一大观。"③ 在驻藏大臣的藏事诗中还有许多描写瀑布的诗，如"回风卷江涛（诗后注：藏江距署南里许），长冰列崖瀑（诗后注：瀑布随流随冻，结成冰柱，往往数丈过，长则折其声甚厉）"（崇恩《居夷书事》），"林阴洒为雨，瀑影散如烟"（崇恩《老林二十四韵》）等，从瀑布的声响、瀑布的形态等多角度描写了藏内瀑布的壮景。

西藏的大江大河，也从峡谷间奔腾而下，气势十分壮观。如斌良的诗《河口塘房夜闻雅龙江涨声感成》：

惊涛午夜激春撞，撼梦雅龙万里江。鼓布雷门声震一，险侔巫峡浪穿双。知津水手印须渡，去国乡心陡顿降。宦迹平生夸壮观，翦镫仿佛坐蓬窗。④

① （清）文干撰《纪程诗钞》卷三《壬午纪程诗》，道光九年（1829）刻本。

② （清）斌良撰《抱冲斋诗集》卷三十六，《续修四库全书·集部·别集类》1508册，第475页。

③ （清）马揭修，盛绳祖著《卫藏图识》，乾隆五十七年（1792）刻本。

④ （清）斌良撰《抱冲斋诗集》卷三十六，《续修四库全书·集部·别集类》1508册，第478页。

诗人在其后的诗中写道："奔腾雪浪走中泓，掀播艨艟片叶轻。"（《晓渡雅龙江》）可见雅砻江水势之湍急，渡江之险不言自明。雅砻江是金沙江最大的支流，发源于青海巴颜喀拉山南麓，自西北向东南流进四川省，于攀枝花市雅江桥下注入金沙江，是典型的高山峡谷河流。诗人斌良还有一首《金沙江》："金沙一道走长江，光映斜阳势未降。谁把云根置齐豫，全堤不畏浪春撞。"① 诗中写金沙江水势澎湃汹涌。

驻藏大臣山水诗的胜景除了重点刻画山与水之外，风与雪也是陪衬山水，突出青藏高原山水奇、险、幽、寒特征的又一关键之笔。如和瑛的诗《宿头塘》云：

阿喇伯桑西，喜宿头塘早。罡风摇板庐，孤枕雪压脑。挑灯不成寐，默坐纡怀抱。砚冻墨不濡，指直笔攲倒。今夜莫吟诗，吟诗定郊岛。呼童麾复眠，起视漫天缟。邮番促晨装，长纤牦牛套。且去问前途，冰境滑如扫。②

这是一首风雪和奏的诗。罡风，道家称天空极高处的风，此处指强烈的风。诗中写强劲的风摇动着板屋，漫天的雪花，加之极寒的天气，第二天便变成了如镜的冰。斌良的《二郎湾》是一首重点写雪的诗：

尖峰积素映天青，妙绘宣和景不胜。传与舆人休喝道，恐教驺从惊山灵。③

诗人在其后注曰："山中如有响动，风雪立至，行人戒之。"二郎湾在里塘与巴塘之间。藏途的许多大山，如二郎山、折多山、瓦合山、塞瓦合山，山顶都是常年积雪，行人与马过之，须衔枚以免发声引发雪崩。而他的另

① （清）斌良撰《抱冲斋诗集》卷三十六，《续修四库全书·集部·别集类》1508 册，第 478 页。

② （清）和瑛撰《易简斋诗钞》卷一，《续修四库全书·集部·别集类》1460 册，第 471 页。

③ （清）斌良撰《抱冲斋诗集》卷三十六，《续修四库全书·集部·别集类》1508 册，第 479 页。

一首《巴贡山头写望》则是重点写山巅之风：

> 六月风光腊月同，晴空猎猎响长风。峰尖立马神先王，暖翠浮峦万壑通。[①]

巴贡山在昌都察雅县巴贡乡境内。猎猎，拟声词，原指风吹动所发出的声响。南朝宋鲍照《上浔阳还都道中》诗："鳞鳞夕云起，猎猎晚风遒。"从鲍照的这两句诗看，猎猎作响的晚风雄健有力。因此，斌良写巴贡山头的风，用猎猎来比拟山顶的风声，可见藏地六月的风并不柔和，而像内地腊月的劲风。

入藏路途的奇幻雪景，也与青藏高原气候有密切的关系。驻藏大臣以及其他入藏的诗人在其诗作中都有对西藏气候的描述。瑞元的诗《乌斯天时，夏极寒凉，九月后转觉和暖，即不披裘亦可御冬。且节尽长至昼并不短，亦大奇也，因题一绝》：

> 四时历尽无寒暑，底是西天又一方。日亦多行几万里，小阳时节昼还长。[②]

可见西藏气候与内地气候截然不同，一年里四季不甚分明，夏季也不甚炎热，甚至还有余寒。其另一首写藏地气候的诗《长夏忆浙江风景》云：

> 清和无日不风沙，忆到南天分外嘉。六月已先炊早稻，四山不尽采新茶。当阶露浥兰心静，隔牖凉筛竹影斜。那似重棉度长夏，荒寒合以醉为家。[③]

诗中将浙江与藏地的夏天作比照，突出写藏地的夏天，仍需穿很厚的棉

---

① （清）斌良撰《抱冲斋诗集》卷三十六，《续修四库全书·集部·别集类》1508 册，第 481 页。

② （清）瑞元撰《少梅诗钞》卷五，《清代诗文集汇编》585 册，第 68 页。

③ （清）瑞元撰《少梅诗钞》卷五，《清代诗文集汇编》585 册，第 66 页。

衣，这也正好印证了斌良诗“六月风光腊月同”的气候特征。又如驻藏大臣和琳诗《西招四时吟》，其一：

莫讶春来后，寒威倍胜前。小窗欣日色，大漠渺人烟。风怒沙能语，山危雪弄权。略应桃柳意，塞上怯争妍。①

生活在青藏高原的人们都知道，高原天气四时不甚分明，春季如冬季，既寒冷而且降雪很频繁，容易形成积雪；而冬季反而很少下雪，加之冬季干燥风大，很难形成积雪；夏季亦如内地的春季，很少有酷热，甚至很凉爽。《西藏志》“天时”条云：“就拉萨而论，其地冬虽寒而不凛冽，夏虽暑而不熏蒸。清明立夏之间，草木萌芽；季春夏初之际，麦豆播种；收获则在七八月之交。”② 这种气候特征，正好印证了和琳诗中对西藏四季气候的描写。

三　歌咏藏内风俗与物产

据考古发现及现有文献记载，藏族在青藏高原栖居、繁衍已是相当久远。“唐代汉文文献对公元7世纪初藏族所建立的王朝称为‘吐蕃’，同时的古藏文文献里已经有了关于族源的记载。”③ 并且自吐蕃王朝始，藏民族就有了自己创制的文字。因而，藏民族在青藏高原长期的生产生活中形成了独具特色的文化，其中各类民俗更是异彩纷呈，既具有观赏价值又有研究价值。

（一）宗教民俗

《西藏志》“风俗”条载“西藏风俗，人皆好佛”④。当踏入青藏高原，特别是甘肃、青海、四川藏区以及西藏全域，俨然进入了一个佛国世界，映入眼帘的高大恢宏的建筑物大多是藏传佛教的寺庙。因此，藏民族许多礼俗的根基都与藏传佛教，以及本地土生土长的苯教的教义有关。驻藏大

① （清）和琳撰《芸香堂诗集》，嘉庆十六年（1811）刻本。
② 《西藏研究》编辑部编辑《西藏志　卫藏通志》，第19页。
③ 《藏族简史》编写委员会《藏族简史》，西藏人民出版社，2006，第9页。
④ 《西藏研究》编辑部编辑《西藏志　卫藏通志》，第23页。

臣及清代入藏的其他官员诗中也多有反映藏族宗教民俗的。斌良的《中渡道中三绝句》其二云：

> 双崖紧束浪花喷，水碓疑营板屋新。佞佛俗同天竺国，巧将激溜转经轮。①

诗人在诗后自注道："蛮人建舍山谷间，中安噶布伦令水冲激旋转。制作浑如水碓，番经噶布伦即汉语转轮藏也。"青藏高原的转经轮，既有手推转动的，还有依靠风势转动的，也有安装在小溪旁，依靠水推转动的。这种安装在溪边的，远观甚为小巧、有趣。如今的藏区到处都能见到各种各样的经轮，也算是佛教世界的一大景观。

瑞元有一首诗《抵藏四律》其二云："沿门彩胜竿头系（自注：家家俱用五色绸系于竿上，谓之吗呢竿子），满路经文石上镌（自注：蛮家不修庙宇，以石子雕刻经文满地堆砌）。披发袒肩浑不怪，此方蛮俗自安然。"② 此诗也写了藏区的嘛呢旗、嘛呢石、嘛呢堆等具有浓郁藏传佛教特色的民俗。瑞元的另一首《观各寺院燃酥油灯》，其在诗序中言："藏俗凡前辈达赖喇嘛降生并圆寂之日，自布达拉至各寺俱点酥油灯自昏达旦。"诗云：

> 琉璃世界豁双眸，光焰腾空映斗牛。逻逤今朝城不夜，一层灯火一层楼（注：藏书有石头城，古所谓逻逤城也）。③

诗中描写了藏传佛教达赖圆寂与降生之日，拉萨各大寺院以及布达拉宫燃灯的习俗。诗虽只有四句，而以白描手法，高度概括了这一宏大而壮观的佛都节日画面。

（二）饮食民俗

由于青藏高原寒冷干燥，生活在这片土地上的藏民族饮食，客观上为

---

① （清）斌良撰《抱冲斋诗集》卷三十六，《续修四库全书·集部·别集类》1508册，第477页。

② （清）瑞元撰《少梅诗钞》卷五，《清代诗文集汇编》585册，第58页。

③ （清）瑞元撰《少梅诗钞》卷五，《清代诗文集汇编》585册，第71页。

了御寒，需要食用高脂肪的牛羊肉，除此，便是奶茶伴酥油和炒熟的青稞炒面而成的糌粑一起食用。奶茶的烹煮方法是将茶放入酥油与牛奶中煮沸。《西藏志》“饮食”条云：

> 藏番蒙古不拘贵贱，饮食皆以茶为主。其茶熬极红，入酥油盐搅之。饮茶、食糌粑或肉米粥，名曰土巴汤。其次，面果、牛羊肉、奶子、奶渣等类。牛羊肉多生食。而日食不拘顿数，以饥为度，食少而频。男女老少，皆日饮蛮酒，乃青稞所酿，淡而微酸，名曰穷。亦有青稞烧酒。饮酒后，男女相携，沿街笑唱为乐。①

斌良的诗《硕板多道中庖人醋已用竭，无处可觅，感题一绝》云：

> 膻根日食饭难加，麰麦牛酥共煮茶。纵使微生应束手，乞醯何处觅邻家。②

诗人在其后自注：“糌粑以炒面，和牛酥入茶同煎，蛮人以此为饮食。”这首诗很简练地概括了藏民族的饮食习俗，以及表现诗人刚入藏地极不适应这种饮食的情况。除此，在饮食方面，为高原御寒需要，藏民族也有饮青稞酒的习俗。多数人都饮自家用青稞酿的土酒。瑞元的诗《沾䵎》（序：蛮家呼酒为“䵎”）云：

> 人人居醉乡，言饮青稞酒。满街悬青帘，一文沽一斗。蛮家无贵贱，行坐不离口。引动赏秋心，杖头钱正有。玉壶买春来，相将邀吾友。尝之淡且酸，朦腑防不受。③

此诗写藏族饮青稞酒的习俗，具体描绘了满街挂着青帘子的酒铺，“一文

① 《西藏研究》编辑部编辑《西藏志　卫藏通志》，第 27 页。

② （清）斌良撰《抱冲斋诗集》卷三十六，《续修四库全书·集部·别集类》1508 册，第 483 页。

③ （清）瑞元撰《少梅诗钞》卷五，《清代诗文集汇编》585 册，第 77 页。

沽一斗”的青稞酒价，“淡且酸”的青稞酒味等。

驻藏大臣的藏事诗中除了描写这些藏民族的宗教、俗世的日常习俗之外，还有大量的咏物诗，它们从不同角度反映了西藏的特产，给后来者呈现了多姿多彩的西藏物产世界。

恢宏庄严而又金碧辉煌的藏传佛教寺庙，是驻藏大臣咏物诗的主要表现对象。20世纪30年代范长江在《中国的西北角》中对甘肃藏区夏河拉卜楞寺的描述，“其寺院建筑，远视之如洋楼，红墙金顶，光耀夺目。初至此者，直如身临十里洋场中”[①]，足可见藏区寺庙的恢宏。和瑛在《易简斋诗钞》中有数首描写藏内寺庙的诗，如：《大昭寺》《小昭寺》《布达拉》《木鹿寺经园》，其中《布达拉》云：

> 佛阁上层霄，横枝法嗣遥。南浮炎海日，东下浙江潮（自注：布达，普陀也。拉，山也。天下普陀有三：一在甲噶尔南海中，即厄讷特克国；一在浙江南海中；一在乌斯藏。皆观音大士化现之所也）。自在除烦恼，真空锁寂寥。干戈无限意，那复问银桥（自注：上有银桥，唐公主造，兵火后久无存）。[②]

诗的开头只有一句“佛阁上层霄”，便把“凤阁龙楼连霄汉”的藏传佛教寺庙的建筑气势概括描绘了出来。其次，藏内渡江的工具皮船、铁索桥、溜筒都成为驻藏大臣诗中多次被歌咏的对象。

藏地河水流经高山峡谷间，水流湍急，若用一般的木船渡河，就会瞬间樯倾楫摧。因而有弹性、韧性小而灵巧的皮船便应运而生，反而能载人安然渡江。姚莹在《康辅纪行》中有首《皮船行》形容得很细致：“皮船形制如方鞋，木口藤腹五尺裁。受人三四一短楫，并舟绳贯行能偕。高山夹水湍流疾，顷刻已过峰千回。巉岈大石偶击撞，回旋轻软无惊猜。”[③] 如和瑛的诗《皮船渡江》云：

---

① 范长江：《中国的西北角》，新华出版社，1980，第53页。

② （清）和瑛撰《易简斋诗钞》卷一，《续修四库全书·集部·别集类》1460册，第472页。

③ （清）姚莹著，欧阳跃峰整理《康辅纪行》，第121页。

淼淼长江水，皮船一勺登。轻于浮笠汉，闲似渡杯僧。竹叶图中泛，仙槎日下乘。此船乘大愿，那用挽金绳。①

诗人描绘了漂浮于滚滚江水之上小皮船的轻盈灵巧。同时，也看出和瑛的诗中佛教味浓，这与其深厚的佛学修为有很大关系。瑞元也有一首写牛皮船的诗《坐牛皮船渡后藏河》，其诗中云："乘槎渡过小西天，疑是星河汇此川。一样江南好风景，青山绿水挽皮船。"② 以上两首诗重在突出皮船的灵巧。渡藏江的另一种工具便是铁索桥，藏事诗中也有多首描绘穿越铁索桥的惊心动魄。又如斌良的诗《五月初一日过泸定桥》：

两崖对峙排石柱，镕铁中贯索九条。巨絙旁亘当兰槛，浮空千尺泸江桥。其上平铺白木板，举足浑疑踏絮软。中央摇曳激奔湍，头眩目昏天地转。朅来奉使此经过，胆悸魂惊恐惧多。临河几欲回征辔，戒懔垂堂理有那。乘轺远向蛮荒路，水府灵昭默呵护。王尊叱驭气同豪，涉险惟凭忠信渡。足迹经行九州半，似此危桥真罕见。虹霓彩焕雀翅填，妙构相方倍虚幻。噫嘻乎！忙中岁月奔轮旋，仰止尼山感在川。往来梭织人如蚁，蜗角蝇头各自牵。③

诗人用古体诗的形制极力铺叙并渲染泸定桥的危险，诗风豪壮，但落笔稍显低沉，抒发了人生短暂且大多数为蜗角功名所牵绊的无奈。和瑛亦有一首《咏铁索桥》，诗云："锁结罘罳苇，凌空一木悬。不愁江面阔，只恐脚跟偏。"④ 可见藏江上悬浮的铁索桥有多危险。也有诗人将皮船与铁索桥的危稳程度作比，"浆划皮船稳，桥悬铁锁危。解人何处索，今古一心知"（文干《十七日曲水至巴资二首》其一）。除了对这些藏地特有交通工具的歌咏外，驻藏大臣诗中还呈现了藏地特有的如喇嘛鸳鸯、藏地奶桃、藏地

① （清）和瑛撰《易简斋诗钞》卷二，《续修四库全书·集部·别集类》1460册，第485页。

② （清）瑞元撰《少梅诗钞》卷五，《清代诗文集汇编》585册，第74页。

③ （清）斌良撰《抱冲斋诗集》卷三十六，《续修四库全书·集部·别集类》1508册，第474~475页。

④ （清）和瑛撰《易简斋诗钞》卷二，《续修四库全书·集部·别集类》1460册，第485页。

山花、藏地古树等。这其中最有特色的为藏地奶桃和喇嘛鸳鸯。瑞元的《咏藏地奶桃》诗后注："形似木瓜较小，皮黄而坚，实白而甘，到口味如酥，空心无核。食之，能补肺。"[①] 其一：

细嚼长生果，清甘益我躯。外皮坚若木，内实润如酥。香液含松子，冰团认荔奴。此心空乃尔，佛地产灵珠。[②]

其二：

木桃诗有咏，投赠重琼瑶。设使东方在，何嫌西域遥。只疑千岁实，错认一斤苗（自注：杨万里诗"珠玉铄成千岁实"，日本国有桃，其实重一斤）。此即菠萝蜜，穷蛮满路挑。[③]

以上两首诗为描述藏地特产的一种果实，俗名"奶桃"。藏地还有一种双栖双飞的鸟，俗称喇嘛鸳鸯。瑞元在其诗《喇嘛鸳鸯》的题后注中描述道："似鸭而大，色黄能高飞，水食楼栖，俗呼为喇嘛鸳鸯。"诗云：

双双黄鸭上鱼矶，似此凫翁见亦稀。几点远同秋叶落，一行斜带夕阳飞。耳边佳偶声相和，背上新雏负满归（自注：每飞必雄雌齐鸣。见人则负雏以飞）。佛地不须调鼎鼐，往来啄食锦鳞肥（自注：西藏不打牲）。[④]

和瑛亦有诗《咏喇嘛鸳鸯》云："火宅僧边鸟，灵根觉有情。分明金缕伴，独被紫衣名。水宿优婆影，山呼法喜声。在家菩萨玩，来度化人城。"[⑤] 这两首诗虽都是咏喇嘛鸳鸯的，但瑞元的诗重在外貌刻画，而和瑛则从佛教

① （清）瑞元撰《少梅诗钞》卷五，《清代诗文集汇编》585册，第71页。
② （清）瑞元撰《少梅诗钞》卷五，《清代诗文集汇编》585册，第71页。
③ （清）瑞元撰《少梅诗钞》卷五，《清代诗文集汇编》585册，第72页。
④ （清）瑞元撰《少梅诗钞》卷五，《清代诗文集汇编》585册，第67页。
⑤ （清）和瑛撰《易简斋诗钞》卷二，《续修四库全书·集部·别集类》1460册，第485页。

层面写其灵性。

四 抒发对故土与亲人的思念

怀人、思乡，也是中国古典诗歌恒久不变的一个表现主题。早在《诗经》中便有大量此类诗，怀人主题的如《国风·周南·卷耳》，思乡主题的如《国风·卫风·竹竿》《国风·卫风·陟岵》。清代驻藏大臣，在异域、异乡任职，思乡、怀人类诗在其留下的藏事诗中占有较大比例。仅和琳的《芸香堂诗集》中思乡主题的诗就有《客舍》《夜雨不寐》《送春》《晚眺》《十四夜望月》《江孜寓中对月》《扎什伦布公寓远望》等多首，其中《夜雨不寐》云：

> 铃辕凄柝声，风雨越分明。烛短鸡三唱，衾寒梦数惊。未曾消夜饮，底事动乡情。回忆长安路，潺湲记不清。[①]

诗中描述了诗人到西藏以后的一个凄冷不眠的雨夜，激发了他深深的思家之情，诗中的铃声、柝声，以及凄冷的夜雨作为意象体，使思乡之情显得更为浓厚。他的另一首《扎什伦布公寓远望》：“登临忆旧游，惊度两春秋。山水仍朝佛，年华感逝流。一瓶花解语，数盏酒为谋。莫谩怀乡国，途遥梦不由。”[②] 诗人通过两度巡阅后藏，在登楼远眺中感叹时光流逝之快，因而唤起了诗人的乡关之思。斌良的诗《巴里朗旅夜偶成》：

> 乡思乱如絮，难凭酒力降。怒狸潜伏壁，饥鼠暗窥窗。室静镫明朗，溪喧浪激撞。鞅尘计旬日，安稳渡秋江。[③]

诗后自注云：“计程十数日即可抵藏卫，稳渡藏江。”此诗写在诗人入藏的途中，荒败破陋的客舍，“怒狸潜伏壁，饥鼠暗窥窗”与诗人来时京城的

① （清）和琳撰《芸香堂诗集》，嘉庆十六年（1811）刻本。
② （清）和琳撰《芸香堂诗集》，嘉庆十六年（1811）刻本。
③ （清）斌良撰《抱冲斋诗集》卷三十六，《续修四库全书·集部·别集类》1508册，第483页。

繁华形成巨大差距，因而又唤醒了诗人的思乡之情。瑞元亦有《盛夏忆浙江风景》《忆晋儿》《居藏半年，一切起居诸不相宜，回忆玉门关外直不啻天壤之别，感而有作》等多篇思乡、怀人之作。而崇恩更是把他的《香南居士集》中入藏所创作的所有诗收为一集，是谓《孤蓬集》，足见其漂泊与孤独的感受中浸透了故乡、亲人之思。

五 友人、同僚间的酬赠、唱和

酬赠诗是古之文人、士大夫用以交往应酬或者赠送给亲友及同僚的诗，此所谓以诗交友、以诗咏志。因而，酬赠、唱和类诗除了表达诗人的友谊与旨趣外，便成为古人交往中的一种礼仪媒介。在驻藏大臣的藏事诗中，此类酬唱诗较集中展现的便是在乾隆五十六年（1791）清廷派大军入藏驱逐廓尔喀入侵之事起，随大军进藏的杨揆，在打箭炉（康定）、察木多（昌都），以及前后藏督办、运送粮食的和琳、孙士毅、惠龄等，至今留存的和琳的《芸香堂诗集》、孙士毅的《百一山房诗集》、杨揆的《桐华吟馆卫藏诗稿》中都有他们之间的酬唱诗。随后，和琳任驻藏大臣时，驻藏帮办大臣便是和瑛，今藏于广东省立中山图书馆的《卫藏和声集》，便是他们二人驻藏期间的赠答、唱和诗集，共有诗 167 首，可见二人唱和频次之高。

和琳的《芸香堂诗集》中与和瑛（字太庵）的唱和诗有《和太庵济咙禅师祈雨辄应志喜元韵》《答太庵夜雨屋漏呼童戽水元韵》。而和瑛的《易简斋诗钞》中却有多首给和琳（字希斋）的赠答诗，如《前藏书事答和希斋五首》《和希斋赠橄榄并放生青羊致谢二首》《送别和希斋制军之蜀十首》等。和琳与和瑛此期的唱和其中不乏长篇排律，次韵相酬，短则十余句，长则近百句，洋洋洒洒，蔚为大观。可见，至乾隆朝后期满蒙官员的古典诗歌修养已经很高了。如和琳的唱和诗《答敬斋相国留别元韵》，用八首七言律诗组成一组诗。这种次韵诗创作的难度极大，既要严守元诗之韵，又要有所抒发，还要写上百句，搞不好，就会顾此失彼。因此，这类诗过于重视形式技巧，诗人真实情感反被冲淡，甚至被淹没，可读性不大，这类诗往往成为文人间交往的一种礼仪媒介。倒是他们二人间的赠答诗，篇幅短小，情谊真挚，可读性很强。

驻藏大臣之间的这种唱和诗，在斌良、瑞元等诗集中也有一定数量。如瑞元的《少梅诗钞》中的唱和、赠答诗有《四叠元韵赠雨蕉伯兄》《答王蕖庄》《寄宋三洲》《和张叔未》等，其中赠答诗《和张叔未》云：

江乡高隐避嚣尘，矍铄精神近八旬。拈韵传来燕北地，挥毫压倒浙西人。君怀旧雨仍如旧，我忆新篁又更新。多谢扁舟远相送，凄然一别五经春。[①]

诗题中的张叔未便是张廷济，字顺安，号叔未，为浙江嘉兴新篁人。嘉庆三年（1798）的解元，以后几次会试未中，遂家居从事学术研究和艺术创作。诗中赞美了张廷济高蹈独立的品格，以及他们二人间的深厚友谊。

第三节　清代驻藏大臣藏事诗的审美特征

钟嵘在《诗品序》中云："若乃春风春鸟，秋月秋蝉，夏云暑雨，冬月祁寒，斯四候之感诸诗者也，嘉会寄诗以亲、离群托诗以怨。"[②] 刘勰的《文心雕龙》亦云，"文之为德也大矣，与天地并生""写天地之辉光，晓生民之耳目"，[③] 他们二人都着重强调文艺是作为对客观事物（包括自然和人）感发、触动的产物。藏地山川形胜，亦如姚莹在其诗中概括，"坚冰乱石两嵯峨，臬兀肩舆任侧颇。树短赤茎无绿叶，山高白雪混银河"[④]。因而入藏诗人将建功立业的豪情、去国怀乡的思情与藏地寒中见峭的自然之景相融，营造出峭中含冷，冷以见峭的格调和诗境，闪现出一种深邃凝重而又孤傲高洁的生命情调。这种清冷峭拔的诗风便成为驻藏大臣藏事诗的主要审美特征。

① （清）瑞元撰《少梅诗钞》卷五，《清代诗文集汇编》585 册，第 73 页。
② （南朝）钟嵘著，曹旭集注《诗品集注》，上海古籍出版社，2011，第 56 页。
③ （南朝）刘勰著，周振甫注《文心雕龙注释》，人民文学出版社，1983，第 1 页。
④ （清）姚莹著，欧阳跃峰整理《康辅纪行》，第 21 页。

一　清冷峭拔之风

驻藏大臣的藏事诗大都在出、入藏途中，抑或在巡阅前后藏途中所作，沿途的雪山、坚冰、乱石，以及万仞的峭壁历历在目。当这种暗淡的冷色调与词语尖利的峭硬结合在一起的时候，无论是作品的基调，还是作者的感受，都势必呈现出冷峭的风格特征。和瑛的《太庵诗草》中《甲错山》题后注“极高。风雪凛冽，瘴气逼人”，其诗云：

> 甲错天摩顶，清凉篾以加。罡风吹不断，白日冷无华。雪柱思冈底，河源问殑伽。寒暄变如此，何处觅飞鸦。①

甲错山，地名，在后藏，过拉孜（东南通萨迦，西南达定日）一站。诗中描述了甲错山的高峻、山风的劲拔。诗人还有《板屋》《出巡后藏夜宿僵里》《过巴则岭》《宜椒道上》等诗均表现出冷峭的风格特征。又如斌良的《头道水行馆观瀑》：

> 翠壁高千仞，凌虚吼瀑泉。光明摇匹练，喷薄卷凉烟。胜拟庐山景，幽通雪窦禅。大书擘窠字，题向壁崖镌。②

诗后自注云：“拟题‘千尺雪’三大字，镌崖上。”诗人其后的诗题《头道水两崖对峙中束奔湍雪浪迅疾，水声砰訇如雷，闻之心悸，经杨柳塘，晚抵打箭炉》，千仞绝壁上飞泻而下的瀑布，巨大的声响，给人以极大的震撼。斌良的另一首诗《晓渡雅龙江》，“奔腾雪浪走中泓，掀播艨艟片叶轻。利涉平生恃忠信，舵工那得有权衡”③。诗人在惊涛骇浪中渡行，更深地体验到了这种大自然造化给人的强烈的心灵冲击。

① （清）和瑛撰《太庵诗草》，《四编清代稿钞本》第165册，第581页。

② （清）斌良撰《抱冲斋诗集》卷三十六，《续修四库全书·集部·别集类》1508册，第475页。

③ （清）斌良撰《抱冲斋诗集》卷三十六，《续修四库全书·集部·别集类》1508册，第478页。

二　清丽明朗之美

与清冷峭拔的诗风相对的是，藏地无名的香气四溢的格桑花，色彩斑斓的鸟儿，翩跹的各色蝴蝶，明净澄澈的溪水，与紧张、忙碌之余的闲暇心情相和谐，这些特有的物象，在入藏诗人的笔下又形成了一首首清丽明快的诗。如松筠的诗《甲错山》云：

> 层巅无瘴迥非前，淡荡微风晴日妍。拉布卧云天咫尺，炙羊温饱各陶然。①

这首与和瑛的诗《甲错山》的冷峭诗风迥异，诗中写诗人秋日巡阅后藏时见到甲错山的情景，微风晴日，白云近在咫尺，感觉人和大自然是如此亲近。而忙碌了一天的诗人一行，在如此美妙的大自然中休憩，在山脚下烤羊肉食用，表现出难有的闲适心情。松筠还有写藏族山村的丰收与藏民族对驻藏大臣一行欢迎的诗，“白朗山村阔，耕田四野饶。壶浆长路献，鞮乐土音调”（《白朗》）。写藏地人与自然和谐共处的诗句“微霜秋草润，晴日晚秋柔。悬足群羊听，应知无猎谋”（《莽噶布篾》）。这类诗表现出诗人闲适、明快的风格特征。这类诗在其他驻藏大臣的藏事诗中也占有一定比例，典型的如和琳的《巴塘途次》：

> 行近巴塘部，欣看春已回。原田抽早麦，桃柳吐新荄。山渐成平远，河翻作怒虺。江南风景好，只是少尘埃。②

据《卫藏图识》载：“巴塘在里塘之南五百余里，土地饶美，天气暄妍，时令则俨然内地也，无城郭。”③ 这首诗是诗人驻藏大臣任满出藏途经巴塘时写的，巴塘秀美的春景与诗人喜悦的心情相融，从而写得从容、优雅，读之，让人神往。和瑛的《野花》题后注：“花无枝叶，五出似梅，小如

---

① （清）松筠撰《丁巳秋阅吟》，《松筠丛著五种》，清嘉庆、道光年间刻本。

② （清）和琳撰《芸香堂诗集》，嘉庆十六年（1811）刻本。

③ （清）马揭修，盛绳祖著《卫藏图识》，乾隆五十七年（1792）刻本，第 67 页。

豆贴石迸出。”其诗云：“簇簇花逑锦万堆，眇兹躯干小寒梅。不应天女偷闲久，故遣曼陀贴地开。”[①] 藏民族将草原上许许多多不知名的小花通称为格桑花，诗人将贴地盛开的簇簇格桑花写得情趣盎然。道光年间入藏任职的驻藏大臣斌良，在入藏途中也写了数首清丽明快的诗，如《剪子湾书即目》云：

> 蛮陬谁说景荒遐，万笏芙蓉四壁遮。蝴蝶成团随马足，漫山开遍白茶花。[②]

剪子湾山在四川甘孜州雅江县境内，山口海拔4659米，是康巴山区的最高山口之一，登其顶，千峰万壑尽收眼底。诗人看到眼前之景，与传说形成很大反差，心情大为愉悦。他的另一首《南墩道中见牧羊者》：

> 风翻麦浪绿云铺，牛鼻浮凉俨画图。细草如茵敷软翠，酣眠堪羡牧羊奴。[③]

诗人看到风景如画的原野中，一个牧羊者在酣眠，如此悠然闲适之景，势必会触动诗人对身世飘零的感慨，诗人入藏时已是60多岁的老人了，如此萧散自然的诗境正是诗人心所向往的。

三　质实纯朴之气

纵观驻藏大臣群体，松筠的藏事诗突出了质实纯朴的风格特征。这类诗志在“兼济”，与社会政治紧密相关联，多写得纯朴而诚实。松筠于乾隆五十九年（1794）十二月到藏，其入藏之时，“正当用兵廓尔喀之后，战痕犹在，疮痍遍地，藏制苛派聚敛，名目繁多，民困日甚，故多流

---

① （清）和瑛撰《太庵诗草》，《四编清代稿钞本》第165册，第581页。

② （清）斌良撰《抱冲斋诗集》卷三十六，《续修四库全书·集部·别集类》1508册，第478页。

③ （清）斌良撰《抱冲斋诗集》卷三十六，《续修四库全书·集部·别集类》1508册，第480页。

亡”[①]。松筠入藏后施行了择险设防、定界、赈济灾民、豁免杂役，劝导流民返乡等一系列休养生息的宽政，[②] 终使藏内之后百年安宁。

松筠长诗《西招纪行诗》，亦如自序中言：“虽拙于文藻，或亦铺陈其事之义，名曰《西招纪行诗》，后之君子，奉命驻藏者，庶易于观览，且于边防政务，不无小补云。”可知，其创作的目的是记录施政的经验与过程，为有益于后来驻藏者，故而行文质实、诚恳，如：“伊昔半流亡，往往弃田间。甘心为乞丐，庶得稍安舒。乃因差徭繁，频年增役夫。出夫复不役，更欲折膏腴。凡居通衢户，乌拉鞭催呼。耕牛尽为役，番庶果何辜。敬以广皇仁，严革积弊余。”[③] 此段铺陈西藏番民的苦难，内容质朴、真实。

松筠的诗集《丁巳秋阅吟》中亦有多首写施政的过程，质朴无华。如《曲水塘》《巴则》《岗坚喇嘛寺》《花寨子》《罗罗塘》《协噶尔》《密玛塘》等，其中《罗罗塘》云：

> 清晓越层峨，波绒顿九河。日中步缓缓，迤暮问罗罗：昔苦今若何？咸称已脱苛。田禾微有歉，量减感慈多。[④]

罗罗塘，在甲错山中。波绒，是西藏世家波绒巴的游牧地。九河，谓波绒巴家族的游牧地有九山九河。诗中问当地百姓，都回答已经脱离了繁重的苛税。可以看出，诗人入藏后施行的减免赋税和乌拉服务有偿制，“协噶近荒边，乌拉踊跃先。僧俗兼应役，何惜费千元”（《协噶尔》）。诗中写的是乌拉制度改革后，僧俗大众的踊跃程度。以上诗，可见诗人的施政已初显成效，而且受到西藏僧俗百姓的欢迎。在质朴的行文中，可知松筠作为驻藏大臣对西藏百姓的关心，以及西藏百姓对清廷的感激之情。

驻藏大臣的诗多侧重写山水、民俗以及赠答、思乡、咏物等，直接反映施政，关注藏内百姓生活的并不多。但也能从个别诗篇中看出他们的治

---

① 吴丰培：《丁巳秋阅吟・跋》，吴丰培辑《川藏游踪汇编》，第 145 页。

② 王钟翰点校《清史列传》卷三十二，第 2450 页。

③ （清）松筠撰《西招纪行诗》，《松筠丛著五种》，清嘉庆、道光年间刻本。

④ （清）松筠撰《丁巳秋阅吟》，《松筠丛著五种》，清嘉庆、道光年间刻本。

边思想与施政过程。嘉庆二十五年（1820）任驻藏大臣的文干，其诗《十九日早发朗噶资宿》，描述了边民对驻藏大臣一行的欢迎，表达了诗人不扰民，与边民融洽共处的思想。诗云：

今日平沙路，肩舆趁晓行。秋风寒气薄，日上暖烟轻。毡帐蠲供给，蛮乡解送迎。愿将和乐意，遍洽尔边民。①

朗噶资，在羊卓雍错湖边，即今西藏山南浪卡子县。这首诗是诗人于道光二年（1822）八月，由前藏赴后藏巡阅途中，在朗噶资借宿时有感而发，诗风质实而纯朴。

总之，将驻藏大臣作为一个诗人群体看待，他们除了奉中央政府之命，在驻藏任职一事上有共同的经历外，其余如家学、出生地、履历、时代，均存在较大的差异，故而其藏事诗的题材选取、主题表现、风格特征，乃至创作动机都有不同程度的差异性。要了解驻藏大臣藏事诗的共性特征，最关键是要把握一个时代任职边疆大臣共同的使命与担当意识；若要把握每位驻藏大臣藏事诗的多样性特征，则应考虑家学渊源、个体修养，甚至一个时期的政治、经济、文化等，这些都会对诗人的创作产生影响。

① （清）文干撰《纪程诗钞》卷三《壬午纪程诗》，道光九年（1829）刻本。

第三章　雍乾时期驻藏大臣的藏事诗

清顺治九年（1652），五世达赖来内地觐见清世祖，世祖封达赖喇嘛为“西天大善自在佛所领天下释教普通瓦赤喇怛喇达赖喇嘛”，并派兵护送其返藏。从此，清中央政府便一直采取大力扶植西藏地方黄教的政策。

康熙五十九年（1720），清政府派兵驱逐了进入西藏的蒙古准噶尔部，清廷让康济鼐主持藏政，并设置选派驻藏大臣来监督之。雍正朝时，颇罗鼐主持藏政，听从清政府政令。他死后，其子珠尔墨特不服清中央政府统辖，欲有谋反之意，被驻藏大臣傅清、拉布敦诱杀，其部下乘机作乱杀害了两位驻藏大臣，以及驻藏大臣衙门中的随员等 70 余人。乾隆十五年（1750），“清廷派四川总督策楞、提督岳钟琪进剿，未至而达赖已先拘乱党待命，策楞至而磔杀之，因增设驻藏兵千五百人”①。清廷为了稳定西藏局势，特制定《酌定西藏善后章程十三条》，改组噶厦政府，并设置三俗一僧的噶伦来管理政务，噶厦政府且听命于驻藏大臣和达赖喇嘛，并在西藏长驻清军以便驻藏大臣调遣。

乾隆五十六年（1791），尼泊尔大族廓尔喀因贸易纠纷大举进攻西藏，清中央政府命福康安为将军，海蓝察为参赞大臣，带领七万大军入藏驱逐廓尔喀入侵者。② 战事获胜后，清中央政府又根据当时藏内形势，制定《钦定藏内善后章程二十九条》，对西藏的政治、军事、财务、宗教、外事等诸多方面做了全面改革，进一步提高了驻藏大臣的权力，规定了西藏地方官员的职权和品级，训练藏军，统一铸造货币，并实行活佛转世的金瓶

① 丁实存：《清代驻藏大臣考》，第 3 页。

② 《西藏研究》编辑部编辑《西藏志　卫藏通志》，第 357 页。

掣签制度，以防止班禅、达赖的转世被贵族农奴主操纵、利用。

清政府为了进一步加强对西藏地方的管理，自雍正五年（1727）起开始设立驻藏大臣。从雍正五年至乾隆朝的68年间，共有僧格、玛拉、迈禄、周瑛、包进忠、青保、苗寿、李柱、阿尔珣、那苏泰、杭奕禄、纪山、索拜、傅清、拉布敦、同宁、班弟、纳穆扎尔、多尔济、舒泰、兆惠、萨拉善、伍弥泰、官保、积福、辅鼐、傅景、阿敏尔图、玛瑺、托云、莽古赉、常在、索琳、恒秀、留保柱、恒瑞、保泰、博清额、庆麟、牙满泰、佛智、舒濂、巴忠、普福、奎林、鄂辉、额勒登堡、成德、和琳、和宁、松筠51位驻藏大臣。[①] 但由于诸多原因，至今留存有藏事诗的驻藏大臣只有和琳、和瑛、松筠三人。

第一节　和琳及其藏事诗

乾隆五十六年（1791），清廷派大军从青海入藏驱逐廓尔喀（尼泊尔大族）入侵，同时派四川总督孙士毅驻扎打箭炉（康定），主要负责成都至察木多（昌都）一线的粮运及军饷。为了保证此次征讨大军的粮务安全，乾隆帝还特派兵部侍郎和琳驰驿赴藏。察木多（昌都）以西至前后藏粮务及军饷的筹运则由和琳与鄂辉轮流照料。战事胜利后，和琳与福康安、孙士毅等共同筹划藏内事务，并草拟《藏内善后章程》。和琳到藏后即任驻藏大臣，补额勒登保出征之缺，直到乾隆五十九年（1794）十二月被松筠换回，随后便出任四川总督一职。

一　和琳生平述略

和琳（1754~1796），字希斋，钮祜禄氏，满洲正红旗人。其父常保，世袭三等轻车都尉。因其堂叔阿哈顿色跟随康熙皇帝出征准噶尔部时阵亡，特赐常保为一等云骑尉。乾隆下江南时，常保随行保驾乾隆直至福建。其后常保被提升为福建兵马副都统。乾隆二十五年（1760），常保在

① 吴丰培、曾国庆编撰《清代驻藏大臣传略》，西藏人民出版社，1988。

福建任上病逝。和琳兄为和珅。

乾隆四十三年（1778），和琳由文生员补吏部笔帖式。乾隆五十二年，累迁湖广道御史。九月，命巡视山东漕运，颇有建树，为乾隆皇帝所赏识，后官至兵部、工部侍郎。乾隆五十七年正月，授正蓝旗汉军副都统。二月，廓尔喀侵扰后藏，将军福康安带兵进剿。二月三十日，乾隆帝谕："前藏事务，前已有旨令鄂辉即行回藏办理。此时正届大兵进剿，一切军需要务，均资妥办，和琳本人细心，遇事尚有主持，在藏驻扎，于筹办粮运、接济官兵及查办整饬诸事，自所优为。且系朕特派之人，众人亦所畏惮。现已降旨令其驰驿前往，接办粮务。"① 这年四月，驻藏帮办大臣额勒登保出征卸事，和琳抵藏继之。五月赏和琳以都统衔。

乾隆五十七年（1793）八月，和琳擢升为工部尚书。继续配合福康安的进剿大军征缴粮草事宜，为大军深入并最终征服廓尔喀立下了很大功劳。廓尔喀受降后，乾隆皇帝命和琳配合福康安全面整顿西藏地方事宜。同年九月，和琳与福康安为了避免达赖与班禅转世灵童的认定中出现舞弊，请求乾隆皇帝颁发金瓶一件，实行金瓶掣签仪式，并规定达赖与班禅互为师弟关系，相互指定。乾隆五十八年正月，福康安与和琳等协商制定《钦定藏内善后章程二十九条》，此章程明确了驻藏大臣在藏内的职权，自此以后的百余年，藏内人心安定，西藏地方与中央政府间关系和谐稳定，且几无边患之忧。"乾隆五十八年，予云骑尉世职。五十九年七月，授四川总督。"② 这年十二月，松筠抵藏，换和琳任驻藏大臣。

和琳后于乾嘉年间协同云贵总督福康安征讨湘苗起义，死于军中。和珅的《嘉乐堂诗集》挽诗称"希斋弟督军苗疆，受瘴而卒"③"特著功绩，封宣勇伯，加太子太保衔，于嘉庆元年（1796）八月卒于军，赠封一等宣勇公，谥号忠壮"④。和珅事败，已削爵。这说明和琳是病死于军中的。《芸香堂诗集》中《西招四旬初度》编年癸丑，则和琳终年四十三甚明，也即他在四川总督任上不足两年便病死于征讨苗乱的军中。

---

① 《西藏研究》编辑部编辑《西藏志　卫藏通志》，第 369 页。

② 赵尔巽等撰《清史稿》卷三百十九，第 10758 页。

③ （清）和珅等著《嘉乐堂诗集》，《清代诗文集汇编》第 426 册，第 366 页。

④ 赵尔巽等撰《清史稿》卷三百十九，第 10759 页。

根据吴丰培、曾国庆编撰的《清代驻藏大臣传略》中所整理的附表可知，和琳驻藏大臣的上谕任免期为乾隆五十七年二月己巳至五十九年七月（1792年3月22日至1794年8月14日），实际为乾隆五十七年四月到任，乾隆五十九年十二月被换回。其在驻藏大臣任上的主要事迹有以下几点。（一）将所有西藏地方大小呼图克图，全部呈报造册，并向理藩院立案，无论大小呼图克图的转世灵童必须要经过金瓶掣签仪式，方为合法有效。（二）整饬西藏地方治安，及时捉拿各地强盗。（三）对西藏地方与外国向来不清的边界重新进行了划定。“唐古忒地方毗连外番，向因界址不甚分明，易致争扰。此次经和琳带同游击张志林等由沿边一带亲自履勘，细心讲求，一律堆设鄂博。所有唐古忒西南外番布鲁克巴、哲孟雄、作木朗、洛敏汤、廓尔喀各交界，均已划然清楚，边界可期永远宁谧。”[①]（四）重新操练前后藏番、汉官兵，使之成为一支劲旅。

另据李灵年、杨忠主编的《清人别集总目》，有关和琳生平事迹在清人文献中的载录情况见《清史稿》卷三一九、《清史列传》卷二九、《国史列传》（又名《满汉大臣列传》）卷四四、《国朝耆献类征初编》卷一九一等。[②]

二　和琳的交游与唱和

和琳入藏之前，曾任湖广道御史、山东漕运巡察使。这期间他结识了两江总督李奉翰、漕运总督管干贞，以及观察沈启震、进士顾礼琥等人。《芸香堂诗集》中收录了和琳与他们的赠答之作。

和琳入藏以后，与大将军福康安，四川总督孙士毅，制军惠龄、杨揆，以及驻藏帮办大臣和瑛均有诗作交往。《芸香堂诗集》中有多首酬赠、唱和诗反映了和琳与他们之间的深情厚谊。《题杨荔裳桐华吟稿》（二首）、《端阳前送补山相国回川》（三首）等表达了其与杨揆、孙士毅的真挚情谊。

1. 福康安（1754~1796），字瑶林，号敬斋，富察氏，满洲镶黄旗人，

① 吴丰培、曾国庆编撰《清代驻藏大臣传略》，第96页。

② 李灵年、杨忠主编《清人别集总目》，安徽教育出版社，2000，第1407页。

大学士傅恒的三子，孝闲纯皇后之侄。福康安自幼成长在宫中，深得乾隆皇帝的宠爱。福康安历任云贵、四川、闽浙、两广总督，官至武英殿大学士兼军机大臣。廓尔喀扰乱后藏，乾隆皇帝命福康安率大军进剿。和琳作为这次大军的后勤保障官员，主要负责前藏以东台站乌拉等事。廓尔喀投降后，乾隆皇帝又命其与福康安处理藏内事宜。

和琳在《芸香堂诗集》中有多首写给福康安的赠答诗，反映了他与福康安的深厚情谊，《贺敬斋福大将军相国凯旋即以送行三首》其一：“千叠山川七战取，廿余部落六旬通。”自注云：“廓尔喀有二十四部落，公（福康安）自进兵至受降七战七胜，得地千里，计在两月中。”① 热情赞扬了福康安的战功。其二：“幕府夜谈刁斗静，旌旆日映酒杯长。几多故吏惊知遇，争似新交得未尝。”② 回顾了他们两人在藏共事的融洽关系。《送敬斋相国入朝六律》其一：“久住难为别，离筵几度张。经年烦使节，一叶理归装。叠巘冰犹积，平原草已芳。临歧频望远，心比去途长。”③ 此诗叙离别时的不舍之情，充分表达了诗人和琳与福康安深厚的友谊。《答敬斋相国留别元韵》（八首）中有句云：“那得心情事事谐，相公谦甚不论阶。”其后自注云：“予系公旧属，蒙公以兄弟论。”更有“临歧洒遍千行泪，惜别欣随四日旌。”后亦自注云：“送至仁进里，相公不令再前，统计四日。”④ 送别时，和琳还送了福康安四日的路程，可见他们二人的情谊深厚。

2. 孙士毅（1720~1796），字智冶，一字补山，浙江仁和人。乾隆朝进士，历任内阁中书、侍读、编修、太常少卿等职务。乾隆五十六年（1791）授四川总督，负责督运福康安大军征讨廓尔喀之乱时的粮饷，廓尔喀投降后，又与福康安、和琳、惠龄一同处理藏内善后事宜。和琳进藏时，孙士毅为四川总督，双方交往较多。《倒叠补山中堂惜别见怀元韵》云：“送客身犹客，离情系柳丝。黯然江令赋，凄绝少陵诗。白日催旌转，红尘逐马驰。归鞭容得意，长路好扶持。”⑤ 此次相逢匆匆，双方都有要务缠身，但

① （清）和琳撰《芸香堂诗集》，嘉庆十六年（1811）刻本。
② （清）和琳撰《芸香堂诗集》，嘉庆十六年（1811）刻本。
③ （清）和琳撰《芸香堂诗集》，嘉庆十六年（1811）刻本。
④ （清）和琳撰《芸香堂诗集》，嘉庆十六年（1811）刻本。
⑤ （清）和琳撰《芸香堂诗集》，嘉庆十六年（1811）刻本。

彼此之间的情谊很真挚。《孙补山参政大拜予晋司空时补山已过拉台便中致贺兼志感恩》、《端阳前送补山相国回川》（三首）、《答补山孙相国泛舟见怀元韵》（二首）这几首赠答诗都表达了诗人与孙士毅的深厚交谊。

3. 惠龄（？~1804），字椿亭，号瑶圃，萨尔图克氏，蒙古正白旗人。历任工部、吏部、户部侍郎，兼正黄旗满洲副都统。嘉庆元年（1796），加太子少保，署工部尚书，理藩院尚书，兼镶白旗蒙古都统。晚年，屡遭贬谪。惠龄富有文采，能诗善书，颇受时人称颂。乾隆五十六年（1791）十一月擢升为四川总督，"谕驰赴西藏，以参赞大臣会同福康安剿办廓尔喀督理粮运，事平，再回总督任"①。乾隆五十七年，廓尔喀投诚后，惠龄与福康安、和琳等协同筹办藏内善后事宜。《芸香堂诗集》中有多首诗反映和琳与惠龄的交往，如《步瑶圃制军韵二首》（《瓶中桃花》《瓶中海棠》）、《瑶圃制府以乩诗见示题联珠三首》、《四月二十四日祝瑶圃制军寿》（二首）、《赠别瑶圃制军》、《答瑶圃制军别后见寄元韵》、《瑶圃书问客况诗以奉答兼述寄怀》（八首）、《闻瑶圃左调山东抚军奉寄二首》、《答瑶圃惠制军泛舟见怀元韵》等，足见二人之间的深厚交谊。

4. 和瑛（介绍详见下一章），字太庵，原名和宁，因避道光皇帝讳，改名和瑛。乾隆五十八年十一月至嘉庆五年正月（1793年12月至1800年1月），在藏任驻藏帮办大臣，在他任期内的驻藏大臣先后是和琳、松筠、英善。和瑛与和琳有九个月的共事期，时间看似比较短，但相处极为融洽。《芸香堂诗集》中收录有多首和琳与和瑛的唱和与赠答诗，如《宿宜党却寄和太庵》、《春堆再叠前韵却寄太庵》、《札什伦布对雨适太庵和韵寄怀之作三叠以答》、《江孜归次四叠前韵却寄太庵》、《和太庵济咙禅师祈雨辄应志喜元韵》、《与和太庵联句一首》、《和太庵食菜叶包元韵》、《答太庵大暑节后得食王瓜茄子喜赋元韵》、《答太庵七夕遣怀元韵》（七首）、《答太庵蛮讴行》、《答太庵关帝庙拈香口号元韵》、《答太庵中元夜感怀元韵》、《答太庵达赖喇嘛浴于罗卜岭往侯起居元韵》、《太庵生日》、《太庵小恙顿愈以诗见寄赋答》等。从以上诗篇可知二人在藏工作关系上的和谐。而且，今广东省立中山图书馆藏的《卫藏和声集》一卷，该集中收录

① 王钟翰点校《清史列传》卷四十四，第2286页。

和瑛与和琳在藏的唱和之作达 109 首，足见他们二人的唱和之频繁。

同时，和琳还有一个从未见面的友人，他就是大诗人袁枚。《题袁简斋小苍山房诗集二首即以奉寄》云：“书卷仓山集，先生道性灵。锦心罗万象，妙手运无形。”[①] 表达了他对袁枚的敬仰之情。袁枚也不时地回信，高度评价了和琳的功业与诗歌成就。袁枚在《答和希斋大司空》中云：“少小闻诗礼，通侯即冠军。弯弓朱落雁，健笔李摩云。罢猎随拈韵，安边更策勋。”[②] 为此，和琳也大为感动，回信表达想做袁枚弟子之意，“读先生著作，想见先生为人，此仆之未曾谋面，而愿立雪者耳”（和琳《答随园先生书》）。袁枚亦有诗云：“东河司马寄郇云，读罢袁丝泪满巾。大漠风沙方报国，小仓诗卷总随身。山中老树开花少，海山琴瑶听曲真。从古名臣虽爱士，自甘立雪有何人！”[③]（袁枚《再寄和希斋尚书》）

三 《芸香堂诗集》中的藏事诗

袁枚在《随园诗话补遗》卷七云：“近日满洲风雅，远胜汉人，虽司军旅，无不能诗。”[④] 可见，至少到乾隆年间，满人作诗已成风尚。今见和琳著述有《芸香堂诗集》二卷，嘉庆十六年（1811）刻本。该诗集分为上下两卷，集中无序亦无跋，也无刊刻者姓名，诗集主要记载诗人任职途中的见闻、感受。其中共收录藏事诗 182 首。“此集裕瑞辑入《英额和氏诗集》，嘉庆十六年刻，中国国家图书馆藏。在藏作《藏中杂感》《西招四时吟》等篇。”[⑤] 钱仲联先生主编的《清诗纪事》“和琳条”载和琳“字希斋，满洲正红旗人。官四川总督。有《仓山集》”[⑥]。《仓山集》实为袁枚的《小仓山房诗文集》，此集中载录有和琳寄给袁枚的诗。

袁枚将他与和琳、福康安、惠瑶圃、孙士毅的唱和诗刻于《小仓山房诗文集》中。《随园诗话》尝录其《西招四时吟》，《晚晴簃诗汇》据此选

① （清）和琳撰《芸香堂诗集》，嘉庆十六年（1811）刻本。
② （清）袁枚：《小仓山房诗文集》，第 980 页。
③ （清）袁枚：《小仓山房诗文集》，第 994~995 页。
④ （清）袁枚著，顾学颉点校《随园诗话补遗》卷七，第 742 页。
⑤ 柯愈春：《清人诗文集总目提要》，第 906 页。
⑥ 钱仲联主编《清诗纪事》，凤凰出版社，2004，第 1911 页。

录。[1] 而《芸香堂诗集》则在钱先生主编的《清诗纪事》中未提及，但选录了和琳的《中秋德庆道中》、《答瑶圃中丞问客况》、《西招四时吟》（四首）、《春夜》等8首诗。赵宗福先生的《历代咏藏诗选》，选录和琳藏事诗《西招四时吟》（四首）、《江孜寓中对月》、《扎什伦布公寓远望》等共7首。高平先生的《清人咏藏诗词选注》，只选录了《扎什伦布公寓远望》一首。袁行云先生著《清人诗集叙录》选录《藏中杂感》（四首）、《西招四时吟》（四首）。足见以上数首诗为近代选诗家公认为其藏事诗中的代表作。

（一）和琳藏事诗的思想内容

袁行云先生在《芸香堂诗集》叙录中说："又有《咏燕台十古迹》《入蜀过阿丫坝里塘》《巴则山》等作，写事较多。"[2]《芸香堂诗集》载录的藏事诗，除了前文提到的与友人同僚之间的酬唱与赠答之作，表达与他们的真挚情谊外，还有如下几方面的内容。

1. 描写卫藏壮美山河，渴望建立功业

和琳在入藏前，曾去成都武侯祠拜祭，并写了一首《入蜀谒武侯祠》，诗云：

> 何缘入蜀瞻遗像，净土妖氛太白明。辨赋权应归宿将，安边事亦假书生。九重庙算承提命，一路春风曳斾旌。欲得西南夷向化，谁师丞相斗心兵。[3]

首句便表明诗人入藏的原因，廓尔喀入侵西藏致使"净土妖氛太白明"，同时也表露自己建立功业的豪情，诗的结尾还说，要让西南边疆的各民族真心归顺清中央政府，需要学诸葛亮七擒孟获之策，使对方心悦诚服。而诗人的这一建功立业的豪情也巧妙地融入其写景诗中，如《梦中归过丹达山之作》：

---

① 徐世昌编，闻石点校《晚晴簃诗汇》卷一百〇三，中华书局，2018，第4335页。
② 袁行云：《清人诗集叙录》，第1647页。
③ （清）和琳撰《芸香堂诗集》，嘉庆十六年（1811）刻本。

登山不见山，俯视列平地。万峰攒莲花，漏泄千载秘。天风飘旌旗，衣带湿空翠。[①]

丹达山即今西藏边坝县南夏贡拉，为入藏第一险要。清代《卫藏通志》卷三“山川”条载：沙工拉山“一名丹达山，过丹达塘十五里，上山颇侧难行，俯临雪窖，西望峭壁摩空，中一小沟，蜿蜒而上，凛冽冰城，刺肌夺目，少有微风，断不可过。有丹达神庙”[②]。“丹达”，藏语意为东雪山。这首诗着重描写丹达山的“高”“奇”。诗境开阔，诗中散发着一种昂扬向上的豪迈之情。

类似在写景中融合自己豪放壮大风格的诗还有《曲水渡河宿巴则》，诗云：“左山右临河，人力开纤路。平地不方轨，藏南咽喉固。逾此十五里，横波梗千步。锁桥曳半空，鱼贯蹀躞渡。”[③] 突出描写了巴则山的高大与曲水锁桥的险要，可谓是藏南咽喉通道，有一夫当关、万夫莫开之险峻。其《过巴则山宿白地次日至浪噶子沿海行》又云：“山高三十里，三盘始到岭。人喘挥雨汗，马疲折藤鞭。无树遮炎炙，有风吹衣穿。后山积年雪，海气为之宣。”[④] 此诗重点突出了山的崚嶒与山路的崎岖难行。而《宜郊道中》写道：“石壁矗天松点缀，羊肠盘地水潆还。远殊栈道千重秀，也变夷途一味顽。”[⑤] 写诗人行走在宜郊道中所见的壮美之景，同时表达不畏山路的曲折萦回。以上诗人所描写的景物特点是，突出其壮大之美，这是诗人将青藏高原峻峭奇险的山川与自己的功业抱负相融而产生的新境界。

当然，和琳藏事诗中的自然景物，也有写得清新明朗的，其《巴塘途次》云：“行近巴塘部，欣看春已回。原田抽早麦，桃柳吐新荄。山渐成平远，河翻作怒浥。”[⑥] 和琳驻藏大臣任满回川途中，心情是愉悦的，而且行至巴塘，突然看到满眼的春色，有感于眼前的这一切，而作了此首诗。

① （清）和琳撰《芸香堂诗集》，嘉庆十六年（1811）刻本。
② 《西藏研究》编辑部编辑《西藏志　卫藏通志》，第 200 页。
③ （清）和琳撰《芸香堂诗集》，嘉庆十六年（1811）刻本。
④ （清）和琳撰《芸香堂诗集》，嘉庆十六年（1811）刻本。
⑤ （清）和琳撰《芸香堂诗集》，嘉庆十六年（1811）刻本。
⑥ （清）和琳撰《芸香堂诗集》，嘉庆十六年（1811）刻本。

于是诗中之景自然便染上了这种实现了功业理想后的欣喜。

2. 反映藏地气候及民俗，揭示身处异域的不适

和琳诗《藏中杂感四首》其一首两句“蔓草荒烟万里余，民无城郭傍山居”①，远镜头式地展现了西藏地域辽阔、人烟稀少，村庄依山而建，并无城郭保护的居住方式。然后将镜头慢慢拉近：“田畴租纳僧尼寺，鹰犬腹为男女墟。”田地都是寺院财产，民众租耕，须要向寺院缴纳一定的租金，以及将西藏的天葬习俗等民俗事项也展现了出来。再从细处观察：“竟无奴谷亦能书”，“奴谷”句后注为“笔也”，说藏地没有毛笔，用竹子蘸墨竟然能书写自如，为此，诗人评价道：“一长堪取尤堪笑。”接下来的“阿甲人人善积储”句，“阿甲”（妇人也）句后注“藏族妇女皆能理家防兵有致富者”，这是藏族妇女的突出特点。以上数句对藏俗中的数个较为典型的事项作了概括性描述，总的特征还是藏内“蔓草荒烟万里余”。

诗人入藏行至理塘时写了一首诗《理塘》，从中不但感受到藏地的荒凉，更能感受藏地的寒冷，其诗云：“四面童山雪，碉楼数十家。理塘风早冷，孟夏草无芽。日亦临边淡，衣从出塞加。”② 对藏地气候的描写，亦是驻藏大臣藏事诗的又一突出内容。藏地气候寒冷，四季不分明，冬季尤其漫长，春季却依然严寒。在许多清代汉语藏事诗中都有类似的描述，但是能够将西藏的四季变化作动态化描写的很少见，和琳的《西招四时吟》是由四首五言律诗构成的一组诗，动态化地展现了藏地四季物候的奇特变迁。

其一：

莫讶春来后，寒威倍胜前。小窗欣日色，大漠渺人烟。风怒沙能语，山危雪弄权。略应桃柳意，塞上怯争妍。

其二：

山阳四五月，嫩绿渐生生。草老刚盈寸，花稀不识名。开窗纨扇

---

① （清）和琳撰《芸香堂诗集》，嘉庆十六年（1811）刻本。
② （清）和琳撰《芸香堂诗集》，嘉庆十六年（1811）刻本。

废，挟纩纻罗轻。树有浓荫处，都翻弦索声。

其三：

南山看雾起，雷为雨吹嘘。淡淡秋无迹，淙淙夜不虚。池塘堪浴佛，稞麦渐仓储。更喜羊脂厚，厨供大嚼初。

其四：

木炭供来日，陂塘半涸冰。草枯归牧马，寒重敛飞蝇。沙渍衣多垢，山童雪不凝。客游闲戏笔，真个悟三乘。[1]

这四首分写藏地的春、夏、秋、冬。春来却无春意，“寒威倍胜前”；夏日亦无暑热，只有清凉意；秋天却有夏天的气息，雷声阵阵，南山大雾弥漫，好在羊已经膘肥体壮了，这时候的藏地羊肉是相当肥美的；冬季气候干旱，极少下雪，同时也提到藏地苍蝇极多的特征。而且还描述了各个季节典型的民俗，夏天番妇的弦索舞蹈，秋天便是烹羊肉的佳季。短短4首160字，却容纳了极为丰富的信息。只有身在其中之人，才能感受并把握住这种独特的藏地气候特征。

虽然看似西藏入秋以后还没有秋的凉意，但是这种温暖却持续不了多长时间，且看诗人的另一首《西招中秋》云：“山容寂寞偏宜雪，沙色虚明不辨烟。乙夜气寒惊坐久，嫦娥休笑醉贪眠。”[2] 仅仅是中秋，西招的四山已经褪去了春的繁华，山上已经有积雪，夜晚久坐会寒气逼人。以上无论是写藏内民俗、民居，还是描写西藏的气候，都是突出荒凉与寒冷这两个特点，这种感受也应该是每个从内地初来西藏的人共有的，实则表达了他对异域生活的不适。

3. 抒发思乡、怀人之情，表达寂寥与乡愁

思乡、怀人主题在中国文学中最为常见。诗人和琳作为入藏官员，身

---

① （清）和琳撰《芸香堂诗集》，嘉庆十六年（1811）刻本。

② （清）和琳撰《芸香堂诗集》，嘉庆十六年（1811）刻本。

处异乡，且随着在藏时间的延长而难免产生对亲人、故乡的思恋。这一类诗也在集中占有较大的比例。如《夜雨不寐》云：

> 铃辕凄柝声，风雨越分明。烛短鸡三唱，衾寒梦数惊。未曾消夜饮，底事动乡情。回忆长安路，潺湲记不清。①

驻藏大臣衙门的柝声，再配上凄冷的夜雨，催生了诗人浓浓的乡关之思。《癸丑午日》又云：

> 西南夷久通声教，地腊时仍滞使槎。客里何妨阙艾叶，蛮中应不产萱花。碉楼小雨风犹劲，角黍晨餐味亦嘉。记否江乡看竞渡，暗抛红豆是谁家。②

“地腊时”，地腊节，源于道教中的祭“地腊”风俗，为农历五月五日。艾叶生长最盛时也在端午节前后，内地习俗农历五月初五端午家家挂艾叶，预示一家人身体健康。“每逢佳节倍思亲”，节日是客居异乡之人最为思家的时间节点。如《春夜》云：

> 残月印窗天似晓，寒鸡叫月梦偏遥。频年客况当春甚，一味乡心易鬓凋。③

残月偏西、鸡三唱，可见又是一个不眠夜，足见诗人的思家之切。又如《晚眺》云：

> 雨过山呈色，风来树弄声。凭栏东北望，唯有烟暮横。④

---

① （清）和琳撰《芸香堂诗集》，嘉庆十六年（1811）刻本。
② （清）和琳撰《芸香堂诗集》，嘉庆十六年（1811）刻本。
③ （清）和琳撰《芸香堂诗集》，嘉庆十六年（1811）刻本。
④ （清）和琳撰《芸香堂诗集》，嘉庆十六年（1811）刻本。

诗人在刚下了一场雨的黄昏凭栏远眺，而勾起他的浓浓的思乡之情。诗句虽只有短短四句，但清韵绵长。这也是典型的“黄昏意象”，《诗经》中《君子于役》是此类诗最早的典型。以上四首诗为诗人在前藏拉萨时所写，融情于景，情景相融。

按《钦定藏内善后章程二十九条》之规定，驻藏大臣每年春、秋两季须巡阅前后藏和检阅军队，以下诗句是诗人巡阅后藏时写的，《旅夜》云：“山远天无际，当空月半规。马鸣行帐静，人醉夜风窥。久客频搔首，闲情转方眉。翻愁清梦错，错梦在家时。”① 此诗为诗人检阅途中夜宿帐篷所写。《江孜寓中对月》又云：“蛮楼四面像回廊，规月当中一方丈。记得江南天井制，花香鸟语水横塘。”② 以上两首诗是以月为背景写怀乡思人的，以下这首《扎什伦布公寓远望》则是由岁月的流逝，而感念家乡与亲人的：“登临忆旧游，惊度两春秋。山水仍朝佛，年华感逝流。一瓶花解语，数盏酒为谋。莫谩怀乡国，途遥梦不由。”③ 诗人重新回到扎什伦布寺的时候，深感年华流逝之快，已在藏地度过了两个春秋，由此引发了对故乡的怀思。

除了上述诗作，和琳的咏物诗也在他的藏事诗中占有一定的比例，诗人借咏物以抒怀。如《咏新柳》：“放眼舒眉半月中，此情全不领春风。如何送尽西征客，滞我骊驹首未东。”④ 诗人用拟人手法，看似在咏新柳，实则表达客人纷纷东归，我独留西招的失落与惆怅。《曲水古柳歌》也表达了同样的感情：“柳老恒自烈，怪兹灵奇根。一株互盘曲，都作虬龙蹲。横亘百尺路，荫拂十亩园。”⑤

（二）和琳藏事诗的艺术特质

1. 笔力雄健、诗风豪迈。袁枚在《随园诗话补遗》中对和琳诗的评价是，“思超笔健，音节清苍”⑥。袁枚《答和希斋大司空》中云：“少小闻

---

① （清）和琳撰《芸香堂诗集》，嘉庆十六年（1811）刻本。

② （清）和琳撰《芸香堂诗集》，嘉庆十六年（1811）刻本。

③ （清）和琳撰《芸香堂诗集》，嘉庆十六年（1811）刻本。

④ （清）和琳撰《芸香堂诗集》，嘉庆十六年（1811）刻本。

⑤ （清）和琳撰《芸香堂诗集》，嘉庆十六年（1811）刻本。

⑥ （清）袁枚著，顾学颉点校《随园诗话补遗》卷六，第742页。

诗礼，通侯即冠军。弯弓朱落雁，健笔李摩云。罢猎随拈韵，安边更策勋。”① 李摩云是唐五代李罕之的绰号，其身手矫健、力超常人，是一员勇猛无比的武将。袁枚拿李摩云与和琳的笔力相比，恰好突出和琳诗雄健的一面。从袁枚搜集到的《西招杂咏》十余首的情况看，袁枚对和琳诗的评价应该是基于其藏事诗而言的，而且这类诗风主要体现在他描写藏地高寒奇险的山水诗句中。前文提到的《梦中归过丹达山》中描述丹达山的雄奇：“登山不见山，俯视列平地。万峰攒莲花，漏泄千载秘。天风飘旌旗，衣带湿空翠。”还有如《十四日夜望月》：“雪峰四面矗青天，中间无物腾白烟。不知世界有三千，但见一轮空中悬。”② 以及《中渡题壁》中：“惊心鸟道千盘过，漫说皮船一苇杭。”都是以苍劲的笔力描写藏地山川，借以表达诗人的豪情壮志。

2. 用意精深，下语平淡。诗人将自己建功立业的豪情、思乡怀人的柔情融于对卫藏山水、风物、民俗的描写、叙述之中，通过景与物的再现来抒发诗人的思想情感。再从和琳身边常携带《小仓山房集》，以及给袁枚的回信内容看，他是极崇拜袁枚的“性灵”一派的，故他的写景诗大都追求“用意要精深，下语要平淡”（《随园诗话》），看似平淡的语言中饱含真实感情。较典型的如《夜雨》：

> 空阶滴夜雨，干叶鸣西风。断续漏声永，短长鸡唱同。小窗纸渐白，残烬灯犹红。客子蘧然觉，如守三尸虫。③

诗人虽然在诗题“夜雨”后没有加“不寐”，其实就是通过“夜雨”突出“不寐”的。诗中描写雨滴到空荡荡的台阶上，秋风吹动残叶发出萧瑟之声，以及断断续续的漏声，这些都突出了身在异域游子的愁绪与难眠。虽然诗中无一愁字，但满诗皆流溢着愁字。还有“插天石壁峭，二十里蚕丛。涧水涟漪碧，山花踯躅红”（《然巴途次》），刻画藏地峭拔山川，融

① （清）袁枚著，周本淳校《小仓山房诗文集》，第 980 页。

② （清）和琳撰《芸香堂诗集》，嘉庆十六年（1811）刻本。

③ （清）和琳撰《芸香堂诗集》，嘉庆十六年（1811）刻本。

入诗人的豪情。

3. 诸体兼备，尤擅律体组诗。纵观《芸香堂诗集》，诗人善于用律体组诗的形式，动态化、全面立体地展现要叙写的对象。如《西招四时咏》共用同题四首五律诗对青藏高原的气候变化作动态描述，同时反映藏内随季节而变化的民俗特征。还有《藏中杂感四首》也是用同题四首七言律诗，全面刻画了藏地山川、建筑、民风，以及追忆历史，表达功业，多角度表达诗人在藏中的所见与所想。除此之外，和琳还往往用古体长诗叙事抒怀，如《赠别瑶圃制军》共 80 句，560 字，以纪事的形式，回忆了与瑶圃制军的早年相识、共事，一直到在西藏相遇，最后又送别的整个过程，以事系情，情融于事，感情抒发委婉、真挚。

综上所述，和琳以入藏官员的视角全面展现了藏地的气候、物产、山川形胜，以及藏民族的生产、生活等，表达了诗人对海内一统、边疆安宁，以及清王朝盛世的赞美，同时也抒发了诗人建功立业的豪情与为君分忧的使命感。另外，诗人的藏事诗也丰富了清代边疆诗的内容，维系了中国古典诗歌贞刚、壮大的诗风。只可惜，和琳 43 岁就病死于征讨湘苗之乱的军中，仕途和文学创作也由此戛然而止。

第二节　和瑛及其藏事诗

清人符葆森《国朝正雅集》附《寄心庵诗话》评和瑛诗的价值，“太庵先生官半边陲，有《纪游行》《续纪游行》两首，自云前行十万里，续行四万里，可谓劳于王事矣。诗述诸边风土，可补舆图之阙”①。和瑛在藏前后八年，在新疆前后七年，此外他还任过盛京将军，对清代西北、西南、东北边疆的自然、风物应该是相当熟悉的。同时，和瑛还是驻藏大臣中为数不多的进士及第者，他一生著作颇丰，传世作品中亦不乏名作，如《西藏赋》，其与吉林英和《卜魁城赋》、大兴徐松《新疆赋》，被合称为清代“三边赋”，是清代边疆赋的三篇代表作。而且和瑛的《易简斋诗钞》

① （清）符葆森编《国朝正雅集》卷二十六，咸丰六年（1856）京师半亩园刊本。

《太庵诗稿》也成为后人了解清代边疆自然、人文的百科全书。

一 和瑛的生平与家世

和瑛（1741~1821），初名和宁，避道光皇帝旻宁讳而改为和瑛，字太葊，号太庵，一号泰庵。额勒德特氏，蒙古镶黄旗人。乾隆三十六年（1771）进士及第，授户部主事，历官员外郎。出为安徽太平知府，调颍州。乾隆五十二年，擢庐凤道，历四川按察使，安徽、四川、陕西布政使。乾隆五十八年，授予副都统衔，充西藏办事大臣。寻授内阁学士，仍留藏办事。乾隆六十年春，和瑛会同驻藏大臣松筠，奏准豁免前后藏民本年应交粮食及旧欠钱粮，并捐银四万两，抚恤失业穷民，至于前后藏东南北各属，让和瑛督率办理。四月三十日办理完竣。[①]

嘉庆五年（1800）正月，擢升为西藏办事大臣。同年七月，迁理藩院右侍郎。历工部、户部，后出任山东巡抚。乾隆七年，金乡皂役之孙张敬礼冒考被控，知县汪廷楷竟然置之不问，学政刘凤诰以闻，下和瑛提鞫，和瑛竟然“误听济南知府德生言诬断，为给事中汪镛所纠。嘉庆帝以和瑛日事文墨，废弛政务，即解职，命汪镛从侍郎祖之望往按，得实，褫和瑛职，又以匿蝗灾事觉，遣戍乌鲁木齐”[②]。寻予蓝翎侍卫，充叶尔羌帮办大臣，调喀什噶尔参赞大臣。

嘉庆九年，授理藩院侍郎，仍留边任。嘉庆十一年，召还京为吏部侍郎，调仓场。未几，复出为乌鲁木齐都统。嘉庆十四年，授陕甘总督。嘉庆十六年，迁盛京刑部侍郎，盛京将军，热河都统，二十一年授工部尚书，二十二年调兵部尚书，加太子少保，二十三年授军机大臣、领侍卫内大臣，充上书房总谙达、文颖馆总裁。逾一岁，调刑部，罢内直，道光元年卒，年八十二，赐谥简勤。《清史稿》卷三五三、《国朝耆献类征初编》卷一百、《八旗文经》卷五十八均有和瑛小传。

关于和瑛的家世，同治七年，和瑛曾孙锡珍赴戊辰科会师中试，据科举齿录载，世祖廷弼—二世祖旺鏊—三世祖满色—高祖德克精额—曾祖和

① 《西藏研究》编辑部编辑《西藏志 卫藏通志》，第449~451页。
② 赵尔巽等撰《清史稿》卷三百五十三，第11282页。

瑛—祖壁昌—父同福—锡珍。而且在世祖廷弼名下注有“原住喀喇沁地方”，可见和瑛先世为喀喇沁人。[①] 另有多洛肯教授在其点校的《和瑛文学家族诗集》前言中对和瑛及其子壁昌、孙谦福、曾孙锡珍等诗人的创作做了说明。[②]

二 和瑛的著述与交游

从现存诗文作品看，驻藏大臣中和瑛的著述是最为丰厚的。有关和瑛的文学成就，《清史稿》和瑛本传道：“和瑛娴习掌故，优于文学，著书多不传。久任边职，有惠政。”[③] 今传他在藏著有《西藏赋》一篇，对于西藏的地理、历史、气候、物产、风俗等均有叙述，加之以丰富的注释，体制宏大，嘉庆二年刊行。同时和瑛还著有《三州辑略》九卷、《回疆事宜》、《易简斋诗钞》四卷、《太庵诗稿》九卷，另外还编有《山庄秘课》等。

和瑛著述，除了上述外，另据恩华纂辑的《八旗艺文编目》记载，经类有《读易汇参》十五卷，《易贯近思录》四卷，《读易拟言内外篇》；史类有《回疆通志》十二卷，《藩疆览要》十二卷，《续水经》，《孔子年谱》(附刻《经史汇参》)；子类著述《铁围笔录》；集部总集类《风雅正音课》。清末名士盛昱为和瑛孙恒福的女婿，曾目睹和瑛藏书楼，并称“简勤手纂稿本盈箱累架，盖其撰著之未刊者多矣”[④]。

杨钟羲《雪桥诗话》云：“太庵尚书嘉庆二年任驻藏大臣，作《西藏赋》一卷。凡佛教寺庙，官制、风俗、物产、地界，考核綦详审。在西域著有《三州纪略》。以道光元年卒。谥简勤。平生湛深经术，尤邃于易，尝著《读易汇参》一书。间事吟咏，文采烂然，集曰《易简堂诗钞》。”[⑤] 徐世昌《晚晴簃汇·诗话》：“简勤公为吾师席卿冢宰曾祖。乾隆季年以内阁学士出为驻藏大臣。尝撰《西藏赋》，山川风土，源流沿革，采摭綦详。

① 白·特木尔巴根：《古代蒙古作家汉文创作考》，内蒙古教育出版社，2002，第151页。

② （清）和瑛等撰，多洛肯点校《和瑛文学家族诗集》，上海古籍出版社，2018，第4~6页。

③ 赵尔巽等撰《清史稿》卷三百五十三，第11284页。

④ （清）杨钟羲撰，雷恩海、姜朝晖点校《雪桥诗话全编一》卷一〇，第586页。

⑤ （清）杨钟羲撰，雷恩海、姜朝晖点校《雪桥诗话全编一》卷一〇，第586页。

诗钞道光初刻行。吴兰雪序。”①

和瑛的诗集有《易简斋诗钞》② 与《太庵诗钞》③ 两部。《太庵诗稿》共九卷，属自订稿本。卷首有诗人于嘉庆十六年（1811）撰写的序，藏于复旦大学图书馆。“今存写本两种，皆不提作者姓名，据其内容疑为和瑛之集：一为《太庵诗集》无卷数，底稿本，诗编年，录甲寅至丁巳、丙午至丁未、壬子至癸丑等年诗，《贩书偶记续编》有著录；一为《太庵诗草》不分卷，清抄本，三册，记乾隆间作者戎马生涯，涉及四川、西藏等地。”④广东省立中山图书馆藏。《太庵诗集》与《太庵诗草》今已收入《四编清代稿钞本》第 165 册中，此两部诗集中所收诗创作时间从乾隆二十六年（1761）至嘉庆十五年（1810），创作时长共五十年，其中收录诗 441 首。《易简斋诗钞》共四卷，道光初年刻本，共收诗 576 首。现藏于复旦大学图书馆，已收入《清代诗文集汇编》，《续修四库全书》亦有编录。其卷首有被誉为“浙西六家”之一的吴慈鹤写的序。《易简斋诗钞》中的诗仍按时间先后编订，时间跨度达三十五个春秋，为和瑛任职西藏、新疆期间所作，多记沿途景物、风俗、物产。

将《易简斋诗钞》与《太庵诗稿》比勘，《太庵诗稿》初集、二集，即作于乾隆二十六年（1761）到五十一年（1786）间的诗歌一百余首为《易简斋诗钞》所阙，而《易简斋诗钞》卷四，即作于嘉庆十五年（1810）之后的诗歌，不见于《太庵诗稿》。

有关和瑛的诗在历代诗选集中的选录情况，徐世昌的《晚晴簃诗汇》卷九十四收和瑛诗十三首，附以诗话，其诗均出自《易简斋诗钞》。⑤《清诗纪事》选其诗《班禅额尔德尼宴毕款留精舍茗话》《嘉平月护送参赞海公统军赴藏》《提乌沙可塔拉军台路旁大玉》《突厥鸡诗》《洗箔》⑥，前两首写藏事，后三首为诗人谪戍新疆时写的诗。《古代蒙古族汉文诗选》选

---

① 徐世昌编，闻石点校《晚晴簃诗汇》卷九十四，第 3935 页。

② （清）和瑛撰《易简斋诗钞》四卷，《续修四库全书·集部·别集类》第 1460 册，上海古籍出版社，2003。

③ 参见（清）和瑛等撰，多洛肯点校《和瑛文学家族诗集》。

④ 柯愈春：《清人诗文集总目提要》，第 812 页。

⑤ 徐世昌编，闻石点校《晚晴簃诗汇》卷九十四，第 3935 页。

⑥ 钱仲联主编《清诗纪事》，第 1556 页。

藏事诗《嘉平月护送参赞海公统军赴藏》（四首）、《东俄洛至卧龙石》《中渡至西俄洛》、《宿头塘》、《木鹿寺经园》、《班禅额尔德尼宴毕款留精舍茗话》，另选新疆诗《题路旁于阗大玉》（二首）、《题巴里坤南山唐碑》以及青海事《过昂吉图淖尔盐池》。[①] 鲜于煌《中国历代少数民族汉文诗选》选《嘉平月护送参赞海公统军赴藏》（二首）与《宿头塘》。[②] 赵宗福《历代咏藏诗选》[③] 选《大昭寺》《过巴则岭》《再游罗卜岭冈》《班禅额尔德尼宴毕款留精舍茗话》。

袁行云《清人诗集叙录》云："和瑛久为封疆大吏，所经地域至阔，所见景物甚广。生平怀铅握椠，旅途不废吟哦。得此一编，不独见其风骚之旨，亦有备于桂海虞衡之纪云。"[④]《叙录》选和瑛的西藏诗《渡象行》《晤班禅额尔德尼》《再游罗卜岭冈》，新疆诗《观回俗贺节》《题巴里坤南山唐碑》《过大宁古城》。从以上清及近人选本中对和瑛的诗的选录之丰富，足见其诗歌创作在清代少数民族作家中有很高的地位。

和瑛在藏任驻藏帮办大臣期间，前后两届的驻藏大臣为和琳与松筠。据《清代驻藏大臣传略》记载，和琳于乾隆五十九年（1794）十二月被松筠换回，和瑛同年三月到藏。松筠嘉庆四年五月离藏，和瑛嘉庆六年六月离藏。依此可知，和琳与和瑛在藏共事时间九个月左右；和瑛与松筠则长达五年之久。仅《卫藏和声集》收录的和瑛与和琳九个月间在西藏酬唱诗达 109 首，足见二人关系之和谐。而且和瑛有诗《题袁子才诗集》（见《太庵诗草》），表达了对大才子袁枚的崇拜之意。

和瑛与松筠之间也有诗作往来，在和瑛的诗集中有多首他们二人交往的诗，仅见《太庵诗草》的就有：《答松湘浦咏园中双鹤元韵》《登楼即事次湘浦元韵》《湘浦大司空筑土楼三楹，折如磬曲如矩，余既名以"四明"为之记，上巳落成招饮为赋长篇以致贺》《松湘浦寄头春就至喜赋七绝》《怀松湘浦大司空》《松湘浦寄头春就至喜赋七绝》等，只可惜，松筠现存的诗只是一些纪行体诗，其中见不到松筠写给和瑛的诗。

① 王叔磐、孙玉溱选注《古代蒙古族汉文诗选》，内蒙古人民出版社，1984，第 267~285 页。
② 鲜于煌编注《中国历代少数民族汉文诗选》，民族出版社，1988，第 234~236 页。
③ 赵宗福选注《历代咏藏诗选》，第 150~156 页。
④ 袁行云：《清人诗集叙录》，第 1423 页。

另外在和瑛诗集中出现最频繁的人便是徐长发，他们二人同年进士及第，交情甚笃。徐长发，字象乾，号玉崖，江苏上海人。乾隆三十六年（1771）进士，授兵部主事，转员外郎，历官四川建昌道。征廓尔喀时，总理邮传馈饷，年逾七十告归。《徐玉崖集》十六卷，嘉庆年间刻，中国社会科学院文学研究所藏。徐长发有关事迹及著述光绪《松江府序志》卷三十七有载。收录于《太庵诗草》中的和瑛写给徐长发的诗有《再次徐玉崖观察同年元韵四绝》《答祝止堂师见寄元韵并简玉崖观察同年》《次徐玉崖同年见寄元韵》《徐玉崖观察同年寄赠诗集南酒简谢二首》。

三　《易简斋诗钞》《太庵诗草》中的藏事诗

《易简斋诗钞》中的藏事诗有242首，《太庵诗草》中的藏事诗除却与《易简斋诗钞》中重复的还有154首，两部诗集共统计有藏事诗396首。内容涉及青藏高原自然、人文，以及诗人在藏内的活动等各个方面。

（一）和瑛藏事诗的思想内容

1. 颂扬天下归心、四海归一的盛世

和瑛作为边疆重臣，其藏事诗中突出表现“四海归并，天下一统”的思想，“叩额诸蕃控，雕题百貊朝”“圣朝同覆帱，黑子已输忱”。（《嘉平月护送参赞海公统军赴藏》）前两句大意是叩额的诸蕃已经归顺了清王朝，南方的少数民族也都来朝拜，从而形成了四海归一、九州并同的局面；后两句谓清政府对边疆民族一视同仁，边疆各民族群众也有真诚的归顺之心。而他的另一首诗《木鹿寺经园》云：“华夏龙蛇外，天西备六书。羌戎刊木鹿，儒墨辨虫鱼。寺建青鸳古，经驮白马初。如何仓颉字，传到梵王居。”① 这首五律通过写木鹿寺经院刻印多种文字的佛经，说明了各民族文化交流的事实。

同时，诗人也对清王朝当前的强大而感到无比的欣喜，其中《小招寺》一首，题后注：“唐公主思念长安，故造小招，东向内金殿一。”其诗云：“左计悲前古，和亲安在哉！乌孙魂已断，青冢骨成灰。独有金城座，

① （清）和瑛撰《易简斋诗钞》卷一，《续修四库全书·集部·别集类》1460册，第472页。

长留玉殿隈。千年香火地，应作望乡台。”① 这首诗的立意较为特别，不是描写小招寺的庄严，而是从小招寺的来源说起，诗人认为唐朝虽然被认为是盛世，但依然用和亲之策，与吐蕃求和。如今的吐蕃地，都是我大清的天下了，也是换角度赞誉大清的盛世。

2. 倡导宽法爱民、发展农业生产

诗人巡阅后藏时作的一首诗《抵后藏宿扎什伦布寺》，其诗云：“竺国羁臣肃，天涯拜圣颜。口传温语诏，心度化人关。梵呗空中放，神光到处攀。西南千里目，喜眺赛云闲。”② 此诗强调治理边疆应兴教化。而其《拟白香山乐府三十二章》全面阐述了其兴教化、宽法省敛、发展农业生产的治边思想。其中《文翁化巴蜀》（自注：兴教化也）云：

> 文翁化巴蜀，石室祀先师。配以颜曾贤，风俗齐鲁移。延寿治颍川，皮弁学礼仪。遂弃偶车马，彬彬三代遗。鸣枭哺所生，鸾凤巢高枝。持衣诣阁首，化同鲁恭奇。良夫弦歌雅，俗吏恶能为。云定虎尾戒，懦者差诡随。莫笑戴帽饧，治理殊相歧。一观伯瑜像，此感深铭肌。③

诗以文翁化蜀的典故，阐明兴教化的意义。其中另一首《地道不爱宝》则强调重视农业生产，才是利民之本：

> 地道不爱宝，天心溥美利。生民衣食源，所贵农桑治。渤海树艺兴，佩犊循声记。颍川称神君，应时威凤至。露宿邵父勤，修陂杜母痒。况之冬日爱，譬之春阳遂。李冰凿离堆，不徒沫患避。沃野千里开，陆海万民惠。……④

诗中大量用典，特别突出了李冰修都江堰工程，给百姓带来沃野千里的典

① （清）和瑛撰《易简斋诗钞》卷一，《续修四库全书·集部·别集类》1460 册，第 472 页。
② （清）和瑛撰《易简斋诗钞》卷一，《续修四库全书·集部·别集类》1460 册，第 474 页。
③ （清）和瑛撰《易简斋诗钞》卷二，《续修四库全书·集部·别集类》1460 册，第 481 页。
④ （清）和瑛撰《易简斋诗钞》卷二，《续修四库全书·集部·别集类》1460 册，第 481 页。

故，诗人有着“生民衣食源，所贵农桑治”的重民事思想。还有《天灾古代有》（自注：救灾荒也）、《书扇鬼哭诉》（自注：省刑狱也）、《听讼吾犹人》（自注：明听断也）等系统地阐明了和瑛的施政思想。经过松筠与和瑛的勤恳治理，流民大量返乡定居，农牧业生产得到了恢复，藏内开始出现繁荣安定的局面。如《前藏书事答和希斋诗五首》其三：

婆心敦素风，法性宽愚俗。岁祝麦禾黄，村讴山水绿。减汝佛庐征，为渠平屋足。所幸人熙熙，长年无折狱。①

诗人眼前所见的藏内欣欣向荣的局面，正好验证了宽法、省敛，鼓励百姓勤于稼穑的治边效能。

还有《济咙禅师祈雨辄应志喜》其一云：“芸阁笼烟树，清溪曲绕门。兼衣人忘夏，罢射鸟争喧。柳眼开新碧，苔心洗旧痕。快逢霖雨望，小试到蛮村。”② 这首诗写了一场万民渴望中的雨，终于降临了，雨后藏地小山村里的一切都焕发出新容，就连鸟儿都争相鸣叫，表现出无比喜悦的心情，更何况翘首企盼的农民！《喜雨》亦云：“祈霖上策感天和，甘澍霖霖入夜多。四面晓云酣未了，万家宿麦醒如何。鬼能为厉痴应解，雨独称师化不讹。试问山川灵也未，泽加枯骨胜刑鹅。”③ 这首诗写了久旱逢甘霖，下了一夜的透雨，第二天一看麦苗都苏醒了，后两句也说明诗人恩泽加百姓、宽刑法的治边思想。这两首诗通过写祈雨、降雨，写诗人作为驻藏大臣对如期而至的降雨的喜悦心情，即表现出诗人的民本思想。

3. 赞美与达赖、班禅及西藏上层的友谊

和瑛的藏事诗中也描写了诗人与达赖、班禅的浓厚情谊。《再游罗卜岭冈》与《班禅额尔德尼燕毕款留精舍茗话》。《再游罗卜岭冈》云：“达赖天西自在人，祇园此日速嘉宾。茶寮饭钵闲中趣，意树心花物外春。且向空门看活水，漫劳彼岸渡迷津。问君离垢年年洗，要洗清凉几世身。”④

① （清）和瑛撰《易简斋诗钞》卷一，《续修四库全书·集部·别集类》1460册，第472页。

② （清）和瑛撰《太庵诗草》，《四编清代稿钞本》第165册，第484页。

③ （清）和瑛撰《太庵诗草》，《四编清代稿钞本》第165册，第487页。

④ （清）和瑛撰《易简斋诗钞》卷二，《续修四库全书·集部·别集类》1460册，第482页。

罗卜岭冈即罗布林卡，是达赖喇嘛的夏日宫，当时仅达赖以及驻藏大臣、上层僧侣才能入内。诗题中用一“再”字说明诗人不止一次去过达赖的夏日行宫。诗中描写他与达赖喇嘛茶余饭后在园中散步聊天的情景，凸显了驻藏大臣与西藏上层和谐的关系。

而《班禅额尔德尼燕毕款留精舍茗话》，先用铺排的形式，极写宴会上食品之丰盛，音乐、歌舞之华美，突出班禅额尔德尼与诗人的深情厚谊。但这还不够，当宴会结束时，主人和客人还未尽兴，又留下品茶漫谈，“主人顾客乐未央，愿闻四果阿罗方。客曰养心妨虎狂，孔戒操存舍则亡。出入无时慎其乡，佛转心灯明煌煌。……主人笑指河汪洋，我钻古纸君吸江。”① 诗的最后两句，诗人夸班禅的佛法、学养广博。另外和瑛还写了《晤班禅额尔德尼》《留别班禅额尔德尼》《与班禅额尔德尼共饭》三首，进一步表达了他与班禅的融洽关系。驻藏大臣与西藏地方上层的这种和谐关系，也说明藏内安定繁荣的局面及清政府治藏的成效。

4. 感叹卫藏天气奇寒与道路的难行

青藏高原严寒的气候，已成为入藏文人在其诗文作品中着力表现的对象，前面和琳亦有多首描写西藏气候的，和瑛也在入藏途中遇到了极寒天气，其《宿头塘》云：

> 阿喇伯桑西，喜宿头塘早。罡风摇板庐，孤枕雪压脑。挑镫不成寐，默坐纾怀抱。砚冻墨不濡，指直笔敧倒。今夜莫吟诗，吟诗定郊岛。呼童膺复眠，起视漫天缟。邮番促晨装，长纤牦牛套。且去问前途，冰境滑如扫。②

这首五古写诗人赴藏途中，在一个风雪严寒之夜，写诗又因“砚冻墨不濡，指直笔敧倒”而未成，天明又踏冰出发，极言入藏旅途的艰辛。还有《暮春大雪谩成七绝以“一片花飞减却春”为韵》两首。

其一：

---

① （清）和瑛撰《易简斋诗钞》卷二，《续修四库全书·集部·别集类》1460册，第488页。

② （清）和瑛撰《易简斋诗钞》卷一，《续修四库全书·集部·别集类》1460册，第471页。

蛮乡别有阳和日，一夜东风飘六出。金殿晖晖作玉妆，皓然林岫看如一。

其二：

怪煞三冬无集霰，恰逢娄尾寒暄变。拥炉释子闭高楼，露寝番氓无瓦片。[①]

以上两首绝句，一首写暮春时节却大雪纷飞，一首写冬日却无飞雪的高原气候。还有，“西地好秋光，贪昼夕照长”（《秋兴》）。西藏天气，入秋以后反而天气温和，白昼依然很长。关于西藏气候，在其他驻藏大臣藏事诗中也有描述，和琳《西招四时吟》便是其中描写西藏气候的典型诗篇。

而《过巴则岭》：“曳罢牦牛纤，声声舁老竿。石林穿有径，江涘俯无澜。坡仄群羊叱，天空一鹗寒。世途多险隘，行路岂知难。”[②] 巴则岭，即今拉萨市曲水县的干把巴孜山，又称西昆仑，还称干布拉。山底渠水横流，山南即著名的羊卓雍错湖。这首诗是和瑛出巡后藏途经巴则岭时写的，诗人用侧面烘托的方式描写了巴则岭的高峻、天险，既感叹眼前道路的艰险，又感慨人生的不测。相似的诗句还有“甲错天摩顶，清凉蔑以加。罡风吹不断，白日冷无华”（《甲错山》），突出甲错山之高，山顶风之烈。

5. 礼赞藏地山川形胜与多彩的物产民俗

符葆森《国朝正雅集·寄心庵诗话》：“太庵先生官半边陲，有《纪游行》、《续纪游行》两首，自云前行十万余里，续行四万余里，可谓劳于王事矣。诗述诸边风土，可补舆图之阙。”[③] 和瑛善于描摹风物，他的藏事诗如《飞越岭》《出打箭炉》《东俄洛至卧龙石》《宿头塘》等，用夸张、拟人、侧面烘托等手法，突出藏地山川的峻、险、奇。还有《大招寺》，这首诗是乾隆五十九年（1794）他到藏后写的，先描写佛国世界的典型建筑物大昭寺，然后追念唐蕃和亲的历史，有追古怀今之意。他的《布达拉》

① （清）和瑛撰《太庵诗草》，《四编清代稿钞本》第165册，第566页。

② （清）和瑛撰《易简斋诗钞》卷一，《续修四库全书·集部·别集类》1460册，第473页。

③ （清）符葆森编《国朝正雅集》卷二十六，咸丰六年（1856）刊本。

一首也是描写佛教建筑的宏伟、雄壮。

西藏的高原平湖，在蓝天白云的掩映下，别有景致。如《海子》：“万顷澄无底，西南海一杯。蛟鼍潜伏矣，鹅鸭乐悠哉。震泽渔樯入，昆明战舰开。倘兴舟楫利，从古涉川来。”[①] 诗中写后藏一处湖的深、广与平静，鹅鸭在其上悠然戏水。而高山峡谷间奔涌而出的藏河，则展现出不一样的美。而《泸定桥》则是写泸河的惊涛骇浪：“此水镇日建瓴下，不比江海信汐潮。……俯瞰深杳鼋鼍静，奔湍蹴浪蛟龙跳。”[②] 奔涌的河水，勇敢者见之振奋，懦弱者见之则心悸。

对于作者来说，西藏除了山水之奇，民俗和物产亦极为神奇。如《野花》（自注：花无枝叶，五出似梅，小如豆，贴地而出）云：“簇簇花球锦万堆，眇兹躯干小寒梅。不应天女偷闲久，故遣曼陀贴地开。”[③] 藏族对草原上盛开的各种不知名的小花，通称为“格桑花”，诗中作者所描写的贴地盛开的小花是草原上夏季常见之物，但对诗人来说甚觉新鲜，故而极为好奇。还有对渡江的工具皮船和铁索桥的描写，如《渡江》：

> 淼淼长江水，皮船一勺登。轻于浮笠汉，闲似渡杯僧。竹叶图中泛，仙槎日下乘。此船成大愿，那用挽金绳。[④]

又如《铁索桥》：

> 锁挂罘罳苇，凌空一木悬。不愁江面阔，只恐脚跟偏。[⑤]

这两首诗中的皮船和铁索是川藏途中渡江的工具。皮船看似危险，实则渡江很平稳，而铁索看似安全，实则摇晃得厉害，很危险。在和瑛的藏事诗中，咏物诗很多，特色突出的还有《喇嘛鸳鸯》《古柳行》《曲水见雁》

① （清）和瑛撰《太庵诗草》，《四编清代稿钞本》第165册，第537页。
② （清）和瑛撰《太庵诗草》，《四编清代稿钞本》第165册，第469页。
③ （清）和瑛撰《太庵诗草》，《四编清代稿钞本》第165册，第581页。
④ （清）和瑛撰《太庵诗草》，《四编清代稿钞本》第165册，第571页。
⑤ （清）和瑛撰《太庵诗草》，《四编清代稿钞本》第165册，第571页。

《咏白牡丹》等。

（二）和瑛藏事诗的艺术风格

在清代几位蒙古族边疆大臣中，和瑛是以科第起家的儒臣。前文也提及《清史稿》和瑛本传中云："和瑛娴习掌故，优于文学，著书多不传。"和瑛作诗转益多师，诗法"性灵"，追求自然。即对唐诗、宋诗的创作风格和诗句都有借鉴和化用，风格趋向多样化。具体说来有如下突出特点。

1. 和瑛的诗往往将佛家的禅意融于诗，拓深了诗歌的艺术境界。如《咏白牡丹》中歌咏西藏牡丹，则将禅意融于其中：

> 自入琉璃界，戎葵不校芳。折摇琪树影，插映玉盘光。佛国全无色，禅天别有香。任开花万万，冷淡属空王。①

牡丹本华贵，但诗人写道，生长在佛国世界的牡丹则更灵动奇艳，更显示出惊人的异香。其实，和瑛的许多诗，都或多或少带有佛教的因素，使诗境更为静谧、空灵。又如《野花》："簇簇花球锦作堆，渺兹蓓蕾见寒梅。不应天女偷闲久，故遣曼陀贴地开。"② 曼陀罗是梵文 Mandala 的译音，另译作"曼荼罗"。其意译为"坛场"，后在佛教经典中常出现，诗中将藏地野花称作"曼陀"，增加了几分灵气、神秘的色彩。

2. 和瑛诗以闲适、写景见长，当然也不乏关心民瘼的作品。其诗歌艺术造诣颇高，吴慈鹤在《易简斋诗钞·序》里云："至于范水模山，感时体物，颛绢雅颂，撷掖风骚，乃欧梅之替人，夺苏黄之右席，既能思精体大，亦复趣远旨超，自成一家。"③ 和瑛一生久任边职，他将西藏、新疆、东北绚烂、壮大、奇寒的景物，以及边疆的奇风异俗带入笔端，不断地拓展了清代边疆诗的表现内容；与此同时，这些内容再结合和瑛诗歌文采"烂然"的特质，使其诗更加绮丽多姿，节奏变换自如，风格壮大而恣肆，并赋予了一种浪漫的气息。

---

① （清）和瑛撰《易简斋诗钞》卷二，《续修四库全书·集部·别集类》1460 册，第 497 页。

② （清）和瑛撰《太庵诗草》，《四编清代稿钞本》第 165 册，第 581 页。

③ （清）吴慈鹤撰《易简斋诗钞·序》，《续修四库全书·集部·别集类》1460 册，第 454 页。

3. 就诗体形式而言，和瑛诗诸体兼备，尤擅古体长诗，长篇古风和歌行体在诗人笔下驾轻就熟。如诗人的长篇歌行体《纪游行》《续纪游行》，叙述了他前后游历 28 年，行程 14 万余里的所见所闻，可谓体制宏大，包罗万物。而且从和琳与和瑛的酬唱诗集《卫藏和声集》来看，双方唱和的诗篇中，次韵相酬，动辄一首诗达数十句，足见其精深的诗学修养。和瑛与和琳在卫藏的唱和频次之高，与唐代诗坛上元稹与白居易的“通江唱和”有异曲同工之妙，值得深入探究。

4. 遣词造句方面和瑛大量使用民族语言，将藏语、蒙古语音译入诗，丰富了古典诗歌的表现词汇，也使藏事诗具有了浓郁的地域色彩。如《东俄洛至卧龙石》中“绝顶矗鄂博，哈达纷垂旒”。其中“鄂博”为蒙古语音译词，意为石堆；“哈达”为藏语音译词，是蒙古族、藏族皆使用的表示敬意和祝贺用的长条丝巾或纱巾，多为白色，蓝色，也有黄色等。再如《嘉平月护送参赞海公统军赴藏》其四：“失策凭垂仲，抛戈斥戴绷。”其中的“垂仲”为藏语音译词，诗人自注为“喇嘛能卜者名垂仲”，“戴绷”也是藏语音译词，自注云“番目领兵者名戴绷”。[①] 更有甚者，如《蛮讴行》[②] 一首，全诗更是将 55 个藏语音译词入诗，可见和瑛高超的语言驾驭能力。

第三节　松筠及其藏事诗

松筠于乾隆五十九年（1794）七月入藏，嘉庆四年（1799）正月离藏，在驻藏大臣任上共 5 年。蒙古族学者白・特木尔巴根曾说过，“在清代蒙古作家中，出任边疆大吏，且能以文学饰吏治者有松筠、和瑛、三多、有泰诸人，而以松筠为最”[③]。这个评价应该较公允，充分说明了松筠的治边功绩与文学成就。虽然就今天看来，松筠的作品无论是数量、种

① （清）和瑛撰《易简斋诗钞》卷一，《续修四库全书・集部・别集类》1460 册，第 465 页。
② （清）和琳、和瑛撰《卫藏和声集》，广东省立中山图书馆编《中国古籍珍本丛刊・广东省立中山图书馆卷》第 60 册，第 459 页。
③ 白・特木尔巴根：《古代蒙古作家汉文创作考》，第 147 页。

类，还是文学成就都不如和瑛，但在边疆治理方面有自己独特的见地，而且成效也很显著。

一　松筠的生平与家世

松筠（1752~1835），字湘浦，号百二老人，玛拉特氏，蒙古正蓝旗人。乾隆三十七年（1772），由翻译生员考补理藩院笔帖式，从此步入仕途，官至总督、大学士、尚书。乾隆五十年，往库伦办理与俄罗斯贸易一事，前后共历 8 年。乾隆五十九年及道光二年，先后两次出任吉林将军。其间又在驻藏大臣任上供职 5 年。从嘉庆五年至十八年，先后 3 次任伊犁将军，在新疆度过了 9 年。在伊犁将军任上，松筠组织人力引水灌溉，分赏耕牛，实行屯田，极大地缓解了新疆地区满洲官兵的粮食压力。

嘉庆十三年十二月，调任两江总督，在此任上，松筠偕同江南河道总督吴璥查勘旧海口，专制疏河泥沙器具数十件，并亲自乘船疏浚河道，使河水拓宽、加深，船只往来更为便利。同时又把运粮船改小，便于往来。这些举措都取得了实效。另外，松筠还历任察哈尔都统、两广总督、直隶总督、兵部尚书、理藩院尚书等职，均屡有升贬。道光十五年（1835）卒，年八十有二。赠太子太保衔，谥号文清。其为官生涯 52 年，一半时间在边疆。《清史列传》松筠本传中光绪帝评价道："松筠历练老成，清勤正直，先朝耆旧。由侍郎、尚书、都统简授大学士，出任将军、总督，扬历中外，宣力有年。历事三朝，恪恭匪懈。"①

有关松筠的家世，据白·特木尔巴根所整理的文献便知，《光绪八年壬午科顺天乡试同年齿录》载有举人玛拉特氏麟祐，据小传乃知为松筠曾孙，隶蒙古正蓝旗。其世次为：达尔密砥—巴彦—五十九—舒勒和—班达尔氏—松筠—熙伦—文琇—麟祐，共九世。其先世为喀尔沁部人。②

有关松筠的传闻逸事，清代笔记中记载比较多，特举数例予以说明。松筠由伊犁将军职擢吏部尚书，入京，先赴军机处办理入职手续，后直接赴吏部任职，第三日日晡方归家。"其妾迎于中门，公（松筠）顾问曰：'此谁

① 王钟翰点校《清史列传》卷三十二，第 2465 页。

② 白·特木尔巴根：《古代蒙古作家汉文创作考》，第 149 页。

家戚谊也?’长公子曰：‘此某姨娘耳。’公乃恍然曰：‘汝今亦老矣。’”[①] 这条材料虽然来自清人笔记，但也侧面说明，松筠久任边职，极少回家的事实。还有一则记载：

> 供奉差往江南查办事件，得旨引对后，即欲挈值宿行李出城，不回私宅，因随带之司员部署不及，吁公稍缓时日，公许以日晡时出城。时方巳刻，乃枉途至韩桂舲先生家小住。先生尚在刑部署未退，公自索酒肴独酌，并令韩家人等磨墨供写大字。偶闻宅门外喧嚷声，询之，则卖鸡担与阍人争价也。公立取担入，如其价全买之。向内宅借京钱四千，交付讫，而以鸡嘱阍人曰：“为我交韩太太，加意喂养肥美，俟我差旋时，再来大嚼也。”语毕，遂出城住长新店。[②]

这段逸事记录，显示松筠耿爽、洒脱异常。同时笔记中还有一段更为有趣的记述。

> 公（松筠）赴江南总督时，路过袁江，时费筠浦督部淳因防汛驻河上，款留公于行馆午饭，宾主皆大户。饮至灯时，公欲易烧酒，费从之。公谓费曰：“两人饮，毕竟寂寞，此地寮属尚有知酒趣者否?”费曰：“即有之，亦不过数十杯即颓然，求可以陪我两人者，殊不易得，无已，惟有河辕中军某副将者，庶几其可，然官卑职小，何可以陪中堂?”公曰：“副将亦二品官，但取能饮，何较官职?”因急召至，令侍末坐。公与费且饮且谈，而某副将从旁默饮，一杯复一杯，不敢留涓滴也。至五更，公稍倦，因辞归舟，且曰：“黎明如顺风，当即解缆，不复来告辞矣。”公甫登舟，而天已晓，费遣官探之，则回报：“南风甚大，断难开船，中堂已和衣睡矣。”无何，而费诣公舟谢步，并邀公重至行馆。曰：“既风大，不能行，何不再畅饮一日?”公诺之。早饭肴馔已陈，公曰：“昨某副将饮得甚闲雅，何不仍召之来?”费令人促

---

① （清）梁章钜撰《归田琐记》卷六，《清代笔记小说大观》，第 3858 页。

② （清）梁章钜撰《归田琐记》卷六，《清代笔记小说大观》，第 3859 页。

之，则云：“某副将昨夜回署，即不能言动，今晨已奄逝矣。”公与费皆大惊，草草饭毕，即回舟冒风解缆去。此事河上人至今能道之。[①]

这则记载，足见松筠能豪饮，体格健壮。以上在清人笔记中的记载，虽然真实性有待考证，但也从一个层面体现出松筠为人洒脱、不拘小节的个性；松筠的豪饮与酒量也说明其体格健壮，能长久胜任边职，而且还能高寿。

至于松筠的生平事迹，在清沈垚的《落帆楼文集》卷五，《都统衔工部右侍郎前太子太保武英殿大学士谥文清松筠公事略》，梁章钜的《归田琐记》，李桓的《国朝耆献类征初编》卷三十六，赵尔巽的《清史稿》卷三百四十三，《清史列传》卷三十二，蔡冠洛的《清代七百名人传》中都有记载。

松筠于乾隆五十九年（1794）七月入藏办事，接和琳为驻藏办事大臣，嘉庆四年（1799）正月被英善换回，调户部尚书。《清史稿》松筠本传说“充驻藏大臣，抚番多惠政。和珅用事，松筠不为屈，遂久留边地。在藏凡五年”[②]。松筠在藏期间主要事迹，《清史列传》载“松筠驻藏时，达赖喇嘛、济咙呼图克图等报称，西南边界有廓尔喀之兵，松筠访知廓尔喀系向定结边外等部，带兵索欠，并无他故，恐唐古忒番民疑惧，特于喀达、定结、帕克哩等处亲往拊循，并借川省藩库银五千两，筹议抚恤穷番，修建鄂博、寨卡各事宜”[③]。

乾隆六十年（1795），松筠奏准豁免前后藏民本年应交粮食及旧欠粮钱，并捐银四万两，抚恤失业穷民，并酌定抚恤章程十条。该章程主要规定，修缮房屋，劝流民归家；减、缓穷人的差事、牛马、乌拉；将各处百姓，所有旧欠粮款，概行豁免；唐古忒大户人家的差事派摊应于穷民平等相待，不得偏袒。同时，松筠还“速令招回之百姓，及各本处无业百姓，早得栖身之所，赶紧耕种，无误本年农作”[④]。劝流民归家、督促藏地农业

① （清）梁章钜撰《归田琐记》卷六，《清代笔记小说大观》，第3860页。

② 赵尔巽等撰《清史稿》卷三百四十二，第11114页。

③ 王钟翰点校《清史列传》卷三十二，第2450页。

④ 《西藏研究》编辑部编辑《西藏志　卫藏通志》，第449页。

活动，这是西藏民众真正获得和平安宁的根本。此外，松筠还在驻藏大臣任上，与和瑛一道抚恤前后藏穷民，并巡阅后藏边境，随行绘图，设置鄂博，划定边境，对安抚边境地区番民、维护边境的和平意义深远。松筠倡导的与民休息之策，正好应和了战事刚刚（驱逐廓尔喀入侵）结束后，生灵遭涂炭背景下，藏族群众恢复生产、减免赋税、减少乌拉摊派的需求。经过松筠、和瑛等数年的励精图治，前后藏百姓过上了安宁、幸福的生活，同时也使西藏百姓真心拥护中央王朝的管辖，为此，松筠、和瑛等驻藏大臣功不可没。

有关松筠的交游，因松筠的诗文散佚比较多，而对其与他人之间的诗作酬唱所知甚少。目前已经整理的他的诗集中能看到写给满汉文士祁韵士、富俊、富伦泰等人的诗，但并不多。松筠在边疆政务方面也跟阿桂、长龄、明瑞等有过交往。松筠事迹在清人的笔记中虽有提及，但表现在诗歌往来上的并不多。而与松筠同为蒙古族，并同时治理西藏的副大臣和瑛，他和松筠之间的交往自然很密切，诗歌往来应是很多。今见和瑛的诗集中有多首诗是与松筠的唱和、赠答之作。如《湘浦大司空筑土楼三楹，折如盘曲如矩，余既名以“四明”为之记，上巳落成招饮为赋长篇以致贺》《答松湘浦咏园中双鹤元韵》《怀松湘浦大司空》《松湘浦寄瓮头春酒至喜赋七绝》《湘浦大司空喜雪元韵》《以自煎白菜羹馈湘浦司空》等，其中《答松湘浦咏园中双鹤元韵》云：

> 鹤本天仙姿，性爱云山驻。受养不受羁，可招不可捕。我学张道人，来驯前缘素。清神惊半夜，雪氅披春煦。俯仰如桔槔，未失高闲度。万里修羽毛，庶免群鸡妒。有如德不孤，应此青田数。时作九皋鸣，自足惊野鹜。①

诗人和瑛以咏松筠园中所养的双鹤写起，全诗似在写鹤的高洁品格，其实是借咏鹤以达到咏园中主人的目的。

---

① （清）和瑛撰《太庵诗草》，《四编清代稿钞本》第165册，第550页。

二　松筠著述及《西招纪行诗》《丁巳秋阅吟》的版本

松筠著述现存有《松筠丛著五种》六卷，包括《西招纪行诗》一卷，《丁巳秋阅吟》一卷，《西招图略》一卷，《绥服纪略》（又称《绥服纪略图诗》）一卷，《西藏图说》一卷，附《路程》一卷。除《绥服纪略》外，其余四种均作于驻藏大臣任上。以上五种系嘉庆及道光间刻本，中国国家图书馆藏。《卫藏通志》十六卷，有认为是驻藏大臣和琳所撰，恩华纂辑的《八旗艺文编目》便归入和琳名下，而吴丰培先生则坚持认为此作系松筠所撰。松筠著述，除上述几部诗作、政书外，另有《百二老人语》《古品节录》六卷，还有两篇游记《西招秋阅记》《西藏巡边记》。

杨钟羲就曾对松筠等驻藏官员的创作情况概括道："卫藏自康熙季年设王官，以大臣镇之，打箭炉外悉设邮站。和泰庵《西藏赋》外，松湘浦、颜惺甫尚书有纪行图诗，王我师、马若虚诸人则从事幕府，作为篇什。"① 松筠今存藏事诗有《西招纪行诗》《丁巳秋阅吟》两种。而《绥服纪略》一种，是诗人歌咏自己在库伦办事大臣任上公务闲暇，游览山水与观察周边形势时所写的诗篇。

有关松筠的藏事诗，历代选本中的选录情况，吴丰培的《川藏游踪汇编》将《西招纪行诗》《丁巳秋阅吟》两种全部录入其中；赵宗福先生的《历代咏藏诗选》选其诗《朗噶孜》《白朗》《甲错山》《巴则》4 首；王叔磐、孙玉溱的《古代蒙古族汉文诗选》选录《曲水塘》《江孜》《彭错岭》《罗罗塘》《胁噶尔》《拉错海子》《莽噶布篾》《绥服纪略图诗》8 篇；高平的《清人咏藏诗词选注》则将《丁巳秋阅吟》集及《西招纪行诗》全部 54 首收入其中；袁行云《清人诗集叙录》及柯愈春《清人诗文集总目提要》只对《绥服纪略图诗》有简单的介绍。

《绥服纪略图诗》不分卷，乾隆六十年刻本，今藏于南京图书馆、辽宁省图书馆、兰州大学图书馆。道光七年刻本今藏于中科院文献情报中心。清刻本今藏于北京民族文化宫。《西招纪行诗》一卷与《丁巳秋阅吟》一卷，1985 年中州古籍出版社影印《镇抚事宜》手稿本五卷。《松筠丛著

① （清）杨钟羲著，雷恩海、姜朝晖点校《雪桥诗话全编一》卷七，第 361 页。

五种》，今有影印本传世。

松筠曾论诗云："诗之为道，原本性情，亦根柢学问，非涉猎剽窃，仅事浮华而已。"① 赵宗福先生就松筠的藏事诗评价道："在任期间，还写下了一些歌咏西藏的诗篇，清雅可爱，思想性比较积极进步，能反映下层人民的苦难。"②

三 《西招纪行诗》的内容与价值

有关《西招纪行诗》的价值，诗人在其《西招纪行诗·序》中云："夫诗有六义，一曰赋，盖敷陈其事而直言之也。余因抚巡志实，次第为诗，共八十有一韵。虽拙于文藻，或亦敷陈其事之义，名曰《西招纪行诗》后之君子，奉命驻藏者，庶易于观览，且于边防政务，不无小补云。乾隆六十年湘浦松筠自识。"③ 其实此诗也就是诗人作为驻藏大臣，在藏五年治理西藏边防政务的经验总结。诗人创作的一个目的是为后来治藏者提供一定的经验；另一目的便是诗的最后一句，"巡抚宣圣德，纪行托挥毫"，文人士大夫的"立言"之用。

于乾隆五十八年（1793）颁行的《钦定藏内善后章程二十九条》，其十三条规定"驻藏大臣每年分春秋两季出巡前后藏各地和检阅军队"④。《西招纪行诗》是诗人于乾隆六十年（1795）夏季遵照该章程之规定，第一次巡阅后藏时所撰。吴丰培先生在其诗跋中所说："当筠驻藏时，正当用兵廓尔喀之后，战痕犹在，疮痍遍地，藏制苛派聚敛，名目繁多，民困日甚，故多流亡，松筠巡边，择险设防，抚恤黎庶，豁免杂役，多加赈济。"⑤ 当诗人巡阅后藏时，看到民生的凋敝，大多百姓宁愿在外流亡，甚至做乞丐也不愿在家劳作、生产。其诗中写道："昔有千余户，今惟二百强。壹是苦征输，荡析任逃亡。""乃因差徭繁，频年增役夫。出夫复不役，更欲折膏腴。凡居通衢户，乌拉鞭催呼。耕牛尽为役，番庶果何辜。"诗后自注

① （清）松筠撰《〈静宜室诗集〉序》，盛昱、杨钟羲等《八旗文经》，光绪二十八年（1902）刻本。

② 赵宗福选注《历代咏藏诗选》，第163页。

③ （清）松筠撰《西招纪行诗·序》，《松筠丛著五种》，清嘉庆、道光年间刻本。

④ 牙含章：《达赖喇嘛传》，第67页。

⑤ 吴丰培辑《川藏游踪汇编》，第145页。

道："余行抵罗罗塘，有番民禀诉，每年商上及大寺庙差人赴聂拉木等处贸易，百姓等应付乌拉，苦累已极云云，复查属实，皆有此累，是应即为严禁，况贸易并非公事，自宜随处发价，顾觅应用，以纾民力。"① 乌拉，"蛮俗，用夫马牛挽运，均号乌拉。马牛二，一夫操之。马牛一，两夫代之"②。乌拉其实类似内地的徭役。当松筠巡边时了解到百姓苦难的根源，排除他们的苦恼，便是"治道"的根本。因此，诗的开头便直接呼出："治道无奇特，本知黎庶苦。卫藏番民累，实因频耗蠹。"诗人作为驻藏大臣，在了解了藏民的苦难后，先是奏明乾隆帝减免西藏穷民的赋税，然后发放中央政府下发的四万两抚恤款。"皇仁被遐荒，穷聚湛雨露。"诗人在此句后注："时奏入，我皇上深为喜悦，赏银四万两，抚恤唐古忒百姓。"③

在减免和抚恤穷民后，诗人进一步提出治边之策："圣慈活西番，蛮生咸恬裕。谁云措置难，应识有先务。安边惟自治，莫使民时误。"诗后自注："所属番民，如果家给人足，外患何由而生，是以安边之策，莫若自治，今严禁种种积弊，庶几乎农时无误。民气恬熙。"革除种种积弊，不要让百姓错过农事。百姓吃饱穿暖了，边防自然巩固。这便是"凛然常恪守，西招气自固。"其后自注："余钦遵训旨，恪守章程，随时整饬，似可休养生息，以固元气。"④

以上的诗句阐释了诗人的治边之道，身为边疆大吏，应该了解民情，充分排解他们的苦难，不要频繁耗费民力，不要让百姓错过了农时。只有让百姓回到原有的土地上，大力发展生产，百姓安居乐业，边疆自然会巩固。松筠的这种治边安民思想与中国古代士大夫的治国安邦之策俨然相契合。

在巩固边防方面，诗人也通过此次巡阅后藏后，提出了一系列看法。"惟德可固守，众志坚城防。"其后诗人自注："边地既无戍守，惟有布德可以固结人心。""游牧缺禾稼，生机惟牛羊。民力苦竭蹶，背盐以易粮。"诗人回忆说，萨喀境内之盐池，久为廓尔喀希冀，此地百姓，若不及早抚

---

① （清）松筠撰《西招纪行诗》，《松筠丛著五种》，清嘉庆、道光年间刻本。

② （清）周霭联撰，张江华、季垣垣点校《西藏纪游》，中国藏学出版社，2006，第51页。

③ （清）松筠撰《西招纪行诗》，《松筠丛著五种》，清嘉庆、道光年间刻本。

④ （清）松筠撰《西招纪行诗》，《松筠丛著五种》，清嘉庆、道光年间刻本。

养，或致尽数逃亡，则盐池未必仍为卫藏所有。“继以减赋纳，边氓乃阜康。”其后自述：“所有济咙、宗喀、定结、萨喀三处百姓，皆已减免税赋……仰蒙圣鉴允准，是边檄穷番，尽得休养，其生计宽抒，人心自固。”[①]诗人深知让藏民休养生息，自守家园，边疆可得永固。

除了行德政，让边民休养生息，巩固边防，还需要时时操演军队，险要关隘要有良将、劲兵把守。“定日当要冲，量为设防汛。”其后诗人自述：“定日汛名，其地本名第哩浪古，自协噶尔宿蜜玛，次日行六十里至此，此汛新设汉兵四十名，番兵五百名，有守备一员，统领操演，阅其技艺，颇为健锐。除江孜、后藏、定日三汛，前藏尚有大汛，游击、守备等统领汉兵六百六十名，番兵三千名，时常训练，可为劲旅，其番兵心虽怯懦，要在讲习作气，怯者自勇。”“西旁琼噶寺，南抵宗喀塘。堡寨称坚固，疑谍守有方。”[②]当年廓尔喀贼兵侵入后藏，此堡寨虽有番兵二百名，然贼兵久攻不下，“此兵少，守御有方之善”。

最后诗人还说：“宽裕保斯民，禁暴警贪饕。”其后自述：“卫藏百姓性行近古，应抚之以宽，惟僧俗番目多有贪婪，而其跟役名曰小娃子，往往肆意勒索，百姓苦之，因查出营官庄头及小娃子婪索等弊，随即严处示惩，以慰番庶。”[③]对藏内百姓要宽，对各类敲诈、盘剥百姓的人要严，要严厉惩处，藏内方能永享安宁。

从艺术方面而言，松筠的叙事长律《西招纪行诗》，凡81韵，810字，是诗人以自己巡边的轨迹为线索，用边观察、边记录的形式展开的。语言质实、凝练，随性而作，无刻意雕刻的痕迹。

四 《丁巳秋阅吟》的内容与思想

《丁巳秋阅吟》凡54首，是诗人于嘉庆二年（1797，丁巳年）秋第二次巡阅后藏时所撰。吴丰培先生在跋中就《西招纪行诗》与《丁巳秋阅吟》二者的关系道：“《秋阅吟》乃二年，因稽核赈务，重阅后藏地方，遍历边地，行程略同于前，惟前则综述，后则分论，自注复述其经过，不独

① （清）松筠撰《西招纪行诗》，《松筠丛著五种》，清嘉庆、道光年间刻本。
② （清）松筠撰《西招纪行诗》，《松筠丛著五种》，清嘉庆、道光年间刻本。
③ （清）松筠撰《西招纪行诗》，《松筠丛著五种》，清嘉庆、道光年间刻本。

名其里程，亦可得知巡边抚恤情况。”① 因此，诗集《丁巳秋阅吟》就诗人治理边疆的思想、措施分述于该集的各篇中。另外，值得关注的还有如下几点。

（一）勾勒藏地农业丰产的图画，展现政通人和的盛世

诗人第二次巡阅后藏，主要检查赈灾的落实情况，以及自己这两年施政的效果。时值秋季，属农作物丰收的季节。如《朗噶孜》：

层巅朗噶孜，高耸佛头青。官寨惟僧主，番民好听经。时和人乐业，岁稔稻连町。暂宿安行帐，晨征尚带星。②

朗噶孜即今浪卡子，属山南市浪卡子县，在雅鲁藏布江边，地势颇高。诗后自注道：“浪噶孜本名那噶尔孜，番语即鼻也，噶尔白也，孜高也，白山鼻上叠砌营官寨，形似佛头。”此诗描绘了一幅时和岁稔，藏族百姓安居、乐享丰收的高原秋日图画。如《白朗》：

白朗山村阔，耕田四野饶。壶浆长路献，鞮乐土音调。恭顺因王化，熏陶赖圣朝，于是保赤子，无虑山水遥。③

白朗，即今日喀则白朗县白朗乡。这首诗表现了白朗山村的平阔，耕田的丰饶，也反映了当时藏族人民与驻藏大臣之间的和谐关系。还有《巴则》一首也是如此：

巴谷羊肠路，灵山左右泉。深陂沿麓作，引溉阡陌田。转上岖湾径，旁临不测渊。水平程自稳，秋暖马争先。麦熟蛮乡庆，欣看大有年。④

---

① 吴丰培辑《川藏游踪汇编》，第 145 页。
② （清）松筠撰《西招纪行诗》，《松筠丛著五种》，清嘉庆、道光年间刻本。
③ （清）松筠撰《西招纪行诗》，《松筠丛著五种》，清嘉庆、道光年间刻本。
④ （清）松筠撰《西招纪行诗》，《松筠丛著五种》，清嘉庆、道光年间刻本。

巴则，即巴则岭，今称为甘布拉。此诗描写了巴则岭下富饶美丽的农田和藏族人民秋收在望的喜悦心情。再者如“秋暖山犹翠，时和花尚鲜。我行径两度，逊此乐丰年”（《春堆》）。春堆，地名，今林周县春堆乡。诗人看到春堆田野一片丰收在望的农作物，显得格外欣喜。诗中景色描写也清新可爱：“行观拉孜地，丰岁验秋华。男妇迎歌舞，虔诚意可嘉。边民共乐利，逃亡尽还家。”（《拉孜》）拉孜，地名，东南通萨迦，西南达定日。诗中描述拉孜地方秋收在望，流民已归家，边民载歌载舞，表达自己治藏已取得初步政绩的欣喜。诗人通过对边民安宁与幸福的书写，展现出一幅政通人和的盛世画卷。

（二）观览兵丁操演，强调“制锐养升平”的思想

驻藏大臣春秋两季巡阅前后藏，除了检查百姓生活、官员的施政，检查边防、关卡逐项外，还有一项重要内容就是检验驻藏官兵的操演情况。《丁巳秋阅吟》中有多篇描写诗人观览军队练兵的，如《中秋日阅兵用前韵》《定日阅操》《察咙》《那尔汤》《达木观兵》等，表现出诗人要求军队每日严格操演，加强要塞处戒备，方可永除边患的定边思想。其中《定日阅操》云：

> 太平操远镇，缓带勤兵韬。心略临机应，阵行随势挠。连环本健锐，九子准鸣鼓。野战突前胜，婴城逸代劳。仰攻气用作，俯压步宜牢。鼓进金声止，扎营地择高。劫人防劫己，崇令在崇号。仁智定师律，勇严公贬褒。出奇自堂正，主诡类皮毛。矢慎私淑古，惟精克秉旄。圣明申教诫，军制重甄陶。勿久稍生懈，钦承巡一遭。庙谟扩神武，士气群雄豪。阊阖千载靖，长兹赓旅獒。①

定日，即今西藏日喀则市定日县。诗中对军队的操演方法、扎营地选择、战术战法等做了说明，强调训练军队要遵循智、仁、勇、严的训诫。告诫练兵不能稍有松懈，要常抓，只有练就一支边疆劲旅，才能保国家安宁。《那尔汤》亦云：

① （清）松筠撰《西招纪行诗》，《松筠丛著五种》，清嘉庆、道光年间刻本。

> 朗拉天然隘，层巅扼要长（后注：由察咙东北行七十里至朗拉山，形势险要）。习劳须步演，都守合知方（后注：朗拉山距后招百余里，都司等暇时，应督率汉番兵丁步行上下操演，既可习劳，兼得熟悉地形）。[1]

那尔汤为后藏地方，距离日喀则有五十里路程。其诗强调，军队要熟悉作战地形，要控扼险要之地。同时，应时时训练军士的体质。《达木观兵》又云：

> 游牧固安生，因何武备轻。健儿须奖率，法度赖持衡。严重缘旌旆，驰驱准蛛钲。习劳围猎较，御盗卡防营。枪箭操乘马，腾骧利远行。练兵申纪律，制锐养升平。[2]

达木，今属日喀则市吉隆县。据诗人诗后注："达木系草地，所居官兵本青海蒙古。"诗人强调要加强武备，训练出一支精锐部队，方能永享太平盛世。因此，就以上诗篇所述，松筠的军事思想，主要强调军队训练要常抓不懈，要塞处必须要有精锐长期守卫，要以戈止战，只有训练出一支精锐之师，方能保障国家、边疆的安宁。

（三）描绘藏地山川形胜，表达对西藏的热爱

对藏地山川景物的描写，诗人投以极大的热情，用饱满的笔调去描绘，给人以温暖、清新的感觉。如《甲错山》："层巅无瘴迴非前，淡荡微风晴日妍。拉布卧云天咫尺，炙羊温饱各陶然。"[3] 甲错山又称甲错岭，在今日喀则定日县加措县乡境内，山势高峻，瘴气弥漫。诗中却描绘了甲错山上微风吹拂，白云缭绕且天空近在咫尺，诗人一行在这样美丽的大自然怀抱中炙烤着羊肉，悠然地品尝着。表达了诗人对藏地山川的热爱，及悠然自得的心情。又如《汤谷》："忘却前游山不知，忽高忽险路参差。幸逢

---

① （清）松筠撰《西招纪行诗》，《松筠丛著五种》，清嘉庆、道光年间刻本。
② （清）松筠撰《西招纪行诗》，《松筠丛著五种》，清嘉庆、道光年间刻本。
③ （清）松筠撰《西招纪行诗》，《松筠丛著五种》，清嘉庆、道光年间刻本。

竟日无风雪，大岭逶迤步坦夷。”[1] 汤谷，诗人自注：“有大山两座，南曰贡喀江鄂拉，北曰江拉。”其实这样的路途是非常艰险的，但诗人毫无畏惧之言，而是迈开大步从容经过。

诗人用热爱藏地大自然的心去体验秋景，所见自然之景皆明丽可爱。如《邦馨》：

越卡豁双眸，青山去路悠。长松秋不老，雪岭洁无俦。中有招提户，天然壁垒修。方舆须目睹，经远赞皇猷。[2]

越卡，地名察木卡，天然扼塞。诗中自注：“通衢两岸，山树森森，秋气温暖，而此山之外，群峰积雪峨然。”树木长青，雪岭纯洁无比，突出了青藏高原特有的景色。文字省净，诗境幽远。又如《嘉汤》：

昨宿山旁近水旁，涛声不息送秋光。插天峭壁连星月，傍寺森林斗绿黄。清晓溯流登翠麓，午前缓辔至嘉汤。烹羊煮粥呼群从，衲褐征衫满座香。[3]

嘉汤，地名，距离彭措60里。这首诗写诗人在嘉汤露宿时见到的秋景，滔滔水声，高峻的山峰，苍翠掩映的寺院，这一切都使诗人欣喜。诗的结尾更是邀请驻守当地的官兵和寺庙的喇嘛共赴宴会，其乐融融。再如《莽噶布篾》：

沿山出汛隘，初阅未经由。小憩嘉溥地，前程路转悠。微霜秋草润，晴日晚风柔。悬足群羊听，应知无猎谋。[4]

此首诗写了诗人路过此地，见到秋霜润草肥，晚风轻柔的清新可爱的画

① （清）松筠撰《西招纪行诗》，《松筠丛著五种》，清嘉庆、道光年间刻本。
② （清）松筠撰《西招纪行诗》，《松筠丛著五种》，清嘉庆、道光年间刻本。
③ （清）松筠撰《西招纪行诗》，《松筠丛著五种》，清嘉庆、道光年间刻本。
④ （清）松筠撰《西招纪行诗》，《松筠丛著五种》，清嘉庆、道光年间刻本。

面。还有写得清新明快的诗句，如“岭头风净雪凝尘，晓日晴光岩道新”（《霍尔岭》），“碱淖清如壁，一望琉璃明”（《拉错海子》），都是通过描写藏地的山川美景，表达诗人对西藏的热爱之情。

（四）叙述藏地民俗，反映藏族对大自然的敬畏之心

另对西藏特有民俗的描写，也具有很大的认识价值。如《莽噶布簏》：“悬足群羊听，应知无猎谋。”自注：“过嘉溥尔仍系前藏协噶尔营官所属，一带小润草肥，野有黄羊，见人不惊，惟悬足而听，缘唐古忒向不畋猎，人或即之，则风雪立作，似此山野皆然，固非猎场可比。”[①] 黄羊悬足而听，但见人不惊，此两句反映了藏族地区不畋猎的民俗事实。还如“也是喇嘛虔祀好，征人处处稳行巡”（《霍尔岭》），诗人其后自注：“随之来噶布伦系喇嘛，每过大山，必放桑虔祷，余至鄂博，亦拈香叩祝，献以哈达，山野荒径，由来如此，过者咸宜致敬。”[②] 描写了藏地百姓凡经过大山，都要敬香、献哈达，表达对大山的敬畏之意。另有《拉错海子》：

> 碱淖清如壁，一望琉璃明。红香布微烟，哈达代帛呈。复来宿旧野，汐湍听新声。呼吸天地率，无涸亦无盈。[③]

诗人其后自注：“山野宿处，遇有海子（湖），应以藏香哈达致礼。”也是反映藏族人民对高山湖泊的敬畏之俗。

当然诗集还有其他方面的内容，如《还至后招》是解决水患的诗篇，《罗罗塘》《即事》《还宿邦馨》为检查落实减赋情况而写。总结上述，松筠诗一洗其他诗人写青藏高原景色的冷色调，而用热爱西藏山水、关心藏族百姓的心去描写眼前景，景中融情，使诗人笔下的山川更显得温暖、清新、自然可爱，仔细体味松筠的这类写景诗，更有一番情趣在其中。

有关松筠的诗作内容与价值，内蒙古大学米彦青教授在《蒙汉文学交融视域下的乾嘉诗坛》一文中道：

---

① （清）松筠撰《西招纪行诗》，《松筠丛著五种》，清嘉庆、道光年间刻本。
② （清）松筠撰《西招纪行诗》，《松筠丛著五种》，清嘉庆、道光年间刻本。
③ （清）松筠撰《西招纪行诗》，《松筠丛著五种》，清嘉庆、道光年间刻本。

> 虽然是封疆大吏，但松筠始终能关心黎庶，他以自己的所见所闻，如实地记述了藏族人民不堪忍受繁重的徭役赋税，背井离乡为乞丐的凄惨景象。松筠的诗作描述对象虽有民族地区特征，但最终却是传达儒家诗学力量和社会意义，究其实质，与汉族诗人的文学思想并没有区别。不过，他的诗作为清代诗歌史补叙了少数民族地区百姓的生活风貌，一定程度上可补史阙。①

松筠与和瑛的纪游体藏事诗相比较，松筠诗更重视表现诗的叙事功能，将自己施政的措施、过程都入诗；而和瑛的诗更重视写景，强调诗的抒情功能。虽然艺术价值上松筠的诗不如和瑛的诗含蓄、绮丽，但更具人民性，诗风更显得厚重质实、纯朴。

常言道，盛世聚英才。从以上三位驻藏大臣的藏事诗，可以看出他们治边的积极态度，以及建功立业的壮志雄心。其诗中激荡着豪情，表达着对清王朝大好河山的热爱，寄予着他们治边理政的政治理想。同时也可以从他们诗的字里行间体味到驻藏正副大臣间，大臣与臣僚之间，以及驻藏大臣与西藏僧俗大众间友好的关系，无不洋溢着那个时代最强大、最和谐的声音。

---

① 米彦青:《蒙汉文学交融视域下的乾嘉诗坛》,《民族文学研究》2016 年第 4 期。

第四章　嘉道时期驻藏大臣的藏事诗

经过康熙、雍正、乾隆三朝对西藏的精心治理，到了嘉庆朝，已经建立起了适合西藏地方的以驻藏大臣为首，并与达赖喇嘛、班禅额尔德尼协同管理的噶厦政府机制。而且先后颁布了《酌定西藏善后章程十三条》《钦定藏内善后章程二十九条》。无论是藏内行政办事机构的完善，还是规章制度的进一步完善，以及这套体系的有效运作，都达到了历史上少有的规范、高效。再经过乾隆后期、嘉庆初期中央政府的关怀与几位驻藏大臣的励精图治，至乾隆末、嘉庆初年，藏内已出现政通人和，藏族百姓心向中央王朝的大一统局面，从松筠、和瑛的藏事诗中便可得到证明。此后近百年藏内安定，藏民众安居乐业，从驻藏大臣文干、瑞元、斌良的藏事诗中便可窥其一斑。

第一节　文干及其藏事诗

文干，驻藏任办事大臣。文干也是驻藏大臣中少有的进士及第者。嘉庆二十五年（1820）十月任驻藏大臣，道光三年（1823）六月病逝于驻藏大臣任所。在藏任期内的副大臣为那丹珠与保昌。文干任期内，藏内安宁，几无大事发生。

一　文干生平及著述

文干（1765~1823），原名文宁，避道光皇帝讳而改为文干。字蔚其，号远皋，又号芝崖，满洲正红旗人。乾隆四十九年（1784）进士。授散佚馆编修，嘉庆四年充会试总裁，嘉庆十九年，官至盛京副都统、热河都统。嘉庆二十五年十月，赏已革河南巡抚文干副都统衔，命赴藏办事。道光元年三月抵藏，继玉麟为驻藏办事大臣。[①] 同年八月，兼镶黄旗汉军副都统，累官至工部尚书。道光三年六月，殁于驻藏大臣任所。文干门人沈涛在《交翠轩笔记》中道："长白文远皋中丞师，视学浙江时，余髫年应童子试。中丞命背诵《十三经》，默写《文选》、木元虚《海赋》，补博士弟子员，延誉公卿，有再来人之目。知己之感，迄不能忘。中丞正色立朝，性不谐俗，抚豫时，为忌者所中，落职。今上登极，以副都统衔授驻藏大臣，竟殁于藏。余为位而哭，服心丧者累年。"[②] 这段记载也算是对文干生平经历的补充。

在藏的主要事迹有，道光元年（1821）十一月，哲孟雄（锡金）部长来藏熬茶，妄求地方人口。又向噶勒丹锡勒图萨玛第巴克什禀恳或赏给帕克里营官之缺，或将所属卓木族卓百姓及卓木雅纳绰松百姓赏给其管理。文干奏明了道光皇帝，并照旨意严行驳斥，并拟定其八年来藏一次，[③] 同时赏其一定银物，以示体恤，做到了恩威并举。

九世达赖喇嘛于嘉庆二十年（1815）圆寂。道光二年三月，驻藏大臣文干在大昭寺主持第十世达赖喇嘛的金瓶掣签仪式，经金瓶掣签确定在理塘仲夺地方转世的阿旺罗布藏降巴丹增楚臣嘉木错巴桑布为第十世达赖喇嘛，并迎其至布达拉宫坐床，赏达赖之父布藏年扎头品顶戴。[④]

道光二年（1822）闰三月癸巳，驻藏大臣文干等奏："后藏粮员向派佐杂微员管理，多有侵亏情弊，请与前藏及各台粮员一律派委州县丞倅。道光皇帝允准。九月，据文干奏：查明后藏定本私顶冒充情弊，请将该处管代本及监管营弁分别降补议处。旨：前后藏设立如本、甲本、定本各弁，遇有缺出，向由驻藏大臣考验补放。"[⑤]

文干著述，据清人恩华纂辑的《八旗艺文编目》记载，别集类有《精

① 《清宣宗实录》卷六，第 141 页。
② （清）沈涛撰《交翠轩笔记》卷二，上海古籍出版社，1985，第 12 页。
③ （清）蒋良骐撰，鲍思陶、西原点校《东华录》道光卷四，齐鲁书社，2005，第 5 页。
④ 牙含章：《达赖喇嘛传》，第 78-79 页。
⑤ 《清宣宗实录》卷四四，第 776 页。

勤堂吟稿》不分卷。据《清人别集总目》记载：《壬午纪程诗》道光年间刻本，藏于中国国家图书馆；《纪程诗钞》三卷，道光九年刻本，藏于中国科学院图书馆；《精勤堂吟稿》不分卷，道光二十年刻本，藏于国家图书馆、辽宁省图书馆。[①] 另据《清人诗文集总目提要》载："《精勤堂吟稿》一册，不分卷，道光二十年刻，中国国家图书馆藏。前有汤金钊序，凡诗八十八首，皆嘉庆十九年前后所作。别有《纪程诗钞》三卷，道光间刻，中国科学院图书馆藏。此古今体诗，以庚、辛、壬分卷，嘉庆二十五至道光二年任驻藏大臣时所作，共二百九十九首。"[②] 另据吴丰培先生的《川藏游踪汇编·跋》中转录文干弟子杨学韩言，集中"记乌斯藏山川险阻，边塞之荒寒，三载驰驱，不遗闻见"[③]。诗记旅途见闻、西藏人事及驻藏生活，多史志所未载。门人沈涛的《交翠轩笔记》也称，"余尝求其遗稿，不可得"[④]，知其所著早为稀见之书。文干在藏期间的奏牍，已与帮办大臣灵海的会奏之稿，收录入吴丰培先生辑的《清代藏事奏牍》中。

《清诗纪事》选文干的诗《冷碛作》《春堆道中》。《清人诗集叙录》选文干的藏事诗《二十七日过丹达山》、《皮船》、《班禅处借用穹庐，周围上下及床几铺陈皆饰五色锦，北地所未睹也，余名之曰：云锦窝。志一绝于孜陇行次》、《十一日那尔汤寺咏物四首》（《水晶拄杖》《罗汉革鞋》《古铜磬》《古玉搔》）共七首。[⑤] 吴丰培辑的《川藏游踪汇编》将《壬午赴藏纪程诗》五十五首全部收录，集后有吴先生撰写的《壬午赴藏纪程诗·跋》。赵宗福的《历代咏藏诗选》收录文干的藏事诗《嘉玉桥晓发经得贡喇山》《经三叉路至长松》《题热水泉》三首。高平的《清人咏藏诗词选注》共选文干藏事诗十一首，且全部来自《壬午赴藏纪程诗》。

二　《辛巳纪程诗》与《壬午纪程诗》的内容与价值

文干著《纪程诗钞》共三卷，记录了从京城出发至西藏的山川、道

① 李灵年、杨忠主编《清人别集总目》，第217页。
② 柯愈春：《清人诗文集总目提要》，第1004页。
③ 吴丰培辑《川藏游踪汇编》，第260页。
④ （清）沈涛撰《交翠轩笔记》卷二，第12页。
⑤ 袁行云：《清人诗集叙录》，第1826~1828页。

路、气候、民俗等，前后共历三载，其间所见所闻大多有记录。卷一为《庚辰纪程诗》，自嘉庆二十五年（1820）十月二十一日自良乡驿馆始，经燕赵、河洛、秦中、栈道，年底达雅州府，诗共有一百四十一首。卷二名为《辛巳纪程诗》，共一百零八首，诗从《自雅安经打箭炉》《贡竹卡》《折多山》《东俄洛》《麻盖宗》《札雅》《察木多》《达隆宗》《甲贡》《乌苏江》，于道光元年（1821）三月初十抵达前藏。因此，驻藏大臣文干今存藏事诗为卷二《辛巳纪程诗》部分及卷三《壬午纪程诗》全部，共六十九首。

（一）《辛巳纪程诗》的内容概括

第二卷《辛巳纪程诗》主要记载从四川雅州起，川藏一途山川的险峻、物产的奇异。如《冷碛作》云：

> 山势周四围，溪喧绕其麓。环山一径窄，沿溪数往复。临崖猿欲眩，赴壑蛇惊伏。俯仰随凸凹，向背异温肃。时逢负贩者，茗荈压筠篚。采樵三两辈，柴担杂松竹。问客独何为，劳形远驰逐。邮亭依冷碛，小憩午茶熟。槛外素屏张，冰岩挂雪瀑。适来所历境，崎岖犹在目。已知行路难，且作画中读。①

冷碛今在四川甘孜藏族自治州泸定县冷碛镇，位于川西北二郎山西麓、界于邛崃山脉与大雪山脉之间，大渡河由北向南纵贯全境。此诗写冷碛山势环绕，山路崎岖险仄，由于天气寒冷飞瀑形成巨大的冰幕，挂在山崖上，颇为壮观。如此崎岖的山路上还能碰见背着很重物品的小茶贩、樵夫，可见他们的生活是多么的艰辛。整体看来，画面还是很优美的。从此诗看，文干的写景诗，在写景中融入了对人生意义的思考。

与《冷碛作》写景风格接近的还有《二十七日过丹达山》，诗云：

> 早程初辨色，峭壁已逼面。奥区绝恒蹊，仄径萦一线。林端羲驭升，山腰螺髻转。群峰皆在下，蚁垤四周遍。绝顶有化城，频年积冰

① （清）文干撰《纪程诗钞》卷二《辛巳纪程诗》，道光九年（1829）刻本。

霰。今春雪半消，结构尚隐现。晴和快登陟，高迴惬流眄。度岭势陡落，白昼忽昏暗。来兮神飞扬，噫气迅奔电。云车竞辐辏，玉戏斗巧便。晦明俄倾易，寒燠刹那变。山灵盖有意，非以奇自炫。亦即许攀跻，勇上容迂狷。不睹光怪迹，讵豁拘墟见。冥冥敢臆测，窃窃感神眷。归期幸不远，愿秉心香荐。①

丹达山，即今西藏昌都市边坝县南夏贡拉。据《卫藏通志》卷三“山川”条：沙工拉山“一名丹达山，过丹达塘十五里，上山颇侧难行，俯临雪窖，西望峭壁摩空，中一小沟，蜿蜒而上，凛冽冰城，刺肌夺目，少有微风，断不可过。有丹达神庙”②。山岭陡峭，峭壁逼面，已是春天，但是丹达山上积雪仍未融化。如此之景应使诗人产生不愉快。诗后注“山顶雪城，屡著灵异”，但诗人借丹达山神的传说将山中晦明变化之景写得奇幻多姿、光怪陆离。虚实相结合，华美的辞采在铺排描写中添加了几笔浪漫的色调，使丹达山之景达到形神兼备的效果。

与以上两首诗相比，文干的《嘉玉桥晓发经得贡喇山》则写得清新隽永，足见诗人在写景方面高超的驾驭能力，诗云：

桥下春溪泻碧油，桥边山影带溪流。横溪壁立山殊峭，磬路千盘到上头。③

嘉玉桥在今西藏昌都市洛隆县嘉玉乡。《西藏图考》卷三记载：“嘉裕桥番名三坝桥，一作三巴桥，一作嘉玉桥。有碉房、柴草。两山环抱，一水中流，天气暄和，土地饶美。”④ 此诗写道，嘉玉桥下如“碧油”般的溪水在流淌，山影斜倚桥边溪水，桥的对面峭壁横立，一条弯弯曲曲的小路延伸到山顶。好一幅藏地春景图，令人神往。赵宗福先生评文干的诗说：“文

① （清）文干撰《纪程诗钞》卷二《辛巳纪程诗》，道光九年（1829）刻本。
② 《西藏研究》编辑部编辑《西藏志　卫藏通志》，第200页。
③ （清）文干撰《纪程诗钞》卷二《辛巳纪程诗》，道光九年（1829）刻本。
④ 《西藏研究》编辑部编辑《西招图略　西藏图考》，第93页。

字清丽浅淡，时有独到意境。”① 赵先生这两句评价，准确地概括了文干的写景诗的特点。除了写景诗，文干的咏物诗也用笔细腻，所咏之物，形神兼备，妙趣横生。

文干在入藏途中不但写了大量的写景诗，还生动细致地描述了藏地特有的物产，如《皮船》云：

> 独木刳为舟，辽沈睹厥制。云何以皮蒙，藏江实利济。圆同竹筥编，方与荆筐俪。牛革取坚韧，周遭固结缔。汤汤西逝波，石激作怒势。寻常春水船，一触患非细。唯兹恃无恐，义取刚柔制。撇漩划短桡，惯捷不留睇。须臾登彼岸，未要缆絙系。久浸虞渗漏，力偌一夫曳。卓夫趁晴晖，晒向平沙际。但教犀甲劲，奚让鹢首丽。乃知天下物，适用贵调剂。笑彼无益毛，徒烦剔毹毲。②

这是一首咏物诗，诗中对藏地皮船进行了细致刻画，形态毕现。乾隆五十六年（1791）随福康安大军入藏征讨廓尔喀的随军文员杨揆也写过《咏皮船》③（详见杨揆藏事诗一节）诗一首，就目之所及对藏地“皮船”描写翔实、细腻程度，这两首诗应不分伯仲。文干这首诗，在细致描摹皮船形貌的同时，将“刚柔相济”的哲理融于诗中，情、景、理和谐相融，最后扩展主题，“乃知天下物，适用贵调剂”。

（二）《壬午纪程诗》的内容与思想

卷三为《壬午纪程诗》，又名《壬午赴藏纪程诗》，共五十五首。《江孜阅兵》《扎什伦布》《过那尔汤寺至冈闲寺》《由后藏取道嘉汤》等诗篇，记载了西藏古迹形胜，比附俪语，具有一定的文献价值。《历代咏藏诗选》选其中的《经三叉路至长松》与《题热水泉》两首。高平的《清人咏藏诗词选注》共选其诗《十七日曲水至巴资》《十八日白地》等十三首。

---

① 赵宗福选注《历代咏藏诗选》，第 193 页。

② （清）文干撰《纪程诗钞》卷二《辛巳纪程诗》，道光九年（1829）刻本。

③ （清）杨揆撰《桐华吟馆卫藏诗稿》，吴丰培辑《川藏游踪汇编》，第 149 页。

《壬午赴藏纪程诗》是驻藏大臣文干以纪行诗的形式记录他自道光二年（1822）八月十六日至九月十九日巡阅后藏时的所见所闻。具体说来有如下几个方面的内容。

1. 描绘西藏岁和年丰的生活画面。《十七日曲水至巴资二首》其二："父老携幼童，欢迎马首前。佛慈皆帝力，鼓腹话丰年。"诗人其后自注云："唐古特百姓，谓达赖喇嘛出世，乃获丰年，皆大皇帝之赐也。"[①] 这也是自乾隆五十七年（1792）福康安大军打败廓尔喀之后，经过数十年的休养生息，后藏百姓已安居乐业，此诗展现出藏民族对中央政府的感激之情。"毡帐蠲供给，蛮乡解送迎。愿将和乐意，遍洽尔边氓。"（《十九日早发浪噶资宿》）见到这一切，诗人也大为欣喜，表示要励精图治，把这种和谐美好的关系延续下去。如《二十三日白郎口占四首》更是用组诗的形式来描绘这种藏内安定、百姓安居乐业的生活场景。

其一：

野阔田畴辟，秋成刈获饶。壶浆迎道左，一一拜星轺。

其二：

深感使君情，年来赋役轻。请看鸿雁集，逋户尽归耕。

其三：

使君笑相答，此是佛慈悲。更为父老说，岁丰节俭宜。

其四：

布施积福德，而曹皆佛子。还应计盖藏，永永室盈止。[②]

① （清）文干撰《纪程诗钞》卷三《壬午纪程诗》，道光九年（1829）刻本。
② （清）文干撰《纪程诗钞》卷三《壬午纪程诗》，道光九年（1829）刻本。

前两首写丰收后，藏族百姓对驻藏大臣一行的欢迎；后两首，诗人认为要使藏内永远安定、岁岁丰足的话，既要倡导节俭，又要驻藏官员与达赖、班禅一道继续实行惠政，尽量少摊派乌拉、少加课税。《孜陇即目》云："稞麦登场早，今年霜又迟。秋阳午余热，晒谷最相宜。"[①] 此篇也是写丰收年景的，突出诗人作为驻藏大臣对藏地农业收成的关心。当然也有如《十五日早行》："一夜秋霜重，微冰结水湄。寒岩留宿霭，红树占朝曦。行色萧疏甚，番情惠爱宜。悯农减徭赋，民隐使君知。"[②] 描写后藏一些地方百姓生活颇为窘迫，诗人也及时地减轻了他们的赋税。

2. 叙述前后藏驻军勤于操演的场景。乾隆五十八年颁布的《钦定藏内善后章程二十九条》，其第十三条规定："驻藏大臣每年分春秋两季出巡前后藏各地和检阅军队。各地汉官和宗本等，如有欺压和剥削人民事情，予以查究。"[③] 此后，驻藏大臣都有在春秋巡阅前后藏的规定，巡阅的目的，除了查阅施政与百姓生活，还有一项便是检阅各地特别是要塞驻军的训练情况。是集中文干也多次描写了阅兵场面，如《二十二日江孜阅兵》：

> 肄武乘农隙，边陲一旅疆。骅骝腾晓日，鹰隼击秋霜。成列欢鼙鼓，观仪肃堵墙。阵图参以变，师律守其常。组练军容饬，雷霆士气扬。指挥嘉用命，训习勖知方。凫藻情俱洽，鱼丽法并详。令申惩劝著，有备靖蛮疆。[④]

此诗描写诗人江孜阅兵的情况。从军容可知这支军队时常在操演，很有战斗力。诗的最后说："令申惩劝著，有备靖蛮疆。"赏罚严明，时常操演军队，以戈止战，才会使边疆永远安宁。类似的诗篇还有阅兵后给军队统领的训话之辞《二十五日阅兵示后藏代琫如琫之作》，强调军队训练重要性的诗篇《二十六日演行阵》《初五日阅操毕赏赉汉番官兵示意》，具体描写操演阵法的诗篇有《初四日定日阅操》。

---

① （清）文干撰《纪程诗钞》卷三《壬午纪程诗》，道光九年（1829）刻本。

② （清）文干撰《纪程诗钞》卷三《壬午纪程诗》，道光九年（1829）刻本。

③ 牙含章：《达赖喇嘛传》，第 67 页。

④ （清）文干撰《纪程诗钞》卷三《壬午纪程诗》，道光九年（1829）刻本。

3. 描摹藏地云谲波诡的自然风貌。如《十八日白地》："崎岖都阅历，那复惮途遥。眼界宽仍拓，心旌险不摇。峰兼云万叠，海亦日三潮。卓帐依林坞，西风木叶飘。"其诗后自注："前后藏俗称海子者，皆小小川流耳，此海子水面不过数里，而日夜三潮，亦如江海上潮之应乎时刻，可谓奇矣。"[①] 峰顶云雾缠绕，如江涛滚滚；湖水潮起潮落，变幻莫测。突出了西藏自然景观的奇特。而《二十日宜郊》云："峰插碧天秋，溪寒响更幽。使君心似水，喜见水东流。"其后自注："前藏河水皆西流，至曲水以西，则转而东流，朝宗之势，固无二也。"[②] 这首诗的前两句亦如上一首诗，突出了山峰的高大、险峻，然后由山转向写山间的幽幽溪水，刚柔相和；后两句写诗人作为驻藏大臣，看到西藏归附清廷的大势所趋与喜悦心情。其诗句"回峰衔落日，枉渚带平滩"（《二十九日萨堆》），描写险中带奇，更有韵味。再如《二十一日春堆道中》：

> 晓行月未落，西岩隐半魄。霜重马蹄轻，蹴踏岩际石。泉幽谷口迸，径曲山骨折。崎岖荦确间，凿空乘其隙。容足路一线，骇心壑千尺。揽辔纡徐行，敢云纵所适。向午下岩脚，平溪湛秋碧。卓帐临水湄，波光照倦客。拾柴煮邛茶，小憩尘劳迹。[③]

山路险仄，沟壑深千尺，泉水从山谷间奔泻，到中午之时，诗人一行在秋色斑斓的山岩下溪边憩息。还有对藏族村落的描写的诗篇，《二十八日花寨子》云："有山无不童，有水无不驶。山抱水回环，中有花寨子。临溪卓行帐，煮茗挹清泚。延眺山之阿，何年遗壁垒。"[④] 此诗描写山水环绕着的村寨，好一幅宁静的田园山水画。诗人作为驻藏大臣，看到藏区的百姓生活如此温馨，欣赏着这一切，再临溪挹清澈的溪水来煮茶，缓解一天的疲劳，是多么的惬意啊！类似的诗篇还有《九月初一日经三叉路至长松》。

其一：

---

① （清）文干撰《纪程诗钞》卷三《壬午纪程诗》，道光九年（1829）刻本。
② （清）文干撰《纪程诗钞》卷三《壬午纪程诗》，道光九年（1829）刻本。
③ （清）文干撰《纪程诗钞》卷三《壬午纪程诗》，道光九年（1829）刻本。
④ （清）文干撰《纪程诗钞》卷三《壬午纪程诗》，道光九年（1829）刻本。

九秋风景揽清华，小队巡行诫勿哗。山外山疑云万叠，歧中歧认路三叉。微聆琴筑鸣幽涧，缓步篮舆踏浅沙。午倦正宜毡帐卓，新泉活火煮蒙茶。

其二：

天光水影湛清晖，慰我尘劳兴不违。芜草牛羊回牧梦，平滩鸥鹭见人飞。欣欣番户仓箱裕，落落荒陬斥堠稀。百廿里程凭约略，长松小驻夕阳微。①

这两首也是从秋风、万山、云海、天光、水影、沙鸥等描写藏地秋天特有的空旷与明朗。而这些写景的诗句其感情基调是喜悦的，当诗人巡阅后藏看到家家富足，仓储有盈余，不禁喜上心头，也暗含诗人对百姓冷暖的关心。

4. 记录西藏寒冷而混沌不清的气候。其中《十九日早发朗噶资宿》云："今日平沙路，肩舆趁晓行。秋分寒气薄，日上暖烟轻。"② 这与驻藏大臣和琳《西招四时吟》其三中的诗句"南山看雾起，雷为雨吹嘘。淡淡秋无迹，淙淙夜不虚"极为相似，也写入秋以后，天气反而很暖和的高原气候特征。

而《大风》篇云："黑风入夜声怒号，汹如万顷之波涛。毡庐布帐舟不系，掀翻客梦飞江皋。……侵晨更度西岭去，寒吹刮面犹萧骚。"③ 既写了藏地入夜以后的狂风，又从另一个侧面写了气候之恶劣。

另外，诗人笔下的咏物诗也写得极有藏地特色，读来令人耳目一新。如《三十日玛迦题蒙古包》："小小毡庐矮矮门，略携家具备饔飧。木兰校猎曾随扈，日日移居似者番。"木兰（Muran），满语，意为"鹿哨子"或"哨鹿围"。原本是捕鹿时使用的一种工具，以桦皮或树木制成，长二三寸，状如牛角喇叭。清代在河北省承德市辟出专门的土地，供皇帝打猎，久而久之，这个围猎地也被称为木兰围场，简称木兰。者番，解释为这

① （清）文干撰《纪程诗钞》卷三《壬午纪程诗》，道光九年（1829）刻本。
② （清）文干撰《纪程诗钞》卷三《壬午纪程诗》，道光九年（1829）刻本。
③ （清）文干撰《纪程诗钞》卷三《壬午纪程诗》，道光九年（1829）刻本。

番、这次。这首诗描写了蒙古包的轻巧，而由蒙古包便想起自己跟随天子围猎的经历。又如《题热水泉》："气郁流黄热水泉，澡身闻说疾能蠲。相逢惜在蛮荒地，不与华清品目传。"[①] 描写了藏地的地热泉，更是发出感慨，因生活地之别，所以藏地的地热泉虽然功能价值不输华清池，但并不为外界所知，诗中融入了人生哲理。另有《十一日那尔汤寺咏物四首》，分别对佛寺中的水晶拄杖、罗汉革鞋、古铜磬、古玉搔进行歌咏，表达对寺院圣物的新奇感。

总之，对西藏山川景物的勾勒，表达了诗人对祖国西陲边地的热爱；对藏地农业丰产、百姓乐业的颂扬，也反映了诗人作为驻藏大臣，对边民的关爱以及对政令畅达的肯定。还有对阅兵场面的描写，表现了诗人对边地安宁的重视。虽然吴丰培先生在跋中说文干"嘉庆二十五年任驻藏大臣，道光三年殁于任所。其官藏时，无多政绩"[②]。其实，从文干后藏巡阅的纪程诗看来，当时藏内安定，百姓乐业，作为驻藏大臣的他，从其诗句里能看得出来，他是热爱西藏，关心百姓疾苦的，同时也及时操演军队，巩固边防，这些在和平时期的举措，是进一步维护与增添边地百姓对中央政府的向心力，这便是最大的功绩。

三　文干藏事诗的艺术特性

文干弟子沈涛评其诗文成就，认为："中丞（文干）熟精《选》理，诗笔陵轹鲍、谢。"[③] 鲍照与谢灵运同为南朝宋元嘉时期著名诗人，他们的诗歌注重描写山水，讲究对仗和辞藻。鲍照山水诗的特征是将山水置于秋冬季的大背景中，突出险山恶水，渲染悲凉、孤独的诗情；谢灵运也是将山水作为独立的审美对象进行观照，创作上讲求生动细腻地刻画景物，具有富艳精工的风格特点。沈涛的评价虽然言过其实，但可见文干在山水诗创作上是有一定成就的。吴丰培先生评价文干藏事诗："今读其诗虽平淡，而记旅途见闻，景物宛在，不失为有用之作也。"[④] 而赵宗福先生的评价

---

① （清）文干撰《纪程诗钞》卷三《壬午纪程诗》，道光九年（1829）刻本。

② 吴丰培辑《川藏游踪汇编》，第260页。

③ （清）沈涛撰《交翠轩笔记》卷二，第12页。

④ 吴丰培辑《川藏游踪汇编》，第260页。

"文字清丽浅淡，时有独到意境"，此评应该较为中肯。综合如下。

首先，描写见闻，表达性情，在质实平淡中能感受不寻常。品其诗使人如身在藏地山水间，一切藏地景物、百姓的生活宛若在眼前，诗看似平淡，却是诗人真实的体验，如："流观山水胜，抒写性情多。奇赏穷幽渺，遐心寄啸歌。"（《十七日至曲水》）而《十三日由后藏取道嘉汤》道："葺屋蛮村小，登场稼事齐。鸟犍长短陌，秋暮正翻犁。"① 只寥寥数句，便勾勒了一幅秋日藏族村落的稼穑图。

其次，将人生况味融于诗，使其诗具有了更深的哲理探究。《十七日曲水至巴资》其一云："划桨皮船稳，桥悬铁索危。解人何处索，今古一心知。"② 高平先生在此诗题记中说："人生不亦如涉山水？有'稳'有'危'。今古一心知，颇藏禅意。"③ 大概是只有经历过风险的人，才知道"稳""危"的道理与滋味。类似的诗句有"相逢惜在蛮荒地，不与华清品目传"（《题热水泉》），由于出生地的不同，藏地热水泉寂寥冷落，华清池却美名远播。还有"迹已穷幽阻，归程觉坦夷。正如食橄榄，唯美在回时"（《十八日业党》），此诗反映了远行游子普遍的心态。还有《咏皮船》一首，将"刚柔相济"的哲理融入对藏地皮船功用和效能的描述中。而且从以上诗句中景与理的密切融合程度来看，的确比谢灵运山水诗在诗后赘玄理的尾巴要胜一筹。

最后，善于写景，通过写景来表达其闲适、恬淡的心境。前文已论述的《二十七日过丹达山》，虽然丹达山也是清人入藏的第一险，但诗人描写时的心情并不消沉，反而诗风更为奇幻、浪漫，但就这点来说，确实与鲍照写景诗有很大的不同。

整体而言，文干诗通篇写景的不多，但诗篇的前半部分写景的较多。《二十一日春堆道中》："向午下岩脚，平溪湛秋碧。卓帐临水湄，波光照倦客。拾柴煮邛茶，小憩尘劳迹。"④ 还有《九月初一日经三叉路至长松》：

---

① （清）文干撰《纪程诗钞》卷三《壬午纪程诗》，道光九年（1829）刻本。

② （清）文干撰《纪程诗钞》卷三《壬午纪程诗》，道光九年（1829）刻本。

③ 高平编注《清人咏藏诗词选注》，第168页。

④ （清）文干撰《纪程诗钞》卷三《壬午纪程诗》，道光九年（1829）刻本。

“微聆琴筑鸣幽涧，缓步篮舆踏浅沙。午倦正宜毡帐卓，新泉活火煮蒙茶。”① 以上诗句，写景、煮茶，皆表现出一种在旅途中的闲适心境。因为此次是诗人作为驻藏大臣的例行秋巡，并无大事，只是查阅，所以边走边看，累了就休息。

如下写景句，“峰插碧天秋，溪寒响更幽”（《二十日宜郊》），“今日朝晖净，千崖暖霭浮”（《初五日阅操毕赏赉汉番官兵示意》），“横岭侧锋盘鸟道，回汀曲渚绕羊肠”（《初八日晓发玛迦》），则是更加突出了后藏山峰险幽，路途难行的事实，好在一路溪水相伴，内心并不孤独。诗风清朗。

语言方面整体比较平实，多写眼前景、心中语，但偶有不寻常语。如《十四日窟窿琅玺道中暖甚》中云：“西迈寒飙拂，东归暖旭迎。随阳一行雁，极目碧天横。”② 诗中“碧”字，点明了高原明亮湛蓝的天空之色。“回峰衔落日，枉渚带平滩”（《二十九日萨堆》），一“衔”一“带”字，把巨峰间的落日、小岛与沙滩的相依关系，写得极为壮美。从文干的《纪程诗》看，各体兼备，有古体长诗，也有近体诗。整体看来，短小精悍的绝句比较多，更显示出纪程诗随行随记的特性。

第二节　瑞元及其藏事诗

瑞元，驻藏任帮办大臣，即驻藏副大臣。其在藏时间为道光二十四年五月庚寅至二十六年四月庚戌（1844 年 7 月至 1846 年 5 月），后迁转为科布多参赞大臣。瑞元在藏期间的驻藏大臣为琦善。姚莹《康輶纪行》“瑞都护”条诗评其为：“文采风流传世德，冰壶朗抱动高吟。海西已上筹边论，天外空怀报国心。白首征车惭历碌，青衫薄宦任升沉。相逢郭达山前路，秃发欢迎降节临。”③ 诗中对瑞元的文学才能、高洁的人品、炽热的爱国情怀作了高度评价，同时诗中也暗喻自己被无端贬谪后的苦闷与不平。

---

① （清）文干撰《纪程诗钞》卷三《壬午纪程诗》，道光九年（1829）刻本。
② （清）文干撰《纪程诗钞》卷三《壬午纪程诗》，道光九年（1829）刻本。
③ （清）姚莹著，欧阳跃峰整理《康輶纪行》，第 19 页。

一　瑞元与《少梅诗钞》

瑞元（1794~1853），字容堂，号少梅，栋鄂氏，满洲正黄旗人，铁保（号梅庵）之长子。幼受母教诲，三年即能诗。道光元年（1821）辛巳举人，以荫官刑部员外郎，九年，随都督升寅出使银川，后出使云贵。道光十四年，官嘉兴知府。道光十六年，擢升为福建督粮道。道光十七年任山西按察使，擢布政使。道光二十一年，以副都统衔任乌什办事大臣。道光二十四年五月庚寅，由哈密办事大臣命往藏办事，接钟方为驻藏帮办大臣。[①] 道光二十六年，任科布多参赞。咸丰二年，为湖北按察使，太平军攻克武昌后，自杀身亡，年五十九。赐恤晋赠太常寺卿，谥号端节。

杨钟羲《雪桥诗话三集》云："瑞容堂少受学于顾郑乡，以秋曹出知嘉兴。君廨梅花百本，乃康熙间郡守阎公尧熙所种。所记嵌壁间者，后郡守姚公淮也。岁久，半已摧折，容堂师重补数十株。上元前后，一望如雪。衙斋甚清旷，间有古树，啄木鸟其上，殊有山林间意。西廊设茶寮，不禁游客。曾以二绝句纪之。……鸳湖书院桑弢甫主讲时，曾以《君廨梅花》试士，厉樊榭诸人唱和甚夥。容堂延黄霁青来主此席，于月课外，增古今体诗，亦裒然成集。容堂大节凛然，未尝不留意文翰也。"[②] 这段描述从诗人曾任嘉兴知府时补种君廨梅花说起，表明瑞元生性爱梅花，有梅花般的气节，这恰好与他人生以悲壮作结相呼应。同时，杨钟羲还言，瑞元不但大节凛然，而且有文学成就。

另见瑞元相关信息的还有：顾寿桢为其撰写的《神道碑》，见《孟晋斋文集四》；宗稷辰撰写的《家传》，见《躬耻斋文钞九》；沈濂撰写的《书事》，见《濂溪文存下》。

瑞元驻藏帮办大臣任上的主要事迹如下。

其一，仍遵循《钦定藏内善后章程二十九条》之第十三条规定，例行巡阅后藏，查看各地民情，检查边塞守卫情况，操演驻守军队。道光二十四年（1844）闰五月，据瑞元奏："自前藏起程赴后藏三汛，校阅营伍，

① 《清宣宗实录》卷四〇五，第70页。

② （清）杨钟羲撰，雷恩海、姜朝晖点校《雪桥诗话全编三》卷十二，第2003页。

防询各处边界，均属安靖。惟三汛所管地方，尚有偏僻捷径数处可通外番，即分饬该管员弁，一体留心防范，毋得以山路崎岖遂行疏懈。”①

其二，协助驻藏大臣琦善盘获法兰西人。

其三，办理乍丫（即察雅，在今西藏察雅县东。原系乍丫呼图克图地，属驻藏大臣管辖。1912 年设察雅县。位于西藏自治区昌都市东南部，北连昌都市卡若区）地方未结之案，阻滞官兵出本境一事。具悉，此次阻滞官兵，实因本年委员前来查办夷案，回川时给有印结为据，其内称，六、七月间定有委员前来查办，若逾期或断路滋事，不与伊等相涉。② 百姓为此不敢支应乌拉。瑞元行抵察木多（昌都古称），查悉换防弁兵被阻情形，随将乍丫大呼图克图传至寓所，晓以利害，饬令速催各站预备乌拉，该呼图克图始悟前非，当即饬令各站将官兵速送出境。其次，此次换防官兵阻滞两月有余，所需口粮盘费，已由瑞元饬令察木多粮员，每名借给银三两，俟到防后作三个月扣还。此事件在诗人的诗篇《乍丫夷案未结，阻官阻兵，余到后多方开导，虽知畏惧，备办乌拉将官兵送出本境，而希冀之想不言自喻，羁滞半月偶题馆壁》③ 中有描述。

瑞元之弟瑞恩整理其在嘉庆十九年（1814）至道光二十九年（1849）诗六卷，名为《少梅诗钞》，又称《十六砚斋诗钞》，共一千余首，由会稽顾廷纶、侄张廷济、越岘宗稷辰、门人崔光笏、弟瑞恩等序。该集为咸丰四年（1854）刻本，今存中国科学院图书馆。光绪三年（1877）刻本今存贵州省图书馆、国家图书馆、安徽省图书馆、辽宁省图书馆。④ 今《少梅诗钞》六卷又见《清代诗文集汇编》，其中各卷以《省余诗草》《皇华吟》《槜李联吟》《玉门继钞》《客藏吟》《北游草》为名，瑞元生平踪迹遍寰中，诗多道未经人语。卷一出山海关《塞外杂诗》，卷二咏晋陕、夏州、云贵山水及作于湖南军营诗，卷三浙闽诗，俱以质实为胜。卷四出嘉峪关后所作，多状写少数民族风土人情。⑤《回部竹枝词》有云：“紫葚甘瓜分

① 《清宣宗实录》卷四三〇，第 384 页。
② 吴丰培、曾国庆编撰《清代驻藏大臣传略》，第 165 页。
③ （清）瑞元撰《少梅诗钞》卷五，《清代诗文集汇编》585 册，第 81 页。
④ 李灵年、杨忠主编《清人别集总目》，第 2307 页。
⑤ 袁行云：《清人诗集叙录》，第 2334 页。

外肥，家家大嚼不知饥。每逢庆贺惟抓饭，羊胛烹来密密围。”① 道出了新疆的物产与民族生活习俗。《吐鲁番车中作》云：“天气骤然暖，火州名此疆。草茵都着绿，柳线已抛黄。沙井泉源畅，晴岩鸟语忙。征衣轻最得，检点入行囊。”② 尚有《石燕歌》《孔雀》《乌什书事》《重出玉关》《甘肃道上杂咏》等篇。

其中卷五最丰富，内容主要是记述西藏政治、宗教的，有《布达拉》《喇嘛篇》《逻娑书异》《磨盘山》《登扎什伦布》《攒招》《与达赖喇嘛班禅晤谈》《乐些言》《谒丹达王庙》等篇。记载西藏山川风土的，有《卫藏踏青竹枝词》《喇嘛鸳鸯》《拉达述见》等篇。《抵藏四律》有云：“沿门彩胜竿头系，满路经文石上镌。”自注：“家家俱用五色绸系于竿上，谓之吗呢竿子。蛮家不修庙宇，以石子雕刻经文，满地堆砌。”③《拉萨形势二十韵》有云：“云磴重重出，绳桥历历悬。”自注：“土人以绳系两岸，中穿竹筒，每遇人渡河，将绳斜侧，人执竹筒顺势而下，即可登彼岸，谓之溜筒。”④《蛮丫头竹枝词》中自注云：“女以善贸易、识戥秤、理家务为善，不拘闺训，不学女红，凡生育以女为幸。”⑤

卷六收录诗人任职蒙古科布多参赞期间所作的诗，其中有关官况、官衙周围的环境、物产、贡品、民俗描写尤为翔实。总之，《少梅诗钞》“多写晋陕、云贵、浙闽、蒙藏等地的风物人情”⑥。

二 《少梅诗钞·客藏吟》的内容与思想

《少梅诗钞》卷五《客藏吟》为诗人驻藏帮办大臣任上所写，共234首。内容涉及西藏的政治、宗教、山川、风俗等诸多方面。从《客藏吟》开头的数首诗看，诗人入藏的心情极为沉重，奉命行事，实属无奈。如《赤金峡行馆感赋》道：“倦游最怕听骊歌，西域年年走一过。到此风尘如

① （清）瑞元撰《少梅诗钞》卷四，《清代诗文集汇编》585册，第50页。
② （清）瑞元撰《少梅诗钞》卷四，《清代诗文集汇编》585册，第50页。
③ （清）瑞元撰《少梅诗钞》卷五，《清代诗文集汇编》585册，第58页。
④ （清）瑞元撰《少梅诗钞》卷五，《清代诗文集汇编》585册，第63页。
⑤ （清）瑞元撰《少梅诗钞》卷五，《清代诗文集汇编》585册，第63页。
⑥ 柯愈春：《清人诗文集总目提要》，第1298页。

我少，可知关树识人多。远驰驿路无非债，雄历山川总是魔。此又身经康卫藏，抛开眷属学沙陀。”① 自注云：“昌都为康，拉萨为卫，扎什伦布为藏。”又如《七月十九日重入玉门关》：“毕竟生平迹太孤，儒臣边吏本殊途。少梅今日几来往，惟有三关识得吾。”② 看似在自我调侃，实则在发泄长期任边的不满情绪。《兰州行馆两度春秋送眷属回京》也表现了送眷属回京，孤身入藏的不舍与复杂心情。还有《抵藏四律》其一云“风尘鞍马半年间”，诗后自注：“自七月初三日由哈密起身，至十二月十七始行到藏。”可见这次行程花了诗人近半年的时间。

（一）咏叹险仄难行的入藏道路

诗人到拉萨后，在《抵藏后回忆道路荒凉得诗一首》中道：“一出鱼通驿，凄清惊客心。雪埋荒径窄，风撼老林深。经阁碉楼列，蛮烟瘴雾侵。居然中外别，兴发有高吟。”③ 鱼通驿，即打箭炉。雪埋荒径、瘴气弥漫，寺院碉楼陈列，写的是诗人入藏路上的所见所感，给人整体印象是入藏道路萧瑟、荒凉，极为难行。为进一步说明藏路是天下最难行之路，瑞元特作一组七律《古人屡咏蜀道难，殊不知出打箭炉后山势险恶，更有十倍难于蜀道者，盖当时西藏尚未列入版图，故乏吟咏耳。余特补咏四律题曰“藏路难”》。

其一：

难莫难于蜀道西，巉岩日日苦登跻。阳光雪色夺双目，石齿苔华缠四蹄。人共访求朝佛路，我先寻觅上天梯。灵峰底是在何处，更使文公笑执迷。

其二：

危坡沙活难留步，狭路崖颓更费猜。牛背稳骑盘道上，马头高向

① （清）瑞元撰《少梅诗钞》卷五，《清代诗文集汇编》585 册，第 56 页。
② （清）瑞元撰《少梅诗钞》卷五，《清代诗文集汇编》585 册，第 56 页。
③ （清）瑞元撰《少梅诗钞》卷五，《清代诗文集汇编》585 册，第 61 页。

入云来。山登绝顶风常聚，日到中天瘴不开。投得一间蛮屋宿，窗残壁破对荒莱。

其三：

一万三千里数长，再从西去达西洋。摩空立壁杂冰雪，蔽日阴林屯虎狼。春气已深生意渺，秋风才见冷威扬。不同天地阴阳理，从古何人辟大荒。

其四：

瘴染岚薰气不胜，白云如絮一层层。遍山是石行须杖，隔水无桥渡用绳（自注：绳桥谓之溜筒）。著意黄泥藏鼠穴（自注：满地深窟俱系地鼠盗开，颇碍马足），相传碧海见龙腾（自注：拉里山下有海子，围圆五十余里，有人见触角龙跃出）。可怜多少人来往，只为西天自在僧（自注：达赖喇嘛封为西天大善自在佛）。①

以上第一首突出蜀道西边的藏路，雪封道路，雪色耀人双眼难行走；第二首重点写登山之路险仄、陡峭的特点，山中很荒凉，瘴气弥漫；第三首突出藏途的遥远、寒冷，山中阴森可怖；第四首进一步写藏途的难行。总之，诗人用四首七言律，多角度、多方面更立体地展示藏路之极端难行。而他的古体诗《居藏半年一切起居诸不相宜，回忆玉门关外直不啻天壤之别，感而有作》与上一首有异曲同工的感觉，同述藏路的艰辛：

昔为玉门客，感时频思家。羌笛怨杨柳，天山嗟无花。而我两来往，同是蒙风沙。既驰健蹄马，且驾高轮车。平平万里路，风景犹中华。自入秃发境，山程如盘蛇。临溪竟容足，断缺用木遮。雪城高危险，树窝深槎枒。绳桥乃溜竹，皮船同浮楂。艰苦遍已历，乃到天之

① （清）瑞元撰《少梅诗钞》卷五，《清代诗文集汇编》585册，第79页。

涯。无城并无郭，解骖入官衙。僧侪入参谒，服采灿若霞。过此即无事，临池学涂鸦。水土习未惯，寒暖序复差。惟食糌粑粉，滑腻和酥茶。香略同麦饭，味亦等胡麻。回忆住八城，转将回境夸。何时问归路，日日盼及瓜。①

乾隆皇帝曾谕："向来驻藏大臣往往以在藏驻扎视为苦差，诸事因循，惟思年期届满，幸免无事，既可更换进京。"② 因此，大多朝臣都不愿意赴藏任职，诗中完全可以看出这种心境。这首诗用对比手法，前十句回忆诗人两次去新疆途中的感受，用以衬托入藏的艰辛。以下二十六句都写入藏途中所经历的艰险，以及入藏后的各种不适应。可以说，他的山水诗将幽怨、思念洒满了字里行间，洒满了藏地的山山水水。于是乎，便有了极写思念的诗句："佛果有灵试一卜，可知归去在何时。"③

还有如下数首，也是从不同角度描写了入藏道路的难行，《乍丫书所见》云："阴岩横药瘴（自注：'药山有瘴气，过必喘气'），乱石郁苔斑。云没树复树，雪封山外山。只身天尽处，诗兴不容删。"④ 突出入藏道中瘴气弥漫。《西藏道上》云："一山行过一山横，七十余山不易行（自注：自打箭炉至藏有七十二山）。远拽竹舆牛力稳（自注：过山俱用牛牵），高盘云磴马蹄轻。泉流满地冰犹结，雪绽尖峰月正明。多少玉皇香案吏，亦曾砺碌逐蛮程。"⑤ 突出入藏道上山之多。《蛮程用儿延楷韵》云："远驰三竺路，最好趁秋晴。风磴晓霜色，雪桥流水声（后自注：积雪成冰，高有数丈。天暖则冰下流水，名曰雪桥）。峭峰人侧立，丛棘马穿行。咫尺去天近，烟云几处生。"⑥ 突出入藏道上雪之厚、峰之险。《察木多纪程》又云："危山行过半，日日在云峰。夹路子孙石，摩空罗汉松。雪崖深没马，阴涧暗藏龙。喜入昌都境，劳劳纪远踪。"⑦ 突出入藏道上山之

① （清）瑞元撰《少梅诗钞》卷五，《清代诗文集汇编》585册，第66页。
② （清）方略馆纂，季垣垣点校《钦定廓尔喀纪略》，第266页。
③ （清）瑞元撰《少梅诗钞》卷五，《清代诗文集汇编》585册，第63页。
④ （清）瑞元撰《少梅诗钞》卷五，《清代诗文集汇编》585册，第58页。
⑤ （清）瑞元撰《少梅诗钞》卷五，《清代诗文集汇编》585册，第58页。
⑥ （清）瑞元撰《少梅诗钞》卷五，《清代诗文集汇编》585册，第80页。
⑦ （清）瑞元撰《少梅诗钞》卷五，《清代诗文集汇编》585册，第80页。

高。通过对以上数首诗的理解，对藏路之难行便有了更深一层的体会。

（二）刻画庄严神秘的拉萨建筑

有关拉萨城和布达拉宫的建筑特征，记者沃德尔描述道："拉萨城在森林和林间空地之间，显得如同是一条狭窄街道和平顶房间的长带，到处都有寺院的圆屋顶和金脊的光芒……如果不把这座布达拉宫比作金字塔那样高大巍峨，那就可能再也无法把它比作任何其他建筑了。"① 1904 年 3 月入拉萨的日本求法僧人河口慧海眼中的布达拉宫与拉萨市则是："在山间平原终有座独立的山。在这个山顶上有座城，金色的建筑与太阳光交相辉映，闪闪发光。那就是拉萨法王的宫殿布达拉宫。离布达拉宫不远，有市街和寺院的屋顶，也放着金光，那就是拉萨市，从这里远望，显得很小。"② 可见，在晚清外国人眼里的拉萨，城市略显窄小，但布达拉宫的建筑令他们惊叹不已。布达拉宫与拉萨的街市在驻藏大臣笔下也屡有描述，瑞元在其诗《布达拉》中道：

> 灵峰缥缈不可攀，楼苔重叠霄汉间。俨然海上蓬莱岛，晶莹环拱金银山。佛能活兮惊夷众，佛转生兮居仙寰。至优极渥邀帝宠，边徼借以摄凶顽。巍巍纯庙圣容悬，宝炉一炷香飘然。瞻拜天颜礼既毕，后访达赖问生年。年仅六龄多智慧，维持黄教明四谛。前辈降生洪武时，神童递转十一世。生时闻有祥云见，十丈莲台花片片。不知花落到谁家，诞降蛮族甚微贱。生而能言知前身，尊崇奉之如天神。大番小番齐顶礼，生户熟户争贡珍。君不见，先知先觉来通款，不远万里驱风尘。数年始达发祥地，早知东土有圣人。③

题后自注："西番话，即普陀二字，为达赖喇嘛住持之山。"这首古体诗，先极力刻画布达拉宫的庄严恢宏，然后写十一世达赖的灵异，再写弘扬黄教对藏地的意义。这首诗中还记载了一个历史事实，即驻藏大臣入藏后，

① 〔瑞士〕米歇尔·泰勒：《发现西藏》，耿升译，中国藏学出版社，2006，第 272 页。

② 〔日〕河口慧海著《西藏秘行》，孙沈清译，新疆人民出版社，1998，第 197 页。

③ （清）瑞元撰《少梅诗钞》卷五，《清代诗文集汇编》585 册，第 59 页。

择时要去布达拉宫拜乾隆皇帝的画像。他的另一首《拉萨形势二十韵》，则刻画了拉萨城的总体形貌，诗云：

> 自出鱼通口，崎岖路六千。巉岩松马足，冬雪没人肩。鸟道蚕丛杂，蛮烟蜑瘴连。半空堕危石，满谷激飞泉。云磴重重出，绳桥历历悬（自注：土人以绳系两岸，中穿竹筒，每遇人渡河，将绳斜侧，人执竹筒顺势而下，即可登彼岸，谓之溜筒）。盘旋登上界，开豁见西天。百里平原畅，三台秀岭鲜（自注：拉萨径途平衍，其西突起布达拉一山，梵书云普陀山，此即是也）。溪山环宝刹，楼阁耀星躔。翠挹深林树，青屯沃土田。金沙含古矿，硫水郁温泉。错落排僧寺，丰饶聚市廛。香飘经梵远，风动塔铃圆。根蒂推前辈，昙云拥少年。迭兴三藏法，广结四方缘。宇内无双地，人间第一仙。番蛮争佞佛，男妇喜谈禅。隆宠恩荣重，皈依礼貌虔。唐封名号载，苗裔版图编。鸿迹欣留印，乌斯免备员。辅轩随意采，珥笔赋长篇。[①]

这首200字的长篇排律，对拉萨做了概括式描绘，主要突出了拉萨作为藏区的佛都这一特点。诗的前半部分，先写入藏道路的艰险，主要通过对鸟道、半空飞石、瘴气、溜筒等典型物象的描述来体现；中间部分则写拉萨城，其地势一片开阔，寺庙宝刹直冲霄汉，屋顶金光闪闪，极为恢宏庄严，拉萨的街市也甚是繁华；最后又写西藏百姓佞佛的实质，以及追溯吐蕃与唐朝的关系。

（三）勾勒多姿多彩的西藏民俗

《抵藏四律其二》云："沿门彩胜竿头系（自注：家家俱用五色绸系于竿上，谓之吗呢竿子），满路经文石上镌（自注：蛮家不修庙宇，以石子雕刻经文，满地堆砌）。披发袒肩浑不怪，此方蛮俗自安然。"[②] 今日入藏地，还能看到家家户户嘛呢旗、处处路旁嘛呢石的场景，但披发袒肩者已经很少见了。《抵藏四律》其三道："从来茶市恤边民，不事金钱交易频

---

① （清）瑞元撰《少梅诗钞》卷五，《清代诗文集汇编》585册，第63页。

② （清）瑞元撰《少梅诗钞》卷五，《清代诗文集汇编》585册，第58页。

（自注：出打箭炉后，以茶易物，概不用钱）。黄教广敷三藏地，乌斯齐奉六龄人（自注：时达赖喇嘛年甫六岁）。众情悦服无非佛，四气温和总是春。身到异方且从俗，香酥一盏试尝新（自注：蛮民日以酥油调于茶内，和以青稞面为食，此外别无他品）。”[①] 此诗可了解到清代边地茶马贸易中以物易物的交换形式，以及藏族对达赖喇嘛的虔诚程度。还有《喇嘛篇》，诗中自注道：“今考番僧食糌粑，皆手团木碗而食之。喇嘛见人必递白绢哈达谓之恭敬。”[②] 是对西藏饮食、会客方面民俗的描述。

勾勒西藏宗教节日习俗的诗，有《乙巳上元大招放灯协琦静庵弹压诗以志之》云：“正是朝山僧众到（自注：每于正月僧众俱至，大招诵经计有四五万人，名曰攒招），高烧火树绕春祠。昙花影里团团坐，爆竹声中款段骑。万里游踪乡月共，一宵心思佛灯知。香酥盏盏明如昼，回忆长安放夜时。”[③] 记述了正月十五夜大昭寺点灯敬佛的节日习俗，规模宏大，往往需要驻藏大臣带队伍维持秩序。还有《攒招》，题后注：“每逢正月喇嘛来藏念经，谓之攒招。”其诗云：“岁首建寅迎春回（自注：西藏行岁亦以建寅孟春为岁首），振兴佛事真盛哉。千里万里僧众来，大招小招功德开。众香国拥莲花台，众香钵散檀越财（自注：众香国、众香钵见维摩经）。”[④] 攒招其实就是藏传佛教正月的祈愿大法会，诗中描写了法会的盛况，以及各地僧人来拉萨念经的民俗。“梵音幡影寺中寺，细雨斜风楼外楼。”其后自注道，“藏中每一大寺内俱包括有数小寺，无论僧俗皆楼居”（《仲夏望日磨盘山行香望远》），这两句诗也是描写了藏中寺庙、僧俗建筑物与居住习俗。《观各寺院燃酥油灯》题后注：“藏俗凡前辈达赖喇嘛降生并圆寂之日，自布达拉至各寺俱点燃酥油灯自昏达旦。”其实西藏的民俗事项，大多与宗教有关。

有描述藏族踏青习俗的，如《卫藏踏青竹枝词》：“暖风如扇到荒垓，草色芊绵淑锦催。几见游春人意乐，满头珠络醉归来（自注：蛮妇头上喜戴珍珠，似夸其富）。”有反映藏族重女轻男习俗的，如《蛮丫头竹枝词》：

---

① （清）瑞元撰《少梅诗钞》卷五，《清代诗文集汇编》585册，第58页。
② （清）瑞元撰《少梅诗钞》卷五，《清代诗文集汇编》585册，第70页。
③ （清）瑞元撰《少梅诗钞》卷五，《清代诗文集汇编》585册，第59页。
④ （清）瑞元撰《少梅诗钞》卷五，《清代诗文集汇编》585册，第62页。

“乡风重女恰轻男，家政操劳一力担（自注：女以善贸易、识戥秤、理家务为善，不拘闺训，不学女红，凡生育以女为幸）。非是闺房无界限，佛中欢喜塑同龛。”[①] 对藏地女性的地位、家庭角色，以及藏传佛教的密宗佛像等作了载述。还有表现摸顶习俗的，如《铸小铜佛百尊既成》：“佛小须眉见，真诚造化炉。耻为摸顶事，思作护身符。”其后自注：“凡番民蒙古朝见达赖喇嘛，或以尘尾拂其首，或以手摩其顶，出则必夸耀于人，以为活佛降福也。”[②] 蒙藏民族认为，让活佛摸其头顶，此后便受神灵的护佑。

还有记述趣闻逸事的，如《客藏异闻》云：“半载驻边庭，新奇事屡听。气偏流蛊毒（后注：造蛊与广西等省相同），阴积带龙腥（后自注：雨后腥气逼人）。子母和为药（后注：藏中有子母丸取一粒，置匣中日久能生数粒），雠仇咒有经（后注：喇嘛念黑经，能咒人死）。驱邪推白教，传说萨迦灵（后自注：萨迦呼图克图系白教，有驱邪之法）。”[③] 描述藏地佛教中的神秘。周霭联撰的《西藏纪游》道：“相传子母药乃达赖喇嘛默持神咒以糌粑搓成者，大如绿豆，裹以哈达，经时小粒渐增，故以子母名之。予觅之不得，不知有何验证？”[④] 其实，诗人笔下的子母丸，今天叫嘛呢籽，将其置于新棉花中，便可繁殖，藏区较普遍，作用说法不一，大致有辟邪的意思。

（四）描写奇寒多变的藏地气候

首先描写了青藏高原四季不分的气候特征。如《藏中入夏后终日雨雪迭作，梦中得六月散余寒五字，醒而速成》：“盛夏不知暑，重棉犹觉单。一雷催急雪，六月散余寒。”[⑤] 另一首诗《六月初一日早出行香，重棉着体尚感寒疾，因示众人》道：“初莅三苗地，难禁六月寒。山高风似剪，云聚雪成团。到处披黄褐，何人着素纨。不知当溽暑，应作九秋寒。”[⑥] 黄褐，指黄色的粗布衣服，佛教僧人的服装。时至夏日，但藏地仍然寒意很

---

① （清）瑞元撰《少梅诗钞》卷五，《清代诗文集汇编》585 册，第 65 页。
② （清）瑞元撰《少梅诗钞》卷五，《清代诗文集汇编》585 册，第 65 页。
③ （清）瑞元撰《少梅诗钞》卷五，《清代诗文集汇编》585 册，第 66 页。
④ （清）周霭联撰，张江华、季垣垣点校《西藏纪游》，第 92 页。
⑤ （清）瑞元撰《少梅诗钞》卷五，《清代诗文集汇编》585 册，第 67 页。
⑥ （清）瑞元撰《少梅诗钞》卷五，《清代诗文集汇编》585 册，第 67 页。

浓，人们依然着重棉。此诗极写高原气候之寒冷。诗人在其他诗中也有类似的描述，“陟彼盘山最上头，已交初伏尚披裘”（《仲夏望日磨盘山行香望远》）。

还有一首绝句也是表达诗人对西藏天气的感受，《乌斯天时夏极寒凉，九月后转觉和暖，即不披裘亦可御冬，且节近长至昼并不短，亦大奇也，因题一绝》：“四时历尽无寒暑，底是西天又一方。日亦多行几万里，小阳时节昼还长。”[①] 此诗依然是对西藏四季不明气候的描写。可见，藏地气候整体以荒寒为主要特征。《寒云》：“冻云吹不去，低压乱山巅。壤有三分雪，铺成一色天。沈阴屯瘴雾，薄暮逗炊烟。拟作暖寒会，诗敲耸两肩。”[②] 诗人还有系列诗作《寒晖》《寒山》《寒涧》《寒木》《寒墟》《寒寺》《寒鹤》《寒鸦》，皆表现藏地气候之寒冷。

瑞元藏事诗，除了上述几个方面的内容外，相较于其他驻藏大臣，瑞元的思归情绪在其藏事诗里表达得尤为强烈。如《与达赖喇嘛班禅晤谈成二绝句》其二：“何期共事到乌斯，聪慧翻嫌晤面迟。佛果有灵试一卜，可知归去在何时？”[③] 又如《长夏忆浙江风景》：“清和无日不风沙，忆到南天风外嘉。六月已先炊早稻，四山不尽采新茶。当街露浥兰心静，隔牖凉席竹影斜。那似重棉度长夏，荒寒合似醉为家。”[④] 将西藏与浙江夏天的气温、物产作比，引发对自己曾经任职地的怀念。还有通过描写节日习俗表达思归的诗，再如《乙巳端午》其一：“天中又在赛垣过，虚度佳辰四载多。艾绿榴红都阔别，荒寒从不著香罗。”其二：“辟邪节气客中过，此与中华异处多。端午呼为端四日，蛮家数理出婆罗。（后注：西藏风俗有因日干不利，摘取者去腊，摘取一日，故五月初五日仍呼为初四）”[⑤] 这两首诗既写了藏地的端午民俗，同时又把自己的思归之情融于诗中。

三 《少梅诗钞·客藏吟》的艺术特色

瑞元的诗，尤其是长篇叙事诗，以质实为胜，诗人用自己的切身体会

① （清）瑞元撰《少梅诗钞》卷五，《清代诗文集汇编》585册，第68页。
② （清）瑞元撰《少梅诗钞》卷五，《清代诗文集汇编》585册，第71页。
③ （清）瑞元撰《少梅诗钞》卷五，《清代诗文集汇编》585册，第63页。
④ （清）瑞元撰《少梅诗钞》卷五，《清代诗文集汇编》585册，第66页。
⑤ （清）瑞元撰《少梅诗钞》卷五，《清代诗文集汇编》585册，第66页。

或抒怀或叙事。大致有如下特点。

（一）语言浅近自然，直抒胸中语

诗人对苏东坡的诗文赞赏有加，且时时临摹之。他称赞东坡的诗，《题东坡诗后》：“又喜读公诗，风雅成绝调。天才腾云霄，浩气吞海峤。言为心之声，日月同光耀。”[①] 他还模仿陆游的诗，题为《拟放翁太液黄鹄歌》。同时他对唐代诗人的作品也多有模拟，如模仿杜甫诗体的作品《藏居读杜少陵寓居同谷县七歌，有感于中，因仿其体》。诗人也喜欢白居易的作品，如《读香山先生集有入处歌以自慰》，诗云：“审几已觉宦情薄，托诗非矜高尚人。出言成章悉酝藉，不同雕凿有假借。……词义浅近感人深，能令老妪胸臆豁。源出子美继子瞻，后先媲美众妙兼。”“譬如出岫之行云，本是无心忽成化。又如落叶之秋风，无待着力能自下。机神流丽活泼泼，纤艳淫媟尽超脱。”[②] 这些诗能看出诗人喜欢杜甫、白居易、苏轼诗自然浅近且直抒胸臆的特色，当然也看出诗人对苏轼诗词的豪放很赞赏。如《蛮丫头竹枝词》中“乡风重女恰轻男，家政操劳一力担”[③]，用民歌的形式，把藏地女子在家中的角色明白晓畅地描述了出来，同时语言通俗且自然。以及《见柳吐新芽有感》诗后自注：“癸卯二月初二日，由乌什回京；甲辰二月初二日由京赴哈密。”诗人历经官场上的浮沉，深刻感受到光阴荏苒，青春已逝，而人生犹如飞蓬飘忽不定，遂产生“明年今日在何处，同此杨花无定迹”[④] 的感慨。语句从心中自然呼出，却感人至深。

（二）善于对繁杂事物进行梳理与概括

诗人瑞元善于对宏大繁复的事物进行分析、梳理，叙述概括性强，条理清晰。如《喇嘛篇》：

十万僧称无上士，皈依善果各般般。佛从唐宋元明重，教有黄红黑白分。觉悟雪岩修苦行，流传冈洞靖妖氛。跳来布札傩驱祟，焚谓

① （清）瑞元撰《少梅诗钞》卷五，《清代诗文集汇编》585册，第61页。
② （清）瑞元撰《少梅诗钞》卷五，《清代诗文集汇编》585册，第65页。
③ （清）瑞元撰《少梅诗钞》卷五，《清代诗文集汇编》585册，第65页。
④ （清）瑞元撰《少梅诗钞》卷五，《清代诗文集汇编》585册，第60页。

茶毗塔作坟。颁设金瓶除贿弊，交酬绢帕见仪文。封加五等仙班叙（自注：大喇嘛有五等：一曰呼图克图，二曰诺门罕，三曰班第达，四曰绰尔机，五曰堪布），修入三摩道行勤。乌鬼信邪成陋俗，江珠守正奉慈云。科头袒臂皆高侣，吐火吞刀亦少闻。德水更兼传秘密，念哖原不戒膻荤。持盂（自注：音窥，钵也）披铠清修外，并有僧官理俗纷。[①]

众所周知，西藏的佛教，教派林立，发展史极为复杂，诗人只用140字就将西藏的宗教发展、派别、仪轨等爬梳、概括得明了、全面。还有前面提到的《拉萨形势二十韵》篇，亦将拉萨的建筑、街市诸方面描述得有条不紊，画面感很强。《吐鲁番纪事》：“才出八城境，景物又不同。著水地即白，恒旸山多红。（自注：终年不见雨雪，酷热异常）风窝聚岩际，夜市当日中（自注：夏夜彻夜通市，到晓即闭户不出，以避炎热。竟非久居地，马首喜向东）。”[②] 仅用六句就把吐鲁番的气候、景色、百姓生活都作了高度概括，参差分明、错落有致。

（三）融情于景，情景交融

驻藏大臣瑞元的藏事诗中也有一定数量的写景诗。这些诗篇主要描摹入藏、出藏途中的所见、所感。诗人将自己旅途的心情融于对景物的描绘当中，读之，使人震撼、使人悲戚、使人喜悦。如《过泸定桥》：

昔我游金陵，铁索系孤舟。今我来泸水，铁索渡群驺。架木仅容足，百尺深临流。澎湃如奔瀑，玉斧遗迹留。画河限中外，舟楫罔敢投。我朝大一统，德威遍遐陬。大渡通西域，系铁如桥浮。长虹落天半，横锁两峰头。相呼共携手，半空风飕飕。扶持登彼岸，忽忽惊未收。始知仗忠信，波涛涉无忧。[③]

---

① （清）瑞元撰《少梅诗钞》卷五，《清代诗文集汇编》585册，第70页。
② （清）瑞元撰《少梅诗钞》卷五，《清代诗文集汇编》585册，第52页。
③ （清）瑞元撰《少梅诗钞》卷五，《清代诗文集汇编》585册，第57页。

此诗对泸定桥的惊险做了描绘，诗人将大一统王朝的自豪感融入诗句的描写中，诗风雄壮、高亢。还有抒发喜悦心情的，诗人驻藏帮办大臣任满路过察木多（昌都）时写的一首《昌都玩景》：

> 欲沽村酒见青帘，野草山花随意拈。细水无桥流曲曲，高松出岫露尖尖。晴云才现阴云合，残雪未消新雪添。竹举轻轻半空去，迎风先放却寒廉。①

此诗虽然后半部分也写雪和寒风，但整体看来，语言轻快、明丽，将诗人任满返程的喜悦心情融入字里行间。

第三节　斌良及其藏事诗

斌良于道光二十七年（1847）正月赴藏任驻藏大臣，将前任大臣琦善换回，二十八年正月（1848 年 2 月）卒于驻藏大臣任所。陈融《颙园诗话》云："笠耕为达斋尚书之子，幼嗜吟咏。少随侍于之江节署，时阮云台亦同官于浙，幕府各多才士，笠耕与交游，唱酬甚得。壮年服官郎署，京中名士时相过从。后观察鲁、吴，从军滑台，持宪秦豫，得益江山之助。及奉召还都，时与陈荔峰、李春湖、叶筠潭、吴兰雪诸人酬唱，诗境益进。后两祭名藩，三莅商都，历关塞之雄，览山川之险，尝有自咏句云：'立马高吟神更王，四千载内第三人。'俨然以萨天锡、元遗山自况。"② 从中可知，斌良诗风的形成，不但受家学及幕府名士的影响，而且其一生阅历丰富，足迹遍历寰内，诗风也兼取南北众家之长，呈多样化特征。

一　斌良的生平与家世

斌良（1784~1847），字良甫，又字笠耕、备卿，号梅舫、雪渔，晚号

① （清）瑞元撰《少梅诗钞》卷五，《清代诗文集汇编》585 册，第 80 页。
② 钱仲联主编《清诗纪事》，第 2266 页。

随莽。瓜尔佳氏，满洲正红旗人。闽浙总督玉德之子。荫生。嘉庆十年（1805）五月，补太仆寺主事，后历官山东兖沂曹济道、苏松粮道、通政使、左副都、盛京刑部侍郎。道光二十五年，兼镶红旗汉军副都统。道光二十六年十二月庚午，从刑部右侍郎任上派往西藏办事。翌年七月抵藏，接琦善为西藏办事大臣。道光二十八年正月卒于驻藏大臣任所，年六十四。道光皇帝降旨："斌良由司员历任司道，荐陟卿式，供职克勤，简授驻藏大臣到任未久，遽尔溘逝，著加恩照都统例赐恤。"[①]

斌良在藏前后只有半年，其在任上主要事迹，道光二十七年八月，唐古忒（西藏）僧俗具禀，额鲁特（蒙古的一部）不法，欲恳带领番兵剿除一案，前与琦善面商，额鲁特抗拒者不过十余人，既经晓谕，党羽已散，若操之太急，恐致激成事端，随将嘎玛顿柱等拟罪，先行奏结。现在额鲁特已遵檄谕，愿出马队，唐古忒僧俗等各已悦服，愿遵照旧例按季给予粮饷。[②] 同年十二月，据奏，布鲁克巴（不丹）头人与哲孟雄（锡金）部长在唐古忒（西藏）界内帕克里地方邂逅滋闹，坚持不下，经派员晓谕开导再三，始肯先后回国。[③]

斌良的生平事迹，除《清史稿》卷四八六、《国朝耆献类征初编》卷一一三有载录外，《八旗文经》卷五九、《国朝诗人征略二编》卷六二、《清画家史诗庚上》、《八旗画录后编中》、《皇清书史》卷七等俱有详略不等的载录，可以相互补充与互证。

有关斌良的家世，据其弟法良在《抱冲斋诗集》中所附《先仲兄少司寇年谱》中称："谨案家谱，瓜尔佳氏隶满洲正红旗，族祖信勇公讳费英东公。"[④] 而据《清史稿》载："费英东，瓜尔佳氏，苏完部人，父索尔果，为部长。太祖起兵之六年，岁戊子，索尔果率所部五百户来归。费英东时年二十有五，善射，引强弓十余石，忠直敢言，太祖使佐理政事，授一等大臣，以皇长子台吉褚英女妻焉。……费英东事太祖，转战，每遇

---

① 《国朝耆献类征初编》卷三二五，将帅六五，斌良本传。

② 《清宣宗实录》卷四四六，第579页。

③ 《清宣宗实录》卷四五〇，第661页。

④ （清）李元度撰《抱冲斋诗集·序》，《续修四库全书·集部·别集类》1508册，第6页。

敌，身先士卒，战必胜，攻必克。”① 费英东英勇善战，辅佐清太祖完成帝业，因而其子孙可以门荫入仕。据秦瀛《前兵部尚书闽浙总督达斋玉公神道碑》云：“公满洲人，姓瓜尔佳氏。始祖讳某以功封辅国公。四世祖讳某，驻防西安。曾祖讳某，祖讳某，父讳某，自曾祖以下并封光禄大夫。”②

斌良之父瓜尔佳玉德（？~1809），字达斋，号他山，室名余荫堂，满洲正红旗人。由官学生考授内阁中书，累官闽浙总督，有《余荫堂诗稿》。③ 玉德多才多艺，不但善为诗，而且还工于书画。玉德有六子：长子俊良、次子斌良、三子桂良、四子岳良、五子征良、六子法良。俊良十九岁而殇。杨钟羲《雪桥诗话》云：“斌笠耕司寇与崧亭、可庵一门兄弟，并以才杰跻通显。”④ 兄弟中，桂良的仕途最显赫。桂良（1785~1862）“曾任河北巡抚、湖广总督、兵部尚书、直隶总督，参与《天津条约》《通商章程善后条约》《北京条约》的签署”⑤。岳良，字崧亭，由理藩院员外郎官江西布政使，护巡抚事，乌什办事大臣。征良，字松坨，由大理寺司务，官江苏常州通判。法良，字可庵，满洲旗人，历官江南河库道。“梅曾亮称其诗学东坡，得清旷之气，而运以唐贤优游平夷之情。有《沤罗庵诗集》。”⑥ 足见，良好的家世与家学传承，对斌良及其兄弟数人卓荦才华的形成有着重要的影响。

二 斌良的交游与著述

徐世昌的《晚晴簃诗汇·诗话》：“集中与张船山、吴兰雪、姚伯昂诸人唱和最多，亦兰锜中风雅眉目也。”⑦ 陈融的《颙园诗话》：“笠耕为达斋尚书之子，幼嗜吟咏。……及奉召还都，时与陈荔峰、李春湖、叶筠谭、吴兰雪诸人酬唱，诗境益进。”⑧ 可见，陈荔峰、李春湖、叶筠谭、张

---

① 赵尔巽等撰《清史稿》卷二百二十五，第 9179~9180 页。
② （清）秦瀛撰《小岘山人诗文集》补编《前兵部尚书闽浙总督达斋玉公神道碑》。
③ 王钟翰点校《清史列传》卷二七，第 2073~2078 页。
④ （清）杨钟羲著，雷恩海、姜朝晖点校《雪桥诗话全编三》卷一〇，第 1986 页。
⑤ 王钟翰点校《清史列传》卷四五，第 3571 页。
⑥ 赵尔巽等撰《清史稿》卷四八六，第 13435 页。
⑦ 徐世昌编，闻石点校《晚晴簃诗汇》卷一百二十二，第 5224 页。
⑧ 钱仲联主编《清诗纪事》，第 2266 页。

问陶、吴嵩梁、姚元之等人与斌良交往甚密。在《抱冲斋诗集》中斌良与吴曾贯、张问陶、姚元之、吴兰雪的赠答、唱和作品最多。

（一）斌良交游考

1. 斌良与吴曾贯。吴曾贯，字涧莼（莼又写作蓴），浙江石门人。嘉庆二十二年（1817）进士，官渭南知县。有《涧莼先生集》不分卷，清咸丰年间抄本，重庆市北碚图书馆藏；《涧莼诗选》六卷，道光二十七年（1847）沤罗庵刻本，南京图书馆藏。收于《抱冲斋诗集卷一》中的《送吴涧蓴归里》：

> 才攀官柳便伤神，三载相于倍觉亲。简略愧称东道主，切磋终望老成人。清标处世须眉古，直道论交契谊真。切莫语儿溪畔住，水云深处寄吟身。①

此诗作于嘉庆辛酉春（1801），好友吴曾贯要归故里，诗中表达了与好友相处三年的友谊与离别时的不舍。如《吴涧蓴南归已七年矣，今春计偕入都仍下榻澹园，抚今追昔怅然有作》：

> 自别论文友，于今已七年。兰交欣再订，萝月恰重圆。白发明镫里，青山旧梦边。曲江春宴上，争看袅丝鞭。②

此诗抒发了他与好友吴曾贯于七年后再相逢的喜悦之情，抚今追昔，尽显情谊笃深。还有载于卷五的《秋日偕吴涧蓴游天宁寺五十韵》，卷七的《偕吴涧蓴孝廉话旧》《与涧蓴夜话》，均是抒发诗人与吴曾贯之间的深厚友谊。

2. 斌良与张问陶。张问陶（1764～1814），字仲冶，号船山，四川遂宁人，清代名相张鹏翮玄孙。乾隆五十五年（1790）进士。乾隆五十八年（1793），任翰林院检讨；嘉庆五年（1800），任顺天乡试同考官；嘉庆十年（1805），任江南道监察御史，巡视南城；嘉庆十四年（1809），擢吏部

---

① （清）斌良撰《抱冲斋诗集》卷一，《续修四库全书·集部·别集类》1508册，第26页。
② （清）斌良撰《抱冲斋诗集》卷四，《续修四库全书·集部·别集类》1508册，第38页。

郎中；嘉庆十五年（1810），出任山东莱州知府；嘉庆十七年（1812），称病辞官；嘉庆十九年（1814）三月初四申时，病逝于苏州。张船山一生致力于诗书画创作，著有《船山诗草》及《补遗》，共26卷。张船山是清代乾嘉诗坛大家，不单是清代蜀中诗冠，也是清代诗学理论家，为性灵派后期的主将和代表人物。胡传淮所著《张问陶年谱》（2000年巴蜀书社出版）载，《抱冲斋诗集》中有多首反映斌良与张问陶交往的诗：《晓步采兰桥和张船山韵》《出金牛峡和张船山太守韵》《新秋和张船山旧韵》，斌良还专门写诗赞誉张问陶的诗才，如《题张船山太守诗草后》一诗：

> 天马行空迥绝尘，笔玲珑处愈精神。超群酒户原无量，第一诗情妙逼真。画拟白描看活见，味同红友但清醇。瓣香南宋诸贤后，独有诚斋合比伦。①

斌良评价张问陶的诗如天马行空，运笔玲珑而诗风壮大；其画虽寥寥数笔，但神态毕现。诗的最后斌良还夸赞他，在南宋诸家中，唯有杨万里可与张问陶媲美。

3. 斌良与姚元之。姚元之（1773～1852），字伯昂，号廌青，又号竹叶亭生，晚号五不翁，安徽桐城人，姚鼐的族孙。嘉庆十年（1805）进士，历官河南学政，工部、刑部及户部侍郎，最后至左都御史、内阁学士。早年求学于姚鼐，后又拜诗人张问陶为师。出身书画世家，诗与画皆取得很高成就。在京师与斌良、陈用光、吴嵩梁、吕佺孙、张亮基等名士都有交往，他们之间往往以诗相酬赠。斌良《三月三日同姚伯昂、吴兰雪、家可庵钓鱼台修禊》其三：

> 萧寺清斋罢，宽鞋约往还。茅茨醉新酿，渔屋满春山。雪白鸥双点，鸾黄柳一湾。蜩螗万人海，与子独安闲。②

---

① （清）斌良撰《抱冲斋诗集》卷二十三，《续修四库全书·集部·别集类》1508册，第310页。

② （清）斌良撰《抱冲斋诗集》卷一二，《续修四库全书·集部·别集类》1508册，第189页。

此诗写诗人与弟可庵及两位好友姚伯昂、吴兰雪于三月三游钓鱼台时的情形及感受。又如诗："三绝声称媲郑虔，宣南争送雁头笺。微闻钗钏抛墙角，投老风情忽破禅。"[①]（《怀人诗三十一首·姚伯昂阁学》）诗人拿姚伯昂与唐人郑虔比，夸赞姚伯昂的才华。除此，还有《姚伯昂吴兰雪偶过澹园小饮即席》《过姚伯昂太史寓斋》等诗，均是表现与姚元之的美好友谊。

4. 斌良与吴兰雪。吴嵩梁（1766~1834），字子山，号兰雪。江西东乡新田人。文学与书画兼擅。嘉庆五年（1800）举人，授国子监博士，旋改内阁中书。道光十年（1830）擢贵州黔西知州。体沿六朝而规格则似唐之温（庭筠）、李（商隐），其清婉处又与元（稹）、白（居易）为近，而下匹吴伟业。袁枚向以才自负，亦心折其诗，以"清绝""超妙""天籁"之语赞其诗作。有《香苏山馆诗集》二十一卷、《香苏山馆文集》两卷、《香苏山馆词》一卷。吴兰雪长斌良18岁，二人相识较早，又因吴兰雪寓居京城三十年，仅举两首，足示二人之间的深厚友谊。《寄怀吴兰雪》云：

香苏话别阅三旬，歙钵风炉总静因。菊澹宜偕方外赏，花娇可放坐边春。中条岚翠冲寒度，小阁蒹葭载酒频。毕竟梅花近标格，雪堂重醉老诗人。[②]

又如《读壁间题句怀黔中吴兰雪州牧嵩梁》云：

碧纱笼句佛香消，倚柱闲吟破寂寥。一障乘边司马逸，万珠涌斛阿龙超。澄观禅味香云定，痴想诗盟旧雨招。把臂无由增触拨，黔阳难寄梦痕遥。[③]

---

① （清）斌良撰《抱冲斋诗集》卷二十九，《续修四库全书·集部·别集类》1508册，第394页。

② （清）斌良撰《抱冲斋诗集》卷十四，《续修四库全书·集部·别集类》1508册，第223页。

③ （清）斌良撰《抱冲斋诗集》卷二十三，《续修四库全书·集部·别集类》1508册，第302页。

（二）斌良著述及《抱冲斋诗集》

斌良著述，据恩华纂辑的《八旗艺文编目》记载，史类有《乌桓纪行录》二卷（稿本）；别集类有《枣香书屋诗钞》《抱冲斋诗集》七十一卷，《眠琴仙馆词》。另据《清人别集总目》记载，斌良的著述还有《亮工懋绩集》一卷，《诵芬继美集》一卷，《恩纶晋秩集》一卷，《覆骏筹边集》一卷。以上四卷的写本藏于日本静嘉堂。①

斌良善为诗，以一官为一集，得 8000 首。其弟法良汇刊删存为 5000 余首，编为《抱冲斋集》三十六卷，《清史稿·斌良传》称其“早年诗，风华典赡，雅近竹垞、樊榭。迨服官农部，从军灭滑②，诗格坚老。古体胎息汉、魏、韩、杜、苏、李，律诗则纯法盛唐。秉臬陕、豫，奉召还都，时与陈荔峰、李春湖、叶筠潭、吴兰雪唱酬，诗境益高。奉使蒙藩，跋马古塞，索隐探奇，多诗人未历之境，风格又一变，以萨天锡、元遗山自况。阮元为序，亦颇称之”③。《晚晴簃诗汇》卷一百二十二收录斌良诗共十首。《晚晴簃诗话》中云：“笠耕名家贵荫，少随父达斋尚书浙抚任，阮文达方视学，从其幕中诸名士游，即耽吟咏。后历官中外，数奉使西北边塞，山川行役，多见诗篇。”④

《抱冲斋诗集》分三十六卷，各卷又有分卷，为嘉庆四年（1799）至道光二十七年（1847）的诗，共 5591 首，该诗集后附《眠琴仙馆词》一卷。其少作《枣香书屋诗钞》另有刻本。《抱冲斋诗集》为道光二十九年袁浦官署重刻本（今存上海图书馆、南京图书馆、辽宁省图书馆、广东省立中山图书馆、南开大学图书馆、东京都立图书馆），有阮元、潘世恩、叶绍本、郑祖琛、陈嵩庆、李元度、杨彝珍序，廷桂后序，附《少司寇年谱》。斌良与弟法良均工诗。“此集篇帙甚繁，极摭拾之富。居北京，遍游京城郊山寺，奉值圆明园，按部齐鲁，游历下、兖州、济宁南池，路出清源，游大宁禅林，均有诗。转漕吴苏，记运河水闸、金陵风景，及与江南

---

① 李灵年、杨忠主编《清人别集总目》，第 2263 页。

② 嘉庆十八年，斌良正值而立之年，奉命赴河南滑县平定“教匪”李文成之乱。斌良历时三个月，顺利地平定了叛乱。嘉庆帝很高兴，特赏戴花翎。

③ 赵尔巽等撰《清史稿》卷四八六，第 13435 页。

④ 徐世昌编，闻石点校《晚晴簃诗汇》卷一百二十二，第 5224 页。

名士读画论诗，篇咏尤多。”①

其中《潞河新乐府八章》《津淀词六首》，多写社会风俗。《题吴西林廷栋明府赤嵌从军图》，详述台湾人情。道光四年奉命赴察哈尔那林果尔查验马匹，以其地为商都遗址，前人元好问、萨天锡所到，成诗一集，其中《商都杂兴》共14首，详述当地民俗。同年，赴青海致祭札木巴拉多尔济贝勒，作《青海纪行诗》。总之，诗人斌良足迹所到之处，皆有诗作。然通观全集，仍以边疆诗为贵。

如胡旭《悼亡诗史》中，对斌良的《悼亡》《有感六绝》《无题》《夏日遣怀》等诗作了分析。赵宗福《历代咏藏诗选》中，选取斌良诗《巴贡山写望》《昂地即目》《硕板多道中》《阿南多山中晓发》《江达道中》五首，并对这几首诗作了题解与注释；华立的《近代边塞诗文选译》，对斌良诗《阿南多山中晓发》《江达道中》《巴贡山写望》三首，作了注释与赏析；《平安县志》中选取了斌良的《平戎驿》一诗。此外，王叔盘、孙玉溱编的《历代塞外诗选》亦选取斌良诗《商都杂兴》；袁行云《清人诗集叙录》选其《商都杂兴》、《致祭札木巴拉多尔济贝勒，礼毕设萨琳于帐，筵宴左右翼出勒罕达，及十四旗蒙古王公札萨克台吉等与礼成敬赋》、《拉哈》（垒墙的一种）、《霞棚》（糠镫也，以蓬梗为干，抟谷糠和膏涂之，燃以代烛）、《周斐》（周斐，桦皮房也）、《平定州土俗偶记》，可知袁先生选斌良的诗重在突出其诗中反映的民俗价值；钱仲联编的《清诗纪事》选斌良的诗《商都杂兴》《抵藏喜成》两题七首。可见《商都杂兴》的民俗价值，得到了诸多选诗家的肯定。入藏使斌良诗风出现新变，由朗丽转向壮丽，《巴贡山写望》便是其中的典型诗篇。

三 《抱冲斋诗集·藏卫奉使集》的内容与思想

从斌良著述情况便知，他虽然是驻藏大臣中为数不多的高产诗人，但到藏由于水土不服，不到半年就去世了，故而到藏以后除了《七月十六日抵藏喜成》一题三首之外，别无诗作传世。

① 袁行云：《清人诗集叙录》，第2152页。

（一）《藏卫奉使集》山水诗的表现内容

纵览斌良《藏卫奉使集》，其中的藏事诗主要以游记的形式描摹川藏路上的山、水、风、雪，更多融入诗人对人生意义与富贵功名的深思。仔细品味这部分诗，不但可以体会诗人的思想情感，还可从中了解卫藏途中的山水、民情。具体来说，其不同的藏事诗所描写的角度与侧重点又有差别。

1. “山涨奔湍万鼓鸣，浪花滚雪响砰訇”：重在写浪涌声巨的水

青藏高原，尤其是入藏之途地势落差大，从高山峡谷间奔涌而出的水，往往浪涌声巨。如《五月初一日过泸定桥》：

> 两崖对峙排石柱，镕铁中贯索九条。巨絙旁亘当兰槛，浮空千尺泸江桥。其上平铺白木板，举足浑疑踏絮软。中央摇曳激奔湍，头眩目昏天地转。竭来奉使此经过，胆悸魂惊恐惧多。临河几欲回征辔，戒慓垂堂理有那。乘轺远向蛮荒路，水府灵昭默呵护。王尊叱驭气同豪，涉险惟凭忠信渡。足迹经行九州半，似此危桥真罕见。虹霓彩焕雀翅填，妙构相方备虚幻。噫嘻乎！忙中岁月奔轮旋，仰止尼山感在川。往来梭织人如蚁，蜗角蝇头各自牵。①

此诗虽然看似写泸定桥的危险，实则通过写行人过桥时的胆战、头晕眼花，来突出泸水的急促奔腾。诗的结尾则感慨道，人们都让蜗角微名牵着，忙得团团转，殊不知时光如梭，人生的意义是什么呢？如《初二日抵瓦斯沟，山溪骤涨，漫侵溪路，难于前进，因就瓦斯沟茅店宿焉，终夜惊涛灌耳，声若雷鸣，喧聒不能成寐，挑镫书此纪之》：“山涨奔湍万鼓鸣，浪花滚雪响砰訇。茅茨退避蛮溪险，彻夜犹闻澎湃声。”② 瓦斯沟，藏区常见地名，为汉藏语混用，“瓦斯”系藏语音译，意为关口，沟为汉语，两语混合，即指深陡峡沟，是川藏路上入藏必经的关口，今在泸定县与康定市的中间。这首诗以瓦斯沟水的声响突出水流的湍急程度。

---

① （清）斌良撰《抱冲斋诗集》卷三十六，《续修四库全书·集部·别集类》1508 册，第 474 页。

② （清）斌良撰《抱冲斋诗集》卷三十六，《续修四库全书·集部·别集类》1508 册，第 475 页。

经过瓦斯沟，便到了头道水。如《头道水两崖对峙，中束奔湍，雪浪迅疾，水声砰訇如雷，闻之心悸，经杨柳塘晚抵打箭炉》，观这首诗题便知头道水的水势更是汹涌。《过俄洛松多桥》："崇岩对峙接危溪，杉木虚撑当彩霓。浊浪奔腾汤鼎沸，定心休使客魂迷。"① 写奔腾的河水遇到阻力后翻起巨大的波浪如鼎中之水沸腾一样。《晓渡雅龙江》："奔腾雪浪走中泓，掀播艨艟片叶轻。利涉平生恃忠信，舵工那得有权衡。"② 此首诗描写的雅砻江水势更是凶猛异常，掀翻一条船如翻转树叶般简单。更有"惊涛午夜激春撞，撼梦雅龙万里江"（《河口塘房夜闻雅龙江涨声感成》），这两句更是突出雅砻江的惊涛骇浪与无比壮阔的景象。

以上描写水的诗句重在写高原水的势，而下面这首诗另辟一路，写清澈的溪水与浑浊的江水相汇，而形成色彩鲜明的浪涡，甚有雅趣，如《竹巴陇山中作》："双崖壁立翠云连，仿佛夔巫峡里天。溪水澄鲜江水浊，青黄汇处浪涡圆。"③ 另外《嘉玉桥驿馆夜闻溪声有感》云："灌耳溜声潺，河流第几湾。清音疑急雨，凉意满空山。羁客梦先惊，忙人听转闲。西招书札到，开读慰苍颜。"④ 嘉玉桥下面流淌的溪水，在空山中发出潺潺的清音，使忙碌的听者也会顿觉悠闲许多。

2. "插天峭壁耸孱颜，林木丛生石缝间"：重在写高耸陡峭的山

据入藏诗人的描述，从打箭炉到前藏有72座大山，故而在斌良的藏事诗中屡屡描述川藏路上峭拔、险仄的大山。如《河口山行口占》云："峭壁立千仞，猿猱迥莫盘。乘轺历危险，心懔发将鬅。"⑤ 即写峭壁高峻，连矫捷的猿猱都难以攀越。夸张程度堪比李白诗句"黄鹤之飞尚不得过，猿猱欲度愁攀援"（《蜀道难》）。《江达道中》又云："插天峭壁耸孱颜，林木丛生石缝间

① （清）斌良撰《抱冲斋诗集》卷三十六，《续修四库全书·集部·别集类》1508册，第476页。

② （清）斌良撰《抱冲斋诗集》卷三十六，《续修四库全书·集部·别集类》1508册，第478页。

③ （清）斌良撰《抱冲斋诗集》卷三十六，《续修四库全书·集部·别集类》1508册，第480页。

④ （清）斌良撰《抱冲斋诗集》卷三十六，《续修四库全书·集部·别集类》1508册，第482页。

⑤ （清）斌良撰《抱冲斋诗集》卷三十六，《续修四库全书·集部·别集类》1508册，第477页。

缝间。不负蛮荒行万里，中华无此好江山。”[①] 江达，今属西藏林芝市工布江达县境。孱颜，同“巉岩”，山高耸的样子。诗人行经此地，被这里壮美的风景打动了，诗人不禁发出“不负蛮荒行万里，中华无此好江山”的赞叹！

斌良描写卫藏路上的山，并不是抱着畏惧的心去观察，而是持以不怕困难的豪情去审视山之美景。其诗将藏地插天峭壁的大山刻画得如画般美。如《空子顶蛮房题壁》：“藩房清切爱幽居，明净窗油绰有余。漫谓蛮荒居处陋，万峰排闼画屏如。”[②] 这里似有化用王安石《书湖阴先生壁》其二中“一水护田将绿绕，两山排闼送青来”中的“排闼”一词，来形容青藏高原万峰耸立，直入眼中的美景。又如《过脚山晓发》：“虎牙相错岭岈岭，如絮云光绕翠杉。看却新奇行最险，不如归去鸟呢喃。”[③] 犬牙交错的山岭，山中缠绕的翠山，确实是诗人和画家笔下的好素材，但作为入藏者行走在这样的山缝隙中，危险重重。诗人既是画家，又是入藏者，诗中真实地表达了这种复杂的感受。

3. “尖峰积素映天青，妙绘宣和景不胜”：重在写映衬天青的积雪

自打箭炉至里塘八站，计程 685 里。[④] 当诗人经过里塘后，在其纪程诗作中，频频写雪，可见随着海拔的升高，天气变得越来越恶劣。如《过尔那塘》：“雪虐风饕黯客颜，长征五月历间关。乡心无那难排遣，汹涌蛮溪辣阘山。”[⑤] 写尔那塘风雪肆虐的情景。又如《二郎湾》：“尖峰积素映天青，妙绘宣和景不胜。传与舆人休喝道，恐教驱从警山灵。”诗后自注云：“山中如有响动，风雪立至，行人戒之。”[⑥] 二郎湾在里塘境内，诗人路过二郎湾的时间在农历五月底，山顶全是积雪，可见这些雪常年不化。

---

① （清）斌良撰《抱冲斋诗集》卷三十六，《续修四库全书·集部·别集类》1508 册，第 483 页。

② （清）斌良撰《抱冲斋诗集》卷三十六，《续修四库全书·集部·别集类》1508 册，第 480 页。

③ （清）斌良撰《抱冲斋诗集》卷三十六，《续修四库全书·集部·别集类》1508 册，第 482 页。

④ 《西藏研究》编辑部编辑《西招图略　西藏图考》，第 84 页。

⑤ （清）斌良撰《抱冲斋诗集》卷三十六，《续修四库全书·集部·别集类》1508 册，第 479 页。

⑥ （清）斌良撰《抱冲斋诗集》卷三十六，《续修四库全书·集部·别集类》1508 册，第 479 页。

二郎湾山中往往会发生雪崩，行走在这样的积雪中是非常危险的，但诗人并没有写路途的艰险，而是着力描写了二郎湾峰雪映蓝天的奇景，突出二郎湾雪山的圣洁。

时间已近六月中旬，诗人在昂地山中行走时还遇大雪。如《昂地山中遇雪》："山中无定候，一雪便如冬。面目皆皴瘃，要峰积素浓。"[①] 诗中写在入藏的山中，任何时候都有下雪的可能，一天即可感受四季的高原气候特点。诗的后两句也突出积雪给往来的行人带来的极大伤害。

4. "云束山腰一剪齐，意行暖翠压眉低"：重在写缭绕于山腰的云

青藏高原，山高路险，入藏者要么行走在白云相伴的山中小路上，要么行走在雪压峭壁、云绕山腰的山顶小道，对云感受深刻。其诗《出山至打箭炉》道："入山云来迎，出山云相送。漫谓云无心，颇知交谊重。"[②] 这首五绝诗，用拟人化手法，将山中自由飘忽的云写得有情有义，妙趣横生。《哲多塘》一首又道："云束山腰一剪齐，意行暖翠压眉低。苍松半号阿罗汉，净果常参竺国西。"[③] 云在山腰缠绕，行走在这样的山中顿觉和云是如此的亲近。还有《小巴冲》："廿里依山麓，延缘学蚁盘。云低时作雨，谷邃易生寒。脚底殷雷震，眉端苦雾攒。骁征九千里，前路尚漫漫。"[④] 由于山奇高，山中的云在山腰回旋，而且雨来得也极为随意。

5. "珠穿九曲蚁微行，侧岭横峰数不清"：重在写崎岖盘旋的路

除了重点描写山、水、云、雪的诗篇外，诗人还写了川藏路上险仄难行的路。有写沿山的细路，《八角楼山行杂咏》其一道："沿山细路步嵚岑，到耳禽声杂水音。鸭脚蚴蟉树奇古，我来惜未赏霜林。"其二又道："乱山茧裹疑无路，犵鸟蛮花别有蹊。叆叇絮云峰隐见，不分明处趣有奇。"[⑤] 云雾缭

① （清）斌良撰《抱冲斋诗集》卷三十六，《续修四库全书·集部·别集类》1508 册，第 481 页。

② （清）斌良撰《抱冲斋诗集》卷三十六，《续修四库全书·集部·别集类》1508 册，第 475 页。

③ （清）斌良撰《抱冲斋诗集》卷三十六，《续修四库全书·集部·别集类》1508 册，第 476 页。

④ （清）斌良撰《抱冲斋诗集》卷三十六，《续修四库全书·集部·别集类》1508 册，第 480 页。

⑤ （清）斌良撰《抱冲斋诗集》卷三十六，《续修四库全书·集部·别集类》1508 册，第 477 页。

绕中若隐若现的小路，耳边的各种鸟鸣，还有路旁竞相开放的各色小花，虽然行走在这样的山路上极为艰险，但诗人似乎被眼前景色陶醉了。还有写“九曲”蜿蜒的小路，《晚抵三坝峡中作》：“珠穿九曲蚁微行，侧岭横峰数不清。一种景光摹不出，苍波倒映夕阳明。”① 更有如蚯蚓般盘旋的小路，《过别蚌山中蚕丛鸟道险巇难行，不得已下舆勉步感作》其一：“蚓曲蛇盘线路艰，下舆也自步蹒跚。笑余潇洒无官态，侧笠支筇画里看。”② 可见诗人对入藏途中的各种小路，都做了细致入微的刻画，往往借用比喻、夸张等修辞手法，使藏途中的各类小路活现在读者眼前。

6. “峭壁摩天无寸土，苍松蔽日有层阴”：重在写插天蔽日的树

川藏路上，因道路艰险，很少有人往来，许多生态都未被破坏，沿途可见直插云霄且遮天蔽日的松林。写树，诗人首先突出其茂密的特征。如《松林口》云：

远历蛮荒马足骎，采风几日懒讴吟。蓦看奇景澄青眼，急贮奚囊惬素心。峭壁摩天无寸土，苍松蔽日有层阴。山灵恐被窥真面，翻墨乌云倏作霖。③

川藏路上最为惊奇的景观是，那些生长在悬崖峭壁上的苍翠大树，虽然近看无寸土，但远观依然树木成荫，甚至是遮天蔽日。除此，诗人也有对单株的树，或几棵树的描写，突出这类树的幽奇怪异特征。如《莽里岭古松盘曲，颇有画意，蛮人不知珍爱，半作樵薪，赋此惜之》：“三成五粒格尤殊，韦毕良工未易摹。蟠曲虬柯幽壑底，珍才谁惜半樵苏。”④ 写路上见到盘曲而很有画意的树木，诗人由于自身也有画家的艺术气质，对此类盘曲

① （清）斌良撰《抱冲斋诗集》卷三十六，《续修四库全书·集部·别集类》1508 册，第 479 页。

② （清）斌良撰《抱冲斋诗集》卷三十六，《续修四库全书·集部·别集类》1508 册，第 482 页。

③ （清）斌良撰《抱冲斋诗集》卷三十六，《续修四库全书·集部·别集类》1508 册，第 479 页。

④ （清）斌良撰《抱冲斋诗集》卷三十六，《续修四库全书·集部·别集类》1508 册，第 480 页。

虬柯颇感兴趣。又如《古树塘有大树二株，本大十人围，乃千年物也，令塘兵护惜，不许蛮人樵采，赏之以诗》："戴瘿含瘤郁轮囷，羽葆童童翠盖匀。讵独将军曾憩息，冰霜阅历几千春。"诗后自注："乾隆间文襄郡王征廓尔喀。在大树下憩息。"① 文襄郡王即福康安，其死后乾隆皇帝追封他为郡王爵位，谥文襄，配享太庙，入祀昭忠祠。足见清以前川藏路一线，人烟稀少，很多大树都能生长数百年甚至千年而不被破坏。再如《犁树山中罗汉松》："罗汉松高品格殊，沿溪苍翠爱扶疏。攫拿枝干龙蛇舞，马远良工恐未摹。"② 马远，南宋绘画大师，字遥父，号钦山，祖籍河中（今山西永济），生长在钱塘，他擅长画山水。犁树山中的罗汉松长得更为奇巧，诗人说，就连马远和那些高超的画师恐怕也无法临摹。

7. "深林密箐气阴森，仲夏凉飙肌骨侵"：重在写混沌奇寒的气候

青藏高原的气候特征，便是一日里含四季，天气变幻莫测，晨夕间温差极大。诗人在《山中晴雨不常口占一绝》中云："南薰赐葛朱明节，我正披裘古塞行。峰顶高寒峡中热，一山气候两番更。"③ 海拔落差大，山顶积雪终年不化，而山涧温润花开；山顶披裘、山底穿衫，这是川藏路上行人经常遇到的境况。再就是，藏地四季不分明，夏季也没有内地炎热，甚至还比较冷。还有《奔察木山中遇雨》一首，诗云："深林密箐气阴森，仲夏凉飙肌骨侵。蓦地风雷来大麓，坚持莫动妙明心。"④ 这首诗反映了藏地夏季凉风侵肌骨的事实。

斌良的藏事诗，主要写川藏路上的山水，除此诗篇外，他还写了一些思乡怀人的诗。如《端阳节前打箭炉行馆感兴》："瘴雨淋浪驿馆荒，何期边徼值端阳。……我统偏师将出塞，客逢令节倍思乡。"⑤ 虽然为数不多，

① （清）斌良撰《抱冲斋诗集》卷三十六，《续修四库全书·集部·别集类》1508册，第480页。

② （清）斌良撰《抱冲斋诗集》卷三十六，《续修四库全书·集部·别集类》1508册，第480页。

③ （清）斌良撰《抱冲斋诗集》卷三十六，《续修四库全书·集部·别集类》1508册，第479页。

④ （清）斌良撰《抱冲斋诗集》卷三十六，《续修四库全书·集部·别集类》1508册，第480页。

⑤ （清）斌良撰《抱冲斋诗集》卷三十六，《续修四库全书·集部·别集类》1508册，第475页。

也可以看出这些深受君王恩遇，身为二品大员的边疆大吏，鲜为人知的柔情。可谓铮铮铁骨亦有儿女情长，这也可以帮助我们全面了解这些官员型诗人的精神人格。

（二）《藏卫奉使集》的主题意蕴

《抱冲斋诗集》卷三十六为《藏卫奉使集》，共五卷，作于道光二十七年（1847）。记秦晋、蜀道，自打箭炉沿东西俄洛，抵西藏。袁行云先生说：“（斌良）诗益豪荡，苟非甫至拉萨即以疾辍笔，所作正不知凡几矣。”[①] 如《腊月十九日蒙恩授驻藏大臣恭纪》其一：

> 逖听枀殿锡恩纶，藏卫绥安简大臣。独荷岩疆资重畀，群言节度伫持钧。靖共讵敢分劳逸，柔服何须计苦辛。五饵单于俗其俗，圣谟宏远恪遵循。

其二：

> 奉职云司岁两迁，特承丹诏远巡边。好将佞佛慈悲度，曲喻安民抚驭权。外宦匏悬轻万里，急归瓜代许三年。据鞍矍铄精神固，天语亲嘉寿算绵。[②]

据这两首诗的诗中注看，道光二十六年（1846）腊月二十日，道光皇帝在养心殿亲自召见斌良，嘱托其驻藏边务紧要，须其赴西藏任办事大臣一事，光绪帝并问其年龄，知其已六十三岁，夸其精神尚佳，还可委以重任。最后还说：“朕于侍郎中特简汝前往妥办，一二年中如已得人，即将汝召还。”斌良为此，“重蒙体恤，实深钦感”。第二年正月二十八日，斌良已整装出发，有诗《二十八日出都众亲朋沿路送别，情甚依依，晚抵良乡固节驿舍感赋》云：“亲朋祖饯接庚邮，万里乌斯快壮游。心迹共知如日朗，鬓丝

① 袁行云：《清人诗集叙录》，第 2152 页。

② （清）斌良撰《抱冲斋诗集》卷三十六，《续修四库全书·集部·别集类》1508 册，第 452 页。

莫帐点霜稠。岁华冉冉催征蛮，风柳条条绾别驺。肯使几微见颜色，丈夫投笔觅封侯。"[①] 这首诗展示诗人豪迈的胸怀，颇有苏轼词《江城子·密州出猎》的风格。此时斌良虽已六十三岁高龄，本不适合再去高原西藏，但是帝王的恩遇，家族的荣耀，个人的文化修养，促使其重燃建功立业的雄心。

临别时诗人还顺道拜祭了先祖的坟茔，其诗《晓发良乡望城西卧龙冈先茔感赋》中道："郁郁佳城隐碧烟，临歧回首意殷然。乌斯万里筹边去，先陇樊黄隔两年。"[②] 接下来的几首，都与拜佛、祈祷平安有关，如《游宏恩寺赠僧圆彻、静博》、《方丈啜茗小坐移时，圆彻、静博二僧相陪随，喜杂题》（四首）、《三十日晚抵涿州驿舍题壁书怀》、《二月初一日至涿州善缘寺瞻礼》，通过《默祝》一首可知诗人拜佛的缘由，诗云："闻道西夷瓦合山，雪峰叠磴迥难攀。瓣香稽首无他愿，万里平安得早还。"[③]

在清代，"炉（打箭炉）、里（理塘）、巴（巴塘）三台以及察木多古名康，亦称前藏"[④]。过了泸定桥，语言、民俗等方面于内地有较大的区别，便是"殊方日渐通蛮语，又听番僧闹鼓钲"[⑤]。过了康定，进藏路程便越来越险峻，海拔也逐渐增高，所以，诗人斌良便说"乘轺远向蛮荒路，水府灵昭默呵护"。今天来看，从泸定桥所在行政区泸定县距甘孜藏族自治州首府康定市（打箭炉）47.5公里。从雅安到泸定县约100公里。雅安是四川省地级市，位于四川盆地西缘、邛崃山东麓，东靠成都、西连甘孜、南界凉山、北接阿坝，距成都120公里；属四川盆地西缘山地，跨四川盆地和青藏高原两大地形区。出雅安市至康定，从地理位置上说，逐渐进入青藏高原。这首《五月初一日过泸定桥》便展示的是诗人过泸定桥的危险，以及他想到即将进入川藏路后难以估量的危险，因而对功名利禄看得更加淡然了，和出发时的"丈夫投笔觅封侯"的豪言壮语相比，更多了一份达观。

① （清）斌良撰《抱冲斋诗集》卷三十六，《续修四库全书·集部·别集类》1508册，第452页。

② （清）斌良撰《抱冲斋诗集》卷三十六，《续修四库全书·集部·别集类》1508册，第452页。

③ （清）斌良撰《抱冲斋诗集》卷三十六，《续修四库全书·集部·别集类》1508册，第452页。

④ 《西藏研究》编辑部编辑《西招图略　西藏图考》，第83页。

⑤ （清）姚莹著，欧阳跃峰点校《康辅纪行》，第13页。

从前面诗人的描写中可知，入藏路途极为艰险，高海拔，且大山绵延，山顶积雪终年不化，而斌良的藏事诗一扫前人低落、惆怅的入藏情调，更以豪迈、高昂的笔墨描绘了入藏途中的山川、风物，读之让人耳目一新，使人振奋。如《巴贡山写望》云："六月风光腊月同，晴空猎猎响长风。峰尖立马神先王，暖翠浮峦万壑通。"① 巴贡山，在今昌都市察雅县巴贡乡境内，山高风烈，为清代从四川入藏必须翻越的大山。诗中写道，巴贡山六月的天气如同腊月的天气一样寒冷，万里晴空回旋着强劲的寒风。诗人没有被眼前的困难吓倒，反而策马山头，神情坚定、精神高昂。如《阿南多山中晓发》："白露泫如雨，侵晨草木薰。峰尖青玉矗，水带碧罗纹。秋气迎人爽，滩声触石闻。天开好图画，一幅李将军。"李将军，指唐代画家李思训，他善画山水树木，草石鸟兽。因其曾任左武卫大将军，故人称"李将军"。阿南多，即阿兰多，今在昌都市边坝县阿兰多村一带，阿兰多山气势雄伟，风光秀美。诗中写道，秋天的朝露像雨珠晶莹剔透，清晨草木散发着馨香。山峰挺拔耸立，涧水清澈，秋风拂面，泉水发出清脆的声音，这一切就像李将军笔下秀美的图画一样。

类似写景的还有，如《昂地即目》云："町畦界画衲衣匀，粳陇香风绕四邻。遍岭乌银谁解劚，马通翻拾代蒸薪。"② 昂地，即昂地山，今昌都市察雅县附近。这首诗是写昂地物产与风景的。诗的前两句写昂地山上的农田像僧人的百衲衣一般参差有致，农田里的庄稼散发着醉人的香气；后两句写昂地的物产，当地产煤，但藏族群众不认识其价值，仍然拾牛粪烧火。又如《硕板多道中，奇石巉岩，溪流澄澈，风景甚佳，蛮人不知玩赏，骚客亦鲜经行，赋此惜之》："双峰对峙夹澄溪，荟翳林峦半在西。滉漾水心涵藻秀，嵚岈石齿截云齐。蛮花倒影波俱活，犵鸟啼烟听欲迷。可惜荒陬幽绝处，骚人经少孰标题！"③ 硕板多在今昌都市的洛隆县境内。原属喀木，因硕板多部落居住其地而得名。硕板多地势雄伟，奇石巉岩，绿

① （清）斌良撰《抱冲斋诗集》卷三十六，《续修四库全书·集部·别集类》1508 册，第 481 页。

② （清）斌良撰《抱冲斋诗集》卷三十六，《续修四库全书·集部·别集类》1508 册，第 481 页。

③ （清）斌良撰《抱冲斋诗集》卷三十六，《续修四库全书·集部·别集类》1508 册，第 482 页。

水青山，风景绝佳，大有世外桃源之感，诗人大为兴奋，于是写了这首诗以赞誉之。诗尾两句斌良也觉得如此美景却无人欣赏，大为可惜。可以看出，诗人的这些写景诗不同于其他入藏诗人写景诗的惊中带悲有叹的感情，更多表现出惊讶中带有喜悦的味道。

从下面这几首诗可以看出诗人心路的微妙变化，《河口借居汛衙，峭壁千仞排闼送青颇饶幽趣，率题一律》："凉翠四山抱，幽居远俗氛。关门闲听雨，启牖静看云。乐志岂缘境，虚怀偶属文。雅龙江驿僻，元赏独超群。"[①]《石板沟道中感怀》："万里间关不计程，侧身天地此长征。石巉浪骇空江渡，瘴雨蛮烟绝徼行。身备新诗无暇录，边辽旧政有人评。一官奉使如成瑨，陡顿霜花点鬓明。"[②] 路途遥远，山峻水急，而且瘴气弥漫。《紫驼道中》："蔚然松柏绕山头，流水湾埼碧似油。世事达观无不可，乘舆权当骋清游。"[③] 诗人经过千山万水的跋涉，经过了九死一生后确实变得达观了。可是，诗人经过千山万水的磨砺以后，当行抵东俄洛时却说，"幕齿绥边尽臣职，圣恩未报敢归天？"（《东俄洛蛮寨夜宿题》）诗人又说自己虽然已经衰老不堪了，但是圣恩还未报答，怎么敢归天呢？从他一路的心路历程看，虽然他也隐约出现了看淡功名利禄的心，但作为士大夫对国祚苍生的使命感，驱使他以积极的、饱满的精神完成这次君王托付的守边大业。

四 《抱冲斋诗集》的艺术价值

杨钟羲《雪桥诗话三集》："斌笠耕司寇与崧亭、可庵一门兄弟，并以才杰跻通显。……刘孝长序其诗，称其天资警敏，淹雅多通，尤详南北宋故事。熊仪甫比部从受诗法。"[④] 徐世昌《晚晴簃诗汇·诗话》道："笠耕名家贵荫，少随父达斋尚书浙抚任。阮文达方视学，从其幕中诸名士游，

① （清）斌良撰《抱冲斋诗集》卷三十六，《续修四库全书·集部·别集类》1508册，第477页。

② （清）斌良撰《抱冲斋诗集》卷三十六，《续修四库全书·集部·别集类》1508册，第481页。

③ （清）斌良撰《抱冲斋诗集》卷三十六，《续修四库全书·集部·别集类》1508册，第482页。

④ （清）杨钟羲撰，雷恩海、姜朝晖点校《雪桥诗话全编三》卷一〇，第1986页。

即耽吟咏。后历官中外，数奉使西北边塞，山川行役，多见诗篇。集中与张船山、吴兰雪、姚伯昂诸人唱和最多，亦兰锜中风雅眉目也。”[①]

郭麐《灵芬馆诗话续》：“冯云伯出都后，以得见新刻诗话，甚为欣赏，贻书见寄，并寄长白笠耕观察所与唱和诗笺相示。《拂水山庄》云：‘江总归来白发新，劫灰余尽恋无因。风骚坛坫三朝重，金粉河山半壁陈。貂珥即看皆后进，蛾眉甘让作完人。孝陵铜狄苔花冷，词客空吟旧院春。’《枫桥舟中》云：‘风劲峭帆收有力，波柔枝橹划无痕。’《京口怀古》云：‘水犀雄镇三千甲，明月临江廿四桥。’皆朗丽清华，自然高胜。……观察虚怀下士，尝以所著就正于吾友甘亭，绣衣行部之余，时复衔彼山川，极命风雅，为难能也。”[②] 诗人自己也说：“闲从灰里拨阴何，明净窗油写树柯。薄宦大都缘境俭，好诗毕竟绘情多。性于偏嗜皆为癖，道欲成时半入魔。垂老香山近禅悦，蒲团合十礼维摩。”诗后注：“余近日每日诵观音咒，颇习禅定之学。”以上清人的评价，足见斌良的诗转益多师，诗法多样，而且人生经历极为丰富，故诗风宛丽、朗丽与壮丽兼并。

（一）用游记的形式写诗，进一步拓展了诗的表现形式

纵观《抱冲斋诗集》三十六卷，大多数诗篇为诗人赴任途中所写，是诗人用诗的形式或写沿途山川形胜，或写当地民俗。袁行云先生也说：“此集篇帙甚繁，极摭拾之富。居北京，遍游京城郊山寺，奉值圆明园，按部齐鲁，游历下、兖州、济宁南池，路出清源，游大宁禅林，均有诗。转漕吴苏，记运河水闸、金陵风景，及与江南名士读画论诗，篇咏尤多。”[③] 可见，诗人行迹所在之地，皆留有诗篇，一部《抱冲斋诗集》便是诗人一生的仕途轨迹、心路历程。

试题前加诗人作诗的时间及沿途经过的地名，便是此诗集的突出特色之一，尤其是《藏卫奉使集》，记诗人奉旨任驻藏大臣起，从北京城出发，记录沿途河北、山西、陕西、四川，以及从打箭炉到西藏拉萨的所见所感。该集第一首为《腊月十九日蒙恩授驻藏大臣恭纪》（道光二十六年十

---

① 徐世昌编，闻石点校《晚晴簃诗汇》卷一百二十二，第 5224 页。
② （清）郭麐撰《灵芬馆诗话续》，《续修四库全书·集部》1705 册，第 396 页。
③ 袁行云：《清人诗集叙录》，第 2152 页。

二月，即 1846 年），诗人从北京出发的时间应为道光二十七年正月二十八日，有诗《二十八日出都众亲朋沿路送别，情甚依依，晚抵良乡固节驿舍感赋》为证，最后一首为《七月十六日抵藏喜成》（道光二十七年，即 1847 年），历时近半年，途中时间记载清晰，诗集中的所有诗篇均是以时间先后为序安排的。

其次，诗题中往往会出现“抵”“达”“至”“过”“出”这些动态性强的词语，突出了游记题随移便记的特性。如《三十日晚抵涿州驿舍题壁书怀》《二月初一日至涿州善缘寺瞻礼》《雨中过窝龙寺》《田正定府出南门过滹沱河经赵林铺陟海山岭晚抵获鹿县》。

还有一些诗题很长，带有很强的描述性、叙事性，有诗前小序的特性，对作诗的缘由、心情，甚至场景作补充性说明。如：《二月六日，出玄武门沿河过西便门至天王寺，煮茗小坐即事书怀，晚归得诗十九首，语不求工，权当竹枝棹歌之作，聊寄一时之兴趣耳》（《抱冲斋诗集》卷二十三），这首诗题中将此次出游的路线，以及这 19 首诗创作的缘由做了补充说明；《余游厂店，见古书楼有〈香光梅花诗册〉，丰致绝佳，以金二镒购得之，归家细玩，知是余庚辰自书，散失阛阓间，客以董思白赝章钤于册尾，遂误为真迹，不禁哑然失笑，因作长歌记之》（《抱冲斋诗集》卷二十八），此诗题补充一次购书的细节，将自己临摹董其昌的书法作品，误为董的真迹而重金购得，回家细品，才知道是自己的临摹之作，足见诗人临摹董其昌书法已达到至高境界，甚至连自己都难以辨认。

又如：《六月十五日申刻，巴贡行馆门前山头，忽见彩虹五色缤纷垂光互天，与大朔塘川中所见无异，越三刻许，昔昌黎过衡山，瑞云忽开，东坡驻胶州，蜃楼特涌奉》，此诗题描述在巴贡行馆门前山头见到祥云，因此想起韩愈、苏轼等作品中的相似记载，并有感而作；《晓发大窝塘，鸟道萦回，险窄异常，骑行迟缓，至阿南多山麓天已曛黑，不可前进，因就蛮房止宿焉，次日晨起见山水甚佳，俨然图画，喜题》（二首）、《阿咱山中沿海子而行，澄碧万顷，鉴人眉宇，因和东坡惶恐滩韵》两首诗题描述川藏路上的山水，可谓描述与抒情叠加，俨然成了一篇小品文。

（二）斌良山水诗具有绘画美、书法美

诗人斌良不仅工诗，而且善书画。据《中华书法篆刻大辞典》载：

“《清画家诗史》《八旗画录》称斌良善书画，书学董其昌，尝集董书刻石。”[①] 他善于用画师的眼光捕捉山、水的独特色彩与神韵。且看《雨中抵察木多》：“砰訇脚底一声雷，凉翠周遮望眼开。泼墨乌云峰影湿，空山知是雨飞来。”[②] 用“泼墨”来形容乌云之浓。诗中写一场大雨来临之前的乌云，诗人从云的颜色入手，写乌云的气势，预计一场暴雨即将倾泻。如《晚抵普拉》：

路出西崦口，青畴四望盈。犁牛缘野牧，蛮舍与云平。麦秀畦塍润，风来饼饵清。中华好风景，相对若为情。[③]

又如《午抵江卡》：

朱盖棽丽映曙星，蛮花犵鸟迓车铃。草痕软藉丝头毯，山色横拖雀尾屏。远道驰驱逾月窟，危行呵护仰山灵。蔚蓝天染云光灿，顿豁心期一抹青。[④]

再如《硕板多道中，奇石巉岩，溪流澄澈，风景甚佳，蛮人不知玩赏，骚客亦鲜经行，赋此惜之》：

双峰对峙夹澄溪，荟翳林峦半在西。滉漾水心涵藻秀，岭岈石齿截云齐。蛮花倒影波俱活，犵鸟啼烟听欲迷。可惜荒陬幽绝处，骚人经少孰标题。[⑤]

---

① 李国钧主编《中华书法篆刻大辞典》，湖南教育出版社，1990，第 371 页。

② （清）斌良撰《抱冲斋诗集》卷三十六，《续修四库全书·集部·别集类》1508 册，第 482 页。

③ （清）斌良撰《抱冲斋诗集》卷三十六，《续修四库全书·集部·别集类》1508 册，第 480 页。

④ （清）斌良撰《抱冲斋诗集》卷三十六，《续修四库全书·集部·别集类》1508 册，第 480 页。

⑤ （清）斌良撰《抱冲斋诗集》卷三十六，《续修四库全书·集部·别集类》1508 册，第 482 页。

以上3首诗，均是描写诗人在入藏途中的所见，诗中写了一处白云深处田园牧歌式的藏乡人家；两处格桑花烂漫的山峦，活泼、温馨。画面感很强，色彩鲜亮，既具有画的神韵，又饱含诗的深情。

（三）格调乐观、豪迈，催人振奋、激人向上

斌良虽然入藏已是人生暮年，又时逢晚清，但诗中感情基调仍昂扬奋进，读之，使人精神抖擞。如："岭簇蛮花翾蛱蝶，涧萋野草牧羊牛。扫空青嶂云如带，仿佛担簦华岳游。"（《十五日自打箭炉起程晚抵哲多塘》）"喘肩舆重蛇盘蚓，一片烟芜好牧场。山鸟钩輈溪滑笏，蛮花艳逐马蹄香。"（《提茹塘晚至阿娘坝》）行走山路的艰辛，被眼前的美景冲淡。又如《东俄洛蛮舍题壁》云：

> 矮屋浑如舫，绳床曲尺眠。闭门吟饭颗，隔壁漾茶烟。旅况蛮荒陋，乡心梓里牵。呼童整裘褐，高蹑万峰巅。①

虽然川藏路之行异常艰辛，但诗人昂扬向上的情绪不减。此类诗一扫前任卫藏山水诗中的消极、颓废，乃至幽怨之气，而以一种昂扬进取的笔调，融积极乐观的精神于诗句的字里行间，读之使人踔厉奋发。

除了以上所述，斌良诗各体兼擅，尤以律诗见长。语言方面善用比喻，使诗中的事与物更加丰满可感。诗风多姿，内容丰赡。亦如光绪已卯（1879年）秋九月，滇南刘崐在《抱冲斋诗集·跋》中所言："达斋尚书于浙江节署，（斌良）未弱冠即嗜吟咏，与幕中名流酬唱之作，已裒然成集。洎由农曹而陈臬秦豫，入二秋，卿辅车出使绝域探奇。自南行北归迄藏卫奉使。以此厘为三十六卷，得诗五千五百余首，综四十余年中所至之地、所见之物，林陆异势、岛屿殊形、俯仰周流，无一不发之于诗。故其为诗也，如晴江沦涟，孤舟摇曳，目极川原，致兼凫藻，而大风倏起，激势浡潏，浑浑浩浩不可端倪，非遍览天下名山大川与夫中外之典礼，绝徼之风土人情，一一有会于心而发抒于手者，不足以语此盖信乎，所历之深

① （清）斌良撰《抱冲斋诗集》卷三十六，《续修四库全书·集部·别集类》1508册，第476页。

而所玩之远也。”[①] 足见斌良的人生经历与诗学修养共同造就了他“高秀闲远，参差瑰丽……浑浑浩浩不可端倪”的诗风特点。

第四节 崇恩及其藏事诗

崇恩，驻藏帮办大臣。据《清代驻藏大臣传略》续表中统计，其驻藏时间为道光二十八年正月至二十八年十二月（1848 年 2 月至 1849 年 1 月）。而他实际到藏与离藏时间在《孤蓬集·自序》中道：“九月望日抵藏履任。水土既劣，瘴疠复深。冬月忽患血疾，日呕升余，一字未吟，而心肝几为吐出，岁杪始瘥，春间复理故业，仅成一诗，旋奉部议去官。遂于三月二十九日东归，只身万里，幸得生还。”[②] 据此可知，崇恩应该于道光二十八年（1848）九月十五日抵藏，因病于次年三月二十九离藏，在藏时间共 6 个月余。崇恩驻藏期间的驻藏大臣为穆腾额。

一 崇恩经历及家世

崇恩（1803~1870?），生于嘉庆八年，卒年不详，另据其最后一部诗集《漫与集》作于同治九年（1870），其时他已 68 岁为据推测，约卒于同治九年后的不长时间。崇恩字仰之，号雨舲，一作语舲，别号香南居士，亦称语铃道人。爱新觉罗氏，满洲正红旗人。廪贡生。道光十七年崇恩升任山东泰安知州，道光二十年七月任济南府知府；间由泰州知州历官江苏按察使，二十二年二月任江苏按察使，同年六月调任山东按察使，二十三年五月调任江苏布政使，同年十二月升任山东巡抚。道光二十八年正月，赏已革山东巡抚崇恩蓝翎侍卫，为驻藏帮办大臣。同年十二月乙丑，降三级调用。此后一直到咸丰三年居家赋闲，处于归隐状态。

咸丰三年（1853）崇恩再次被重用，授山东布政使，旋授山东巡抚。

---

① （清）刘崐撰《抱冲斋诗集·跋》卷三十六，《续修四库全书·集部·别集类》1508 册，第 491 页。

② （清）崇恩撰《香南居士集·孤蓬集》，《清代诗文集汇编》614 册，第 670 页。

同治初为奉天府尹。咸丰十一年（1861）英法联军退出北京后，崇恩又去山西为官，3年后去职还家隐居，直至病故。《清朝野史大观》“崇雨舲”条云：“中丞性极豪侈，抚东日，令庖人先以大黄、仓术饲猪，猪作泻，则用糯米拌枣泥与食。某君曾尝一脔，谓其香甜不可名状。罢官后窘迫万状，寓书某太守，并作条相赠，楷法逼近钟王，但云欲得金华火腿，而苦无馈者。某知其意，乃觅得金华火腿四只，媵以百金，赍送入都。中丞复以书报谢。庚子之变，遂及于难。”① 这只是崇恩的一点野史，但也能从中看出其性豪荡，酷爱收藏，家中有大量藏书。

据现有史料，崇恩生平富于收藏，家中藏书多达万卷，他又精于文物鉴赏，特别是精通碑鉴，且工书善画。家富藏书，卒后为琉璃厂肄雅堂捆载而去，书钤“雨舲藏书”“玉牒崇恩”“绣漪精舍”“澹园”诸印。崇恩相关事迹参见《寒松阁谈艺琐录》《瓯钵罗室书画过目考》《清画家诗史辛上》《清代画家增编》《八旗画录后编中》《皇清书史》《国朝书人辑略》《书林藻鉴》等。

崇恩为爱新觉罗家族皇室文人。据崇恩为其父舒敏撰写的《适斋诗集·石舫府君行述》中道：“府君讳舒敏……系出兴祖直皇帝三子宁古塔贝勒索公（讳长阿）之六世孙也。”② 可知，崇恩是清兴祖直皇帝福满第三子爱新觉罗·索长阿，即太祖努尔哈赤三伯祖的七世孙。祖父为乾隆年间闽浙总督乌拉纳，因其任上苛政敛财被处以极刑。崇恩的父亲是满洲八旗诗人舒敏（1777~1803），可惜英年早逝，死时崇恩还不满1岁。

崇恩家族也是一个典型的满族文学家族。其父舒敏，乌拉纳的第三子，舒其绍说他是“天潢贵胄，少负隽才，俗好一无，所嗜独志于诗”③。今存《适斋诗集》四卷，分别为《秋笳吟上》《秋笳吟中》《秋笳吟下》《课花轩遗草》，存诗200首。可惜他只活了27岁。崇恩的四子廷奭流传有《未弱冠集》八卷，五子廷雍也擅长诗文，有诗集《读画斋且存稿》（不分卷）传世，他们二人皆是满族文学史上较有声名的作家。除此，还有崇恩的两个堂弟崇禧和崇封皆善诗，他们二人虽然没有诗集传世，但有

① 李秉新等校勘《清朝野史大观》，河北人民出版社，1997，第1161页。
② （清）觉罗舒敏撰《适斋居士集》，《清代诗文集汇编》第520册，第647页。
③ （清）觉罗舒敏撰《适斋居士集》，《清代诗文集汇编》第520册，第643页。

部分诗篇收录在《香南居士集·听雨集》中。

二　崇恩著述与交游

崇恩著述，据恩华纂辑的《八旗艺文编目》记载，别集类有《香南居士集》二十三卷；另有《香南精舍金石契》与《金石玉铭》等。所撰先有《香南居士集》六卷，分别是《听雨集》一卷、《养拙集》一卷、《寻乐集》一卷、《司勋集》一卷、《守岱集》两卷。道光二十二年刻，国家图书馆、中国科学院图书馆藏。后增辑为《香南居士集》二十三卷，见《八旗艺文编目》。今存《香南居士集》二十一卷，按其创作时间先后分别为：《听雨集》一卷、《养拙集》一卷、《寻乐集》一卷、《司勋集》一卷、《匏系集》一卷、《枫江集》一卷、《瞻园集》一卷、《枫江后集》一卷、《孤蓬集》一卷、《归闲集》上中下共三卷、《拾得集》一卷、《澹园集》一卷、《寒竽集》一卷、《蒯缑集》一卷、《课蔬集》一卷、《喜雨集》一卷、《遂初集》一卷、《深雪集》一卷、《漫与集》一卷，录道光五年（1825）至同治九年（1870）的诗，同治年间刻，中国国家图书馆、山东省图书馆藏。今见《清代诗文集汇编》。①

今存《香南居士集》写本有数种：一为《枕琴轩诗钞》不分卷，稿本，二册，北京大学图书馆藏；一为《枕琴轩诗钞》不分卷，稿本，二册，中国社会科学院文学研究所藏；一为《枕琴轩诗草》不分卷，稿本，清末陈森跋，浙江省图书馆藏；一为《宝善堂诗草》不分卷，稿本，十六册，复旦大学图书馆藏；一为《崇雨舲中丞诗稿守岱集》一卷，稿本，济南市图书馆藏；一为《崇恩手札》不分卷，稿本，中国国家图书馆藏。

《香南居士集二十一卷》，为同治年间刻本。诗起道光九年（1829），各集以事系名，诗人27岁；止于同治九年（1870），年当68岁。“其诗洗脱八旗诗人闲适之习，较为质直。”②《澎湖岛珊瑚歌》《宣德铜盘曲》《读李长吉诗集》《五蓬山纪游》《海壖杂诗》《海市诗》，咸可观采。渡雅砻江，过泸定桥，有诗。又作《居藏书事》《老林二十四韵》。出打箭炉，川

---

① （清）崇恩撰《香南居士集·孤蓬集》，《清代诗文集汇编》614册，第541-724页。

② 袁行云：《清人诗集叙录》，第2436页。

行山中诗，以所历奇险，而与闭门自吟者，有很大区别。晚官山东，邀何绍基主泺源书院。自云幼年诗为《天籁集》《师竹集》，由其弟崇禧、崇封编辑，汇刻时均未收。是性情心力，俱假歌咏以传矣。

纵观《香南居士集》，崇恩与何绍基诗作往来最频繁。何绍基（1799~1873），字子贞，号东洲居士，湖南道州人，道光十六年进士，官四川学政。书法、绘画、诗文皆擅。诗文今存较丰赡。代表性的如《东洲草堂文钞》十六卷，《东洲草堂诗钞三十卷》。徐世昌《晚晴簃诗汇·诗话》有云："语铃富收藏，精鉴赏，工书画。官山左最久，尝延何子贞太史主讲席，唱酬之作尤多。"[①] 咸丰六年（1856），何绍基四川学政任上因得罪权贵，受崇恩邀请，辞官到济南主讲于山东泺源书院。这一年他们二人的酬唱诗最多，仅收入《澹园集》就多达 10 余首。此后，咸丰八年（1858）他们二人往来的多首诗作也收在《澹园集》中。咸丰九年（1859）二人依然有多首往来诗作，收在《寒竽集》中。

崇恩还与李庆翱有一定的交往，《蒯侯集》也有多首他们二人的唱和诗。李庆翱，字公度，又字小湘。山东历城人。李廷芳之子。咸丰二年（1852）中进士，选庶吉士，散馆授编修。光绪元年（1875）擢升为河南巡抚。曾参与镇压太平天国，著有《来青馆诗集》两卷。作于同治元年（1862）的《蒯缑集》中录有《忆梅柬李小湘太守，次前韵》《唐刺史既饷腊梅，李太守回以定瓷方瓶见赠供养，斋中香满一室，时有客至弈棋咏诗，亦旅次一乐也，复次前韵以纪之》《又戏成一绝柬李、唐二子》等。除此，诗人还与朱英、章炳兰、李兰孙等人有唱和之作，对理解诗人的经历、性情均有一定的帮助。

三 《香南居士集·孤蓬集》的内容与思想

《香南居士集》二十一卷，其中《孤蓬集》一卷，是崇恩被任命为驻藏帮办大臣，在出入藏以及在藏期间所写之诗。如诗人在《香南居士集·孤蓬集》集首云：

---

① 徐世昌编，闻石点校《晚晴簃诗汇》卷一百二十四，第 5772 页。

卫藏去神京西南万三千里而遥，蛮荒鄙陋无足纪者，然由燕而晋而秦而蜀，中间瞻太华，揽骊山，叩秦关，泛清渭。周秦汉唐遗迹历历目前，名山大川尤足益人神智。比入栈道，虽日冒险巇而岩壑明秀，出奇不穷，触景拈毫，深得其助，所作遂多。九月望日抵藏履任。水土既劣，瘴疠复深。冬月忽患血疾，日呕升余，一字未吟，而心肝几为吐出，岁杪始瘥，春间复理故业，仅成一诗，旋奉部议去官。遂于三月二十九日东归，只身万里，幸得生还。俪小草而不芳，类孤蓬之自振，因编是集。颜曰：孤蓬归途诸作并附于后云，时在道光己酉闰月香南居士记。①

这一篇集前序，基本说明了《孤蓬集》一卷的内容与出入藏的心情。具体说来，透露了三层含义。一是诗人被任命为驻藏帮办大臣，其入藏的路线，先出河北，再入山西、陕西，后进入四川，最后由川抵藏。而且这条路线也是其他入藏官员的必经之路。诗人一路游览名山大川，遍访周秦汉唐古迹，写了不少赞颂的诗篇。二是诗人抵藏后由于水土不服，而身患“血疾”，故而抵藏不足 1 年便得道光皇帝的恩许而返乡，在藏期间的诗作只有《居夷书事》1 首古体长诗及《将离藏署口占四绝留题斋壁》5 首。三是诗人归途颇为凄凉，序中说“只身万里，幸得生还”，因而以孤蓬自况，命此诗集为“孤蓬集”。

就《孤蓬集》中的藏事诗看，也正好符合诗人在该集序中所言，诗人入山西、陕西、四川途中留的诗作较多，而入藏、出藏以及在藏的诗留下的不多。入藏诗有《飞越岭》《泸定桥》《头道水》3 首；出藏诗有《江达行馆夜雨不寐口占》《又代闺情一首》《老林二十四韵》《樱杏栏》《察木多道中》5 首；在藏诗有《居夷书事》《将离藏署口占四绝留题斋壁》5 首。从如上藏事诗的内容看，概括性描述了卫藏山水胜景，以及藏内风物民俗等。

（一）描写入藏途中山、水、桥的壮观，表达不畏路遥途险的豪情

在其他入藏诗人笔下重点描绘的二郎山、折多山、瓦合山、雅鲁藏布

① （清）崇恩撰《香南居士集·孤蓬集》，《清代诗文集汇编》614 册，第 670 页。

江、海子（藏地湖泊）这些入藏途中必经的高山、大河、湖泊，诗人都没有具体的诗作叙述，而选取了入藏前期的一座山《飞越岭》、一座桥《泸定桥》、一条河《头道水》，虽然过于概括，但也可知入藏的艰辛。其中《飞越岭》诗云：

> 路出老君岩，鸟道凌空蟠。陟降数十里，跬步皆峰峦。却望飞越岭，更在层云端。肩舆上千仞，軏軏殊难安。百夫共推挽，邪许呼声欢。如牵万斛舟，逆水行浅滩。寸进而尺退，力尽尤蹒跚。飞越固自好，御风乏羽翰。无由铲叠嶂，且复骖龙鸾。毋为困踬忧，行见扶摇抟。①

飞越岭位于川西南雅安市汉源、荥经与甘孜州泸定三县交界的桌子山与扇子山之间，最低处的飞越岭垭口为汉源县宜东镇汉恩村与泸定县化林坪交界处，海拔 2830 米。飞越岭以其关塞如鸟道蛇盘，一线穿云，地势险恶，相传只有鸟能飞越而闻名。飞越岭垭口历史上是成都、雅安与康藏雪域高原地区茶马互市的千年古道驿站，藏民东出成渝等地进行贸易交流必经此地，历史上是汉藏人民来往、商贸交换活动十分频繁的活跃地。翻过飞越岭向西跨过泸定桥，便进入四川甘孜州。

因此，飞越岭无论从地理位置还是人员的活动情况，都是汉藏文化的碰撞、交汇地。《西藏图考》云："飞越岭，山势陡峻，怪石巉岩，终年积雪，内地第一险阻也，山顶有隘，过隘即下山，十五里陡坡无驻足处。"②诗人崇恩的这首古体长诗，以切身体验，用比喻、夸张等修辞手法，形象地反映了行走于飞越岭"寸进而尺退，力尽尤蹒跚"的感受。诗的主要笔墨集中写飞越岭的高峻与难于攀越，但从诗的结尾看，格调高昂，抒发诗人不畏路途艰险，克服困难的勇气与信心。也暗示诗人虽从山东巡抚任上被贬，但不会退缩，建功立业的雄心不减。

从飞越岭下山即到化林坪，由化林坪再到泸定桥，化林坪与泸定桥间

---

① （清）崇恩《香南居士集·孤蓬集》，《清代诗文集汇编》614 册，第 675 页。

② 《西藏研究》编辑部编辑《西招图略　西藏图考》，第 83 页。

相距80里。如《泸定桥》诗云：

> 泸江挟金沙，蓄极势奔放。激昂千里来，揖拱群山让。夏秋滩溜急，舟楫不可揨。徒抗力难施，工倕坐惆怅。利济赖神工，惨淡烦意匠。飞桥四百尺，悬崖屹相向。铁索絙两端，松杉布其上。风涛一震撼，乾坤亦溶漾。安舆驾虚空，平步逵波浪。超然游物外，性定胆斯壮。[①]

泸定桥是清代从川入藏的必经之路。据《西藏图考》描述："泸定桥，地稍温暖，河即泸水，有铁索桥，康熙四十年建，东西长三十一丈一尺，宽九尺，索九条，覆木板于上，有巡检一员。"[②] 泸江，指即今雅砻江下游及与雅砻江合流后至云南巧家县一段金沙江，在四川、云南二省间，汉至唐称泸水。此首诗，不但用夸张修辞，还用拟人手法写金沙江奔腾而下，"揖拱群山让"的神态，更加突出泸定桥下的水势"激昂千里来"；同时，也写出泸定铁索桥的气势，九根铁索横亘两岸"风涛一震撼，乾坤亦溶漾"。此诗与上一首《飞越岭》的共同点是诗的结尾依然表明心志，"性定胆斯壮"，同样表示不被眼前困难吓倒的决心。

从泸定桥行40里即到大烹坝尖，由此再行45里便到头道水。再从头道水行65里便到打箭炉（今康定）。据《西藏图考》载："头道水高崖夹峙，一水中流，居民皆住山麓，岩后有一瀑布亦一大观也。"如《头道水》：

> 万水破空来，危峡束之窄。乱石排阵垒，酣战力相敌。雷霆怒轰击，羲娥惨薄蚀。飞腾郁千盘，奔注争一隙。五里烟光凝，十丈浪花激。仆役饱经险，却立无人色。深箐密蒙蒙，怪鸟鸣磔磔。日暮宿山馆，银虬挂绝壁。波涛撼大江，风雨永今夕。耿耿不成寐，起视长天碧。[③]

① （清）崇恩撰《香南居士集·孤蓬集》，《清代诗文集汇编》614册，第675页。
② 《西藏研究》编辑部编辑《西招图略　西藏图考》，第83页。
③ （清）崇恩撰《香南居士集·孤蓬集》，《清代诗文集汇编》614册，第675页。

头道水，峡陡而势猛。诗人用夸张手法、用侧面烘托“仆役饱经险，却立无人色”等描写头道水从峡谷间奔泻而出的宏大气势。同时诗中也写了附近山岩后的“小天都”瀑布，如“银虬挂绝壁”，孙士毅、惠龄、和瑛等入藏官员也曾写诗歌咏小天都瀑布。此诗依然突出头道水波澜壮阔、气象万千的形态，突出头道水的宏大气势给人的震撼。读之，使人心潮澎湃，促使人不畏艰险，勇敢向前。

（二）叙述藏内风物民俗的奇异，抒发看淡功名的隐逸之情

据《孤蓬集》集前序云，诗人入藏后由于水土不服，患了很严重的疾病，因此，在藏半年余，几乎无诗作留下来，其中《居夷书事》和《将离藏署口占四绝题斋壁》（四首）是崇恩病情好转，并将要离别时所写，也是概括描写了诗人半年多在藏的所见所感。如《居夷书事》云：

晨起无所事，次第漱栉沐。明窗展金经，焚香一再读。本意非佞佛，何缘敢求福。借以养吾真，惩忿而窒欲。掩卷聊散步，巡檐恣远瞩。四山残雪白，万树寒烟绿。回风卷江涛（后注：藏江距署南里许），长冰列崖瀑（自注：瀑布随流随冻，结成冰柱，往往数丈，过长则折，其声甚厉）。峨峨梵王宫，历历须弥麓。金碧互辉映，楼观纷联属。梵呗异中土，铙吹殷空谷。番民习野豺，蛮妇歌山曲。繁靡徒骇耳，诙诡难悦目。徘徊未移时，饘香饭已熟。含咀菜根味，搜剔骨边肉。半盂黄豆浆，数匙红米粥。敢叹食无鱼，但愧居无竹（自注：藏地无竹，惟涧头寺一丛，亦不过数茎耳）。启事来吏胥，探怀陈案牍。莫嫌纸尾短，庶免笔头秃。吏散斋室静，雪霁天气淑。苦茗三数杯，苦棋一两局。乡心话老兵，戏事逐童仆。诗或成漫与，客每来不速。试酌瓮头春，小摘园中蔌（自注：市无菜蔬，使者各治一圃，颇有闭门种菜之风焉）。盘飧岂适口，粗粝聊果腹。谈笑杂里谚，问讯知夷俗。虽未称高会，亦可慰幽独。家书月一至，两字平安祝。蠹简保缺残，把玩忘饮啄。饱食得甘寝，息念已绝欲。颓然便终日，坦怀无剌促。所怀陶靖节，故里荒松菊。所慕白乐天，中隐遗荣辱。子瞻虽放弃，忠爱意弥笃。务观老江湖，忧国志恢复。孤忠愿学苏，

苦节常怀陆。空抱志磊落，自恨才庸碌。古人许尚友，遗集缅芳躅。一室如晤言，千秋式金玉。无材效廊庙，有约从樵牧。何时归去来，箪瓢愿亦足。①

此诗共80句，400字，是一首长篇叙事诗。诗人以一天的生活经历为叙述线索。先写每日清晨的焚香诵经，诗中说诵经并非佞佛，而是希望能够养心、静心，并希望拥有空明澄澈的内心，以此冲淡欲望和怨怒。然后由掩卷远眺，自然过渡到写景，四山残雪未消，郊外的寒冷烟雾和衰萎的树木还凝聚着一片苍绿。凛冽的寒风席卷着拉萨河，水声滔滔。由于天气太寒冷了，“瀑布随流随冻，结成冰柱，往往数丈，过长则折，其声甚厉”。

接下来诗人开始写佛教，布达拉宫、大小昭寺巍峨耸立。梵王，指色界初禅天的大梵天王，亦泛指此界诸天之王；梵王宫，本指大梵天王的宫殿，后泛指佛寺。须弥山一词来自婆罗门教术语，古印度神话中位于世界中心的山，后被佛教引用，指佛教的中心，这里诗人借指拉萨城西北的玛布日山，布达拉宫坐落于此山。佛寺之间绵延相接，阳光照耀下，金顶光彩夺目。钟磬、铙钹、诵经之声此起彼伏，构成一个佛国世界。

其次，写自己一天的公务与饮食，重点写饮食，极写粗茶淡饭，“黄豆浆”“红米粥”等“粗粝聊果腹”，感叹“食无鱼”。诗人在此还特别提到“市无菜蔬，使者各治一圃，颇有闭门种菜之风焉”。西藏不像内地，亦无竹子，诗人自注：“藏地无竹，惟涧头寺一丛，亦不过数茎耳。”有关公务的描写，“启事来吏胥，探怀陈案牍。莫嫌纸尾短，庶免笔头秃。吏散斋室静，雪霁天气淑。”这里也提到藏笔，西藏一直用竹子和一种特制木头做的笔写字，也看出诗人使用这种笔极不习惯。

诗的结尾，仰慕陶渊明、白居易的隐逸精神；钦佩苏轼、陆游的高洁与光明磊落之志，说自己“无材效廊庙，有约从樵牧”。并希望能早日还家，宁愿过“一箪食，一瓢饮”的简朴生活。

诗人得道光皇帝的允准提前回家时，喜上眉梢，在即将要离开他生活过的驻藏大臣衙门之时，题写了四首《将离藏署口占四绝留题斋壁》。

---

① （清）崇恩撰《香南居士集·孤蓬集》，《清代诗文集汇编》614册，第675-676页。

其一：

节过春分草半青，嫩黄杨柳斗娉婷。鹧鸪唤起乡音切，便惹闲愁也要听。

其二：

暮春三月柳初眠，四合荒山隐碧烟。一事报君应叫绝，桃花和雪伴苦禅。

其三：

皇恩忽许放还家，促办归装笑语哗。何事文书迟不至，想应留我看桃花。

其四：

乱山乔木锁荒寒，九十韶华忽已阑。三树绯桃一株杏，风光莫作等闲看。①

此4首绝句，整体风格清丽明快，可知此时诗人内心是无比激动而愉悦的。其一，嫩黄杨柳姿态优美，随风摇曳，鹧鸪声起，诗人不再忧伤，因为马上可以归家了；其二，暮春三月，四山已经逐渐隐去了冬日青色的烟雾，杏花已开；其三，得知皇帝准许其还家的喜讯而开心不已；其四，诗人告诫后来者，韶华易逝，莫作等闲人。

（三）刻画出藏途中雨、树、花的凄美，表达对故土家人的思念之情

《江达行馆夜雨不寐口占》云："潇潇暮雨洒邮亭，倦客无聊独夜醒。刚是杏花开似雪，不妨权作小楼听。"另《又代闺情一首》又云："支颐听

① （清）崇恩撰《香南居士集·孤蓬集》，《清代诗文集汇编》614册，第676页。

雨独舍情，湿鼓沈沈近二更。偏是雏鬟解人意，替人屈指数归程。”以上两首归程诗，诗中无论是暮雨，还是杏花，似乎都染上了浓浓的乡愁，营造出一种凄美的意境。

驻藏大臣斌良的《抱冲斋诗集·卫藏奉使集》中有多首诗写入藏之途的树。有写遮天蔽日的树林《松林口》，有写单棵树的《莽里岭古松盘曲，颇有画意，蛮人不知珍爱，半作樵薪，赋此惜之》《古树塘有大树二株，本大十人围，乃千年物也，令塘兵护惜，不许蛮人樵采，赏之以诗》等，诗人崇恩的《老林二十四韵》是从整体印象上写出藏沿途所见的各种树。其诗前序云：“塞外山多不毛，然遇老林则阴森蔽日，寒栗逼人。木多松杉，长十余丈，大数围者以亿万计，枝梢多挂苔发，长至丈余。远望鬖鬖有如垂柳，树身亦皆翠苔蒙遍，奇者若怪石然。自倒大木纵横山谷间，过者惜之，而夷人不过问也。自炉城至藏，凡十余处，而以高日寺、雅砻江、松林口、巴塘、硌确塘、拉子山等处为尤深翳。盖自邃古以来，未经翦代者也，归途无事，赋诗纪之。”其诗云：

> 混沌疑初凿，洪蒙迄未宣。神工略蛮徼，别铸一山川。杂远群峦合，奔腾众壑连。深箐不透日，眢井偶窥天。险冒将倾厂，危临不测渊。高杉万樯立，坠石一藤悬。草滑长坡陡，沙流迮径偏。林阴洒为雨，瀑影散如烟。仆役劳千指，篮舆侧半肩。金绳开接引，慧剑断樛缠。栈坏枯柴架，桥危朽索聊。路穷时蚓曲，峰起复螺旋。风鶂飞还退，滩舟却复前。蛇行才碉底，鸦顾已松颠。直下形如坠，超登势欲骞。猱升忽跳掷，蚁附且延缘。药树新红茁，苔毛古翠鲜。枯横十丈木，倒喷百重泉。鹤记神尧雪，松知古佛年。朝餐享由粥，夕卧念青毡。雾露心常痗，饥寒瘴莫痊。居然增阅历，畴敢怨迍邅。记乏文心妙，图虚画手妍。归来话绝境，诗句任抄传。①

诗人在序中说，凡在途中遇到的老林，遮天蔽日，常年无人踏足，故而大者长十余丈，“大数围者以亿万记”。而且树上多长苔藓，倒挂数丈，远观

① （清）崇恩撰《香南居士集·孤蓬集》，《清代诗文集汇编》614册，第676页。

如杨柳，甚是奇特。诗人还写了在途中偶遇的独立的一株树，长势奇崛，很有韵味，很符合文人画家的审美，往往能引人驻足感叹。诗人在这首诗中除了重点描写山林的幽奇、险怪的特征外，还着力刻画了道路之险、行路之难，“危临不测渊”“坠石一藤悬”“草滑长坡陡，沙流连径偏”“栈坏枯柴架，桥危朽索聊”“路穷时蚓曲”。整体看来，在幽趣的自然之景中融入了人生的“迍邅”，营造出了一幅凄美的诗境。

《樱杏栏》诗前序“自硌确塘至浪荡沟二十里，樱桃、杏花盛开，抱岩临水若栏楯，然因目之为樱杏栏，无色蝴蝶成团飞舞，而嫩黄者尤娇艳可爱，花香鸟语与内地季春略同也”。诗云：

> 远近花光合，蜗盘路一条。周遮若飞槛，低亚护危桥。雪霁禽声乐，风香蝶影骄。乡关犹万里，春色苦相撩。①

这首诗则是总写花，樱花、杏花盛开，抱岩临水，形成花的栏楯。花香四溢，蝴蝶在其上翩跹起舞，鸟语花香。由不同地方相似的春色，勾起了诗人的乡关之思。而此集的最后一首诗便是《察木多道中》，诗云：

> 万叠云山绕画屏，蛮楼聊当短长亭。蒙蒙几树新荑柳，细雨微烟分外青。②

察木多今为西藏昌都，据《卫藏通志》载：“察木多，古名康，又名喀木，距巴塘千余里，中隔乍丫，路出西北，天时无异里塘，三山环逼，二水河流，为西藏门户，界通川滇。北河有四川桥，南河有云南桥，滇省旧曾设镇于此，今归并川省。”③ 这首诗也是融情于景，云雾缭绕，细雨蒙蒙，柳发新芽的察木多道中的景色，像极了诗人来时的情景，故而错将藏地的小楼当成来时送别的长亭。

---

① （清）崇恩撰《香南居士集·孤蓬集》，《清代诗文集汇编》614 册，第 677 页。
② （清）崇恩撰《香南居士集·孤蓬集》，《清代诗文集汇编》614 册，第 677 页。
③ 《西藏研究》编辑部编辑《西藏志　卫藏通志》，第 235 页。

四　《香南居士集·孤蓬集》的艺术特色

符葆森《国朝正雅集·寄心庵诗话》："今山东中丞崇雨舲先生昔开藩江宁时，即闻其工诗，嗣屡于图册中见之。其先赠公自戍归，生中丞甫七月而逝。余客京师，获读其遗集，始悉家学渊源有自来也。而中丞之德泽原良，尽心报国，所以副先人之望于不朽者，又不仅以诗见长矣。"又："雨舲中丞盛播诗名，輶轩所至，均有题咏。其论诗以神韵意味为主，此有窥于诗之本，故作真朴宏深，上入古人堂奥，尤笃于伦常，如《别女兄》《忆弟诸作》，语语从性情流出。至写景之工，如'风香动新荷，露凉惊暗竹'，较孟山人、白太傅殆有过之。"①

而《清朝野史大观》"崇雨铃"条云："崇中丞，号雨舲，并不以科目起家，而有满洲才子之誉。曩在齐河旅店中见其《题壁诗》云：'草色碧无际，夕阳红半城。'造句极似晚唐，夫亦难能可贵矣。"② 诗人生活的时期，清政府经历了一次次失败的对外战争，割地、通商、赔款，清朝国势日渐衰微，使很多士人感到人生艰危，功业难成。这时期大多数诗人的诗中难免出现晚唐诗特有的夕阳、晚霞这些景色。观察诗人出藏途中所写的几首诗，亦有这样的感受。无论是《江达行馆夜雨不寐口占》与《又代闺情一首》，还是《樱杏栏》及《察木多道中》，均是先写景，进而以乡关之思作结，诗境虽美，但格调未免太低沉。总之，崇恩的藏事诗有如下突出特点。

1. 善于概括叙事。叙述井然有序，层次分明。如古体长诗《居夷书事》，诗人将自己居藏半年余来的所见所感，压缩成一天的见闻、感受来叙述，以时间从早到晚为经，以诗人视线的扫视为纬，将诗人所见景、所经事、所用物都一一展现了出来，场面宏大、事繁而杂，但读之，给人井然之感。

2. 擅长写景。诗人笔下之景，并不是简单描摹，而是将诗人的情感融于其中，借景抒情。无论是诗人入藏途中所写的《飞越岭》《泸定桥》

---

① （清）符葆森：《国朝正雅集·寄心庵诗话》卷二十六，据咸丰六年（1856）京师半亩园刊本。

② 李秉新等校勘《清朝野史大观》，第1160页。

《头道水》，还是出藏途中所写的《江达行馆夜雨不寐口占》《樱杏栏》《察木多道中》，都是如此。

3. 以古体诗见长。其古体长诗明显具有散文化倾向。虽然观其诗集《香南居士集》二十一卷，各种形式的诗体崇恩都驾驭自如，但诗人往往用古体长诗来囊括丰富的信息，蕴含复杂难言的思想情感。

4. 风格多样。主要随诗人的人生遭际而变化。《孤蓬集》入藏途中所写之景，主要捕捉壮大、宏阔、有气势的物象来描写，突出诗人积极追求功业的决心与勇气，但入藏后，由于自己大病了一场，诗人逐渐看淡了功名利禄，触发了诗人的隐逸之情、乡关之思，因而所造之景，以雨、云、花这些缠绵、凄迷之景为主。观其整个《香南居士集》亦同样有这样的感受，前期诗风壮阔，后期诗风偏隐逸。作于前期道光十三年（1833）至十五年，诗人 30 岁左右的《寻乐集》，其中《咏怀》其二，表达了诗人渴望建立功业的豪情；作于同治二年（1863），诗人 61 岁时的诗集《课蔬集》中开头的《春日杂兴二十三首》《春日园居杂兴八首》等，则突出诗人的闲适之情。

第五章　光宣时期驻藏大臣的藏事诗

光绪二、三年间，英人已产生窥藏之心，而哲孟雄（锡金）即被诱于英。先是哲部西邻的廓尔喀（尼泊尔）屡侵哲地，哲本属于藏藩，知西藏已不能护已，转依于英。就在这期间，清总理衙门也收到英人入藏协商边界通商的请求，“派一使臣至拉萨，其使臣须奉中国大皇帝俞允，并与中国驻扎西藏大臣交好，恳其代通友谊于达赖喇嘛处，并协同中国驻扎西藏大臣与拉萨大员，讲明使臣此来专为通商起见，欲使贸易兴旺，地方丰盛，去其一切疑惑之心”①。光绪十二年（1886），英将铁路延伸到大吉岭，英人乘机在大吉岭扩建市场。至光绪十三年，“俄人又有由和田入藏游历之请，英遂进兵于那荡地方，及十四年，藏兵万余，拒英兵于边界，为英所败。英欲长驱直入西藏，以气候不宜而中止”②。

《东方杂志》第八期曾刊载了一篇题为《论英人侵略西藏》的评论，其中有这样一段话：“英人侵略西藏，蓄谋极久。光绪十四年，藏之藩部哲孟雄与藏争边界，斯时，哲孟雄授英印度总督诱掖，遂引英兵入藏。是年四月十三日，藏兵拒英人于边境，为英所败，死伤六七百人。六月十二日、十五日两日，英兵复攻藏营，方开战，天大雨，昏雾四塞，因而收队，藏人更集兵祷于佛寺，誓众复仇，其誓词曰，我西藏全国男女，誓不与洋人并于天地间，将于七月初十、十五两日进攻英营，而为驻藏大臣升泰所阻。升泰逼藏兵休战，更使守备萧战先说英兵停战，英遂退兵，驻于堆邦，遂于其时略取哲孟雄部。时年九月，英兵苦寒，催促驻藏大臣速订和

① 北京大学历史系等编《西藏地方历史资料选辑》，生活·读书·新知三联书店，1963，第155页。

② 朱琇编著《西藏六十年大事记》（校注本），青海人民出版社，1996，第13页。

议，遂与英人缔结定界、通商之约，此英兵第一次侵略西藏之大略也。”① 此条约便是光绪十六年（1890）签订的《中英会议藏印条约八款》。

《中英会议藏印条约八款》之第一款规定：“藏、哲之界，以自布坦交界之支莫挚山起，至廓尔喀边界止，分哲属梯斯塔及近山南流诸小河，藏属莫竹及近山北流诸小河，分水流之一带山顶为界。”② “此次定界，藏边险要已为藏印所共有，哲藏通路必由纳金山往来，纳金山每岁积雪仅四月至九月可通行，余月皆不通。仅仅依赖气候为防御，然当通时，由哲境至后藏都会之扎什伦布仅需马行三日，道途坦易，并无关隘。于是隆吐诸处之卡与支结山、洛纳山诸处之鄂博皆归无用。英人第二次侵略西藏，借口是藏人藐视英人，不遵守条约之约定。实则英人此次举动，为扩张印度之防御线。故英人乘日俄交战之时，即遣派军队侵略西藏。最后于1904年英人荣赫鹏带领英印军长驱入侵至拉萨，导致十三世达赖喇嘛出走蒙古之历史悲剧的发生。”③

据吴丰培、曾国庆撰写的《清代驻藏大臣传略》统计，咸丰（1851~1861）、同治（1862~1874）在位的22年间，共任命驻藏大臣及驻藏帮办大臣20人，因病或其他原因有6人未到任。这些到任的14人中也未发现有诗作传世。光绪（1875~1908）、宣统（1909~1911）在位的36年间，共任命驻藏大臣30人次，28人，这其中有7人实未到任，因而这期间共有21位驻藏大臣及驻藏帮办大臣抵藏就任。这21位驻藏大臣传世的作品主要是驻藏奏牍，今载于西藏社会科学院西藏学汉文文献研究室辑的《清代藏事奏牍》与吴丰培先生辑的《清季筹藏奏牍》之中。就目前发现的光绪、宣统时期的驻藏大臣藏事诗仅有有泰在其《有泰驻藏日记》中的2首及联豫在《联豫驻藏奏稿》末所附的6首。

第一节　有泰及其藏事诗

全国图书馆文献缩微复制中心于2005年影印出版了《稿本有泰文

① 《论英人侵略西藏》，《东方杂志》第8期，第390页。

② 北京大学历史系等编《西藏地方历史资料选辑》，第173页。

③ 牙含章：《达赖喇嘛传》，第208页。

集》，共10册，收录了有泰日记、奏折，以及书信的底稿。尤其是其中的《有泰驻藏日记》是目前所见驻藏大臣留下来的唯一驻藏日记，它能够全面反映清末驻藏官员的公务活动，以及公务之外的交际、饮食、阅读、诗文创作等日常生活。《有泰日记》不仅对研究有泰本人，乃至对研究整个驻藏大臣的日常生活都有着积极意义。有泰所存诗，目前仅见于《有泰日记》。

一　有泰生平述略

有泰（1844~1910），字孟琴，卓特氏，蒙古正黄旗人。大学士福俊之孙，驻藏大臣升泰之弟。初为监生，同治四年（1865）三月，其考取额外蒙古协修官。同治五年八月，签户部。光绪九年（1883）七月，有泰随额勒和布政使赴陕西查办案件，充随员。光绪二十一年（1895）五月，有泰累迁至常州知府。光绪二十四年十月，段郡王载漪奏请有泰回京，充任虎神营右军统领。光绪二十七年十二月，有泰任鸿胪寺少卿。

光绪二十八年十一月，赏有泰副都统衔，任其为驻藏大臣。光绪三十二年四月，清政府派张荫棠入藏查办事件。十月，诏京，驻藏大臣由联豫补授。[①] 同年十一月十八日，张荫棠参奏有泰贪赃枉法，颟顸误国。二十九日，有泰被革职查办。光绪三十三年二月，并着改发往河北张家口军台效力赎罪，宣统二年七月卒。

有泰在藏活动及其主要事迹。光绪二十九年五月初抵成都，与川督锡良、帮办大臣桂霖筹划藏事练兵及派帮办大臣驻扎察木多（昌都）等事项。八月二十一日，由成都起程，九月初十抵打箭炉（康定）。十二月二十四日抵藏接替裕钢为驻藏办事大臣。这时英印军队驻扎在堆朗，约赴帕克里议和，照十六年条约切实办理，愿意休兵，初无直捣拉萨之意。“有泰畏缩，仅派都司李福林往议，请英军退出亚东。李福林至江孜，不敢前往。英军屡经函催，有泰始照会达赖，请派噶布伦随议。然达赖依赖俄国，不愿与英军交涉，遂寝其事。”[②]

光绪三十年二月初五，英印军头目荣赫鹏照会有泰，定日开赴江孜，

---

① 《清德宗实录》卷五六五，中华书局（影印），1986，第477页。

② 朱绣编著《西藏六十年大事记》（校注本），第18页。

请有泰到江孜面商一切。有泰先答复不日前往，后来又变为三月底可前往，终究还是未去。二月十五日，英军深入骨鲁，并与藏兵开战，结果藏兵惨败，伤亡800余。二月二十四日，有泰致外务部电，就此事件的解释云："藏军不遵开导，非任其战、任其败不能了局，倘藏军再大败，此事开导即有转机。"①

光绪三十年二月二十七日，英军进驻江孜。六月初二，荣赫鹏致函有泰来江孜召开会议，有泰派刘文通赴江孜迎迓。二十二日，英印军直抵拉萨，达赖先于十五日由青海逃往库伦。② 有泰往见荣赫鹏，"自言无权受制商上，不肯支应夫马等情，荣赫鹏笑颔之，载入蓝皮书中，以为中国在藏无主权之确证"③。七月二十日，参奏达赖喇嘛，请暂行褫革其封号，并请以班禅额尔德尼掌管前藏商上事务，着噶勒丹代理。二十五日，清政府同意"暂行革除十三世达赖喇嘛名号，着班禅暂摄藏政"④。二十六日，荣赫鹏与西藏地方订立《拉萨条约》十款。此条约在布达拉宫签字画押之时，有泰欲在其上签字，幸得文案何光燮劝阻，才未签字。⑤ 旋将全文电禀清廷，外务部复电有泰，令弗签押，以该条约有损中国主权过甚也。

二 《有泰日记》所见藏事诗

从《有泰日记》看，其中共载录有泰诗13首、词1首，其中藏事诗仅2首。这些诗大多是在常州知府任上所作。"国强则民安，民富则国富。"正如岌岌可危的晚清政府，没有一支强大的军队来抵御外辱，筹办藏事几乎是有心无力。现就所有资料来看，有泰的问题主要是在英印军压境之时，英方反复催促驻藏大臣前来协商事务，有泰未积极应对，而是消极怠工，最终导致了英印军长驱直入拉萨的被动局面。纵观这部分诗，也可以看出王朝末期，国势江河日下的背景下，一个士大夫的心路历程。

---

① 贺文宣编著《清朝驻藏大臣大事记》，中国藏学出版社，1993，第466页。

② 《第十三世达赖喇嘛年谱》，《西藏文史资料选辑》（第十一辑），民族出版社，1989，第75页。

③ 丁实存：《清代驻藏大臣考》，第124页。

④ 贺文宣编著《清朝驻藏大臣大事记》，第469页。

⑤ 杨公素：《中国反对外国侵略干涉西藏地方斗争史》，中国藏学出版社，1992，第131页。

（一）有泰入藏前诗之主旨

观有泰入藏前的诗，可知其还是一个关心百姓生计、关注国家命运的王朝末期的良吏。这部分诗也有助于了解有泰一生的功过。具体表现在如下几方面。

1. 关心民瘼，重视农事稼穑

光绪二十二年（1896）的正月十二日，有泰在日记中写道：“早发无锡，沿途麦苗青葱，得此雨更可望加收。”[①] 同年九月初二，他在日记中又写道：“连日阴，今日雨，甚联绵，询之与稻有碍。”故而写了一首《无题》，诗云：“苦雨天意虽难测，人心尚可期如何。丰稔岁竟变歉收，时官吏谁知省农。民望欲痴愧余守，期郡默祷不胜悲。”[②] 此诗写有泰得知连日的阴雨会导致早稻歉收时，认为“苦雨天意虽难测”，关键在于各级官吏应“省农”，及时减免农业税。其后在初四的日记中又写道：“卯刻出东门乘舟赴靖江，沿途稻田甚佳，一片黄云。……因察荒受风寒。……闻岸内人云稻多生虫，在根壤，无大碍也。”可见，有泰作为常州知府对民生、稼穑的关心，足见其可贵之处。

2. 担忧国家命运，渴望济世之才

有泰生活的清末，内忧外患交织，国势江河日下。外患，第一次（1840~1842）、第二次（1856~1860）鸦片战争及1860年英法联军的入侵北京；内乱，咸丰元年到同治三年（1851~1864）的太平天国运动。

有泰在光绪二十二年二月二十四日的日记中载录了同题的两首《游莫愁湖》。

其一：

漫谈兴废几沧桑，且博诗狂与酒狂。或羡英雄或儿女，胜棋楼伴郁金堂。

其二：

① （清）有泰著，康欣平整理《有泰日记》，第33页。
② （清）有泰著，康欣平整理《有泰日记》，第60页。

夫妇双栖顾仅酬，君臣一局事空留。算来乐土应何处，那有闲情问莫愁。①

有泰在诗后自注："时事如此，感慨系之。"莫愁女在中国古典诗歌中多有出现。"十五嫁于卢家妇，十六生儿字阿侯。……人生富贵何所望，恨不嫁与东家王。"（南朝乐府《河中之水歌》）诗中突出莫愁女不贪恋富贵的高贵品质。"卢家少妇郁金堂，海燕双栖玳瑁梁。九月寒砧催木叶，十年征戍忆辽阳。"（《古意呈补阙乔知之》）唐沈佺期的这首七律，写身在富贵中的莫愁女对远征丈夫的思念。总之，都是表现美中不足的缺憾。这两首诗是诗人在游南京莫愁湖时，以梁武帝时洛阳莫愁女的人生遭际为线索，借以抒发历史的兴亡之感。第二首诗末两句"算来乐土应何处，那有闲情问莫愁。"可知，国势如此，哪有乐土？更哪有闲情？可见这两首是借古怀今之作。

还有一首，也是表达对国势的担忧。光绪二十七年（1901）四月十九日，在北京城作《辛丑春口感怀元韵》，诗云：

天人漫说两相乖，谁忍金城付草莱。轻战平原终莫解，残年江左那胜哀。秦闻雨雪悲宸驾，燕垒风云走将才。多少离奇多少恨，不堪流涕首重回。②

这首诗是有泰对十八日好友牧山送来的一首《辛丑春口感怀》所作的和诗，牧山诗云："难息年来万事乖，悄然屏踪隐蒿莱。豺狼在邑飞尘满，城阙逢春画角哀。忧国杜陵余老泪，和戎魏绛是天才。秦云西望伤心极，何日銮舆出狩回。"可见，二人对京城遭到列强糟蹋的愤慨，但始终缺乏向上一路的呼号。似有李煜的"问君能有几多愁，恰似一江春水向东流"的无尽哀思，诗风颓靡。

与此同时，有泰也深知，当前国家内忧外患之际，急需人才。他在光绪

① （清）有泰著，康欣平整理《有泰日记》，第40页。
② （清）有泰著，康欣平整理《有泰日记》，第249页。

二十二年（1896）九月初七的日记中记录了一首诗《风雨渡江》，其诗云："江水随云没，江风挟雨来。水云风雨里，船向大江开。两岸青山隐，孤帆白浪催。前驱能稳渡，应歉济川才。"① 诗中道，要在风高浪急中稳渡，必须要有济川之才。否则，会"樯倾楫摧"。这首诗的创作背景是，"卯刻即发船，江阴县新港司、县丞、典史皆送，并欲送过江，力阻不得，过江时风平浪静，非去时可比。去时虽船家因浪大无不变色，北来之童无不觉晕，盖颠簸不惯也。因忆昨诗录之"②。从这段有泰写诗的背景可见，先描写现实的景物，风大浪高，行船极为颠簸危险，因而联想到当前岌岌可危的国家命运，同时希望有济世之才者来拯救之。早在1839年龚自珍辞官返乡时创作的《己亥杂诗·其二百二十》中就有言"我劝天公重抖擞，不拘一格降人才"，可见，在当时多事之秋，呼唤大济苍生的人才降临，是士人共同的心声。

3. 身在宦海，对官场险恶的审慎与忌惮

光绪二十二年九月初六，有泰在日记中载录一首《宦海舟》，其诗云："宦海舟，何处收，两岸茫茫无尽头。银涛壁立数千尺，穿之欲过失魂魄。上有神祇之威灵，下有蛟龙之窟宅。告尔惊波骇浪人，须平气息更凝神。要知鲁莽求侥幸，恐当此害非一身。一身性命虽如纸，其如同舟命亦委。世人话到尔平生，十目所视十手指。君不见急流勇退早收帆，脱离苦海远人馋。"③ 诗人其后云："概时事中有所指也。"作为宦海中一员的有泰，对官场的险恶，时常表现出谨慎与忌惮，时常告诫自己要处处留心。

光绪三十一年（1905）九月二十九日，有泰在阅读毛祥麟（号对山）的笔记《墨余录》时，对戊午科场案中一件事大为感慨，随后在日记中写道："闻此案因肃顺与柏相偶尔聚会，相必以诗词行酒令，欺肃顺不懂以取乐，顺遂恨入骨髓。迨案出，端华即其胞兄，每以其言是听，竟周内成之，因祸由自取，诸人不敢谓大冤，然大事每起于小节，可不慎哉。"④ 从这些细节可以看出，有泰在官场上做事较为谨慎，也许是因为过于谨慎，而在驻藏大臣任上畏首畏尾，不敢担当，任其英印军长驱直入拉萨，给清

① （清）有泰著，康欣平整理《有泰日记》，第61页。
② （清）有泰著，康欣平整理《有泰日记》，第61页。
③ （清）有泰著，康欣平整理《有泰日记》，第61页。
④ （清）有泰著，康欣平整理《有泰日记》，第591~592页。

政府和西藏地方政府带来了无法挽回的损失，最后被清廷惩处也是咎由自取。

4. 描写江南旖旎风光，聊表闲情

有泰在任常州知府期间，经常往来于金陵、镇江、常州之间，江南旖旎的风光，也在其留下不多的几首诗中屡有表现。

光绪二十二年（1896）二月二十四日的有泰日记中载有一首《华严庵即事》，其诗云："石城一角映朝露，桃柳迎风径半斜。最是楼头凭远眺，江帆山影未全遮。"① 又《望中赊》云："名湖收入梵王宫，不意僧庵住道童。（诗后注：华严庵为道士主持，不可解。）手掇茗杯堪自笑，佛门仙侣杂冬烘。"② 光绪二十一年二月二十四日，出发往南京，在镇江的船上所写。这两首诗是有泰和同僚游南京莫愁湖时所写。石城，即石头城，南京城的别称。南京城在朝阳的滋润下，桃树、柳树在二月的春风中摇曳。当诗人登楼远眺时，长江上的船帆在青山的掩映下时隐时现。这首诗所描写的景虽美，但不够开阔。

写于光绪二十二年二月二十八日镇江府的《过北塘圩》，诗云："一片碧波纹，清风送两雨。岸犊涉平沙，渔舟打轻桨。"③ 描写诗人乘船去镇江途中在一处北塘圩所见的美景，碧波、微雨、渔舟，一幅江南农村晚景图，读来甚是清新，也表现了诗人的闲适心情。另有一首诗《江阴道中》写于同月二十九日，船行江阴道中时，其诗云："残云犹恋雨余天，无限春光客舫前。断续竹林千顷碧，参差荇叶一溪烟。菜花吐艳窥篱落，麦陇翻青近水田。惭对清时双鬓改，那堪芳草绿年年。"④ 这一首七律，是有泰写景诗中最见功力的一首，颔联和颈联四句的景物描写既视野开阔，又轻巧可爱，结尾两句不免格调低沉，总之，真是一种时代之音。

有泰在光绪二十二年七月十四日的日记中写道："卯正起赴船头闲眺，两岸竹木甚多，大半以竹为田野，花皆不知名，近水次者甚多。古云，如

① （清）有泰著，康欣平整理《有泰日记》，第40页。
② （清）有泰著，康欣平整理《有泰日记》，第41页。
③ （清）有泰著，康欣平整理《有泰日记》，第41页。
④ （清）有泰著，康欣平整理《有泰日记》，第41页。

入山阴道中，目不暇给，余谓江阴道中，亦可以此语相赠矣。”① 可知，江阴道中风光旖旎。同年的三月初一，在常州衙署。有泰的一首五律《江行》：“一水空无际，江天入望迷。舟速疑岸转，树远向人低。有愧逢烟垒，休忘勤鼓鼙。何时烽火净，沙渚草凄凄。”② 后自注：“焦山、龟山、江阴均有炮垒，舟过，升炮致敬。”这一首和《江阴道中》有异曲同工之妙，前一首通过写景来寄寓自己的身世，这一首通过写景表达对国家命运的关注，希望永无战乱。

（二）有泰藏事诗之内容

有泰入藏以后的诗歌创作，在其日记中多次提及。有泰在光绪三十二年（1906）八月十一日的日记中写道：“无事看书，将卅首《乌斯藏竹枝词》作完，交戴笔政代誊出，再酌。”③ 第二年四月十七日的日记中写道：“今午饭时鹤松过谈，默写《东归》七律一首，甚佳，余和之。”④ 同年八月十一日在日记中又写道：“无事又看《随园诗话》，只有此部书，无可看也。午饭后戏作六言山居诗四首，聊以解闷而已。”⑤ 从如上的记录可知，有泰在西藏也作了不少诗，但遗憾的是真正留下的只有两首。

光绪三十年（1904）二月十八日，有泰在日记中写道：“午后登楼，接达赖来函，边事紧急，仍以开仗为事，当即作函复之，力劝其不可轻举妄动。”十九日的日记中有泰又写道：“登楼后，达赖处送给信件，旋接复信，尚无违理字句。惟一味主战，殊不度德不量力，再三喻解，万不可少悟，真无可如何。”⑥ 从以上有泰的记述可知，有泰反复劝说达赖放弃抵抗，最终还是未被采纳。二十一日，有泰有感于藏地大雪飘飞却伴有雷声的混沌天气，而作了一首五律《登楼》，诗云：

登楼望原野，雷雪绕诸峰。绿柳垂千缕，白云生万重。人虽辨清

① （清）有泰著，康欣平整理《有泰日记》，第 55 页。
② （清）有泰著，康欣平整理《有泰日记》，第 41 页。
③ （清）有泰著，康欣平整理《有泰日记》，第 670 页。
④ （清）有泰著，康欣平整理《有泰日记》，第 716 页。
⑤ （清）有泰著，康欣平整理《有泰日记》，第 745 页。
⑥ （清）有泰著，康欣平整理《有泰日记》，第 433~434 页。

浊，天竟浑春冬。借问庞然客，何追莲社踪。[①]

此首诗先从西藏冬春相浑的奇异天气写起，然后自然引到自己所要表达的主旨上。莲社，即佛教净土宗最初的结社。晋代庐山东林寺高僧慧远与僧俗十八贤结社念佛，因寺池有白莲，故有此称。诗中的“人”和“庞然客”应指的是有泰本人，而“天”与“莲社”应指十三世达赖喇嘛为首的西藏地方政府。意指我虽然能辨清当前的形势，但无奈达赖喇嘛及其为首的西藏地方政府不能明辨形势，正确估量敌我力量之悬殊，且不愿意听我劝告，一意孤行。诗的最后两句，大致意思是，你既然不听劝告，那就由你去吧！康欣平在其《〈有泰驻藏日记〉研究》一书中也有相似的看法。[②] 事实上有泰将自己置于第三方的做法，完全违背了作为一个驻藏大臣应有的职责，致使西藏地方政府与清廷之间产生了没有必要的嫌隙。有泰最后遭到钦差张荫棠的弹劾，也是咎由自取。

可见，没有雄厚的兵力及强大的中央政府做保障，难以妥善处理边疆事务。当荣赫鹏率领的英印侵略军快到拉萨之际，十三世达赖喇嘛北上逃亡。有泰在得知此事后，写了一首诗以示对其的嘲讽，其诗云：

柳下问喇嘛，愚师避祸去。只在此山中，云飞不知出。[③]

这首诗载于他在光绪三十年（1904）十月一日的日记中。这首诗改编自贾岛的《寻隐者不遇》，顺应有泰的思路，十三世达赖不正确估量自己的实力，且不听劝阻，一味要抵抗，当敌人兵临拉萨时，却仓皇败北，可见诗中的讽刺、戏谑味很浓。

有泰诗作除了在《有泰日记》中记载的这10余首之外，再没有发现在其他作品中出现，更没有相应的诗集，但我们能从中了解到清末国势衰微下，一批官员的心理。他的诗作的价值亦如其日记的价值，除了了解到

---

① （清）有泰著，康欣平整理《有泰日记》，第434页。

② 康欣平：《〈有泰驻藏日记〉研究——驻藏大臣有泰的思想、行为与心态》，第273页。

③ （清）有泰著，康欣平整理《有泰日记》，第499页。

他们的日常生活，还可以了解如有泰一类身在国势危机中清末官员的行为，以及他们心态的变化。

三　有泰诗歌的艺术特色

纵观《有泰日记》，其中多处说到对诗歌创作的看法，值得玩味。有泰在1906年2月30日的日记中写道：“现以《唐诗别裁》消遣，要以沈归愚先生惟正宗，不过稍有沾滞处，王渔洋先生以禅论诗已差，袁才子论诗主性情，开不读书之法门，亦非是也。”① 1906年2月19日的日记中有泰写道：“《随园诗话补遗》卷四，香亭（袁枚弟）以余年衰，劝勿远出游山，余书六言绝句与之云：看书多撷一部，游山多走几步，倘非广见博闻，总觉光阴虚度。老辈勤学劳力，于此可见一斑。”可见有泰对袁枚的认识也在变化。

有泰存诗只有10余首，无法从这些诗作中对其诗歌的艺术特色作准确的把握。但从他的几首律诗还算工整，也足见其有一定的诗歌功底，如五律《登楼》。写景诗既能用白描手法进行整体描绘，境界壮观，昂扬壮大；又能从细处着笔，景物自然清新。“断续竹林千顷碧，参差荇叶一溪烟。菜花吐艳窥篱落，麦陇翻青近水田。”（《无题》）“一水空无际，江天入望迷。舟速疑岸转，树远向人低。”（《江行》）从留存下来的这些诗看，有泰的诗以写景抒情为主，主要还是先写景，诗的结尾往往表达或对国势的忧虑，或对自己飘零身世的惆怅。总之，诗中多透露出一种王朝末期一部分士人的颓废与低沉之气。

另外，有泰还写了一些活泼轻快的竹枝词，有关他自己创作的《乌斯竹枝词》卅首，有泰在日记中写道，“闻联建侯（驻藏帮办大臣联豫）至后园，甚赞雅趣”②。也可见有泰对这类诗的满意程度。但此类诗作今已无法找到，实属遗憾。

四　有泰在藏的行为评价

吴丰培先生在《清季筹藏奏牍》中的一段评价较为公允，兹录如下：

---

① （清）有泰著，康欣平整理《有泰日记》，第630页。

② （清）有泰著，康欣平整理《有泰日记》，第670页。

裕钢以边吏擢任封疆，为人昏愦无能，又当强邻逼境之时，交涉频繁，威诱并施，使精明强干之员，尚感乏术以应付，况裕钢乎。无怪乎动辄失宜也。其请有泰速行赴藏之奏，仓惶失措，有泰于日记中颇讥笑之。然有泰于藏亦一无建树，而丧失权或犹过之，其以五十步笑百步欤。

有泰继裕钢之任，当藏事孔棘，英人日逼之时。而藏番不知度德量力，蠢顽成性，一意孤行，藐视藏臣，不遵公命，其驾驭开导，固属困难，而有泰又失诸推诿因循。抵藏之初，清廷即命赴边会晤英员，商订界务。而畏葸不行，仅派委员李福林等前往。英见无诚意，又以藏番调兵筹饷、日谋抵御，于是竟由英将荣赫鹏率兵直入拉萨。达赖喇嘛惧而出奔，时光绪三十年六月事也。英兵既至，有泰不得已乃往见荣赫鹏，自言无权受制，商上不肯支应夫马，以自文其过。荣赫鹏笑颔之，载入蓝皮书中，即为中国在藏无主权之确证。丧失国权，莫此为甚。而其英人入藏阻战开议暨筹办情形，及达赖兵败潜逃，声名狼藉，据实纠参等折，俱归罪藏番，以求谢罪地步。番藏私立条约，不能据理以争权利。班禅额尔德尼赴印，亦无法阻止前往。观其日记，终日惟酒色是图。张荫棠劾其庸懦无能、颟顸误国之语，虽有过甚之辞，然所指各款，皆实有之事也。是藏之速叛，有泰不得辞其咎。①

第二节　联豫及其藏事诗

光绪三十年（1904），驻藏帮办大臣凤全行至巴塘后，便奏明清廷要停留此地垦荒、练兵，同时推行限制僧侣人数与削减当地土司的势力。结果凤全一行与当地僧侣和土司发生冲突后被杀害。此事传到朝廷，朝野震惊，光绪帝下谕，派四川提督马维琪与建昌道尹赵尔丰，全力缉拿凶手。光绪三十一年（1905）六月二十四日，马维琪攻克巴塘，两天之后，将巴塘正副土司以及丁宁寺堪布正法，并施行改土归流，结束了土司统治巴塘

① 转引自黄维忠主编《清代驻藏大臣考》，第216~217页。

达 180 余年的历史。

联豫接凤全被害之阙，被任命为驻藏帮办大臣，随后又因驻藏大臣有泰被张荫棠弹劾而成为实际到任的清代最后一任驻藏大臣。联豫于光绪三十一年（1905）三月至三十二年（1906）十月任驻藏帮办大臣，此时的驻藏大臣为有泰。联豫从光绪三十二年十月至民国元年（1912）6 月任驻藏大臣，实际在藏时间为 6 年，亲历了清末这 6 年西藏的政局变化。目前联豫的作品见吴丰培先生辑的《联豫驻藏奏稿》，其中收录的无论是奏牍，还是文学作品都有极高的研究价值。

一　联豫生平及思想

联豫，字建侯，内务府正白旗。初为监生，驻防浙江，原姓王，曾随薛福成出使欧洲。光绪间任四川雅州府知府。

光绪三十一年三月，赏给联豫为副都统衔，派为驻藏帮办大臣，继凤全之任。时帮办大臣例驻察木多，豫请恢复旧制，仍驻前藏。他于十一月初十由成都起程。光绪三十二年二月，联豫奏："行抵打箭炉，详查关外情形，大局未定，请准改由海道赴藏。"七月二十二日抵藏。十月，清政府调驻藏大臣有泰回京，同时授联豫为驻藏大臣。以张荫棠为驻藏帮办大臣，张荫棠当即辞职，于是联豫又兼任驻藏帮办大臣。联豫在驻藏大臣任上颇多革新，如编练新军、改革官制、铸造银圆，举办汉、藏文传习所，办印书局、初级小学、武备学堂，以及白话报馆等，可以说有一定实业救国的愿望。

光绪三十四年（1908），清廷派温宗尧为驻藏帮办大臣，联豫才专任驻藏大臣一职。宣统二年（1910）联豫奏称，印藏通商，定亚东、江孜、噶达克等均宜设关，并派巡警从之。七月联豫又奏请于印度噶里噶达添设领事馆，保护华侨。

联豫也很清楚，要抵御外辱，维护西藏地方的社会稳定，增强驻藏大臣的话语权，没有一支强大的军队几乎是空谈。联豫自己也在《奏报启程日期并随带卫队折》中道："迨至光绪十四年哲孟雄（锡金）租地与英，印藏订约，从此失使臣固有之权，启强邻窥伺之渐，夷情反侧，随之转移，而藏边亦因之多事矣。推原其故，良以藏卫孤悬，远隔腹地，兵力单薄，抚绥震慑，不足以示国威。”① 光绪三十二年（1906）十二月二十八日的《详陈藏中情形及拟办各事折》中道：“且西藏之地，南通云南，北连甘肃，东接四川，万一西藏不守，则甘肃、云南、四川俱属可危，而内外蒙古长江一带，亦俱可虑。奴才以一无才无识之人，处此梗顽不化之区，值此人才缺乏，库款拮据之际，日夜焦虑，难安寝馈。计惟有先行练兵，以树声威，而资震慑。其余新政亦应分别次第，陆续举办。”② 从两次英人的侵藏事实中，联豫清醒地认识到唯有建立一支新军，方可保障藏内安定，挽回清中央政府在西藏地方的话语权、主导权，而且这也是推行藏内新政的坚强基石。

清廷认识到西藏地位的重要性，也意识到外国势力窥伺西藏的当前，急需一支强大的军队来守卫西藏。因此，联豫奏请的拨款奏折，很快得到清廷的答复。在《度支部议奏驻藏大臣联豫奏藏事亟宜整顿恳宽筹的款片》中答复道：“除原拨四川广东盐务项下银二十万两外，又由川省截留洋款银五十万两，专供西藏常年要需，较该大臣请拨二十万两之数，加增一倍有余，办理当已裕如，应请无庸再行添拨。”③

除了加强练兵，联豫还在藏内开设白话报馆与汉文、藏文传习所，以及开设译书局和武备学堂。联豫在《开设白话报馆及汉文藏文传习所片》中道：“奴才现已于藏中开设白话报馆一所，参仿四川旬报及各省官报办理，以爱国尚武开通民智为宗旨，通篇全译唐古忒文字，取其便于番民览阅。”有关开设汉文藏文传习所的，联豫称：“再藏中汉番人数，虽属不少，然汉人之能解藏文者，奴才衙中，不过一二人，藏人之能识汉字者，则尤未一见。每遇翻译事件，实不敷用，且办事亦觉隔膜，奴才因又设立藏文传习所、汉文传习所各一区。”④

联豫在其奏牍《开设译书局武备学堂片》中称：“再藏中锢弊日久，欲开民智，非识汉字读汉书不可。因去年设立汉文传习所，后又添设印书局一区，由印度购到铅铸藏文字母及印刷机器全分，择就民房安置，派汉

---

① 吴丰培主编《联豫驻藏奏稿》，第 5 页。

② 吴丰培主编《联豫驻藏奏稿》，第 14 页。

③ 吴丰培主编《联豫驻藏奏稿》，第 52 页。

④ 吴丰培主编《联豫驻藏奏稿》，第 36 页。

番员会同经理。现在恭译圣谕广训一书，拟先广为分布，然后再择有关于实学实业之书，陆续译印。即不识汉字者，亦可就译本购阅。渐推渐广，是亦移风易俗之一助。"① 有关开设武备学堂的设想，联豫又禀奏道："又奴才前咨调四川武备将弁两学堂毕业生计十四人，现俱抵藏，拟先设一陆军小学堂，就制营及卫队中兵弁，选其年少识字而聪敏者，约得二十余人，并调汉属之达木三十九族十人，藏番十人，又廓尔喀亦求送四人，一同入堂肄业。奴才拟定为速成科，一年毕业，使各人略明战术，于边境不无裨益。"② 另外，联豫还在西藏修建道路桥梁，铸造银铜圆币，江孜、亚东两埠开办巡警，设立戒烟查验所及办理戒烟所等事项，足见联豫治藏新政之各项事业系统复杂，并有长期的规划，实属不易。

时内地革命大作，钟颖遂组织勤王军，以联豫为元帅，向商上勒索饷银十万两，牛马五千匹，定期回川。商上见汉兵势盛，以银六万两，牛马如数与之。联豫得饷，按兵不动。士兵大淫赌，间有劫掠。民国元年（1912）三月，川兵与藏兵酣战，联豫避居哲蚌寺，以驻藏大臣印信交钟颖。旋达赖由印返藏，在英帝挑唆下，宣布所谓的独立，六月联豫出藏，由印度回京。有关家世，联豫在其《西藏施医馆记》中云："忆先曾祖父于乾隆时，任四川布政使。"③ 除此，再无详细资料。

从联豫驻藏6年期间的思想行迹看，其上任之初便上书清政府，积极筹款，要求训练军队、改革官制、建立学堂等，一副积极建功立业的劲头。也希望通过自己的努力，使西藏僧俗大众过上安宁幸福的日子。有泰在光绪三十三年（1907）十二月初八的日记中记载了一条联豫篆刻的对联："愿红黄教日以兴，两藏皆大欢喜；盼亿万民生而智，一时同进文明。"④ 但当光绪三十四年（1908）"八月十三世达赖喇嘛由西宁返藏，联豫率属迎于扎什城之东郊，达赖不理，目若不见，联豫愤甚，即言达赖私购俄国军械，亲赴布达拉检查未获，于是达赖非常生气，并散播流言，谓

① 吴丰培主编《联豫驻藏奏稿》，第53页。
② 吴丰培主编《联豫驻藏奏稿》，第53页。
③ 吴丰培主编《联豫驻藏奏稿》，第195页。
④ （清）有泰著，康欣平整理《有泰日记》，第690页。

政府欲灭黄教，嗾藏人内犯"[1]。"夫祸患常积于忽微，而智勇多困于所溺"（欧阳修《伶官传序》）。可见，许多大灾难的发生都是缘于细节的不谨慎。由于这样一个细节，彻底打乱了联豫与以达赖为首的西藏地方政府同舟共济的治藏初衷。于是在十一月，联豫复奏达赖阴蓄已久，久思自立，私自起用已革噶布伦边觉独吉等，抗拒命令，亲俄忌英，易起边衅，极宜防维，并调川兵，以固边圉。清廷谕令与赵尔巽、赵尔丰妥商。"先是张荫棠、赵尔丰均主张编练藏兵，豫亦请兵入藏弹压。乃由四川选派陆军二千，由知府钟颖统率入藏，于宣统元年（1909）西进。讵至察木多以西，达赖已嗾沿途藏兵阻止，经赵尔丰边军协助，二年正月始抵拉萨。达赖潜逃印度。联豫电告清廷，革去达赖名号。"[2] 可见，联豫也没有能够修复清廷与西藏地方政府间产生的嫌隙，反而盲目奏请清廷调派川兵，致使十三世达赖第二次潜逃他处。联豫在藏 6 年，虽然对西藏形势颇为了解，但处理藏务的结果与前任驻藏大臣有泰并无差别，可知二者的才能无别。

黄维忠主编的《清代驻藏大臣考》一书中有一段对联豫的评价，虽然缺乏公允，但有一定的借鉴价值："至于联豫，为清代驻藏大臣最后之一人，从光绪三十二年至民国元年四月始离拉萨，在藏时间较久。时值达赖离藏之际，收回中央在藏之主权，举办各种新政，颇有改革之志。但其人实无开济之才，其所办理事项，如练兵、通商、兴学、设警、创办电线诸项，多为张荫棠、赵尔丰之主张创设。联豫踵成其事，而其才力又不足以干济之，故多无成就。川军入藏与收平波密，亦为赵尔丰之协助。当时且反对赵尔丰为驻藏大臣，阴阻其来拉萨，忌才昏愦，尤不足数。而与达赖十三世失和，致使逃亡大吉岭，为亲英之张本，罪尤不可恕也。"[3] "其才力又不足以干济之，故多无成就"，联豫在藏无多成就的原因，恐怕不光是个人才力不济的缘故，应与前几任驻藏大臣处理边事中与西藏地方政府之间越积越深的矛盾，以及积贫积弱、危机四伏的清廷中央政府对边疆治理的乏力有很大关系。

---

① 吴丰培主编《联豫驻藏奏稿》"联豫小传"。
② 吴丰培主编《联豫驻藏奏稿》"联豫小传"。
③ 黄维忠主编《清代驻藏大臣考》，第 218 页。

二　联豫文所反映的治藏思想

今存联豫的诗文集有《乐真斋诗集》，清光绪年间抄本，中国国家图书馆藏；《乐真斋诗稿》六卷，《文稿》一卷，抄本，日本东京大学东阳研究所藏。有关联豫驻藏6年期间的奏牍及其文稿见吴丰培先生辑的《联豫驻藏奏稿》，其后所附联豫文6篇、诗6首，其中文分别是《藏事述要序》一篇、《柳园记》一篇、《炉藏道里最新考序》一篇、《西藏施医馆记》一篇、《西藏初级小学堂记》一篇、《西藏中文学堂记》一篇。

光绪三十二年（1906）四月初四，唐绍仪在北京与英使萨道义议定《中英续订藏印条约》六款。在遵照条约开埠期间，九月二十七日，税务处派张毓棠为亚东税务司。《藏事述要》两卷是张毓棠在西藏亚东监管税务事宜期间所撰，后寄给联豫索序。为此，联豫写了一篇《藏事述要序》。这篇序也是联豫对当前藏内诸事的正确分析。序中道：

> 方今朝廷惩积弱之弊，废科举，讲实学，汲汲求新法，以图富强。两藏之地，为我西南数省之屏藩，俄觊觎于北方，英要挟于西方，已成岌岌可危之势，今日者使一任其腐败，而不兴实业，不施我国家保护之实权，则虽日恃口舌之辩论，文牍之往还，虚与委蛇，无益也。①

序中准确把握了其时西藏面临的危机，只有兴实业、加强中央在西藏地方的实际控制权，方可使西藏逐渐脱离危机。

第二篇《柳园记》，是联豫的一篇咏物抒怀的小品文，借写驻藏大臣衙门后的一片柳园，而表现出其治藏兴藏的政治抱负。文章先写柳园的主人："一日酒酣，梦琴（有泰）慨然语予曰：斯园也，先兄恭勤公（驻藏大臣升泰）之所购也，未及营构而殁于边外，越十年，予始来驻藏，因缭以墙垣，种柳千株，凿水为三池，架桥通焉，又筑室数楹，以为退食游宴之所，予将解任去，而园亦就荒，良可慨已，然君适来此，是园得贤主人

① 吴丰培主编《联豫驻藏奏稿》，第191页。

矣。”[①] 园之兴在于得贤能的主人。然后作者以“主人”为线索，升华主旨，谈西藏与驻藏大臣衙门，衙门与园之关系，“斯园也，附于署之后，署附于藏地之中，欲保园，必思所以保藏，藏为我主，而后署与园，乃能常为我主也”。只要能保住西藏地方不被西方列强觊觎，柳园则安然无恙矣！

然后联豫进一步分析西藏所面临的严峻形势，以及西藏战略地位的重要性。“且夫藏至今日，其岌岌可危之状，已显而易知，外人之觊觎者，既屡启其端，而藏人之迷信者，犹务守其旧，虽日诏国人而申儆之，无益也。况考藏之地，北接新疆，南通滇地，东连巴蜀，以我数省之地，而环藏于中，如盂之受物然，然则藏之所系，又岂惟藏而已哉。”[②] 接下来，作者自然谈到如何筹藏兴藏的办法，虽然文中没有直接说明，而依然紧扣“柳园”，说如何修葺荒芜的柳园，最后使之焕发一新的。“然予于公余之暇，与二三友人，游览于园之中，顾日任期荒芜，不加修葺焉，乌乎可。于是池之淤浅者浚之，树之残折者补之，芟之剔之，整之理之，杏桃瓜果之属，牡丹芍药之俦，皆杂植于其间，以期其参差错落而绰有余妍。”[③] 文章的结尾作者直接点明题旨，“俾后来者，知园之兴废其事小，而园之有无其事则重且大，庶几乎藏日益固，而园日以新……园中多柳，因即以柳名之，是为记”。筹藏、兴藏，最后保藏，这是这篇《柳园记》的主旨，也充分说明作者作为驻藏大臣的责任与使命。

第三篇《炉藏道里最新考序》，是联豫写给有泰随员张其勤游记《炉藏道里最新考》的一篇序，其中通过蜀道与藏路的对比，来突出藏路的奇险无比。文章先写蜀道的深秀、嵚崎，“蜀之山，嵚崎突兀，苍幽深秀，为天下称，然杂沓奔放，曲折艰险，亦为天下最。岁癸卯予蒙恩简守雅州，由杭之任，道出蜀江上，遥望诸山，缥缈云际，以巫山十二峰，尤为奇特，夔峡以上，则山势益雄，水势益急，乃舍舟登陆，由安乡入成都，奔走十数日，悬崖陡壁，鸟道羊肠，其险已莫能名状矣”[④]。接着写藏路，“去年春，又奉驻藏之命，冬月自成都启行，十余日抵打箭炉，中间如大

① 吴丰培主编《联豫驻藏奏稿》，第192页。
② 吴丰培主编《联豫驻藏奏稿》，第193页。
③ 吴丰培主编《联豫驻藏奏稿》，第193页。
④ 吴丰培主编《联豫驻藏奏稿》，第194页。

相、飞越二岭，高逾数千丈，积雪深数尺，其寒气砭人肌骨，且下临不测之溪，懔然欲坠，较昔日之所经，险实倍之”。因而藏路不只险峻，而且道途上大雪覆盖，寒气侵人肌骨。文章的最后肯定了张其勤舆图、游记的价值，“俾后之来者，咸知所备，不为昔日载籍之所误，其用意亦良厚矣，况朝廷注意于两藏者久，急欲经营，以时论势，则今日之两藏，其重要为何如哉，慎庵（张其勤）其殆有见于此乎”。可见，联豫认为此篇游记的价值在于为朝廷大力经营西藏，提供了道路方面正确、翔实的信息。

第四篇为《西藏施医馆记》，主要阐释在西藏开设医馆的起因，“今年春，攒招之际，疾疫流行，闻一时死者七百余人，予甚悯之”。然后，“创设施医馆一所，以济贫乏之无力医药者。并修葺十余室，洁之明之，备病者居止，以免奔走之劳”。最后作者用饱含感情的笔墨写道：“愿后之来者，鉴予之志，扩而充之，增起所未备，补其所未能，使在藏之汉番士庶，永无厉疫夭札之苦，是亦活国活人之一术也，予固将馨香祝之矣。”①通过联豫的这些言辞，足见其负有爱民、为民的使命感，足以让人感动。

第五篇《西藏初级小学堂记》，通篇陈述在西藏创办学校的重要性：“国之兴亡，恒视学校之多寡以为断，古今中外，莫不皆然。……夫学堂不兴，则万事无以其基，即使兵强财富，足以自守，亦终无以善其后。”②第六篇《西藏中文学堂记》，进一步阐述在西藏开设中文学堂的意义：“开设中文学堂，以教藏人之子弟，使之通中语，识中文，他日学堂渐多，知识愈广，凡我古今之经史子集，皆不难捆载而来，由是以求，则体国治民之义，修文讲武之规，务农兴商之事，言语动作之宜，莫不各有当然之理。其切近者，匹夫匹妇，皆可以学而能，其精微者，贤士大夫，亦可以研而入。不数十年，则政日以美，俗日以良，民日以富，兵日以强，识见日以文明，实业日以发达，且不难与东西各国，竞名誉于环地球之上，孰为我西藏人民，终不能振作也耶。”③ 最后作者说：“夫如是，则西藏安矣。西藏安，则西藏之教亦安，教既安，则西藏之佛，当亦欣然而色喜矣。”

从以上诸篇内容观之，《藏事述要序》篇应该是联豫对当时国内外尤

① 吴丰培主编《联豫驻藏奏稿》，第 195 页。

② 吴丰培主编《联豫驻藏奏稿》，第 196 页。

③ 吴丰培主编《联豫驻藏奏稿》，第 198~199 页。

其是藏内形势的分析，认为实业救国是唯一出路。而其余5篇，是分述实业救藏的具体措施，包括兴办学校、创设医馆等。

三 联豫藏事诗的主旨

纵观《联豫驻藏奏稿》及其他相关作品，联豫藏事诗仅6篇，分别是《炉边谣》《炉边月》《炉边水》《炉边风》《炉边雪》《炉边路》。光绪三十一年（1905）春，联豫奉命任驻藏帮办大臣，并于这年十一月初十，从成都出发，二十日行抵打箭炉（简称炉城，即康定）时，由于前方战事结束不久，即赵尔丰等剿办驻藏帮办大臣凤全被杀事件，乌拉无法短时筹集，联豫一行在打箭炉搁浅近五十日。联豫在《请改由海道入藏折》中道，“惟奴才抵炉以来，详查关外情形，一时断难就道，里塘巴塘一带，经大兵剿办之后，土司头人逃亡殆尽，关塞萧条，元气未复。刻下建昌道赵尔丰办理一切善后事宜，即转运军粮电杆电线乌拉，犹觉不敷，奴才随带员弁丁勇，人数既多，乌拉更难措备”①。因此，经朝廷批准，才于第二年正月初九，由打箭炉折返改由海路赴西藏。这6首藏事诗是联豫在打箭炉暂住期间所写。第一首《炉边谣》云：

> 炉边小住，风雪弥漫，忧时愤世，难落言诠，二三君子，乐命知天，升沉荣辱，各有因缘，登山泛海，造物无权，明日之事，事且置焉，君如知我，岂不谓然，我闻此语，仙人拍肩，顿生妙悟，亦开心颜，乃赓短句，聊寄缠绵，半类谑曲，莫谱琴弦，借答诸子，用度残年，知我爱我，毋笑毋怜。②

此诗似有模仿曹操四言诗《短歌行》之体式，时至冬月，炉城大雪弥漫，诗人怀有报国之赤心却因前方乌拉无法筹集而暂遭搁置。于是顿生妙悟，觉得人生的升沉荣辱，在于因缘造化，故而对人生有了更深层次的了解，故而显得达观了许多。第二首《炉边月》道：

---

① 吴丰培主编《联豫驻藏奏稿》，第6~7页。

② 吴丰培主编《联豫驻藏奏稿》，第199页。

炉边月光明，都被烟尘没，怕向人间照离别，不在水面与天心，偶然一露山之缺，我来炉边廿日余，未见明月临前涂，天阴云黑大风起，嫦娥欲出难再呼，几回把酒空踟蹰。[①]

这首《炉边月》似有汉乐府民歌的风格特征，“感于哀乐，缘事而发”。此诗是诗人到炉城二十余日时所作，以写月光始，其巧在另辟蹊径，月光被烟尘浸没，想必怕是惹出像诗人一样的离家之人的相思泪。诗后四句虚写，由于天阴云黑风大，月光都被遮住了，故而月光无法照临前途；实写由于无法筹集乌拉，进藏之事遇到麻烦。诗人只能效仿古人，借酒以消愁。第三首《炉边水》云：

炉边水不在炉城里，不用男子用妇人，背运去城数十里，河水杀牛牛血腥，背来泉水清且冷，妇人有力竟如虎，百钱一背争相倾，莫相争，汲泉有歌君且听。[②]

这是一首杂言诗，诗中主要写藏族妇女背水，主挑家务事的风俗，同时也点出藏族妇女善歌的特点。清代的藏事诗中多有反映此类民俗，大多叹奇的是藏族妇女在家干体力活，主持家务等，与内地妇女的生活情形截然不同。其第四首《炉边风》依然写藏内风俗，诗中道：

炉边风，乱山中，朝来自南北，晚来自西东，大声吼与雷声同，炉边风，何处起，何时止，砭人肌骨尖无比，夷人头上裹花巾，最怕风吹入脑里，入脑里，痛欲死。[③]

这是一首民歌体，诗中突出了藏地炉城风大、风急、风寒的特征。而第五首《炉边雪》主要是写藏地气候的，其诗云：

---

① 吴丰培主编《联豫驻藏奏稿》，第 199 页。
② 吴丰培主编《联豫驻藏奏稿》，第 199 页。
③ 吴丰培主编《联豫驻藏奏稿》，第 200 页。

> 炉边雪，一年无时绝，七月飞花四月歇，雪未消时几尺深，雪消没胫脚跟裂，我今方欲向天西，风雪漫天冻马摔，北人不畏风霜苦，但愁病体难支持，难支持，何日抵乌斯。①

此诗依然用民歌的形式，突出描写了青藏高原七月降雪直到第二年四月才能消歇的气候特征，诗中透露出阵阵逼人的寒气，诗尾透露出诗人的惆怅之情。

第六首《炉边路》写道：

> 炉边路，重岩叠嶂真无数，百数十里一小站，行至半途无宿处，况有深涧临道旁，惊认摄魄劳回顾，涧水不可量，一落千丈强，雪深泥滑仆且僵，身欲奋飞归故乡，故乡不可到，天阙难翱翔，立马四顾心茫茫。②

这首诗模仿了李白的乐府古体诗《行路难》，通过写藏路的曲折艰险，表达诗人的失落与无奈。这 6 首诗中除了《炉边水》与《炉边风》重点写炉城当地的民俗与气候外，其余 4 首主要是诗人借写景来表达他对国势的隐忧，以及人生理想难以实现的抑郁之情。诗体上既模仿汉乐府民歌，又借鉴了民谣浅显、轻快的风格。以自由灵活的结构，不加雕饰的语言，自由挥洒。

有关联豫诗作的评议，驻藏大臣有泰在其日记中有这样一则记载："午后海山复来，联大臣令其拿造藏钱各样子并呈来阅看，联大臣有诗一首令印房笔政录之，因记之，特默诵而成。题为《不寐》，诗曰：'灯影半明灭，雨窗滴未休。茫茫今古事，潮涌上心头。'即此一斑，可窥全豹。闻有诗集，岂不坑死人哉！"③ 从此处记载看，有泰对联豫的诗才颇有微词。的确，从这数首诗看，其艺术价值并不大，但从诗中能够了解到清代炉城（康定）藏族的风俗、气候、山川、道路等信息，同时也看出一个王

---

① 吴丰培主编《联豫驻藏奏稿》，第 200 页。

② 吴丰培主编《联豫驻藏奏稿》，第 200 页。

③ （清）有泰著，康欣平整理《有泰日记》，第 671 页。

朝末期士大夫复杂的内心。联豫在诗中表现出既想建功立业、新政图强，但同时看到国势衰微与藏内的复杂情形，对自己、国家的前途感到忧虑，甚至还有点颓废与无奈的复杂心态。

四　联豫文学作品的思想及认识价值

从其撰述的时间看，六篇文在六首诗的后边，可以说六首诗是诗人初入藏地的感受与体验。而六篇文是联豫对藏区、内地和国外形势的分析，以及对自己施政过程的分陈与总结。

19世纪七八十年代，民族资产阶级的代表人物康有为、梁启超、严复、谭嗣同等，宣扬通过发展民族资本主义工商业来救国，即所谓的实业救国，实业泛指农、工、商、交通等。康有为是变法图强理论和纲领的主要提出者。他从1888年至1898年，先后5次向光绪帝上书“富国、养民、教士”的具体主张。光绪帝于1898年6月11日颁布上谕，开始百日维新，百日维新虽然最终失败了，但这种改良思想在士大夫阶层也产生了一定的影响。他所提出的“富国”举措是，取消各省原有禁令，允许人民办工厂、制机器，发展铁路、船舶运输等。这些事业都要“由官保护”；“养民”的重点在于发展工农商业，就是利用新的科学知识和技术，提高农业生产，鼓励创造发明；“教士”的内容主要是广开学堂，要着重学习“专门之业”。

从联豫任驻藏大臣期间兴办实业的情况，以及其撰写的六篇文来看，其深受当时变法图强、实业救国理论的影响，希望通过兴办实业，兴藏富民。同时，作为一个深受君恩的士大夫，只要君命所旨，无论身赴风景秀丽、民生富足的江南，还是亲临千里冰封的绝域西藏，始终是被“为天地立心，为生民立命，为往圣继绝学，为万世开太平”（北宋张载言）的这种使命感驱使着。

第六章　驻藏大臣与清代其他赴藏诗人藏事诗比较

有清一代，由于地缘条件限制，真正到过藏地（这里的藏地主要是依地理空间所指的青藏高原）的内地人员，主要有三类：一是奉命进藏的军队，以及随军幕僚；二是驻藏官员及其随员；三是极少量使者与游历者。而且，这些赴藏人员中有一定文学素养的毕竟不多，他们所留下的藏事诗也是少之又少，据目前发现的统计有2000余首。这其中驻藏大臣藏事诗约占一半，其他入藏诗人的藏事诗总量与之大致相当。本章先主要分析其他赴藏人员中有代表性的藏事诗，其次将这部分与驻藏大臣藏事诗相比较，便可发现驻藏大臣藏事诗无论是在内容方面还是诗体形式方面都有独特之处。这种比较有助于深入理解驻藏大臣藏事诗的文学、文化意义。而且，驻藏大臣藏事诗还可与其他入藏人员藏事诗相参阅，既有助于准确诠释清代藏事诗中所表现的某一命题，又可丰富清代藏事诗的表现内容。

据赵宗福先生的《历代咏藏诗选》，分别选取了清代的除和琳、和瑛、松筠、文干、斌良5位驻藏大臣的诗之外，尤侗、岳钟琪、王我师、毛振翧、查礼、沈叔埏、孙士毅、徐长发、周霭联、杨揆、张问陶、吴省钦、方积、钱杜、李若虚、项应莲、夏尚志、姚莹、吴世涵、魏源20位诗人的藏事诗。高平《清人咏藏诗词选注》中选清代人23位诗人的216首诗。赵选中未涉及的诗人有驻藏大臣联豫1人，其余共有马维翰、方项英、杜定昌、允礼、颜检、恭格班珠儿、乾隆、唐金鉴、胡延9人。统计以上两部藏诗选本，除选6位驻藏大臣藏事诗外，还选取了其他29位的藏事诗。本章选取清朝各时期较有代表性的诗人做个案分析。

第一节 康雍时期岳钟琪、王我师及毛振翧的藏事诗

清初，住在伊犁河谷的厄鲁特蒙古四部之一的准噶尔部最强盛，其首领噶尔丹野心极大，逐渐战胜了其他部族，征服了南疆的回部，进兵青海，笼络西藏，侵扰甘肃，自称“博硕克图汗”。康熙二十七年（1688）噶尔丹乘喀尔喀蒙古内乱之机，率兵由杭爱山东侵。喀尔喀蒙古战败，求援于清政府。康熙二十九年（1690）乌兰布通之战，清军击败准噶尔部。此年，康熙帝与内外蒙古的首领参加多伦会盟，改变喀尔喀原有的部落组织，实行盟旗制度，稳定了喀尔喀蒙古长期的动荡局势。

康熙三十五年（1696）起，由康熙帝亲征，平定了噶尔丹叛乱。此后，策妄阿拉布坦重振准部，在康熙后期派兵进入西藏，占领拉萨。清政府第一次出师不利，第二次于康熙五十七年（1718），命皇十四子允禵为抚远大将军坐镇西宁指挥，命征西将军噶尔弼、四川永宁协副将岳钟琪率领南路大军，进击拉萨，并于康熙五十九年（1720）驱逐了准噶尔军。岳钟琪将此次入藏途中创作的藏事诗收录在《岳威信公集》中。

一 《岳威信公集》中的藏事诗

岳钟琪（1686~1754），字东美，号容斋，四川成都人。父升龙，官至四川提督，康熙朝名将，据《清史稿》载：“升龙本贯甘肃临洮，以母年逾九十，乞入籍四川。”① 另据袁枚撰《岳威信公本传》称：“（岳钟琪）先世汤阴人，为忠武王飞之后十七世。”② 康熙五十年，岳钟琪由捐纳同知改为武职，“奉旨，以四川游击系用，补松潘镇中军游击。五十七年，迁直隶固关参将，未任，擢四川永宁协副将”③。康熙五十九年（1720），定

① 赵尔巽等撰《清史稿》卷二百九十六，第10368页。

② （清）岳钟琪撰《岳容斋诗集》，《清代诗文集汇编》258册，上海古籍出版社，2010，第493页。

③ 王钟翰点校《清史列传》，中华书局，1987，第1249页。

西将军噶尔弼率军入藏反击扰乱西藏的准噶尔策妄阿拉布坦。岳钟琪当时任永宁协副将，入藏时充先锋军，由打箭炉（今四川康定）出。次年击败准噶尔，清除叛逆，举行达赖喇嘛坐床大典。康熙六十年升四川提督。后又屡征青海、准噶尔、大小金川，治军有方略，与士兵同甘苦。历任川陕总督、宁远大将军等，加太子少保，兵部尚书，封威信公，谥敏肃。著作有《岳威信公集》。

岳钟琪诗作《岳容斋诗集》四卷本，分为《蛩吟集》、《姜园集》、《复荣集》（上下），收古近体诗143首。清道光郫县孙氏刻古棠书屋存书本，国家图书馆藏，集前有乾隆朝两江总督黄廷桂、嘉庆年间《古棠书屋丛书》刊刻者孙澍的序，以及袁枚撰写的《岳容斋小传》。今收入《清代诗文集汇编》第258册。岳钟琪西征诗在《蛩吟集》卷中，有古近体诗共46首，其中《军中杂咏》《西藏口号》《出征西宁口号别高夫人》等藏事诗，描写了藏地严寒的气候与战争的残酷，表达了诗人奋勇杀敌不怕牺牲的英雄气概。其诗《军中杂咏》有两首。

其一：

> 列灶沙关外，营门淡晚烟。月光斜照水，秋气远连山。归雁穿云去，慈乌带子还。征西诸将帅，转战又经年。

其二：

> 地在乾坤内，人居朔漠间。日寒川上草，松冷雪中山。铁骑嘶沙碛，金戈拥玉关。楼兰诚狡黠，不灭不生还。①

与以上两首诗类似的还有《西藏口号》，诗云："几度平蛮入不毛，心倾报国敢辞劳。天连塞草迷征马，雪拥沙场冷战袍。七纵计成三戍靖，六花阵列五云高。壮怀自若硎新发，剑匣时闻龙怒号。"② 这3首诗更有盛唐边塞

① （清）岳钟琪：《岳容斋诗集》卷一，《清代诗文集汇编》258册，第496~497页。
② （清）岳钟琪：《岳容斋诗集》卷一，《清代诗文集汇编》258册，第497页。

诗的风格，诗人通过描写边地的严寒，突出自己驰骋沙场、建立功勋的壮怀，诗风苍凉而雄浑。更有总结自己戎马生涯，抒发壮怀的诗《次前韵示军幕诸人》，其诗道："无才屡试愧铅刀，铁马金戈兴不廖。官领故乡衣绣豸，恩从绝域珥金貂。秋防鱼海弓悬臂，夜牧陇堆剑佩腰。十载沙场成底事，劳劳戎马漫相招。"① 此诗也有勉励军中幕僚及将士的意味。

同时，诗人也表露了柔情的一面，思家怀人的诗在该集中占有相当的比重。其中《军中闻笛》则是通过边地的细雨、杨柳等意象，表达诗人对故乡、亲人的思念之情，诗云："细雨微风夜气清，貔貅十万远连营。谁家长笛征人怨，何处高楼思妇情。塞上梅花翻古调，军前杨柳送边声。故乡烟月芙蓉水，三度缄书问锦城。"② 相似的还有《出征西宁口号别高夫人》："嗟余五载久征蛮，骨瘁神疲力已殚。泸水瘴迷征士泪，天山雪压使臣鞍。别时儿女牵衣泣，归时宾僚握手欢。愿得太平边事缓，牛衣卧对养衰残。"③ 此诗更是从出征前儿女的不舍写起，祝愿边地早日平息战乱，宁愿过"牛衣卧对"般贫寒且能与亲人相聚的生活。此类怀念故园、亲人的诗还有很多，《苦雨》也是如此，其诗云："浓暗云如墨，长空一色同。客程愁夜雨，乡梦逐秋风。酒尽人方散，诗穷句未工。荒城寒不寐，寂寞壁灯红。"④ 异乡的大雨之夜撩动起诗人的相思之情，因而不寐。另有《燕台闲居》《春风后见盆桃有感三首》《归心二首》《述怀》《桃花和韵》等诗都是表达对故园、亲人的思念。

岳钟琪的诗很少有细微之处的描述，往往从大处着眼，以写景始，以壮怀终。孙澍校刊《岳荣斋诗集》题词二首，其一云："百战河湟鬓欲丝，矛头淅墨气淋漓。冰山纵牧春无草，雪岭行边夜有诗。八阵迹翻诸葛垒，百蛮威避岳家旗。世恩堂上寻遗策，不独汤阴著艺词。"⑤ 也是对岳钟琪文韬武略的很好概括。李调元《雨邨诗话》曰："公于军旅之闲，辄寄啸于笔墨，边塞诸作多慷慨悲歌之气，而退居林下寄情花鸟又复神似放翁、石

① （清）岳钟琪：《岳容斋诗集》卷一，《清代诗文集汇编》258 册，第 498 页。
② （清）岳钟琪：《岳容斋诗集》卷一，《清代诗文集汇编》258 册，第 497 页。
③ （清）岳钟琪：《岳容斋诗集》卷一，《清代诗文集汇编》258 册，第 498 页。
④ （清）孙澍撰《重订岳容斋诗集序》，《清代诗文集汇编》258 册，第 492 页。
⑤ （清）孙澍撰《重订岳容斋诗集序》，《清代诗文集汇编》258 册，第 492 页。

湖诸君，所谓奇人真无所不可。”[①]

另外，岳钟琪的诗，真如其将军身份，情感表现既豪壮又率真，亦即用真实的生活经历写诗，情景相融。其诗《军中感兴》云：“朔风吹帐卷弓刀，大雪铃辕夜寂寥。万里旌旗开玉塞，三年戎马锡金貂。弓蛇毕竟成疑影，斗米何曾惯折腰。未向林泉消积习，山灵入梦还相招。”[②] 诗境开阔，诗风浩荡，且情感流露爽朗、率真。黄廷桂撰《岳威信公诗集序》：“膺圭组而无痴肥之习，处泉石而无枯槁之形，前后一心。夷险一节殆置身于诗外，而寄寓于诗中者，才人、学人皆不得语焉矣！”[③] 乾隆朝两江总督黄廷桂的这段评价，更为准确地概括了其诗的特质。

二 《西招图考》中王我师的藏事诗

王我师，字文若，铜梁（今四川省境内）人。康熙时岁贡生，善诗文，喜谈兵。康熙五十九年（1720）随岳钟琪入藏。乾隆十一年（1746）任西川华阳县训导，十九年调为彭山县训导。王我师在藏先后约五年，也有说其在藏前后八年的。其间所著诗文颇丰，今散见于《西藏图考》、《四川通志·西域志》和《小方壶斋舆地丛钞》中。《西藏图考·卷之八·艺文考下》载有他的文章《藏炉总记》《藏炉述异记》《墨竹工卡记》《德庆记》。王我师藏事诗从《西藏图考》卷三中辑得 11 首。[④] 主要描写从谷黍到察木多沿途的气候、民俗、山水、行军等，具有一定的史料价值。

据《西藏图考》记载：“自巴塘至察木多十四站，计程一千四百五里。”从巴塘至江卡 440 里。谷黍，又作古树，地名，在宁静山之南。另据《卫藏通志》载：“古树，有人户、柴草，有塘铺。”[⑤]《谷黍》：“踏破层冰敢惮寒，惟怜将士怯衣单。相将觅得牛羊乳，团坐山隈尚饱餐。”[⑥] 此诗重点描述了谷黍气候之严寒，以及藏地的饮食民俗。从内地来的士兵为

---

① （清）黄廷桂撰《岳威信公诗集序》，《清代诗文集汇编》258 册，第 491 页。
② （清）岳钟琪：《岳容斋诗集》卷一，《清代诗文集汇编》258 册，第 498 页。
③ （清）黄廷桂：《岳威信公诗集序》，《清代诗文集汇编》258 册，第 491 页。
④ 《西藏研究》编辑部编辑《西招图略 西藏图考》，第 87~91 页。
⑤ 《西藏研究》编辑部编辑《西藏志 卫藏通志》，第 233 页。
⑥ 《西藏研究》编辑部编辑《西招图略 西藏图考》，第 87 页。

了生存也得依地取材，入乡随俗，吃糌粑喝牛羊奶。

从谷黍行40里至普拉尖，从普拉尖再行60里便到江卡。江卡，地名，在巴塘、乍丫之间，谷黍之南，旧程至察木多10站，975里。江卡半隅平坦，为藏炉大道，系巴塘、乍丫之中途，亦达拉宗、希桑昂邦、拉龙、春朋、官角等处之捷径也。向隶青海，雍正元年分隶西藏。王我师的《江卡》一诗云："不憎山逼面，端苦雪盈眸。望日殊为远，殷心似解愁。僧房停戍卒，皇帑负犏牛。饭罢攀鞍急，摇鞭去未休。"[①] 据《卫藏通志》记载："江卡行四十里，至渌河，十里至山根。上大雪山，终年积雪，即盛夏亦凉飙刺骨。"[②] 藏地气候严寒，地势稍高的地方常年大雪覆盖，诗中主要写行军中雪耀眼的情况。

从江卡行50里便到山根尖，再行70里便到黎树。从黎树行50里便到阿拉塘尖。阿拉塘，一作阿窄拉，属阿布拉。"有人户，柴草。换乌拉。"[③]《阿布拉》："独木为梯土作楼，层层低压暗云头。牛羊气触煎茶灶，猿鸟声连念佛喉。坐对晚山风烈烈，起看残月雪浮浮。因知极乐西方界，混俗和光聚一邱。"[④] 这首诗先描述了藏地特有的土楼和独木梯。然后重点写了"混俗和光聚一邱"的佛国世界。

从阿拉塘尖行60里便到石板沟。据《卫藏通志》载："（石板沟）有人户、柴草，驻防塘铺，有头人供给差役。"[⑤]《石板沟》："山环树接乱云铺，水尽云飞山亦孤。遥望爨烟山色里，崎岖无路可奔趋。"[⑥] 诗中描写的石板沟，树木丛生，山路崎岖，云绕山腰，更显得道路坎坷难行，远处山坳里的炊烟，给画面添了些许的生趣。从石板沟北上80里便至阿足塘。《阿足》："尽日山中未有涯，更怜宿处野人家。捧来酥酪灰凝面，马粪炉头细煮茶。"[⑦] 诗人在此首诗中写了阿足塘的牧民用马粪煮茶。其实藏地牧民用牛粪作燃料做饭、煮茶相沿至今，马粪烘干后呈散状，无法当成煮茶

---

① 《西藏研究》编辑部编辑《西招图略　西藏图考》，第87页。
② 《西藏研究》编辑部编辑《西藏志　卫藏通志》，第234页。
③ 《西藏研究》编辑部编辑《西藏志　卫藏通志》，第234页。
④ 《西藏研究》编辑部编辑《西招图略　西藏图考》，第88页。
⑤ 《西藏研究》编辑部编辑《西藏志　卫藏通志》，第234页。
⑥ 《西藏研究》编辑部编辑《西招图略　西藏图考》，第88页。
⑦ 《西藏研究》编辑部编辑《西招图略　西藏图考》，第88页。

的燃料，笔者也生长在青藏高原，并未见马粪煮茶的。

从阿足塘行50里便至歌二塘尖，再行50里便到洛家宗。据《西藏图考》记载："阿足塘过漫山二，阿足河一，水势汹涌，五十里至歌二塘。经平川二十里，上山三十里，路最险，至洛家宗。有塘铺，头人供给乌拉。"[①]《洛家宗》："岭高悬月小，涧窄受风长。树树留残雪，人人怯早霜。预愁栖宿苦，犹念起行忙。已到乍丫地，何须说里塘。"[②] 从这首诗中，便知行军至洛家宗，气候更为严寒，山高月小，山涧风急，行军更为困难。

从洛家宗行40里便到俄伦多尖，再行40里便到乍丫。乍丫，地名，今西藏察雅县境内。从乍丫行35里便到雨萨尖。据《西藏图考》载："乍丫顺沟行，石径蚕丛，道多梗塞，三十五里至雨萨塘，有人户、柴草。"[③]《雨萨塘》："遥瞻树色与山齐，几处人家傍水栖。未晚闭门愁虎过，选晴晓起讶鸠啼。寒侵自是风来急，气暗应知雾下低。到此何须怀顾虑，穿林越岭任攀跻。"[④] 此诗中，特意交代了雨萨塘山中虎出没的情况，当地群众天未晚便闭户，是害怕虎伤人畜。

从雨萨尖行60里便到昂地。"复西行，过大雪山，路甚陡险，积雪如银，烟岚之气辄中人作病。"[⑤]《昂地》："此山殊不类，寒暑叵相寻。涧气撩须冻，土香扑鼻深。峰高欺路细，岸窄狭波阴。日暮欣栖宿，摇摇动素心。"[⑥] 诗中虽然未直接说明昂地一带山中瘴气弥漫的情形，但可知昂地涧深奇寒、水急路陡。

从昂地行百四十里便到巴贡，从巴贡再行100里便到包墩。《包墩》诗云："马系斜阳傍短篱，风沙滚滚槛前移。忽闻人语喧阗处，惊顾班玛（疑为坞）月上时。"[⑦] 从这首诗中的描写可知，包墩一地风沙很大。从包墩行70里便到猛卜尖。猛卜，一名猛铺，一作蒙布，又作蒙堡。据《西藏图考》载："（蒙堡）有碉房、柴草，在山凹之中，沿山临河。"《蒙堡

① 《西藏研究》编辑部编辑《西招图略　西藏图考》，第88页。
② 《西藏研究》编辑部编辑《西招图略　西藏图考》，第88页。
③ 《西藏研究》编辑部编辑《西招图略　西藏图考》，第89页。
④ 《西藏研究》编辑部编辑《西招图略　西藏图考》，第89页。
⑤ 《西藏研究》编辑部编辑《西招图略　西藏图考》，第89页。
⑥ 《西藏研究》编辑部编辑《西招图略　西藏图考》，第89页。
⑦ 《西藏研究》编辑部编辑《西招图略　西藏图考》，第90页。

塘》亦云："一从投笔赴西游，历险经危春复秋。踏雪应知牛背稳，可能捆载坦无忧。"① 这首诗是诗人对自己行军之途的一段总结，许多藏事诗中都有记录凡遇山高、路急处往往用牛作运输工具的。

蒙堡塘，东距包墩 70 里，西至察木多 80 里。据《西藏图考》载："察木多，一作叉木，在乍丫西北，即古康地。古称前藏，一名界喀木，通川滇。其北河有四川桥，南河有云南桥。江巴林寺系江心濯结所建，寺左水名昌河，寺右水名都河，故又名昌都。"②《察木多》："灵山接引向东来，辟地重门一洞开。二水双桥图里画，五花两阵望中台。南天回首嗟穷杳，西藏登堂岂易回！到此应从何处想？慈航有渡莫疑猜。"③ 自打箭炉至察木多 28 站，计程 2635 里。再从察木多到拉萨共计 22 站，2570 里。可见昌都在自打箭炉至拉萨的中途。真如诗中所言"南天回首嗟穷杳，西藏登堂岂易回！"

虽然诗人的这部分纪程诗，只写了川藏路上 1/5 的行程，亦足见入藏之途的奇寒与险仄。可想而知，走完川藏之路的全程有多么的困难！同时，诗人在诗中也对沿途的自然风物与民风、民情作了叙述。虽然只有数首诗，亦足以对入藏道路作较客观的认知，所以王我师的这些纪程诗，史料价值很大，对后来入藏者有积极的帮助。

康熙五十九年（1720），王我师随岳钟琪入藏。岳钟琪《岳容斋诗集》中所见藏事诗，主要通过写景，但也并非是某一处的实景，写建功立业的豪情，同时也表达渴望战事尽早结束，好与家人团聚的柔情。岳诗不见入藏的纪程诗。而随行的诗人王我师，所留下的这数首纪程诗，正好反映了藏途的寒冷、奇险，说明了此次大军入藏的艰辛。纵观二人的藏事诗，彼此构成必要的互补，有助于我们较为全面地认识清代前期藏事诗的特征。

三　《半野居士集》中的藏事诗

清代赴藏的大多数诗人，行走的是川藏路，所以现存的清代藏事诗中，描摹川藏沿途山川、风物的相对较多。而有清一代，描摹滇藏途中所

---

① 《西藏研究》编辑部编辑《西招图略　西藏图考》，第 90 页。
② 《西藏研究》编辑部编辑《西招图略　西藏图考》，第 91 页。
③ 《西藏研究》编辑部编辑《西招图略　西藏图考》，第 91 页。

见、所感的诗却很少。毛振翧《半野居士集》中的《西征集》共170余首诗，对滇藏沿途的山川、风物、气候等记录甚为翔实，有较高的文化价值、舆图价值。

（一）毛振翧及其创作介绍

毛振翧（1686~?），字翥苍，号半野居士，锦江（今四川成都）人，世籍泸州，业农。康熙四十七年（1708）举人。雍正三年官云南罗平知县，擢授云南阿迷州知州。雍正五年（1727），西藏发生内乱，噶伦阿尔布巴等谋杀了康济鼐，试图与准噶尔勾结，篡夺政权，被管理后藏事务的噶伦颇罗鼐及时平定。当此之时，清中央政府“派西秦满汉兵八千四百，川兵四千，滇兵三千，三路交进，共讨逆罪”①。毛振翧即为滇军将领，归云南鹤丽镇总兵官南天祥领导，于雍正六年进藏。毛振翧此次行军的主要任务是运送军粮，所以驻扎于察木多（昌都），直到次年藏事平定后才返回云南。雍正十三年贵州苗民起义，毛振翧以古州司马筹饷治粮。乾隆五年以直隶保定司马去任闲居。

毛振翧诗集有《半野居士集》十二卷本，存诗1400余首，前有自序，分别以《蜀燕》《滇南》《西征》《滇署》《苗疆》《燕台》命名，今藏国家图书馆。诗起康熙五十六年（1717），止于乾隆九年（1744）。另有四川省图书馆藏的《半野居士集》十四卷本。在这期间所作诗结集为《西征集》，对察木多以及西藏各方面皆有记述和描绘。又有《半野居士焚余集》不分卷，有仁和赵大鲸序，又有自序，序皆作于乾隆九年，凡记序书疏等杂文23篇，中国国家图书馆藏。其中“有《典衣过岁》诗，知晚年落拓。乾隆九年与妻子阔别十三年后重逢。作《示内子》诗，有‘已怜百岁同过半，从此飞鸣共一乡’，则刻集时年已五十余”②。《半野居士集》十二卷、《半野居士焚余集》一卷以及《西征集》一卷，今已收入《清代诗文集汇编》第259册。③

（二）《半野居士集·西征集》思想内容

《半野居士集·西征集》共174首。诗人在其《半野居士集序》中云：

① （清）毛振翧撰《西征集》，《清代诗文集汇编》第259册，第619页。

② 柯愈春：《清人诗文集总目提要》，第515页。

③ （清）毛振翧撰《西征集》，《清代诗文集汇编》第259册，第355~576页。

“从军西域胜返，越二年，所历山川、花草、人物、方言，与夫风俗之好丑，道路之险夷，粮运之艰苦，兵行之驻撤类，皆中国所未睹闻，故所经必以诗志之，以为纪异云耳。”① 故而《西征集》是诗人对这次入藏、驻兵、班师沿途所见的叙述与描写，并借此抒发壮怀与思亲的诗。是集第一首《从军留别阿迷州署》云：“雷雨促行客，山川别远人。天兵不可测，庙算自如神。风扫尘沙静，军回草木春。阴符空在箧，主帅得谋臣。”② 交代了离别阿迷州而出征时的情境。诗的三、四句与该集《兵返苴台》诗后一段曾经的卜辞相对应。诗人说他曾在丁未九月问卜于关帝庙，卜辞云：“崔嵬崔嵬复崔嵬，履险如彝去复来，身似菩提心似镜，长安一道放春回。”③ 三、四句是这次的问卜之辞，也起到前后呼应的效果。《土官村》一首：“百尺苍藤络古树，四岩松籁乱洪涛。天风为扫蛮氛尽，清啸营门月色高。”④ 较为含蓄地交代大军出征的目的。纵观整个《西征集》，主要包含如下几方面的内容。

1. “泉声百道雷轰耳，铁马浑疑破虏围”：描写西征军威，渴望建立功勋

纵观《西征集》全集，始终洋溢着渴望建功立业的浩荡之气。如《入塞客以为难，赋此答之》云：“为佐兵符远出师，横行直欲抵西陲。热肠早化关山雪，壮气还空铁骑儿。大将军威凌草木，书生笔阵撼旌旗。悬知指顾狼烟熄，庙算曾闻一岁期。”⑤ 这首诗置于是集的开头，抒发了诗人西征的壮志，也成为全集的感情基调。又如《阿董》：“怪石层层当路立，岚烟冷冷傍人飞。泉声百道雷轰耳，铁马浑疑破虏围。”⑥ 也是进一步表现西征大军的来势迅猛，必会大破敌军。

上述两首刻画大军行进中展示出的排山倒海之势，以下两首主要刻画统帅的威严、胸怀、谋略，以及军队演习中的气势。《呈南大总镇》云：“虎帐风寒月正明，森严刁斗静初更。眼前直帅三千士（后注：时滇兵只

① （清）毛振翧撰《西征集》，《清代诗文集汇编》第259册，第355页。
② （清）毛振翧撰《西征集》，《清代诗文集汇编》第259册，第397页。
③ （清）毛振翧撰《西征集》，《清代诗文集汇编》第259册，第413页。
④ （清）毛振翧撰《西征集》，《清代诗文集汇编》第259册，第401页。
⑤ （清）毛振翧撰《西征集》，《清代诗文集汇编》第259册，第398页。
⑥ （清）毛振翧撰《西征集》，《清代诗文集汇编》第259册，第403页。

有三千)，胸内还储十万兵。诸葛庐中原有学，汾阳塞外旧知名。不烦自荐筹边计，闲醉高眠听捷声。"[①] 诗中对虎帐的森严与将帅能力的赞叹预示战事必将大捷。《观兵》又云："森森戈戟列如云，五色戎衣部曲分。一诺声真摇佛胆，千群气直压蛮氛。不烦天将还深入，早殄渠魁欲罢军（后注：时后藏坡罗鼐已自获前藏阿拉布巴)。筹饷届期真得算，好飞边信慰吾君。"[②] 此诗是诗人观看了一次士兵的操演后，对军容的具体描述。总之，以上四首都是从不同角度描写入藏大军势如破竹的军威。

与此同时，诗人也表达了自己建立功勋的渴望。其《坝台书怀》云："从来国重一身轻，奉使何分路险平。云气朝浮心目黯，江涛夜吼梦魂惊。诗情偏自车中得，勇略还于塞外生。学剑学书原两用，莫输儒将独成名。"[③] 展现诗人以国事为重，渴望建立功业。而《江干远眺》又道："破虏今随马伏波，旌旗南返问如何？江分两道双桥头（自注：昌都营前两水交流)，藏隔千山三路过（自注：分西秦、四川、云南三路进兵)。青鬓经霜容易改，贞心匪石不曾磨。请缨亦是儒生事，拟灭渠魁早罢戈。"[④] 赵宗福先生在此诗的题解中说："时在雍正六年（1728）夏、秋之季。诗人在公余时间来到昌都河边，遥望江山，联想时事，触景生情而作。诗中描写了入藏平叛、昌都形胜和个人情怀。"[⑤] 其中更是表示诗人请缨参战的斗志与矢志不移的决心。

2. "还须天将合，才解法王围"：叙述藏内时局，颂扬国家一统

诗人在《剑川州》中自注："时西藏阿拉布巴、坡罗鼐相残，故及之。"[⑥] 因此，在《春日漫兴》其一中称："二月春将半，一年人未归。还须天将合，才解法王围。(自注：三省官兵汇合于西藏，时活佛为颇拉奈兵困）地重丹书捷，天遥雁信稀。庭闱频入梦，心逐海云飞。"诗人认为，只有川、陕、滇三省军队在藏相汇，方可平息内乱。其二亦云："天威平绝塞，兵气静边城。(后注：西招已平定）丝管将军幕，琴书刺史营。漫

① （清）毛振翧撰《西征集》，《清代诗文集汇编》第 259 册，第 408 页。
② （清）毛振翧撰《西征集》，《清代诗文集汇编》第 259 册，第 408 页。
③ （清）毛振翧撰《西征集》，《清代诗文集汇编》第 259 册，第 405 页。
④ （清）毛振翧撰《西征集》，《清代诗文集汇编》第 259 册，第 412 页。
⑤ 赵宗福选注《历代咏藏诗选》，第 24 页。
⑥ （清）毛振翧撰《西征集》，《清代诗文集汇编》第 259 册，第 400 页。

裁春昼曲，群唱凯歌声。忽忽经年别，空嗟百草生。”[①] 当诗人到藏后，方知西藏内乱已平定，故而从将军到士兵传来一片欢乐之声。

诗人在《松坡观瀑》中道：“裂破层云下太空，天河倒泻影玲珑。乾坤处处需淋雨，润遍蛮郊颂尔功。”[②] 希望国家的边疆地区也受到君王的恩泽，在《一家人竹枝词》中又道：“天兵扫荡极边尘，中外同沾大地春。到此华夷休两看，通衢早号一家人。”[③] 西藏与中原，少数民族与汉族早就是一家人了。表现了诗人对国家统一的深情歌颂。而且从藏族群众对清廷入藏汉军的欢迎程度，也可知社会安定、国家统一是汉藏各族群众共同的心愿。如：“半竿斜日到蛮家，妇子欢迎汉使车。更与殷勤供晚饭，青稞面和奶酥茶。”（《热水塘蛮家竹枝词》）

3. “插云峭壁势摩空，十二危阑鸟道通”：描写边地荒寒，感叹藏途艰险

藏区就今天来说，依然是地广人稀，更何况在诗人入藏的雍正年间。诗人在《渡金沙江》中云：“金沙春水静无波，入塞征夫初渡河。云树不堪回首望，汉人落落野蛮多。”[④] 诗人进入藏地后，感觉汉人越来越稀少，便产生身在异域的不适与故土之恋。

入藏道路不仅荒寒，而且极为艰险。诗人从山之高耸、路之崎岖、水之湍急等诸方面描述藏路的艰险难行。如《花椒坡》云：“上尽千盘天欲到，异禽灵草水潺潺。此身高应无能比，却指前山尚并肩。”[⑤] 此首诗突出入藏途中大山高耸入云。又在《十二阑干》中道：“插云峭壁势摩空，十二危阑鸟道通。下马攀林愁欲绝，侧身天半一飞鸿。”[⑥] 突出山之险，道路更加崎岖难行。另外，诗人还描写了藏途水流之无比湍急。如《澜沧行》：

两山岩岩夹中流，黄涛汹涌征夫愁。我行欲渡无舟楫，上指竹缆

① （清）毛振翧撰《西征集》，《清代诗文集汇编》第259册，第412页。
② （清）毛振翧撰《西征集》，《清代诗文集汇编》第259册，第401页。
③ （清）毛振翧撰《西征集》，《清代诗文集汇编》第259册，第401页。
④ （清）毛振翧撰《西征集》，《清代诗文集汇编》第259册，第400页。
⑤ （清）毛振翧撰《西征集》，《清代诗文集汇编》第259册，第401页。
⑥ （清）毛振翧撰《西征集》，《清代诗文集汇编》第259册，第401页。

横岭头。面面相看无颜色，主人悽悽仆恻恻。踟蹰不肯就缚绳，安得人身生羽翼。仆兮仆兮尔随主，曾誓神明共艰苦。而我忠勇只口谈，蛮夫笑煞江之浒。奋然先往不顾身，此时直与鬼为邻。百丈一瞬云间过，解脱腰绳隔世人。回看长虹不可驾，休怪临江心目讶。不道仆义亦轻生，尽把长江沟洫跨。世间险阻畏亲尝，喜策骅骝骤康庄。康庄却自多险阻，须知险阻是周行。君不见澜沧江水千尺深，虬龙喷沫石森森，溜筒一去等飞禽，尚有渡江之豪吟。①

整首诗采用铺叙手法，通过主仆过河时的心理活动、神态、动作，衬托澜沧江水势之险急。以上数首诗的描述，可知入藏途中不光山高、路陡，滔滔江水更像拦路虎，增添了藏途的危险。而且，青藏高原气候严寒，四季混沌不分，许多地方常年积雪不化，这给入藏大军的行进带来极大不便。如《弯腰气候》：

气候初如夏日天，南风淡荡麦盈田。却怜历尽穷阴惨，又有阳和布极边。②

又如《箐口楼》：

两过平原眼界宽，薰风偏送雨丝寒。雕楼浑是膻腥味，裹得行粮好自餐。③

再如《中甸》：

四月霜华夹雨寒，重裘犹自怯衣单。蛮房寸土皆沙碛，莫作中原物候看。④

---

① （清）毛振翧撰《西征集》，《清代诗文集汇编》第 259 册，第 403 页。
② （清）毛振翧撰《西征集》，《清代诗文集汇编》第 259 册，第 407 页。
③ （清）毛振翧撰《西征集》，《清代诗文集汇编》第 259 册，第 402 页。
④ （清）毛振翧撰《西征集》，《清代诗文集汇编》第 259 册，第 402 页。

以上三首，是诗人入藏途中的天气感受，典型的高原天气，不管在哪个季节，若太阳出来以后便觉得非常炎热，但只要天阴即使是夏季也极为寒冷，而且，农历的四月依然“重裘犹自怯衣单”。中甸是云南迪庆藏族自治州首府，位于滇、川、藏三省区交界处。2001 年正式改名为“香格里拉县”。从诗中反映出中甸的四月还依然很寒冷。

滇藏途中的 3 座大雪山，小白莽雪山、大白莽雪山、小雪山，不但山高，而且山上终年积雪不化，很多地方都是光滑的厚冰，行走于其上极为危险，一不小心会掉进深渊。如《晨起望白莽山雪》道：“历尽嵚崎到上方，雪峰寒耸气苍凉。阳和才此开琼路，晓发还须吸玉浆。早惜鸟笼因舌巧，从知马蹶是途康。莫辞天险辛勤去，领取峥嵘万丈光。”① 又如《上白莽山次一家棚望残雪》道：“万壑阴寒住此身，开襟且与素峰亲。即今异域冰消日，早看银沙踏作尘。”② 再如《趁晓过大白莽雪山》道：“雪深山径马难过，主仆相商计若何？绝顶自来多瘴疠（自注：博刀岭风气伤人），幽崖从不到阳和。远臣气比风云壮，圣主恩如雨露多。好趁朝寒冻未解，驱车早度莫蹉跎。”③ 前两首重在写雪山难以跨越，后一首突出诗人不畏大百莽雪山的严寒与瘴疠之气，抒发壮士豪情与报答君王之恩情。而《多台夜雪晨发抵坝台题神瓮寓壁》是诗人顺利地翻越了 3 座大山后，展示不畏眼前困难，勇往直前的气概，其诗云：“昨夜霜寒夏雪生，朝来积素望中横。云开玉垒相连碧，树发琼花不断明。冰净人宜双眼白，沙干马喜四蹄轻。行吟早到神瓮寓（自注：土千总谓之神瓮），自笑三山似履平（自注：小白莽山、大白莽山与小雪山是谓三山）。”④

4. “霜肃云寒绝塞秋，东篱别后梦常游”：描写故土友人，抒发亲友之思

诗人西征途中写了一定数量的盼归、思亲，酬答以及辞别、送人诗。表达诗人对故乡、家人的思念及与好友、同僚的深厚情谊。如《九日戎州王太守于岳招饮》云：“霜肃云寒绝塞秋，东篱别后梦常游。香怜故国花

---

① （清）毛振翧撰《西征集》，《清代诗文集汇编》第 259 册，第 402 页。
② （清）毛振翧撰《西征集》，《清代诗文集汇编》第 259 册，第 403 页。
③ （清）毛振翧撰《西征集》，《清代诗文集汇编》第 259 册，第 404 页。
④ （清）毛振翧撰《西征集》，《清代诗文集汇编》第 259 册，第 405 页。

三径，情醉君家酒一瓯。雨水远从阶下合，千峰值自帐前收。数茎白发新添得，免使登高落帽羞。”① 由于思家而新添白发。诗中结尾两句将思情写得尤为巧妙。又如《霜月夜望》云：“雨洗边尘净，霜凌塞草黄。卷帘通冻鹊，拥被听寒蛩。目断云千叠，心惊月一床。平戎何日事，去住两茫茫。”② 诗的开头写入秋霜降后，草木变黄了，呈现一片凋零，从而勾起了诗人的乡关之思。再如《昌都春望》三首。

其一：

二月边城春色稀，百蛮烽静客思归。双江一望南天远，惟见寒鸦掠水飞。

其二：

云冷山寒日影斜，边庭二月未飞花。故园开放知多少，两度春时不在家。

其三：

半竿落日层峦上，百丈黄沙阴碛中。玉笛几声云外度，一时回首怨东风。③

以上三首，诗人从描写昌都春色稀疏起，进而写自己已经两年没有回家了，思家之情不言而喻。描写思家的，有通过边地的新月引发诗人思乡之情的，如《塞上新月二首》其二：“更鼓初传夜不哗，柳营将士卧平沙。独怜南国人西驻，一见娥眉便忆家。”④ 还有通过边地浓浓春色引发诗人思乡之情的，如《冲对》：“行来数亩麦苗肥，地暖晴岚向夕飞。一种故园风

---

① （清）毛振翧撰《西征集》，《清代诗文集汇编》第259册，第410页。
② （清）毛振翧撰《西征集》，《清代诗文集汇编》第259册，第410页。
③ （清）毛振翧撰《西征集》，《清代诗文集汇编》第259册，第412页。
④ （清）毛振翧撰《西征集》，《清代诗文集汇编》第259册，第409页。

色好，莫教泪湿远臣衣。”[①] 相同主题的诗还有很多，如《步蛮家平台寄故园诸亲友》《塞外抒怀次魏尔臣原韵二首》《元日》《生日》《元夜病中二首》等。

酬答、送人诗也是描写生动，感情真挚，《阿顿顾司马优饯即席赋谢》：“一曲清歌醉远人，蛮荒顷刻顿生春。那知塞外三旬别，只觉灯前百媚亲。”[②] 即将离别，顿觉眼前一切都格外亲切。还有《送开化丁太守还滇》云：“共承帝命来偏早，却扫边廷去独迟。数点泪于同气落，一封书慰老亲思。”[③] 以上二首是送人诗，诗人借送人来表达思归之情。与诗人从云南同来的士兵共3000人，而驻扎在洛隆宗的2000人先被要求撤回筹办粮草。

另外诗人还写了一定数量的咏物诗，写于雍正六年（1728），诗人入藏途中的一首《番人悬经于索竿，风吹动云如口诵，谓之的著》，诗云：“鸟语山光尽是禅，如来佛法本空传。番经犹是凭风诵，横索长竿字万篇。”[④] 描写了藏地宗教风物经幡。如《天通》：

> 揽辔行吟觉道平，危途才别却心惊。马头醉草皆嗔毒（自注：自木枯行来路多醉马草，马尝则醉不能行走），人面飞沙不辨程。两地关情千里梦，五年冷宦一身清。寸肠久分通天鉴，搔首何须问此生。[⑤]

诗中描写了入藏途中的醉马草，若马食之，则疲软无力，不能行走。

从该诗集的内容构成来看，可分为三大部分：出征，即诗人从阿迷州奉命出发直至抵察木多（昌都）途中所写的诗为第一部分；抵察木多后所写的诗构成了第二部分；班师回滇途中所写的诗构成了该集的第三部分。诗人思想也是经历了一个变化的过程，出师及出师途中，诗中充满着不畏困难、建功立业的豪情，以写景诗见多，如《禄丰县》：“一介寒生命，如

① （清）毛振翧撰《西征集》，《清代诗文集汇编》第259册，第402页。
② （清）毛振翧撰《西征集》，《清代诗文集汇编》第259册，第403页。
③ （清）毛振翧撰《西征集》，《清代诗文集汇编》第259册，第411页。
④ （清）毛振翧撰《西征集》，《清代诗文集汇编》第259册，第406页。
⑤ （清）毛振翧撰《西征集》，《清代诗文集汇编》第259册，第406页。

山圣主恩。飞沙随去住，积雪失朝昏。青鬓经霜换，丹心向日存。无嗟天渐远，回首即关门。”[①] 抵藏后以及归途中，则以送人诗为主，诗情慢慢转向低沉，更多表现对故园、亲人的思念。

（三）《半野居士集·西征集》的艺术价值

袁行云先生在《清人诗集叙录》中评价毛振翧诗：“其诗造诣不高，然多经奇险，纪世事异闻。《蜀山歌》《澜沧行》《过燕子崖歌》《自成都至三巴浪山水歌》《长川坝三岔河下营歌》《苴台流沙山路歌》《察木多》《云龙山》等篇，刻画川康滇黔境内山川，气象甚阔。《奉使开上下江歌》作于乾隆二年，为有关水利史料。振翧于藏、苗、彝族风土民情，多有采访，则是集价值不尽在诗也。”[②] 的确如此，诗人毛振翧奉命从云南阿迷州（今红河州开远市）任所出发，沿途翻越小白莽山、大白莽山与小雪山，渡过澜沧江，最后抵达西藏察木多（昌都）。对沿途的民俗、自然景观、气候均有较为详细的描述。这也是清早期用诗的形式记写滇藏一途不多见的作品，有较大的历史与文化价值。

诗人的写景诗较有特色，既写出了滇藏路上苍凉雄浑的山水，也展示了入藏之途的无比艰辛。表现其壮大的情怀与不怕困难的献身精神。如《渡金沙江》《晨起望白莽山雪》《上白莽山次一家棚望残雪》等多首诗表现了诗人此类情怀。

当然，也有些诗描写藏地春、夏清新、明丽的自然景物，表达了诗人的闲适心情，将人带入美妙的大自然之中。其中《江边》一首写道：“山气苍凉水气清，花英夹道绕江行。不缘西土君王顾，谁听万泉万树声。”[③] 山气清凉，流水清澈，各种鲜花夹道开放，如此美景，谁来欣赏呢？接下来的《春望》中又描写道：“天风吹动暮山云，马首遥看日色曛。最爱隔溪桃柳树，淡红深绿影平分。”[④] 春风吹来，藏地的景色也越来越好看了，又如《此觉麦》其二道：“水碧山青花柳妍，淡云微雨夏初天。个中合是

---

① （清）毛振翧撰《西征集》，《清代诗文集汇编》第259册，第398页。

② 袁行云：《清人诗集叙录》，第785页。

③ （清）毛振翧撰《西征集》，《清代诗文集汇编》第259册，第401页。

④ （清）毛振翧撰《西征集》，《清代诗文集汇编》第259册，第397页。

真图画，好倩南宫笔底传。”[①] 依然是描写征西途中的美景。可见，诗人在写景诗方面展现出良好的驾驭能力，表现出多元的风格特征。

（四）《半野居士集·西征集》的舆图价值

清人黄沛翘言：“川、陕、滇入藏之路有三，惟云南中甸之路峻险重阻，故军行皆由四川、青海二路，而青海路亦出河源之西，未入藏前，先经过蒙古草地千五百里，又不如打箭炉内皆腹地，外环土司，故驻藏大臣往返皆以四川为正驿，而互市与贡道亦皆在打箭炉云。”[②] 因此，有清一代，就入藏纪程之作，记载最为翔实而丰富的是川藏之途。青藏与滇藏的纪程之作，最缺而且较简略。就目之所及，滇藏纪程之作较早的有杜昌丁撰的《藏行纪程》，其次是雍正六、七年间完成的毛振翧《半野居士集·西征集》（以下简称《西征集》），然后有光绪年间镇海、范铸、寿金编的《三省入藏程站纪》。《藏行纪程》为康熙五十九年（1720），云贵总督蒋陈锡奉命进藏效力赎罪，杜昌丁作为其幕宾，送蒋至雪岭，往返时的程站记录，并附有11首纪行诗以颂之。《三省入藏程站纪》只记载滇藏沿途的程站。

唯有毛振翧的滇藏纪行诗《西征集》，以170余首诗的总量，详细记载了诗人毛振翧奉命于雍正六年（1728）从云南阿迷州（今红河州开远市）任所出发，沿途翻越小白莽山、大白莽山与小雪山，渡过怒江、金沙江、澜沧江，最后抵达西藏察木多（昌都）的滇藏之途的山川形胜、气候变化情况，是研究滇藏沿途山川、物候、文化极为重要的资料。袁行云先生也曾说：“振翧于藏、苗、彝族风土民情，多有采访，则是集价值不尽在诗也。”[③] 是集具有很重要的舆地价值，对以后从滇入藏的使者或军人来说，无异能起到向导作用。

首先，将《西征集》中含地名的诗题依前后顺序相连，便能绘成一幅从滇入藏的路线图。以诗集中诗题含有地名且前后相连属的几首为例，《崩子栏记事》《宿杵臼》《晨起望白莽山雪》《由木龙树至阿墩子道上》

① （清）毛振翧撰《西征集》，《清代诗文集汇编》第259册，第405页。
② 《西藏研究》编辑部编辑《西招图略　西藏图考》，第78页。
③ 袁行云：《清人诗集叙录》，第785页。

《阿董》《澜沧行》《过燕子崖歌》《梅李树》《自岔河起程欲过箐口，为博刀岭雪阻，因退宿牛场》《趁晓过大白蟒雪山》《次甲浪》，然后再对应范铸所编《云南入藏程站》："从崩子栏六十里至杵臼，从杵臼上小雪山（此山通亘二百里，不甚高，有木无草，亦无人烟。水不可饮，饮则喘急，甚至伤生，有白莽为怪，过者皆衔枚疾走，否则必遭其害），约行百里至龙树塘。从龙树塘行五十里至阿敦子。再行一百里便到澜沧江，过江六十里便到梅李树。再五十里便到大雪山腰（大白莽雪山），又四十里至大雪山顶，八十里至雪山麓，在六十里到甲浪。"[①] 可知，诗题地名与程站所记能依次对应。

其次，《西征集》中的诗篇，可为《云南入藏程站》提供更为详细的注解。《云南入藏程站》对"杵臼"地名的记载是从崩子栏行"六十里至杵臼"，再无其他相关解释。而《西征集》中《宿杵臼》一首云："寒山顶上番僧寺，蛮寨头层客子楼。静度一声云外偈，松涛水韵共悠悠。"[②] 可知，杵臼一地有藏族村落依山傍水，山上还有座藏传佛教寺。又《云南入藏程站》中关于"崩子栏"的补述是："此地产禾麦，山水极佳，风土亦善，惟酷热。"而《半野居士集·西征集》中的诗《崩子栏早发》云："村南村北尽鸡声，又向征夫促起程。恨是隔林滩不断，潺潺一夜梦难成。"[③] 从此诗可知，崩子栏有村落。清晨鸡鸣声唤醒了沉睡的山村，潺潺的水声穿过树林，传入诗人的耳际，更是突出了崩子栏山村的宁静与田园气息。

总之，从以上两方面的实例便知，《西征集》中含地名的诗题依前后顺序相连，便能绘成一幅从滇入藏的路线图。然后再配合这部分纪程诗，便可了解到滇藏沿途的山川、村落、民俗、气候，以及道路险仄情况，然后再参用杜昌丁撰的《藏行纪程》及镇海等人编撰的《云南入藏程站》中各站之间的实际距离标示，便构成了一幅更加立体的滇藏地理图。

---

① 范铸编《三省入藏程站纪》，吴丰培辑《川藏游踪汇编》，第 434 页。
② （清）毛振翧撰《西征集》，《清代诗文集汇编》第 259 册，第 402 页。
③ （清）毛振翧撰《西征集》，《清代诗文集汇编》第 259 册，第 402 页。

第二节　乾嘉时期孙士毅、杨揆的藏事诗

乾嘉时期入藏的诗人相较于前朝有一定的增加。主要集中在乾隆五十六年（1791）前后，跟随大将军福康安征讨廓尔喀时的军中随员，以及负责此次大军粮草运送的一批官员，他们中的一部分本就是通过科举考试选拔来的官员，有良好的文学造诣。从目前存有藏事诗的情况看，除了在此次大军进藏中负责乌拉，后来任驻藏大臣的和琳外，还有负责此次粮运的孙士毅、徐长发、周霭联、惠瑶圃，军中文员杨揆。乾隆四十年（1775）随大将军阿桂征金川时的随员，如管理粮草的查礼。除此之外，嘉庆时期有张问陶、方积、李若虚（又叫马若虚）、项应莲等诗人的藏事诗。其中，孙士毅与杨揆的藏事诗，无论是存量还是创作成就，都具有一定的代表性。

一　杨揆与《桐华吟馆卫藏诗稿》

杨揆是随福康安大军从青海入藏的随员，战事胜利后，又从川藏线出藏，并且参与了征讨廓尔喀的战争。

（一）杨揆及其创作

杨揆（1760~1804），字同叔，又字荔裳，金匮（今江苏无锡市）人。乾隆四十五年（1780），皇帝南巡时召试赐他为举人，官中书。[①] 乾隆五十六年冬，随大将军福康安从甘肃、青海北线赴藏，第二年追击廓尔喀侵略军深入到廓尔喀（尼泊尔）境内，筹划军事，每得将军海兰察推许。事平后又从东线出藏入川。因这次征讨有功，擢升为内阁侍读，军机处行走。嘉庆二年二月补甘肃布政使；四年十一月，调四川布政使，旋代四川总督。在蜀中任职5年，因连年战祸，杨揆为筹边事而心神“告瘁”，最终于嘉庆九年因劳累过度而英年早逝，年四十五。赠太常寺卿。《四川通志・政绩篇》《卫藏通志・卷六》《清史稿・列传二百七十二》对他均有记载。

---

① 赵尔巽等撰《清史稿》卷二百七十二，第9386页。

杨揆少与其兄杨芳灿同有文名，被时人称为“二难”。彭元瑞视学江南，对杨揆的学问和才情大加赞赏，遂以兄女妻之。杨揆文名远播，且孝悌友爱，赵怀玉在《赠太常寺卿四川布政使杨公揆墓志铭》中所评：“公与户部皆以文名，又皆以武功著，自伤少孤，事太夫人色养备至，友于兄弟，与人交不设城府。为文沉博绝丽，下笔千言，飞章走檄，洞中窾要。”① 时志明先生也曾说：“杨芳灿兄弟三人皆能诗，其二弟杨揆，字荔裳，三弟杨英灿，字梦裳，除三弟声名不彰外，杨揆无论仕途，还是诗名均不逊色其兄。”②

杨揆的著述主要有《卫藏纪闻》《桐华吟馆诗词稿》十二卷等。杨揆于而立之年从军青藏高原，眼前所见、亲身所历均为平生所未闻之事，诗风也由绮丽变为苍劲，写下了百余首描绘、歌咏藏地山川风物的诗。今人赵宗福先生的《历代咏藏诗选》③，选其诗《皮船》《索桥》《晓发春堆》等12首，是赵选中选藏事诗最多的诗人之一。高平先生的《清人咏藏诗词选注》④ 更是选其藏事诗《出师卫藏》《夜宿东科尔寺》《日月山》等达31首之多，与所选孙士毅的藏事诗相同，仅次于松筠的55首。

（二）《桐华吟馆卫藏诗稿》内容与价值

杨揆诗文集今已录入《清代诗文集汇编》第457册，分别为《桐华吟馆诗稿》（十二卷）、《桐华吟馆词稿》（二卷）、《桐华吟馆文钞》（一卷），清嘉庆十二年刻本。吴丰培先生编的《川藏游踪汇编》，收录《桐华吟馆卫藏诗稿》，其中各体诗68首、词4首，内容包括纪行、写景、纪事、赠答等，该集中除了21首咏怀酬答诗之外，其余全部叙写诗人出入藏途中的所见，以及对战事的描写，具有文学史价值，较好地填补了清代文学地理的西南一角。

有关他的藏事诗特色与价值，冯培在《桐华吟馆诗稿·序》中有恰当的评述：“方伯少壮之年游吴越，历燕齐，雍容省掖，放笔千言，宫商宛转……继乃西征省兄，往兰山、洮水间，稍变秦声；迨佐参卫藏军事，探

---

① （清）赵怀玉撰《赠太常寺卿四川布政使杨公揆墓志铭》，《碑撰集》，第2495页。

② 时志明：《盛世华音：清代顺康雍乾诗人山水诗论》（下），凤凰出版社，2017，第1312页。

③ 赵宗福选注《历代咏藏诗选》，第91~130页。

④ 高平编注《清人咏藏诗词选注》，第89~125页。

星源，指月，四马穷荒，沙行索度，跋涉一万六千里，飞章走檄之暇，磨盾赋诗，读之使人色骇而眉舞，盖其他焉，前古所未经，故诗亦前古所未有，谓非奇境足以助之乎？”① 吴丰培先生也曾评价道：“杨揆亦诗文雅隽，军书旁午之际，不遗吟咏。虽于叠峦重嶂，冰雪艰苦途程中，以诗纪事，景真情得。”②

是集从《夜宿东科尔寺》起始，到《飞越岭》结尾，诗人将入藏、定藏、出藏的行程以纪行体诗的形式表现了出来，将青藏与川藏两途写遍。其藏事诗展示了青藏高原特有的风物，以及行军、战事的艰苦。由于青藏高原严寒缺氧，且入藏道路极其艰险，有清一代涉足过这片神秘土地的内地文人并不多。杨揆的诗，真实地记录了青藏高原的山川、风物，更是以诗的形式记录了这次大军抗击侵略者的丰功伟绩。

1. “将军磨刀我磨墨，欲记此间曾杀贼”：赞颂将士舍身杀敌的英勇

因杨揆参与了抗击廓尔喀入侵的经过，故而用诗歌表现这次战争全程，有极高的文献价值。代表性的诗作便是《热索桥》与《胁布鲁山》。《热索桥》一诗云：

> 热索桥高两崖耸，热索桥深万波涌。高不容鸟深无舠，连臂渡涧愁生猱。危桥横亘计以寸，阻隘能令一军顿。将军夜半斫贼营，壮士毋那飞而行？惊湍巨石互摩戛，不用军声乱鹅鸭。如此风波尚可意，宁论滟滪瞿塘峡。桥头逐队驱旌旄，回流呜咽争磨刀。将军磨刀我磨墨，欲记此间曾杀贼。③

热索桥，又叫热索桑巴桥，今在吉隆县南，是西藏与廓尔喀的分界之处。清人赵咸丰的《使廓纪略》中有一段描述道：“大河一道，水西流，有木桥，以通往来。南岸为廓尔喀界，北岸为西藏界。两壁夹立，上有一线之

① （清）杨揆撰《桐华吟馆诗稿》，《清代诗文集汇编》457 册，第 291 页。
② 吴丰培辑《川藏游踪汇编》，第 183 页。
③ （清）杨揆撰《桐华吟馆卫藏诗稿》，吴丰培辑《川藏游踪汇编》，四川民族出版社，1985，第 164 页。

天，下有数席之地。”[①] 可见此地极为险要。这首诗创作的背景是在乾隆五十七年（1792）五月，当清军追击廓尔喀侵略军至热索桥时，侵略者已经撤到南岸，并已拆除了桥上的木板。因而大军只能暂时休整，再进发。这期间诗人写道“将军磨刀我磨墨，欲记此间曾杀贼”，足见全军抗击入侵者的英勇气概。如《协布鲁山》：

前军斫贼贼宵遁，三日烧岩尚余烬。鼓行突下番须兵，荡决当前少坚阵。山腰列栅抵作城，巨炮轰掣如奔霆。坡危荦确无寸土，遗骴断骼交相撑。沸泉出窦气蒸燠，炙手骇同炊甑熟。投鞭已溃丸泥封，饮马还防上流毒。提戈战胜将士欢，营门鼓角催传餐。书生佩剑胆亦壮，然烽照夜知平安。[②]

这首诗写了战斗发生之地的险要“坡危荦角无寸土”、战斗的惨烈“巨炮轰掣如奔霆”，再写战争的胜利“提戈战胜将士欢”，最后落笔在抒发诗人的英勇与豪情。

2. “征人下马色死灰，重裘压肌如纸薄”：反映行军的艰难

杨揆诗中反映行军艰难的，典型诗篇有《蚂蝗山》，诗云：

山深虎豹薮，水深蛟蜃居。由来山泽间，毒疠所蓄潴。我行历万山，兹山更盘纡。危磴苦曲折，烟灌交萦敷。中途风雨来，跬步皆崎岖。夜半憩山麓，积洿成沮洳。有虫曰水蛭，遍地来徐徐。湿生兼化生，骤族而相于。宛宛始缘足，啧啧旋侵肤。体类蠖伸屈，尾学虿卷舒。潜伏拟蜥蜴，游行同蝍蛆。枵腹若蜷跼，饶吻争嗫嚅。丑尔形踽踽，憎尔行趑趄。壮士按剑怒，不能砍而躯。虞人烈泽焚，不能歼尔徒。践尔使糜烂，得水还嚅嚅。……尤善钉马腹，嘬啮成溃疽。可怜拳毛騧，顿作汗血驹。尔性实饕餮，诛之不胜诛。……[③]

① 吴丰培辑《川藏游踪汇编》，第307页。
② （清）杨揆撰《桐华吟馆卫藏诗稿》，吴丰培辑《川藏游踪汇编》，第164页。
③ （清）杨揆撰《桐华吟馆卫藏诗稿》，吴丰培辑《川藏游踪汇编》，第165页。

蚂蝗（蚂蟥）又名蛭，蚂蟥分旱蚂蟥、水蚂蟥（水蛭）、寄生蚂蟥三种，前两者是经常遇到的。旱蚂蟥尤其是在堆积有腐败的枯木烂叶和潮湿隐蔽的地方为多。蚂蟥的头部有吸盘，并有麻醉作用，一旦附着在皮肤上，不容易使人感觉到。蚂蟥叮咬人或动物时，用吸盘吸住皮肤，并钻进皮肉吸血，且吸血量非常大，相当于其体重的 2～10 倍，蚂蟥叮人吸血后容易引起感染。这首古体诗共 74 句 370 字，诗对蚂蟥的描写很细致，尤其对蚂蟥的生命力之顽强、危害之大都做了形象描述。通读其诗，可知这次行军途中的艰辛程度。还有《甲错山》四首，完整地写了一次令人惊怵的野外宿营过程。

其一：

狞风怒卷边声恶，冷日无光向西落。征人下马色死灰，重裘压肌如纸薄。

其二：

连营列帐依山椒，枯蓬满地鸣啸啸。微茫沙径屏人迹，黯淡时见残磷飘。

其三：

中宵蒙被作僵卧，噩梦屡惊心胆破。左魂右魄何处来？争乞巫扬招楚些。

其四：

天明欲去不敢留，此身幸未埋荒丘。回头试看昨宿处，衰草短垣堆骷髅。①

---

① （清）杨揆撰《桐华吟馆卫藏诗稿》，吴丰培辑《川藏游踪汇编》，第 172 页。

诗中写了夜晚的奇冷，噩梦连连，天明回首昨夜宿营地，只有衰草、短墙、尸骨，可见惊心的程度。从这些细节的描写可知，诗人的这次行军，可谓是九死一生。此类诗还有《病兵吟》《军行粮运不济，士卒疾苦》等，反映了诗人对下层士兵的遭遇深表同情。

3. “西荒山奇水亦横，万仞颠崖水飞迸”：歌咏藏地山奇水横

记载并歌咏诗人沿途所攀爬过的高山大川。是集中光以山命名的诗就有《日月山》《昆仑山》《胁布鲁山》《动觉山》《蚂蝗山》《甲错山》《鲁贡拉山》《瓦合山》《丹达山》《黎树山》《高日寺山》《折多山》等，这其中重在描写山之景的尤以《瓦合山》《丹达山》为著。

瓦合山，位于察木多（昌都）以西，洛龙宗以东；绵延100多里，海拔5000多米，是川藏路上必须翻越的大山。其诗《瓦合山》云：

> 连峰百余里，溪间互萦抱。拾级身渐高，横空断飞鸟。晶莹太古雪，山骨瘦而槁。浩浩驱长风，扑面利如爪。为怯度岭迟，预属戒途早。悬崖月魂青，堕壑灯焰小。盘盘巨石蹲，落落枯松倒。状疑狮鬣髯，势若龙夭矫。足疲苦蹣躃，目眩失窍窕。间程无来踪，记里少立表。山厂屋数椽，倾侧短垣缭。于此置急邮，轻骑驰间道。重烦驿吏迎，好语问寒燠。饥肠任粗粝，羸马恋刍藁。少憩难久留，憧憧寸心扰。乍见晴光来，午日露分杪。积阴所酝酿，惨淡失昏晓。疾下缘陂陀，百折路逾拗。山灵太狡狯，刻画弄神巧。本来绝攀跻，谁使强登眺？俯仰叹劳人，须鬓此中老！①

此诗写了瓦合山之陡峭，悬崖峭壁当路而立，状如猛兽，令人不寒而栗。山上有千年不化之积雪，山中昏暗不辨昏晓，要翻越它是非常危险的。诗中用夸张、叠词，甚至将神灵也引入此诗的描绘中，足见诗人高超的文学驾驭能力。《卫藏图识》中记载道：“瓦合山，高峻且百折，山上有海子，烟雾迷离，有望竿，合周天度数，矗立土台之上，大雪封山时，必借以为向导。过此戒勿出声，违则冰雹骤至。山之中鸟兽不栖，四时俱冷，上下

① （清）杨揆撰《桐华吟馆卫藏诗稿》，吴丰培辑《川藏游踪汇编》，第177页。

逾百里无炊烟。”[①] 时志明先生曾道：“杨揆的《瓦合山》以形写神，诗人在大气盘旋的山形描摹中揉进军旅艰辛的心理体验，以及山灵神光离合的种种奇幻景象，遂使长诗充满了丰富的浪漫气息。”[②]

除了歌咏藏途中山之险奇，还有描摹水的跌宕纵横之势的，且看他的一首《过察木数里，地稍平坦，林木丰茂，旁有大山，高出霄汉，山顶瀑布交流，不计寻丈，因小憩而去，诗纪之》云：

> 西荒山奇水亦横，万仞颠崖水飞迸。不知一脉何处来，輷輘雷辊声相应。我疑石腹皆中空，蜿蜒潜伏两白龙。扬鬐鼓鬣不可见，吐气下贯如长虹。不然冯夷徙居此山上？高泻惊流洗层嶂。猿猱骇走鹳鹤愁，激射寒光未容傍。萦林络石合复分，袅袅还挟山头云。匡庐雁宕岂足道，直是银河屈注来高旻。想当大块通呼吸，无数幽岩鬼神泣。纵有天风卷不回，方知海水真能立。余波倒地犹不平，绕山百匝声泠泠。三更月出倘相照，恍闻广乐空中鸣。[③]

杨揆还有一首《自宗喀赴察木，骋马疾驰，番路不计远近，薄暮抵一处，适山水骤发，溪涧阻绝，复翻山而行，为向来人迹不到之地，流沙活石，举步极艰，不能前进，下闻惊涛骇浪，骇荡心魄，僵立绝夜，五更山雨卒至，衣履沾濡殆遍，因作长句纪之》，全诗 52 句，364 字，以歌行体的形式对行军途中突遇的一场山洪作了多角度的铺排描写，“奔涛绝壑尤汹汹，俯听如闻井泉涌”，读之有万马奔腾、惊涛骇浪之感。

4. “不染云蓝色，言从梵夹分”：描摹青藏高原奇异的风物

除了描写青藏高原山水形胜与记录战事的经过外，杨揆的诗中还有对禅师、皮船、索桥、藏纸等的描摹，展现了青藏高原所特有的人文与物产。《夜宿东科尔寺》一首诗中云：“一灯照深龛，澹澹宵焰微。苦僧瘦如蜡，尘渍百衲衣。面壁偶转侧，块独闻坐欷。将非入定禅，疑是未解

---

① （清）马揭、盛绳祖修撰《卫藏图识》，乾隆五十七年（1792）刻本，第 97 页。

② 时志明：《盛世华音：清代顺康雍乾诗人山水诗论》（下），第 1335 页。

③ 赵宗福选注《历代咏藏诗选》，第 108 页。

尸。”① 东科尔寺在今青海湟源县西南30公里的日月乡，位于日月山北麓和董克河之间。诗人在此诗中描绘了一位苦修的消瘦如蜡的禅师。在藏传佛教的文献中僧人苦修之事，经常见之于文献记载。

藏纸是由藏地产的狼毒草，经过数十道工艺加工而成。他的一首《藏纸》诗中称：“不染云蓝色，言从梵夹分。为供词客赏，时费佛香薰。浅印华严字，深留侧里纹。十翻谁所赠？好写贝多文。”② 诗中未提藏纸的原料与制作工艺，而主要讲藏纸的形制，“不染云蓝色，言从梵夹分”，被切割成梵夹装的形态，而且还要用藏香熏染。诗中还交代了藏纸的功用，用来抄写佛经。时至今日，用狼毒草做的藏纸，主要还是用来抄写或刻印佛经。

青藏高原，特别是川藏路上山高涧深，水势湍急。过江的媒介，要么是索桥，溜筒而过，要么是乘坐皮船渡江，诗人也在《皮船》一首诗中写道：

> 刳木制为舟，利用涉水可。大如艑与航，小或艇与舸。驾风蒲帆扬，沿流篾絙锁。……今来藏江侧，厉揭测诚叵。洪涛砉奔翻，巨石耸吸硪。番人夸荡舟，舟小殊眇么。外圆裁皮蒙，中虚截竹荷。浅类筥可盛，敧讶筐欲簸。著足当中央，俯身戒侧左。形模唤浑沌，驱壳仅蜾蠃。傍岸任孤行，邀人祇双坐。俄惊层波掀，真拟一壶妥。骇耳声铮摐，眩眼势嵬柯。③

诗的开头写，诗人曾经乘坐的木船，自然引出藏江边的皮船。诗中写了皮船的形制、大小，在惊涛骇浪中行走的样子等。晚清姚莹也曾在诗中赞美皮船云：“皮船形制如方鞋，木口藤腹五尺裁。受人三四一短楫，并舟绳贯行能偕。山高夹水湍流疾，顷刻已过峰千回。峪岈大石偶击撞，回旋轻软无惊猜。溜筒虽奇尚险绝，此物稳迅谁所开？读书早年想奇制，天使谴谪殊方来。殊情诡物饱所见，赋诗老矣惭非才。”④ 这首诗对皮船的赞颂，更为浅显通俗，可以作为杨揆咏皮船的解释与延伸。

---

① （清）杨揆撰《桐华吟馆卫藏诗稿》，吴丰培辑《川藏游踪汇编》，第150页。

② 高平编注《清人咏藏诗词选注》，第102页。

③ （清）杨揆撰《桐华吟馆卫藏诗稿》，吴丰培辑《川藏游踪汇编》，第161页。

④ （清）姚莹著，欧阳跃峰整理《康輶纪行》，第121页。

诗人杨揆的《铁索桥》，全诗40句，对青藏高原峡谷间铁索桥的险要，诗人过桥的惊恐，以及索桥横贯于两崖之间的气势都做了形象描写，“飞空架索桥，锁钮危欲绝。曳踵窘不前，森然竖毛发。宛宛虹舒桥，落落蛇蜕骨。”[①] 另外，诗人在《边坝》一首诗里记录到，听当地百姓描述的一个出入水中的怪物，“往往见怪物，喷头斗鲸鲵。森然锯牙齿，马首尔牛蹄”，而诗人认为此应是水犀的一种。如上的描写更增添了雪域高原神秘的色彩。

（二）杨揆诗的艺术特色

长于铺叙，巧于形容描写是杨揆诗歌最突出的特色之一。杨揆出生于无锡的书香门第。毕沅《吴会英才集》：“杨舍人俊逸清新，才兼庾、鲍，年才弱冠，赋咏盈千。与其兄容裳（杨芳灿）齐名，人有‘二难’之目。嗣以词赋通籍，珥笔机廷，吟红药之翻阶，对紫薇于画省，摛华掞藻，倜傥不群。”[②] 其一，从毕沅的评价中得知，杨揆善于赋的创作，尤其善于铺排、抒发华美的辞藻。这从他的卫藏诗中可以得到印证。如《蚂蝗山》中对水蛭形象的描述，诗中用赋的铺排，形象描绘出其令人恐怖发指的形象。还有《皮船》《铁索桥》中对藏地特有的交通工具的具体描绘，亦用铺排的形式，使被描写的物生动而传神。

其二，杨揆还善于用大胆的想象，瑰丽奇幻的构思，使所写景、事、物更加传神。如“昔闻群真宴园圃，周穆八骏驱如龙。渊精光碧邃而密，王母正坐琉璃宫”（《昆仑山》）。诗人所说的昆仑山，即今天的大积石山。当诗人首次来到西域，见到了传说已久的昆仑山，便把所有以前听到的相关神话都铺排出来，更增加了所描写的昆仑山的神秘感。“俯视逆流迸，急狡飞电掣。夭矫龙垂尾，凌乱燕齿缺。驱鼍既难凭，驾鹊苦乏术。”（《铁索桥》）从铁索桥上向下望，桥在风中像神龙摆尾一样，既突出穿梭铁索桥的危险，又让人感受到其雄伟的样子。“我疑石腹皆中空，蜿蜒潜伏两白龙。扬鬐鼓鬣不可见，吐气下贯如长虹。”（《过察木卡》）诗人将一处瀑布想象成两条白龙在半空向下吐水，既形象又有气势感。

---

① （清）杨揆撰《桐华吟馆卫藏诗稿》，吴丰培辑《川藏游踪汇编》，第150页。

② 钱仲联主编《清诗纪事》，第1621页。

其三，杨揆的藏事诗，善于造势，于跌宕之中见雄壮之气。如《晓发春堆》："际晓角声动，平沙万帐收。遥瞻日东出，时见水西流。"[①] 诗中用一"万"字与一"遥"字，便将一片开阔的天地中，百万大军清晨拔营起程的气势传神地描述了出来，全诗用笔极为凝练。又如《东觉山》："奇峰出云复入云，招邀欲逐云中君。冥冥线路万夫傍，仰视如画重累人。承之以肩挽以手，不用衔枚齐噤口。更无石磴容少休，偶扶枯松暂横肘。"[②] 东觉山，在西藏与廓尔喀边境。此首诗表现了东觉山之高、之险，并通过行人的感受侧面烘托其插天矗立的气势。

形式灵活，尤擅古风体，这也是杨揆诗歌的又一显著特点。杨揆诗歌的形式，正如赵宗福先生所评价的，"诗歌形式变幻无端，韵调婉转而铿锵"[③]。青藏高原奇伟的高山、大川，只有用多种表现手法，铺排描摹形貌，才能展示其雄壮而又瑰丽的美景，故而诗体上适宜运用古风体，句子长短亦根据所表现对象的特点，可长可短。这正好是杨揆藏事诗的一大特点，而且前面也提及，杨揆的文学创作，尤其擅长辞赋的铺排描绘，这一特点，也在其诗歌中得到了很好的展现。

（三）杨揆诗，特别是藏事诗的价值

正如《清朝野史大观》"杨荔裳"条道："先生揆于乾隆辛亥曾从大将军福嘉勇公征廓尔喀回酋，俱历艰难。所乘马堕崖死，将军贻一马，又为营兵窃食。先生计无出，徒步行，日久鞋底尽脱……途中口占云：'小春气候转暄和，快马平沙作队过。嘉勇三军齐脱剑，劳旋八部尽吹螺。传来消息人天杳，话到艰难涕泪多。怅望东归犹万里，且安行脚礼维摩。'诗意艰深，想见从戎之苦。"[④] 的确如此，杨揆随福康安大军，从甘肃、青海道入藏，亲历战争的经过，战事结束后，又从川藏道出藏，诗中不仅对青藏、川藏道路上所见青藏高原山水胜景有细致的描写，而且对这次大军驱逐廓尔喀入侵战事亦有描写，具有很宝贵的文献价值，一定程度上拓展了文学地理的边界。

---

① （清）杨揆撰《桐华吟馆卫藏诗稿》，吴丰培辑《川藏游踪汇编》，第 162 页。

② （清）杨揆撰《桐华吟馆卫藏诗稿》，吴丰培辑《川藏游踪汇编》，第 165 页。

③ 赵宗福：《论杨揆的青藏高原诗》，《青海师范大学学报》（社会科学版）1988 年第 3 期。

④ 李秉新等校勘《清朝野史大观》，第 1048 页。

另外，杨揆的藏事诗，诗风变得跌宕与宏阔，一扫前期清丽芊绵之气，势必会给诗坛带来一股异域的风。清人喻文鏊《考田诗话》云："金匮杨荔裳揆，诗学初唐，有清丽芊眠之致。近其公子慧来宰吾梅，得见《桐华吟馆全集》。其从军卫藏诸作，奇横古峭，得未曾有。盖其地前古未经之地，其诗为前古未有之诗，而才足以运之，气足以振之，美不胜登。"①袁行云先生在《清人诗集叙录》中评其藏事诗道："从福康安出师卫藏，取道青海。有《夜宿东科尔寺》《日月山》《青海道中》《昆仑山》《鲁工喇》《飞越岭》《星宿海歌》《穆鲁乌苏河》，历尽奥险之区，诗境突兀森郁。"②

二　孙士毅与《百一山房卫藏诗集》

乾隆五十六年（1791），福康安大军入藏征讨廓尔喀侵略军时，孙士毅是负责粮草督运的官员，主要负责成都至察木多（昌都）沿线的粮饷督运。孙士毅并未参与整个征讨廓尔喀的战事，诗作以描写川藏途中的山川形胜为主。

（一）孙士毅及其创作

孙士毅（1720～1796），字智治，一字致远，号补山，浙江仁和（今杭州）人。乾隆二十六年（1761）进士，授内阁中书，军机章京，后从征缅甸，升云南巡抚。又历任《四库全书》编修官、两广总督、军机大臣、四川总督。后以督运粮草官身份入藏反击廓尔喀有功，升任文渊阁大学士。嘉庆元年（1796）卒，年七十七，谥文靖。《清史稿》《清史列传》均有传。清人笔记《啸亭杂录》"孙文靖"条载："当其时，贪吏如李侍尧辈布满天下，而公独以廉著……又连劾巴延三、富勒浑二满洲贪吏，皆时人之所难能者。"③ 对孙士毅的廉洁和敢于弹劾权贵作了积极评价。有关孙士毅筹运军械、粮草事宜，吴丰培先生也曾有评价："藏地途程，重山叠阻，挽运极限，以二十石之粮，运至西藏，仅存一石，足见沿途消耗之多，

---

① （清）喻文鏊撰《考田诗话》，道光四年（1824）掣笔山房精刊本。
② 袁行云：《清人诗集叙录》，第 1732 页。
③ （清）昭梿撰《啸亭杂录》卷十，《清代笔记小说大观》，第 4670 页。

而孙士毅筹划督运，使数万入藏之兵，粮馈无缺者，其功固不可没。”①

孙士毅善诗文，著有《百一山房卫藏诗集》十二卷，嘉庆二十一年孙均刻本，天津市图书馆藏，共有诗1074首，今已收入《清代诗文集汇编》（第347册）以及《续修四库全书·集部》（第1433册）。其中卷一至卷六为早年作，七、八卷为宦游西南粤东诗，卷十二为蜀中诗，卷九以下至卷十一主要为康藏诗。《咏铁索桥》《雅龙江浮桥》《丹达山神词（并序）》《雪城行》《冰海行（并序）》《阿咱山下海子歌》《常多道中居人以树皮为屋》《自江达至顺达循河行六十里》《月夜行鹿马岭道中》等为入藏途中所写，诗歌内容极为丰富。乾隆五十六年（1791），廓尔喀入侵后藏，清廷派大军入藏反击。此次战役中，孙士毅主持康藏一线军需粮草的运输，出色完成了七万大军的粮草督运。他以老迈身躯往来于康藏一线，写下了百余首歌咏藏地山川、民俗风情、宗教寺院及物产的佳作，具有较高的文学价值。

今人赵宗福先生的《历代咏藏诗选》选其诗《宁静山是西藏分界处》《雪城行》《冰海行》《木鹿寺》等12首，也是赵选中选藏事诗最多的诗人之一。高平先生《清人咏藏诗词选注》更是选其藏事诗《夜渡平羌江》《飞越岭大雾》《铁索桥》等多达31首，与所选杨揆的藏事诗相同。袁行云先生《清人诗集叙录》所选其诗达13首，分别为《奉命驻打箭炉筹办征调事宜》一首与《蛮方日用与内地迥殊，触目成吟，得十二首，题仍口外蛮语，而以华言分晰注之，聊备风谣之末云耳》。通过这些选本，足见清代藏事诗中，孙士毅诗的地位与成就。

（二）《百一山房卫藏诗集》的思想内容

吴丰培先生根据《百一山房卫藏诗集》九至十一卷卫藏诗，辑为《百一山房赴藏诗集》，共有藏事诗154首，并收入其编纂的《川藏游踪汇编》中。孙士毅和杨揆入藏虽都是为了乾隆五十六年驱逐廓尔喀入侵之事，但孙士毅并未亲历战事，而是筹运川藏一线的粮草，故而其藏事诗不同于杨揆的是，没有对这次驱逐廓尔喀反击战事的描写。其藏事诗主要包括如下

① 吴丰培：《百一山房赴藏诗集·跋》，吴丰培辑《川藏游踪汇编》，第245页。

几方面的思想内容。

1.“臣颇老矣空遗矢，马革酬恩愿未尝”：抒发报国豪情

其诗《奉命驻打箭炉筹办征调事宜》云：“莽莽山楼接大荒，桓桓士气尽飞扬。三边鼓角鸣青海，九姓弓刀耀赤冈。将选龙城经百战，令严虎旅趣宵装。臣颇老矣空遗矢，马革酬恩愿未尝。烟蛮雨瘴掩朝曛，草寨风村访旧闻。纳款先凭工土妇，赛祠争拜郭将军。船逢三渡难论价，鼓易千牛倘策勋。莫向碉房悲白骨，胜他乌雀啄纷纷。”① 诗中写将士豪气飞扬，诗人还说自己主动请缨上战场杀敌而未获得批准。又如《过东俄洛已六月矣，积雪弥望，是日遇雷雨》：

> 西行日月不到此，六月羊裘自今始。上有万古不消之积雪，下有万里荷戈之壮士。北风吹马马骨僵，层冰裂山山骨死。雪中时见睢睢盱盱之蛮奴，仰视头鹅落飞矢。平时听说戈壁哥，不信以目信以耳。近来绝域叹奇绝，变幻金银作山市。炎官火伞不敢撑，下有元冥玉龙子。仆夫瘃瘃我亦愁，马上飞书欲堕指。狖啼猿啸怖畏生，雨骤风驰甲仗驶。忽然路转闻惊雷，掣电光中一峰峙。电红雪皓两回荡，照耀刀光白齿齿。须臾雨过斜日横，万灶貔貅寒似水。②

通过写六月严寒的天气，进一步突出入藏大军的军容，诗风豪放、诗境开阔，尽显诗人建功立业的雄心壮志。

其诗《闻巴图鲁侍卫由青海入藏》（二首）也是歌咏清军精锐的战斗力。其一云：“宿卫银刀队，前锋曳落河。庙堂宣抚易，部落受降多。契箭通青海，飞书下白波。羽林诸壮士，昨夜雪山过。”诗中道巴图鲁侍卫的羽林军已经翻过了雪山，准备去西藏痛击廓尔喀侵略者。其二又云：“秃发留余孽，还劳虎旅屯。冰棱欺马骨，番鬼泣刀痕。转战乌斯藏，连营吐谷浑。跳梁何自苦，釜底尚游魂。”③ 这里的秃发指西藏。留余孽，指的是在西藏还留有廓尔喀的侵略者。诗人将这些侵略者形容为跳梁小丑，

① （清）孙士毅撰《百一山房卫藏诗集》，吴丰培辑《川藏游踪汇编》，第 189 页。
② （清）孙士毅撰《百一山房卫藏诗集》，吴丰培辑《川藏游踪汇编》，第 199 页。
③ （清）孙士毅撰《百一山房卫藏诗集》，吴丰培辑《川藏游踪汇编》，第 193 页。

认为不久会统统成为入藏清军的刀下之鬼。这两首诗通过歌咏巴图鲁羽林军的威猛，预测即将发生战事的结局，表现诗人必胜的信心。

2. “到处云为幄，经年雪作城”：描摹藏地山川形胜

孙士毅督运军械、粮草，沿途渡过大渡河、平羌江、七纵河、雅砻江、金沙江，翻越飞越岭、大雪山、二郎湾、瓦合山、赛瓦合山、丹达山。对沿途所见之高山、大川多有细致的描绘。其中写山的诗篇很多，其中《大雪山》云：

> 问汝雪山高，但见马蹄下踏星辰色；问汝雪山白，但见沙上行人人影黑。明朝欲踏层城冰，隔夜寒光已相逼。翻疑鸿蒙世界本如此，又疑火伞炎宫不奉职。陂陀牢落不知几千仞，人尽攀崖马衔勒。马骨不如山骨高，以雪喂马马无力，铁衣裹绵如裹雪，魂魄都为雪所蚀，严寒中人浑似著。我头痛，身热国，望中烟火是巴塘，又向山南转山北。①

大雪山是大渡河和雅砻江之间的分水岭，四川省西部重要地理分界线。位于甘孜藏族自治州内，呈南北走向，由北向南有党岭山、折多山、贡嘎山、紫眉山等。这首诗突出了大雪山高、寒、奇、险的特征。青藏高原气候严寒，雪是最常见的自然景观了，孙士毅的藏事诗中写雪景的诗还有很多，如《二郎湾道中度雪岭数层》《雪城行》《九日多洞道中大雪》，因而诗人欣喜道，“到处云为幄，经年雪作城，奇观吾已足，真不负斯行”(《阿难多道中》)。还有“自晓直至晦，跬步无坦夷”(《赛瓦合山》)，“阴风飒飒飘灵旗，朅来暑路满霜雪”(《丹达山神祠（并序)》)，仍然描述这些入藏必须翻越的大山的陡险。类似的诗篇还有《瓦合山》《赛瓦合山》等。

入藏之途除了需要翻越许多高山之外，还需渡过大江大河。诗人的写景诗除了写青藏高原的山，也对雅砻江与金沙江的急流，作了惊心动魄的描绘。如《雅龙江浮桥》云：

---

① （清）孙士毅撰《百一山房卫藏诗集》，吴丰培辑《川藏游踪汇编》，第203页。

雅龙发源自青海，奔流日夜东南行，长江万里此分派，蜀道横截峨岷经。峭寒一夜冻连底，铁篙无力皮船停，造舟为梁古有制，谁使贯索驱群鲸。倒走银山作平地，长虹水面横庚庚，其下蛟宫穴深黑，头角弭伏不敢争。我从千骑东方来，甲光照耀银棱明，四面见冰不见水，马蹄蹴作冰棱声。黄河冰桥吾未见，只此已足心魂惊，此江上下亘三渡，上接银汉窥天彭。冷龙造冰等驱石，定知万顷琼田平。[①]

这首诗，诗人并未写雅砻江的滚滚江水，而是写奇寒天气竟然连雅砻江都结了一层厚冰。“寒冰如海海水深，长风东来吹不起。……蛟龙僵卧过三春，六月雷霆破冰出”（《冰海行（并序）》），描写了诗人在入藏途中见到的高原冰湖的壮观景象。

对青藏高原的山川形胜的描摹，除了突出其山高水急的特点外，诗人还对甲贡道中的千年古松作了热情歌咏，“万壑千岩积翠重，一层岩壑一层松，毕宏韦偃今谁是，乞与深山写卧龙”（《自甲贡东行十里，长松千万株掩映山谷，其下清流绕之，非复尘境，纪以一绝》）。还有对高原月色奇景的描绘，“踏遍千峰万峰雪，夜行忽见林梢月。月光照雪雪逾寒，雪中见月月尤洁”（《月夜行鹿马岭道中》）。

3. “佛烟众香合，塔影千华聚”：歌咏藏地风土人情

众所周知，西藏佛教自吐蕃时期就已经获得了大力发展，并逐渐形成了与内地佛教特色迥异的藏传佛教。[②] 当藏传佛教发展到明清时期。西藏俨然成了一个佛教世界。在西藏，无论是在城区还是偏远的山区，建筑物高大恢宏的，往往是佛教寺庙。诗人孙士毅为此也创作了许多描写藏区名寺的诗篇。最为典型的有描写藏传佛教格鲁派三大寺的《别蚌寺》《色拉寺》《甘丹寺》，其中《色拉寺》一首云：

金殿晃朝日，宝气凌绀宇。层楼耸花宫，天半轶云雨。栏楯七宝装，曲折周廊庑。平楚俯苍翠，一一贝多树。经声数杪出，虚堂应钟

---

① （清）孙士毅撰《百一山房卫藏诗集》，吴丰培辑《川藏游踪汇编》，第 202 页。

② 藏族简史编撰委员会：《藏族简史》，第 78~84 页。

鼓。小憩颇幽适，六月定无暑。佛烟众香合，塔影千花聚。老僧诧奇观，示我飞来杵。[1]

色拉寺在拉萨北郊。诗中描写了朝日辉映下庄严的金殿，香气弥漫于寺中的桑烟，还有听了使人内心宁静澄澈的诵经声。这些典型物象的描绘，突出了一座闻名遐迩的藏传佛教名寺的肃穆与庄严。诗人还对一处藏传佛教红教寺院也做了描述，其诗题为《拉木塞箭头寺小憩，寺门阵兵器及猛兽像，盖红教也》，诗中云："舍卫应同旨，分支忽异装。到门钟乍吼，登阁剑含铓。十八天魔舞，三千弟子行。爪牙空尔利，护法笑贪狼。"[2] 此诗描写了红教寺院的天魔壁画，还有护法神的狰狞像，以及寺门前阵列兵器的情形，这些都与格鲁派黄教寺院有一定的区别。

诗人孙士毅的咏物诗，表现范围还涵盖藏族地区自然与社会生活的各个方面，其中热水泉也是青藏高原的一大景观，《汤泉》云："不数华清水，言从小拂庐。洗兵犹有待，暖老竟何如。小驻还尘土，遄征为简书。炉城一回首，鸣玦响清渠。"[3] 歌咏藏地所见温泉，虽然没有华清池的名声，但可以洗却行路之人的尘土。

除此，诗人有许多歌咏藏地植物的诗，如《唐柳》《西天花四首》《伊兰花》；表现藏民族日常用品的诗，如《糌粑》、《褚巴》（单衣，牛羊皮织成大襟阔领，男女皆衣）、《革康》（鞋袜相连的鞋）、《纳呛》（青稞酒）、《呀那》（牛毛织的黑帐篷），还有宗教用品《哈达》、《廓罗》（经轮）、《吗蜜旗》（经幡）、《麻利堆》（嘛呢堆）；表现藏民族舞蹈的诗篇《跳钺舞》（时间在藏历年，诗中对此舞描绘得很细致传神）；表现藏区特有园林的，如《宗教》《罗布林卡》。足见孙士毅在繁忙的公务之余，对西藏民众生活的各个方面都做了精心观察，故而其藏事诗中所表现的物象既传神又真切，有很重要的史料价值。

（三）孙士毅诗的艺术特色

郭麐《灵芬馆诗话》："孙补山相国，勋在旗常，名炳史册，出入将

① （清）孙士毅撰《百一山房卫藏诗集》，吴丰培辑《川藏游踪汇编》，第228页。
② （清）孙士毅撰《百一山房卫藏诗集》，吴丰培辑《川藏游踪汇编》，第216页。
③ （清）孙士毅撰《百一山房卫藏诗集》，吴丰培辑《川藏游踪汇编》，第198页。

相，勤劳疆埸，疑其无暇与专一者争尺寸之长矣。然宿嗜吟咏，至老不衰，往往于蜻绝塞，弓刀戛击之中，羽檄交驰，筹笔飞书之外，长篇大作，挥洒淋漓，信乎绝人之姿，兼万夫之禀者也。集中五七古浑厚沉雄，皆自出其胸中之所有，不屑依傍前贤，而骨体自高。五七律不作唐以后语，七律尤高华典赡，精光昱然。”①

纵观《百一山房卫藏诗集》，五、七言古体诗占有很大比例，在这类体式的诗中，见其气韵浑厚沉雄诗风的，尤以藏事诗具有代表性。这类诗主要有两类：一类为咏怀诗，像《道中杂述六首》《入川途次遇岱都统自新疆归》《万里桥是武侯送邓芝使吴处》等，诗人通过直抒胸臆“生惭矍铄瓮，齿暮敢言退”，表达一位73岁入藏老人的勇气与决心；另一类为写景诗，如《瓦合山》《赛瓦合山》《丹达山神祠（并序）》《阿咱山下海子歌》《月夜行鹿马岭道中》《月夜乘皮船渡乌苏江》等，通过描写入藏途中奇险、峻峭的山川来含蓄地表达诗人不怕困难的壮志情怀。

七律方面，善于用典，并借此表达自己的功业抱负。郭则沄《十朝诗乘》：“盛时才彦辈出，文臣多建武功。孙文靖亦起家科第，以平安南功爵谋勇公，赐宝石顶。先后征台湾、征西藏，屡与戎旃，图形紫光阁。晚年督征湖北剿匪，殁于军。其领军渡台有诗云……公登第年逾四十，至是寖衰，故以廉颇自喻。”② 其他七律中亦惯用典故，如“神仙不度函关北，日月多流渭水东”（《华阴道上》），“河山带砺惭功狗，歌舞楼台拥媚猪”（《滇南咏史》），“塞上旌旗赵充国，军中壁垒李西平”（《和惠瑶圃》）。

时志明先生也说：“孙士毅的诗风离浙派渐远，而和吴门诗人的诗格相近，与‘性灵’诗法有异曲同工之妙。他的诗浅近自然，但不失含蓄蕴藉，格律工稳，却又有民谣的轻快活泼，语言摆脱了浙江诗群普遍存在的奇崛险仄。”③ 然而，作为浙江诗人，也有其共同之处，吴丰培先生也说：“其诗长短兼用，词尤典雅，惟好用奇字。”④

---

① （清）郭麐撰《灵芬馆诗话续》，《续修四库全书·集部》1705册，第342页。

② （清）郭则沄撰，卞晓萱、姚松点校《十朝诗乘》，福建人民出版社，2000，第395页。

③ 时志明：《盛世华音：清代顺康雍乾诗人山水诗论》（中），第710页。

④ 吴丰培：《百一山房赴藏诗集·跋》，吴丰培辑《川藏游踪汇编》，第245页。

三　乾嘉时期其他诗人藏事诗概说

乾嘉朝是文人入藏的一个小高潮，主要与两次重要的事件有关：一是乾隆五十六年（1791）反击廓尔喀战争，其中有跟随福康安入藏反击侵略者的随军诗人杨揆与督运军粮的孙士毅，还有这次川藏路上协助孙士毅运送粮草的徐长发、周霭联，以及同时代的马若虚等诗人；二是乾隆四十年（1775）的征金川战役，这其中就有以道员身份随阿桂征金川，专管督运军粮，至川西的查礼，另外还有嘉庆时期曾任川北道盐茶道，后擢升为四川布政使的方积。

徐长发，字象乾，号玉崖，娄县（今上海松江）人。乾隆二十五年（1760）举人，三十六年（1771）中进士，授兵部主事，转员外郎，历任四川建昌道。乾隆五十六年（1791），廓尔喀入侵西藏，随孙士毅、周霭联督运粮草，曾至拉萨，他们三人间亦有唱和。事平后官原职，年七十而告归。著有《寒玉山房诗钞》。今人赵宗福先生的《历代咏藏诗选》选其诗《窟窿山奇石》。高平先生的《清人咏藏诗词选注》入选其诗《折多大雪》《糌粑行》《奇石》《和文靖察木多望雨》等。

周霭联，金山（今上海金山）人。乾隆五十六年，跟随孙士毅驻军打箭炉（今四川康定），第二年运送军粮入藏。在藏期间，对藏内山川、民俗、物产等均有描述，著有《西藏纪游》四卷，其中收录了多首孙士毅的诗。赵宗福先生的《历代咏藏诗选》选其诗《恩达途次见枫叶口占二绝》。高平先生的《清人咏藏诗词选注》收录其诗《牛毛帐房》《渡藏江》《和文靖察木多望雨》《恩达途次见枫叶口占（其一）》等5首。

李若虚，字实夫，钱塘人，因娶大文士马履泰之女为妻，故又袭马姓，亦称马若虚。官铜仁府正大营巡检，以失囚去官。游蜀中，孙士毅方督川，见其诗激赏。游乌斯藏，据蜀西边万数千里，绳行沙度，穷历荒渺，诗更雄伟苍凉。别撰《海棠巢词稿》，存词近160首，其中在西藏的词作130余首。“根据作品可知，李若虚是处在一个较低阶层的人物，他所赠词、怀念的人物除了孙士毅等个别外，其余都名不见经传。”① 姚莹在

① 赵宗福：《回族词人李若虚的咏藏词》，《青海民族学院学报》（社会科学版）1991年第3期。

《康辅纪行》中收有马若虚藏事诗 4 首。黄沛翘在《西藏图考》中亦收有马若虚诗 10 余首。今人赵宗福先生的《历代咏藏诗选》收其诗《西招杂咏（二首）》与《后藏》；高平先生的《清人咏藏诗词选注》收其诗《西招杂咏（六首）》《西招白牡丹》《后藏（三首）》《西藏杂诗（四首）》《西招春夜》《登龙冈雪后观猎》等 16 首，以及词《河传·西招虞美人》与《台城路·唐柳》2 首。

查礼（1716~1783），宛平人，字恂叔，一字俭堂，号铁桥。乾隆四十年（1775）以道员身份随阿桂征金川，专职督运军粮，至川西。事平，以功升四川布政使，又升湖南巡抚。查礼善山水花鸟画，尤其以画梅著称。著有《铜鼓书堂遗稿》等。查礼有颇多描绘藏地物产、山川、民情的诗，与其他诗人的藏事诗共同丰富了清代藏事诗的表现范围。今人赵宗福先生的《历代咏藏诗选》选其藏事诗《藏纸》与《西域弓矢歌》两首，高平的《清人咏藏诗词选注》也选了这两首。

方积（1764~1814），字有堂，定远（今安徽省定远县）人，拔贡生。乾隆五十七年（1792）以州判分到四川，历阆中知县，夔州知府，建昌道、川北道盐茶道等。嘉庆十四年（1809）升四川布政使，十六年开始纂修《四川通志》，后因积劳成疾，死于任所。著有《敬恕堂诗集》。今人赵宗福的《历代咏藏诗选》选其诗《鱼通塞外杂诗（二首）》。高平先生的《清人咏藏诗词选注》收其诗《鱼通塞外杂诗（三首）》与《廓尔喀入贡》。

项应莲，字西清，安徽歙县人。乾隆三十九年（1774）举人，历任四川彭山、宜宾县令，奉天府、贵州思南府知府。兴办地方教育，解决民生困境，一生政绩颇丰。著作有《西藏志稿》《金沙江原委》《水经注参疑》等。项应莲在乾隆后期、嘉庆初年在四川任职期间，曾送军需进藏。撰写了《西藏志稿》一书，以及《西招竹枝词》一卷。《西招竹枝词》共 36 首，大致作于乾隆末、嘉庆初。诗中歌咏了西藏的宗教活动、民族风情等，具有浓郁的生活气息。

李苞，字元方，狄道（今甘肃临洮县）人，乾隆四十八年（1783）举人，历官广西阳朔知县、山东盐运司运同、四川剑州知州，嘉庆九年（1804）调任巴塘粮务委员，并在此任上共历 3 年。嘉庆十一年（1806），李苞将其在巴塘生活期间的 280 余首诗编辑成《巴塘诗钞》，共分两卷。

该诗集全面反映了巴塘藏族地区的山川形胜、气候特征，以及当地汉、藏民众的生产、生活等特征，有重要的史料价值。

吴省钦（1729～1803），字充子，号白华。乾隆二十八年（1763）进士。由编修累至都察院左都御史。著有《白华诗稿》。其藏事诗有《藏枣》《藏香》《藏氆氇》等。

以上诗人的藏事诗与同期驻藏大臣和琳、和瑛以及松筠的藏事诗，从不同角度反映了清代乾嘉时期藏事诗人对藏地山川、风物、民情以及治藏、理政的载录、歌咏，他们的创作，丰富了清代藏事诗的表现范围以及表现深度。

第三节　道咸时期钱召棠、姚莹的藏事诗

王国维先生在《沈乙庵先生七十寿序》中道："道咸以降，学者尚承乾嘉之风，然其时政治风俗已渐变于昔，国势亦稍稍不振，士大夫有忧之而知所出，乃或托于先秦、西汉之学，以图变革一切，然颇不循国初及乾嘉诸老为学之成法，其所陈夫古者，不必尽如古人之意，而其所以切今者，亦未必适中当世之弊。"① 可知，道咸以后，诗法渐有变革、创新的态势。

清代道咸年间，留下藏事诗的诗人主要有夏尚志、唐金鉴、魏源、吴世寒、钱召棠、姚莹等。这其中留下藏事诗较多的是钱召棠与姚莹。钱召棠藏事诗目前所见有《巴塘竹枝词》40首；姚莹藏事诗主要融于其专著《康辅纪行》中，多达80余首。

一　钱召棠与《巴塘竹枝词》四十首

（一）钱召棠生平及创作

钱召棠，字蘅侬，浙江嘉兴人。监生。道光二十二年（1842），在四川新宁（今四川开江县）知县任上充任巴塘粮务。有清一代，为了保障川

① 王国维：《观堂集林》，中华书局，2004，第1页。

藏一路的粮运安全，自打箭炉、理塘、巴塘、乍丫、昌都、西藏，共设六处粮台，各处又设文职一员。[①] 巴塘地为由川入藏之必经路。钱召棠诗集有《无毁我室诗钞》（六卷），分别为《鲤趋集》（二卷）、《骏骨集》、《虎须集》、《鸮音集》、《蚕丝集》。抄本，嘉兴市图书馆藏。钱召棠也是道光年间留下藏事诗较多的诗人之一，其《巴塘竹枝词》共 40 首，附在《巴塘志略》[②] 后。乾嘉期间项应莲的《西招竹枝词》36 首，可与《巴塘竹枝词》相参阅，更加全面地认识藏族民众的生产、生活。

（二）《巴塘竹枝词》的主要内容

“巴塘在里塘之南五百余里，土地饶美，天气暄妍，时令则俨然内地也。无城郭，设粮务一员，山则峻标甲噶，水则流合金沙。昔为拉藏罕所属。有大喇嘛寺，其掌管黄教之堪布，由达赖喇嘛委放。”[③]《巴塘竹枝词》是诗人于道光二年（1842）任巴塘粮务时所创作的一组反映巴塘山川、气候，以及藏民族建筑、宗教、农耕、畜牧、饮食等诸多方面的诗篇。概括其诗歌内容主要包括如下几个方面。

1. 描写了巴塘山川、气候及民居特征

如《巴塘竹枝词》其一云：“蜀疆西境尽巴塘，重叠川原道路长。地脉温和泉水足，何曾风景似蛮荒。”[④] 其七又云：“文杏夭桃花信兰，牡丹芍药又开残。四山积雪消融尽，不识边城五月寒。”[⑤] 以上两首主要写巴塘温润的气候、充足的泉水，最为符合农业种植。在其第二首中还道：“衣皮食月古无传，记得投诚属鼠年。日入部归日出主，春风从此靖戈铤。”其后注：“康熙五十八年壬子，赴营投诚，番人以地支属肖纪年。”[⑥] 可知当地的衣、食依然具有农耕民族的特征。

又如《巴塘竹枝词》其三：“天分中外地相参，宁静山高接蔚蓝。扫尽阵云堆鄂博，又将余壤拨滇南。”诗后注：“雍正四年定以巴塘西宁静山

① 《西藏研究》编辑部编辑《西藏志　卫藏通志》，第 45 页。
② （清）钱召棠撰《巴塘竹枝词》，《巴塘志略》，清道光年间刻本。
③ （清）马揭、盛绳祖修撰《卫藏图识》，乾隆五十七年（1792）刊本，第 67 页。
④ （清）钱召棠撰《巴塘竹枝词》，《巴塘志略》，清道光年间刻本。
⑤ （清）钱召棠撰《巴塘竹枝词》，《巴塘志略》，清道光年间刻本。
⑥ （清）钱召棠撰《巴塘竹枝词》，《巴塘志略》，清道光年间刻本。

之内为四川边界，又以奔子楠一带地方拨归云南，垒石为界，名鄂博。”①这首写巴塘的地理位置。第二、三首写巴塘的山川、气候以及地理位置。描写巴塘藏族的建筑物特征的诗句，再如第十一首：“新筑高楼大道边，一家眷属学神仙。倘教拔宅飞升去，鸡犬相随也上天。”后注：“盖楼两三层，人居其上，饲牲畜于下。”② 新筑三层的民居沿街拔地而起，从此首诗后的诗人自注中，便知藏民居的特征，也知巴塘百姓生活较为富足。

另外，也有诗作描写了巴塘的物产亦极为丰饶。《巴塘竹枝词》其八云：“众山环绕莫愁贫，云雾弥漫望不真。明月渐沉星斗灿，方知夜气识金银。”后注：“四山夜静有气如云，是金银之苗，土司禁人开采。”③ 当地不但有丰富的金银矿藏，而且佛寺中的经卷也极为宝贵。其九：“邺架曹仓未足多，珠林宝笈等恒河。何时重倩鸠罗什，翻出真文白马驮。”后注：“喇嘛寺中经文甚夥，想其中尚多未入中华之本也。”④ 清代巴塘名寺为丁宁寺，也是川藏路上文化交流的中心之一。

2. 勾勒了一幅幅巴塘民众的生产、生活画面

《巴塘竹枝词》其四：“番汉居民数百家，何须晴雨课桑麻。繁霜不降无冰雹，鼓腹丰年吃糌粑。”后注：“秋收最惧霜雹。炒青稞磨粉和酥茶，抟食曰：糌粑。”⑤ 其六：“夏麦秋荞地力肥，圆根歉岁亦充饥。板犁木耒农工罢，黄犊一双系角归。”后注：“圆根，似北地擘蓝，以饲牲畜，年荒亦果腹。伐木为农具，犁必二牛系皮条于角端，呼牛曰笃，或即犊之转音。”⑥ 其十二：“穴壁开窗拟凿楹，楼头黄土垫来平。松风一枕熬茶熟，卧听嘛呢打麦声。”后注：“穴窗甚小，楼顶平铺黄土，凡农家场圃之事，均在其上，同力合作，齐念唵、嘛、呢、叭、哞、吽，以代劳者之歌。”⑦ 以上三首诗，主要从巴塘藏、汉民众的富足与他们的主要饮食种类写起，并且进一步描绘了生产工具、农耕场景，具有浓郁的生活气息，也可以看出藏传

① （清）钱召棠撰《巴塘竹枝词》，《巴塘志略》，清道光年间刻本。
② （清）钱召棠撰《巴塘竹枝词》，《巴塘志略》，清道光年间刻本。
③ （清）钱召棠撰《巴塘竹枝词》，《巴塘志略》，清道光年间刻本。
④ （清）钱召棠撰《巴塘竹枝词》，《巴塘志略》，清道光年间刻本。
⑤ （清）钱召棠撰《巴塘竹枝词》，《巴塘志略》，清道光年间刻本。
⑥ （清）钱召棠撰《巴塘竹枝词》，《巴塘志略》，清道光年间刻本。
⑦ （清）钱召棠撰《巴塘竹枝词》，《巴塘志略》，清道光年间刻本。

佛教已经深入生活的每个细节之中。

上述三首诗主要描述巴塘农业生产画面，而下面这两首则是描绘藏民逐水草而居的游牧生活画面，如《巴塘竹枝词》其十五："随地迁移黑账房，全家生计在牛羊。今年草厂前山好，马粪堆中奶饼香。"① 牧民用的黑帐篷，是用牛毛捻成线，然后缝制而成，里面既暖和又能很好地防雨、雪，拆卸搬运亦很方便。又如《巴塘竹枝词》其二十七："赶会南墩少褚巴，天寒十月雪飞花。当窗手捻羊毛线，隔夜为郎织纳哇。"后注："十月内汉番商贩齐集南墩贸易，若内地之庙会，褚巴蛮衣，纳哇即糢子。"② 诗中描写了在天寒十月的巴塘贸易场面，以及藏族妇女手捻羊毛织线的情形。从这首诗里也可知藏族民众的衣着是就地取材，用羊毛捻成线纺织而成。对藏族女性的描写，再如其二十五："谁家抱母（后注：闺女）貌如花，出水双芙白脚丫。结伴山头砍柴去，尼麻浪索（后注：落日）便还家。"③ 诗中歌咏了藏族女孩的美貌与勤劳。以上十五和二十七两首，赞颂了藏族妇女既美丽又勤劳的品质。

3. 叙写了巴塘藏、汉民众各类生活习俗

《巴塘竹枝词》其十三："腰间匕首插精莹，腰下长刀泼水明。安得迎来龚渤海，尽驱牛犊事无耕。"后注："居常腰左插短刃，出行则又佩腰刀。"④ 写藏民族男性佩带腰刀的习俗。其十七云："何曾地下可埋忧，妙品莲花火宅抽。最是年年寒食雨，绝无杯酒酹荒丘。"诗后注："死者火葬，无坟墓。"⑤ 写巴塘当地藏族火葬的习俗。其二十一又云："临邛客至斗茶网，土铿新煨榾柮香。闻道相如解消渴，葡萄根碗劝郎尝。"诗后注："邛州产茶行于塞外，饮茶皆以木碗，葡萄根碗稍微珍贵。"⑥ 诗中描写了藏民族饮茶习俗。由于其日常饮食以酥油和青稞炒面的糌粑与肉食为主，茶能中和油腻，因此藏民族饮茶习俗早已有之，早在唐宋时期就有汉藏民族之间的茶马贸易。

---

① （清）钱召棠撰《巴塘竹枝词》，《巴塘志略》，清道光年间刻本。
② （清）钱召棠撰《巴塘竹枝词》，《巴塘志略》，清道光年间刻本。
③ （清）钱召棠撰《巴塘竹枝词》，《巴塘志略》，清道光年间刻本。
④ （清）钱召棠撰《巴塘竹枝词》，《巴塘志略》，清道光年间刻本。
⑤ （清）钱召棠撰《巴塘竹枝词》，《巴塘志略》，清道光年间刻本。
⑥ （清）钱召棠撰《巴塘竹枝词》，《巴塘志略》，清道光年间刻本。

在各类生活习俗中，尤为常见的是与宗教相关的习俗。如《巴塘竹枝词》其十八："何必龙宫觅禁方，奚烦时后问青囊。但听一片波罗密，勿药能占病体康。"诗后注："患病不信医药，惟延喇嘛诵经。"① 诗中描写了患病后请喇嘛诵经驱邪的习俗。又如其十九："清修何必太常斋，嗜好熊鱼一律偕。我法但沾功德水，当唇休问酒如淮。"诗后注："喇嘛不戒腥血，惟饮酒避人。"② 这是藏传佛教僧人的饮食习俗。由于藏地高寒，缺少蔬菜，身体又需要高能量的食品补给，才能正常生活。所以藏传佛教僧人是不戒肉食的，这与汉传佛教僧人在饮食上有较大的区别。再如其三十一："荞子归仓豆刈菅，三时辛苦一时闲。龙天功德何由报，相约去朝鸡足山。"诗后注："秋收事毕，结伴朝山，鸡足山在云南境。"鸡足山雄踞云贵高原滇西北宾川县境内西北隅，西与大理、洱源毗邻，北与鹤庆相连，山势逶迤东南，前列三支，后伸一岭，因形似鸡足而得名。中国十大佛教名山之一，是迦叶菩萨的道场，山顶海拔3320米。龙天即佛教的龙天诸护法。诗中写了巴塘的藏族群众秋收以后朝云南鸡足山拜谢龙神护法，给予巴塘庄稼一年的风调雨顺。

4. 热情讴歌了巴塘藏族儿女能歌善舞的风情

《巴塘竹枝词》其二十二："郎心有如麻密旗，终日摇摇无定时。妾心却似麻密石，弃置路傍无转移。"其后注："印经于布，立杆门首，名麻密旗；镌经石片，堆置道傍，名麻密堆。麻密二字盖即嘛呢之转音。"③ 这首情歌极为有趣，利用藏民族当地常见的宗教物象嘛呢旗与嘛呢堆巧妙作比，突破了宗教物象特有的庄重、严肃性，寓庄于谐，也可以隐约看出宗教世俗化的痕迹。如《巴塘竹枝词》其二十三："笼头小帽染黄羊，窄袖东波模格长。满饮葡萄沉醉后，好携纤手跳锅装。"诗后注："妇女穿小袖短衣，名东波，细折桶裙名模格，每逢筵会戴黄羊皮帽。联臂唱歌，以足踏地为节曰跳锅装。葡萄酒酿，酒色红而微酸。"④ 这首诗既描述了藏族妇女的服饰，同时也描写了藏族妇女跳锅庄舞的样子。又如二十四："绷开

① （清）钱召棠撰《巴塘竹枝词》，《巴塘志略》，清道光年间刻本。
② （清）钱召棠撰《巴塘竹枝词》，《巴塘志略》，清道光年间刻本。
③ （清）钱召棠撰《巴塘竹枝词》，《巴塘志略》，清道光年间刻本。
④ （清）钱召棠撰《巴塘竹枝词》，《巴塘志略》，清道光年间刻本。

无色绉留仙，窣地流苏立比肩。一曲歌残齐踏足，看他步步有金莲。”诗后注：“以无色彩帛系裙上，下垂排穗名绷开。”① 以上两首都是写藏民族善歌能舞的民族风情。

5. 描绘了丰富多样的藏地物产

《巴塘竹枝词》其二十八：“拾翠来游色楮滨，蛮靴步去不生尘。中流浑脱归何处，枉结千丝笑越人。”诗后注：“金沙江，番名色楮，土人以皮船为渡。”② 浑脱，原指北方民族中流行的用整张剥下的动物的皮制成的革囊或皮袋，这里指藏地渡江的工具皮船。诗中通过写藏鞋与皮船，歌咏了藏民族的聪明与智慧。其二十九：“一泓热水浸方塘，扶起春酣似海棠。可惜荒城无蜡烛，故烧明火照松光。”诗后注：“温泉番名擦楮，土名热水塘。劈松木燃火以代油烛，名松光。”③ 此首诗中对藏地温泉、松烛做了介绍。其三十：“鹦鹉漫天草色低，核桃树底乱鸦啼。三年不见东家采，间煞墙阴独木梯。”诗后注：“核桃熟时鹦鹉或群而至，斫独木为梯，以便登降。”④ 姚莹在《康辅纪行》中写空子顶一带景物时，亦写道：“山巅石尽，绿草如茵，黄花满地，蛮寨二三十家，景物闲适。绿鹦鹉数十飞鸣，番女耕夫杂行麦陇、菜畦间，恍如桃源鸡犬，别有天地矣。”⑤ 可见巴塘、理塘、察木多一带鹦鹉较多。同时，诗中还提到藏区的独木梯。其三十二：“传牌一纸促星邮，乌拉飞催不少休。明亮夫同汤打役，裹粮先去莫迟留。”诗后注：“人畜应差者皆曰乌拉。背夫为明亮夫，司茶水者为汤役，司刍牧者为打役。”星邮，即信使。诗中写了藏地运输的乌拉。还有写巴塘藏族的书写工具藏笔的，《巴塘竹枝词》其十：“哈字萦纡涎篆蜗，卓书瘦硬折金钗。儿童三五团圞坐，下笔先描白粉牌。”诗后注：“字细如游丝，莫寻起讫，公私文字用之曰，哈。笔画停匀以写梵经者曰，卓。若汉书之有真草。幼童席地坐，以竹签画粉牌学字。”⑥ 藏俗不用毛笔，而用竹子蘸墨写字。驻藏大臣和琳亦有诗云：“纵有安本难变俗，竟无奴谷也成书。”诗人其后

① （清）钱召棠撰《巴塘竹枝词》，《巴塘志略》，清道光年间刻本。
② （清）钱召棠撰《巴塘竹枝词》，《巴塘志略》，清道光年间刻本。
③ （清）钱召棠撰《巴塘竹枝词》，《巴塘志略》，清道光年间刻本。
④ （清）钱召棠撰《巴塘竹枝词》，《巴塘志略》，清道光年间刻本。
⑤ （清）姚莹著，欧阳跃峰整理《康辅纪行》，第 122 页。
⑥ （清）钱召棠撰《巴塘竹枝词》，《巴塘志略》，清道光年间刻本。

自注道："奴谷，笔也。蛮家以竹作字。"（《藏中杂感四首》其一）

《巴塘竹枝词》的下面三首，主要叙写巴塘民众对过路差役的供给情况，以及土司进京朝觐的规定等。其三十五："宿顿先期储帐房，热熬几日费供张。重罗如雪酥如玉，更事征求觳觫羊。"诗后注："管一乡之头人曰热熬。大差到站，番民例供羊麦薪刍之属。"① 其三十九："莋马旄牛尽欵关，土司随众入年班。千官仗下瞻天阙，御府珍奇拜赐还。"诗后注："向例，土司三年朝觐，近奉恩旨改为五年。"② 其四十："蛮府参军有谑词，娵喁今又濯清池。待侬策蹇东归日，附与玲珑唱竹枝。"③ 正文中"娵喁"应是"娵隅"，中国古代南方少数民族称鱼，如娵隅跃清池。策蹇，骑着跛足的驴。后两句写土司向例，每三年进京面圣的实情，同时也看到清朝廷对土司所实行的贡赐制形式。《巴塘竹枝词》中也叙写了陕西商人到巴塘贸易的情形，其三十四："听来相语似长安，何事新更武士冠。为道客囊携带便，也随裤褶学材官。"诗后注："陕商賅差带货以省脚价。"④ 裤褶，骑服。材官，泛指供差遣的低级武职。

纵观钱召棠《巴塘竹枝词》全部内容，诗人热情讴歌了巴塘山川、景物，以及民风、民情，同时对藏族群众所承受的繁重乌拉和赋税进行了揭露并表示同情，《巴塘竹枝词》其三十六："盐酪刍粮奉土官，喇嘛也要索衣单。催输终岁无时歇，那得瞢腾一觉安。"诗后注："土司盐酥杂粮，喇嘛衣单银，均在夷赋内支给。"⑤《巴塘竹枝词》其三十七："蛮蛮元气本敦庬，剥削何堪到蠢惷。犹有护羌诸校尉，钉捶敲又木钟撞。"⑥ 敦庬，意思是丰厚、富足。对藏族群众的智慧也进行了礼赞。诗的末尾也表达了各民族一家亲的国家情怀，《巴塘竹枝词》其三十八："跂行喙息亦吾民，安忍相看判越秦。口纵难言心自感，谁言顽性不能训。"⑦ 越秦，古代越国与秦国相距很远，二者并称以喻漠不相关的人或事。

① （清）钱召棠撰《巴塘竹枝词》，《巴塘志略》，清道光年间刻本。
② （清）钱召棠撰《巴塘竹枝词》，《巴塘志略》，清道光年间刻本。
③ （清）钱召棠撰《巴塘竹枝词》，《巴塘志略》，清道光年间刻本。
④ （清）钱召棠撰《巴塘竹枝词》，《巴塘志略》，清道光年间刻本。
⑤ （清）钱召棠撰《巴塘竹枝词》，《巴塘志略》，清道光年间刻本。
⑥ （清）钱召棠撰《巴塘竹枝词》，《巴塘志略》，清道光年间刻本。
⑦ （清）钱召棠撰《巴塘竹枝词》，《巴塘志略》，清道光年间刻本。

（三）《巴塘竹枝词》的艺术价值

竹枝词，是古代流行于巴蜀的一种民歌。唐代刘禹锡任夔州刺史时，非常喜欢当地的这种民歌，并把它加以改编，创制成新的“竹枝词”，主要用来表现当地的山川、风俗，富有浓郁的生活气息。创作方法多用白描，很少用典，语言清新隽永、活泼晓畅。竹枝词本就“志土风而详习尚”，贴近生活，以吟咏风土为其主要旨趣，故与地域文化结下了不解之缘。

诗人钱召棠选择了竹枝词这种自由灵活且通俗晓畅的艺术形式，全部《巴塘竹枝词》共40首，均采用七言绝句的形式，将巴塘温润的气候，充足的水源，农牧业的生产、生活画面，以及各类生活习俗和物产作了全方位、多层面的描述，给人们留下了更为形象生动、具体可感的清代巴塘民众的生活场景。这对于巴塘社会文化史和历史人文地理等领域的研究，具有极为重要的史料价值。

二　《康輶纪行》中姚莹的藏事诗

（一）姚莹生平及创作

姚莹（1785～1853），字石甫，一字明叔，号展和、幸翁，安徽桐城人。嘉庆十三年（1808）进士。选福建平和知县，鸦片战争时任台湾道，与总兵达洪阿英勇抵御英国入侵，结果反被诬为冒功欺罔，贬官四川为同知知州。咸丰初年（1851）任湖北武昌盐法道，后任广西、湖南按察使。

姚莹一生“留意经世之学，著作宏富”①。其著有《东溟文集》《后湘诗集》《东槎纪略》《康輶纪行》。同治六年，子濬昌汇刻为《中复堂全集》。姚莹承曾祖范、从祖鼐余绪，工诗文，以义理为宗。诗亦唐、宋正规。《初集》分体，《二集》编年，载诗739首。有自序，陈方海序。又张际亮序，作于癸卯九日，未再旬而卒。其中，“道光二十五年至察木多，其地去成都三千里，途中崎岖备历，而诵读吟咏不辍，于藏族人民宗教源流，尤深致意”②。

道光二十四年（1844）和二十五年（1845），姚莹分别出使乍丫（今

① 柯愈春：《清人诗文集总目提要》，第1192页。
② 袁行云：《清人诗集叙录》，第2176页。

西藏察雅县）和察木多（昌都），处理喇嘛事件。其间他写成了地理名著《康辅纪行》十六卷，对西藏各方面史实现状做了详细记载。与此同时，他还作了不少诗篇，描写山川形胜、民族风貌，反映社会问题、民生疾瘼。

姚莹的藏事诗，今人选本中的选录情况为：《清诗纪事》共选录姚莹诗 14 首，其中选录藏事诗《十月十二日夜宿泸定桥》《蕃人礼佛》《乌鸦》《与竹虚夜话，自台湾入都，假回桐城至成都，奉使西域中更里塘往返行经二万八千里矣，患难相依，壮怀未已，不觉身之衰老也》《鸦头》5 首。赵宗福先生的《历代咏藏诗词选》选其诗《乌拉行》《雪山行》《察木多园蔬》《藩酒鸦头》《博窝马载蕃酒归》5 首。

（二）姚莹藏事诗内容及思想

姚莹在《康辅纪行》中所载录的藏事诗，其主要内容是描写藏地独特的山川风貌、民俗风情以及酬答友人这三类。并通过这些自然风物及藏民族的生活状态的描述，表达诗人对下层深受各种杂役折磨的藏族群众的同情，同时也通过写入藏路途中所经山川的奇险，来表达诗人一行的艰辛。

1. “艰难聊作乌拉行，牛乎马乎泪盈把”：叙述乌拉之繁重，表达对藏族百姓的同情

姚莹诗中反映藏族百姓苦难的，最为典型的诗篇为《乌拉行》，诗云：“蕃儿蛮户畜牛马，刍豆无须惟放野。冬十一月草根枯，牛瘦马羸脊如瓦。土官连日下令符，十头百头供使者。使者王程逾数千，糌粑难餍盘蔬寡。备载糇粮羸半岁，橐装毡裹谁能舍。天寒山高冰雪坚，百步十蹶蹄踠扯。鞭棰横乱噤无声，谁怜倒毙阴崖下。我谓蕃儿行且休，停车三日吾宽假。艰难聊作《乌拉行》，牛乎马乎泪盈把。”① 这首诗作于道光二十四年（1844）十一月间姚莹出使乍丫（今察雅县）途中。《康辅纪行》中云：“余行月余矣，身历边徼山川之险，目睹夫马长征之困，慨然有感，作《乌拉行》。”

有关“乌拉”的解释，赵宗福先生道：“乌拉本是突厥语，乌是徭役，拉是掌管承担。元代时传入藏区，成为藏民为上层喇嘛等服差役的专用名词，清代时还专门规定有服役制度。所谓乌拉，就是藏民承担无偿劳役任

① （清）姚莹著，欧阳跃峰整理《康辅纪行》，第 24 页。

务，或出牛马，或出人力，为统治阶级耕地、放牧、运输等。”[①] 写藏族群众承担乌拉的苦难，实际上诗人也对这种被压迫的藏族下层群众给予了深深的同情。“千里裹粮驺仆众，乌拉辛苦莫轻呵。”（《体茹、阿娘坝》）另有一首《牛纤》也是通过写运输工具牛来同情乌拉的苦难，诗云：“山高径仄苦难上，番儿群曳不可仰。更驾双牛汗喘登，人牛喧杂行踉跄。去年经过前山沟，牛行跌死猿猱愁。番儿言之泪交流，问我于役何时休？往来熟识殊春秋，相对忽忘人白头。”[②] 诗中依然写藏族群众繁重的徭役，表达诗人的同情。

2. “日方卓午正腾耀，雪光不受相欺侵”：描写藏地山川的险仄，抒发攀越之苦

前文已多次提到，川藏之路的艰险，其艰险之因，除了山高、路险，还有藏地气候严寒，一些必经之途终年被雪覆盖，行人欲通过此处，必须有当地向导引路，否则极为危险。姚莹在道光二十五年（1845）四月“番地气候”条中载：“初六日，宣太守偕竹虚启行。连日阴晴不定，时而日耀晴空，时而阴云霏雪。立夏已数日，犹重裘，气候如此。土人云：五月后始不雪。”[③] “细雪霏霏晚未阑，重裘四月觉深寒。”（《卫藏图识》）一日行四季，六月犹重裘，这便是青藏高原的气候特征。如《雪山行》云：

夏至已过生一阴，雪山雪甚愁人心。崔巍高下浑莫辨，神摇目眩谁则禁？马蹄数蹶骨欲折，十人九仆还呻吟。千年老雕不敢过，狐兔放胆时追寻。日方卓午正腾耀，雪光不受相欺侵。白雪虽白黯无色，惟见缺处杳杳青天青。我闻丹达之山多雪窟，井尝数丈无其深。昔人运饷此一堕，数年雪化躯亭亭。官卑未恤名亦没，神庙赫奕犹垂今。感念贞魂一洒泪，崎岖世路徒悜悜。吁嗟乎！劳人草草古所叹，我歌一阕君其听！[④]

---

① 赵宗福选注《历代咏藏诗选》，第 206 页。
② （清）姚莹著，欧阳跃峰整理《康辅纪行》，第 48 页。
③ （清）姚莹著，欧阳跃峰整理《康辅纪行》，第 73 页。
④ （清）姚莹著，欧阳跃峰整理《康辅纪行》，第 148 页。

诗中的雪山，指大雪山，在昌都市左贡县东境，实际是宁静山的一段支脉。据《西藏图考卷三》载："江卡行四十里过渌河，十里至山根，上大雪山，终年积雪，即盛夏亦凉飙刺骨。复越小雪山，上下七十里。"① 这首诗作于道光二十五年（1845）五月，是诗人赴察木多（昌都）途中所作。《康辅纪行》中云："二十三日晴，觉拉告乌拉已齐，沿山西北行，遥望雪山，凌霄插汉。……上大雪山，积雪甚厚，一望无际，滑险异常，人马数蹶。"② 诗中反映了翻越大雪山的艰难，尤其是山中的雪窟，深数十丈，人一不小心便会掉下去，性命不保。

藏地的山，高大峭拔，而且山上多积雪。入藏途中的水也异常湍急。如《泸定桥》："泧水真如激矢行，砰訇终古不平鸣。九龙铁絙腾空势，万马洪流动地声。历历天星仍北拱，劳劳汉相忆南征。殊方日渐通蛮语，又听番僧闹鼓钲。"③ 泧水，其实为大渡河。诗中写了入藏第一天险大渡河湍急的水势。诗人除了写入藏途中湍急的大江大河，还写了万仞绝壁间飞泻而下的瀑布，又如《头道水瀑布》："苍藤万仞两绝壁，瀑布一帘杳霭间。走雪飞花三十里，始知银汉在深山。"④ 从泸定桥行 70 里便到头道水。据《卫藏图识》载："高崖夹崎，一水中流，居民皆在山麓，水声砰訇如雷霆，岩后有瀑布，夭矫喷礴，亦一大观。"⑤

3. "千山石树万山雪，一花如见倾城姝"：描写藏地物产，惊叹物类的奇异

姚莹作为一个内地人，首次踏上青藏高原，必然会为眼前所见的各种奇花异物所惊叹，发而为诗。其中《达麻花》云："千山石树万山雪，一花如见倾城姝。达麻之种经所无，叶如枇杷青更腴。朵开合抱花十数，深红浅白聊可娱。檀心磬口牵裳裾，腊梅方之色不如。"⑥ 当诗人行至松林口，见"道旁二树，花一朱、一白，叶似枇杷，花皆一干树朵，每朵攒十数小花，状如腊梅，磬口檀心，特色非黄耳。询其名，曰达麻花也。"皮

① 《西藏研究》编辑部编辑《西招图略　西藏图考》，第 87 页。
② （清）姚莹著，欧阳跃峰整理《康辅纪行》，第 148 页。
③ （清）姚莹著，欧阳跃峰整理《康辅纪行》，第 14 页。
④ （清）姚莹著，欧阳跃峰整理《康辅纪行》，第 16 页。
⑤ （清）马揭、盛绳祖修撰《卫藏图识》，乾隆五十七年刻本，第 35 页。
⑥ （清）姚莹著，欧阳跃峰整理《康辅纪行》，第 100 页。

船也是藏地的一大特色渡江工具，因为藏江险急，不适合木船渡江，只有轻柔灵活的皮船更适合渡江。《皮船行》亦云：“皮船形制如方鞋，木口藤腹五尺裁。受人三四一短楫，并舟绳贯行能偕。山高夹水湍流疾，顷刻已过峰千回。岭岈大石偶击撞，回旋轻软无惊猜。溜筒虽奇尚险绝，此物稳迅谁所开？读书早年想奇制，天使谴谪殊方来。殊情诡物饱经见，赋诗老矣惭非才。”① 有关皮船的描摹，在其他入藏诗人的作品中屡见不鲜，此诗除了描写皮船的形制外，还抒发了诗人来藏地后对所见的惊讶。

藏区民众信奉藏传佛教极为普遍，诗人也在诗作中多有歌咏，如《蕃人礼佛》：“闻道西来寻梵呗，喃喃不辨鼓还钲。经过三百八十寺，何处一闻清磬声。”② 又如《空子顶二绝句》其一云：“善财儿岁得无生，十地初参欲问名。一队绿衣飞不去，朝朝槛外听经声。”空子顶，地名，距宁静山五十里。“山巅石尽，绿草如茵，黄花满地，蛮寨二三十家，景物闲适。绿鹦鹉数十飞鸣，番女耕夫杂行麦陇、菜畦间，恍如桃源鸡犬，别有天地矣。”③ 诗中写了空子顶一个 12 岁甚聪秀的小沙弥，其父为当地小官员，并请僧人为其教习经典。诗中道，小沙弥朗朗的诵经声，吸引了许多绿鹦鹉。可见藏地对培育佛门僧人和信奉佛教的重视程度。再如《俄松多》：“拾级导我礼佛处，金顶矗上高巍峨。杂沓男妇堂内外，喃喃经咒能无讹。”④ 此诗中诗人回忆了昨日在阿娘坝参观的一处金顶佛堂，以及廊下转经者和佛堂内的诵经民众。如上诗句从一个侧面反映了这个佛国世界的壮观。

马为藏区最常见的交通工具，而博窝马算是藏区名马了。诗人在《博窝马》中称：“天马曾闻出渥洼，武皇上厩儿名騧。而今千里寻常见，西海原来属汉家。书生万里走西陲，更欲穷寻阿母池。骙袅不须怜一蹶，追风善堕是男儿。”博窝即波密，在今昌都市西南境，产良马。姚莹在《康辅纪行》中云：“察木多西北博窝野番多出名马，以去青海近故也。地在

① （清）姚莹著，欧阳跃峰整理《康辅纪行》，第 121 页。

② （清）姚莹著，欧阳跃峰整理《康辅纪行》，第 85 页。

③ （清）姚莹著，欧阳跃峰整理《康辅纪行》，第 122 页。

④ （清）姚莹著，欧阳跃峰整理《康辅纪行》，第 21 页。

博谟博集大山下，马四灶有肉块，行愈远，则肉块愈大。”① 对博窝地方所产名马的描写，其另一首《博窝马载蕃酒归》云：“西蜀灵芽万里还，博窝骐骥耀尘寰。蕃儿忽讶归装富，更买新醪醉入关！”② 此诗为诗人于道光二十五年（1845）从昌都即将返成都时作。返回时牵着波密名马两匹，顺便还带了些藏中的青稞酒。

又如写藏族歌舞风情的《蕃酒鸦头》，诗云：“鸦头三十曳氍毹，解唱夷歌不见夫。佛子健儿同一醉，不知何似舞巴渝。”有关这首诗的创作背景，姚莹在《康辅纪行》中云：“察木多卖酒之家数十户，皆有蕃女，名之曰冲房，冲读如铳。戍兵、喇嘛杂沓其中，歌饮为乐。日酿青稞酒四五百桶。蕃人称妇，无少长，皆曰鸦头。盖汉人教之也。”③ 这首诗体现了独特的民族风情，三杯两盏青稞酒下肚后，无论是戍守的士兵还是藏族姑娘，大家参与其中并跳起藏族舞蹈来。

诗人还写了西藏见到的乌鸦，与内地乌鸦颇有不同。其《西域乌鸦》云：“跬步岑楼不出门，密云小霰易黄昏。生憎窗外乌声恶，莫作长沙鹏鸟魂。”诗人说：“西地乌鸦大如肥鹅，声若鸺鹠，不巢而栖人楼上，甚可憎恶。”④ 贾谊在长沙做了3年太傅，有一天一只鹏鸟（猫头鹰）飞进住所。贾谊看到猫头鹰，认为自己寿命已不长了，结果不久便辞世。这也算是巧合吧！诗人借此典故，抒发对自己此行命运的担忧。

4.“百年身世常忧患，十口亲情半别离”：对亲人的思念，对身世的担忧

姚莹在台湾道任内，尝平张丙、胡布变乱，全台大定。“二十一年（1841）七月，厦门失守，英军屡犯鸡隆海口，莹率部反抗，敌不敢进。英忌恶之，诬讦。道光命怡良渡海查办，致抵罪被逮入都。”⑤ 因此，自己忠勇反被诬陷的事，在以后的诗作中屡有反映。如《夜坐诗》云：

---

① （清）姚莹著，欧阳跃峰整理《康辅纪行》，第216页。
② （清）姚莹著，欧阳跃峰整理《康辅纪行》，第447页。
③ （清）姚莹著，欧阳跃峰整理《康辅纪行》，第425-426页。
④ （清）姚莹著，欧阳跃峰整理《康辅纪行》，第89页。
⑤ 袁行云：《清人诗集叙录》，第2177页。

男儿富贵剧堪怜，第近城南尺五天。受缚名王羞伍哙，失官故相敬迎贤。成都有桑八百树，地下空将十万钱。斥鷃鲲鹏莫相笑，御风列子亦泠然。入宫见妒为峨眉，作客还闻叫子规。世事何尝异今古，解人或许共欢悲。栖身辽海原无计，卖卜成都未是痴。天汉悬名辞不得，怪君终日下帘帷。①

羞伍哙，此典指韩信汉初立大功，封王，但被怀疑猜忌，降为淮阴侯，他不愿和比自己差的樊哙在一起。后以此典表示羞于与自己所轻视的人在一起。诗中多处用典，对小人的诬陷、排挤表达极度的愤慨之情。《忆伯兄》："伯子传闻近益衰，故乡绝域不胜悲。百年身世常忧患，十口亲情半别离。入关一事聊驰慰，满载归鞍佛国诗。"有关此诗的写作背景，《康輶纪行》中云："十月中得家书，言伯兄近颇衰惫，心常忧之。以余比年多故，兄之衰有由来也。祀灶日念及，凄然有作。"② 后两首，更是将自己的身世与对亲人的思念融于一体。

（三）姚莹藏事诗的价值

姚莹的藏事诗是在道光二十四年（1844）和二十五年（1845），其分别出使乍丫（今西藏察雅县）和察木多（昌都），处理喇嘛事件，往返成都至乍丫和察木多期间而作。其藏事诗的主要价值在于对藏内山川、风物的认识方面。

首先，其藏事诗《乌拉行》《牛纤》《体茹、阿娘坝》等反映了入藏路途中藏民族所承受的繁重的乌拉（徭役）。从其中了解到乌拉的特点、意义，以及藏族百姓对乌拉的看法。

其次，从《雪山行》《泸定桥》《头道水瀑布》等诗作中，可以了解入藏之路的险峻，藏途中的山，则高峻险仄，山上常年积雪；藏途中的水，则极为湍急，沿途的大江大河往往从陡峭的山谷间奔涌而出，声音宏大，水势湍急，若以木船过河，则往往会樯倾楫摧。《察木多园蔬》："莱根百岁腐儒餐，千里西来入馔难。佛地伊蒲甘露好，满园香馥胜芃兰。"

---

① （清）姚莹著，欧阳跃峰整理《康輶纪行》，第426页。
② （清）姚莹著，欧阳跃峰整理《康輶纪行》，第446页。

诗人说“打箭炉以西，菜味甚不易得”[①]。看到察木多一处菜园，满园散发出久违的馨香的菜味，诗人由衷地赞美。诗人另有一些写景诗，颇为清新隽永，与藏地山水的高峻、险急截然不同。《八角楼诗》：“长松掩映水流湾，桥畔桃花笑輾颜。八角楼边晴雨后，蛮中记取此青山。”[②] 对巴塘雨过山色的描绘，《巴塘午日》：“轻雷飞雨麦翻风，山色云光态不同，忆向成都行绿野，几人蓑笠在空蒙。”[③] 诗中对端午节这天雨过天晴后巴塘郊外的景色描写，清新似有几分成都郊外之景。

再次，对藏内的风物民俗作了多方位的描摹与歌咏，如《达麻花》《皮船行》《博窝马》，以及《空子顶二绝句》中的西藏绿鹦鹉、聪明的小沙弥，《西域乌鸦》中又肥又大栖息在房屋顶上的乌鸦等，《藩酒鸦头》中藏民族善舞的民族风情等，这些都有助于读者全面了解藏内的风物、民情。

还有，前面提及，诗人在任台湾道时，“鸦片战争期间，姚莹与总兵达洪阿组织台湾军民抗敌保台，毙敌数十名，俘虏一百八十余人。《南京条约》签订后被诬，入刑部狱，旋以同知衔知州发往四川效用，奉命两次入藏查处乍丫两呼图克图相争一案”[④]。姚莹在台湾道任上积极平叛、抗英，在岛内有很高的人望，但却遭诬陷，这对他打击很大，因此在其藏事诗中时常流露出对遭谗遭嫉的不平，以及对自己命运的担忧。从这类藏事诗也可以看出，晚清国势急转中诗歌表现内容的变化。

三　道咸以后其他诗人藏事诗概说

（一）夏尚志生平及其创作

夏尚志，字静甫，吴门（今江苏省苏州市）人，生活于嘉庆、道光、咸丰年间。诸生，一生漫游天下，长期为人幕府作幕宾。足迹北至蒙古，西至四川，行数万里，作诗千余首，为时人称赞。著有《尘海劳人草》，今已被《清代诗文集汇编》收录。其中收录藏事诗为《军行乐》《夹坝

① （清）姚莹著，欧阳跃峰整理《康辅纪行》，第216页。
② （清）姚莹著，欧阳跃峰整理《康辅纪行》，第51页。
③ （清）姚莹著，欧阳跃峰整理《康辅纪行》，第121页。
④ （清）姚莹著，欧阳跃峰整理《康辅纪行》，第1页。

来》《丹达山神》《打牛魔》《佛转生》《打茶》《题芝龛记传奇二十四韵》7首。

道光二年（1822），夏尚志入四川游，第二年在成都向人询问西藏风土、人情，因此写下了一组《西藏新乐府》。这组“乐府”以轻松诙谐的笔调写了西藏宗教、民族、风物等方面的情景。今人赵宗福先生的《历代咏藏诗选》选其中《佛转生》与《打茶》两首。

（二）唐金鉴生平及其创作

唐金鉴，道光年间任西藏拉里军台粮务委员。著有《西康诗稿》。另据《清宣宗实录》载：“谕内阁、前据宝兴奏参、已革遂宁县知县唐金鉴、挪用察木多库银。延不交纳。当经降旨将该革员解交驻藏大臣讯办。兹据奏称、该革员现已将亏挪银两在省全数缴贮司库等语。唐金鉴着毋庸再行解藏讯办。其扣缴银两。着即搭解归款。”①

唐金鉴的藏事诗，今从《西藏图考》中辑得一首《金瓶掣签第十一世达赖喇嘛》。这是一首歌行体的叙事诗，诗中对道光二十一年（1841）五月二十五日在布达拉宫举行的第十一世达赖喇嘛、四位转世灵童的金瓶掣签仪式经过进行了记叙，有一定的史料价值。

藏事诗另有胡延（西安知府，庚子事变，慈禧携光绪帝至西安后，胡延任内廷支应局督办）的《西藏供佛》，这首七绝主要说明了光绪移驾西安后西藏、蒙古仍送来供佛的事实；吴世涵（字渊若，清道光二十年进士，云南太和知县）的《西僧坐床歌》，这首古体长诗共52句364字，诗中描述了达赖、班禅坐床的历史以及发展，也揭示了清王朝振兴黄教、统治蒙藏人民的政治目的；魏源的古体诗《复西藏》，这是诗人歌咏清廷战功的新乐府诗中的一首，诗中歌颂了清政府平定西藏，保护藏传佛教的文治武功。

第四节　清代驻藏大臣藏事诗的多元化拓展

相较于清代其他入藏诗人，驻藏大臣本身有几个突出的特点：一是驻

① 《清宣宗实录》卷四一二，第163页。

藏大臣是清政府派往西藏的最高官员，代表清廷实施对西藏地方的管理，因此，驻藏大臣是入藏诗人中位高权重者；二是驻藏大臣驻藏时间长，一般为3年，也有再任和由帮办大臣擢升为驻藏大臣的，如和瑛在藏前后8年、松筠5年、联豫6年；三是驻藏大臣在藏的活动范围宽泛，因《钦定藏内善后章程二十九条》规定，须例行巡阅前后藏并检阅军队，故而任期内足迹几乎遍布前后藏，还有因职务之便，可以出入达赖、班禅的驻锡地，并有机会与西藏地方的各类人员接触。故而其藏事诗无论是表现内容、表达主题，还是诗体的形式、风格都与其他入藏诗人同中有异。具体表现在如下几个方面。

一 扩大了藏事诗的题材范围

从前几小节的梳理来看，驻藏大臣之外的藏事诗人，其诗作的表现内容主要以描写藏内山川、物产及各类民俗为主，而驻藏大臣的藏事诗与之相比较，则出现如下新的变化。

（一）治藏施政题材的大量出现

这类诗多见于驻藏大臣松筠的长诗《西招纪行诗》与诗集《丁巳秋阅吟》中。亦如诗人松筠自己在《西招纪行诗序》中言："余因抚巡志实，次第为诗，共八十有一韵。虽拙于文藻，或亦敷陈其事之义，名曰《西招纪行诗》，后之君子，奉命驻藏者，庶易于观览，且于边防政务，无不小补云。"① 因此，该诗从治藏总的指导思想写起，"治道无奇特，本知黎庶苦。卫藏番民累，实因频耗蠹"。然后分别写赈济灾民、减免赋税、劝导流民归家耕田等一系列的施政措施，诗中还写了如何加强边防、巩固边塞等问题。他的诗集《丁巳秋阅吟》则分别叙述巡阅后藏途中的施政措施及施政的成效：抚恤灾民、减免徭役的诗篇，如《业党》《岗坚喇嘛寺》《罗罗塘》《协噶尔》等；改进种植方法的诗如《巴则》；记叙施政成效的诗，如《浪噶孜》《春堆》《白朗》《后藏》《拉孜》；检阅军事的诗如《江孜》《中秋日阅兵用前韵》。和瑛的诗《拟白香山乐府三十二章》中也有多篇反映其施政主张的，《地道不爱宝》强调"生民衣食源，所贵农桑

① （清）松筠撰《西招纪行诗序》，《松筠丛著五种》，清嘉庆、道光年间刻本。

治”，《天灾古代有》后自注“救灾荒也”，《文翁化巴蜀》有“兴教化也”，《书扇鬼泣诉》有“慎刑狱也”，《易系雷电卦》有“宽法律也”。①

（二）反映与西藏地方高层交往的频繁

根据《钦定藏内善后章程二十九条》规定，驻藏大臣虽然是真正的管理者，但毕竟藏地辽阔，藏民族又有自己的语言文字，而且西藏又几乎是全民信仰藏传佛教，驻藏大臣要在这样的环境中有效施政，离不开西藏地方上层达赖、班禅及各大寺呼图克图的协助。因而，驻藏大臣入藏以后，要做的便是和各大喇嘛之间处理好关系，各大喇嘛为了能保障自己在藏内的权益，也积极接触清廷派驻西藏的官员，特别是驻藏大臣，故而在驻藏大臣的藏事诗题材中出现了与达赖、班禅交往的诗篇，主要表达与达赖、班禅之间和谐、亲密的友谊。这类诗在和瑛诗集《易简斋诗钞》中非常多，如《抵后藏宿札什伦布寺》《晤班禅额尔德尼》《再游罗卜岭冈》《九月望登布达拉朝拜》《札什伦布朝拜》《宿萨迦庙》，其中《再游罗卜岭冈》云：

达赖天西自在人，祇园此日速嘉宾。茶寮饭钵闲中趣，意树心花物外春。且向空门看活水，漫劳彼岸渡迷津。问君离垢年年洗，要洗清凉几世身。②

诗中记述了他再一次去达赖夏日行宫罗卜岭冈，并与达赖喇嘛共餐，餐后又共同在园中散步并与之畅谈的情景。从这些叙述中可知达赖喇嘛与驻藏大臣间美好又和谐的关系。再如《班禅额尔德尼共饭》《班禅额尔德尼燕毕款留精舍茶话》《留别班禅额尔德尼》这几首诗，从诗题判断，就已经知道和瑛与班禅额尔德尼的美好友谊。瑞元诗中亦有与达赖、班禅的交流，如《与达赖喇嘛班禅晤谈成二绝句》《罗卜岭冈散步》等反映了诗人对达赖、班禅的赞誉。

而且驻藏大臣也特别重视与达赖、班禅的相处方式。松筠《丁巳秋阅

① （清）和瑛撰《易简斋诗钞》卷二，《续修四库全书·集部·别集类》1460册，第482页。
② （清）和瑛撰《易简斋诗钞》卷二，《续修四库全书·集部·别集类》1460册，第482页。

吟》之《岗坚喇嘛寺》中自注道："沿途秋收丰稔，细询得悉岗坚附近有被雨雹伤稼者十数家。因谕以达赖喇嘛慈悲，免其本年赋纳，复饬噶布伦遍谕各处营官查察，倘有似此者，一体酌蠲。"① 从诗人的这段话，可知其将蠲免受灾人家赋税的功劳都归功于达赖喇嘛，可见其虽位高权重，但处理藏内事务时尤其重视方式方法。

（三）描写的藏地物产更为丰富多样

驻藏大臣藏事诗中歌咏的藏地物产，除了"皮船""铁索桥"之类在其他赴藏诗人藏事诗中经常出现的之外，还有像"海子"（高原湖泊的俗称）、"雪中桃花"、"藏地奶桃"、"喇嘛鸳鸯"、"攒招"等极为稀见之事与物。如瑞元诗中描写宗教活动盛况的《攒招》，题后注："每逢正月喇嘛来藏念经，谓之攒招。"其诗云："岁首建寅迎春回，（自注：西藏行岁亦以建寅孟春为岁首）振兴佛事真盛哉。千里万里僧众来，大招小招功德开。众香国拥莲花台，众香钵散檀越财。（自注：众香国、众香钵见维摩经。相传放朝为禳灾）"② 诗中既体现正月法会的盛况，又暗喻了拉萨为藏传佛教中心的实质地位。

藏地特有的一种双飞双栖的鸟，在驻藏大臣诗中有较多反映，名之曰"喇嘛鸳鸯"。瑞元在其诗《喇嘛鸳鸯》的题后注中描述道："似鸭而大，色黄能高飞，水食楼栖，俗呼为喇嘛鸳鸯。"其诗云：

> 双双黄鸭上鱼矶，似此凫翁见亦稀。几点远同秋叶落，一行斜带夕阳飞。耳边佳偶声相和，背上新雏负满归（自注：每飞必雄雌齐鸣。见人则负雏以飞）。佛地不须调鼎鼐，往来啄食锦鳞肥（自注：西藏不打牲）。③

从瑞元诗中的描述可知喇嘛鸳鸯与内地的鸳鸯有相同之处，也有明显的不同。和瑛亦有诗《咏喇嘛鸳鸯》，重点歌咏这种鸟的灵性。还有藏地特产

① （清）松筠撰《丁巳秋阅吟》，《松筠丛著五种》，清嘉庆、道光间刻本。
② （清）瑞元撰《少梅诗钞》卷五，《清代诗文集汇编》585 册，第 62 页。
③ （清）瑞元撰《少梅诗钞》卷五，《清代诗文集汇编》585 册，第 67 页。

的一种果实“奶桃”，也成为驻藏大臣诗中表现的对象，瑞元的诗《藏地奶桃》，其后注：“形似木瓜，较小，皮黄而坚，食白而甘，到口味如酥，空心无核，食之能补肺益脾。”①

（四）写景诗呈现出更加多样化形态

写景诗在清代藏事诗中占比很大。但驻藏大臣的写景诗不仅表现出雪域高原自然、人文的寒、险、奇等共性特征，而且呈现出多样化形态。斌良的山水诗，则以其浪漫的笔调，所描写的高原山川，险奇中蕴含俊秀。他的《江达道中》：“插天峭壁耸孱颜，林木丛生石缝间。不负蛮荒行万里，中华无此好江山。”② 极言藏地山水的俊秀与峭拔。《巴贡山头写望》：“六月风光腊月同，晴空猎猎响长风。峰尖立马神先王，暖翠浮峦万壑通。”③ 诗人用昂扬的笔调写了巴贡山的壮丽。还如他的《阿南多山中晓发》《昂地即目》《哲多塘》《瓦切道中》《营官寨纪事》等诗篇，一洗其他旅藏诗人的哀怨情调，用笔奇特，俊秀新发，充满乐观、浪漫的情调，似有岑参诗的雄奇与瑰丽。

而驻藏大臣文干的藏地山水诗，则看似在写景，实则言在此而意在彼，所指遥深。《题热水泉》：“气郁流黄热水泉，澡身闻说疾能蠲。相逢惜在蛮荒地，不与华清品目传。”④ 前两句看似在写藏地的地热泉，后两句笔锋又转向华清池，诗中认为华清池的名气是由历史名人传送的，并非温泉本身的价值。《十七日曲水至巴资》：“桨划皮船稳，桥悬铁索危。解人何处索？今古一心知。”⑤ 从乘皮船与过铁索桥而联系起人生之路，如跋山涉水般漫长而曲折，稳中有危，危中有稳。如《二十四日札什伦布寺》：“此地临西极，诸天演上乘。乌斯开法界，游历记吾曾。”⑥ 我曾到此地一游，此地能记我否？人生如梦，转瞬即逝。诗人此时的心境恐怕与苏轼的诗句“人生到处知何似，应似飞鸿踏雪泥”对人生的感悟相吻合。《二十

① （清）瑞元撰《少梅诗钞》卷五，《清代诗文集汇编》585册，第71页。
② （清）斌良撰《抱冲斋诗集》卷三六，《续修四库全书·集部·别集类》1508册，第483页。
③ （清）斌良撰《抱冲斋诗集》卷三六，《续修四库全书·集部·别集类》1508册，第481页。
④ （清）文干撰《纪程诗钞》卷三《壬午纪程诗》，道光九年（1829）刻本。
⑤ （清）文干撰《纪程诗钞》卷三《壬午纪程诗》，道光九年（1829）刻本。
⑥ （清）文干撰《纪程诗钞》卷三《壬午纪程诗》，道光九年（1829）刻本。

日宜郊》："峰插碧天秋，溪寒响更幽。使君心似水，喜见水东流。"[①] 前两句似写春堆山水，实则透露出自己微妙的思乡之情。因此，文干的藏事诗，正如诗人自己所说的"留观山水胜，抒写性情多"。从山水出发，以抒写性情、对人生哲理的思考作结，成为其山水诗的主要特征。

驻藏大臣瑞元的山水诗，将写景与思乡联系在一起。《长夏忆江浙风景》："清河无日不风沙，忆到南天分外嘉。六月已先炊早稻，四山不尽采新茶。当街露浥兰心静，隔牖凉筛竹影斜。那似重棉度长夏，荒寒合以醉为家。"[②] 由藏地的六月，想起江浙夏日已经收获了早稻、四山的新茶也已经开采了，万物盎然生长，自然勾起诗人对内地的思念之情。类似的还有很多，典型的如和琳的诗《江孜寓中对月》《札什伦布公寓远望》等。

二　拓展了藏事诗的主题意蕴

驻藏大臣藏事诗中最为突出的，便是其他入藏诗人诗中较少体现的三大主题，即对大一统国家的礼赞，对藏族下层百姓生活的关切，以及各民族间文化的交流。如《过泸定桥》：

> 昔我游金陵，铁索系孤舟。今我来泸水，铁索渡群驺。架木仅容足，百尺深临流。澎湃如奔瀑，玉斧遗迹留。画河限中外，舟楫罔敢投。我朝大一统，德威遍遐陬。[③]

诗中说，泸河原来是划分中外之河，但到了我朝，大一统的局面正式形成，而且君王的圣德已经传遍了遥远的藏地。今日的泸定桥反而成了西藏与内地经济、文化的交流之桥了。松筠诗《后藏》中云："乐奏须弥极乐世，山呼圣寿大千年。化成久道恩施远，九有边荒感激虔。"[④] 诗人"率同汉蕃官兵，齐班向乾隆皇帝像行礼"，并齐呼祝寿。然后说让我朝的圣德永远滋润边地的百姓，从如上的描述，也可看出诗人对大一统社会的赞美

① （清）文干撰《纪程诗钞》卷三《壬午纪程诗》，道光九年（1829）刻本。
② （清）瑞元撰《少梅诗钞》卷五，《清代诗文集汇编》585册，第66页。
③ （清）瑞元撰《少梅诗钞》卷五，《清代诗文集汇编》585册，第57页。
④ （清）松筠撰《西招纪行诗》，《松筠丛著五种》，清嘉庆道光间刻本。

之情。

与此同时，西藏百姓对驻藏大臣一行的欢迎，也可以看出这种大一统局面下，藏族百姓对清政府官员治藏的认可。文干的诗《十九日早发朗噶孜宿》云："今日平沙路，肩舆趁晓行。秋风寒气薄，日上暖烟轻。毡账蠲供给，蛮乡解送迎。愿将和乐意，遍洽尔边氓。"[①] 当诗人一行在朗噶孜夜宿时，当地藏族百姓主动拿来帐篷，并且热情迎送诗人一行。诗人也为此大为兴奋，诗的结尾表示要把与民休息的政策执行始终，并且表示巡边要做到不扰民，与民和谐相处。这首诗中也表达了朗噶孜（今西藏山南市浪卡子县）一带藏族百姓对大一统国家局面的认可与欢迎。

驻藏大臣的诗中也多次反映对下层百姓生活的关切。松筠的诗《宗喀》云："两越巩塘拉，重来宗喀地。田禾灾被等，征半抒民累。"诗后注："有番民禀诉，田禾夏被虫食，秋复霜打，所获稞麦止四五分。因饬噶布伦察实，谕以达赖喇嘛慈悲，蠲免本年征粮一半。"[②] 而且，西藏百姓向来最难忍受的是乌拉之苦，即向寺庙、商上无偿提供徭役。松筠在《罗罗塘》诗注中云："乙卯年奏明晓谕凡商上及各大寺庙差往聂拉木贸易者，自罗罗起所需人夫牛只，皆令随在发价，其唐古忒世家及达赖喇嘛亲属人等，概不准私用乌拉，一一严禁。"[③] 并且，松筠改乌拉无偿提供为有偿服务，大大减轻了下层藏族百姓的苦难。

多民族文化的碰撞、交流也是驻藏大臣诗中反映的主题之一。驻藏大臣中占比最大的是满族，其次是蒙古族。蒙古族或满族驻藏大臣用汉语创作文学作品，且在驻藏期间自觉或不自觉地学习藏族语言，本身说明了大一统王朝多民族作家、多种文化相互交流的实质。和瑛的歌行体诗《蛮讴行》[④] 整首诗共用了55个藏语音译词，而且这种藏语音译词直接入诗的情况也在其他驻藏大臣诗中多次出现。还有和瑛的诗《木鹿寺经院》云："华夏龙蛇外，天西备六书。羌戎刊木鹿，儒墨辨虫鱼。寺建青鸳古，经

① （清）文干撰《纪程诗钞》卷三《壬午纪程诗》，道光九年（1829）刻本。

② （清）松筠撰《西招纪行诗》，《松筠丛著五种》，清嘉庆道光间刻本。

③ （清）松筠撰《西招纪行诗》，《松筠丛著五种》，清嘉庆道光间刻本。

④ （清）和琳、和瑛撰《卫藏和声集》，广东省立中山图书馆编《中国古籍珍本丛刊·广东省立中山图书馆卷》第60册，第459页。

驮白马初。如何仓颉字，传到梵王居。”① 诗中谈到拉萨木鹿寺用多种文字译书的情况，其中还特别提到中原汉字和儒墨名典传到木鹿寺的事实。这也充分说明在大一统清王朝，就连边地西藏都出现多种文化交流的现象。

三　丰富了藏事诗的表现形式

首先采用古、近体长篇巨制的诗体形式来表现丰富、复杂的内容。松筠的《西招纪行诗》是一首五言体，凡 81 韵，810 字。诗以纪事为主，主要是对自己在乾隆六十年（1796）夏季巡边活动的总结与概括，其实就是诗人对自己治边经验的总结。在其他驻藏大臣的诗中也往往频繁采用古体长诗来表现丰富内容。和瑛《班禅额尔德尼燕毕款留精舍茶话》更是采用七言古体，全诗长达 31 句，217 字，用铺叙的形式极写宴会之盛，突出诗人与班禅的美好友谊。瑞元的诗《拉萨形势二十韵》，凡 20 韵，200 字，对川藏道路上山川形胜，以及拉萨的建筑、宗教等做了概括性描述。崇恩的《居夷书事》共 80 句，400 字，全面概括了自己居藏半年的所见、所感，信息量很大。

其次，驻藏大臣还用组诗的形式，既追求格律的形式美，又希望容纳更加丰富的内容与思想。典型的如瑞元的诗《抵藏四律》，用七言律的形式，回顾了其从新疆哈密到达西藏的这半年间路上经历的各种坎坷；《除夕书怀四律》亦用四首七言律诗，将除夕拉萨的宗教习俗、诗人自己的坎坷人生都做了描述与回顾；他的《藏路难》四律，全面描述了藏路之难难于蜀道的特征。还有驻藏大臣和琳的《西招四时吟》更是由四首五言律诗构成一组诗，动态化地展现出藏地四季物候的奇特变迁。

其一：

> 莫讶春来后，寒威倍胜前。小窗欣日色，大漠渺人烟。风怒沙能语，山危雪弄权。略应桃柳意，塞上怯争妍。

其二：

---

①（清）和瑛撰《易简斋诗钞》卷一，《续修四库全书·集部·别集类》1460 册，第 472 页。

山阳四五日，嫩绿渐生生。草老刚盈寸，花稀不识名。开窗纨扇废，挟纩纻罗轻。树有浓荫处，都翻弦索声。

其三：

南山看雾起，雷为雨吹嘘。淡淡秋无迹，淙淙夜不虚。池塘堪浴佛，稞麦渐仓储。更喜羊脂厚，厨供大嚼初。

其四：

木炭供来日，陂塘半涸冰。草枯归牧马，寒重敛飞蝇。沙渍衣多垢，山童雪不凝。客游闲戏笔，真个悟三乘。①

这四首诗仅160字，分别写了藏地的春、夏、秋、冬，容纳了极为丰富的信息。只有身在其中，且经过长时间体验的人，才能准确把握藏地独特的气候与民俗特征。

再次，除各种古近体诗形制在驻藏大臣藏事诗中运用灵活自如外，清新、自然、通俗、欢快的“竹枝词”“歌谣体”也大量出现在驻藏大臣的诗中，如瑞元的《卫藏踏青竹枝词》《蛮丫头竹枝词》，有泰的《驻藏日记》中也多处记载有关其创作的“乌斯藏竹枝词”“狂风谣”，只可惜不见传，联豫传世的诗有歌谣体《炉边谣》六首等。

综上所述，从驻藏大臣与其他入藏诗人藏事诗的对比中，突出了驻藏大臣藏事诗的独特价值。但同时，我们还看到，将所有入藏诗人的藏事诗进行融合分析，便会产生更加有意义的效果：其一，便于理解同题诗的内涵，如对藏地渡河工具“皮船”的歌咏，虽然驻藏大臣和瑛、文干、瑞元的诗作中都有描述，但描写细致程度不如杨揆诗《皮船》，可将相同题材的诗归类比勘，有益于正确理解此类诗丰富的内容；其二，便于全面认识入藏各途程的舆图价值，清代驻藏大臣走川藏一线，故而其藏事诗中只有

① （清）和琳撰《芸香堂诗集》，嘉庆年十六年（1811）刻本。

川藏沿线及前后藏景物、民俗的描绘，毕竟不能概括整个青藏高原的山川、民俗全貌，而杨揆的藏事诗，因其由青海入藏，故而诗中对青藏沿线道路、山川多有刻画，毛振翧因从云南中甸入藏，其诗对滇藏沿线山川道路亦有多处描述，故而将他们的藏事诗汇聚在一起观察，便可绘制出一幅青藏高原山川、民俗的全景图；其三，便于了解清廷开疆拓土中惊心动魄的战争场面，虽然，康熙至乾隆年间，清廷为了巩固西北边疆，消弭藏内的各种矛盾，也多次出兵驱逐了准噶尔、廓尔喀的扰藏事件，但驻藏大臣藏事诗中不见描写战争题材的，而杨揆随福康安亲历了驱逐廓尔喀的多场战事，因而其藏事诗中描写战争场面的较多，还有康熙朝名将岳钟琪诗中也有对西北边塞和战争的描写。

第七章　清代驻藏大臣藏事诗的意义、价值及影响

清王朝对边疆治理比以往各朝更加系统、深入。驻藏大臣的选派便是清中央政府加强对西藏地方治理的重要举措。有清一代，驻藏大臣及其随员、其他入藏官员、入藏军人、随军文员，以及少数游历者，构成了藏事诗的创作群体。目前初步统计，清代藏事诗有2000余首，其中，驻藏大臣创作的藏事诗就达1200余首。通过前面几个章节的分析，已经知道驻藏大臣藏事诗所表现的主要内容与艺术特性，并通过驻藏大臣与其他入藏诗人藏事诗之间的比较，认识到驻藏大臣藏事诗的意义、价值及影响。

驻藏大臣作为入藏的亲历者，创作出一首首具有青藏高原地域特色的诗篇。整理、分析这部分诗歌作品，首先，对清代边疆文学研究的繁荣，中国诗歌史的编写，乃至对整个中国文学史的编写是一个必要的补充；其次，驻藏大臣是清中央政府派驻西藏的最高官员，其藏事诗中所表现的对多民族、多元文化融合的大一统国家的盛赞，以及对驻藏期间施政成效的叙述，具有重要的政治文化意义；再次，驻藏大臣藏事诗对青藏高原山川形貌、气候、民俗特征的描述，以及对入藏途程的记载，又具有重要的舆图价值。此外，驻藏大臣的入藏经历对其诗风变化必然也会产生重要的影响。

第一节　驻藏大臣藏事诗的文学史意义

朱万曙先生说："长期以来，中国古代文学的研究对象和重心都在'汉民族文学'，很少自觉地将视野延伸到中国各个民族文学的范围。因

此，我们的古代文学研究虽然越来越深入，总体格局却不够阔大。"① 就中国的族体而言，是"多元一体"的；而对中国的国体来说，是"一体多元"的。"在审视我国的族体与国体结构时，我们只有将'多元一体'与'一体多元'的观察视角辩证结合起来，才能更为科学准确地把握和认识我国的族情与国情，才能更全面地理解我国的政治架构与民族格局。"② 我国的这种族体与国体决定了中华文学史"是指包括了中国各民族、各地域的整体文学发展的历史"③。因此，在中国版图内，各个民族的文学、各个地域的文学都是中华文学史编写中不可或缺的一部分。

一　拓展了清代文学地图的边界

以往中国文学史的书写与中国文化研究的关注点都与多民族、多元文化相融的大国文化内涵不相称，进入新时期，中国文学史的编写以及中国文学的研究需要把边疆的、民族的文学统筹进来。因此，就需要从文学理论上重新绘制中国文学的地图。杨义先生在《重绘中国文学地图与中国文学的民族学、地理学问题》中谈到为什么要重绘中国文学的地图时道："这个地图是一个中国这样文化千古一贯、又与时俱进的大国的国家地图，它应该展示我们领土的完整性和民族的多样性，以及在多样互动和整体发展中显现出来的全面的、显著的特征。……作为现代大国，中国应有一幅完整、深厚而精美的文学地图。"④ 鉴于此，对清代藏事诗的搜集、整理与研究，更能显示清代与国家地图相匹配的完整的文学地图，对中国文学地图的重绘有积极意义。

清朝建国后，经过几代君王的开疆拓土，建立起了一个领土辽阔、国力强盛的多民族大一统国家，与之相适应的是，文学领域也逐渐出现汇通、融合，不但出现了许多优秀的少数民族作家，而且许多具有浓郁地域特色的文学创作队伍及作品也相继问世。从诗歌领域的发展来看，不但出

---

① 朱万曙：《观念转变与"中华文学的建构"》，《文学遗产》2015 年第 4 期。

② 熊坤新、平维彬：《中国的族体和国体："多元一体"与"一体多元"》，《江苏大学学报》（社会科学版）2017 年第 6 期。

③ 左东岭：《中华文学史研究的三个维度》，《文学遗产》2015 年第 4 期。

④ 杨义：《重绘中国文学地图与中国文学的民族学、地理学问题》，《文学评论》2005 年第 3 期。

现了许多南、北方文化重镇区的地域诗，还出现了许多书写边疆自然、人文风貌的诗篇，如新疆、东北的谪戍、流人诗，使清代文学地理边界进一步扩大。

清代以前，西藏始终是内地文人眼中最为神秘的土地。说其神秘不仅是因为神秘的各种宗教文化，还因从内地至藏，道路极为艰险，极少有文人到过西藏。陌生而生遐想，故而他们的文学作品中但凡涉及西藏山川、西藏民俗、西藏僧人的，符合历史真实的不多，大多属于内地文人对异域的想象。薛英杰在《异域想象与文人观念：论晚明清初通俗小说中胡僧形象的色情化》[①] 一文中也阐发过类似的观点。清代中央政府对西藏治理加强，并于雍正五年（1727）正式派遣驻藏大臣，逐渐使其规范化、制度化。驻藏大臣在入藏途中，抑或在藏内公务之余，创作了一定数量的汉语藏事诗，其中大多是以纪行体的形式，再现了西藏自然、人文的特有风貌。

清代入藏之路虽有滇藏、青藏、川藏三条，但川藏沿线民众定居的较多，沿途土司供应“乌拉”（民众承担的一种徭役）较充足，入藏任职的驻藏官员均走川藏路，任满后回京，依然从原路返回，因而其藏事诗所表现的内容主要是川藏沿途的山川、风物，藏内民众的世俗与宗教生活，以及其对治藏、施政过程的经验总结。藏事诗，尤其是驻藏大臣藏事诗的创作，将清代文学疆域的西北和西南版图相连，并真正实现了清代文学地图与地理地图的高度契合。

具体来看，驻藏大臣将雪域高原的山川形胜，藏传佛教世界，藏民族的生产、生活，以及各类藏地建筑、物产、民俗，一并作为其藏事诗表现领域，并逐渐形成具有浓郁西藏地方特色的中国古典诗。其中具有代表性的如描摹西藏山水的，和琳的诗《渡飞越岭》、和瑛的诗《中渡至西俄洛》《海子》、松筠的诗《巴则》、斌良的诗《头道水行馆观瀑》《巴贡山写望》、文干的诗《十八日白地》《二十七日过丹达山》；刻画藏地物产的，和瑛的诗《铁索桥》《皮船渡江》、瑞元的诗《喇嘛鸳鸯》《咏藏地奶桃》；

---

① 薛英杰：《异域想象与文人观念：论晚明清初通俗小说中胡僧形象的色情化》，《中国海洋大学学报》（社会科学版）2016 年第 1 期。

描写西藏宗教建筑物的，和瑛的诗《大昭寺》《小昭寺》、瑞元的诗《布达拉》；赞美与西藏宗教上层友谊的，和瑛的诗《班禅额尔德尼燕毕款留精舍茗话》《再游罗卜岭冈》《班禅额尔德尼共饭》；描写藏地民俗的，和琳的诗《西招四时吟》、松筠的诗《拉错海子》、瑞元的诗《观各寺院燃酥油灯》《蛮丫头竹枝词》《客藏异闻》；等等。

驻藏大臣驻藏期间有春秋二季巡阅前后藏的规制，因而其藏事诗中，以诗的形式见证了驻藏大臣巡阅西藏边境的真实情况，有一定的史诗互证的价值。驻藏大臣松筠于嘉庆二年（1797）丁巳秋第二次巡阅后藏时所撰《丁巳秋阅吟》凡 54 首，内容涉及赈灾、省敛、安民、阅兵、布防等多方面。其中大多即以诗人所到之处的地名为题，从第一首《业党》到第五十四首《还抵前招》，可见诗人巡阅的足迹遍历后藏。当诗人作为驻藏大臣巡阅到中尼边境时，其诗《济咙》云："巡阅来边境，遐藩忱悃将。欸酬檄逊睦，要服守成章。壹是皇恩致，无须显寸长。"尼泊尔王遣使携食物前来济咙（今西藏吉隆县东南）恭迎，表其诚敬。此诗说明经过乾隆五十七年（1792）福康安大军进剿廓尔喀（尼泊尔）入侵者后，廓尔喀王已经诚服，边境回归安宁。是集中《宗喀》《衮达》《邦馨》《阳布》等一系列巡边诗，标志着清人文学地图的西南端已拓展至与清代疆域相契合的中尼边境。

而且，驻藏大臣藏事诗中山水题材的诗与清代描摹新疆、蒙古、东北山水题材的诗相交织，重新绘制出清代中国万里山河的壮丽画卷。驻藏大臣藏事诗中治藏理政题材的诗，与清代其他类似题材的诗相参阅，还能全面理解清代中央政府边疆治理，以及处理各民族之间关系的措施与成效。同时，还可以从此类诗中看出大多数驻藏大臣不畏入藏道路的艰险、气候的寒冷，以及高原缺氧等一系列困难，其藏事诗中充满着对社稷、黎民的责任与担当，体现出封建士大夫积极进取的精神人格。总之，驻藏大臣的藏事诗，无论是其中所表现出的浓郁的青藏高原风貌，还是所描述的地理空间的延展，都全面拓展了清代文学的地图边界。

二　丰富了清代诗歌的表现领域

青藏高原气候寒冷，四季不分明，许多大山顶上积雪常年不化，形成一种素洁神秘的高原奇景。高山峡谷间的江水由于地势落差大，而发出无比巨大的撞击之声，这些都能给人以力量，使人震撼。生活在青藏高原上的藏民族，又因其全民信仰藏传佛教，入藏途中，随处可见高大宏伟的藏传佛教寺庙建筑，以及成群结队的藏传佛教僧人，给人增添许多神秘、奇幻的感觉。清代以前，由于入藏道路的艰险，除了中央政府专门派往西藏的使者，很少有内地人去西藏，故而在清以前的中国古典文学中直接表现青藏高原自然、人文的题材很少。清自雍正五年（1727）驻藏大臣的派驻成规制后，以驻藏大臣为诗人群体的内地文人在其出入藏途中，以及在藏期间，创作了一定数量的藏事诗，这部分藏事诗，较全面地表现了青藏高原的山川、物候、宗教等，扩大了清代诗歌的表现领域。而且许多内容题材从未在中国古典诗歌中出现过。

首先是将雪域高原的山川奇景入诗，营造出奇寒、圣洁、幽峭的雪域景象。和瑛的诗《东俄洛至卧龙石》云：

> 朝发东俄洛，山坳布群髻。迢迢大雪山，万顶覆银瓯。皎然无黑子，寒光射酸眸。绝顶矗鄂博，哈达纷垂旒。①

东俄洛，在今四川康定市西一百九十里，为川藏路之孔道。诗人和瑛看到川藏路上连绵的大雪山，放眼全是素装世界，“寒光射酸眸”，其最高的山顶上还矗立着鄂博，哈达迎风飞舞，展现出一幅雪域峻寒、圣洁的画面。和瑛的藏事诗中也有多处描写了入藏途中的雪景，“天险设雄关，巴西控百蛮。云门高不锁，雪海静无澜。马喘危栏角，人惊缺磴弯”（《飞越岭》），“百川尽东注，此外独西流。鹫岭千年雪，恒沙万里洲”②（《三月抵前藏渡噶尔招木伦江》）。和琳的藏事诗也有类似的描写，“四面童山雪，碉楼数十家。里塘风夙冷，孟夏草无芽。日亦临边淡，衣从出塞加。楼兰俘未献，投笔事方赊”（《里塘》）。

---

① （清）和瑛撰《易简斋诗钞》卷一，《续修四库全书·集部·别集类》1460 册，第 470 页。

② （清）和瑛撰《易简斋诗钞》卷一，《续修四库全书·集部·别集类》1460 册，第 470～471 页。

佛教自吐蕃王朝时期传入青藏高原，并逐渐发展成适应高原藏民族精神需求的藏传佛教，此后，无论王朝如何更迭，藏传佛教始终繁荣不衰。因此，藏传佛教是驻藏大臣诗中又一重要的表现题材。恢宏庄严的佛教寺庙、各级宗教僧人，甚至各类佛事活动、活佛转世灵童的金瓶掣签仪式都成为诗中的表现对象。和瑛的诗《大招寺》《小招寺》《布达拉》，这三首诗在追忆唐蕃和亲一事的同时，也写了拉萨这三座典型的佛教建筑物的恢宏，“雪飘金殿瓦，风静铁门帘”（《大招寺》），“佛阁上层霄，横枝法嗣遥”（《布达拉》）。其诗中还有描写金瓶掣签的，如《金本巴瓶签掣呼毕勒罕》：

古殿金瓶设，祥晨选佛开。谁家聪令子，出世法门胎。未受三途戒，先凭六度媒。善缘生已定，信我手拈来。①

这是驻藏大臣主持的西藏一位活佛转世灵童的掣签仪式。乾隆五十八年（1793），为避免西藏地方权贵在活佛转世灵童认定中舞弊，清廷颁布《钦定藏内善后章程二十九条》，其中第一条便规定：“大皇帝特赐一金瓶，今后遇到寻认灵童时用满、汉、藏三种文字写于签牌上，放进瓶内，由呼图克图和驻藏大臣在大昭寺释迦佛像前正式掣签认定。”② 至此，西藏大小活佛的认定须经金瓶掣签方可生效。“三途”，佛教指由于杀盗淫之恶业，故当受地狱、恶鬼、畜生三途的报应。“善缘生已定”，此生命运前生已定，故而出生法门胎的佛童可以信手拈来属于自己的灵签。金瓶掣签制度的确立，也是清中央政府在治藏方略上的又一创举。和瑛还有一首《色拉寺题喇嘛诺门罕》是描写佛塔的，诗云：

丛林百丈开，几案罗金玉。笑问塔中僧，可晓传灯录。僧食肉流骨，肉山徇骨俗。肉僧骨已枯，骨山藏活肉。我辈受孔戒，护汝十万秃。塔僧若有灵，可鉴前辈覆。天威薄海西，绝徼少飞镞。文令需可

① （清）和瑛撰《易简斋诗钞》卷一，《续修四库全书·集部·别集类》1460册，第472页。
② 牙含章：《达赖喇嘛传》，第62页。

人，武满何曾黩。半藏我聊转，全峰老犹矗。悠谬青石梯，荒唐白玉局。举觞漫问天，且作长城筑。①

佛塔也是藏传佛教建筑的组成部分。藏族学者赵永红说：“塔葬是藏地最高施葬形式。历世达赖、班禅以及少数大呼图克图（蒙语，即大活佛）等高僧大德才能采用这种葬法。”② 因藏传佛教塔体内藏物的不同，一般分为法体、舍利塔和一般的宝塔三类，诗中所描写的应是色拉寺（藏传佛教格鲁派六大寺之一）诺门罕（蒙语，意为法台、法王）的法体塔。瑞元的诗《喇嘛篇》中自注云：“喇嘛有五等，一曰呼图克图，二曰诺门罕，三曰班第达，四曰绰尔仪，五曰堪布。”③ 此诗除了写塔中僧，还有告诫西藏地方的高层，要以历史为鉴，拥戴清中央政府，永葆藏内和平。

有关藏俗的描述，也是驻藏大臣藏事诗的表现内容之一。瑞元《少梅诗钞》中有多首诗描写了藏内的许多习俗，如《看蛮家过年》：

其一：

云箫月斧庆新年，僧俗衣冠列坐前。远近朝山争拜佛，果然乐土是西天。

其二：

众番领宴最高楼，举石飞绳技艺优。更爱家家齐逐疫，通宵炮火散春愁。④

诗人自注道，“元旦布达拉山唱番歌，舞童跳月斧”，“后藏番民作飞绳戏，又举重石角胜”，而且家家放炮，以示驱逐瘟疫。这两首绝句虽然文字简练，但包含了藏民族过年的许多民俗事项。还有一首《观各寺院燃酥油

---

① （清）和瑛撰《易简斋诗钞》卷一，《续修四库全书·集部·别集类》1460 册，第 473 页。
② 赵永红：《神奇的藏族文化》，民族出版社，2003，第 213 页。
③ （清）瑞元撰《少梅诗钞》卷五，《清代诗文集汇编》585 册，第 70 页。
④ （清）瑞元撰《少梅诗钞》卷五，《清代诗文集汇编》585 册，第 74 页。

灯》，题后自注："藏俗，凡前辈达赖喇嘛降生并圆寂之日，自布达拉至各寺俱点酥油灯，自昏达旦。"①

驻藏大臣的咏物诗更是具有浓郁的藏地色彩。如和瑛的诗《皮船渡江》云：

> 淼淼长江水，皮船一勺登。轻于浮笠汉，闲似渡杯僧。竹叶图中泛，仙槎日下乘。此船乘大愿，那用挽金绳。②

诗人描绘了漂浮于滚滚江水之上小皮船的轻盈灵巧。同时，也看出和瑛的诗中佛教蕴意浓郁，这与其深厚的佛学修为有很大关系。瑞元也有一首写牛皮船的诗《坐牛皮船渡后藏河》，其诗曰："乘槎渡过小西天，疑是星河汇此川。一样江南好风景，青山绿水挽皮船。"③ 以上两首诗重在突出皮船的灵巧。藏地还有一种双栖双飞的鸟，俗称喇嘛鸳鸯。瑞元在其诗《喇嘛鸳鸯》的题后注中描述道："似鸭而大，色黄能高飞，水食楼栖，俗呼为喇嘛鸳鸯。"诗云：

> 双双黄鸭上鱼矶，似此凫翁见亦稀。几点远同秋叶落，一行斜带夕阳飞。耳边佳偶声相和，背上新雏负满归（自注：每飞必雄雌齐鸣。见人则负雏以飞）。佛地不须调鼎鼐，往来啄食锦鳞肥（自注：西藏不打牲）。④

和瑛亦有诗《咏喇嘛鸳鸯》云："火宅僧边鸟，灵根觉有情。分明金缕伴，独被紫衣名。水宿优婆影，山呼法喜声。在家菩萨玩，来度化人城。"⑤ 这两首诗虽都是咏喇嘛鸳鸯的，但瑞元的诗重在外貌刻画，而和瑛则从佛教层面写其灵性。纵观驻藏大臣藏事诗，青藏高原的自然万象、人文天地均

① （清）瑞元撰《少梅诗钞》卷五，《清代诗文集汇编》585册，第71~72页。
② （清）和瑛撰《易简斋诗钞》卷二，《续修四库全书·集部·别集类》1460册，第485页。
③ （清）瑞元撰《少梅诗钞》卷五，《清代诗文集汇编》585册，第74页。
④ （清）瑞元撰《少梅诗钞》卷五，《清代诗文集汇编》585册，第67页。
⑤ （清）和瑛撰《易简斋诗钞》卷二，《续修四库全书·集部·别集类》1460册，第485页。

能在其中有所表现，大大地丰富了清代诗歌的表现领域。

三　赓续了中国古典诗歌的贞刚气质

魏征在《隋书·文学传序》中就初唐时南北文风的差异，作了精准的概括："江左宫商发越，归于清绮，河朔词义贞刚，重乎气质。"① 从中可知地域对作家作品风格的影响。青藏高原，自然环境险恶，但凡到过此地的内地文人，其内心必然会受到环境的影响而产生激烈的冲荡。今人王树森也在《唐代吐蕃题材诗歌的文学史意义》中说："（唐代吐蕃题材诗的创作）维系了唐诗的贞刚之气，证明唐诗长期沿着健康轨道发展，离不开复杂民族关系的激荡。"② 观察驻藏大臣的这部分藏事诗，发现此类诗作也在一定程度上赓续了中国古典诗歌中贞刚、壮大的诗风。这可从驻藏大臣驻藏前后诗风的变化中窥其一斑。

斌良的诗风在赴边疆任职前，以"朗丽清华"为主。如郭麐在《灵芬馆诗话续》中云："冯云伯出都后，以得见新刻诗话，甚为欣赏，贻书见寄，并寄长白笠耕观察所与唱和诗笺相示。《拂水山庄》云：'江总归来白发新，劫灰余烬恋无因。风骚坛坫三朝重，金粉河山半壁陈。貂珥即看皆后进，峨眉甘让作完人。孝陵铜狄苔花冷，词客空吟旧院春。'《枫桥舟中》云：'风劲峭帆收有力，波柔枝橹划无痕。'《京口怀古》云：'水犀雄镇三千甲，明月临江廿四桥。'皆朗丽清华，自然高胜。"③ 符葆森《寄心庵诗话》又云："（斌良）所著诗八千余篇，其弟可庵订为五千余篇。集中无美不备，如入波斯宝藏，精光炫目。尤工长短句，其宛丽处绝似屯田手笔，真可谓笼罩万而无一遗者。"④ 这都得益于其父在浙江任职时，斌良与阮元幕府中的名士交游、唱和，使诗境更倾向于南方诗风的婉丽。

随着斌良奉使到察哈尔、蒙古、青海，乃至后来到西藏任职，其诗风

---

① （唐）魏征撰《隋书·文学传序》，中华书局，1973，第1730页。
② 王树森：《唐代吐蕃题材诗歌的文学史意义》，《民族文学研究》2017年第2期。
③ （清）郭麐：《灵芬馆诗话续》，《续修四库全书·集部》1705册，第396页。
④ （清）符葆森：《国朝正雅集·寄心庵诗话》卷二十六，据咸丰六年（1856）京师半亩园刊本。

亦慢慢发生变化。徐世昌《晚晴簃诗汇·诗话》道："笠耕名家贵荫，少随父达斋尚书浙抚任。阮文达方视学，从其幕中诸名士游，即耽吟咏。后历官中外，数奉使西北边塞，山川行役，多见诗篇。集中与张船山、吴兰雪、姚伯昂诸人唱和最多，亦兰锜中风雅眉目也。"[①] 又如陈融《颙园诗话》云："笠耕为达斋尚书之子，幼嗜吟咏。……后两祭名藩，三莅商都，历关塞之雄，览山川之险，尝有自咏句云：'立马高吟神更王，四千载内第三人。'俨然以萨天锡、元遗山自况。"[②]

萨都剌，为元代末期诗坛成就较高的诗人，他一生遍游南北，其诗"受晚唐温庭筠、李商隐诗风的影响颇深，但在秾艳细腻中渗入自然生动的清新气息"[③]。元好问，号遗山，是金代诗坛最重要的诗人，存诗1400余首。后人评价元好问的诗，"擅长各种诗体，尤以七律的成就最为突出。他的七律，深受杜甫的影响，功力深厚，意境沉郁。他的七古也往往气势磅礴，意象奇伟壮丽"[④]。萨都剌的诗风，更接近斌良早年诗风特征；而元好问雄奇壮丽的诗风更与斌良晚年，特别是入藏期间的作品风格特征类似。斌良的诗兼取二者之长，如《巴贡山头写望》云：

> 六月风光腊月同，晴空猎猎响长风。峰尖立马神先王，暖翠浮峦万壑通。[⑤]

巴贡山，在昌都市察雅县境内，据姚莹《康輶纪行》描述："巴贡，地不甚宽，石山南北对峙，察木多大河自此流入，形势险阻，如石阙然。"[⑥] 此诗既写了巴贡山的雄伟与山顶风的劲烈，同时看到远处群山的暖翠之色，诗风雄壮中带绮丽。相似的还有，"峦翠晚犹浓，变灭在俄顷。涨满寂无声，斜阳转山影"（《晚抵浪荡沟》）。又如"砰訇脚底一声雷，凉翠周遮

① 徐世昌编，闻石点校《晚晴簃诗汇》卷一百二十二，第5224页。

② 钱仲联主编《清诗纪事》，第2266页。

③ 莫砺锋、黄天骥主编《中国文学史》卷三，高等教育出版社，2008，第308页。

④ 莫砺锋、黄天骥主编《中国文学史》卷三，第180页。

⑤ （清）斌良撰《抱冲斋诗集》卷三十六，《续修四库全书·集部·别集类》，2014年版，第481页。

⑥ （清）姚莹著，欧阳跃峰整理《康輶纪行》，第153页。

望眼开。泼墨乌云峰影淹，空山知是雨飞来”（《雨中抵察木多》），都堪称壮丽之作。袁行云先生亦云：“《藏卫奉使集》五卷，记秦晋、蜀道，自打箭炉沿东西俄洛，抵西藏，诗益豪荡。”① 说明入藏途中所见、所历促使诗人诗风朝豪放、壮大、贞刚一路转变。

瑞元的诗亦然。其前期诗，特别是《少梅诗钞》卷三，为诗人任浙江嘉兴知府期间创作的诗，诗境朗丽，多闲适气。其《慧山寺》云：

> 钟声清澈晚风扬，歇马亭边野趣长。一带佳山能产锡，几湾曲水亦流觞。湖间月挂千寻塔，门外舟连百尺樯。如此名泉烹茗好，愧无新句入诗囊。②

这首诗创作时是春天，钟声在和煦的晚风中格外清幽，曲水流觞，月儿挂在千寻塔上，映入湖间，山泉清澈，正适合烹茶。诗中描绘了一幅宁静的嘉兴春日图，从中可知诗人闲适的心境。又如《题山月照弹琴小照》云：

> 欲纾怀抱托鸣琴，坐爱平林待夕阴。一曲松风传逸调，半规山月照清心。秋深万壑咽流水，夜静孤魂鸣远岑。旷达独超嵇阮外，高人千古有知音。③

此诗创作时间在秋季，诗人抱琴独坐松林间，秋风吹起，幽静的景色增添了诗人的几分隐逸情调，半规山月更显清幽。整首诗表达了诗人在秋日的黄昏独坐山林，感觉自己的高蹈、旷达已超过了西晋名士阮籍、嵇康。诗风淡泊宁静。而《少梅诗钞》卷五为诗人在驻藏大臣任上所创作的藏事诗。如《协噶尔途中纪事》：

> 一重险要一重关，鄂博划分中外间。化雨久沾无尽地，岩风时撼大荒山。纵横鞍马周三汛，整饬军戎镇百蛮。游到极西长白客，此身

① 袁行云：《清人诗集叙录》，第2152页。
② （清）瑞元撰《少梅诗钞》卷三，《清代诗文集汇编》585册，第31页。
③ （清）瑞元撰《少梅诗钞》卷三，《清代诗文集汇编》585册，第32页。

老瘁此心闲。[1]

又如《定日》：

巡阅穷西极，声威控外夷。风旋云有脚，水过地生皮。阴壑冰千古，荒边雪四时。从来枯瘠处，春色竟难期。[2]

再如《出后藏作》：

乱山作保障，人孰辟荒莱。风雪互相踞，烟岚凝不开。潜通边隘路，高耸萨迦台。一月往还速，征鞍昼夜催。[3]

以上三首为诗人在驻藏大臣任上巡阅后藏并检阅军队时所作。第一首诗题中协噶尔，一作协嘎尔，又名罗西噶尔城，即今西藏定日县驻地。第二首诗题定日，诗人题后自注曰："居藏十八站，无日不风，水土极为恶劣，西出济咙口即为廓尔喀地界。"[4] 三首均写边地的贫瘠与荒寒，冰雪千年不化、烟岚凝聚不开，春色难期，但诗人并未因此而消沉，而是抒发了自己作为驻边重臣建功立业，提振军威，守卫边塞不让外夷侵犯的豪荡之气。诗风昂扬、贞刚。

通过以上两位驻藏大臣入藏前与在藏期间诗风的比较，可知前期诗，特别是在浙江生活、任职期间，诗风近闲适，透露出婉丽的审美特征；后经边疆地区寒冷的气候、险仄的道路、高耸险峻的群山、奔腾涌出的大川等恶劣生活环境的洗礼，不但未让诗人消沉，反而使其诗风更加踔厉奋发，昂扬壮大。读之使人奋进，给人震撼。这也充分说明诗人的边疆任职，特别是驻藏大臣任上的磨砺，使其诗风变得贞刚、壮大，这在一定程度上承续着清代诗歌，乃至中国古典诗歌发展中贞刚、壮大的诗

① （清）瑞元撰《少梅诗钞》卷五，《清代诗文集汇编》585册，第74页。
② （清）瑞元撰《少梅诗钞》卷五，《清代诗文集汇编》585册，第74页。
③ （清）瑞元撰《少梅诗钞》卷五，《清代诗文集汇编》585册，第74页。
④ （清）瑞元撰《少梅诗钞》卷五，《清代诗文集汇编》585册，第74页。

风脉络。

四　践行了中华多民族文学史观

中国是一个统一多民族国家，那么，中国文学史应该是一个与之相应的多民族文学碰撞、融合的发展史。《民族文学研究》自 2007 年第 2 期起，设专栏讨论创建“中华多民族文学史观”的相关问题。就在该专栏创设的当期，满族学者关纪新撰文指出：“我们今后撰写的‘中国文学史’，既不应当再是中原民族文学的‘单出头’，也不应当是文学史撰写者出于‘慈悲心肠’或‘政策考量’而端出来的国内多民族文学的‘拼盘儿’‘杂拌儿’。中华民族是多元一体的，中华民族的文学也是多元一体的。中华的文学应当是一个有机联接的网络系统，每个历史民族和现实民族，都在其中存有自己文学坐标的子系统，它们各自在内核上分呈其质，又在外延上交相会通，从而体现为一幅缤纷万象的壮丽图像。”① 随后，蒙古族学者朝戈金也撰文指出：“中华多民族文学史观不仅是文学史撰写的指导原则，更是一种阐释中国各民族文学互动发展历程的新视角。”②

有鉴于上述，驻藏大臣藏事诗的创作，本身便是践行了中华多民族文学史观。具体来说，表现在如下三个方面。其一，“驻藏大臣，清代均限用满人，蒙人占最少数，汉人仅末年才用张荫棠、温宗尧二人”③，因清政府任用边臣的这种政策，目前，留下藏事诗的驻藏大臣仅为蒙古族与满族人，从这些藏事诗诗人队伍的民族构成，可知清代汉语古典诗歌创作的多民族性。其二，驻藏大臣藏事诗是以蒙满官员的视角来创作的，其诗除了表现治藏理政的事迹、朋友间酬唱，以及思乡题材外，主要反映青藏高原的山川、气候、物产，以及藏民族的世俗与宗教生活，具有藏民族、藏地等特色。其三，驻藏大臣藏事诗的创作语言，是蒙满官员用汉语创作的，但其中大量出现藏语词汇音译后直接入诗的情况，这在前代的藏事诗中很难见到。如和琳的诗《藏中杂感四首》其一：

① 关纪新：《创建并确立中华多民族文学史观》，《民族文学研究》2007 年第 2 期。

② 朝戈金：《“中华多民族文学史观”三题》，《民族文学研究》2007 年第 4 期。

③ 黄维忠主编《清代驻藏大臣考》，第 218 页。

蔓草荒烟万里余，民无城郭傍山居。田畴租纳僧尼寺，鹰犬腹为男女墟。纵有安奔难变俗，竟无奴谷亦能书。一长堪取尤堪笑，阿甲人人善积储。①

诗中“安奔”（大人也）、“奴谷”（笔也）、“阿甲”（妇人也）均为藏语音译词直接入诗，大大增强了藏事诗的地域色彩，丰富了古典诗歌的词汇。在诗中运用藏语音译词最多的要数和瑛的《蛮讴行》，诗云：

博穆恨不生中原，世为墨赛隶西番。阿叭阿妈尽老死，捞乌角角趋沙门。剩有密商年十五，早学锅庄踏地舞。胭脂粉黛通麻琼，拉撒认通充役苦。苏银欢乐柳林湾，连臂叶通声关关。自寻擢卡索诺木，几迷坐就时开颜。上者确布饶塞藕，木的角鹿缀囚首。萨通丰盈褚巴新，甲呛阿拉不离口。次者买布嫁农商，毕噶动噶勤稞秧。闲时出玛售囊布，贡达樵汲无灯光。一朝擢卡还育密，亢罢萧条谁悯恤。生儿携去塔戎布，陈各尼参泪如潩。忽听传呼朗仔辖，安奔达洛修官衙。划泥筑土莫共泽，鸠共火速董来加。阿卓胼胝落呢马，费劲涉磨萨糌粑。更番倘悮端聂耳，章喀亲父业尔巴。达楞无奈起蛮讴，相思苦楚端交愁。播依那用吹令卜，咿唔敕勒动高楼。高楼索勒银钱赏，棕棕越唱青云朗。来朝忙布买玛拉，燃灯喇谷前供养。祷祝来生多抢错，男身宫脚转中华。不然约古河伯妇，乌拉躲却随鱼虾。②

这首歌行体诗共44句，308字，共用55个藏语音译词。列举部分如下，以作说明，“博穆（女）”“墨赛（百姓）”“阿叭（父）阿妈（母）”“捞乌角角（兄弟）”“密商（单身）”“麻琼（不见）”“拉撒（佛地）”“认通（永远）”“苏银（谁）”“叶通（唱）”。这首诗中几乎每句都用一到两个藏语音译词，虽然给阅读者带来了一定的困难，但有时藏地的人、事、物的特定称谓，并没有准确的汉语音译词对应，在汉语诗中

① （清）和琳撰《芸香堂诗集》，嘉庆十六年（1811）刻本。

② （清）和琳、和瑛撰《卫藏和声集》，广东省立中山图书馆编《中国古籍珍本丛刊·广东省立中山图书馆卷》第60册，第459页。

使用藏语音译词，能起到言简意赅的效果。从此类诗中也可以看出藏汉文化相交融的痕迹，也充分说明，多民族文化互动的社会形态已经形成。和瑛在藏八年，从此诗中足见他对藏语掌握的熟练程度，也可知他对大一统国家多元文化交流的贡献。

而且，驻藏大臣藏事诗中还发现不少赠答、唱和诗，现存于广东省立中山图书馆的诗集《卫藏和声集》，共有满族和琳与蒙古族和瑛二人间的唱和诗达100余首，从中便知，清代多民族作家之间文学交流之频繁。虽然藏内气候严寒，绝少有内地文人入藏，但此类文学活动并未因此而停滞，依然如藏地的草，在寒风与暴雪中毅然顽强地生长着。这也展现了有清一代青藏高原的文学生态，多方面展示了中华多民族文学创作的情况。

第二节　驻藏大臣藏事诗的政治文化意义

驻藏大臣为清中央政府派驻西藏地方，代替中央政府行使权力的最高官员。其施政的具体举措直接关系到边疆的稳定以及西藏地方与中央政府的关系和谐与否。将驻藏大臣作为诗人群体研究他们所创作的藏事诗，其政治文化意义在于全面认识清代藏内政治、宗教、社会等诸多方面的状况，使今人能够准确把握西藏的历史发展，对于今天的治理西藏，让西藏地方长治久安有一定的借鉴意义。而且，驻藏大臣巡阅、检查边地的足迹所经之地，也是政治疆域所到之处，他们创作的藏事诗，是清王朝治理边疆地区，处理民族、宗教事务最好的历史见证，从这一点上说，驻藏大臣藏事诗的政治文化意义远大于诗歌所表现的藏地物象本身。

一　充分揭示了清政府治理西藏的措施及成效

乾隆五十六年（1791）廓尔喀侵扰后藏，乾隆帝分析认为："贼匪等竟敢扰至扎什伦布肆行抢劫，若不痛加歼戮，贼匪无所忌惮，势必为得寸则尺之计，渐至侵及前藏，即察木多（昌都）、巴塘、理塘一带，亦必受其煽惑，日久渐成边患。且此时仅以和息了事，将来大兵撤后，倘贼匪复来滋事，后藏距川省辽远，鞭长莫及，断无屡劳兵力远涉剿办之理。”① 因此，任命福康安为将军、海兰察为参赞，领兵七万入藏讨伐入侵者。乾隆五十七年（1792）八月战事获得全面胜利。而且，此次清廷派大军不远万里入藏驱廓，有一箭双雕之作用，一是严厉惩办入侵者，二是向西藏地方势力宣扬军威和朝廷治边的能力。

就当时西藏地方的形势，乾隆帝认为，以往“派往驻藏办事之员，多系中材谨饬，伊等前往居住，只图班满回京，于藏中诸事，并不与闻，听达赖喇嘛等率意径行，是驻藏大臣竟成虚设。嗣后藏中诸事，责成驻藏大臣管理，遇有噶布伦、商卓特巴、第巴、戴绷等缺，秉公拣选奏补，不得仍前任听达赖喇嘛等专擅，致滋弊端”②。清廷于乾隆五十八年（1793）颁布《钦定藏内善后章程二十九条》。章程对藏内军队建设、官员拣选、活佛转世、驻藏大臣春秋巡阅前后藏等，以制度的形式做了系统规定。总之，经过此次事件，清政府进一步加强了对西藏地方的管理。而且当时及随后派往西藏的驻藏大臣和琳、松筠、和瑛均在边疆治理方面很有建树，在藏期间为维护边疆稳定、谋求百姓安居乐业做了很多有意义的事，对藏内百年安宁起到了关键作用。

从和琳与和瑛唱和的一些诗中也看出驻藏大臣对西藏民众的关怀，如和琳的诗《和太庵济咙禅师祈雨辄应志喜元韵》《对雨有感》《喜雨》。③松筠于乾隆五十九年（1794）被派驻西藏，接替和琳的驻藏大臣一职。松筠到藏时正是反击廓尔喀战事结束不久，百废待兴。松筠到藏后鉴于当时藏内形势，采取仔细勘定藏廓边界、操演军队、赈济灾民、劝返流民耕种等一系列措施，从而获得西藏民众的认可。他的这些治藏措施在其八十一韵《西招纪行诗》及纪行体诗集《丁巳秋阅吟》中均有体现。如《西招纪行诗》云：

治道无奇特，本知黎庶苦。卫藏番民累，实因频耗蠹。达赖免粟征，班禅蠲田赋。皇仁被遐荒，穷黎湛雨露。奉敕曰钦哉，尽心饲待

① 张其勤辑《清代藏事辑要》，西藏人民出版社，1983，第285页。

② 张其勤辑《清代藏事辑要》，第298~299页。

③ （清）和琳撰《芸香堂诗集》，嘉庆十六年（1811）刻本。

哺。敬副恩纶宣，咸使膏泽布。度地招流亡，游手拾农具。譬犹医大病，既愈宜调护。仁以厉风俗，教之已革故。圣慈活西番，蛮生咸恬裕。谁云措置难，应识有先务。安边惟自治，莫使民时误。①

诗的开头便称，治世之道并无特别之法，首先要了解、体会百姓的辛苦。西藏百姓的疾苦实因各种各样的苛捐杂税导致。接下来诗人奏明清中央政府，清廷于乾隆六十年（1795）下拨四万两银子用来抚恤西藏灾民。然后采用休养生息之法，让流民回家，耕种田亩。百姓生活富足了，外患自然会根除。

松筠、和瑛等驻藏大臣在治藏中，还不忘与西藏地方的上层班禅、达赖喇嘛处理好关系。如《还宿邦馨》云：

荒番遮道诉，粮赋累为深。昔户今摊派，有田无力耘。可怜兵火后，复值暴尪频。稽实减征纳，慈悲达赖仁。②

又如《札布桑堆》云：

游牧人安恬，鞭牛运池盐。班禅常怀抚，赋税不曾添。③

第一首诗，邦馨，在西藏日喀则市定日县附近，邦馨应该是达赖喇嘛的管辖地。松筠看到邦馨一带百姓的困苦，便以达赖喇嘛的名义免掉了他们的苛税。第二首，札布桑堆，地在后藏。从游牧人恬静的神态可以看出边民生活已自足，而且无繁重的课税，诗中还赞颂班禅减免了百姓的赋税。诗人把功劳和美誉留给他人，这两首诗的宗旨其实是为了团结西藏地方上层，是驻藏大臣治藏的一种策略。和瑛的诗《九月望登布达拉朝拜圣容礼毕达赖喇嘛禅室茶话（二首）》《再游罗卜岭冈》《班禅额尔德尼燕毕款留精舍茶话》《班禅额尔德尼共饭》均是极力赞颂与达赖、班禅之间的美好友谊。

---

①（清）松筠撰《西招纪行诗》，《松筠丛著五种》，清嘉庆、道光间刻本。
②（清）松筠撰《丁巳秋阅吟》，《松筠丛著五种》，清嘉庆、道光间刻本。
③（清）松筠撰《丁巳秋阅吟》，《松筠丛著五种》，清嘉庆、道光间刻本。

众所周知，治理边疆，除了实施与民休息的安边举措，建立一支强大的军队也很关键。《钦定藏内善后章程二十九条》第四条：“西藏常备军分绿营及藏军两种。绿营军官有游击、千总、把总、外委等职，驻前后藏定日、江孜各处兵额六百四十六名，驻打箭炉至前藏一带粮台兵七百八十二名。藏兵三千名，驻前藏一千名，驻定日、江孜各五百名，驻后藏一千名。驻藏大臣每年按期巡视边界，检阅兵丁。藏军粮饷由西藏地方政府交由驻藏大臣发放，军官由达赖与驻藏大臣选任，按技能、战功逐级升迁。”① 在驻藏大臣和瑛的《定日阅兵，得廓王信》、松筠的《达木观兵》、文干的《初五日阅操毕赏赉汉番官兵示意》等诗中描写了他们在春秋两季检阅军队的场景。

《钦定藏内善后章程二十九条》首条还规定，西藏地方活佛认定，特别是达赖、班禅等转世灵童的认定必须要在驻藏大臣的监督下进行金瓶掣签仪式。在和瑛、瑞元等藏事诗中也有类似的反映。瑞元的诗《乐些六言》中自注云：“喇嘛旧俗，凡呼毕勒罕出世，悉凭垂仲降神指认，遂至贿弊百出。乾隆五十八年钦颁金奔巴瓶一具，牙签六枝，安放在大招供奉。如有呈报呼毕勒罕者，将小儿名字、生辰书签入瓶掣定。永远遵行。”② 由于清政府在治藏措施方面对外坚决打击入侵者，加强军队建设、巩固边防；对内大力抚恤贫民，让流民返乡耕种，减免百姓的各种赋税、徭役，惩治吏治积弊，积极团结佛教界上层人士；再加上和琳、松筠、和瑛等驻藏大臣励精图治，至乾隆后期、嘉庆初，藏内已出现政通人和、百姓夹道欢迎驻藏大臣一行的场面。此类场景，在驻藏大臣藏事诗中多有反映，如松筠的诗《白朗》云：

> 白朗山村阔，耕田四野饶。壶浆长路献，鞮乐土音调。恭顺因王化，薰陶赖圣朝。于时保赤子，无虑山水遥。③

白朗，即西藏日喀则市白朗县。这首诗是松筠驻藏大臣任上在秋收前例行

---

① 牙含章：《达赖喇嘛传》，第64页。

② （清）瑞元撰《少梅诗钞》卷五，《清代诗文集汇编》585册，第69页。

③ （清）松筠撰《丁巳秋阅吟》，《松筠丛著五种》，清嘉庆、道光间刻本。

巡阅后藏时所写。诗的开头描绘了白朗山村田野丰饶，一片丰收在望的情景。接下来写白朗的藏族百姓对驻藏大臣一行的欢迎，长歌当途献美酒。文干诗中也有类似的描述，“父老携童稚，欢迎马首前”（《十七日曲水至巴资二首》其二）[①]，“毡帐蠲供给，蛮乡解送迎”（《十九日早发朗噶资宿》）[②]，诗句中西藏百姓对驻藏大臣一行的欢迎场景，也间接说明西藏地方百姓对清中央政府的恭顺。综合以上可见，清政府治理西藏的政策措施是积极的、有效的、意义深远的。

二　多角度描绘了各民族文化交融的大一统国家

“清政府在康熙朝对准噶尔贵族进行了两次战争；乾隆朝，清政府为完成对西北边境地区统一，曾两次出兵准噶尔部、进军伊犁。清政府通过上述战争，打击了准噶尔贵族上层的割据势力，统一了西北边境，有力地抵制了俄国势力。”[③] 对于西藏，康熙五十九年（1720），清政府派军队将准噶尔势力驱逐出藏境。乾隆十五年（1750），清军再次入藏平定珠尔墨特余党的叛乱，并于乾隆十六年（1751）颁布《酌定西藏善后章程十三条》，将西藏政治的藏王制改革为三俗一僧管理的噶厦政府制。乾隆五十六年（1791），廓尔喀大族骚扰后藏，清政府派军队入藏驱逐入侵者，并于乾隆五十八年（1793）颁布《钦定藏内善后章程二十九条》，该章程全面系统规定了藏内诸多事务的管理。总之，经过康熙、雍正、乾隆三朝，清政府统一并巩固了西部边疆地区，真正建立起了一个大一统、多民族的王朝。这种多民族大一统王朝的文化交流在驻藏大臣的诗中也多有体现。

首先，驻藏大臣通过诗歌的形式，从文化的亲源性、联系性方面为大一统王朝建立的合法性进行张本。如和瑛的诗《大招寺》云：

> 北转三轮地，西来五印天。雪飘金殿瓦，风静铁门帘。古柳盟碑在，昙云法象传。唐家外甥国，赞普迹萧然。[④]

---

① （清）文干撰《纪程诗钞》卷三《壬午纪程诗》，道光九年（1829）刻本。

② （清）文干撰《纪程诗钞》卷三《壬午纪程诗》，道光九年（1829）刻本。

③ 戴逸：《清史》，中国盲文出版社，2015，第 59 页。

④ （清）和瑛撰《易简斋诗钞》卷一，《续修四库全书・集部・别集类》1460 册，第 472 页。

“古柳盟碑在”，时至今日大昭寺前唐柳、唐蕃会盟碑依然还在。此会盟碑便是在唐朝长庆三年（823）唐蕃双方为纪念唐蕃多次会盟刻建的，碑文开头为“舅甥二主，商议社稷如一，结立大和盟约，永无沦替，神人俱以证知，世世代代使其称赞”[①]。由于唐王朝将文成公主与金城公主先后嫁于吐蕃赞普，故将长庆会盟碑称为舅甥会盟碑。和瑛《小招寺》亦云：

> 左计悲前古，和亲安在哉？乌孙魂已断，青冢骨成灰。独有金城座，长留玉殿隈。千年香火地，应作望乡台。[②]

此诗题后诗人自注：“唐公主思念长安故造小招东向内金殿一”“大招今有唐公主像”。诗中虽然对历史上强大的唐王朝实行的和亲政策并不认同，但也描述了吐蕃和中原王朝亲密交往的文化事实，客观上为多民族、多元文化交融的大一统清王朝提供了文化上亲缘、互通的理论依据。

其次，驻藏大臣通过藏事诗阐发多元文化交流、融汇的实质，进一步阐述统一的清王朝多元文化交流的现实。如和瑛的诗《木鹿寺经园》云：

> 华夏龙蛇外，天西备六书。羌戎刊木鹿，儒墨辨虫鱼。寺建青鸳古，经驮白马初。如何仓颉字，传到梵王居。[③]

“天西备六书”后诗人自注：“唐古忒字、甲噶尔字、廓尔喀字、厄讷特克字、帕儿西字，合之蒙古字重译六书。”虫鱼，即孔子认为读《诗》可以识草木鸟兽虫鱼之名，后来便以“虫鱼”来泛指名物和典章制度。诗中指在西藏的木鹿寺译经园将内地《六书》译成唐古忒（西藏的古称）字、甲噶尔（印度）字、廓尔喀（尼泊尔）字、厄讷特克（印度苏丹国）字、帕儿西（波斯）字及蒙古字等多国、多民族文字。这也说明，诗人任驻藏大臣时的西藏，已成为多民族、多国文化交流的一个驿站。

而且，驻藏大臣藏事诗中多次出现的达赖、班禅，以及呼图克图、诺

① 王尧编著《吐蕃金石录》，文物出版社，1982，第3页。
② （清）和瑛撰《易简斋诗钞》卷一，《续修四库全书·集部·别集类》1460册，第472页。
③ （清）和瑛撰《易简斋诗钞》卷一，《续修四库全书·集部·别集类》1460册，第472页。

门罕、班第达、绰尔仪、堪布等藏地佛教界高层人士的称谓皆借蒙语称谓，也充分说明清代蒙藏文化交流的现实。驻藏大臣的诗中也直接采用藏语音译词，如出现频度较高的“安奔（大人）”“奴谷（笔）”“夹霸（强盗）”“阿叭（父亲）”“阿玛（母亲）”“阿甲（妇人）”等，“纵有安奔难变俗，竟无奴谷亦能书。一长堪取尤堪笑，阿甲人人善积储”（和琳《藏中杂感四首》其一）。而且仅和瑛的一首《蛮讴行》，其中就用了55个藏语音译词，表明中国古典汉语诗歌中首次大频度出现藏语音译词，这也是大一统王朝下，多民族、多元文化交流的结果。

再次，驻藏大臣在其藏事诗中弘扬圣德，进一步宣明广施仁德者统治天下的合理性。四海归一家，天下大定之势不可逆。在松筠的诗中多次描写宣扬圣德。“皇仁被遐荒，穷黎湛雨露”（《西招纪行诗》）[①]，“两巡宣圣德，咏志愧修辞”（《还抵前招》）[②]，诗人认为，他在乾隆六十年（1795）及嘉庆二年（1797）两次巡阅后藏，巡阅路上考察民情，为藏族百姓减轻苛税、抚恤灾民，所有作为，均宣称是大皇帝的仁德所致。文干的藏事诗中亦有此类诗句，“父老携童稚，欢迎马首前，佛慈皆帝力，鼓腹话丰年”（《十七日曲水至巴资》其二），百姓岁岁能有五谷丰登，处处能对驻藏大臣一行热情欢迎，诗人赞称都是达赖喇嘛的佛力和大皇帝的仁德所赐。

三　展现了文人士大夫对国祚苍生的使命与担当

中国历代文人都希望积极介入政治，来改变国祚苍生的命运。因而他们便尊奉着“天下兴亡、匹夫有责”的价值观，报答君王的知遇之恩，回馈黎民社稷的期待。早在春秋时期孔子即言，“君子之仕也，行其义也，道之不行，已知之矣”（《论语·微子》），鲜明地表达了积极介入政治、参与社会的使命。亦如孟子言，“达则兼济天下”。而北宋的范仲淹则将“先天下之忧而忧，后天下之乐而乐”（《岳阳楼记》）作为文人士大夫积极参与社会，为国祚苍生谋利的人生准则。到了明清易代之际的顾炎武更

---

① （清）松筠撰《西招纪行诗》，《松筠丛著五种》，清嘉庆、道光年间刻本。

② （清）松筠撰《丁巳秋阅吟》，《松筠丛著五种》，清嘉庆、道光年间刻本。

是明确表达“以天下之权寄之天下之人”（《日知录》），“君子之为学，以明道也，以救世也”（《亭林文集》）是文人士大夫的使命与担当。

清代驻藏大臣上任行程中最难走的一段路便是川藏路，山高路狭江水湍、气候严寒雪盈目，道路凶险无比。但是，文人士大夫的责任在身，君命又不可违，因此，他们在跋涉这段行程前往往会祭拜武侯诸葛亮，这便形成驻藏大臣入藏前的一种传统。从现今留存下来的驻藏大臣的诗集来看，几乎都存录了其歌咏武侯的诗篇。将其中几首咏武侯诗作比照，发现他们通过回忆武侯的丰功伟绩来激励自己完成此次守疆治边的使命，并表现出一个受君隆恩的士大夫应有的责任与担当。和琳的诗《入蜀谒武侯祠》道：

何缘入蜀瞻遗像，净土妖氛太白明。辨赋权应归宿将，安边事亦假书生。九重庙算承提命，一路春风曳旆旌。欲得西南夷向化，谁师丞相斗心兵。[①]

诗的开头便说，我为什么要到蜀地来祭拜武侯遗像呢？是因为净土西藏受到廓尔喀（尼泊尔大族）的侵犯。然后写他奉谕要去西藏完成驱逐入侵者的使命，故而来到了此地。诗的结尾也提到了诗人的安边之策，应学习诸葛亮的七擒孟获之策，攻心为上。崇恩《武侯垒》道：

百里得坦途，顿忘行役苦。斜阳射清沔，隔烟响津鼓。道旁谒崇祠，肃若闻神语。层台访遗址，石琴台色古。遥瞻定军山，八阵列参伍。风云动严垒，雷电急飞弩。嗟哉汉不祚，割据恣群竖。天若假之年，僭窃忠臣虏。纯忠盖管乐，尽瘁牟伊吕。千载溯英风，玩懦犹起舞。[②]

诸葛武侯墓在沔县定军山下，沔县为陕西省汉中市勉县的旧称。诗人入藏

① （清）和琳撰《芸香堂诗集》，嘉庆十六年（1811）刻本。

② （清）崇恩撰《香南居士集》二一卷，《清代诗文集汇编》614 册，第 673 页。

途经此处祭拜武侯，并写了这首诗。诗人遥瞻定军山，极力赞扬了诸葛亮的丰功伟绩。瑞元的《五丈原》云：

将星陨落蜀师还，满目秋风泪共潸。千古功名绵圣水，一生心事了军山。鞠躬之死三分后，报国长存六出间。我到祠堂拜丞相，杜鹃啼处此声闲。①

五丈原为三国时诸葛亮北伐曹魏的古战场，位于陕西省宝鸡市岐山县五丈原镇。瑞元入藏途经五丈原祭拜诸葛武侯，诗中表达了对诸葛亮为助刘备完成光复汉室大业鞠躬尽瘁、死而后已的责任与担当的崇敬之情。斌良《相岭谒武侯祠》云：

峻岭千盘鸟道横，旧传汉相此专征。七擒七纵天威振，三顾三分帝业成。勋并伊周心共鉴，志吞吴魏恨难平。绥边我亦羌蛮抚，愧少填胸十万兵。②

大相岭，又叫相岭、相公岭，古称邛山、崃山，又称邛崃山，是荥经与汉源的交界山。相传诸葛武侯南征时曾在此岭驻军，相岭上建有武侯祠。斌良此诗依然赞颂诸葛亮的功业，诗的末尾说，自己这次驻藏也有建立功业的渴望，感叹缺少诸葛亮般的气魄、胸怀。

从以上四首驻藏大臣入藏途中咏武侯的诗看，驻藏大臣都歌咏武侯，其原因主要是诸葛亮七擒孟获、安抚边民的事迹与驻藏大臣守边、治边的使命有很多相似之处，因而千载之下产生共鸣。他们通过歌咏武侯的功业，激励自己完成驻藏使命，实现建功立业的人生价值。

斌良在《腊月十九日蒙恩授驻藏大臣恭纪》中言：

遂听枀殿锡恩纶，藏卫绥安简大臣。独荷岩疆资重畀，群言节度

---

① （清）瑞元撰《少梅诗钞》卷五，《清代诗文集汇编》585 册，第 57 页。

② （清）斌良撰《抱冲斋诗集》卷三六，《续修四库全书·集部·别集类》1508 册，第 473 页。

伫持钧。靖共讵敢分劳逸，柔服何须计苦辛。五饵单于俗其俗，圣谟宏远恪遵循。[1]

诗中注曰："二十日养心殿召对，上谕以扶绥前后藏达赖喇嘛、班禅额尔德尼方略，良曷胜钦佩。"斌良时已 63 岁，他也知道入藏道路的艰险，"闻道西夷瓦合山，雪封叠磴迴难攀"（《默祝》）[2]，但是，君命难违，更主要是作为士大夫，国家社稷的需要才是他的使命所在，因此，诗中便说"靖共讵敢分劳逸，柔服何须计苦辛""圣谟宏远恪遵循"。

就多数驻藏大臣而言，他们肩负着守边安民的历史使命，而且他们也很好地完成了这一使命，表现出一个士大夫应有的担当。当西藏珠尔墨特那木扎勒要作乱时，驻藏大臣傅清与拉布敦不顾个人安危，将珠尔墨特斩杀，结果两位大臣双双罹难。福康安在《双忠祠》中对两位大臣的功业与担当给予了很高评价："公虽死，而全藏以安，国威以振，是非霍光之诱斩楼兰所可同日语也。"[3] 驻藏大臣凤全入藏途中在与谋乱分子瞻对喇嘛、土司战斗中殉职，《清代藏事辑要续编》载其事，光绪三十一年（1905）三月，"四川巴塘番人以驻藏帮办大臣凤全力持瞻对改土归流事，戕之"[4]。这些都很好地说明了驻边大臣在国家需要时不惜用生命呵护身负的使命。

四　多维度呈现了西藏地方的藏传佛教世界

管控一个地方或统治一个国家，首先要了解这个地方或国家的文化，然后顺势而为，才会起到事半功倍的效果。意大利藏学家图齐曾说："西藏的一整部政治和文化史，都是在寺院中决定和形成的。"[5] 此说准确地概括了藏传佛教在西藏政治、文化中的重要性。了解西藏佛教发展的状况，便会懂得为什么自元以后，历朝统治者要大力扶植藏传佛教，优待藏传佛教各派系中的上层人士。

---

① （清）斌良撰《抱冲斋诗集》卷三六，《续修四库全书·集部·别集类》1508 册，第 452 页。

② （清）斌良撰《抱冲斋诗集》卷三六，《续修四库全书·集部·别集类》1508 册，第 453 页。

③ 《西藏研究》编辑部编辑《西藏志　卫藏通志》，第 283 页。

④ 吴丰培辑《清代藏事辑要续编》，西藏人民出版社，1984，第 172 页。

⑤ 〔意〕图齐：《西藏宗教之旅》，耿昇译，中国藏学出版社，2005，第 129 页。

佛教自吐蕃时期传入西藏，并结合青藏高原的自然、人文环境，逐渐发展成有着鲜明特色的藏传佛教。宋元以降，虽然西藏社会、政治发生了重大变化，但藏传佛教并未因社会变化而消竭，反而越发展势头越盛，教派林立，并出现了绝大多数藏族百姓信仰佛教的盛况。“番蛮争佞佛，男妇喜谈禅。隆宠恩荣重，皈依礼貌虔”（《拉萨十二韵》），驻藏大臣瑞元诗中这几句便是对藏民族信仰佛教的很好概括。

鉴于西藏社会的政治文化特征，元、明、清三代的中央政府，对西藏地方采用“修其教不易其俗，齐其政不易其宜”的政策，就是“保持各民族的风俗习惯、生活方式、宗教信仰，根据各地不同的情况，采取措施加强统治和管理”①。因此，清初，中央政府有鉴于当时藏内藏传佛教的黄教势力发展势头强盛，便大力扶植黄教的两大活佛达赖与班禅系统。驻藏大臣入藏以后，也是非常重视团结达赖与班禅以及黄教的各大喇嘛。前文已提及，驻藏大臣藏事诗中多次描述诗人与达赖、班禅的互动与友谊。

藏传佛教建筑的宏伟是一个初来者踏入西藏地界首先看到的一幕。驻藏大臣崇恩刚到拉萨便看到“峨峨梵王宫，历历须弥麓。金碧互辉映，楼观纷联属。梵呗异中土，铙吹殷空谷”（《居夷书事》）②。诗中描写了布达拉宫的巍峨，与响彻云霄的梵呗、铙钹之声，完全是一番异于中土的风情。瑞元的诗《布达拉》亦云：

> 灵峰缥缈不可攀，楼台重叠霄汉间。俨然海上蓬莱岛，晶莹环拱金银山（注：左右山产金银，夜间有光射出）。佛能活兮惊夷众，佛转生兮惊仙寰。至优极渥邀帝宠，边徼借以摄凶顽。巍巍纯庙圣容悬，宝炉一炷香飘然。瞻拜天颜礼既毕，后访达赖问生年。年仅六龄多智慧，维持黄教明四谛。前辈降生洪武时，神童递转十一世。生时闻有祥云见，十丈莲台花片片。不知花落到谁家，诞降蛮族甚微贱。生而能言知前身，尊崇奉之如天神。大番小番齐顶礼，生户熟户争贡珍。君不见先知先觉来通款，不远万里驱风尘。数年始达发祥地，早

① 戴逸：《清史》，第 66 页。

② （清）崇恩撰《香南居士集·孤蓬集》，《清代诗文集汇编》614 册，第 675 页。

知东土有圣人。[1]

诗的开头先描绘了拉萨达赖喇嘛的驻锡地布达拉宫的宏伟。且看英军头目荣赫鹏于1904年见到布达拉宫的一段描绘："吾人行经无数小村落，杨柳成林。旋见一类似堡垒之伟大建筑物，崛起于谷中石岩之上，饰以金顶，此非他，即达赖驻锡之布达拉也。"其在万分惊讶之余道："自来多少游人所追求之目的物，今已历历在目前矣！吾人为追求此一目的，历尽艰辛，冒尽危险，而为实现此一目的，又曾集中多少优秀分子之努力，今已如愿以偿矣。一切人为与天然之阻碍，置诸吾人前路者，可谓应有尽有，然卒被吾人克服矣；喜马拉雅障壁内之圣城，尽自韬晦深藏不许外来者瞻仰，然今已全部置诸吾人之眼底矣！"[2] 这段描述足见布达拉宫在当时亚洲，乃至全世界的盛誉，成为多少冒险家向往之乐园。接下来写诗人瞻仰悬挂在布达拉宫红宫最高处三界殊胜殿里的乾隆帝像，转而会晤年仅6岁的第十一世达赖喇嘛，然后用大量笔墨描述这位年仅6岁的达赖的各种灵异之处，以及其在整个藏地的地位及意义。

和琳的诗中"夕阳光返照，古殿耀金光。层楼踞山顶，平视烟茫茫"(《札什伦布夕望》)[3]，寥寥数句，便把后藏扎什伦布金殿辉煌、楼阁参差错落的恢宏概括了出来。除了对布达拉宫、大小昭寺，以及后藏扎什伦布寺的描述较多之外，驻藏大臣的藏事诗中对其他佛教教派的寺院也有描述。如和瑛的诗《宿萨迦庙》，便是对藏传萨迦派大寺的描绘，诗云："香焚螺甲净禅栖，丈六金身古殿齐。柱石不妨真面目，栋梁无恙长菩提。声闻客试观音贝，戒律人随法喜妻。更有北山楼万叠，不知何处是青梯。"[4] 藏传佛教萨迦派，在元代极为兴盛，自萨迦五祖八思巴起历辈萨迦派高僧都任元代释教院总统，掌管天下释教。通过萨迦寺的恢宏，可见萨迦派历史的辉煌。从以上诗中反映的拉萨及拉萨以外佛教建筑物的恢宏庄严，可

---

① （清）瑞元撰《少梅诗钞》卷五，《清代诗文集汇编》585册，第59页。

② 〔英〕荣赫鹏：《英国侵略西藏史》（内部资料），孙煦初译，西藏社会科学院资料情报研究所1983年编印，第192页。

③ （清）和琳撰《芸香堂诗集》，嘉庆十六年（1811）刻本。

④ （清）和瑛撰《易简斋诗钞》卷一，《续修四库全书·集部·别集类》1460册，第487页。

知西藏佛教的盛况。而且这样一个佛国世界，自然也少不了众多的佛教僧徒。“十万僧称无上士，皈依善果各殷殷”（《喇嘛篇》）[①]，瑞元诗中的这两句，足见西藏僧徒之众。

有关佛教仪式、仪轨方面，在驻藏大臣诗中亦有多处描述。瑞元的诗《观各寺院燃酥油灯》题后自注：“藏俗，凡前辈达赖喇嘛并圆寂之日，自布达拉至各寺俱点酥油灯，自昏晓达旦。”[②]“蛮疆风俗最生新，布札跳来斗转寅（自注：除夕布达拉山跳布札送岁）。冈洞声声驱鬼祟，巴陵焰焰降天神（自注：除夕诸喇嘛妆诸天神佛，旋转诵经；巴陵者，以酥油和面为之，高四尺，用火燃烧）。”（瑞元《除夜述怀四律》其三）

藏传佛教的修行是一个极为辛苦的“渐修”之路，不同于内地禅宗倡导的“顿悟”成佛。瑞元得知一高僧的苦修过程，心生敬意，便创作了一首《济咙胡图克图高行清修，从不与闻外事，心甚敬之，因题以赠》，诗云：

> 纯青火已出丹炉，似此方无愧佛奴。苦行如公三岁少，淡怀使我一尘无。戒师堪授维摩诘，德师能修舍利珠。莫笑东坡曾作偈，灵根原本是浮屠。[③]

诗中对济咙呼图克图修行的高度赞扬，也说明了藏传佛教中高僧大德苦修的实际。

通过以上驻藏大臣诗中对清代藏内佛教的寺庙建筑、佛教僧众的规模、佛教习俗的多样性、藏族群众的信佛程度的描写，便知藏传佛教发展的盛况。这也是自元以后历代中央政府大力扶植藏传佛教及优待佛教界高僧、活佛的缘故。

除此之外，还有对藏内的宗教建筑物、交通工具皮船、溜筒江、藏文、藏笔等的描绘，也说明西藏文明的状况，对内地人们客观认识西藏、了解西藏社会有着积极意义。驻藏大臣藏事诗中所反映的内容，几乎涵盖了西藏自然、社会的方方面面，可以说是一部清代西藏的百科全书，尤其

---

① （清）瑞元撰《少梅诗钞》卷五，《清代诗文集汇编》585册，第70页。

② （清）瑞元撰《少梅诗钞》卷五，《清代诗文集汇编》585册，第71页。

③ （清）瑞元撰《少梅诗钞》卷五，《清代诗文集汇编》585册，第73页。

有进一步深入了解的价值。当然，驻藏大臣藏事诗所体现的文化价值也并非仅有上述，驻藏大臣一定数量藏事诗的创作，也是因为清代八旗诗人群体创作繁荣的结果，亦如严迪昌先生所言："八旗诗风炽盛，从文化现象言，当然是满汉融汇的佳事，对华夏整体文化的演进，显然是积极的推进。"①

综合以上，通过康熙、雍正、乾隆三朝对西藏的进一步治理，从驻藏大臣和琳、松筠、和瑛、文干等的藏事诗中，可见西藏地方百姓对驻藏大臣一行是非常欢迎的，往往呈现出"壶浆长路献，鞮乐土音调"② 的欢迎场面，并且西藏上层达赖、班禅等与驻藏大臣之间亦表现出极为和谐的关系，这些都充分说明藏族百姓与西藏上层对大一统、多民族清王朝的认同；再从这部分藏事诗中所表现的多民族文化交流的实质，可以看出这个多民族国家多元文化交流的实质；另外，驻藏大臣藏事诗中还有大量的诗篇描绘青藏高原藏传佛教世界的宏伟、庄严与繁盛，从中便知自元以后中央政府治藏的策略中尤为重视团结、优待佛教界高层人士的缘由，这些都充分体现了驻藏大臣的藏事诗特有的文化价值。

第三节　驻藏大臣藏事诗与其他边疆诗舆图价值比较

符葆森《国朝正雅集》中评驻藏大臣和瑛的经历与边疆诗的价值时道："太庵先生官半边陲，有《纪游行》《续纪游行》两首，自云前行十万里，续行四万余里，可谓劳于王事矣。诗述诸边风土，可补舆图之阙。"③ 清代驻藏大臣在驻藏前后大都有任职其他边疆地区，如新疆、蒙古、东北等地的经历，同时也留有在这些地方任职时创作的诗。本书先分析归纳驻藏大臣在其他边疆任职地诗中的山川、风土的特点，然后将这部分诗与他们创作的藏事诗比较，其意义在于，既突出藏事诗独特的舆图价值，又全面展现了清代边疆人文、地理的完整信息，具有补舆图之阙的

① 严迪昌：《清诗史》，第762页。

② （清）松筠撰《丁巳秋阅吟》，《松筠丛著五种》，清嘉庆、道光间刻本。

③ （清）符葆森编《国朝正雅集》卷二十六，据咸丰六年（1856）京师半亩园刊本。

价值。

一　驻藏大臣驻藏前后的驻边经历与著述

从前文可知，有清一代，驻藏大臣虽然超过百人，但由于各种原因，至今留存下诗文作品的却不多，现就松筠、和瑛、瑞元、斌良、崇恩五位驻藏大臣在驻藏前后任职其他边疆地区的经历以及著述做一简单介绍。

驻藏大臣松筠入藏前，于乾隆四十八年（1783）任镶黄旗蒙古副都统，四十九年，调正红旗满洲副都统，五十年命往库伦查办俄罗斯事务。驻藏大臣任满后于嘉庆五年（1800）授伊犁将军，一直到十四年十二月调任两江总督，在新疆任职近十年之久。[①]“松筠派藏时值权贵和珅用事，不为屈故，久在边地，留藏凡五年。”[②] 其留存作品与西藏相关的有《卫藏通志》《西招纪行诗》《西藏巡边记》《西招图略》《西招秋阅记》《西招纪行图诗》《丁巳秋阅吟》《西藏图说》；《绥服纪略图诗》是松筠对自己曾任库伦办事大臣时山川形势的回忆之作，其与新疆相关的著述有《新疆识略》《伊犁总统事略》《松筠新疆奏稿》，可以说这部分作品全面介绍了新疆、蒙古、西藏的山川与物候。

和瑛任驻藏大臣之后，于嘉庆五年（1800）十月，为镶白旗蒙古副都统，十年任喀什噶尔参赞大臣，十一年为乌鲁木齐都统，后官至盛京将军、热河都统。《清史稿》载：“和瑛在藏八年，著西藏赋，博采地形、民俗物产，自为之注。”[③] 因此，驻藏大臣和瑛的边疆任职经历也是足迹遍布西藏、新疆、东北诸地。和瑛与地域相关的著述有《西藏赋》一篇，《太庵诗稿》《易简斋诗钞》《三州辑略》《回疆事宜》，其中《三州辑略》所谓三州：“哈密曰伊州、吐鲁番曰西州、乌鲁木齐曰庭州，盖不志西州不知庭州之所自始，不志伊州不知庭州之所由通。”[④] 以上著述，可见和瑛著作对新疆、西藏的自然、人文介绍之详细。

瑞元，铁保之子，道光二十四年（1844）五月，由哈密办事大臣命往

① 王钟翰点校《清史列传》卷三十二，第 2469 页。
② 吴丰培、曾国庆编撰《清代驻藏大臣传略》，第 104 页。
③ 赵尔巽等撰《清史稿》卷三百五十三，第 11282 页。
④ （清）和瑛撰《三州辑略》，台湾成文出版社，1969，第 2 页。

西藏办事。道光二十六年（1846）任科布多参赞大臣。科布多参赞大臣为清政府的藩部驻扎大臣，其下置科布多领队大臣一人，隶于乌里雅苏台将军，管辖以阿尔泰山为中心的蒙古高原西部及准噶尔盆地北端的额尔齐斯河流域。瑞元今存著述《少梅诗钞》六卷本，分别为《省余诗草》《皇华咏》《樵李聊吟》《玉门继钞》《客藏吟》《北游草》。其中，卷一为塞外杂诗，咏出山海关的山川、民俗；"卷四写出嘉峪关后所作，多状写少数民族风土人情"①。

斌良，闽浙总督玉德之子。斌良有《抱冲斋诗集》，遗诗8000余首，其弟法良删去3000余首，尚存5000余首，诗集三十六卷，大抵以一官为一集。其诗境，"奉使蒙藩，跋马古塞，索引探奇，多诗人未历之境，风格又一变，以萨天锡、元遗山自况"②。道光四年（1824），奉命赴察哈尔那林果尔查验马匹，以其地为商都遗址，前人唯元好问、萨天锡所到，成诗一集，内《商都杂兴十四首》，详于民俗。同年赴青海致祭札木巴拉多尔济贝勒，作《青海纪行诗》。道光十七年（1837），奉命赐赉土尔扈特部多罗札萨克郡王，由北京至乌里雅苏台，成《瀚海绥藩集》，得诗百数十篇。道光二十三年（1843）任盛京刑部侍郎，审案抵吉林双城堡。③

崇恩，道光二十八年（1848）正月，"赏已革山东巡抚崇恩蓝翎侍卫，为驻藏帮办大臣"④。后任奉天府尹，阿克苏办事大臣。崇恩著述有《香南居士集》二十二卷，是集诗起道光九年（1829），各集以事系名，止于同治九年（1870），年当六十八。袁行云先生在《清人诗集叙录》中说："其（崇恩）诗洗脱八旗诗人闲适之习，较为质直。……渡雅龙江，过泸定桥，有诗。又作《居藏书事》《老林二十四韵》。出打箭炉，川行山中诗，以所历奇险，自与闭门自吟者，区别矣。"⑤《香南居士集》可以说是对诗人生平经历的很好概括。

仅以上述数位驻藏大臣边疆任职的经历和著述为例，可知驻藏大臣除

---

① 袁行云：《清人诗集叙录》，第2332页。

② 赵尔巽等撰《清史稿》卷四百八十六，第13435页。

③ 袁行云：《清人诗集叙录》，第2152页。

④ 《清宣宗实录》卷四五一，第685页。

⑤ 袁行云：《清人诗集叙录》，第2436页。

了任职西藏外，大都还有在新疆、蒙古、东北等边疆地区任职的丰富经历，而且也创作了大量以这些边疆任职地为表现对象的地域诗，将这些诗依地域从东北到西南，东北、蒙古、新疆、西藏相连，便可绘制出一幅清代边疆的壮丽画卷，而且，从这些边疆诗中还可以了解到当地的物产、地理、民俗等诸多信息，可补地方史志与地理图籍记载的不足，也为后人了解清代边疆地区各民族的生产、生活状态提供了珍贵的文献信息。由于行文的限制，以下仅以驻藏大臣斌良和瑞元的边疆诗为例予以说明。

二　东北诗中山川与风物的舆图价值

与蒙古地区缺少树木的情况相比，进入东北，特别是吉林、黑龙江一带，到处是古木苍松。斌良的诗《云巢松》云："虬枝镇攫拿，浓翠团油幕。天际片云凝，疑是冲天鹤。"① 诗人的另一首诗《松子恭和乾隆御制原韵》准确地概括了冬日雪后东北的自然之景，诗云：

> 溜雨苍皮古涧松，仙林麋鹿惯相逢。白云滃岭森千尺，翠塔凌霄拥万重。绽粒蚌含珠颗密，乔柯鼠啮石花浓。交梨火枣真堪匹，味道崆峒忆旧踪。②

颔联写千年古松的奇妙之景，颈联的出句写雪后，在松树上自然形成的小冰球像珍珠一样晶莹可爱。"槲叶林凋峰转瘦，松花江冬雪添肥"（《吉林城行馆谳案劳形案牍两度蟾圆官阁书意》），是写冬日吉林的奇景，一瘦峭，一肥润。瑞元诗《松花江》写了松花江的气势，以及吉林城的地势特征，诗云："水卷冰飞怒马撞，朔风刺骨冷无双。岩疆更列天山戍，三面临城一面江。"③

然后看到的是对城市，特别是对沈阳城、吉林等的描绘。《抱冲斋诗

① （清）斌良撰《抱冲斋诗集》卷三十一，《续修四库全书·集部·别集类》1508 册，第 410 页。

② （清）斌良撰《抱冲斋诗集》卷三十二，《续修四库全书·集部·别集类》1508 册，第 417 页。

③ （清）瑞元撰《少梅诗钞》卷一，《清代诗文集汇编》585 册，第 8 页。

集》卷三十一《陪都司寇集》是斌良擢升为盛京刑部侍郎时的诗作集。其中描写城市的，如《喜抵沈阳城》：

门栏千里抵东京，喜见浮屠依太清。桑梓初来心必敬，崎岖多历气犹平。金兰谊笃驰笺贺，寮属情殷负弩迎。莽玉巾箱须检点，刚逢嵩祝庆摅诚。①

《抱冲斋诗集》卷三十二《双城均赋集一》是斌良在盛京刑部侍郎任上，由吉林赴双城堡勘官田时的诗作集。其中《登元天岭北镇祠望吉林城任用前韵》：

輶轩采俗乘传行，冰凄石磴径鲜平。棼橑高接云鸿冥，枯林雪压寒雀争。俯视聚落罗沟坑，腷膊时听村鸡鸣。穿云一杵蒲牢铿，鳞皱万瓦环雄城。群峰浣粉千笏迎，北门镝钥朝不扃。松花江冻银河倾，御风恍奋双翮轻。洒笔奇句青天惊，秋毫远察眸双明。侧身东望依太清，朔风萧萧吹市声。②

"鳞皱万瓦"化用陆游《苦热》首联"万瓦鳞鳞若火龙，日车不动汗珠融"。此诗虽写登高所见，但诗中所表现的景物并非全是俯视所见，因此诗中既有仰望，又有俯视；既有近观，又有远眺；既有总括，又有细节描写。总之，多层次多角度描写了吉林城的外围、内景。

除此，像《法喇》题后注："似榻无足，似车无轮，冬日御之，亦有施毡屋及狍鹿围者，以马牛骡挽行冰雪中，稳捷便利。"诗中云："白板平铺席，无轮妙善驰。舟车制微别，雪霰走偏宜。縻绠随骝足，装蓬冒鹿皮。拖床龙凤饰，上苑忆冰嬉。"③ 诗中是对东北特有的一种运输工具的描

① （清）斌良撰《抱冲斋诗集》卷三十一，《续修四库全书·集部·别集类》1508册，第411页。

② （清）斌良撰《抱冲斋诗集》卷三十二，《续修四库全书·集部·别集类》1508册，第416页。

③ （清）斌良撰《抱冲斋诗集》卷三十二，《续修四库全书·集部·别集类》1508册，第416页。

述。还有《霞棚》题后注：“糠灯也，以蓬梗为杆，抟谷和膏涂之，然以代烛，用资其亮开。”其诗云：“涂膏向蓬梗，爝火使糠然。制并青檠美，光同绛蜡圆。”① 还有东北的火炕，“小睡酣眠松火炕，高谈酽瀹菊花茶”（《初五日旅窗杂兴》）；茅屋板墙，“琼树瑶峰堪入画，板墙茅屋自成村”（《十一月初三日由吉城行馆前赴双城堡履勘官田晓发》），也在斌良的诗中作了描绘。

综上斌良诗中的描述，对于东北整体的印象是，雪拥千年古松，麋鹿在茂密的林中穿行。冬日的松花江也被白雪覆盖，显得异常臃肿。民众出行用“法喇”作为交通工具。冬日坐在火炕上，品尝菊花茶。另外便是沈阳城、吉林城的繁华。此外还有随处可见的佛教寺庙，如诗人刚到沈阳，映入眼帘的是“门栏千里抵东京，喜见浮屠依太清”（《喜抵沈阳城》），还有《过大岭佛寺小憩》《八王寺和壁间唐人韵三首》都是写佛寺的，尤其有趣的是，在《入威远堡天气渐暖即题僧寺壁》中斌良写道：“停骖坐禅庵，量茶呷清味。山僧奔如麇，踉跄使君避。”② 山僧见诗人一行，慌忙躲避的情形，颇为有趣。通过以上这些众多的佛寺描述，足可见清代佛教在东北地区的流传状态。

三　蒙古诗中山川与风物的舆图价值

斌良于道光十七年（1837）奉命赐赉土尔扈特部多罗札萨克郡王，由北京至乌里雅苏台，成《瀚海绥藩集》（二集），得诗百数十首。其中写蒙古地区以牛粪代薪的生活习俗，如《塞外向无柴薪，蒙古风俗作食皆以牛粪代薪，闻去岁牛粪为蜣螂转丸摄去，蒙古烧烟甚缺，名曰粪荒，感此成绝》：

> 地冷穷边薪木少，炉烧牛矢陋堪伤。转丸蜣亦关生计，奇绝人间有粪荒。③

---

① （清）斌良撰《抱冲斋诗集》卷三十二，《续修四库全书·集部·别集类》1508册，第416页。

② （清）斌良撰《抱冲斋诗集》卷三十二，《续修四库全书·集部·别集类》1508册，第419页。

③ （清）斌良撰《抱冲斋诗集》卷二十五，《续修四库全书·集部·别集类》1508册，第344页。

诗中写了蒙古地区依地取材而用牛粪代薪的习俗。蜣螂（屎壳郎）用粪便作为食物和筑巢的原料，有“自然界清道夫”之称。它不仅以粪便为食，而且还将粪便制成球状滚动到巢穴贮藏起来。本来屎壳郎可以清除草原上数量庞大的动物粪便，是益于净化环境的。诗中却写屎壳郎由于清除牛、马粪便太多，而对牧民造成粪荒，确为一大奇事。而《布隆书怀》中道：

> 毡帘初启处，朝日照我床。朦胧双眼揩，蒙茸揽裘裳。持节远行役，异域风景荒。回忆在家山，高第连云翔。燠室暖如春，红炉火辉煌。犹恐峭寒侵，重帘久留香。揭来住穹庐，尺布遮天光。朔风夜砭肤，衾铁泼水凉。因怜此帮民，穷陋堪悯伤。饥充但羊膻，渴饮惟酪浆。谷乃民之天，生未识粳粮。山菽及粗粝，穷黎难下咣。……①

诗中写了蒙古族居住的毡庐，实为用牛毛织的圆顶帐篷。饮食方面，主要食用乳制品，亦如清人赵翼《檐曝杂记》中记载：“食酪，蒙古之俗，膻肉酪浆，然皆不能食肉也。食肉惟王公台吉能之，我等穷夷，但逢节杀一羊而已。”②

道光四年（1824），斌良奉命赴察哈尔那林果尔查验马匹，以其地为商都遗址，前人唯元好问、萨天锡所到，成诗一集，名为《开平考牧集》，内有组诗《商都杂兴》，共 14 首，写内地与边疆的贸易。商都，在今内蒙古乌盟商都县。其三云：

> 戈壁苍茫万里途，盘车北上塞云孤。海龙江獭鱼油锦，贸易新通恰克图。③

“恰克图”清代为中国与俄罗斯通商的商埠，1727 年中俄于此地签订《恰克图条约》。其四云：

---

① （清）斌良撰《抱冲斋诗集》卷二十五，《续修四库全书·集部·别集类》1508 册，第 345 页。

② （清）赵翼撰《檐曝杂记》，《清代笔记小说大观》，上海古籍出版社，2007，第 3091 页。

③ （清）斌良撰《抱冲斋诗集》卷十三，《续修四库全书·集部·别集类》1508 册，第 215 页。

滑笏波流克蚌河，滥吹钢冻舞婆娑。插竿累甓当兰若，雅岱山巅鄂博多。①

“滑笏”首见元稹诗《赠刘采春》：“正面偷匀光滑笏，缓行轻踏破纹波。”“钢冻”，用腿骨做的一种乐器。“插竿累甓”，蒙古族、藏族通常在山顶插幡竿、垒石头，名为祭祀。② 其八又云：

鸳鸯坡畔草萌芽，毳幕毡房著处家。风卷驼茸铺白氎，错疑边塞落杨花（自注：塞外无林木，驼毛脱时飘扬满地，浑似杨花）。丹栱凌霄梵唱圆，驼酥灯照九枝莲。西方兜率多欢喜，婠婳花鬘色界天。③

诗人于其后注：“喇嘛寺供佛像皆变相，一曰厄利汗，二曰作嘛知，三曰吗哈噶喇，且多秘密佛。”郭则沄《十朝诗乘》：“斌梅舫侍郎屡持节西域，终于驻藏大臣。其《商都杂兴》多详边俗，录其有关掌故者。”④

四　新疆诗中山川与风物的舆图价值

前文提及，瑞元于道光二十四年（1844）五月，由哈密办事大臣命往西藏办事。会稽顾廷纶在《少梅诗钞序》中言：“自是以后，西北驰驱多年，多王事鞅掌之作。或层岗叠巘，开拓其心胸；或异域遐陬，曲绘其风景。”因此瑞元《少梅诗钞》卷四《玉门继钞》写诗人出玉门关前往新疆任职期间的所见所闻。如《出玉门关》云：

玉塞苍茫眼界新，长城故垒壮精神。天山雪绽犹闻雁，大漠沙荒不见人。万里边关严锁钥，一家眷属逐蹄轮。何当刺骨秋风冷，真是岩疆不度春。⑤

① （清）斌良撰《抱冲斋诗集》卷十三，《续修四库全书·集部·别集类》1508册，第215页。
② 王叔磐、孙玉溱主编《历代塞外诗选》，内蒙古人民出版社，1986，第564页。
③ （清）斌良撰《抱冲斋诗集》卷十三，《续修四库全书·集部·别集类》1508册，第215页。
④ （清）郭则沄著，卞孝萱、姚松点校《十朝诗乘》，第550页。
⑤ （清）瑞元撰《少梅诗钞》卷四，载《清代诗文集汇编》585册，第44页。

瑞元之弟瑞恩在《玉门继钞小序》中云："（瑞元）玉门诗，固不仅与王右丞'西出阳关无故人'，王之涣'春风不度玉门关'之作先后辉美，而名其集曰《继钞》，亦犹是纪志述事之意云尔。"足可见，诗人从前人诗文中了解到玉门关、阳关以西的荒凉，今日终得印证"大漠沙荒不见人"的景象，如《塞上曲》。

其一：

玉门关外冒风沙，五月奔驰未驻车。绝域天寒客不寐，夜深孤驿听吹笳。

其二：

走遍塞山不见树，空空隔壁动人愁。无泉可决难生活，冰岭原来雪水流。

其三：

双轮转动疾如雷，二百途程一夜催。行到晓风残月后，铃声缓缓骆驼来。①

玉门关外的茫茫飞沙，幽怨的笳声，更增添了塞上夜晚的孤寒；空旷荒凉，渴饮雪水；偶尔能听到驼队的过往。这大概概括了千里戈壁之行的真实境况，读之如身临其境。诗人一行直至新疆南疆的阿克苏，依然是"日日驱车沙碛间，昆仑西去几时还。数程水缺不生草，到处雪明惟见山"（《阿克苏纪程》）。

当诗人一行到吐鲁番鄯善的辟展时，才看见了与以前行程中迥异的风景。如《行至辟展见风景极好，喜作》云：

---

① （清）瑞元撰《少梅诗钞》卷四，《清代诗文集汇编》585册，第44页。

有风无雨获丰年，才信回疆别一天。三五人家联小堡，万千沙井灌多田。扶疏林木株株直，成熟画桃颗颗圆。此去火州城不远，更同辟展入吟笺（自注：吐鲁番古称火州）。①

辟展，今为吐鲁番市鄯善县辟展乡，是典型的农业大乡，棉花、瓜果、蔬菜都有大面积的种植。气候转热，农作物种类繁多。接下来诗人便写初到吐鲁番时的感受，“天气骤然暖，火州名此疆（自注：因其炎热，故名火州）。草茵都着绿，柳线已抛黄。沙井泉源畅，晴岩鸟语忙（自注：境内多掘土井，赖以灌田）。征衣轻最得，检点入行囊”（《吐鲁番车中作》），描写了吐鲁番的酷热。又如《吐鲁番纪事》道：

才出八城境，景物又不同。著水地即白，恒旸山多红（自注：终年不见雨雪，酷热异常）。风窝聚岩际，夜市当日中（自注：夏间彻夜通市，到晓即闭户不出，以避炎热）。竟非久居地，马首喜向东。②

由于吐鲁番天气异常炎热，故而当地的民俗是，街市都在夜晚开放，白天休息。诗人还对西域的胡桐做了描述，如《胡桐窝》云：

树不曰林而曰窝，槎槎枒枒交枝柯。终古日光照不到，风头撼摇鸣岩阿。天生一种胡桐树，朽败不堪受雕磨。我今与树同此病，一无取材可奈何。③

胡桐，别名胡杨、英雄树、异叶胡杨、异叶杨、水桐等，生长在荒漠区内陆河流两岸，耐热、抗寒、抗旱、耐盐、耐瘠薄。诗的前四句，写了胡杨的外形特征；后四句以胡杨在风雨侵蚀后的破败、枯烂自比半百人生的憔悴。诗人还写了哈密一处的农村景色，如《三堡题壁》（三堡，哈密属）：

---

① （清）瑞元撰《少梅诗钞》卷四，《清代诗文集汇编》585册，第45页。
② （清）瑞元撰《少梅诗钞》卷四，《清代诗文集汇编》585册，第51页。
③ （清）瑞元撰《少梅诗钞》卷四，《清代诗文集汇编》585册，第51页。

依山为屋土为门，赖有清流田可屯。不意春风关外度，绿杨红杏一村村。①

诗人也写了新疆南疆八城的天气，如《三月十三日忽起风霾，旋即晴朗，边圉景象与内地悬殊，赋以志实》：

黑云四起忽遮山，蓦地阴霾顷刻间。才见长风卷沙石，又悬明月耀边关。森森林木绿如洗，叠叠峰峦翠共环（自注：回八城以风为雨，每遇大风，物皆腴润）。正是岩疆增阅历，八叉诗就不容闲。②

“八城”，实为南疆八城，指清代新疆天山以南喀喇沙尔（今新疆焉耆回族自治县）、库车（今库车市）、阿克苏（今阿克苏市）、乌什（今乌什县）、喀什噶尔（今喀什市）、英吉沙尔（今英吉沙县）、叶尔羌（今莎车县）、和阗（今和田市）八城。诗中点名南疆阴晴在瞬间的奇特天气，这与青藏高原天气极类似。而《玉门继钞》最后一首则概括了吐鲁番和哈密夏日的天气，《哈密署中消夏咏》云：“自我来伊吾，炎炎逢夏五。城小居若乡，官闲学为圃。发生时多风，溽暑苦无雨。相近火州城，畏日如畏虎。”③ 即写哈密天气之炎热。

总之，诗人瑞元诗中的新疆行印象主要是，玉门关、阳关以西的千里戈壁的荒凉，吐鲁番的酷热，以及吐鲁番和哈密两地发达的农业。诗中还描写了由吐鲁番的酷热形成的吐鲁番繁华的夜市民俗；吐鲁番鄯善辟展地区掘井灌溉的农田和农作物种类；另外还细致刻画了生长在河西走廊、新疆的胡杨，八城的天气，哈密的农村风貌等，勾勒了一幅新疆的风景、民俗画面。

五 藏事诗舆图特征及其价值的独特性

驻藏帮办大臣瑞元驻藏时间是道光二十四年五月至二十六年六月

① （清）瑞元撰《少梅诗钞》卷四，《清代诗文集汇编》585册，第51页。
② （清）瑞元撰《少梅诗钞》卷四，《清代诗文集汇编》585册，第47页。
③ （清）瑞元撰《少梅诗钞》卷四，《清代诗文集汇编》585册，第55页。

(1844年7月至1846年5月)；驻藏大臣斌良道光二十七年（1847）七月抵藏，入藏时已是63岁的老人，到藏不久便死于任所。两位驻藏大臣的藏事诗特征是对川藏路上的山川、物产、宗教、民族描写、叙述较为详细，而对入藏以后的，特别是对前藏拉萨、后藏日喀则的宗教、民俗等描述较为简要。

至于驻藏大臣中对西藏与新疆的山水、风物最了解、感受最深的，瑞元应是其中之一了。瑞元从哈密办事大臣任上直接奉命进藏，对藏路的天险描写得尤为真切。诗人由新疆返甘肃，由甘肃入秦，再由秦入蜀，由蜀再入藏，一路上经过了漫长的河西走廊戈壁，翻越了秦岭，攀爬了蜀道，再过泸定桥进入藏区，留下许多首诗。如《过泸定桥》云：

> 昔我游金陵，铁索系孤舟。今我来泸水，铁索渡群驺。架木仅容足，百尺深临流。澎湃如奔瀑，玉斧遗迹留。画河限中外，舟楫罔敢投（自注：昔宋艺祖以玉斧画河，河忽滔数十丈，澎湃如瀑，船筏不能通。本朝置铁索桥于上，以通西藏之路）。[1]

泸河，又名大渡河。青藏高原的河水，由于地势的差异，都从高山峡谷间奔涌而出，极为汹涌，木船一般都不能穿行。斌良也有一首写青藏高原峡谷间奔泻而出的水，如《头道水两崖对峙中束奔湍雪浪迅疾，水声砰訇如雷，闻之心悸，经杨柳塘晚抵打箭炉》："人如蚁盘磨，诘曲绕迴谷。恶浪荡翻滚，奔崖斧削齐。剑锋排左右，螺磴叠高低。终日晴雷吼，蛮荒客梦迷。"头道水在泸定桥与打箭炉（康定）的中途，据《卫藏图识》载："头道水高崖夹峙，一水中流，居民皆住山麓，水声砰訇如雷霆。"[2]

以上两首主要写入藏路上的水，当然藏途山更为陡峭，山上多积雪，终年不化，行人过之极为危险。瑞元的《西藏道上》是对藏途中大山的总括，诗云：

---

① （清）瑞元撰《少梅诗钞》卷五，《清代诗文集汇编》585册，第57页。

② （清）马揭、盛绳祖修撰《卫藏图识》，乾隆五十七年（1792）刻本，第35页。

一山行过一山横，七十余山不易行（自注：自打箭炉至藏有七十二山）。远拽竹舆牛力稳（自注：过山俱用牛力牵），高盘云磴马蹄轻。泉流满地冰犹结，雪绽尖峰月正明。多少玉皇香案吏，亦曾砺禄逐蛮程。①

清人史料、笔记中经常言，自打箭炉到拉萨需要翻越72座山，这应该是个大概的数字。诗中概括了入藏山路的崎岖难行。他的另一首诗中的“阴岩横药瘴，乱石郁苔斑。云没树复树，雪对山外山”（《乍丫书所见》），便是对上面这首诗的补充，藏途的山除了高大之外，山中还瘴气弥漫，行人遇瘴气皆气喘难行。

瑞元的《抵藏四律》其中二、三、四首便是对这个佛国世界的印象。其二：

西驰佛国近登天，险阻艰难历万千。马健乱穿林木孔，人寒高蹑雪山巅。沿门彩胜竿头系（自注：家家俱用五色绸系于竿上，谓之吗呢竿子），满路经文石上镌（自注：蛮家不修庙宇，以石子雕刻经文满地堆砌）。披发袒肩浑不怪，此方蛮俗自安然。

其三：

从来茶市恤边民，不事金钱交易频（自注：出打箭炉后以茶易物，概不用钱）。黄教广敷三藏地，乌斯齐奉六龄人（自注：时达赖喇嘛六岁）。众情悦服无非佛，四气温和总是春。身到异方且从俗，香酥一盏试尝新（自注：蛮民日以酥油调以茶内，和以青稞面为食，此外别无他品）。

其四：

① （清）瑞元撰《少梅诗钞》卷五，《清代诗文集汇编》585册，第58页。

神童能道前生事（自注：元初有萨斯迦人，生七岁，能诵经数十万言，国人尊为大宝法王），恩礼优加控外夷。伴佛已捐儿女态，抚蛮先答圣明知。才疏敢必三年效，命下何期万里移。力挽颓风先我发，他年应树去思碑（自注：藏中公事废弛，余协琦静庵相国力加整顿，颇有起色）。①

其二对藏地随处可见的佛教世界的嘛呢石、嘛呢堆、嘛呢竿等作了描绘；其三写藏地对达赖喇嘛的信奉以及茶马贸易情况；其四则进一步说明历朝优待藏传佛教的缘由，结尾表明诗人作为驻藏大臣的心志。瑞元还有一首《布达拉》题后注云："系西番话，即普陀二字，为达赖喇嘛主持之山。"其诗云：

灵峰缥缈不可攀，楼台重叠霄汉间。俨然海上蓬莱岛，晶莹环拱金银山（自注：左右山产金银，夜间有光射出）。佛能活兮惊夷众，佛转生兮居仙寰。至优极渥邀帝宠，边徼借以摄凶顽。巍巍纯庙圣容悬，宝炉一炷香飘然。……②

这首诗先写了布达拉宫的庄严雄伟，然后笔锋一转写了布达拉宫里悬挂着乾隆皇帝的圣容，交代了历代皇帝对藏传佛教活佛给予很丰厚赏赐的缘由，"边徼借以摄凶顽"。

而天气方面，更与新疆差异较大，瑞元的诗《乌斯天时夏极寒凉，九月后转觉和暖，即不披裘亦可御冬，且节尽长至昼并不短，亦大奇也，因题一绝》，从诗题亦可知晓西藏四季的天气，其诗云："四时历尽无寒暑，底是西天又一方。日亦多行几万里，小阳时节昼还长。"小阳时节，正是秋末冬初。这首诗准确地概括了青藏高原的气候变化特征。诗人另有一首《藏中入夏后，终日雨雪迭作，梦中得六月散余寒五字，醒而续成》，也是写藏中四季不分明的奇特天气。

---

① （清）瑞元撰《少梅诗钞》卷五，《清代诗文集汇编》585册，第58页。
② （清）瑞元撰《少梅诗钞》卷五，《清代诗文集汇编》585册，第59页。

瑞元的《居藏半年，一切起居诸不相宜，回忆玉门关外直不啻天壤之别，感而有作》是对入新疆之途与入藏之途做了比较，其诗云：

> 昔为玉门客，感时频思家。羌笛怨杨柳，天山嗟无花。而我两来往，同是蒙风沙。既驰健蹄马，且驾高轮车。平平万里路，风景犹中华。自入秃发境，山程如盘蛇。临溪仅容足，断缺用木遮。雪城高危险，树窝生槎枒。绳桥乃溜竹，皮船同浮楂。艰苦遍已历，乃到天之涯。无城并无郭，解骖入官衙。僧侪入参谒，服采灿若霞。过此即无事，临池学涂鸦。水土皆未惯，寒暖序复差。惟食糌粑粉，滑腻和酥茶。香略同麦饭，味亦等胡麻。回忆住八城，转将回境夸。何时问归路，日日盼及瓜。①

从诗人的对比中可以看出，藏路之难行远胜于途经玉门关、阳关以西的千里戈壁，诗中高度概括了藏途的险峻，以及藏内诸多民俗事项。可以说，这首诗是一个入藏者眼中的西藏总印象。

总结上述，驻藏大臣藏事诗舆图价值的独特性在于：一是有清一代，内地入藏者相较于去新疆、蒙古、东北，数量少很多，驻藏大臣的藏事诗多以纪行体诗的形式，将入藏及前后藏道路的路程数、沿途山川地理特征详细地记录并描绘了出来，其舆图价值更大；二是入藏之途比入新疆、蒙古、东北都要艰险许多，除了藏途上常年积雪覆盖的这层因素外，还有入藏途中高山林立、大江大河穿梭于其间，还有山中多瘴气、醉马草；三是虽然东北、蒙古、新疆的部分地区也信仰藏传佛教，但西藏俨然是一个佛国世界，是藏传佛教的发源地、中心地，藏传佛教建筑更宏伟、僧侣队伍更庞大、百姓几乎是全民信仰藏传佛教。当然，它们之间的比较，目的不应仅局限于突出驻藏大臣藏事诗独特的舆图价值，更应将它们作为整体，绘制出清代中国边疆完整的文学、文化地理版图，使之与大一统多民族国家的文化政治版图相谐和。

---

① （清）瑞元撰《少梅诗钞》卷五，《清代诗文集汇编》585册，第66页。

第四节　驻藏大臣藏事诗的评价及影响

无论是对驻藏大臣藏事诗的搜集与整理，还是专题性的研究，在清及民国时期，甚至在20世纪80年代前，都未引起足够的重视，直到吴丰培的《川藏游踪汇编》及赵宗福的《历代咏藏诗选》出现，才逐渐将清代汉语西藏诗作为一个专门的学术领域进行关注。但它作为清代诗歌的一翼，代表着清代文人对青藏高原自然与人文的体认，同样也是清代文学地理向西南边疆的延伸与扩展，其研究的意义与价值自不待言。本节从清人诗话、笔记，以及今人选本、著述中梳理前人对驻藏大臣藏事诗的认识与评价，从中更清晰地看到驻藏大臣的驻藏经历以及藏事诗对其驻藏任满以后诗歌的主题与诗风带来的影响。同样，这种影响势必也会波及其他同僚及唱和者的诗歌风貌。

一　驻藏大臣藏事诗在清及民国作品中的评论

在清人的著述中，最早能见到对驻藏大臣的评价见袁枚在《随园诗话补遗》中评价和琳道："余与和希斋大司空，全无介绍，而蒙其矜宠特隆。在军中与福敬斋、孙补山两相国，惠瑶圃制府，各有寄怀之作，已刻苍山集中。"[①] 袁枚还评价和琳的诗，"思超笔健，音节清苍"[②]。袁枚又在《答和希斋大司空》中道："少小闻诗礼，通侯即冠军。弯弓朱落雁，健笔李摩云。罢猎随拈韵，安边更策勋。"[③] 从袁枚刻入《小仓山房诗文集》中和琳的10余首《西招杂咏》来看，袁枚上述的评价应该是针对和琳的藏事诗而言的。虽然袁枚的评价也有不少谀美的成分，但和琳的藏事诗笔力雄健、诗风豪迈的特质也得到袁枚的肯定。

和琳之后清人著述中关注较多的是驻藏大臣和瑛，因其一生著述丰富，对其评价也相对较多，特别是他的《西藏赋》，杨钟羲撰《雪桥诗话》

---

① （清）袁枚著，顾学颉点校《随园诗话补遗》卷六，第730页。
② （清）袁枚著，顾学颉点校《随园诗话补遗》卷六，第742页。
③ （清）袁枚：《小仓山房诗文集》，第980页。

中道："太庵尚书和瑛，额尔德特氏。嘉庆二年，任驻藏大臣，作《西藏赋》一卷，凡佛教寺庙、官制、风俗、物产、地界，考核綦详审。魏默深《圣武记》作于道光，犹误以雅鲁藏布江为金沙江源。此书于山川，深源析委，并图经之舛，亦为正明。虽中间以三藏为三危、为东天竺，不累其大体也。在西域，著有《三州纪略》。以道光元年卒，谥简勤。平生湛深经术，尤于《易》，尝著《读易汇参》一书。间事吟咏，文采烂然，集曰《易简斋诗钞》。"① 杨钟羲《雪桥诗话》中对和瑛的《西藏赋》的舆图价值作了肯定，同时对他的诗也做了简单评价，"间事吟咏，文采烂然"。符葆森在《寄心庵诗话》中也对和瑛的驻边经历及边疆诗的价值评价道："太庵先生官半边陲，有《纪游行》《续纪游行》两诗，自云前行十万里，续行四万余里，可谓劳于王事矣。诗述诸边风土，可补舆图之阙。"② 此评依然突出了和瑛的诗的舆图价值。一直到晚清民国时期的徐世昌，在《晚晴簃诗汇·诗话》中评价和瑛："简勤公为吾师席卿冢宰曾祖，乾隆季年以内阁学士出为驻藏大臣，尝撰《西藏赋》，山川风土，源流沿革，采摭綦详。诗钞道光初刻行，吴兰雪为序。余从厂市得稿本五册。"③ 关注点依然在《西藏赋》中所记载的西藏山川、风物的文献价值上。

驻藏大臣文干是继和瑛之后，在清人论述中关注较多的一位。文干门人沈涛在其《交翠轩笔记》中道："长白文远皋中丞师，视学浙江时，余髫年应童子试。中丞命背诵《十三经》，默写《文选》、木元虚《海赋》，补博士弟子员，延誉公卿，有再来人之目。知己之感，迄不能忘。中丞正色立朝，性不谐俗，抚豫时，为忌者所中，落职。今上登极以副都统衔授驻藏大臣，竟殁于藏。余为位而哭，服心丧者累年。中丞熟精《选》理，诗笔陵轹鲍、谢。"④ 而杨钟羲撰《雪桥诗话》中对文干的评价，几乎与《交翠轩笔记》如出一辙，其中道："远皋中丞文干，初名文宁，乾隆甲辰进士，精熟《选》理，诗文具有法度。由词垣历卿二，掌封圻，正色立朝，性不协俗。抚豫时，为忌者所中，落职。道光初元，以副都统衔授驻

① （清）杨钟羲撰，雷恩海、姜朝晖校点《雪桥诗话全编一》卷一〇，第586页。
② （清）符葆森编《国朝正雅集》卷二十六，据咸丰六年（1856）京师半亩园刊本。
③ 徐世昌编，闻石点校《晚晴簃诗汇》卷九十四，第3935页。
④ （清）沈涛撰《交翠轩笔记》卷二，第12页。

藏大臣，卒于官。赴藏时，有《纪程诗钞》。”[①] 而且《雪桥诗话》还选了文干《纪程诗钞》中《冷碛作》《春堆道中》两首诗做说明。其中《春堆道中》云：

晓行月未落，西岩隐半魄。霜重马蹄轻，蹴踏岩际石。泉幽谷口迸，径曲山骨折。崎岖荦确间，凿空乘其隙。容足路一线，骇心壑千尺。揽辔纡徐行，敢云纵所适。向午下岩脚，平溪湛秋碧。草帷临水湄，波光照倦客。拾柴煮邛茶，小憩尘劳迹。[②]

春堆，在今拉萨市林周县春堆乡。此诗为文干驻藏大臣任上秋季巡阅前后藏时，行走在春堆时的所见，早上所行山路崎岖，怪石当道，沟壑千尺，但行到中午时看到一处溪水，极为湛蓝幽静，颇有谢灵运《石壁精舍还湖中作》之味道。诗中对春堆当日的景物做了移动式的描述，描写极为精细，景色明丽，但不失苍劲。

杨钟羲在《雪桥诗话三集》中还对驻藏大臣瑞元性爱梅花、衙斋清旷的特点专门做了叙述：“瑞容堂少受学于顾郑乡，以秋曹出知嘉兴。君廨梅花百本，乃康熙间郡守阎公尧熙所种。所记嵌壁间者，后郡守姚公淮也。岁久，半已摧折，容堂师重补数十株。上元前后，一望如雪。衙斋甚清旷，间有古树，啄木鸟其上，殊有山林间意。西廊设茶寮，不禁游客。曾以二绝句纪之。其次首云云。鸳湖书院桑弢甫主讲时，曾以《君廨梅花》试士，厉樊榭诸人唱和甚夥。容堂延黄霁青来主此席，于月课外，增古今体诗，亦裒然成集。容堂大节凛然，未尝不留意文翰也。”[③] 如上叙述，突出了瑞元洁身自好、重视气节的特点。但对其诗或诗集《少梅诗钞》未做任何点评。

清及民国的著述中还对驻藏大臣斌良的多样化诗风作了评价。符葆森《寄心庵诗话》云：“所著诗八千余篇，其弟可庵订为五千余篇。集中无美

---

① （清）杨钟羲撰，雷恩海、姜朝晖校点《雪桥诗话全编一》卷一〇，第533页。

② （清）文干撰《纪程诗钞》卷三《壬午纪程诗》，道光九年（1829）刻本。

③ （清）杨钟羲撰，雷恩海，蒋朝晖点校《雪桥诗话全编三》卷一一，第2003页。

不备，如入波斯宝藏，精光炫目。尤工长短句，其宛丽处绝似屯田手笔，真可谓笼罩万而无一遗者。”① 徐世昌的《晚晴簃诗汇·诗话》云：“笠耕名家贵荫，少随父达斋尚书浙抚任。阮文达方视学，从其幕中诸名士游，即耽吟咏。后历官中外，数奉使西北边塞，山川行役，多见诗篇。集中与张船山、吴兰雪、姚伯昂诸人唱和最多，亦兰锜中风雅眉目也。”② 又如陈融《颙园诗话》云：“笠耕为达斋尚书之子，幼嗜吟咏。少随侍于之江节署，时阮云台亦同官于浙，幕府各多才士，笠耕与交游，唱酬甚得。壮年服官郎署，京中名士时相过从。后观察鲁、吴，从军滑台，持宪秦豫，得益江山之助。及奉召还都，时与陈荔峰、李春湖、叶筠潭、吴兰雪诸人酬唱，诗境益进。后两祭名藩，三莅商都，历关塞之雄，览山川之险，尝有自咏句云：‘立马高吟神更王，四千载内第三人。’俨然以萨天锡、元遗山自况。”③ 从以上三位的评述，可知斌良诗从早年的婉丽到壮年服官郎署时的朗丽，再经晚年边塞雄关的磨砺，诗风趋向壮丽的转变。

从以上清人著述中对驻藏大臣藏事诗的评价看，评价的侧重点在于其诗中承载的大量藏地民俗、地理信息，并对这些价值作了高度肯定，而很少对驻藏大臣藏事诗的文学价值给予肯定。这也说明两个方面的问题：一是驻藏大臣藏事诗的创作群体不大，作品量少，质量不够高，未能充分引起诗论家的注意；二是有清一代，藏事诗还未正式进入内地正统诗评家的眼里，虽然像袁枚也做过对和琳的评价，但从袁枚的评价看，他也只见到了和琳的数首诗，并未见其诗集，故而传抄流传范围不大，甚至有相当一部分早就遗失了。

二　驻藏大臣藏事诗在今人论著中的评价

在今人的著述或诗词选本中，也能见到有关驻藏大臣和琳、松筠、和瑛、文干、斌良、崇恩、瑞元的著述及对其藏事诗的评价。有关和琳的藏事诗创作评价，赵宗福先生在其选注的《历代咏藏诗选》中就和琳的《西

① （清）符葆森编《国朝正雅集·寄心庵诗话》卷二十六，据咸丰六年（1856）京师半亩园刊本。

② 徐世昌编，闻石点校《晚晴簃诗汇》卷一百二十二，第 5224 页。

③ 钱仲联主编《清诗纪事》，第 2266 页。

招四时吟》四首评述道："这是诗人在任驻藏大臣期间所作的一组描写西藏（主要是拉萨）四季气候风物的诗。四首分别咏春、夏、秋、冬，颇能道出地方民族特色。"① 赵先生此评，也就是对《西招四时吟》中反映的拉萨藏民族民俗价值作了肯定。

袁行云先生在《清人诗集叙录》中称："（和琳）两次入藏，作《西招杂咏》诗。收入此集者，为《藏中杂感》《西招四时吟》等篇，卷首又载袁枚《题尚书西招杂咏诗后》。《随园诗话》尝录其《西招四时吟》，《晚晴簃诗汇》据以选录，诗中无注，是未见此刻也。又有《咏燕台十古迹》《入蜀过阿丫坝里塘》《巴则山》等作，写事较多。"② 又柯愈春先生在《清人诗文集总目提要》中称："《芸香堂诗集》二卷，此集裕瑞辑入《英额和氏诗集》，嘉庆十六年刻，中国国家图书馆藏。在藏作《藏中杂感》《西招四时吟》等篇，皆记时事。"③ 袁、柯两位先生主要就和琳《芸香堂诗集》的版本、典藏情况做了说明，同时对其藏事诗的纪事价值作了肯定。

赵宗福先生在其藏事诗选本中评价和瑛："办事干敏，多才多艺。在西藏凡八年，多有作为。其《西藏赋》自著自注，词藻雅丽，著名于世。同时作诗很多，多方面地表现了西藏山川风光、宗教寺院、民族风情等情景。"④ 赵先生的评价还是倾向关注和瑛《西藏赋》中记载的山川、民俗的文献价值，同时对赋中优美的文辞也给予高度评价。袁行云先生《清人诗集叙录》中就和瑛的创作与经历评价道："《诗钞》收乾隆五十一年至道光元年诗五百七十六首。……入藏纪程诗有《出打箭炉》《东俄洛至卧龙石》……前藏诗有《大昭寺》《小昭寺》……后藏诗有《宿札什伦布》《晤班禅额尔德尼》……和瑛久为封疆大吏，所经地域至阔，所见景物甚广。生平怀铅握椠，旅途不废吟哦。得此一编，不独见其风骚之旨，亦有备于桂海虞衡之纪云。"⑤ 柯愈春的《清人诗文集总目提要》对和瑛的

① 赵宗福选注《历代咏藏诗选》，第 86 页。
② 袁行云：《清人诗集叙录》，第 1647 页。
③ 柯愈春：《清人诗文集总目提要》，第 906 页。
④ 赵宗福选注《历代咏藏诗选》，第 151 页。
⑤ 袁行云：《清人诗集叙录》，第 1423 页。

《易简斋诗钞》《西藏赋》，以及《太庵诗稿》和它的两种写本《太庵诗稿》《太庵诗集》的卷数、版本、典藏情况都做了详细叙述。[①] 袁、柯两位先生关注的重点依然在和瑛著述的版本、典藏情况，这对后人研究和瑛著述有很大帮助。

有关松筠诗集及其著述，吴丰培先生在《西招纪行诗》与《丁巳秋阅吟》“跋”中道：“因稽核赈务，重阅后藏地方，遍历边地，行程略同于前，惟前则综述，后则分论，自注复述其经过，不独明其里程，亦可得知巡边抚恤情况。……洞察民困，施以宽政！嗣后近百年藏地安谧，非松筠辈抚恤之功，曷可臻此！”[②] 吴先生主要对松筠的治藏功绩与其藏事诗创作背景、内容等做了说明。袁行云先生也说：“松筠习于边事，著有《西陲总统事略》《西招图略》，刊于嘉庆间。……复采新疆、青海、西藏等地沿边见闻，亦得八十一韵。自云：‘闻有身所未历者，不无缺略，以俟知者补辑。’于了解当时边疆形势，颇有裨助。”[③] 柯愈春的《清人诗文集总目提要》对松筠《绥服纪略图诗》卷数、版本、收藏情况有著述。[④] 袁、柯两位先生的评述，首先是对松筠著述中边疆形势的有关载录作了肯定，其次才是有关松筠著述的版本、收藏情况的介绍。

有关驻藏大臣文干的著述，吴丰培先生道，《壬午赴藏纪程诗》“为道光二年由前藏赴后藏巡阅，往返沿途吟咏……今读其诗虽平淡，而记旅途见闻，景物宛在，不失为有用之作”[⑤]。赵宗福先生评文干的藏事诗道：“其道光元年（1821）进藏途中作《辛巳纪程诗》，二年（1822）赴后藏巡阅，又作《壬午纪程诗》，共有咏藏事将近百首。文字清丽浅淡，时有独到意境。”[⑥] 今所见文干著述为刻本《纪程诗钞》（三卷）与《精勤堂吟稿》（不分卷）两部诗集。据《清人诗集叙录》评：“《诗钞》记乌斯藏山川之险阻、边塞之荒寒，三载驰驱，不遗见闻。……卷三曰《壬午纪程》，

---

① 柯愈春：《清人诗文集总目提要》，第 906 页。
② 吴丰培：《丁巳秋阅吟·跋》，吴丰培辑《川藏游踪汇编》，第 145 页。
③ 袁行云：《清人诗集叙录》，第 1611 页。
④ 柯愈春：《清人诗文集总目提要》，第 891 页。
⑤ 吴丰培：《壬午赴藏纪程诗·跋》，吴丰培辑《川藏游踪汇编》，第 260 页。
⑥ 赵宗福选注《历代咏藏诗选》，第 193 页。

为驻卫西藏所作，诗五十首……记西藏古迹形势，比附俪语，俱可参考史事。”① 柯愈春先生也对文干的诗集《纪程诗钞》与《精勤堂吟稿》两部的版本、典藏做了叙述，同时就《纪程诗钞》的价值说：“诗记旅途见闻、西藏人事及驻藏生活，多史志所未载。”② 以上四位先生对文干藏事诗中的纪事价值作了肯定。

有关斌良藏事诗的评述，赵宗福先生说：“斌良擅长于诗歌，其咏藏诗仅作于一八四七年夏季赴藏途中，有数十首之多。这些诗不同于其他诗人的咏藏诗，有着独特的风格和表现手法。诗篇都以清秀明丽的笔调表现了昌都地区和拉萨市以东优雅秀丽的山川风光，读之感到不是江南而胜似江南，是边塞却又是锦绣山河。”③ 此评可知，赵先生对斌良藏事诗壮丽的风格特征给予了高度赞扬。另据袁行云先生《清人诗集叙录》中载述：“斌良……道光二十七年任驻藏大臣，次年一月，卒于任，年六十四。……二十七年成《藏卫奉使集》五卷，记秦晋、蜀道，自打箭炉沿东西俄洛，抵藏，诗益浩荡，苟非甫至拉萨即以疾辍笔，所作正不知凡几矣。斌良耽嗜吟咏，取汉、魏、李、杜、韩、苏、黄诗而博观之，于金元名家亦兼收，故诗亦牢笼百态。……然通关全集，仍以边疆诗为贵也。”④ 袁先生对斌良转益多师，诗风多样化的特征做了说明。而柯愈春先生在《清人诗文集总目提要》中也对斌良《抱冲斋诗集》的卷数、版本、收藏情况做了详细说明，极有文献学价值。⑤

有关崇恩的评价，据袁行云先生的《清人诗集叙录》载述：“其（崇恩）诗洗脱八旗诗人闲适之习，较为质直。……渡雅龙江，过泸定桥，有诗。又作《居藏书事》《老林二十四韵》。出打箭炉，川行山中诗，以所历奇险，自与闭门自吟者，区别矣。”⑥ 柯愈春的《清人诗文集总目提要》对崇恩的《香南居士集》的版本、典藏情况介绍很具体细致。⑦

---

① 袁行云：《清人诗集叙录》，第 1826 页。
② 柯愈春：《清人诗文集总目提要》，第 1004 页。
③ 赵宗福选注《历代咏藏诗选》，第 197 页。
④ 袁行云：《清人诗集叙录》，第 2151～2152 页。
⑤ 柯愈春：《清人诗文集总目提要》，第 1181 页。
⑥ 袁行云：《清人诗集叙录》，第 2436 页。
⑦ 柯愈春：《清人诗文集总目提要》，第 1386 页。

有关瑞元的评述，据袁行云先生《清人诗集叙录》载：“（瑞元）道光二十四年，任驻藏大臣，咸丰二年，为湖北按察使，太平军围攻武昌，自杀。（《少梅诗钞》六卷）卷五篇什最富。其专述西藏政治宗教者，有《布达拉》《喇嘛篇》……记载西藏山川风土者，有《卫藏踏青竹枝词》《喇嘛鸳鸯》……”① 《少梅诗钞》六卷，柯愈春的《清人诗文集总目提要》载述了其版本、典藏情况，其中还说：“（《少梅诗钞》）录嘉庆十九年至道光二十九年诗，共一千多首，分《省余诗草》《黄华吟》《樵李联吟》《玉门续草》《客藏吟》《北游草》。其诗多写晋陕、云贵、浙闽、蒙藏等地风物人情。”②

从今人的以上诗选本及相关著述中对驻藏大臣的作品，以及其中的藏事诗的评价看，对比清人的评价有明显的变化：首先是肯定了藏事诗蕴含的文化价值，特别是诗中记载的大量藏地山川、宗教、民众生活等信息；其次，对藏事诗的文学特色也做了比较中肯的品评，尤其对和瑛、文干、斌良三位驻藏大臣的藏事诗因受地域影响，而使诗风发生变化的特点也作了敏锐捕捉，如前面提及的赵宗福先生对斌良藏事诗的评价，便是典型一例；再次，对驻藏大臣著作的版本、典藏及相关作品中对藏事诗的收录情况，也做了详细说明，为后来的研究者提供了便利。

另有钱仲联先生主编的《清诗纪事》，其中对上述几位驻藏大臣的著述，尤其是他们在清人诗话、笔记中的评价作了罗列，方便查询。李灵年、杨忠主编的《清人别集总目》，在柯愈春著《清人诗文集总目提要》的基础上，对上述七位驻藏大臣诗文集的国外收藏情况，以及作者相关信息在清人文献中的收录出处做了进一步补充，非常便于查询、整理及研究。还有高平的《清人咏藏诗词选注》选录了和琳、松筠、文干、联豫四人的藏事诗 73 首（全书共 23 位作者 216 首），这本诗词选集的最大好处是，作者在藏生活、工作多年，许多诗中的自然、民俗事项有亲身的体验，故而对相关藏事诗的注解更翔实，解释更准确，都是研究藏事诗很有用的资料。

① 袁行云：《清人诗集叙录》，第 2333 页。

② 柯愈春：《清人诗文集总目提要》，第 1298 页。

三　驻藏大臣的入藏经历及其诗风的变化

依据清人、今人对驻藏大臣著述及其藏事诗的评价，可知其藏事诗的独特价值。学者邹建军等认为："某一作家的成长与某一作品的产生，往往与特定的自然山水环境存在必然的联系。"① 驻藏大臣藏事诗的创作，必然也会受到青藏高原奇寒峭拔的自然山川与奇异琉璃的西藏人文世界的影响，从驻藏大臣驻藏前后诗歌内容和风格比较，可以看出这种变化的端倪来。限于篇幅，现以驻藏大臣斌良、瑞元及崇恩为例来说明。

斌良于道光二十六年（1846）授驻藏大臣，第三年病逝于驻藏任所。入藏以前斌良诗风如郭麐在《灵芬馆诗话续》中云："皆朗丽清华，自然高胜。"② 郭麐在诗话中还列举了他的三首诗，《拂水山庄》云："江总归来白发新，劫灰余烬恋无因。风骚坛坫三朝重，金粉河山半壁陈。貂珥即看皆后进，峨眉甘让作完人。孝陵铜狄苔花冷，词客空吟旧院春。"《枫桥舟中》亦云："风劲峭帆收有力，波柔枝橹划无痕。"《京口怀古》云："水犀雄镇三千甲，明月临江廿四桥。"这种朗丽清华的诗风得益于其父在浙江任职时，与幕府中南北名士交游、唱和，及后来自己任职刑部时广交名士，兼取南北之长的结果。

随着斌良奉使去察哈尔、蒙古、青海，乃至后来的西藏任职，诗风亦慢慢发生变化，特别是入藏途中所写的诗歌作品，沾染上藏地奇寒、峭厉的自然因素，由朗丽清华，逐渐变得雄奇壮美，兼趋多样化。可以说，驻边及入藏经历更使诗人的诗歌创作精熟、老辣，可惜的是，斌良入藏不久便溘逝于任所，确为诗坛之一大损失。其《奔察木山中遇雨》云：

深林密箐气阴森，仲夏凉飙肌骨侵。蓦地风雷来大麓，坚持莫动妙明心。③

---

① 邹建军、周亚芬：《文学地理学批评的十大关键词》，《安徽大学学报》（哲学社会科学版）2010 年第 2 期。

② （清）郭麐：《灵芬馆诗话续》，《续修四库全书·集部》1705 册，第 396 页。

③ （清）斌良撰《抱冲斋诗集》卷三十六，《续修四库全书·集部·别集类》，2014，第 480 页。

依据诗的描写可知，察木山中原始森林阴森遮天蔽日，极为恐怖，已是仲夏时节，山中依然凉风侵骨，突然又是电闪雷鸣，狂风大作，暴风雨就要袭来。诗结尾的妙明心，是禅家术语，应是本性、真心之意，有“任他风吹雨打，我自岿然不动”的意味。如《竹巴陇山中》云：

双崖壁立翠云连，仿佛夔巫峡里天。溪水澄鲜江水浊，青黄汇处浪涡圆。[①]

竹巴陇距离巴塘80余里。诗中写竹巴陇双崖耸峙，从崖底观看云天，似夔州巫峡的云一样奇幻。而且那清澈的溪水与浑浊的金沙江交汇，形成了青黄交替的旋涡。诗中的描绘是如此的壮美。以上两首可以看出诗人斌良受藏途特有山水的影响，诗的气象逐渐变得阔大，诗风苍劲雄浑，颇有中唐韩愈诗中雄奇怪异的审美特征。

驻藏大臣瑞元，其弟瑞恩在《北游草小序》中言：“丙午擢科布多参赞，余每语人曰，北地严寒，兄老年远役，精力恐不支，深为系怀，而兄毅然直前，不以为意，过戈壁之滩，闻艾曼（笔者注：艾曼，蒙古语为部落也）之语，身居毳屋，颇似陈元龙（陈元龙曾随康熙帝亲征噶尔丹）豪气不除。”[②]

其诗《蒙古地方竹枝词》其一：

趁他游牧草初肥，数百程途鞭一挥。不羡长房能缩地，驾竿车去马如飞。

其三：

怒马驰来镫乱敲，挟风雪霰向人抛。天荒地旷投何处，赖有栖身蒙古包。[③]

① （清）斌良撰《抱冲斋诗集》卷三十六，《续修四库全书·集部·别集类》，2014，第480页。

② 瑞恩：《少梅诗钞·北游草小序》，《清代诗文集汇编》，第81页。

③ （清）瑞元撰《少梅诗钞》卷六，《清代诗文集汇编》，第83页。

以上两首诗均是瑞元在科布多参赞任上所写，诗中展现出像一个游侠少年的豪情，瑞元于道光二十六年（1846）被任命为科布多参赞，时年已53岁，但诗中豪气仍不减年少时。他的另一首诗《入科布多境》：

冲寒多日过前营，天气温和易马行。细雨飞飞沙路软，轻风片片岭云平。满滩茂草抽心嫩，几道新波入目清。塞上怡情能得此，愿长以禄代吾耕。①

这首诗的写作背景是，诗人刚从奇寒峭拔的青藏高原回来，虽然诗人此行的目的地是荒寒的塞北，但似有“除却巫山不是云”的感觉，“细雨飞飞沙路软，清风片片岭云平”。突然看见草地嫩绿，湖水澄澈明秀，这时诗人又觉得做官好，“愿长以禄代吾耕”。如《西园杂咏四首》其一：

日日平台上，闲游足不停。圃连蔬甲翠，水带草痕青。古木抱三径，野花香一亭。北窗清梦醒，小雨洒疏棂。②

这首诗写他科布多任所的西园，时值春日，野花飘香，菜圃的蔬菜翠绿，小雨洒过北窗，着实有小江南的感觉。诗人不但将春景写得如此怡人，而且将秋景也写得情趣盎然，又如《秋园即景》云：

冷霜凉露滴遥空，独有蔬畦秀晚菘。亭院已残黄叶雨，池塘犹有白芦风。低飞寒蝶依花簇，长啄饥蚊聚草丛。屈指小阳春不远，安排冬阁拥炉烘。③

诗人即使写塞北秋景，也没有写草原的萧瑟、衰败之景，菜园里依然有大白菜生长，草地上有蝴蝶盘桓，并且还写道，将在对春的等待中度过秋凉与冬寒。以上三首的共同点是，诗人即使到了塞北，也很少写北地的荒

---

① （清）瑞元撰《少梅诗钞》卷六，《清代诗文集汇编》，第82页。
② （清）瑞元撰《少梅诗钞》卷六，《清代诗文集汇编》，第83页。
③ （清）瑞元撰《少梅诗钞》卷六，《清代诗文集汇编》，第85页。

寒，而是寻找塞北江南小景，并把它细心捧出，以清新、美丽示人。将蒙古科布多的风景，描写得如此清新怡人，与“那似重棉度长夏，荒寒合以醉为家”（《长夏忆浙江风景》）的藏地奇寒形成鲜明对比，与前面居藏半年所写的诗中感受了“山程如盘蛇，临溪仅容足”的藏路，“惟食糌粑粉，滑腻和酥茶”（《居藏半年，一切起居诸不相宜，回忆玉门关外直不啻天壤之别，感而有作》）的饮食后，表现出极为不适应，于是便有“何时问归路，日日盼及瓜”强烈的盼归之情也形成对比。因此，诗人的心情到科布多后发生了微妙的变化，诗风既有雄壮又含婉丽，呈多样化发展。

驻藏大臣崇恩后期诗歌，也因青藏高原的人生经历，诗风更加恬淡、宁静。据袁行云先生《清人诗集叙录》载述：“晚官山东，邀何绍基主泺源书院，摩挲金石达本，酬唱甚密，格益精进。”[①] 如《湖村夜归》云：

隐隐双桥接，迢迢一径悬。钟声渡山翠，人语隔溪烟。水近灯光乱，林深树影园。谁家弄长笛，秋意独惺然。[②]

此诗写湖村美丽而恬淡的夜景，表现出诗人对农村生活的热爱。诗人另外一首《归隐十二韵》又云：

投荒曾万里，归隐已三年。但觉林泉适，都忘岁月迁。学农愈学圃，逃俗更逃禅。善病同摩诘，耽诗似乐天。送春红雨暗，消夏绿荫圆。秋色开三径，冬心抱一编。缓策湖头蹇，闲呼渡口船。茶甘时入梦，棋妙欲通仙。静能观自在，闲亦乐陶然。[③]

诗人自只身东归后，在诗中频繁描写内地山村的美景，农家的闲适，反衬藏地高原的荒寒。同时诗中也往往流露出隐逸之情，这也是诗人因觉为官生涯的身不由己，特意用隐居的自由来反衬。

诗人还在《孤蓬集序》中言：“九月望日抵藏履任。水土既劣，瘴疠

① 袁行云：《清人诗集叙录》，第 2436 页。
② （清）崇恩：《香南居士集·归闲集》，《清代诗文集汇编》614 册，第 637 页。
③ （清）崇恩：《香南居士集·归闲集》，《清代诗文集汇编》614 册，第 637 页。

复深。冬月忽患血疾，日呕升余，一字未吟，而心肝几为吐出，岁杪始瘥，春间复理故业，仅成一诗，旋奉部议去官。遂于三月二十九日东归，只身万里，幸得生还。俪小草而不芳，类孤蓬之自振，因编是集。颜曰：孤蓬归途诸作并附于后，云时在道光己酉闰月香南居士记。”① 可知，诗人提前结束驻藏大臣之任是因为在其任上大病一场，而且出藏时只身一人，九死一生。从而崇恩驻藏归来后，诗中的另外一种情的表现便是对孤独、生离死别的深切体验。如《晏城道中》云：

> 雨余春麦翠平田，土润苔香道路偏。黄叶寺门秋水阔，红犁村舍早霜妍。寒鸦噪晚工翻墨，老马知途耐着鞭。耿耿孤怀谁共语，斜阳古道独潸然。②

诗的前四句写晏城道中的秋景，但后四句诗风一转，描绘出一位骑着老马，艰难地行走在异乡道路上的游子形象，抑郁、孤独之情溢于纸上。此诗由秋景引出秋愁，情景交融，诗风显凄凉悲苦。同时，诗中还对生离死别写得极为凄冷，如《腊月三日夜梦董安人枕上口占》：“今世应无再见期，偶于仙界觌芳仪。何堪梦境相寻处，更是云屏阻隔时。”③ 诗的字里行间浸透着浓浓的伤情。

综上所述，自清以来的诗选本或其他著述中，对驻藏大臣及其藏事诗的选录与评价虽然不多，但从中也可以看出，驻藏大臣藏事诗的独特魅力为一些诗论家的慧眼所发现，并给予较高的评价，而且，今人的评价显然比清及民国时期人们的评价更加全面，这说明，随着岁月的沉淀，人们也慢慢地认识到其诗中所蕴含的自然、人文价值。再从驻藏大臣驻藏前后的诗风变化看，驻藏经历也对其藏事诗或以后的诗风带来很大影响。就今天来看，驻藏大臣藏事诗的影响力也在逐渐扩大，相信它必将成为一个学科增长点，吸引更多的学人去关注。

---

① （清）崇恩：《香南居士集·孤蓬集》，《清代诗文集汇编》614 册，第 670 页。
② （清）崇恩：《香南居士集·拾得集》，《清代诗文集汇编》614 册，第 640 页。
③ （清）崇恩：《香南居士集·拾得集》，《清代诗文集汇编》614 册，第 640 页。

附录：驻藏大臣藏事诗统计（1286首）

松筠（共55首）

《西招纪行诗》（共1首）

《丁巳秋阅吟》（共54首）

《业党》《曲水》《巴则》《白地》《朗噶孜》《春堆》《江孜》《白朗》《后藏》《中秋日阅兵用前韵》《班禅》《岗坚喇嘛寺》《花寨子》《彭错岭》《嘉汤》《拉孜》《甲错山》《罗罗塘》《协噶尔》《密玛塘》《定日阅操》《定汛山城》《莽噶布篾》《莽噶布堆》《过洋阿拉山》《叠古芦》《拉错海子》《宗喀》《衮达》《邦馨》《济咙》《阳布站程》《即事》《还宿邦馨》《还宿衮达》《还宿宗喀次日供奉帝君圣像于琼噶尔寺》《霍尔岭》《恰木果》《列克隆》《达克孜》《汤谷》《又》《桑萨》《札布桑堆》《阿木岭》《僧格隆》《察布汤泉》《萨迦庙》《察咙》《那尔汤》《还至后招》《阳八井》《达木观兵》《还抵前招》

和琳（共217首）

《芸香堂诗集》（共182首，其中与和瑛联句2首，计入和瑛诗集中）

《入蜀谒武侯祠》、《渡飞越岭》、《阿丫坝偶成》、《理塘》、《中渡题壁》《午日有怀香林李制军却寄》（三首）、《无题》、《偶成》、《七夕邀幕僚小酌各赋一律》、《中秋夜宿垅堆德庆道中作》、《倒叠补山中堂惜别见怀元韵》、《孙补山参政大拜予晋司空时补山已过拉台便中致贺兼志感恩》、《藏中杂感四首》、《西招四旬初度感而成咏》、《静安大母舅自廓卜多以诗见寄依韵奉答》（二首）、《贺敬斋福大将军相国凯旋即以送行》（三首）、

《送敬斋相国入朝六律》（六首）、《题杨荔裳桐华吟稿》（二首）、《答敬斋相国留别元韵》（八首）、《题喜相逢画扇赠敬斋相国》、《题袁简斋小苍山房诗集二首即以奉寄》（二首）、《步瑶圃制军韵二首》（《瓶中桃花》《瓶中海棠》）、《夜雨不寐》、《送春》、《寄所寄》、《瑶圃制府以乩诗见示题联珠》（三首）、《四月二十四日祝瑶圃制军寿》（二首）、《端阳前送补山相国回川》（三首）、《癸丑午日》、《赠别瑶圃制军》、《答瑶圃制军别后见寄元韵》、《瑶圃书问客况诗以奉答兼述寄怀》（八首）、《即事》（二首）、《晚眺》、《西招中秋》、《闻瑶圃左调山东抚军奉寄》（二首）、《梦中归过丹达之作》、《十四夜望月》、《月夜不寐寄怀敬斋相国》（二首）、《答瑶圃惠制军泛舟见怀元韵》、《答补山孙相国泛舟见怀元韵》（二首）、《甲寅初春偶成》、《剩有》、《西招四时吟》（四首）、《偶吟》、《春夜》、《闲吟》、《插花》、《小吟偶成》、《咏新柳》、《宿宜党却寄和太庵》、《曲水古柳歌》、《曲水渡河宿巴则》、《过巴则山宿白地次日至浪噶子沿海行》、《旅夜》、《宜郊道中》、《春堆再叠前韵却寄太庵》、《江孜寓中对月》、《札什伦布公寓远望》、《又》、《札什伦布对雨适太庵和韵寄怀之作三叠以答》、《对雨有感》、《晴》、《不寐》、《札什伦布夕望》、《晚眺》、《江孜归次四叠前韵却寄太庵》、《和太庵济咙禅师祈雨辄应志喜元韵》、《赋得虞美人》、《喜雨》、《旅馆独酌》、《答太庵夜雨屋漏呼童戽水元韵》、《拨兵护送启行因诗以志焉》、《赏心十咏》（《射》《弈》《读》《吟》《书》《饮》《歌》《谈》《静》《睡》）、《与和太庵联句一首》、《遣怀即事五律》（十首）、《命驾未行速柬已至且喜且感》、《闻成本家摄杭州将军篆》、《联句》、《和太庵食菜叶包元韵》、《答太庵大暑节后得食王瓜茄子喜赋元韵》、《答太庵七夕遣怀元韵》（七首）、《立秋日遣怀》、《答太庵蛮讴行》、《答太庵关帝庙拈香口号元韵》、《答太庵中元夜感怀元韵》、《答太庵达赖喇嘛浴于罗卜岭往候起居元韵》、《太庵生日》、《中秋无月》、《食桃偶成》、《太庵小恙顿愈以诗见寄赋答》《骊歌一阕耳》（四首）、《闻敬斋相国莅川寄贺》（四首）、《夜雨》、《寄复李香林河督兼简顾元吉》、《口占》、《答太庵和少宗伯自后藏见寄》、《然巴途次》、《答徐观察鱼通见寄元韵》（二首）、《答李剑溪西席见贺元韵》（二首）、《巴塘途次》、《内召遄归再经胜地瞬息三年爰题二律》（二首）、《戏题便面》（四首）《江达寄太庵》

《卫藏和声集》（共193首，和琳著59首，减去与前面诗集重复部分，共计37首）

目录见和瑛诗集目录后

和瑛（503首）

《太庵诗草》（165首）

甲寅（97首）

《圣仁广被西藏廓尔喀投诚召大将军班师恭纪五律》（八首）、《泸定桥》、《头道水观瀑步孙补山相国惠瑶圃制军壁间元韵》（二首）、《再次徐玉崖观察同年元韵四绝》（四首）、《哲多过提茹山至阿娘坝》、《咱马纳洞至里塘》、《头塘》、《喇嘛丫至立登三坝》、《大所山》、《答希斋由宜党寄怀元韵》、《答前韵》、《叠前韵》、《答希斋元韵》、《叠前韵》、《济咙禅师祈雨辄应志喜》（二首）、《第穆园牡丹将谢遂不果游》、《晓望即事》、《赋得虞美人》、《大招掣胡图克图即事》、《喜雨》、《答希斋元韵》、《夜雨屋漏呼童戽水》、《六月二日》、《答希斋捐资拨兵护送民夫回川元韵》、《题袁子才诗集》、《分赋赏心十咏》（十首）、《旅馆小酌联句》、《联句》、《夏日遣怀即事以少陵"灯花何太喜，酒绿正相亲"为韵五律》（十首）、《食菜叶包》、《挽云岩李大司马四首》、《答祝止堂师见寄元韵并简玉崖观察同年》、《次徐玉崖同年见寄元韵》、《大暑节后得食王瓜茄子喜赋十二韵兼以致谢》、《立秋日遣怀》、《答吴寿庭学使同年见寄元韵》（四首）、《扎什城大阅番兵希斋司空招游色拉寺小酌书事四十韵》、《七夕遣怀》、《蛮讴行》、《关帝庙拈香口号》、《中元夜感怀》、《达赖喇嘛浴于罗布林往候起居》（二首）、《叠前韵》、《答希斋祝寿元韵》、《中秋日磨盘山口号》、《中秋无月》、《食桃偶成》、《答希斋元韵》、《连珠体答希斋三首》、《希斋司空》、《曲水见雁》、《海子》、《亚喜茶憩》、《宿浪噶子》《晓发江孜》、《次希斋韵》、《春堆口占》、《登舟》

乙卯（10首）

《答和希斋由巴塘简寄元韵》、《闰二月二日》、《答松湘浦咏园中双鹤元韵》、《端阳夏至雨中燕集龙王塘阁》（二首）、《磨盘山庙碑》、《答杨明府九日诗元韵》、《喜闻刘慕陔太守代成有人》（二首）、《慰问邹斛泉先生

患痔》

丙辰（共 114 首，未重复的 58 首）

《上元燕集山庄观番童跳月斧次杨览亭同年韵》、《答谢一如姚太守见惠蜀纸》、《唐棣之华述怀》、《登楼即事次湘浦元韵》、《暮春大雪谩成七绝以“一片花飞减却春”为韵》（七首）、《湘浦大司空筑土楼三楹，折如磬曲如矩，余既名以“四明”为之记，上巳落成招饮为赋长篇以致贺》、《石壁大佛》、《喇嘛鸳鸯》、《野帐》、《虞美人花》、《渡江》、《铁索桥》、《将抵巴则》、《夜雨》、《大雪度岭》、《宜椒道上》、《宿春堆》、《喇嘛丫头》、《扎什伦布朝拜》、《怀松湘浦大司空》、《怀裘静斋》、《怀邹斛泉》（二首）、《怀刘慕陔刺史》《怀杨览亭明府》、《骡子天王》、《札什冈道上》、《晓发彭措岭》、《辖载道上》、《甲错山》、《野花》、《端阳述怀奉简松湘浦大司空》（二首）、《协噶尔》、《定日书事》《松湘浦寄翁头春酒至喜赋七绝句》、《杨览亭赋九言跨马行寄沈淇园戏步元韵以答之》、《赠项午晴刺史抵前藏任》、《热水塘》、《咱拉普夜雨不寐默忆山庄景物漫成六绝句》（六首）、《晓发咱拉普》、《萨迦庙》、《萨迦呼图克图》、《班禅额尔德尼设燕毕精舍久谈为赋长篇以志其事》、《留别班禅额尔德尼》、《生多喜雨独酌青梅酒》、《徐玉崖观察同年寄赠诗集南酒简谢》（二首）、《草坝即景》、《将抵麻尔江桑乃冰雨骤至》、《不寐》、《巴乃道上》、《羊八井喜青菜寄至》、《喇嘛噶布伦坚巴多布丹从余巡边勤慎赋诗书扇以奖之》、《送别刘慕陔邹斛泉中表东归即席赋六言》（三首）、《九日遣怀》、《湘浦大司空喜雪元韵》、《项午晴刺史以奕负饷蒸鸭漫成五律》、《范六泉明府燕客乃藏地闰九日也》、《以自煎白菜根馈湘浦司空》、《慎躬中秋寄怀元韵》、《赋得大悲超宗》、《祭灶书怀》（两首）、《谢午晴刺史馈绍酒》、《六泉明府馈火钴》、《除夕时宪书不至感赋长篇》、《七夕浓阴述怀》、《赋得饲池鱼》、《见和饲鱼诗答午晴刺史》、《八月十五夜》（四首）、《中秋玩月有怀》（四首）、《九月初三日迎霜降》、《九月初五日伤友》（二首，《艾夔庵孝廉》《和希斋宣勇》）、《秋兴》（二首）、《早起》、《重阳九咏》（《梦高》《晤梵》《架菊》《携酒》《馈饵》《嘲射》《煎茶》《听棋》《望江》）、《哀鹦鹉》、《谢项刺史书梵相》、《放鱼诗用东坡韵》、《书事漫成》、《波罗狗》、《阿尔湛酒歌》、《送别范六泉明府秩满还蜀》（二首）

《易简斋诗钞卷一》（共67首）

辛亥（10首）

《嘉平月护送参赞海公统军赴藏》（四首）

《喜闻郭尔喀投诚大将军班师纪事》（六首）

癸丑（57首）

《渡象行》、《冬至月，奉命以内阁学士兼副都统充驻藏大臣，恭纪》《孙补山相公招饮绛雪书堂》、《林西崖廉访饯席志别》、《留别闻鹤村、徐玉崖两同年》、《城南道上》、《过严君平故里》、《望蒙山》、《除日抵雅州度岁》、《大关山》、《相公岭》、《飞越岭》、《头道水瀑布次孙补山相公韵》、《次建昌观察徐玉崖同年韵》（二首）、《出打箭炉》、《东俄洛至卧龙石》、《中渡至西俄洛》、《宿头塘》、《小歇松林口》、《大雪封瓦合山，阻察木多寺》、《雪后度丹达山》、《三月抵前藏，渡噶尔招木伦江》、《大招寺》、《小招寺》、《布达拉》《木鹿寺经园》、《第穆呼图克图园中牡丹将谢，遂不果游》、《金本巴瓶签掣呼毕勒罕》、《前藏书事答和希斋》（五首）、《挽李云岩制军》（二首）、《色拉寺题喇嘛诺门罕塔》、《中元夕书怀》、《和希斋赠橄榄并放生青羊致谢》（二首）、《出巡后藏夜宿僵里》、《过巴则岭》、《宜椒道上》、《抵后藏宿札什伦布》《晤班禅额尔德尼》、《望多尔济拔姆宫》、《古柳行》、《送别和希斋制军之蜀》（十首）

《易简斋诗钞卷二》（共175首）

乙卯（147首）

《上元春灯词》（二首）、《以诗索裘静斋墨梅画幅》、《和松湘浦司空咏园中双鹤元韵》、《拟白香山乐府三十二章》（三十二首）、《再游罗布岭冈》《九月望，登布达拉朝拜圣容，礼毕，达赖喇嘛禅室茶话》（二首）、《马衔鱼歌》、《秋阅行》、《上元观番童跳月斧，次杨览亭韵》、《暮春大雪》（四首）、《四明栖吟》、《咏喇嘛鸳鸯》、《皮船渡江》、《咏铁索桥》、《宿春堆寨》、《札什伦布寺朝拜太上皇帝圣容》、《班禅额尔德尼共饭》、《佛母来谒》、《游拉尔塘寺》、《晓发彭错岭》、《辖载道上口占》、《甲错岭风雪凛冽，瘴气逼人，默吟》、《咏山花》、《端阳书怀，寄前藏湘浦司空》（二首）、《宿协噶尔寨》、《定日营书事》、《闻项午晴刺史抵前藏粮台任寄赠》、《宿萨迦庙》、《班禅额尔德尼燕毕，款留精舍茶话》、《留别班禅额尔德尼》、《不寐》、《送别刘慕陔、邹斛泉中表东归六言诗》（三首）、《喜雪次湘浦韵》、《手煎白菜羹饷湘浦，并致以诗》、《高慎躬解元寄中秋见怀诗，冬至日始到，遂次韵答和》、《寄灶书怀》（两首）、《谢范六泉馈火钴》、《除日，时宪书不至，寄蜀中诸友》、《梵楼遣兴》（二首）、《山庄落成题曰"挹翠"，用杜少陵〈游何将军山林〉韵赋诗》（十五首）、《署圃杂感》（五首）、《七夕浓阴》、《马搁酒歌》、《饲池鱼》、《项午晴和前诗，赋四韵答之》、《中秋玩月，简后藏湘浦司空》（二首）、《简裘静斋、范六泉》（二首）、《九月三日迎霜降》、《伤艾夔庵孝廉》、《重阳九咏》（九首）、《放鱼用东坡韵》、《送别范六泉秩满还蜀》、《杂感五首》、《署圃杂咏》（十八首）、《咏白牡丹》、《再用前韵》、《哭图谦斋太守》、《中秋和裘梅婷寄怀元韵》

己未（15首）

《园中桃熟》《对月怀湘浦制军》《七月二十五日奉招熬茶使至，恭纪》《中秋对月书怀二首》《八月闻军中小捷，赋雷始收声》《对菊书怀送项午晴秩满还蜀八首》《纪游行》

庚申（13首）

《札什伦布六十初度》（二首）、《柳泉浴塘邀班禅额尔德尼傅餐阅武》（二首）、《擦咙道上口占》、《定日阅兵得廓王信，有怀松湘浦赴伊江》（二首）、《萨迦呼图克图遣使谢过书事》、《协噶尔寨》、《立秋日观稼贡布塘》《赋得鹖旦不鸣》、《少年行》、《五月还都，进打箭炉口，再赋炉城行》

和琳、和瑛著

《卫藏和声集》（共193首，和瑛诗132首，减去重复部分，共计94首；二人联句2首，计入和瑛诗集中，总计96首）

《宿宜党寄怀》（和琳）、《答寄怀元韵》（和瑛）、《春堆再叠前韵》（和琳）、《寄达前韵》（和瑛）、《前诗既成，适别蚌寺僧送白牡丹至，复用前韵寄怀》（和瑛）、《札什伦布对雨，适接太庵和韵寄怀之作，叠前韵》（和琳）、《代白牡丹答叠前韵》（和瑛）、《札什伦布对雨有感》（和琳）、《答前韵》（和瑛）、《江孜归次叠前韵》（和琳）、《答前韵》（和瑛）、《济咙禅师祈雨辄应志喜二首》（和瑛）、《答前韵二首》（和琳）、

《第穆园牡丹将谢，遂不果游》（和瑛）、《晓望即事》（和瑛）、《赋得虞美人》（和琳）、《赋得虞美人》（和瑛）、《大招掣呼图克图即事》（和瑛）、《喜雨》（和瑛）、《喜雨》（和琳）、《旅馆独酌》（和琳）、《答前韵》（和瑛）、《夜雨屋漏呼童戽水》（和琳）、《答前韵》（和琳）、《六月二日，夜雨滂沱，喜而不寐，偶忆梦堂先生，“雨声不放梦还家”之句，拈以为韵，作听雨词七首》（和瑛）、《壬子岁春，敬斋相国率六师徂征廓尔喀不再战，而番民降服永为外藩，某以筹办军糈来藏，事定随留镇抚，见川民运饷者流落不能旋里，捐资拨兵护送启行，其有生计停留外，三次共得二百人，因诗以志焉》（和琳）、《答前题元韵》（和瑛）、《题袁子才诗集》（和瑛）、《分赋赏心十咏》（和瑛）、《分赋赏心十咏》（和琳）、《旅馆小酌联句》（和琳、和瑛）、《夏日遣怀即事，以少陵“灯花何太喜，酒绿正相亲”为韵五律十首》（和瑛）、《遣怀即事五律十首》（和琳）、《俟驾未行速柬已至，且喜且感》（和琳）、《闻成本家摄杭州将军篆》（和琳）、《挽云岩李司马四首》（和瑛）、《答祝止堂师见寄元韵并简玉崖观察同年》（和瑛）、《次徐玉崖同年见寄元韵二首》（和瑛）、《联句》（和琳、和瑛）、《食菜叶包喜成五律》（和瑛）、《答前题元韵》（和琳）、《大暑节后，得食王瓜、茄子，喜赋十二韵，兼以致谢》（和瑛）、《答前韵》（和琳）、《答吴寿庭学使同年见寄元韵四首》（和瑛）、《札什城大阅番兵，游色拉寺，书事四十韵》（和瑛）、《七夕遣怀七首》（和瑛）、《答前韵七首》（和琳）、《立秋日遣怀》（和琳）、《答前韵》（和瑛）、《蛮讴行》（和瑛）、《答前题》（和琳）、《关帝庙拈香口号二首》（和瑛）、《答前韵二首》（和琳）、《中元夜感怀》（和瑛）、《答前韵》（和琳）、《达赖喇嘛浴于罗卜岭往候起居二首》（和瑛）、《答前韵二首》（和琳）、《再赋前题元韵二首》（和瑛）、《太庵生日》（和琳）、《答前韵》（和瑛）、《中秋日磨盘山口号》（和瑛）、《中秋无月》（和琳）、《答前韵》（和瑛）、《食桃偶成》（和琳）、《答元韵》（和瑛）、《小恙顿愈三首》（和瑛）、《戏答》（和琳）、《答前韵》（和瑛）、《口占》（和琳）、《连珠体答三首》（和瑛）、《希斋司空三十首》（和瑛）、《甲寅冬仲四首》（和琳）、《夜抵僵里》（和瑛）、《曲水见雁》（和瑛）、《过巴则山》（和瑛）、《海子》（和瑛）、《亚喜茶憩》（和瑛）、《宿朗噶子》（和瑛）、《宜椒道上》（和瑛）、《晓发江孜》（和瑛）、

《扎什伦布》（和瑛）、《班禅额尔德尼》（和瑛）、《次希斋韵》（和瑛）、《春堆口占》（和瑛）、《望多尔济拔姆宫》（和瑛）、《登舟》（和瑛）、《古柳行》（和瑛）、《致意太庵由后藏回署二首》（和琳）

文干（共69首）

《辛巳纪程诗》（共14首）

《自雅安经打箭炉》《冷碛作》《贡竹卡》《折多山》《东俄洛》《麻盖中》《札雅》《察木多》《嘉玉桥晓发经得贡喇山》《达隆宗》《甲贡》《乌苏江》《二十七日过丹达山》《皮船》

《壬午纪程诗》（共55首）

《道光二年八月十六日由前藏赴后藏巡阅，留别同事及呼图克图大众，遂宿冈里》（三首）、《十七日曲水至巴资》（二首）、《十八日白地》、《十九日早发朗噶资宿》、《二十日宜郊》、《即目》、《二十一日春堆道中》、《二十二日江孜阅兵》、《二十三日白浪口占》（四首）、《二十四日扎什伦布寺》（二首）、《二十五日阅兵示后藏戴琫如琫之作》、《二十六日演行阵》、《二十七日过那尔汤寺至冈间寺》、《二十八日花寨子》、《孜陇即目》、《二十九日萨堆》、《大风》、《三十日玛迦题蒙古包》、《九月初一日经三叉路至长松》（二首）、《初二日，过班觉冈至协噶尔宿，萨迦呼图克图奉来诸佛作礼，而说偈言》、《初三日密茆至定日》（二首）、《初四日定日阅操》、《初五日阅操毕赏赉汉番官兵示意》、《初六日定日早发》、《初七日协噶尔道中》、《班觉冈至长松》、《初八日晓发迦玛》、《初九日萨堆行次》（二首）、《初十日晓行》（二首）、《十一日那尔汤寺咏物》（四首）、《十二日至后藏》、《即事》、《十三日由后藏取道嘉汤》、《十四日窟窿琅玺道中暖甚》、《十五日早行》、《题热水泉》、《容嘉穆清寺小憩至麻里宿》、《十六日过则塘复至白地》、《十七日至曲水》、《十八日业党》、《十九日回至前藏》

瑞元

《少梅诗钞》（卷五）（共234首）

《甲辰六月二十四日，奉有驻藏之命，留别恒光禄同事》、《赤金峡行馆感赋》、《七月十九日重入玉门关》、《兰州行馆两度中秋送眷回京》、

《将入蜀境》、《武功县夜坐》、《岐山怀古》、《由秦入蜀途中怀古》、《留侯祠》、《友人有谈及近况者示之》、《汉南道上》、《五丈原》、《千佛岩》、《剑关》、《咏道旁古柏》、《梓潼县谒文昌祠》、《杜工部草堂》、《过泸定桥》（二首）、《咏武侯手植槐树》、《飞仙关》、《出打箭炉》、《火竹卡》、《乍丫书所见》、《西藏道上》、《抵藏四律》（四首）、《藏中示桢、干两儿》、《忆晋儿》、《布达拉》、《乙巳上元大招放灯，偕琦静庵弹压，诗以志之》、《打箭炉途次接雨焦伯兄赐诗答之》（二首）、《春草》、《拟东坡游灵隐高峰塔》、《拟放翁太液黄鹄歌》、《留垓下髯》、《咏藏署桃花》、《演炮》、《补和和太庵尚书头道水驿馆观瀑元韵》（三首）、《见柳吐新芽有感》、《卫藏踏青竹枝词》（三首）、《题东坡诗后》、《抵藏后回忆道路荒凉得诗一首》、《示三儿延楷》、《藏中读》、《卜课》、《焚香》、《临帖》、《射鹄》、《清吟》、《学圃》、《课读》、《训练》、《钓鱼》、《相马》、《攒招》、《读和太庵尚书西藏赋》、《见行笥中书多残损作》、《与达赖喇嘛、班禅晤谈成二绝句》（二首）、《拉萨形势二十韵》、《藏居读杜少陵寓居同谷县七歌，有感于中，因仿其体》（七首）、《雪中桃花》、《春口偕琦静翁查诺门罕入官柳林》、《二月二十九日雪》、《二月三十日看布达拉山悬大佛像》、《登布达拉望远》、《逻些书异》、《春暮忆慕园花木》、《立夏前一日雨》、《逻娑天气》、《别蚌寺送白牡丹花》（二首）、《旅居孤寂率成长律》、《蛮丫头竹枝词》、《铸小铜佛百尊既成》、《雨霁》、《读香山先生集有入处歌以自慰》、《磨盘山》、《雨后种豆》、《清和月雨中访达赖喇嘛，仿东坡雨中游天竺灵感观音院体》、《读福上公将军征廓尔喀奏疏》、《长夏忆江浙风景》、《题明皇幸蜀图仿放翁体》、《乙巳端午》、《客藏异闻》、《居藏半年，一切起居诸不相宜，回忆玉门关外直不啻天壤之别，感而有作》、《藏中入夏后终日雨雪迭作，梦中得六月散余寒五字，醒而续成》、《罂粟花》、《喇嘛鸳鸯》、《醉后歌》、《自订十六砚斋诗稿》、《六月菊》、《六月初一日早出行者，重棉著体，尚感寒疾，因示同人》、《与友人论书》、《仲夏望日磨盘山行香望远》、《挽福海飘制军》（二首）、《哀戍卒》、《客藏吟》、《乌斯天时夏极寒凉，九月后转觉和暖，即不披裘亦可御冬，且节近长至，昼并不短，大奇也，因题一绝》、《因事赴扎什城归路率咏》、《藏署西侧有废圃，修葺如旧，颇为适宜》、《与掌办商上印务呼征诺门罕谈闲因赋短篇》、

《十月初十日万寿宫礼成恭纪》、《四叠元韵寄雨蕉伯兄》、《客藏闲吟》、《看庖人腌猪肉》、《予素有诗癖，随处留咏，居然成集，喜赋》、《冬日仿太白三五七言》、《乐些六言》、《寒冬木叶尽脱，独住屋外，双桃树叶绿如故，毫无凋意，特咏一律以壮之》、《登浪荡山游色拉寺》、《余守禾兴时，曾延黄霁青太守掌教鸳湖生童，咸获其益，后余赴闽，霁青亦遂解馆归里，昨知重主讲席寄怀》《梦禾兴府署梅花》、《拉藏述所见》、《喇嘛篇》、《默坐遣怀》、《选各种藏香细料团成香珠，戏题四韵》、《案头吟》、《观各寺院燃酥油灯》、《寒晖》、《寒云》、《寒山》、《寒涧》、《寒木》、《寒虚》、《寒寺》、《寒鹤》、《寒雁》、《寒鸦》、《咏藏地奶桃》（二首）、《除夜述怀四律》（四首）、《丙午元旦》、《喜入新年》、《寄宋三洲》、《怀胡静涵》、《答王蘘庄》、《忆王鹭汀》、《和张书未》、《挽王紫岚》、《人日题》、《追忆钟仰山司寇》、《藏域仿坡公江郊诗体》、《灯节十四夜雪》、《济咙呼图克图高行清修，从不与闻外事，心甚敬之，因题以赠》、《由家信中知雨蕉伯兄授中书舍人喜赋》、《看蛮家过年》（二首）、《仲春远眺》、《春日赴后藏三泛巡阅》、《登扎什伦布》、《协噶尔途中纪事》、《定日》、《眉蒙迤西三十里有石山灵秀可爱，占一绝句》、《出后藏作》、《坐牛皮船渡后藏河》、《羊八井子》、《近藏数十里内，天气晴煦，春景极佳，马上率咏》、《看巴孜山上海子》、《春末夏初写意》、《咏史诗七首》（《虞姬》《李夫人》《戚姬》《钩弋夫人》《如姬》《漂母》《寡妇清》）、《清和时节忆禾兴郊游二十韵》、《看蛮家种田》、《哭若卿》（四首）、《罗布岭冈散步》、《蒙恩调补科布多参赞恭纪》、《交夏后雨雪极多，因待新任，暂缓登程作》、《苦雨》、《捐资铸大铜炮既成》、《赴科布多任留别卫藏各寅好》（二首）、《与友人话别》、《沾嬲》、《忆江南寄钱斗槎夫子，仿东坡忆江南寄纯如》（五首）、《秋早赴相国寺行香》、《户外桃实满树青红可爱喜赋之余兼以志感》、《卫藏》、《连日检点行装，喜甚轻便，走笔书家信后》（五首）、《原秋踏月》、《归渡藏河》、《德庆书蛮屋土壁》、《鹿马岭》、《藏路难四律》（四首）、《蛮方山景》、《江达站》、《拉里山》、《打箭炉外山行》、《边坝山头》、《野丹达王庙》、《咏甲贡上沙鱼》、《行阿难多山》、《康卫道上感怀》、《拉子塘》、《蛮程用儿延楷韵》、《察木多纪程》、《昌都玩景》、《乍丫夷案未结，阻官阻兵，余到后多方开导，虽知畏惧，备办乌拉将官兵送出

本境，而希冀之想不言自喻，羁滞半月偶题馆壁》

崇恩

《香南居士集·孤蓬集》（共57首）

甲申（47首）

《万寿阁晨望》、《玉泉院》、《题希夷先生睡像》、《宿骊山行馆浴温泉夜深无睡作》、《晨登骊山绝顶有作》、《骊山道院芍药》、《灞桥咏柳》、《雨宿东湖留简白太守兼示毕大令》（四首）、《东湖老柳歌》、《湖上晚步至苏公祠得二绝句》（二首）、《宝鸡行馆面山临河，最为得景，为赋一诗》、《渡渭河由益门入山诸峰环保苍润可爱》、《山行杂诗》（七首）、《益门山》、《大散关》、《留侯祠》、《武侯岭》、《仙人沟》、《鸡头关》、《武侯垒》、《宽川峡》、《武丁关》、《滴水峡》、《七盘关》、《神萱驿》、《龙洞背》、《朝天峡》、《千佛崖》、《天雄关》、《剑门关》、《汉阳山》、《梁山铺》、《平羌江》、《邛崃山》、《飞越岭》、《泸定桥》、《头道水》

己酉（10首）

《居夷书事》、《将离藏署口占四绝》（四首）、《江达行馆夜雨不寐口占》、《又代闺情一首》、《老林二十四韵》、《樱杏栏》、《察木多道中》

斌良

《抱冲斋诗集三十六卷》（卷三十六，共143首）

《藏卫奉使集一》（16首）

《腊月十九日蒙恩授驻藏大臣恭纪》（二首）、《二十八日出都，众亲朋沿路送别，情甚依依，晚抵良乡固节驿舍，感赋》、《公廨闻隔院砧声》、《晚发良乡，望城西卧龙岗先茔，感赋》、《游宏恩寺赠僧圆彻、静博》、《方丈啜茗小坐，移时，圆彻、静博二僧相陪随，喜杂题》（四首）、《三十日晚抵涿州驿舍题壁书怀》、《二月初一日至涿州善缘寺瞻礼》、《默祝》、《松林店早尖》、《茆店小吟薄醉漫成》、《高碑店书所见》

《藏卫奉使集四》（共48首）

《过冷碛甘露寺和东坡偕张怀柔游蒋山韵》、《晚抵化林坪，沈边土司周永年远迎，云燕山弟、观察建唱时曾经叩谒喜题》、《五月初一日过泸定桥》、《龙坝铺》、《大澎坝》、《晚过瓦斯沟》、《初二日抵瓦斯沟，山溪骤涨，漫浸溪路，难于前进，因就瓦斯沟茅店宿焉，终夜惊涛灌耳，声若雷鸣喧聒不能成寐，挑灯书此纪之》、《头道水行馆观瀑》、《头道水两崖对峙，中束奔湍，雪浪迅疾，水声砰訇如雷，闻之心悸，经杨柳塘晚抵打箭炉》、《出山至打箭炉》、《端阳节前打箭炉行馆感兴》、《初六日炉关行馆夜题》、《炉关漫兴》、《十一日炉关行馆遣闷》、《十三日打箭炉舍题壁》、《十五日自打箭炉起程午抵哲多塘》、《哲多塘舍》（二首）、《哲多塘》（二首）、《提菇塘晚至阿娘坝》、《瓦切道中》、《营官寨纪事》、《将抵东俄洛，群峰环抱、松杉荟翳，俨如宣和图绘，口占》、《东俄洛蛮寨夜宿题》、《自出炉关日与吟桥同宿驿舍，行抵东俄洛，蛮房湫隘馆吟桥于别廨戏题》、《瓦切道中无蛮寨可栖止，遂支布帐于荒原间，幕天席地畅豁尘襟，匆匆饭于帐中感成》、《过俄洛松多桥》、《东俄洛蛮舍题壁》、《东俄洛晓发，登哥尔孜大岭，高日寺早饭》、《哥尔孜大岭书即目》（二首）、《东俄洛晓发》、《晚抵卧龙石山店，松峰相对，颇饶画意，偶题》（二首）、《卧龙石塘舍夜闻泉声题壁》、《卧龙石塘在深山，向多熊豹，土人未晚即闭户避之》、《八角楼山行杂咏》（三首）、《山中闻蝉》、《中渡道中三绝句》（三首）、《河口山行口占》、《河口借居汛衙，峭壁千仞排闼送青，颇饶幽趣，率题一律》、《河口塘房夜闻雅龙江涨声感成》、《晓渡雅龙江》

《藏卫奉使集五》（共79首）

《山行入老林，灌木阴森遮蔽日月，深峡晦冥，令人心悸，晚抵麻盖中》、《麻盖中旅舍夜闻犬吠声偶题》、《剪子湾书即目》、《晚抵西俄洛》、《咱玛尔洞》、《二十二日抵火竹卡》、《将抵里塘途中作》、《大桥口感成》、《头塘向无行馆，使节往来皆支搭蛮帐止宿，黄别驾代筑板屋三椽为憩息之所，二十四日冒雨抵此，感赋》、《里塘道中仆人孙瑞有句云，“满语难通休问姓，野花无数不知名”，喜其能诗也，书短句与之》、《过尔那塘》、《冒雨山行晚抵喇嘛垭》、《二郎湾》、《三坝道中书所见》、《晚抵三坝峡中作》、《三坝塘房夜题》、《松林口》、《山中晴雨不常口占一绝》、《大朔塘行馆门前山谷中，虹霓忽见，五色迷离，光彩烛天，蛮人以为祥瑞，称贺喜纪》、《大朔山》、《奔察木山中遇雨》、《小巴冲》、《由巴塘牛古作》、《竹巴陇山中作》、《金沙江》、《竹巴陇蛮楼下临金沙江》、《空子顶蛮房题壁》、《莽里岭，古松盘曲，颇有画意，蛮人不知珍爱，半作樵薪，赋此惜之》、《南墩道中见牧羊者》、《古树塘有大树二珠，本大十人围，乃千年物也，令塘兵护惜，不许蛮人樵采，赏之以诗》、《晚抵普拉》、《普拉晓发》（二首）、《午抵江卡》、《犁树山中罗汉松》、《阿拉道中》、《石板沟道中感怀》、《旅窗感成》、《洛加宗》、《乍丫道中》、《晚抵乍丫感怀》、《乍丫行馆题壁》、《昂地即目》、《昂地山中遇雪》、《王卡道中》、《六月十五日申刻，巴贡行馆门前山头，忽见彩虹五色缤纷垂光亘天，与大朔塘川中所见无异，越三刻许，昔昌黎过衡山，瑞云忽开，东坡驻胶州，蜃楼特涌，奉命绥边，道出荒徼，两见山川之瑞，纪之以诗》、《窟窿山》、《巴贡山头写望》、《晚抵浪荡沟》、《过脚塘晓发》、《过脚山雨中写望》（二首）、《雨中抵察木多》、《过瓦合山》、《由瓦合寨晓发密麻山》、《嘉玉桥驿馆，夜闻溪声，有感》、《蛮人以蔬菜为献，喜成》、《别蚌山峡》、《过别蚌山中，蚕丛鸟道险隙难行，不得已下舆勉步，感作》（二首）、《紫驼道中》、《硕板多道中，奇石巉岩，溪流澄澈，风景甚佳，蛮人不知玩赏，骚客亦鲜经行，赋此惜之》、《硕板多夜雨偶成》、《硕板多借居汛房，窗明几净，壁列图书，颇饶幽致，戏题一律》、《硕板多道中，疱人醋已用竭，无处可觅，感题一绝》、《中义沟作》、《巴里浪旅夜偶成》、《二十七日宿拉子漫兴》、《二十八日立秋宿边坝》、《晓发大窝塘，鸟道萦回，险窄异常，骑行迟缓，至阿南多山麓天已曛黑，不可前进，因就蛮房止宿焉，次日晨起见山水甚佳，俨然图画，喜题》（二首）、《阿南多山中晓发》、《甲贡山行》、《阿咱山中沿海子而行，澄碧万顷，鉴人眉宇，因和东坡惶恐滩韵》、《江达道中》、《七月十六日抵藏喜成》（四首）

有泰

《有泰日记》（共 2 首）

《登楼》《无题》

联豫

《联豫驻藏奏稿》（6 首）

《炉边谣》《炉边月》《炉边水》《炉边风》《炉边雪》《炉边路》

参考文献

著作

1. （清）黄廷桂等修纂《四川通志·西域志》，雍正十一年（1733）刻本。
2. （清）马揭、盛绳祖修撰《卫藏图识》，乾隆五十七年（1792）刻本。
3. （清）常明修，杨芳灿纂《四川通志·西域志》，嘉庆二十年（1815）刻本。
4. （清）和琳撰《芸香堂诗集》，嘉庆年间刻本。
5. （清）松筠撰《松筠丛著五种》，清嘉庆、道光年间刻本。
6. （清）文干撰《纪程诗钞三卷》，道光九年（1829）刻本。
7. （清）钱召棠辑《巴塘竹枝词》，《巴塘志略》，道光二十二年（1842），抄本。
8. （清）符葆森编《国朝正雅集》，咸丰六年（1856）京师半亩园刊本。
9. 丁实存：《清代驻藏大臣考》，蒙藏委员会，1943。
10. （清）王锡祺编《小方壶斋舆地丛钞》，杭州古籍书店，1949。
11. （清）袁枚著，顾学颉校点《随园诗话》，人民文学出版社，1960。
12. （清）袁枚著，顾学颉校点《随园诗话补遗》，人民文学出版社，1960。
13. 邵钦权撰《卫藏揽要》，台湾成文书局，1968。
14. 赵尔巽等撰《清史稿》，中华书局，1977。
15. （清）钱宝甫编《清代职官年表》，中华书局，1980。
16. 《西藏研究》编辑部编辑《西藏图考　西招图略》，西藏人民出版社，1982。
17. 《西藏研究》编辑部编辑《西藏志　卫藏通志》，西藏人民出版社，

1982。

18. 张其勤撰，吴丰培增辑《清代藏事辑要》，西藏人民出版社，1983。
19. 〔英〕荣赫鹏：《英国侵略西藏史》，孙煦初译，西藏社会科学院资料情报研究所，1983。
20. (南朝) 刘勰著，周振甫注《文心雕龙注释》，人民文学出版社，1983。
21. (清) 常明、杨芳灿等纂修《四川通志》，巴蜀书社，1984。
22. 王德昭：《清代科举制度研究》，中华书局，1984。
23. 王叔磐、孙玉溱选注《古代蒙古族汉文诗选》，内蒙古人民出版社，1984。
24. 牙含章：《达赖喇嘛传》，人民出版社，1984。
25. (清) 杜昌丁撰《藏行纪程》，吴丰培辑《川藏游踪汇编》，四川民族出版社，1985。
26. (清) 松筠撰《丁巳秋阅吟》，吴丰培辑《川藏游踪汇编》，四川民族出版社，1985。
27. (清) 文干撰《壬午赴藏纪程诗》，吴丰培辑《川藏游踪汇编》，四川民族出版社，1985。
28. (清) 杨揆撰《桐华吟馆卫藏诗稿》，吴丰培辑《川藏游踪汇编》，四川民族出版社，1985。
29. (清) 沈涛撰《交翠轩笔记》，上海古籍出版社，1985。
30. (清) 李桓辑《国朝耆献类征初编》，台北明文书局，1985。
31. (清) 孙士毅撰《百一山房赴藏诗集》，吴丰培辑《川藏游踪汇编》，四川民族出版社，1985。
32. 《清实录》(60 册)，中华书局 (影印本)，1986。
33. (清) 联豫著，吴丰培编《驻藏奏稿》，西藏人民出版社，1986。
34. 赵宗福选注《历代咏青诗选》，青海人民出版社，1986。
35. 王叔磐、孙玉溱主编《历代塞外诗选》，内蒙古人民出版社，1986。
36. 赵宗福选注《历代咏藏诗选》，西藏人民出版社，1987。
37. 张菊玲等辑注《清代满族作家诗词选》，时代文艺出版社，1987。
38. 王钟翰点校《清史列传》，中华书局，1987。
39. 鲜于煌选注《中国历代少数民族汉文诗选》，民族出版社，1988。

40. （清）袁枚著，周本淳校《小仓山房诗文集》，上海古籍出版社，1988。
41. 吴丰培、曾国庆编撰《清代驻藏大臣传略》，西藏人民出版社，1988。
42. 章嘉·若贝多吉著，蒲文成译《七世达赖喇嘛传》，西藏人民出版社，1989。
43. 徐世昌辑，闻石点校《晚晴簃诗汇》，中华书局，1990。
44. 张菊玲：《清代满族作家文学概论》，中央民族学院出版社，1990。
45. 赵相璧：《历代蒙古族著作家述略》，内蒙古人民出版社，1990。
46. 赵宗福编《中国西北文献丛书·西北文学文献》，兰州古籍书店，1991。
47. （清）铁保辑《熙朝雅颂集》，辽宁大学出版社，1992。
48. 平安县志编纂委员会：《平安县志》，陕西人民出版社，1996。
49. 李秉新等校勘《清朝野史大观》，河北人民出版社，1997。
50. 云峰：《蒙汉文学关系史》，新疆人民出版社，1997。
51. 李灵年、杨忠主编《清人别集总目》，安徽教育出版社，2000。
52. 苏赫荣等编《蒙古族文学史》，内蒙古人民出版社，2000。
53. 柯愈春：《清人诗文集总目提要》，北京古籍出版社，2001。
54. 钱仲联编著《近代诗钞》，江苏古籍出版社，2001。
55. （清）斌良撰《抱冲斋诗集》，《续修四库全书》第1508册，上海古籍出版社，2002。
56. （清）和瑛撰《易简斋诗钞》，《续修四库全书》第1460册，上海古籍出版社，2002。
57. 白·特木尔巴根：《古代蒙古族汉文创作考》，内蒙古教育出版社，2002。
58. 高平编注《清人咏藏诗词选注》，中国藏学出版社，2004。
59. 钱仲联主编《清诗纪事》，凤凰出版社，2004。
60. （清）张维屏辑《国朝诗人征略》，浙江古籍出版社，2004。
61. （清）蒋良骐撰，鲍思陶、西原校《东华录》，齐鲁书社，2005。
62. （清）恩华撰辑，关纪新整理、点校《八旗艺文编目》，辽宁民族出版社，2006。
63. （清）周霭联撰，张江华、季垣垣点校《西藏纪游》，中国藏学出版社，2006。
64. （清）方略馆纂，季垣垣点校《钦定廓尔喀纪略》，中国藏学出版社，

2006。
65. 上海古籍出版社编《清代笔记小说大观》，上海古籍出版社，2007。
66. 米彦青：《清中期蒙古族诗人汉文创作唐诗接受史》，内蒙古教育出版社，2009。
67. 蒋寅：《清代文学论稿》，凤凰出版社，2009。
68. （清）杨揆撰《桐华吟馆诗稿十二卷》第457册，上海古籍出版社，2010。
69. （清）毛振翧撰《半野居士集十二卷》，《清代诗文集汇编》第259册，上海古籍出版社，2010。
70. （清）瑞元撰《少梅诗钞》，《清代诗文集汇编》第433册，上海古籍出版社，2010。
71. （清）崇恩撰《香南居士集》，《清代诗文集汇编》第614册，上海古籍出版社，2010。
72. （清）孙士毅撰《百一山房诗集十二卷》，上海古籍出版社，2010。
73. （清）岳钟琪撰《岳容斋诗集四卷》，《清代诗文集汇编》第258册，上海古籍出版社，2010。
74. （南朝）钟嵘著，曹旭集注《诗品集注》，上海古籍出版社，2011。
75. 严迪昌：《清诗史》，人民文学出版社，2011。
76. 马亚中：《中国近代诗歌史》，复旦大学出版社，2011。
77. （清）杨钟羲撰，雷恩海、姜朝晖校点《雪桥诗话全编》，人民文学出版社，2011。
78. 孟森：《明史讲义》，商务印书馆，2011。
79. （清）姚莹著，欧阳跃峰整理《康辅纪行》，中华书局，2014。
80. 康欣平：《〈有泰驻藏日记〉研究——驻藏大臣有泰的思想、行为与心态》，民族出版社，2015。
81. 黄维忠主编《清代驻藏大臣考》，黑龙江教育出版社，2015。
82. （清）和琳、和瑛撰《卫藏和声集》，《中国古籍珍本文献丛刊·广东省立中山图书馆卷》第60册，国家图书馆出版社，2015。
83. （春秋）左丘明著，（晋）杜预注《左传》，上海古籍出版社，2016。
84. 王钟翰点校《清史列传》，中华书局，2016。

85. 袁行云：《清人诗集叙录》，人民文学出版社，2016。
86. 时志明：《盛世华音：清代顺康雍乾诗人山水诗论》，凤凰出版社，2017。
87. 顾浙秦：《清代藏事诗研究》，中山大学出版社，2017。
88.（清）有泰著，康欣平整理《有泰日记》，凤凰出版社，2018。
89.（清）和瑛等撰，多洛肯点校《和瑛文学家族诗集》，上海古籍出版社，2018。

论文

1. 黄奋生：《清代设置驻藏大臣考》，《边政公论》1941年第2期。
2. 高平：《清人咏藏诗词》，《西北民族学院学报》（哲学社会科学版）1983年第3期。
3. 顾效荣：《清代设置驻藏大臣简述》，《西藏研究》1983年第4期。
4. 赵宗福：《清代咏藏诗概述》，《青海师专学报》1985年第3期。
5. 云峰：《松筠及其〈西招纪行诗〉、〈丁巳秋阅吟〉诗评述》，《西藏研究》1986年第3期。
6. 柏舟：《和琳与〈芸香堂诗集〉》，《满族研究》1987年第2期。
7. 赵宗福：《孙士毅和他的西藏诗》，《西藏研究》1987年第4期。
8. 张羽新：《清代巴塘藏族社会生活的风俗画——读钱召棠巴塘竹枝词四十首》，《西藏研究》1989年第2期。
9. 吴逢箴：《吕温出使吐蕃期间诗论》，《西藏民族学院学报》（社会科学版）1989年第1期。
10. 赵宗福：《回族词人李若虚的咏藏词》，《青海民族学院学报》1991年第3期。
11. 顾浙秦：《清代前期咏藏诗初探》，《西藏民族学院学报》（社会科学版）1993年第4期。
12. 云峰：《述诸边风土 补舆图之阙——论和瑛及其诗歌创作》，《乌鲁木齐职业大学学报》1993年第12期。
13. 赵荣蔚：《吕温生平及被贬真象考辨》，《盐城师专学报》1995年第3期。
14. 国庆：《论清代驻藏大臣的历史作用》，《西藏研究》1998年第2期。
15. 乌日罕：《清代蒙籍汉文诗人——和瑛》，《赤峰学院学报》1999年第

2 期。
16. 赵宗福：《论清代西部行旅诗歌及其民俗影响》，《西藏大学学报》（社会科学版）2000 年第 4 期。
17. 多洛肯：《吕温事迹考述——吕温研究之一》，《新疆师范大学学报》（哲学社会科学版）2000 年第 3 期。
18. 唐文基：《浅论和琳》，《福建师范大学学报》2003 年第 1 期。
19. 顾浙秦：《项应莲和他的〈西昭竹枝词〉》《西藏大学学报》（汉文版）2003 年第 3 期。
20. 曹顺庆：《重弹“重写中国文学史”》，《西南民族大学学报》（人文社会科学版）2004 年第 1 期。
21. 顾浙秦：《钱绍棠和他的〈巴塘竹枝词〉》，《中国藏学》2004 年第 2 期。
22. 严迪昌：《八旗诗史案》，《西北师大学报》2004 年第 3 期。
23. 顾浙秦：《试论孙士毅和他的〈百一山房赴藏诗集〉》，《西藏研究》2004 年第 4 期。
24. 顾浙秦：《杨揆和他的〈桐华吟馆卫藏诗稿〉》，《西藏大学学报》（汉文版）2005 年第 1 期。
25. 顾浙秦：《松筠和他的〈西招纪行诗〉》，《西藏民族学院学报》（哲学社会科学版）2006 年第 1 期。
26. 米彦青：《清代蒙古族诗人和瑛与他的〈易简斋诗钞〉》，《内蒙古社会科学》2006 年第 4 期。
27. 康建国、赵学东：《驻藏大臣松筠的治藏功绩及其治边思想》，《西北民族大学学报》2007 年第 1 期。
28. 时志明：《雪域佛国的赞歌——清代藏游山水诗综论》，《西北师大学报》2007 年第 5 期。
29. 子文：《“海峡两岸清代驻藏大臣与边疆治理”学术研讨会综述》，《中国边疆史地研究》2009 年第 1 期。
30. 王若明、郝青云：《论清代蒙古族作家松筠的咏藏诗》，《内蒙古民族大学学报》（社会科学版）2009 年第 6 期。
31. 米彦青：《清代边疆重臣和瑛家族的唐诗接受》，《民族文学研究》

2010 年第 2 期。
32. 王金凤：《清代前期咏藏诗歌文献研究》，青海师范大学硕士学位论文，2010。
33. 王宝红：《浅析清人咏藏诗释义中的问题》，《西藏研究》2011 年第 5 期。
34. 朱利华：《吐蕃攻占时期的敦煌文学研究》，西北师范大学硕士学位论文，2011。
35. 王树森、余恕诚：《唐蕃关系视野下的杜甫诗歌》，《民族文学研究》2011 年第 5 期。
36. 王宝红：《〈清人咏藏诗词选注〉注释商榷》，《西藏民族大学学报》（哲学社会科学版）2011 年第 5 期。
37. 王金凤：《咏藏诗歌集〈桐华吟馆卫藏诗稿〉浅析》，《青海师范大学民族师范学院学报》2012 年第 1 期。
38. 孙文杰：《描摹风物，反映统一——和瑛新疆诗简论》，《滨州学院学报》2012 年第 2 期。
39. 孙文杰：《和瑛诗歌与西藏》，《西藏大学学报》（社会科学版）2012 年第 4 期。
40. 王宝红：《浅析清人咏藏诗释义中的问题》，《西藏研究》2012 年第 5 期。
41. 米海萍：《清代咏藏竹枝词的民俗内容及其特点》，《青海师范大学学报》（哲学社会科学版）2012 年第 6 期。
42. 王金凤：《咏藏诗作〈西招纪行诗〉和〈丁巳秋阅吟〉浅析》，《青海师范大学民族师范学院学报》2013 年第 2 期。
43. 顾浙秦：《清乾隆帝平定廓尔喀侵扰西藏诗作评析》，《西藏大学学报》（社会科学版）2013 年第 2 期。
44. 多洛肯、贺礼江：《清中叶蒙古诗人和瑛诗歌创作研究述评》，《兰州文理学院学报》2014 年第 3 期。
45. 吕斌：《从斌良边塞诗透视清中叶西部历史》，《安徽文学》2014 年第 3 期。
46. 顾浙秦：《敦煌诗集残卷涉蕃唐诗综论》，《西藏研究》2014 年第 3 期。
47. 李杨：《八旗诗歌史》，浙江大学博士学位论文，2014。
48. 王树森：《唐蕃角力与盛唐西北边塞诗》，《北京大学学报》2014 年第

4 期。
49. 叶健：《国内近三十年来驻藏大臣制度研究综述》，《四川民族学院学报》2014 年第 4 期。
50. 多洛肯：《清代中期满族文学家族及其创作诗文初探》，《西北师大学报》2014 年第 6 期。
51. 严寅春：《满蒙汉藏情谊深 驻边唱和别样新——〈卫藏和声集〉简论》，《西藏民族学院学报》2014 年第 6 期。
52. 陈德鹏：《论清代驻藏大臣的高死亡率及其原因》，《民族历史研究》2015 年第 3 期。
53. 顾浙秦：《康熙帝藏事诗发微》，《西藏民族大学学报》（哲学社会科学版）2015 年第 6 期。
54. 王金凤：《咏藏诗词〈海棠巢词稿〉浅析》，《青海师范大学民族师范学院学报》2016 年第 1 期。
55. 高玲：《和琳驻藏时期西藏驻防制度研究》，《鄂州大学学报》2016 年第 3 期。
56. 董乃斌《"唯一"传统还是两大传统贯穿？——从"抒情"与"叙事"论中国文学史》，《南国学术》2016 年第 2 期。
57. 严寅春：《论驻藏大臣和瑛的大一统思想——以西藏诗为中心》，《关东学刊》2016 年第 9 期。
58. 李枋笑：《唐与吐蕃的友好往来与诗歌创作》，《语文学刊》2016 年第 16 期。
59. 王树森：《唐代吐蕃题材诗歌的文学史意义》，《民族文学研究》2017 年第 2 期。

图书在版编目(CIP)数据

清代驻藏大臣藏事诗研究 / 王晓云著. -- 北京：社会科学文献出版社，2024.12
ISBN 978-7-5228-3588-4

Ⅰ.①清… Ⅱ.①王… Ⅲ.①诗歌研究-西藏-清代
Ⅳ.①I207.22

中国国家版本馆 CIP 数据核字(2024)第 086416 号

清代驻藏大臣藏事诗研究

著　　者 / 王晓云

出 版 人 / 冀祥德
组稿编辑 / 袁清湘
责任编辑 / 郑凤云　连凌云
责任印制 / 王京美

出　　版 / 社会科学文献出版社（010）59367202
地址：北京市北三环中路甲 29 号院华龙大厦　邮编：100029
网址：www.ssap.com.cn
发　　行 / 社会科学文献出版社（010）59367028
印　　装 / 三河市东方印刷有限公司

规　　格 / 开 本：787mm × 1092mm　1/16
印 张：22.25　字 数：355 千字
版　　次 / 2024 年 12 月第 1 版　2024 年 12 月第 1 次印刷
书　　号 / ISBN 978-7-5228-3588-4
定　　价 / 98.00 元

读者服务电话：4008918866